红

王松◎著

中国言实出版社

图书在版编目(CIP)数据

红 / 王松著 . -- 北京 : 中国言实出版社 , 2021.2
ISBN 978-7-5171-3803-7

Ⅰ . ①红… Ⅱ . ①王… Ⅲ . ①长篇小说 - 中国 - 当代
Ⅳ . ① I247.5

中国版本图书馆 CIP 数据核字（2021）第 032647 号

出 版 人 王昕朋
责任编辑 李昌鹏
责任校对 张国旗

出版发行 中国言实出版社

地　址：北京市朝阳区北苑路 180 号加利大厦 5 号楼 105 室
邮　编：100101
编辑部：北京市海淀区花园路 6 号院 B 座 6 层
邮　编：100088
电　话：64924853（总编室） 64924716（发行部）
网　址：www.zgyscbs.cn
E-mail：zgyscbs@263.net

经　　销 新华书店
印　　刷 徐州绪权印刷有限公司
版　　次 2021 年 3 月第 1 版　2021 年 3 月第 1 次印刷
规　　格 710 毫米 ×1000 毫米　1/16　25 印张
字　　数 395 千字
定　　价 98.00 元　ISBN 978-7-5171-3803-7

王松，天津师范大学数学系毕业，中国作协全委会委员，天津市作协专业作家，文学创作一级，享受国务院特殊津贴。曾在国内各大文学期刊发表《红

汞》《红风筝》《红梅花儿开》《双驴记》《哭麦》等中短篇小说多部，出版长篇小说《烟火》《寻爱记》《爷的荣誉》《燃烧的月亮》《流淌在刀尖的月光》等及作品集数十种。曾在国内获多种文学奖项，部分小说改编成影视作品，并译介到海外。

引 言

我曾偶然得到一个笔记本。这笔记本的封皮是绛紫的，似乎还有一些烫银图案。但由于年代久远已模糊不清。那时还是上世纪七十年代，好像是一个早晨，我去学校上学。我初中是在一所叫“中山门中学”的学校就读，班主任是一个很年轻的女老师，平时总笑眯眯的，但对于迟到或违反其他纪律的同学从不手软。因此，我每次去上学就总是脚步匆匆，唯恐踩着电铃进去。后来这个习惯一直保持到我成年以后，有朋友取笑我，说我走路的样子总像要去赶火车。在那个早晨，我正匆匆赶往学校，忽然发现路边有一个老女人推着一辆小车在慢慢地走。车上装满破烂东西，有压扁的纸箱，有玻璃酒瓶，还有一些旧报纸和旧书籍，显然是要去废品收购站。就在这时，那摞旧书籍突然引起我的注意。我发现，在这摞旧书中夹着一个笔记本。当时它只露出一个角，但从翻卷起来的页纸上还是能隐约看到一些字迹。我凭直觉判断，这应该是一个很久以前的笔记本。于是，我就朝这老女人走过去。我在当时并没有太多想法，更没想过这笔记本上会记录什么重要内容。我只是爱看旧书，因此对这个已经泛黄的笔记本有些好奇，想看一看它究竟是什么年代的，上面又写了些什么东西。我走到老女人的面前问，您要去废品收购站？老女人站住了，看看我，用袖子捋了一下头发说，是啊。

这时我才发现，这老女人脸上的皱褶里渍了一些尘土，身上还扎了一件蓝粗布围裙。我立刻明白了，她应该是入户收废品的，那时做这种营生的人很多。我看一看这老女人，又看看她车上的废品，然后指一指那摞旧书中夹带的笔记本说，这个……卖给我吧？

老女人朝我指的那个笔记本看一眼，问我，你要拿去写字？

我想了一下，点点头说是，我想用它写字。

她笑了笑，立刻抽出这笔记本拍了拍递给我说，拿去吧。

我没想到这老女人竟会如此爽快，一下不知该不该接受。

老女人又说，你们学生写字用得上，卖了就只是废纸了。

我说，我……给您钱吧。

她摇摇头说，不值钱的。

我坚持说，我一定给您钱。

她想想说，那就……给几分钱吧。

我立刻掏出兜里所有的硬币，大约6分钱，递给这老女人，然后抽出那个笔记本就匆匆地走了。在当时，6分钱对我已是一笔不小的款项，足够吃一餐早点。可是我并不后悔，反而有些兴奋，觉得花6分钱买了这样一个笔记本很值。在这个早晨，我赶到学校时还是迟到了。但不知为什么，我的班主任老师只是看我一眼，并没有说什么。这节课是历史课，我的班主任老师刚好是历史科任老师。她当时正在讲1934年中国工农红军反国民党军队第五次大“围剿”那段历史，我们的中央主力红军如何决定战略转移，又是如何撤离中央苏区开始著名的二万五千里长征。我在座位上坐定，过了一会儿，才拿出这个刚刚得到的笔记本。这时我才发现，这个笔记本的确已有些历史，它显然被水浸泡过，有的页纸已经粘在一起，只要稍稍一揭就会破碎。我正在小心翼翼地摆弄这个笔记本，突然看到眼前的地上有一双脚。我抬起头，发现班主任老师正笑眯眯地站在我的面前。她向我伸出手说，拿来。

我看着她，迟疑了一下。

她又说，拿来。

我只好把笔记本递给她。

她将这笔记本轻轻翻着看了看，突然盯着我问，这东西，是哪来的？

我愣了一下，想想说，是……我家里的。

你家里的？你家里怎么会有这东西？

我一下被她问得无言以对。

班主任老师又看看我，将这个笔记本在手里轻轻掂了一下，就转身朝前面的讲台走去。我立刻明白了她的意思，她掂这一下的意思是说，这个笔记本被没收了。我的心里一下有些沮丧。下课之后，我立刻去办公室，想把这个用一顿早餐钱买到的笔记本要回来。我走进办公室时，发现班主任老师正在很认真地翻看这个笔记本。她看见我，立刻将笔记本放进抽屉里。她对我说，你对我撒谎了。她又说，我曾经说过很多次，一个人无论犯什么错误都可以，但就是不能撒谎，因为这关系到品质问题，是一个很严重的问题。

我看看她，小心地问，我撒什么谎了？

老师问，这个笔记本，真是你家的吗？

我立刻不再说话了。我虽然还没有来得及看这个笔记本上的内容，不知它究竟写了些什么，但我知道，班主任老师一定看明白了，因此她从内容断定，这个笔记本应该不会是我家的。这一次，我最终还是没有要回这个笔记本。因此，我也就始终不知道这笔记本里的内容。直到我初中毕业时，我仍然念念不忘这个笔记本的事。在我离开学校的那天，我又一次去找到班主任老师，向她提出，现在我要毕业了，那个笔记本应该还给我了。但让我没有想到的是，班主任老师听过之后稍稍愣了一下，眼里闪了闪告诉我，那个笔记本忘记放在哪里，已经找不到了。当时我立刻看出，她在撒谎，因为她说这话时眼神有些游移。但我没有任何办法，既然老师说找不到了，也就只能是找不到了。

这件事一直到我去农村插队时还始终耿耿于怀。

若干年后，我从农村考上大学，又回到这个城市。我做的第一件事就是回到母校看望那个当年的班主任老师。我见到她说的第一句话就是，现在，那个笔记本应该还我了吧？这个老师当时的反应让我大感意外，事情已经过去这些年，我只是说了这样一句没头没脑的话，她竟然立刻就听懂了。她笑眯眯地看看我说，你还记着这件事啊？

我说是，我一直记着这件事。

她又稍稍迟疑了一下，就拉开办公桌的抽屉拿出那个笔记本。我发现她已经为这笔记本包了书皮，用的是一种很光滑的画报纸，而且折叠得整整齐齐有棱有角。她小心翼翼地拿在手里看了看，然后递给我说，拿去吧，这里边的内容，很有意义。

她又说，你这样的年轻人，应该……好好看一看。

但是，我这一次却并没有听老师的话。我又重新得到这个笔记本自然很高兴，也总算长长地舒出一口气，就像是一件心爱又珍贵的东西失而复得。但这种感觉过去之后，也许是觉得它既然已经属于自己就不必再忙于看，加之刚刚进入大学校门，读的又是数学专业，就一头扎进数学中去，竟将这个笔记本的事放到一边了。当然，这期间我也曾粗略地翻看了一下笔记本里的内容。我发现本子上记录的竟然都是上世纪三十年代发生在江西赣南乡村的事情，有农民打土豪分田地的事，还有一些关于红军内部的事，有些事情看得懂，也有些事情看不太懂，尤其一些会议纪要几乎不知所云。但我一下明白了一件事，我初中的班主任老师之所以如此看重这个笔记本，就因为她所教的历史课刚好涉及这个年代的事情。

但是，我只是大致看了一下，这件事也就过去了……

让我没有想到的是，这个笔记本在30多年后竟显现出它的重要意义。

这时我已经以写小说为业。2010年春天，我接受了一个特殊的采访任务，要深入到赣南老区去寻找当年红军的足迹，同时也寻访中央苏区人民在那个特殊年代“闹红”的历史。有关部门的领导还为这次活动取了一个很有意义的名目，叫“作家走进红色岁月”。但是，时光毕竟不能倒流，“红色岁月”也是岁月，岁月一旦流逝是无法追溯的。正如历史学家所说，“历史是即存的现实，因此不可重现”。所以，要想重新走进这段历史就只能借助史料。按我以往的习惯，在每一次深入生活之前都要先做好充分的案头工作。我知道，江西的赣南地区应该是中华人民共和国的摇篮，当年的中华苏维埃政权就诞生在这里，也成长在这里，而后来红军举世闻名的二万五千里长征也是从这里开始。因此我意识到，在这片不寻常的红色土地上一定曾发生过许多动人心魄的故事。我为此通过各种渠道找来大量的史料和相关资料。这些资料浩如烟海。我准备为自己结一张网，在这些史料中打捞灵感。

但我很快发现，这种想法太幼稚了。这就如同将一片渔网撒向太平洋。

也就在这时，我突然又想起当年的那个笔记本。幸运的是，这个笔记本还在，我竟然很顺利地在书柜中一摞读大学时的教程中找到了它。这时，当年的那张画报纸书皮已经有些破旧。我小心地将这画报纸打开，就又露出了里面的封皮。由于又过去很多年，封皮的绛紫色似乎更深了，但透过这深深的绛紫仍能看出当年的颜色。它当年一定是非常鲜艳的红色，像血一样鲜红。我又仔细看了一下，渐渐辨认出，烫银的花纹竟是一个镰刀斧头的图案。在这图案的下方似乎还有一行字迹，遗憾的是，字迹已经模糊不清。

我用了一个下午又一夜的时间将这个笔记本一口气读了一遍。由于我这时已经翻阅了大量史料，对那个年代的背景和具体情况有了更多了解，因此很多内容一下就读懂了。

我终于了解了这个笔记本里所记录的内容。

我被这些内容震撼了。

我推测，这个笔记本的主人应该是一个记者，或者是红军或苏维埃政府里一个负责宣传工作的干部，而且应该是一个有一定文化的男性。因为他的字迹刚劲有力，有明显的男人特征，也很帅气，而且在页纸上还留有斑斑点点的焦痕，这应该是他吸烟时落下的烟灰。我在心里想象着，这个笔记本的主人是一个什么样的男人？他也许戴一副那个年代特有的黑边圆框眼镜，或许还戴着一顶灰粗布的八角帽——当然，也许没戴，因为那时候并不是每个人都能拥有一顶这样的帽子的。但他一定有胡须，而且是很硬的胡茬，我曾在一份史料中看到，当时的普通战士和一般干部是没有刮脸刀一类卫生洁具的。

这个笔记本上记录的内容很丰富，有当时红军的一些宣传口号，有各级苏维埃政府的工作情况，甚至还有一些乡村里支援红军工作的具体事例。而更让我感兴趣的是，在这个笔记本中还记载了许多鲜活的人和事。这些事情有的轰轰烈烈，有的生动悲壮，还有的读来令人感叹不已。从笔记本中所记录的内容看，时间跨度是从上世纪二十年代末到三十年代中期，但主要集中在1934年秋至1935年夏，也就是红军开始长征前后发生的事情，尤其记述了一些红军长征后发生的事情。这些事都是在以往的史料和类似题材的文艺作品中从未见到过的。

我就这样，将这个笔记本又连续翻了几遍。

我渐渐发现，这个笔记本中所记述的内容有一个特点，或许是因为笔记本的主人一直深入在基层，因此他所采访和记录的都是一些非常具体而且普通的人和事。这对于我这样一个专写小说的人当然再有意义不过。在我动身去赣南深入生活之前，又将这个笔记本反复看了看。随着我对那段历史越来越深入的了解，也就更加读懂了这个笔记本中所记述的内容。我觉得这笔记本就像一个富矿，几乎每一次挖掘都会有新的发现。经过仔细筛选，我最后在笔记本中选定了将近三十个人物，其中有红军战士，有游击队员，有地下工作者，也有普通百姓，更有普通的农村妇女。我就这样带着这将近三十个人物的原型去赣南深入生活了。如果说，在去赣南时，这将近三十个人物在我的头脑中还只是一些历史人物，那么来到赣南，尤其深入到老区腹地，当我看到这里的山峦河流和生长在坡上的竹林，呼吸到樟树散发出的特有气息，立刻就有了一种被水浸泡的感觉，而头脑中的这些人物也像鱼一样鲜活起来。不仅是鲜活，我还觉得他们在不断地清晰，不断地丰满，渐渐有血有肉，甚至在冥冥之中与我交流，向我讲述着他们各自的故事……当我从赣南回来时，便越发有了一种奇妙的感觉，我似乎可以向这些人物询问他们当年的一些细节，甚至可以随时拿起手机与他们通话。

但是，当我决定将这些人物写出来时才突然意识到，我又要面对一个选择。我是把他们一个个写出来，还是将几个人物放到一个人的身上？这对于我，应该是一种两难的选择。好像是在一天深夜，我突然想明白了。在那个特殊年代，又岂止这将近三十个人物，在整个赣南，包括当时的闽西和粤北乃至全国会有多少像他们一样的人。因此，这其实只是一个简单的文学问题。当我想明白这一切，这些人物似乎在向我微笑。

我懂了，他们也同意我这样的选择……

目录

第一章

——

凄风血影

人物：

高长山——男，23 岁，红军干部，因参与经济犯罪，在钨矿的矿区劳动改造。

谢根生——男，17 岁，红军战士，因参与经济犯罪，和高长山一起劳动改造。

钟子庠——男，40 岁，苏区根据地学校教师，中央红军转移后，转入地下仍坚持斗争。

付大成——男，31 岁，早年是杀猪匠，后被抓壮丁，受胁迫参加靖卫团。

刘长庚——男，28 岁，梅河边上竹村人，农民，后与付一起被迫参加靖卫团。

田在兴——男，27 岁，刘长庚同乡，原在梅河上做船工，后被迫参加靖卫团。

春良——男，19 岁，石坡村的青年农民，曾参加担架队，后成为游击队员。

一 矿徒

高长山和谢根生是两个红军战士，由于某些原因都曾犯有经济方面的罪错。在我的红色笔记本上，关于这两个人物的记载和一个钨矿连在一起。钨是一种极难熔化的特殊金属，硬度高，延性强，在常温下不受空气侵蚀，甚至不会与盐酸和硫酸发生作用，因此具有极高的稳定性，在工业尤其是军事上有着广泛用途。

我的红色笔记本上，关于这片钨矿是这样记载的，它位于江西省东南端，与闽西毗邻。上世纪三十年代初，钨砂生产在中华苏维埃中央政府的经济中占有重要地位。据有关史料记载，这条矿脉是上世纪初被偶然发现，1921 年开山，当时主要由当地山民露天采挖。1930 年冬，红军的一个团进驻矿区，责成附近三区七乡苏维埃政府开始有组织地进行采掘。1931 年春改由红军开采，并正式成立公营钨矿公司。当时面对战争和国民党疯狂的经济封锁，中华苏维埃共和国主席毛泽东发出号召："立即开展经济战线上的运动，进行各项必要和可能的经济建设事业……恢复钨砂、木头、樟脑等特产过去的产量，并把它们大批地输出到白区去。"

从此，这片矿区便越发地发展壮大起来。

美国作家埃德加·斯诺当年来到中央苏区，经过深入采访，也在他著名的著作《西行漫记》中不无感叹地这样写道："……他们（指当时的中华苏维埃中央政府）所经营的钨矿，是中国最丰富的，每年几乎可以生产一百万磅这种珍贵的矿物……""1933 年，苏区的对外出口贸易额超过 1200 万元……他们冲破国民党的封锁，大获其利。"应该说，这段文字虽然简单，却非常准确。当时的钨砂生产，无论是其自身的使用价值还是所带来的经济价值都具有非同寻常的意义，尤其为保障中华苏维埃中央政府的财政收入，对抗国民党的经济封锁，缓解物资紧缺，支援革命战争，都起到了极为显著而且不可替代的作用。

1934 年 9 月，国民党军队开始第五次"围剿"对中央苏区大举进犯，矿业被迫停办。1934 年 10 月，中央主力红军在战略转移前准备撤出这片矿区。国民党军队广东陈济棠部觊觎已久，立刻决定趁机进入矿山。而就在此时，曾经犯有罪错的红军战士高长山和谢根生也还在这片矿区。

关于高长山和谢根生这两个人物原型的详细资料，笔记本上记录的不很详细，因此他们的具体身世已无从考。但有一点可以肯定，这两个虽然曾犯有经济方面的罪错但仍对革命怀有强烈责任感和献身精神的红军战士，最后为这片矿山默默无闻地献出了自己年轻的生命……

1、黑夜

巷道里没有黑夜，或者说永远是黑夜。

微弱的灯光若明若暗，将坚硬的岩壁映得水津津的，一切都在昏暗中闪着亮色。已经记不清是第几天了，六天？七天？还是……八天？起初还有时间概念，赖八有一块包金壳的“昌牌”怀表，是他藏在身上一起带进来的，凭着他的这块怀表，我们还能估算出时间，时针转一圈，是一天，或一夜，转两圈就是一天一夜或一夜一天。但是，时针转过六圈之后，由于赖八忘记上弦，怀表停了，这一下我们就陷入了永远的黑暗。来巷道里背矿石的人已经很久不见了，可是我们不能出去。巷道里有严格的规定，在我们头顶的地方悬挂着一只铁铃，铁铃上的绳索一直通向巷道外面，只有当这只铁铃响起来，我们才被允许出去。一般都是背矿石的人不再进来了，过一阵，头顶上的铁铃就会响起来，这说明一天的工作完成了，我们可以走出巷道回山坡上的工棚睡觉去了。但是，背矿石的人已经很长时间没有进来。我根据自己饥饿的周期判断，应该有几天了，头顶上的铁铃却一直没有再响。我们似乎被外面的人遗忘了。谢根生趁别人不注意，偷偷把我拉到一个角落里。

他问，你估计……几天了？

我朝他看一眼，没有说话。

我已在心里计算过，赖八的怀表还没停时，是三天没有消息，他的怀表停摆之后应该又有四到五天，这样算起来就至少已有七八天了。但我没把这个计算结果告诉谢根生。我知道，谢根生胆小，如果告诉了他实话，他一定会沉不住气。其实早在几天前，我就已经感觉不对劲了。那天正在巷道里挖矿石，突然有人送来一只箩筐，里边有红薯干和南瓜干，还有几竹筒米饭。我们平时都是去外面的饭棚，从没在巷道里吃过饭。当谢根生发现了箩筐里装着米饭的竹筒，立刻兴奋地叫起来。我走过来看了，却越发感到不正常。我们自从来矿上一直是吃红薯干，在南瓜饭里有些米就已经很难得，还从没有吃到过这种大米饭。可是……这又是为什么呢？将这只箩筐送来巷道里的意思很明显，就是不让我们再出去。看一看这箩筐里的食物，应该够我们几个人吃上一阵子了。这是怎么回事？难道矿上……真要发生什么重大变故？接下来几天我的猜测果然应验了，这只箩筐送进来以后，外面就再也没有消息了。

这时，我借着角落里昏暗的光线，看到谢根生有眼泪流下来。

这个只有二十来岁的年轻人毕竟心浅，搁不住事。

他哽咽着问我，你刚才……听到了吗？

我当然听到了，是一声很沉闷的巨响，震得巷道里的石块都掉落下来。这声音显然来自巷道外面，而且并不很远。我在心里数着，这样的响声已经是第三次了。

谢根生说，我怎么觉得……不对劲啊。

我看看他说，有什么不对劲。

谢根生说，外面的人，好像把我们忘了。

我拍拍他的肩膀，想安慰他一句，沉吟了一下却又不知该说什么。

这时赖八和温富走过来，把脚下的铁锤和钢钎趟得当啷一声。我们在巷道里原本都是打单锤的。所谓打单锤，也就是每人拿一把小锤，一根一尺长的铁钎，独自在岩壁上一下一下地凿打。但这样凿打很费力，成效也很低。后来矿上就改变了方法，去镇子里的铁匠铺打来十二斤重的大铁锤，由一个人掌钎，另一个人抡锤，这一来效率就大大提高了。赖八和温富一直是一对钎锤。赖八自然不肯抡锤，只将大锤扔给温富。温富虽然不情愿，但惧怕赖八那双凶狠的吊眼，也就只好屈从。可是温富毕竟已经快五十岁，过去在家里又养尊处优惯了，哪里抡得动这样的大锤，有几次险些砸到赖八的头上。于是赖八没办法，也就只好和温富轮流打锤。这时赖八又朝地上的大锤用力蹬了一脚，哼一声说，还打个屁锤，娘的不干了！

温富也阴沉着脸说，是啊，也不知外面是咋回事，还有啥子干的吗。

赖八又兀自骂了一声，说，我得出去看看！

我立刻走过来，伸出一只手挡住赖八的去路说，不行，你不能出去。

赖八斜起吊眼看看我，冷笑一声说，怎么，你还把自己当成红军啊？

我说，矿上有规定，没得到允许，任何人都不准擅自到巷道外面去。

温富嘟囔着说，再不出去看看，说不定会出啥事呢！

赖八说是啊，兴许在这巷子口放一炮，就把咱都闷在这里了呢！

他一边说着就推开我，径自朝巷道口的方向走去。温富也立刻跟上去。我和谢根生对视一下，只好也跟过来。巷道很深，在黑暗中摸索着转过几个弯，又走了一阵，就感到空气渐渐清新起来，可以闻到一丝从洞外飘进的青草气息。赖八在前面放慢了脚步。我突然发现，已经到了巷子口。外面果然是黑夜，所以走到巷子口了还没有察觉。再仔细听，还有细微的沙沙雨声，巷道外面又在下雨。赖八走到巷子口迟疑了一下，然后试着伸出头去。外面立刻响起哗啦一声，可以听出是拉枪栓的声音，接着就是一声呵斥：回去！赖八连忙把头缩回来。我的心里立刻一沉，巷道口已经有人把守，这是过去从没有过的。而且，我听出刚才这声音很陌生，似乎是湘西口音，凭着以往的经验判断，这个部队很可能是刚调过来的。看来，矿上真的要发生什么大事了。我想到这里就把头伸出去，说，同志，我过去在二区苏维埃政府工作，你们这是……回去！外面又是一声呵斥，把我的话打断了。我只好也缩回头来。这时我才发现，赖八正在黑暗里看着我，嘴角挂着一丝嘲讽的浅笑，他眯起一只吊眼对我和谢根生说，你们两个不都是红军吗，那跟他们就应该是自己人啊，你们怎么不出去呢？

我没再说话，转身朝巷道深处走去。

我被送来这矿上劳改已经将近一年，我不知道在这一年里外面究竟发生了什么事情。前一阵听说，石城那边的情况吃紧，红军可能要有大行动。但这行动具体是什么却不清楚。我沿着巷道又回到掌子面，谢根生和赖八温富几个人也跟过来。这时细狗正站在矿石堆的旁边，歪着头看着我们，精细精瘦的身影被微弱的灯光映在岩壁上，像一根歪歪扭扭的樟树枝。细狗一直在角落里睡觉，这时，他看着我们几个人问，你们去哪儿了？

赖八没好气地说，关你屁事！

你？！细狗被噎得一瞪眼，立刻说，我……是组长！

温富在旁边哼一声说，都这时候了，还组个屁长。

我……我要点名！

细狗说着就站到掌子面的当中。

细狗确实是我们这个挖砂组的组长。但是，这组里的所有人都从没把他当成过组长看待。细狗每当感觉自己的组长地位被动摇，就要点一次名，以此来重申他的领导和权威地位。点名确实是矿上规定的，而且规定很严格，每次点名时，每一个劳改犯人都必须喊到，而且声音要洪亮。所以，细狗一说要点名，我们也就只好服从了。我们几个人勉强站成一排，细狗在我们面前神气活现地来回走了几步，然后开始点名：

土匪分子赖八！

到。

地主分子温富！

到。

红军分子谢根生！

到。

红军分子高长山！

……

红军分子高长山！

……

细狗冲着我一连叫了几声我的名字，我却只是看着他，始终不答应。我已经对细狗说过很多次，赖八的土匪可以叫土匪分子，温富的地主也可以叫地主分子，但我和谢根生的红军就是红军，要么叫红军战士，要么什么都不要叫，但就是不能叫红军分子。细狗又冲我张张嘴，似乎还想再叫一声，但想了一下又把话咽回去。最后只冲自己叫了一声：特务分子细狗。然后自己又应了一声：到。细狗刚要再说什么，就见郑黑子背着箩筐匆匆来了。

郑黑子过去是赖八的贴身手下，一年前和赖八一起被送来矿上的劳改队。但郑黑子年轻，身体也壮，于是就被安排到背砂队，每天从巷道里往外背矿石。赖八被押来矿上时，身上还偷偷带了一些钱，于是郑黑子就趁进来背矿石的机会，经常在箩筐里藏一些吃的给赖八带进来，有时甚至还带进一些酒肉。郑黑子显然刚从镇上回来，一见到赖八就将背上的箩筐放下来，从里面拿出一块腊肉，一包腌笋，还有一壶双料酒酿。赖八一见立刻抓过去大口地吃喝起来。一边吃着又问郑黑子，为什么这一阵不见背砂队的人进来背矿石。郑黑子朝巷道口的方向看一眼，凑近赖八压低声音说，这几天，外面的情况有些不对。

他一边说着又朝前凑了凑，我看……八成要出大事。

赖八立刻瞪大眼问，出什么大事？

郑黑子摇摇头说，现在还说不好，背砂队的人已经都抽调走了。

温富立刻从一旁凑过来，小心地问，背砂队……抽调到哪去了？

郑黑子朝赖八看一眼。赖八说，已经这时候了，你就说吧。

郑黑子这才说，这两天，外面一直在炸山，你们可听到了？

细狗也连忙凑过来说，是啊，一直轰隆轰隆的，在炸哪儿？

郑黑子说，是炸山后的那几个巷子口。

炸……山后的巷子口？

赖八撕咬到嘴里的一块腊肉停在牙齿上。

郑黑子嗯一声说，背砂队的人就是调到那边去了。

温富不解地问，既然炸了巷口，还要背砂队干啥？

细狗点点头说，这就对了……正因为炸了巷子口，才需要人去把碎石埋上。

是啊，郑黑子说，把背砂队的人调过去，就是为了清理那几个巷口的碎石。

这时，赖八忽然问，我们这里的巷子口已经有人把守，是不是……也要炸？

郑黑子想一想摇摇头说，这还没听说。

赖八又问，你刚才……是怎样进来的？

郑黑子说，巷口的守卫知道我是背砂队的，所以刚才进来时，我只告诉他们有一些工具还在这巷道里，那边清理碎石工具不够用，我是回来取工具的。

赖八听了点点头，想了一下就让郑黑子赶快回去。

郑黑子抓起几根缠着破烂绳索的扁担刚要走，赖八想了一下又把他叫住了，走过去低声说，你出去时告诉巷子口的守卫，就说这巷子里有人病了。

病了？郑黑子不解，问，谁……谁病了？

赖八朝跟前的几个人看了看，一指细狗说，就是他吧。

他……啥病？

打摆子。

打摆子？

这样你下次说送药，就有理由进来了。

赖八这样说罢，又冲郑黑子嘿嘿一笑。

2、赖八

赖八的山寨是在樟雾峰的山顶。樟雾峰是这一带最高的山峰，那里怪石林立，地势险峻，通往山顶只有一条崎岖的小路。但直到一年前准备抓捕赖八时人们才知道，其实赖八并不总在山寨，更多的时候是住在家里。赖八的家在西茅村，离樟雾峰只有十几里山路。赖八的女人对村里人说，赖八经常出去是做药材生意，在赣州城里开了一爿药栈。村里的人们便信以为真。这样赖八偶尔去樟雾峰上住一住，也就并没有引起人们的怀疑。

据说赖八的家里当年曾很殷实，后来败落也是因为这片钨矿。

那时赖八的祖父是这一带有名的郎中，专治打摆子，家里还有几十亩水田和一些房产，日子过得很富裕。一次赖八的祖父去赣州城里出诊，回来时天色已晚，走在山路上突然被一块石头绊了一下。赖八的祖父觉得这块石头的形状有些怪异，蹲下来看一看却又看不清楚。第二天，赖八的祖父仍然想着这件事，就又回到那条山路上来。这次再一看果然更觉稀奇，这块石头竟是白色的，而且纹理间还闪着金属一样的光泽。赖八的祖父立刻觉出这不是一块普通的石头，当即拿到城里去让一个开货栈的朋友鉴定。这朋友姓刘，人称刘老板。刘老板果然见多识广，立刻断定这是一块含有钨砂的矿石，而且成色很好。刘老板问赖八的祖父，这块矿石是在哪里捡到的。赖八的祖父支吾了一下并没有说出具体地点。从这以后，赖八的祖父郎中也不做了，让家里所有人都放下手里的事情，跟他一起上山去捡石头。这一捡才发现，山上竟然到处都是这种石头。就这样，捡来的石头很快就堆满屋后的山坡。也就在这时，那个在城里开货栈的刘老板知道了赖八祖父率领一家人上山捡矿石的事，就又来找赖八的祖父商议，想买下这些矿石。赖八的祖父捡了这些石头原本也是要卖的，于是当即答应，并跟这刘老板签了一份长期协议，今后赖八的祖父无论再捡多少矿石，他一律收购。

但是，让赖八的祖父没有想到的是，后来出事也正是出在这刘老板的身上。

其实这刘老板收了赖八祖父的这些矿石也并非真有什么用处，而是转手又卖给一家矿业公司。后来这家矿业公司发现刘老板收来的矿石越来越多，而且成色也越来越好，就问他是从哪里收来的。刘老板含含糊糊自然不肯说出实话。

于是这家矿业公司就对刘老板说，从目前情况看这些矿石应该不是开采的，而是一些矿苗散落在山上，所以，只要刘老板搞清楚这些矿石的出处，公司就可以直接派人去山上搜捡矿石，作为报酬，可以从中给刘老板一些提成。刘老板毕竟是生意人，一听矿业公司这样说当即满口答应。于是，就牢牢盯住赖八的祖父，待他再带着家人去山上捡矿石便紧紧尾随其后。就这样，很快便搞清了这些矿石的出处。矿业公司立刻雇了一些人来到山里漫山遍野地捡石头，接着索性又开起钨矿。赖八的祖父起初搞不清楚这是怎么回事，后来才知道竟是那个叫刘老板的朋友出卖了自己。但矿石是在山上，他就是生气也没有任何权利去阻止人家，然而自己毕竟已扔下郎中的营生，连家里的农田也都荒废了，于是一口气窝在心里就患了重病，不到一年时间就这样死了。赖八的祖父一死家里很快就败落下来。若干年后，待赖八成年，这家钨矿已具有相当的规模。

赖八也像他的祖父，对山上的这些矿石充满浓厚的兴趣。但他的做法却与他祖父当年不同。他并不花气力去山上采矿石，更不去那家钨矿做工，而是带领几个人到矿上去抢，而且不抢矿石，因为抢了矿石还要再想办法变成钱太麻烦，于是索性就直接抢钱。赖八很快发现，这种直接抢钱的方式比去山上捡矿石或开矿业省事得多，几乎不费任何气力就可以直接达到目的。就这样，他的抢劫队伍很快便壮大起来，先是拉上山去住在一个山洞里，再后来规模越来越大，便在樟雾峰的山顶选了一块地势险要的石坪扎起了山寨。

但是，赖八做这一切从不亲自出面，只让手下人去干，自己则躲在暗处指挥，而且他平时也并不去樟雾峰上的山寨，只是不动声色地住在家里。所以，西茅村的人只知道赖八家里的日子又一天比一天好过起来，而且赖八的那双吊眼也越来越显凶相，却并不清楚他在外面真正做的是哪一路营生。这时山里的钨矿已经易主，改由红军经营。红军来到矿上之后，让当地的区、乡两级苏维埃政府组织附近的村民去矿上开采矿石。

这样一来，赖八就又看准一个发财的机会。

赖八经过观察，认为区、乡两级苏维埃政府既然组织村民去矿上开采矿石，就一定赚到了很多钱。于是，他和手下的人经过一番精心策划，竟把乡苏维埃政府的一个干部给绑了票。被绑的是乡苏政府的一个干事，姓王，叫王生奎。赖八决定绑这个叫王生奎的干事也是经过一番慎重考虑的。其实他真正选定的目标还不是乡苏政府，而是区苏政府。他绑这个王干事只是想投石探路。如果这一票绑得顺利，乡苏政府很痛快地就给钱赎人，他下一步也就可以放心大胆地接着干下去，他真正要绑的目标是区苏政府的一个领导。但是，赖八还是把这件事想得太简单了。正如事后区苏政府的一个干部对赖八讲的，你从一开始就把这件事想错了，你以为苏维埃政府有钱就可以随便搞吗，你以为苏维埃政府的钱是那么好搞的吗，苏维埃政府只会去搞国民党的钱，怎么可能允许别人来搞自己的钱呢？

赖八不得不承认，这个区苏干部说的话的确有些道理。

其实赖八这一次计划得很周密。一天傍晚，那个叫王生奎的乡苏干事从区苏政府拿了一份文件，回来时走到半路上就莫名其妙地失踪了。乡苏政府这边一直等到第二天上午，再派人去区苏政府一询问才意识到是出事了。当时还没有考虑到是被土匪绑票，只分析有两种可能，由于王干事是走夜路，所以，或者是回来时遇到了野物，或者是不慎跌下山崖去了。但区、乡两级苏维埃政府的人在山路上来回搜寻了几遍，却没有发现任何踪迹。也就在这时，乡苏政府接到一封信。信上的内容很简单，措辞却斯文儒雅，只说现在王生奎王干事在他们手上，暂时还无生命之虞，而且他们也并未打算取王干事的性命，在樟雾峰下有一座土地庙，庙前有一株百年樟树，树下有一块很大的云白石，只要将二百大洋放在这块云白石的下面，王干事便立刻可以放回来。但是，也正是这封内容简单措词却很斯文儒雅的信却露出了赖八的马脚。在西茅村一带极少有人会写字，能写出这样一封信来的人也就更少，只有旁边东茅村一个叫严寿庠的村儒有这样的文墨。但据东茅村的人说，这个严寿庠早已上樟雾峰入伙去了。这样一来，也就将区、乡两级苏维埃政府的调查视线一下吸引到樟雾峰来。

这一次的确是赖八大意了。赖八自己不识字，所以将这个王干事绑上山之后，就让山寨里的师爷严寿庠给乡苏政府写一封信。严寿庠原本是东茅村的一个村塾先生，因为穷困潦倒才上樟雾峰入伙的。但他自从来到樟雾峰却一直寸功未立，别人下山去打家劫舍他没有气力，在山路上抢劫过往行人他又没有胆量，这次好容易有一个表现自己的机会，于是就将看家本事都使出来，将寥寥数语的一封短信写成了一篇锦绣文章。区苏政府的人了解到严寿庠的情况，立刻派人埋伏在他家门口，一天晚上趁他回来取东西时，就将他堵在屋里抓住了。严寿庠原本生性怯懦，一被抓住立刻就将樟雾峰上的所有事情都交代出来。

这时赖八已在家里得到严寿庠被抓的消息。

赖八深知严寿庠的为人，猜到他一被抓进去肯定会供出自己，但这时再想携家人上樟雾峰显然已经来不及。于是他情急之下就想出一个主意。他让自己的手下郑黑子连夜去镇上买来一口红漆棺材，第二天一早就停放在自家院里，自己换上百年衣裳躺进去，然后让家里人跪在棺材四周哭丧。村里人不知赖家出了什么事，过来一问才知道竟是赖八突然得暴病死了。这时棺材盖并没有盖严，还斜着留出一道缝隙，这是赖八叮嘱女人特意这样做的，一来为了给自己透气，二来也为让村里人看到，自己确实是躺在棺材里。村里人过来看到棺材里的赖八，果然都信以为真，于是就都啧啧叹惜，说这样硬实一个汉子，说没竟就没了。当天晚上，赖八的手下郑黑子又花了两块大洋买来一具尸首，是旁边东茅村一个刚死的放羊老人，便装进这口棺材里拉去山里埋了。赖八担心走漏风声，自然不敢立刻上樟雾峰，于是就躲在附近的一个山洞里，每天让他女人去送一些吃的。

就这样过了一阵，西茅村便有一些风声传出来，说是赖八并没有死，有人还在山里见过他，那埋进土里的只是一口空棺材。这风声立刻引起乡苏政府的注意。于是一天上午，乡苏政府的人就来到赖八的坟前，要当众开棺验尸。但是按山里的风俗，死人的尸气很污秽，沾到身上会倒霉运。所以挖坟的人将棺材弄出来，撬开棺盖之后就都躲到一边去了，谁都不肯过去看一看。后来还是两个乡苏政府的干部大着胆子过去看了看，只看到棺材里的两只脚，当即便认定，棺材里的人就是赖八。就这样又将棺材钉上草草地埋了。但过了几天又有一些风传，说是东茅村的一个放羊老人死了，后人竟将他的尸首卖了两块大洋，还用这两块大洋买了两口半大猪。这个风声又传到乡苏政府这里。乡苏政府想起几天前有关赖八诈死的传闻，便当即决定，再去挖开东茅村那个放羊老人的坟看一看。这一次挖坟，乡苏政府事先做了充分的准备，特意找来两个不怕神鬼的年轻人，而且让他们先喝了一些白酒，身上也喷洒了一些。就这样，待这两个年轻人将坟挖开，又小心翼翼地撬开棺盖，才发现棺里果然是空的。

这一来问题就更加可疑了，人们自然又想到了赖八的那座坟。

于是一天晚上，乡苏政府一个姓江的干部就带人来到赖八家里。赖八的家里自从声称赖八死后，每到晚上天一黑便早早地熄灯睡觉。在这个晚上，江干部带人来到赖八的家敲了好一阵门，赖八的女人才把门打开。江干部立刻闯进去里外搜寻了一下，并未发现有什么可疑之处，于是就走到赖八女人的面前，看着她问，你为什么这半天才开门？

赖八的女人说，已经睡下了。

江干部问，这么早就睡下了？

赖八的女人说，没啥事，睡得早。

这时另一个女乡苏干部冷笑一声说，是啊，赖八晚上不会有事。

赖八的女人看一眼这个女乡苏干部，说，你的话，我听不懂。

女乡苏干部盯着赖八的女人，突然问，赖八在哪里？

赖八的女人两个眼眉微微挑起来，但立刻又放下了。

她说，赖八死了，你们前些天挖开坟，已经看过了。

女乡苏干部说，看是看过了，可当时只看到两只脚。

赖八的女人说，那就是你们的事了，如果不相信可以再去挖开看一看，那座坟你们已经挖过一次，不怕再挖第二次。她这样说罢看一眼几个来人，你们，还有事么？

江干部面无表情地说，没事了，现在外面谣言很多，我们总要调查一下。

他这样说罢就带着人走了。

江干部一走出赖八家的院子，立刻压低声音对身边的人说，从现在起，要严密监视赖八的家，只要赖八的女人一出去，无论到哪里一定要盯紧。

他身边的女乡苏干部问，怎么回事？

江干部说，这女人一定有问题。

女乡苏干部问，有什么问题？

江干部说，你没发现她的鞋？

女乡苏干部不解，她的鞋怎么了？

江干部说，她的鞋边沾的泥土是灰色的，我们这边都是红泥，只有山里才能见到这种灰泥，这女人一定是经常去山里，而且去的地方很可能很潮湿。

江干部这样说罢，就在赖八家的附近安排了几个人。

果然，第二天早晨，在赖八家监视的人就尾随赖八的女人去山里找到了赖八藏身的那个山洞。当时尾随去的是两个人，他们没有惊动赖八，只是留下一个人继续监视，另一个人迅速跑回来报告了此事。乡苏政府的江干部立刻带人来到山上，将这个洞口包围起来。江干部并没有急于带人冲进去，只是把一颗打开盖的手榴弹在洞口晃了晃，冲里面说，出来吧，不然手榴弹扔进去，再想出来就晚了。洞里沉默了一阵，赖八和郑黑子就举着两手走出来。赖八的女人面色苍白地跟在后面，她走到江干部的跟前没有说话，只是用力地朝他看了看。江干部笑笑说，赖八的这几场戏演得很好，他当土匪委屈了，应该去唱采茶戏。

他这样说罢，就让人将赖八和郑黑子押走了……

赖八的怀表彻底坏了，无论怎样上弦都不走了。

但我知道，已经又过了一天一夜。我发现了一个观察时间的方法。从巷道口到里面的掌子面一共要经过数个转弯，在第一个转弯处划有一条警戒线，是用白石灰撒在岩石的地面上，由于潮湿，白石灰已经深深地渗进岩石里。我们一般是不准越过这条警戒线的，否则守在巷子口的卫兵就可能开枪。但是，在这个转弯处有一块凸出的巨大岩石，这块岩石也就成了钟表。巷子口是朝正南方向，所以每当这块凸出的石头被射进的光线映得亮起来，就说明是正午，而当它完全黑下去，也就说明到了晚上。郑黑子走后，这块石头已经亮过一次，又黑过一次。但巷道外面仍然没有任何消息。我们似乎真的被遗忘了。那只装着食物的箩筐放在角落里，没有人去动过。显然，每个人都没有食欲。巷道里像死一样寂静。只有附近的一个岩缝里在滴着水，嗒嗒的水声越发让人心绪不宁。细狗突然站起来，用手拨了一下吊在头顶上的铃铛。铃铛立刻发出刺耳的一声。赖八朝他吊起眼，恶声恶气地骂了一句很难听的话。细狗看看他，刚要回敬一句什么，想了想又把嘴闭上了。这时外面突然又响起轰隆一声。这一次似乎离巷子口更近，震得巷子里哗哗地落了一阵碎石。谢根生在一旁嘟嘟囔囔地说，炸吧……再炸就该炸到这条巷子了。温富突然哇的一声从角落里跳起来。他的两眼瞪得很大，脸扭曲成一团，头发也都一根一根地竖起来。他的嘴里喃喃地说着，我要出去……我要出去……然后朝左右看了看，又哇地大叫一声就朝巷子口的方向狂奔过去。那边传来砰的一声枪响，子弹显然是打在一块岩石上，又啾地弹开了。

过了一会儿，温富沮丧地低着头回来了。

赖八讥讽地朝他看一眼问，你怎么不出去了？

温富垂着眼，没有说话。

赖八又哼地一声说，你出去只能死得快一些。

温富站住了，瞪起两眼直盯盯地看着赖八。

赖八又说，你看我也没用，该死也得死。

温富的嘴里发出一阵奇怪的声音，像在磨牙，又像是喉咙里挤出的嗞嗞声。他仍然直盯盯地瞪着赖八，突然，又哇地大叫一声就朝赖八猛扑过去。赖八没有防备，一下被温富扑倒压在了底下。温富一边压着他嘴里仍然在哇哇地怪叫。我和谢根生连忙过来，将温富从赖八的身上拉开了。赖八竟然没有发火，只是狠狠地朝地上啐了一口唾沫，就走到一边去了……

3、温富

我知道，其实赖八的心里还是有些惧怕温富的。

这是因为，在温富的手里攥着赖八的把柄。

温富的家在温塘村，是那一带有名的大地主。温塘村在樟雾峰的山脚下，那里石多地少，有限的一点农田几乎都是温富家的，因此村里以种田为生的人家也就大都是温富家的佃户。温富为人刁钻，精于算计，表面对村人敦厚和善，暗中却是算到骨头里的。但温塘村只有这几片农田，又都归温富家所有，如果不租他家的田种就没有别的办法。此外还有更重要的一点，温富有两个儿子，一个在赣江上做船运，另一个在国民党军队里当军官，据说还是一个副团长，家里可谓有钱有势。所以，村里的佃户虽然对温富怨声载道，也就只好忍气吞声。后来这一带闹起农会，又成立了苏维埃政权，在查田运动中温富的家里自然被划为地主。按当时的政策，如果是地主又属于土豪劣绅，就要被列为处决对象。但就在这时，温富却做出了一件谁都意想不到的事情。一天上午，他让家里的雇工在街上垒起几个烧木柴的大灶，然后架起专门用来褪猪毛的大锅，煮了几锅很稠的米粥。温塘村的人平时都是吃南瓜饭的，很少有人舍得用大米熬粥。这样在街上煮了几大锅米粥，诱人的香气一下就弥漫了整个村庄。接着温富家的雇工就用饭勺敲击着锅沿大声吆喝，让村里的人们回家去取饭碗，来这里吃粥。起初人们还不敢相信。但有人回去取了碗来，竟真就盛了满满的一碗米粥。这一来人们便纷纷跑回家去取碗，街上的几口大锅跟前立刻排起长长的队伍。这时温富从家里走出来。他来到一口大锅的跟前看了看，又拿过饭勺在粥里立了一下，饭勺立刻歪到一边。温富的眉头顿时皱起来，对站在锅边的雇工说，下次熬粥还要再稠一些，饭勺要在粥里立住才行。

就这样，温富家的粥锅一连在街上开了十几天。

在这十几天里，温塘村的人们吃着温富家的米粥，自然不好再提惩治温富的事。于是这件事也就暂时搁置下来。到粥锅开到最后一天，就稀薄了，不要说立住饭勺，几乎不能看到汤里的米粒。据温富家的雇工在街上说，仓里的米已经扫净了，温富家的人从这一天也开始吃南瓜饭了。温塘村的人们听了就都有些感动，不管温富过去为人如何，在村里做了怎样的事情，至少这一次将自家仓里的米都拿出来放粥给村人吃，足可见其诚心诚意。不过也有人不太相信，温富这些年积攒了这样大一份家业，只在街上放了十几天粥就会将仓里的米放光么？甚至有人在暗中算了一笔账，一口大锅一天放两次粥，就算一次一斗米，五口锅是五斗米，一天也不过十斗米，放粥十八天，总共也只有一百八十斗米，温富家的粮仓里不会只有这一点粮食。但是，也就在这时，温富的家里又出了一件让人意想不到的事情。

一天夜里，温富的女人突然被土匪劫掠到樟雾峰的山寨上去了。

温富一共讨了两个女人。前一个女人年龄稍大一些，且一直体弱多病，而温富五十来岁正值壮年，于是就又在赣州城里花些钱寻了一个唱采茶戏的小女人。这小女人只有二十来岁，且颇有几分姿色，再打扮起来就更显妖媚。温塘村一带哪里见过这样的女人，于是一下就将此事传开，这小女人便也就成了远近闻名的人物。或许正是因了这女人的名声，才引起樟雾峰山寨上的注意。据说出事是在一天深夜。温塘村里的狗突然狂叫起来，接着又传来几声枪响。待天亮人们出来时，就见温富被五花大绑地吊在自己家门前的樟树上，他家的院门四敞大开，那个体弱多病的女人正在屋里高一声低一声的哭号。接着人们就听说了，是樟雾峰上的人夜里来到温富家，将他那个颇有姿色的小女人绑走了。据温富说，樟雾峰上的人临走时留下话，他们的头领只是把这小女人借到山上去用一用，不会难为她，不过要想让她回来，十天以后的上午带五百大洋去山上接人，过午不候。温富被人们从樟树上放下来时，流着鼻涕眼泪地说，五百大洋啊，我到哪里去弄这么多钱啊，看来人是回不来了。

温富的鼻涕和眼泪，立刻引起温塘村一些人的同情。

但没过几天村里就有了议论，说是温富的那个小女人并没有被樟雾峰上的土匪绑走，村里的一个小孩子爬上他家院墙外的樟树上去掏鸟蛋，看到那小女人还好好的住在后院里。又说，温富做这样一个苦肉计不过是想引起村里人的同情，同时也想让人们知道，他的家里并没有什么钱。但几天以后的一个夜里，

温塘村的狗突然又狂叫起来，接着又是几声枪响。待天亮时人们才发现，这一次竟是真的了。只见温富家豢养的几条狗都被齐刷刷地割断了脖子，横七竖八地扔在他家的院门口，黑紫色的血污淌了一地。温富和他家里的所有人都被捆得像荷叶包，胡乱丢在院子里。待温富被人们松了绑，又从嘴里拽出烂布，却只是连连摇头唉声叹气，一句话也说不出来。这时温塘村的人们虽然嘴上不说，心里却都已明白，上一次温富的那个小女人被土匪绑票的确是假，而这一次却是真的弄假成真了。

温富这一次的确是吃了一个哑巴亏。他怎么也想不明白，樟雾峰上的人为什么会突然想起下山绑他的票，而且临走时竟跟自己上一次说的话一模一样，他们的头领只是想借这小女人用一用，不会难为她，如果还想让她回来，十天以后的上午带五百大洋去山上接人，过午不候……温富越想越觉得蹊跷，樟雾峰上的人怎么像是听到了自己上一次在村里说过的话？温富想来想去，觉得还是应该跟樟雾峰上的人接洽一下，一来自己实在舍不得那小女人，二来他也意识到，樟雾峰上的人这一次绑票，不会仅仅是为了五百大洋这样简单。

温富经过一番考虑，就将细狗找来。

细狗也是温塘村人，但他平时并不种田，也不做任何事，从早到晚只在街上游荡，或去县城转一转。温塘村里没有人知道他究竟是靠什么营生过日子。温富在一天早晨将细狗找来，丢给他几块大洋，然后告诉他，想办法去摸清樟雾峰上的人究竟是怎样想的，绑了自己的小女人是不是还有什么别的意图。温富对细狗说，他只要为自己跟樟雾峰上的人牵上线，再问出他们的话就行了，事成之后还可以再给他几块大洋。细狗一听自然满心高兴，他的心里很清楚，办这件事并不难，樟雾峰上的人虽然平时都躲在山顶的寨子里，在山下却也有自己的耳目，只要找到他们的耳目问一问，这件事也就办成了。果然，几天以后细狗就来找温富。细狗一见温富并没有立刻说出他打探来的消息，只是伸出两只手张开十根指头说，再要十块大洋。温富一听心里就明白了，看来细狗是问来了重要的事情，于是满口答应，并立刻取出十块大洋放到他面前的桌上。细狗这一次确实是问来了底细，他告诉了温富一件惊人的事情，樟雾峰上的头领竟然是西茅村的人，而且平时就住在家里。

温富一听连忙问，这人是谁？

细狗微微一笑说，赖八。

他说罢便将桌上的十块大洋用手一搂，装进自己的衣袋。

温富听了立刻大感意外。西茅村的赖八他是早就听说过的，只知道这人一脸凶相，平时在家里不大与人来往，却没有想到他竟是樟雾峰山寨上的头领。但温富还是想不明白，这赖八平时与自己无仇无怨，他怎么会突然想起绑自己的小女人呢？赖八这样想了一天，就决定亲自去西茅村见一见这个赖八。据细狗说，赖八这几天行踪不定，好像一直住在樟雾峰上。但温富的心里很清楚，自己去樟雾峰上见赖八显然是不现实的，唯一的办法，只能去西茅村碰一碰运气。于是这天晚上，温富就来到西茅村。赖八的家里果然黑着灯，看上去不像有人的样子。这时温富才又想起细狗说的话，细狗曾告诉他，赖八每次上樟雾峰，他的女人也就回娘家去住。温富想到这里就有些沮丧，正打算转身回去，不料一抬头竟看到赖八正站在自己的身后。赖八显然刚从山上下来，回家是取东西的，他看到温富，立刻眯起两只吊眼笑了笑，然后朝自己家的院子一指说，知道你今晚会来，有事进去说吧。

温富就跟在赖八的身后走进他的家院子，又来到屋里。

赖八点上灯说，你今天既然来找我，就说明都已知道了。

温富点点头说，是啊，都知道了。

温富又说，可我还是不明白，你为啥要这样做。

赖八问，你真不明白？

温富说，真不明白。

赖八说好吧，你如果真不明白，我就告诉你，是你先做了一个局，对温塘村的人说我樟雾峰的山寨绑了你的女人。赖八说着两只眼就又慢慢吊起来，他看着温富，又说，我樟雾峰的山寨确实经常下山绑票，可轻易不绑女人，绑了女人晦气，会倒财运，而且名声也不好听，你这样在村里说是坏我樟雾峰山寨的名声，我这样干就是因为这一点，明白了么？你不是说我绑了你的女人么，好吧，我就绑一回给你看看，你不是说我开价五百大洋么，好吧，我就给你开价五百大洋。赖八说着又淫邪地一笑，你这小女人果然名不虚传，味道不错呢！

温富的脸色立刻变得蜡黄起来。

但沉了一下，忽然又微微笑了。

赖八很认真地看看他。

温富说，你赖八是樟雾峰上的头领，村里没人知道吧？

赖八没有说话，只是看着温富。

温富又说，恐怕，乡苏政府的干部更不知道吧？

赖八点点头说，我明白你的意思，你如果不怕你那个小女人回不来，就只管去乡苏政府告发我，说我赖八是樟雾峰上的土匪头子，让他们来抓我。赖八这样说着又冷冷一笑，不过，你不光是这个小女人吧？家里还有大女人，还有一家子人，我可以一个一个地往山上绑。

温富的脸色立刻又变了。

赖八接着说，你自己眼下的处境，你应该知道，你弄这样一场事不就是为了做给乡苏干部看么，你自己都不知哪一天就被他们绑去砍了，他们会轻易相信你的话吗？

温富慢慢低下头。

赖八说，所以，我劝你还是痛痛快快地送五百大洋来，咱们两相无事。

赖八这样说罢就站起身，做出往外送温富的样子。

温富这一次最终也没有给赖八送去五百大洋。那个小女人在一天夜里自己从樟雾峰上逃回来了，身上的衣服被山里的野草棵子挂得稀烂。据她说，她自从被掳上樟雾峰之后，赖八也就住到了山上，几乎每晚都让她陪着睡觉，并声称要她做压寨夫人。但这小女人生猛烈性，陪赖八睡觉可以，却坚决不肯做压寨夫人。后来赖八就有些不耐烦了，威吓小女人说，如果她再不答应，就将她送到寨子里去，让她陪着他的那些兄弟们睡觉，直到将她睡烂了再弄出去丢下山崖喂野物儿。小女人一听先是假装害怕答应下来，然后在一天夜里，趁赖八不注意就从山上逃下来了。接着，小女人就又告诉了温富一个秘密。她说在山上时，赖八为讨她欢心，曾带她去山崖后面看过一个地窖。这地窖里竟藏了赖八这几年积攒的全部财宝。赖八得意地告诉她，这个地窖除去他山寨里没有任何人知道，只要她肯给他做压寨夫人，他就将这地窖的钥匙交给她。温富听了心里一惊，接着又是一喜。

他连忙叮嘱小女人，这件事不要再对任何人讲。

温富掌握了赖八的这个秘密果然起到作用。不久以后他和赖八一起被抓起来，接着就押来矿上的劳改队。起初赖八总是欺凌温富，并想出各种方法折磨他。后来温富实在忍无可忍，就告诉赖八，他知道他的一个秘密。温富对赖八说，如果将他逼急了，他就把这个秘密告诉红军。赖八听了先是一愣，接着就明白了，一定是那个小女人逃回去之后将地窖的事告诉了温富。从这以后，赖八果然对温富有所收敛，再不敢像过去那样欺侮他了。

温富被乡苏政府抓起来是因为一件更恶劣的事情。温富那一次在村里放粥之后，便声称自己的家里已经没有粮食。但没过多久，乡苏政府的干部到他家去过一次。乡苏干部直截了当地对温富说，你这样大一份家业，仓里只存了这样一点粮食是不可能的，你现在唯一要做的就是老老实实地把家产全部交给乡苏政府，不要心存侥幸，更别想要什么诡计蒙混过关，否则只会对你更加不利。也正是乡苏干部的这几句话，反而提醒了温富。温富早已在山里看好一个山洞，这个山洞在几块岩石的底下，极为隐蔽，而且旁边就是悬崖，一般人不会发现。温富当晚就让小女人帮自己将家里所有的细软和值钱的东西都装上一辆牛车，然后拉到山上。他先将车上的东西搬进洞里，然后又将洞口用一些树枝和野草遮掩起来。也就在这时，温富又做了一件用心极其险恶的事情。他将一些碎石块码放到洞口的上面，又用掩住洞口的树枝支撑住，这样，只要有人发现了这个山洞，一挪动洞口的树枝，上面的石块立刻就会滚落下来。然而让温富没有想到的是，他在这天夜里所做的一切，却都已被乡苏政府的人看到了。乡苏政府估计到温富会偷偷转移财产，便派人在他家附近昼夜监视。在这个晚上，当温富和那个小女人赶着牛车从家里出来，监视的人便也悄悄跟过来。但是，监视的人只看到了温富和那个小女人往崖边的山洞里藏东西，却并没有看清楚温富后来在洞口做的手脚。这一来也就出了问题。第二天一早，乡苏政府一接到报告立刻就将温富抓起来。但温富并不知道自己做的一切都已被人看到，所以拒不承认转移财产，更不承认山洞的事。

于是乡苏政府的人立刻就来到山里。

当时乡苏政府的人由于发现了地主温富转移的这一大笔财产，只顾沉浸在胜利的喜悦中，便都疏忽大意了。几个年轻人兴冲冲地来到洞口，就在将树枝搬开的一瞬，突然听到头顶传来一阵巨响，接着就有一堆石块像雨点似的砸落下来。幸好这几个年轻人腿脚利落，赶紧朝旁边闪开了。但其中的一个人脚下一滑没有站稳，一下就跌下了悬崖。这个人还算命大，从崖上掉下去时被一棵长在岩缝里的柏树接住了，不过身上已多处受伤，躺在树枝上动弹不得。大家找来几根绳索，先将一个人拴在腰上放下去，才把这受伤的人救上来。

事情显而易见，这些石块是温富故意在洞口做的机关。

温塘村的人们自从吃了温富家的米粥，原本对温富不好再说什么。但这件事一出来却立刻引起众怒。那个被摔下山崖的是温塘村的农会主席，家里有一个生病的女人，还有一堆未成年的孩子，他这一次幸好没有摔死，否则留下女人和孩子就无法再活下去，而且这农会主席平时在村里的威望很高，因此村里的人们就纷纷要求严惩温富。乡苏政府当即对温富进行了公开审判，并决定将其处决。但是，当乡苏政府把这个审判结果上报之后，区苏政府考虑到钨矿那边正缺劳力，为此已经扩大劳改队，许多原本应该处决的犯人都已送去矿上劳改。于是就这样，温富和刚刚抓到的赖八便一起被押到矿上来。

巷道转弯处那块凸起的石头又亮起来。我经过仔细观察，已经可以精确地估计出一天的时间。我发现，当那块凸起的石头只亮起一侧，是上午，而如果全亮起来就到了中午，亮起另一侧时应该是下午，直到它全黑下去就是夜晚了。这时，那块石头已经全亮起来，这说明外面应该是中午时分。细狗蹲到那个装着食物的箩筐跟前，开始吃午饭。细狗的饥饿感很有节律，每到该吃饭的时间自然就会有食欲。所以，他只坚持了不到一天就开始正常进食了。细狗虽然生得精瘦，食量却很大，一个人几乎能顶上两个人的饭量。因此他总是吃不饱。据他自已说，他最怕饥饿，一饿就会浑身出汗，而且没有一点气力。他蹲在箩筐跟前一直在吃一只竹筒里的米饭，当他将这只竹筒吃干净，又拿起旁边的一筒。赖八立刻走过去狠狠地踹了他一脚。细狗回过头，瞪着赖八问，你……干什么？

赖八说，你识数儿吗？

细狗问，识数又怎样？

赖八说，我们现在是几个人？

细狗回头看了一下说，五个。

赖八又问，这筐里是几筒饭？

细狗又低头数了一下，五筒。

温富在旁边哼一声说，对啊，应该是一人一筒啊。

赖八说，你已经吃过一筒了，米饭没有你的份了！

细狗哼哧了一下说，我……我是组长……

赖八立刻骂了一声，去你妈的鸟组长!

他一边骂着伸手抓住细狗的衣领，稍一用力就将他从地上提起来，然后猛地一甩，细狗立刻飞出去啪地撞到巷道的岩壁，又重重地摔到地上。赖八走到他跟前说，你以为让你当组长，你就真是个什么东西了？从现在起，你敢再提组长的事，我就撅折了你!

细狗没再说话，爬起来看看赖八，就一瘸一拐地朝巷道深处走去。

我的心里一动，立刻也不动声色地跟上去。

我知道，在旁边的巷道深处有一个不显眼的耳洞，这耳洞的洞口很小，直径还不到两尺，细狗在外面用一块很大的石头刚好堵上，所以旁人看不出来。细狗好像在这洞里藏了什么东西，我发现他经常趁别人不注意溜过去钻进洞里，过一阵再钻出来堵上石头，然后若无其事地回来。有一次他回来之后从我的跟前走过，我闻到他嘴里有一股腊肉的味道。我猜测，他一定是偷了赖八的腊肉藏在那个耳洞里，实在馋了就去吃一口。这时，我悄悄跟过去，发现细狗果然又挪开洞口的石头钻进去。我刚要到洞口看个究竟，忽然听到身后有郑黑子说话的声音，于是立刻又回来了。郑黑子的身上仍然背着箩筐，浑身湿漉漉的，显然外面又在下雨。他放下筐，从里面拿出带来的吃食交给赖八，然后又拿出一个扎着口的布口袋。

赖八看看问，这是什么？

郑黑子没说话，将口袋口儿打开，倒着提起来朝外一倒，立刻有一堆癞蛤蟆掉到地上。旁边的温富和谢根生都吓了一跳，本能地向后退了一步。赖八看看地上四散爬开的癞蛤蟆，又抬起头看看郑黑子问，你……弄这些东西干什么？

郑黑子说，给细狗吃的。

赖八问，吃这东西干啥？

郑黑子笑笑说，治病啊。

赖八问，治……什么病？

郑黑子说，你不是说，他得了打摆子么？

赖八立刻明白了。郑黑子这一次来巷道里，一定是对巷子口的守卫说，巷道里有人得了打摆子，他是来给里面送药的。郑黑子点点头对赖八说，他就是这样说的，他告诉外面的守卫，这些癞蛤蟆是给里面打摆子的人吃的。温富在一旁听了立刻鼓起眼，瞪着郑黑子问，吃这癞蛤蟆……能治打摆子？郑黑子点点头说，听说，这矿上过去有很多人得过打摆子，这里已经成了摆子窝，那时又没有药，人们就只能生吃癞蛤蟆，说是这样能治病。接着，郑黑子又说，现在外面都在传，说是红军真要撤走了，所以才这样炸巷子口。

赖八听了两眼一亮，连忙问，红军……真的要撤走了？

温富也兴奋得脸上泛起红晕，喃喃地说，这下就好了……

赖八又回头看看我和谢根生，嘿嘿一笑说，听见么，你们的红军就要撤走啦，你们两个要被扔在这里啦，现在叫我一声赖司令还来得及，将来跟我一起上樟雾峰入伙吧。

郑黑子又说，还有，听说陈济棠的队伍也要开过来了。

赖八一听几乎欢呼起来，说好啊，太好啦，陈济棠的队伍一过来咱就熬出头啦！

我知道，陈济棠是广东军阀。这几年，他的队伍一直盯着这片矿区，如果红军真的撤走了，陈济棠的队伍肯定会很快开过来。但是，红军真的会撤走吗？我想到这里，回头看看谢根生。我发现，谢根生也正在看着我。这时赖八已经摩拳擦掌，嘴里连声说着，这可好了，这可好了，如果陈济棠的队伍真开过来，咱们可就要发大财啦！这时，细狗不知什么时候已经回来了。细狗看看赖八问，陈济棠的队伍开过来，咱能发什么财？

赖八朝他瞥一眼，哼一声说，你懂个屁！陈济棠冲什么来的？

细狗说，当然是冲钨砂。

对啊，赖八说，他们两眼一抹黑，到这矿上知道巷子在哪？

细狗点点头，似乎有些明白了。接着，忽然又嘿嘿一笑。

他这一笑，立刻把巷道里的人都笑愣了……

4、细狗

我知道细狗为什么笑。如果陈济棠的队伍真开过来，细狗应该是最高兴的。细狗跟陈济棠部队的人一直在暗中有联系，这是温塘村的人早已都知道的。

但是，细狗自己却从不承认这件事。

细狗是温塘村里唯一一个吸卷烟的人。这一带的男人大都吸生烟，或吸水烟，几乎没有人买得起卷烟。但细狗却买得起，有的时候甚至还买“三炮台”

一类的卷烟来吸。此外他还经常喝酒。细狗喝酒也很讲究，他不喝一般的水酒，而是要喝双料酒酿，喝酒时还要有一些腊肉或腌笋之类的小菜。细狗的消费水准曾引起温塘村人的怀疑。他平时并不种田，也不做任何营生，那么他的这些钱是从哪里来的呢？于是有人将这个情况反映到村里的农会。但农会的人也搞不清楚这是怎么回事。后来经过研究，就开始在暗中观察细狗。可是经过一段时间的观察，却并未发现什么可疑之处，细狗的日子过得很悠闲，每天除去叼着卷烟到处闲逛，与街上的人闲聊，或佐着小菜喝一喝双料酒酿，似乎没有什么正经事情可做。但这一来也就更加引起温塘村农会的怀疑。那时苏维埃政权刚刚建立不久，环境还很复杂，温塘村农会的人认为，虽然从细狗的日常看不出任何可疑之处，但越是这样也就越值得怀疑，不管怎样说有一点显而易见，仅从细狗的生活水平看，如果他不在暗中做一些什么不为人知的事情是不可能弄到这些钱的。于是，温塘村农会就将此事向乡苏维埃政府做了汇报。乡苏政府对这件事也很重视，温塘村一带由于是在大山深处，人们的生活都很贫困，正因如此细狗这样的经济状况也就越发显得不正常。但乡苏政府又想，会不会是细狗的上辈为他留下了什么财产？如果真是这样，那么细狗好逸恶劳坐吃山空，这种可能也是存在的。

可是乡苏政府经过调查，很快就发现并不是这么回事。

细狗的祖父当年也是一个游手好闲的人，平时不务农事，也不做任何营生，只靠去圩上的牲口市为人牵线搭桥挣些钱混日子。但这一带山多田少，牲口市上也不是总有生意，于是细狗的祖父渐渐就想到另一条歪道上来。他每次在牲口市上为人牵线做成一笔生意，就将这信息暗中通报给西井村的刘秃子。西井村的刘秃子是专做偷牲口营生的，那个白天买了牲口的人将牲口牵回家去，夜里刘秃子再根据细狗祖父提供的信息去那家把牲口偷出来，细狗的祖父当然要从刘秃子那里得一些好处，然后再去寻找下一个买家，重新卖掉之后刘秃子就再去偷。如此一来一头牲口也就可以不断地变出钱来。后来到细狗的父亲这一辈，觉得细狗祖父那样的做法来钱太慢，索性就直接做起了偷牲口的营生。细狗的父亲偷牲口又比当年的刘秃子更胜一筹，据说他不用缰绳，也不用轰赶，只要拍一拍牲口的脖子，牲口就会乖乖地跟着他走。后来关于细狗父亲偷牲口的事越传越神，甚至有人说，他如果看准哪头牲口，只要站在远处招一招手，这牲口自己就会朝他走过去。于是有牲口的农户就都人心惶惶，夜里睡觉也要将牲口拴在自己的床前。但是，细狗的父亲最终还是被人抓到了。他是在一次去闽西的山里偷牲口时被人家抓到的。抓到细狗父亲的人们愤怒至极，他们想不出用什么方法处置这个偷牲口的贼才能解心头之恨，最后在大家的一致要求下，就将细狗的父亲捆绑起来拴在一匹马的尾巴上，然后朝这马背上狠狠抽一鞭子让它在山路上狂奔。细狗的父亲只跟着这匹马跑了两步就栽倒在地上，然后被拖着一路绝尘而去。待这匹马再跑回来时，马尾上只还拴着一块血肉模糊的骨头。这一次细狗也跟着去了，所以这整个可怕的过程他都看在眼里，当他看到父亲那块拴在马尾上的骨头，就在心里做出决定，今后再也不干这种营生了。

乡苏维埃政府经过研究，认为不管怎样说也要将细狗的这件事搞清楚，于是就决定由乡苏政府的江干事出面，找细狗谈一谈。江干事一天下午来到温塘村，在街心的温家祠堂门口找到了细狗。细狗显然刚喝过酒，正在面红耳赤地跟几个人争辩着什么。

江干事走到他跟前说，你就是细狗?

细狗看看江干事，问，你有什么事?

江干事说，我是乡苏政府的江干事。

细狗说，我知道你。

江干事点点头，朝远处的一棵樟树指指说，咱们到那边去说话吧。

细狗又朝江干事看一眼，就跟着来到这棵樟树底下。

细狗问，你找我究竟有什么事?

江干事说，也没什么大事，只想问你几个问题。

细狗说好吧，你要问什么就问吧。

江干事说，第一，你平时干什么?

细狗眨眨眼问，什么……干什么?

江干事说，也就是说，你指什么为生?

细狗一听就笑了，说，不指什么为生。

江干事说，这也就是第二个问题，你既然不指什么为生，怎么会有这些钱呢?

细狗立刻鼓起眼，我有哪些钱了？你们觉得……我很有钱吗?

江干事朝细狗手上的卷烟看一眼说，你抽的烟，还有喝的酒，这些不都是用钱买的吗？

细狗立刻摇摇头，弹了一下手上的烟灰不慌不忙地说，我抽的烟和喝的酒都是朋友送的，我人缘儿好，有人愿意供我抽烟喝酒，你们乡苏政府权力最大，这点事还管不着吧？

江干事一下被问住了。

这个江干事毕竟还年轻，虽然有些经验但耐不住性子，所以从一开始就将自己的底数露给了人家。他这样直通通地问细狗，他究竟是从哪里得到的这些钱，细狗当然不会也不可能告诉他。不过江干事的这一次谈话也有收获，细狗还是透露出一个很重要的信息。据细狗说，供他抽烟喝酒的这个朋友是县城里一个叫田老板的人，这田老板在县城的西关街上开一家货栈，专做木器和竹器生意。但是，当江干事再追问这田老板的具体情况，细狗发觉自己说漏了嘴，却立刻闭口不肯再说了。江干事回到乡苏政府当即向领导汇报了此事。乡苏政府的领导立刻意识到这是一条重要线索。显然，这个田老板非常可疑，他作为一个生意人，自然不会无缘无故就供细狗抽烟喝酒的，换言之，细狗一定是为他做了什么值得他这样做的事情。那么，细狗又会为这个田老板做了什么事呢？也就在这时，乡苏政府派去监视细狗的人也发现了一个重要情况。据监视的人回来报告，细狗平时很爱到矿上去闲逛，而且还经常向矿上的人问这问那。乡苏政府的领导听了这个情况立刻警觉起来。这片钨矿是苏维埃政权的经济命脉，而且国民党军队觊觎已久，一直在千方百计打探矿上的各种情报，那个田老板，会不会与这件事有关？乡苏政府立刻将此事上报到区苏政府。区苏政府经过向上级请示，决定立刻派人去县城的西关街，先将这个田老板控制起来，然后再进行详细审问。但是，当区苏政府的人赶去县城西关街才发现，那个货栈已经关张了。据街上的人说，这个田老板是在一天晚上慌慌张张关门走的，从此就再也没有回来。线索就这样中断了。没有找到这个田老板，细狗这里又拒不承认任何事，于是这件事也就成了一桩无头案。区、乡两级苏维埃政府虽然明知细狗有重大嫌疑，却也拿他没有任何办法。不过有一件事很明显，细狗从这以后不要说“三炮台”卷烟和双料酒酿，渐渐地连生烟也抽不起了，而且从此也不再饮酒。

细狗最终被逮捕，是因为一件他无法抵赖的事情。

其实自从田老板那件事以后，乡苏政府一直没有放松对细狗的监视。监视细狗的人再一次发现他的可疑行踪是在这一年夏天。在这个夏天，细狗突然又连续到县城去了几次。但监视的人并没有发现什么可疑情况，细狗每次去县城都只是在街上闲逛一阵，然后到一个街角的凉茶摊喝一碗凉茶，与茶摊上的人随便聊两句就回来了。但后来监视的人就发现了问题。这问题正是出在凉茶摊上。监视的人发现，细狗每次去县城都是到同一个茶摊喝茶，而且总是坐在靠角落的一张茶桌，而这张茶桌上又总是坐着一个戴草帽的胖子。监视的人自从发现了这个情况，也就开始注意了这个胖子。这一注意才发现，这个人竟然很眼熟，一次趁他摘下草帽扇凉的时候终于认出来，这人竟就是当初在西关街上开货栈的那个田老板。但这时的田老板已经不是过去的打扮，剃了光头，穿着对襟小褂，看上去像个行脚或卖西瓜的。细狗这一次和这个田老板谈的时间比平时要长，似乎在商议什么事情，最后田老板还掏出一样什么东西交给细狗，细狗看了看就揣在身上。监视的人立刻赶回来，由于事情重大就直接去区苏政府做了汇报。区苏政府的领导当即决定，带人到县城回来的山路上去等细狗。

在这个傍晚，区苏政府的人一直等到天色将黑才看到细狗从山路上走来。他显然又喝了酒，走路有些摇摇晃晃。就在他来到一块岩石的跟前，想停下歇一歇时，区苏政府的人就从岩石后面走出来。一个姓刘的区苏干部走到细狗的面前，看看他严肃地问，你去哪了？

细狗先是一愣，接着就放松下来，说，去城关镇了。

刘干部盯着他问，你真的去城关镇了吗？

细狗咬一咬牙说，就是……去城关镇了。

刘干部笑笑说，可是那个田老板交代说，他跟你是在县城见的面。

细狗一听脸色立刻变了。

刘干部这样说当然是在故意诈细狗，这时还并没有抓到田老板。不过这一招果然灵验，细狗一下就说不出话来了。这时刘干部又做了一个手势，旁边的人就走过来在细狗的身上搜了一下，立刻从他的衣兜里搜出一封信。但是，让当时所有在场的人都没有想到的是，这封信竟然是陈济棠部队的一个旅长写给区苏维埃政府的一个领导的。信上的内容很简单，开始先是寒暄几句，然后说，上一次商议的事情就按商定的办，他这几天就派人给他送来第一笔二百大洋，其余的后面会陆续送过来。刘干部看看这封信，又抬起头看看细狗。也就在这时，细狗又犯了一个致命的错误。如果按那个田老板事先的设计，细狗将这封信带在身上就是为了让区苏政府的人搜到，倘若区苏政府的人搜出这封信，而且发现他们的区苏政府领导竟跟陈济棠部队的人暗中有联系，自然会立刻报告给上级，如此一来这个区苏领导也就立刻会被查办。而更重要的是，这个区苏领导同时还是钨矿上的领导，而且一直将钨矿治理得井井有条，如果他被查办了，势必会给钨矿造成混乱，这样他们也就可以趁乱再进一步做手脚。但是，细狗在这个傍晚喝了很多酒，一喝酒就有些糊涂了。他先是听区苏政府的刘干部说已经抓到了田老板，又听说田老板已经供出自己，于是就稀里糊涂地信以为真，接着也就将所有的实情都对刘干部说出来。他告诉刘干部，这件事都是那个田老板让他干的，田老板就是陈济棠部队派来的人，他先是让他在矿上搜集各种情报，然后根据每一次情报的价值和重要程度给予奖励，后来他发现自己暴露了，便立刻跑回广东去了。这一次他又来找他，是奉了上级的命令想用这种离间的办法把那个区苏政府的领导搞下去，给矿上制造混乱，然后再想办法趁混乱从中得利。刘干部一听细狗这样说，立刻就全明白了。

后来区苏政府的人很快就在县城抓到了这个田老板。经过对这田老板进行审问，供述的内容与细狗所说的基本相同。他果然是陈济棠部队的人，而且他的直接上级还是陈手下的一个情报参谋。据说那个区苏政府的领导后来听说了此事，气得拍着桌子一定要严惩这个细狗。但他作为矿上的领导，考虑到这边正缺劳力，就还是将细狗押到矿上的劳改队来。

郑黑子一连两天没有露面。

外面除去隆隆的爆炸声没有任何消息。

巷道里充满焦灼的空气。赖八不停地走来走去，嘴里自言自语地咒骂着，骂郑黑子，骂温富，骂细狗，骂谢根生，骂我，骂他想到的每一个人。这时我已经意识到，看来红军真的要撤走了。而且，我也很清楚，如果红军撤走，是不会把这个钨矿完整地留给国民党军队的，这也正是外面不断传来爆炸声的原因。谢根生有些害怕了，他流着泪问我，如果部队真的撤走了，我们两个人怎么办。这时我的心里很乱，我也不知该怎么办。但我还是安慰他说，先不要急，看一看形势再说，总会有办法的。这时，我想了一下，还是没把另一件事告诉他。就在昨天夜里，我终于发现了细狗的秘密。这些天巷道里的人又有了时间概念，因此生活也就重新规律起来，尽管巷道里只有微弱的灯光，但还是按外面的时间，夜里睡觉，白天活动。我一直对细狗的那个耳洞感到好奇。我有一种直觉，他在这个耳洞里除去藏食物，一定还藏了什么让人意想不到的东西。于是，昨天夜里，我等巷道里的人都睡熟了，就悄悄爬起来溜去了那个耳洞。细狗堵在洞口的这块石头很巧妙，不知他从哪里找来的石头，从大小到形状竟然跟洞口都很相似，这样堵上去就像是镶嵌在上面的。我轻轻将这块石头搬开，就蹑手蹑脚地爬进去。这个耳洞里竟然很大，几乎像一个房间。我在角落里看到一块石头。这石头像桌面一样平整，上面放着几块腊肉，这些腊肉的形状都很模糊，显然是从别的腊肉上匆匆撕下来的。在这块石头上还有一只瓦罐，这种瓦罐在巷道里很常见，是挖矿人用来盛水的。但是，我将这瓦罐轻轻打开，竟然闻到了一股水酒特有的香气。我不禁在心里暗暗佩服细狗的本事，他不仅能从赖八那里偷腊肉，竟然还可以偷酒，真不知他是怎样做到的。就在这时，我又在这块石头的旁边看到了一只木箱。这木箱有些粗糙，但很坚固。我轻轻打开箱盖，心里立刻一紧。里面是一包一包的东西，码放得整整齐齐，隐约还能闻到一丝熟悉的气味。

我意识到，这是炸药。

我没有想到，细狗竟然还在这里存有炸药。接着我就明白了，一定是当初开山炸巷道口时，他偷偷留下的。我将这木箱的盖子轻轻盖上，又朝洞里环顾了一下，就从洞口爬出来。但就在我钻出洞口时，突然看到眼前的地上有一双脚。我慢慢抬起头，才发现是细狗正站在我的面前。细狗没有说话，只是阴着脸看看我，就回去继续睡觉了。我当然没有再提这个耳洞的事。对待别人的秘密，最好的态度就是让这个秘密继续保持秘密。

将近中午时，郑黑子终于又来了。郑黑子这一次没有背箩筐，手里只拿了一捆草药。他告诉赖八，这也许是他最后一次来了。赖八听了连忙问为什么。郑黑子说，他们背砂队虽然也是劳改队，但那边毕竟都是罪过较轻的犯人，所以已经被编入民夫队，要跟随队伍去运辎重。温富听了立刻问，那……我们这些人怎么办？

郑黑子摇摇头说，这个……还没听说。

赖八立刻兴奋起来，一把抓住郑黑子问，这么说，红军真的要走了？

郑黑子说，千真万确要走了，这两天背砂队的人已将矿上所有的钨砂都背到河滩上去，在那里挖了一个很深的大坑，说是要把这些钨砂埋起来，等将来红军回来时再挖出来。

赖八立刻搓着两手说，太好了，这可太好了！

郑黑子把手里的草药扔在一边，又说了一句他要赶快回去了。然后就匆匆地走了。赖八越发不停地在巷道里走来走去，突然，他站住说，咱们得商量一下！

温富问，商量什么？

赖八说，如果红军真的撤走，陈济棠的队伍很快就会开过来。

细狗哼一声说，开过来又怎样。

赖八说，我们发财的机会来了！

温富眨眨眼问，发财……怎么发财？

赖八问，你在这矿上干过几个巷子？

温富想一想说，三个。

赖八又问细狗，你呢，干过几个？

细狗说，两个还是三个，记不清了。

赖八说对啊，我也干过三个巷子，这样咱们凑起来，就几乎是这矿上所有的巷子了，虽然红军炸了巷子口，可咱们知道地形，到时候如果给他们带路，一条巷子少说也能要他一千大洋呢！赖八这样说着又把脸转向我和谢根生，还有你们两个，你们曾经是区苏政府的人，应该对这矿上的事情知道得更多，从现在起咱们就成立一个护矿队，我当队长，等陈济棠的队伍一到咱们就出去迎接！谢根生狠狠瞪了赖八一眼，没有说话。赖八愣了一下，立刻朝谢根生走过来，盯着他问，我刚才说的话，你都听见了？

谢根生又瞪了赖八一眼，仍然没有说话。

赖八突然伸出手，啪地在谢根生的脸上掴了一掌。

你以为你是什么东西？还是红军？

谢根生的嘴角立刻有一丝鲜血像蚯蚓一样淌出来。

谢根生说，我不会参加你这护矿队的。

赖八挥手又朝谢根生的脸上掴了一掌。

我突然朝赖八扑过去，一拳打在他的脸上，他晃了晃脚下没有站稳，一下摔倒在地上。他先是被我打蒙了，接着就跳起来，嗷儿地叫了一声猛扑过来按住我。谢根生立刻走到巷道的转弯处，用一种很陌生的表情瞪着赖八说，你放开他，再不放我就喊外面的卫兵了！

赖八立刻像撒气的皮球，哧的一声放开了我……

5、我和谢根生

我至今仍然觉得谢根生有些冤枉。谢根生曾和我在同一个区苏维埃政府工作。那时我负责财务，他是我手下的办事员。在我的印象中，谢根生是一个很勤快的年轻人，无论什么工作，只要交给他立刻就会办得清清爽爽，而且不管工作压力多大，从来没有怨言。

谢根生曾对我说过他的身世。他家是在石城，母亲很早过世，家里只有他和父亲两个人相依为命。后来他父亲将家里所有能卖的东西都卖掉了，用这些钱买了一条小船，在琴江上做起了摆渡生意。但他父亲有两个致命弱点，是注定不适宜做摆渡生意的，一是好饮酒，再有就是不会游水。最后，他父亲丧命也正是丧在这两个弱点上。那年夏天的一个傍晚，谢根生的父亲又喝了一些酒，当时他看一看已经没有人过江，正准备收船，就在这时突然又来了两个人。这两个人来到江边一脚踏上船，就连声催促谢根生的父亲开船。谢根生的父亲见这两人来者不善，没敢多问就赶紧将小船朝江心划去。但这两人仍然嫌慢，还在不停地催促，甚至站在船头用力地跺脚。这时谢根生的父亲就有些忍不住了，谢根生的父亲毕竟喝了一些酒，于是就借着酒劲对这两人没好气地说，你们再急这也是船，总不能飞过江去。谢根生父亲的这句话立刻激怒了这两个过江的人。当时在对面江边有一个人正在打鱼。事后据这打鱼人说，他听到江心小船上有争吵的声音，抬头朝那边看时，刚好看到其中的一个人朝谢根生父亲的脸上打了一拳。谢根生的父亲由于喝了酒本来脚下已经有些站立不稳，于是晃了几晃就一头栽到江里去了。谢根生得到消息已是第二天上午。他沿着琴江朝下游走了十几里，才在一个江湾找到父亲的那条小船，接着也就发现了父亲。父亲在跌下水的一瞬，一只脚被小船的缆绳套住了，所以才没有被江水冲走。谢根生发现时，父亲正漂在船尾的水里。谢根生就这样埋葬了父亲，又卖掉了小船，然后来到部队上。再后来就被调到这边的区苏政府工作。谢根生告诉我，他至今仍不知道，当初将他父亲打到江里去的那两个人究竟是什么人。

谢根生虽然很能干，但也有一个弱点，就是生性怯懦，胆子很小。也正是因为这个弱点，他后来才被卷进这个原本不该卷进去的事情。当时我的上级姓王，区苏政府的人都叫他王部长。据说这王部长是从白区过来的，当年还曾在国民党的什么政府机关工作过，是被我们策反的，先是在暗中帮我们工作，提供一些情报，后来索性就投奔到我们这边来。所以，这个王部长的身上就总让人感觉有一种跟别人不太一样的东西，与区苏政府的人似乎有些格格不入。据说关于这个问题，上级领导也曾找他谈过几次，对他说苏区的生活环境和经济水平毕竟与白区不同，现在既然来到苏区工作，就要适应这里的环境，尽量将自己过去的一些生活习惯改一改。但王部长虽然嘴上答应，平时生活上却还是保留着一些过去的习惯。比如区苏政府食堂的饭，他就吃不惯，过几天总要出去下一次饭馆。他自己下饭馆当然过于显眼，于是就经常拉着我和谢根生一起去。但是，当时的苏区由于各种物资都很紧缺，即使去饭馆吃饭也很少有油。于是王部长就想到了办公用的灯油。当时区、乡两级苏维埃政府的机关办公灯油都是用豆油，而且由区苏政府的财政部门统一掌管，按一定时间向下发放。王部长指示我，每次去饭馆吃饭都带一些这种办公用油，如此一来炒菜也就有了味道。起初我也觉得这样做不妥，当时苏区上上下下都在搞勤俭节约，这样用办公灯油炒菜吃显然违反节约原则，而更重要的是也违反财政管理条例。但是，王部长毕竟是我的上级，既然他这样指示了，我也就不好说什么，而且我也不得不承认，这种用豆油炒的菜的确很香，比区苏政府食堂的菜要好吃很多。但这样吃的次数一多就不仅仅是灯油的问题了，还要用钱。尽管王部长又想出一个主意，将带来的灯油不仅用于炒菜，还拿出一部分跟饭馆的老板换酒，然而饭菜总还是要花钱的。也就在这时，王部长就开始让我在财务上做假账了。这时我也已经吃惯了饭馆。我得承认，人的感觉是有方向性的，如果从吃糠咽菜到吃红薯干和南瓜干，会感觉很好，而倘若再在炒南瓜里滴一滴油放一撮盐，那简直就是难以想象的美味。但是，你如果吃惯了饭馆里的炒菜，再回过头来吃这种炒南瓜就会觉得味同嚼蜡，甚至难以下咽。也正是由于这个原因，当王部长示意我做假账时，我虽然在心里稍稍犹豫了一下，就还是立刻答应下来。

我做假账的手段很简单，无非是以少报多，伪造票据，虚开房子搬迁伙食费，开具虚假干部药费报销单等等，而要想将这一切做得天衣无缝，就要有谢根生的协助了。直到这时我也才明白，王部长为什么每次来饭馆吃饭总要让我拉上谢根生。但是，谢根生毕竟胆小怕事。他迫于王部长的压力不敢不答应，可是帮我做过几次假账之后就担忧地说，这种事如果被查出来可是很大的罪呢。

我这时已经习惯于这种三天两头下饭馆的生活，而且几天不喝酒就感到浑身不舒服，于是便安慰谢根生说，没关系，不管怎样说有王部长在上面顶着呢，将来上级就是查也查不到咱们的头上。我对他说，你就放心大胆干吧。

但我还是想错了，后来上级调查此事，首先就查到了我的头上。

当时国民党对苏区的经济封锁越来越严，各种物资很难运进来。因此苏区的经济也就日益困难，从上到下都在大搞节约运动。在这种大环境下，王部长带着我和谢根生经常去饭馆大吃大喝，自然很快就引起别人的注意。先是有人给中央工农检察部写了一封没有署名的控告信，信上说："检察部控告局，我们这里的区苏政府干部用公家的灯油去饭馆炒菜吃，还用油换酒，大吃大喝，大家都说，像这样我们一年到头省到死，也不够他们吃一次。完了。"这封控告信从内容到格式，在当时的苏区都是非常典型而且规范的。同时，也正是因为没有署名，立刻就引起了检察部控告局的高度重视。上面很快就派下有关人员调查此事。但王部长毕竟在白区工作过，有些经验，他指示我搬出一些无关紧要的账目让调查人员审查。果然，调查人员一连查了几天账目，并没有发现什么问题。但是，我和王部长并不知道，也就在这时，另一路调查人员已经深入下去，到基层摸查各种情况。这一查果然就查出了破绽。从调查结果看，我们还不仅仅是使用办公灯油去饭馆炒菜、大吃大喝的事情，在财务管理上，比如纸张、邮票、药品的使用以及回收公债上也都有很大问题。这一路调查人员摸清事实之后，突然在一天下午来找我。他们沉着脸说，你把这几个月的开支账、群众退还公债账和干部伙食账都拿出来吧，我们要仔细审查一下。

我听了心里立刻一紧。

我意识到，这一次真的要出事了。

调查人员查账的结果让我也大吃一惊。仅仅几个月时间，灯油多报竟达两百多斤，假造购纸收据几百元，谎报房屋搬迁伙食费上千元，开具干部药费报销假单据五百多元，此外还侵吞了群众退还谷票和公债款一千多元等等。这里要说明一点的是，这些钱数都是苏区钱币的面值，当时吃一碗肉丝面也不过才几分钱。根据中央执行委员会发布的一份《关于惩治贪污浪费行为》的训令，其中明确规定："贪污公款500元以上者，处以死刑。"

事后我才知道，我们的这个案子在当时震动了整个苏区。

王部长作为主管财务的领导，每一笔账上自然都有他的亲笔签字，而且他也承认，这些假账都是在他的授意并亲自策划下搞出来的，因此他在公审之后很快就被处决了。我和谢根生的罪过原本也是不可饶恕的，我毕竟是做财务工作，而且所有这些事谢根生也都是参与其中的。但上级考虑到我和谢根生平时的工作表现，就还是给了我们两个人改过自新的机会，同时钨矿这边也正需用人，于是就将我们送到这边的劳改队来……

巷道外面安静下来，远近的爆炸声都停止了。

我在心里计算着，这样的安静已经有一天一夜了。也就在这时，我突然有了一个惊人的发现。就在这天夜里，我趁所有的人都睡熟了，悄悄摸到巷子口。我想观察一下外面的情况。但是，我到巷子口时并没有听到守卫的咳嗽声，外面死一样寂静。我试探着朝外面扔了一块石头，仍然没有动静。我的心里立刻一动，难道……巷子口的守卫已经撤走了？

我又试着咳了一声，外面仍然没有反应。

于是，我便大着胆子一步一步走出巷道。

外面果然已经没有了守卫。黑暗中的矿山被微弱的星光勾勒出几个巨大的剪影。我立刻被一股清新的空气呛得有些头晕目眩。但我很快意识到，这只是暂时的真空，也许矿上马上就会再派人来。而这段真空时间是无论如何不能让赖八、温富和细狗他们知道的，否则这几个人一旦趁此机会逃出去，将来再与陈济棠的部队接上头，那后果就不堪设想了。我想到这里就立刻悄悄地回来了。这时，我又想到自己早已准备好的计划。我知道，应该是实施的时候了。我当初刚刚想到这个计划时，立刻将自己也惊出一身冷汗，我为自己的这个想法感到恐惧。但这时，真正到了要实施的时候，我的心里反而平静下来。

我很清楚，这已经是我最后能做的一点事情了。

我回到掌子面，轻轻推了一下睡在角落里的谢根生。谢根生睁开眼看看我。我立刻向他做了一个不要出声的手势，然后又朝旁边的巷道深处指了指。谢根生就轻轻爬起来，跟着我朝这边溜过来。转到一块岩石后面，我蹲下来沉了一下，就对谢根生说出了马上要实施的计划。谢根生听后浑身立刻颤抖了一下。

我看看他，用力喘出一口气。

我说，你应该知道，如果按中执委的训令，我们早就应该被处决了，所以，现在……

谢根生立刻说，你……别说了。

我拍拍他的肩膀，还是继续说，你如果想走也可以，我告诉你，外面巷子口的守卫已经撤走了，你现在就可以走，事情我自己来做，只是这样一来……难度就很大了，如果他们几个人发现了外面已经没有守卫，立刻就会冲出去，那样事情就无法控制了。

谢根生的眼泪流下来，他点点头说，我明白，你说吧，咱们怎么干。

我用力在他的肩膀上捏了一下，强忍住自己的眼泪。

我说，你有一个用白银打的长命锁？

谢根生下意识地伸手朝自己的脖颈摸了一下。他突然一愣，脸色立刻变了。

我说，你的长命锁已经被我拿来了，而且……我用它……跟细狗换了炸药。

谢根生立刻睁大眼，换炸药？

我点点头说，我对他说，等将来出去了，我想用这些炸药去换酒喝。

谢根生立刻明白了。他看着我，忽然笑了。我发现，他笑的真好看。

于是，我就和谢根生一起蹑着手脚朝这边走过来。这时我才发现，赖八和温富已经醒了，正坐靠着岩壁说话，两个人好像在一起回忆着矿上几个巷道口的具体位置。我和谢根生从他们身边走过时，他们还抬起头用一种奇怪的眼神朝我看了看。我故意做出没理会他们的样子，和谢根生一起朝巷道前面的第一个转弯处走过来。我从岩壁的缝隙里拽出一小节导火线。这种导火线是矿区专用的，速度很快，为了防水，还专门在表面涂了一层石蜡。

谢根生立刻睁大眼，低声问我，你……已经……

我点点头说，是，我已经把炸药装在这里了。

谢根生忽然问，将来我们的队伍回来，还会……把我们挖出来吗？

我用力朝他笑了一下，说，会的，一定会的，我们也会变成矿石。

谢根生慢慢把头转过去，贪婪地朝巷道口的方向看了一眼，又低下头看看我手里的火镰。我哽咽了一下，对他说，兄弟，你现在如果后悔……还来得及……

谢根生坚定地摇摇头说，你……点火吧。

我啪地打着手里的火镰，点燃了导火线。

我和谢根生对视一下，就紧紧地抱在一起……

二 刀光

1934年秋，中央红军主力决定战略转移，于10月中旬渡过于都河，撤离赣南地区踏上漫漫的征途。关于这段历史，我的红色笔记本上是这样记载的，中央主力红军战略转移后，国民党“围剿”部队也加快了对中央苏区的进攻步伐。同年10月26日，侵占宁都；11月10日，瑞金陷落；11月17日，于都沦入敌手；11月23日，会昌失陷。至此，中央苏区已全部陷入敌人手中。原本红火繁荣的革命根据地顿时一片血雨腥风，笼罩在白色恐怖之下。蒋介石本人也在其后来的“剿匪报告”中这样写道：“剿匪之地，百物荡尽，一望荒凉；无不焚之居，无不伐之树，无不杀之鸡犬，无遗留之壮丁，闾阎不见炊烟，田野但闻鬼哭……”

然而，此时还有一个更严峻的问题。革命阵营中开始出现叛徒。这给苏区和苏区人民带来的损失更无法估量。我在另一份相关资料中看到，当时的形势极为紧张，红军和游击队的驻地，经常因叛徒告密而失守，一些曾为苏维埃政府工作或参加过拥军支前甚至参加过助耕队的普通农民，也往往因叛徒告发而遭杀身之祸。此外，随着“清剿”的深入，国民党为了“斩草除根”，预防共产党重新回来，还派出了大量的军统特务潜伏到“匪区”，这给革命根据地的游击斗争也增添了很大困难。据原国民党军统特务陈达后来透露，早在1932年冬，“中华民族复兴社”特务处就在江西建立起江西站。中央红军主力转移后，特务处的触角更是深入到红区的核心地带。曾担任情报组长的蔡模在若干年后这样叙述：“那时抓到红军侦探，审讯时使用的刑罚约有一二十种……有一次，一个青年妇女从匪区来吉安，我看她情况不对头，晚上抓来一审讯，果然是红军派来的‘暗探’，当晚就将她活埋了。”在这种残酷的形势下，一些革命不坚定的投机分子纷纷叛变投敌。如原闽赣军区司令员宋××，闽赣军区参谋长徐××和独立团政治部主任彭×的集体叛变投敌，就给留守苏区的革命斗争造成很大危害和威胁。据《国民党政府驻闽绥靖主任公署裁定书》记载，宋，徐，彭三人于“民国”二十四年（即1935年）四月“向前第四区行政督察专员孟平接洽投诚”。这以后，在宋，徐，彭的引领下，国民党军队来到闽赣交界的武夷山仙口一个叫狼窝岽的红军游击队驻地进行了搜剿。

革命阵营中叛徒的接连出现，不仅给苏区带来巨大损失，也严重威胁着苏区人民的生命安全。在此紧要关头，中华苏维埃中央政府办事处主任陈毅亲自起草了《动员工农群众，积极击杀革命叛徒》的紧急命令。命令的具体内容共有8条，第一条就明确规定："革命叛徒，概处死刑，并没收个人全部财产。"也就从这时开始，苏区的革命群众纷纷行动起来。于是，一场新的特殊战役就这样无声地拉开了序幕。

钟子庠，就是这场特殊战役中的一个不为人知的普通战士……

1

钟子庠每次走进牌楼街，总有一种走进一本书的感觉。这应该是一本很厚重的古籍，记载着这座老城的风物。钟子庠曾在乡下的学堂里给学生们讲，风物者，风光景物是也。钟子庠觉得这一条并不很长的牌楼街似乎承载了这座古城太多的风物。

此时，这条街却失去了往日的繁华，一眼望去冷冷清清。

街边铅灰色的墙壁上到处涂抹着横七竖八的"清剿""消灭"和"迅速复兴"之类的标语，偶尔走过一个行人也是神色匆匆。钟子庠沿着青石板铺就的街道朝前走了一阵，远远地就看到了灯笼巷。灯笼巷的巷口有一座巨大的竹牌楼，由于年代久远，牌楼上乌青发亮的茅竹已经有些开裂。这座牌楼没有牌匾，但正中挂的那一盏大红灯笼分明已告诉人们这里是一个什么去处。此时那盏大红灯笼在雾霭一样的细雨中显得更加娇艳，也越发的丰满妖娆。钟子庠在街边站住了，朝那座挂着大红灯笼的竹牌楼看了看，才感觉到自己的两个掌心由于紧张已攥出汗来。他深深喘出一口气，让自己平静一下，又朝前后看一眼就走进街边的一家小客栈。客栈的生意很萧条，只有一个伙计在倚着拦柜打瞌睡。

钟子庠走到他身边轻轻咳了一声。

伙计立刻睁开眼，谨慎地朝钟子庠上下看了几眼。

然后小心地问，先生可是……要住店？

钟子庠拿下肩上的油纸伞，点点头说，找一个干净些的房间。

伙计站着没动，又打量了一下钟子庠，然后试探地问，先生，不是此地人吧？

钟子庠微微一笑，看一看伙计反问道，我如果是此地人，还会来这里住店么？

伙计哦哦了两声，点点头表示同意，接着又问，听口音……你像是会昌宁都一带人？

钟子庠拍了一下伙计的肩膀说，会昌在瑞金的这一边，宁都在瑞金的那一边，你不如干脆问我是不是瑞金人。接着又点头赞道，你好眼力，猜对了，我就是从瑞金那边过来的。

伙计立刻有些尴尬，接着又警惕起来，睃一眼钟子庠说，那边……可不太平哩。

钟子庠做出无所谓的样子说，我一个教书先生，太平不太平与我也没有太大干系。接着又现出些不悦地说，你这里究竟有没有住处？没有就不要费口舌了。

伙计连忙说有。然后又笑一笑，凑近钟子庠的耳边低声说，先生莫要见怪，这年月还是小心一点的好，真有事不要说吃罪不起，说不定连脑袋也保不住呢！说罢就带着钟子庠走到里边一个拐角，朝一扇门指了指说，先生就住这一间吧，干净也清静。

钟子庠朝这扇门看了看，又回头看看伙计，就推门走进去。

钟子庠再从房间里出来时就已经换了一身干松衣裳。但这衣裳皱巴巴的，像是刚在哪里揉搓过。伙计连忙过来殷勤地问，中午要不要……备饭？

钟子庠只是摆摆手就出去了。

在他从伙计的面前走过时，带起一股呛人的浓重酒气。伙计立刻有些疑惑地朝他的背影看了看。他分明看到，这客人进去只有不到一袋烟的时间。

他搞不清楚，这股酒气是从哪里来的？

2

钟子庠再次来到街上，略微站了一下就径直朝灯笼巷的那座竹牌楼走去。灯笼巷一直是一个繁华所在，过去钟子庠曾不止一次跟随杨三运来这里吃酒，巷子里总是红灯摇曳人来车往，显出另一番热闹。但这时看上去却有些冷清。细雨中，那些倚门抛笑的女人都已不见了踪影。钟子庠朝巷子深处走了一阵，脚下的步子就渐渐地开始凌乱起来。他跌跌撞撞地走到一个门口，抬起头看了一下就站住了。这个门口并没有挂灯笼，看上去像是一个不起眼的民居，但倘若仔细看一看那两扇朱漆门板，就还是让人觉出一些暧昧。钟子庠将一只手扶住墙，用另一只手使劲在门板上拍了两下，里边有一个软耷耷的声音应了一下，门就开了。一个年轻女人侧身探出头，看到一身酒气的钟子庠立刻笑着哟了一声说，原来是钟先生啊，咳呀呀，你可真是稀客呢！钟子庠笑了笑含混地说，既然是……稀客，就不要让我在这门口站着了。女人连忙出来，将钟子庠的一根胳膊搭在自己的软肩上，就搀扶着走进去。

女人一边走着说，钟先生这是刚在哪里吃了酒，吃得好快活呢！

钟子庠脚下趔趔趄趄地随口说着，是……是啊，吃得……快活。

女人噘起嘴故作娇嗔地说，你既然在别处这样快活了，还会想起来我这里么。一边说着将钟子庠扶进屋里，让他在一张榻椅上斜倚着坐下，又去沏了一盏酽茶端过来。钟子庠却伸手将茶盏哗地推开，嘴里咕咕哝哝地说着，不喝茶，喝茶有啥意思么，还是……吃酒，我来你这里，就是想……让你陪我吃酒么，咱们……咱们还是吃酒啊！

女人嘻地一笑，将茶盏放到一边说，吃酒自然容易得很，我这里酒菜都是现成的，只是要问你一句，你已经吃成这样子，还认得我是谁么？她一边这样说着，用手将蓬在两边的鬓发收拢了一下，凑过来斜睨起眼睛看着钟子庠。

钟子庠嘿嘿一笑说，你是……小白桃么！

小白桃撇一撇嘴，伸出一根白葱样的手指在钟子庠的额头戳了一下说，算你还清醒哩！

钟子庠又嘿嘿地笑了一下。

小白桃很快端来酒菜摆到桌上，一边筛着酒问，钟先生这是……遇到什么高兴事了？

钟子庠端起酒盅扬头一口喝尽说，也没什么高兴事，只是这次……事情办得顺利哦。

小白桃瞥一眼钟子庠，像是不经意地问，什么事啊，办得这样顺利？

就是……

钟子庠说到这里似乎突然意识到什么，戛然收住口。

小白桃哼的一声，一屁股坐到钟子庠的腿上，软软地来回揉搓着说，说么，究竟是什么事啊？钟子庠似乎被小白桃揉搓得酒劲又撞上来，摆摆手含混地说，真……真没什么事。

小白桃忽然问，你这次进城，杨三运知道吗？

钟子庠立刻瞪起两只通红的眼睛说，他不知道，你……可不要对他说我来过这里。

小白桃又嘻地笑了，说，看你这神秘兮兮的样子，究竟是什么大不了的事啊？

钟子庠摇一摇头说，你就……不要多问了，来……来，吃酒。

小白桃看着钟子庠，没动酒盅，也没说话。

钟子庠自己端起酒盅一口喝下去，然后为自己斟了一盅，又喝下去，这样接连喝了几盅，又翻起眼皮想了想，似乎下定决心地说，好……好吧，我只能告诉你一句话，我这次进城来……是找……找罗长天有很要紧的事情，别的……你就不要再问了……

小白桃立刻愣一下问，罗长天？就是那个……保安团的罗长天？

是哩，就……就是他哩……

你找罗长天，有什么事？

我已经说过，你……不要问了……

钟子庠这样说着，身子在榻椅上一出溜就要昏昏睡去。

小白桃又想一下，过来推推钟子庠问，你住在哪儿呢？

钟子庠嘟囔着说，时……时运……客栈……

他这样说罢，鼻孔里就响起了如雷的鼾声。

小白桃又推了一下钟子庠，轻轻叫了他几声，看看他确实已经睡得很沉，略微想了一下，就穿上衣服轻轻关上门出去了。钟子庠直到听见外面的大门呱嗒响了一声，又略微沉了沉，才翻身坐起来。他迅速吃了几口桌上的饭菜，又整了整衣服便起身出来。外面的雨似乎下得更紧了。他先朝左右看一看，就快步出灯笼巷，朝时运客栈这边走来……

3

杨三运是傍晚时分来时运客栈找钟子庠的。

钟子庠仍然躺在床上酣睡，不大的房间里弥散着一股令人作呕的浓重酒气。

杨三运推门走进来，并没有急于叫醒钟子庠，只是朝房间里打量了一下就坐到靠窗的一张竹椅上，为自己斟了一碗凉茶，然后点燃一支纸烟不紧不慢地吸起来。大概是呛人的烟雾刺激了钟子庠的喉咙，他猛然咳嗽了几声，又伸了一个长长的懒腰就翻身从床上坐起来。他的两个眼皮由于饮酒过量显得有些浮肿，眼睛里也满是通红的血丝。

杨三运扔下烟头，起身走过来说，醒啦？

钟子庠看到杨三运，似乎稍稍愣了一下。

杨三运又说，你这酒吃的，可真是快活呢！

钟子庠坐在床上眨一眨眼，就下床趿上鞋来到桌边，为自己斟了一碗凉茶一口气喝下去，然后回过头问，你怎么知道……我在这里？

杨三运笑一笑说，这个问题该是我问你啊。

钟子庠看看杨三运，稍稍愣了一下。

杨三运说，你来城里，为什么不告诉我？

我……我本打算……

钟子庠刚要解释，却被杨三运摆摆手拦住了，然后眯起一只眼说，你本打算什么？没有味道的话就不要说了，今天如果不是我来找你，你会去找我么？

接着又哼地冷笑一声，鬼才相信你的话哩！

钟子庠就低下头去，不再说话了。

杨三运又摸出一根纸烟，一边点燃甩着手里的火柴说，说吧，你这次来城里究竟有什么事？钟子庠沉了一下，慢慢抬起头说，你……到底是怎么知道……我在这里的？

杨三运又哼一声说，你的脑筋是不是让双料酒酿给烧坏了？我问你，你今天中午去了哪里？钟子庠仰起头很努力地想一想说，去……去了灯笼巷，小白桃那里……是啊，杨三运说，小白桃跟你是什么关系？跟我又是什么关系？不要忘了，当初还是我带你去的她那里呢！

杨三运歪起头，斜着眼，不阴不阳地喷出一口烟雾。

钟子庠沮丧地低下头说，明白了……

杨三运又淫邪地笑一声说，你不要以为小白桃在你面前说几句甜软话儿就真对你怎么样了，婊子无情戏子无义，懂么？那种灯笼巷里的女人，她们只认两样东西。杨三运说着用手指了指自己的裆处，又伸出拇指和食指捻了捻说，一样是这个，另一样就是这个。他一边说着就从竹椅上站起来，走到钟子庠的跟前，又朝他看看说，说吧，究竟是怎么回事？

钟子庠抬起头说，真……真的，没什么事。

杨三运盯着钟子庠说，你找罗长天干什么？

钟子庠就又低下头去，不再吱声了。

杨三运朝钟子庠看了一阵，忽然缓下口气说，不要忘了，当初你在匪区当教书先生时做出的那些事，可是很严重呢，就凭这一点如果不是我保你，你怕是早就不在这人世了，匪区里的那些人在这一次清剿中是怎样一个下场，你该是亲眼见到的，可还有一件事，我也要提醒你，我当初为你兜下这些事也是有条件的，咱们之间有约定，你应该还记得吧？

钟子庠嗫嚅了一下说，当然……记得。

杨三运伸出一只手，张开五根手指又用力攥起来，几个骨节立刻发出嘎巴嘎巴的声响。他微微一笑说，你可是有一根要命的小辫子攥在我手里呢，这一点也不要忘了。

钟子庠就慢慢垂下眼，不再说话了。

钟子庠当然明白杨三运指的是什么。当初红军撤走时，曾留下一批伤员让地方的老乡照顾。可是钟子庠一个村塾先生连自己都照顾不好，更不要说照顾伤员。于是，他就只承担了照料两个轻伤员的任务。这两个轻伤员都是伤在腿上，但没有伤到筋骨，于是钟子庠就将他们藏在山上一个采药人住的破竹棚里，每天去给他们送一次饭，顺便再带一些草药。但这件事后来被杨三运无意中发现了。当时杨三运是在别动队，他发现钟子庠的形迹可疑之后并没有告诉任何人，只是独自在山下路口的丛林里观察了几天，然后在一天傍晚，当钟子庠去山上送完了饭下来时，杨三运就走出来将他拦住了。杨三运告诉钟子庠，不要做任何解释，他已经盯了他几天，他每天都带了盛米饭的竹筒和草药罐子上山，会去干什么呢？

杨三运微微一笑，对钟子庠说，应该只有一种可能，就是去照看红军伤员。

杨三运对钟子庠说，关于这件事，他现在还没有告诉任何人，所以，他可以跟钟子庠谈一下条件，只要钟子庠告诉他，伤员藏在哪里，剩下的事情就跟钟子庠没有关系了，他绝不会将钟子庠照顾红军伤员这件事报告给上级。于是钟子庠就老老实实地对杨三运说出了实情，他告诉杨三运，自己确实是在照顾两个红军伤员，而且这两个伤员都是伤在腿上，他把他们藏在山上黑石砬的破竹棚里了。但是，钟子庠又说，这两个伤员的腿伤已经好了，就在这个下午，他们已经离开山上的黑石砬追赶队伍去了。杨三运听了立刻目瞪口呆。但杨三运毕竟是杨三运，他迅速在脑子里盘算了一下，如果就这样将钟子庠捆到别动队去交给上级，大不了也就是捉到了一个曾经照顾过红军伤员的人，这件事显然没有太大意义。而倘若将他不动声色地留下来，凭着他在这里教书的身份说不定还会有什么人来跟他联系，这样放长线就有可能钓到大鱼。于是，在这个傍晚，杨三运不仅没有将钟子庠捆走，还带他去街上的小酒馆吃了一顿酒。杨三运在跟钟子庠吃酒时，就将自己的这个想法对他说出来。钟子庠听了并没有立刻表态，只说要考虑一下。杨三运一听当即就黑下脸来，说你还考虑什么，就凭你在匪区教书，又偷偷照顾红匪伤员，如果将你送去别动队就足够枪毙五分钟了，我现在是给你一个活命的机会懂不懂？钟子庠听了又想一想，仍然说，还是要回去考虑一下。杨三运没办法，只好让钟子庠先回去了。但让杨三运没有想到的是，钟子庠第二天一早竟就跑来找他，说自己想通了，可以按杨三运的意思办。杨三运听了自然很高兴，立刻又叮嘱钟子庠，今后无论有什么情况，只准告诉他一个人。钟子庠点点头说，这一点他当然明白，如果他这里有什么情况也就应该是立功的机会，这样的机会他自然只给杨三运一个人。

从这以后，杨三运跟钟子庠便开始单线联系。钟子庠无论有价值还是没有价值的情报都会传递给杨三运，而杨三运作为奖励，也经常带钟子庠来城里的灯笼巷快活一下。

这时，杨三运点点头对钟子庠说，这就对了，我在别动队里是干什么的你应该是知道的，当初我能一句话把你保下来，现在也就还可以一句话让你全家灭门，你信不信？

钟子庠低着头，长长地嘘出一口气。

杨三运又说，说吧，究竟怎么回事？

钟子庠慢慢抬起头说，我如果告诉你……

杨三运立刻说，你尽管放心，只要你如实对我说了，这件事就当从来没有发生过，跟你也没有一点干系，再说就为咱们日后还要合作下去，我也会想尽一切办法保护你的。

好……好吧，钟子庠像是下定了决心，抬起头说，那边的人……让我来找罗长天。

找罗长天？找他……什么事？

要……嗯，要交给他一项绝密任务，而且必须在几天之内完成。

什么绝密任务？

杀掉，姚大猷。

杀姚大猷？！让罗长天……去杀姚大猷？！

杨三运一下睁大两眼，使劲瞪着钟子庠。

钟子庠点点头说，最近，姚大猷也来城里了，就住在大华兴街的通大旅社，你应该是知道的，所以那边的人指示罗长天利用这个机会，想办法将姚大猷除掉。可是……钟子庠又飞快地看一眼杨三运说，你曾经跟我说过，你现在跟姚大猷的关系非同一般，姚大猷对你也很器重，所以，所以……钟子庠支吾一下说，这件事……我才不敢轻易告诉你，否则一旦被姚大猷知道了，他带着人去找罗长天，这件事说不定会闹成什么样子……

杨三运显然没有想到事情竟会是这样。他立刻皱起眉低头想了一阵，然后又摇摇头喃喃地说，不对啊……姚大猷当初是共匪那边赣闽军区的参谋，而罗长天是独立团政治部的干事，他们两人可是一起投诚过来的，如果照你这样说，这个罗长天仍在暗中跟共匪有联系，而且那边……居然还命令他去除掉姚大猷，那他投诚……就是假的了？

钟子庠看一眼杨三运，没有答话。

杨三运突然抬起头，盯住钟子庠问，你说的这些……可是真的？

钟子庠哼一声说，这些话都是你逼我说出来的，说了你又不信。

你可要想好，在我这里说了假话是什么后果！

杨三运一边这样说，眼里倏地闪过一缕凶光，

钟子庠点点头说，好了好了，这件事就当我没说，你也不要再问了。

杨三运又低头想了一阵，问，你去找过罗长天了？

钟子庠说，找过了。

他……答应了？

当然答应了。

他还说什么？

没说什么，只让我带回话去，说保证完成任务。

保证……完成任务？

杨三运冷笑一声点点头说，好吧，那就让他完成任务吧。

4

杨三运直到从大华兴街的通大旅社出来时，才长长地舒出一口气。

杨三运在来通大旅社之前，原本担心姚大猷不会轻易相信自己说的这件事。的确，这件事太让人意外了，罗长天竟然是假投诚？！而且暗中还一直跟共匪那边保持着联系？！杨三运自己也吃不准，这件事究竟是不是真的。此外还有一点也很重要，姚大猷和罗长天虽然都是从共区那边投诚过来的，但现在毕竟一个是保安三团的副团长，另一个是保安五团的副团长，而且两人的身份又都比较特殊。姚大猷一过来由于提供了很多有价值的情报，立刻受到重用，很快就成为权倾一时的别动总队少将队长康泽的红人。罗长天则有一个叫廖士魁的旧日同窗在省政府保安处当处长，而且他一过来很快就跟廖搭上了线，也算是在省府有些背景。而更重要的是，由于姚大猷和罗长天都掌握着共区那边的很多情况，所以深受上峰重视。因此，杨三运深知，自己现在虽要仰仗姚大猷，但罗长天那边也不能轻易得罪，如果这件事姚大猷不相信，而又被罗长天知道了，自己就会被夹在中间，那样处境就很危险了。

但是，杨三运又不想放过这个难得的立功机会。

杨三运静下心来反复斟酌，最后得出结论，钟子庠说的话应该是可信的。钟子庠毕竟是杨三运安排在清剿区的一个眼线。当初杨三运之所以跟他在暗中建立起这样一个关系，就因为一眼看准这个胆小怕事又有些迂腐的教书先生是一个可利用之人，所以他才让他不动声色地继续留在清剿区。杨三运很为自己走的这一步棋感到得意，因此从没有告诉过任何人。他要尽可能长久地保留这条秘密的信息通道，让钟子庠只为自己一个人工作。杨三运甚至想，也许凭钟子庠这条眼线，说不定哪一天就会钓到更大的鱼。

现在，杨三运意识到，机会终于来了。

让杨三运没有想到的是，姚大猷一听说这件事立刻就相信了，而且当即气得脸色铁青。姚大猷一向是一个喜怒不形于色的人，脸上永远没有任何表情，但这一次却一反常态。他当时正坐在一张紫檀雕花大理石嵌面的太师椅上，听了杨三运的话立刻腾地站起来，随手将喝着茶的盖碗连托盘一起啪地摔到地上，茶水几乎溅到了杨三运的脸上。

接着，他恶声骂道，罗长天——这个畜生！

姚大猷已经听说了陈毅签发“严惩革命叛徒”紧急命令的事，也知道自己变节投敌之后所干的事情罪孽深重，那边不会轻易放过自己。但让他没有想到的是，事情竟这样快就追到自己头上来，更没有想到的是竟然让罗长天来执行除掉自己的任务。

罗长天在苏区时只是独立团政治部的一个干事，姚大猷则在军区当参谋，两个人无论工作关系还是工作地点都相距很远。姚大猷只在军区召开会议的时候跟罗长天有过几次接触，但是对这个人的印象并不好。他觉得罗长天年纪轻轻有些张狂，在自己面前也缺乏应有的尊重。后来两人因为投敌的事不期而遇又走到一起，而且姚大猷被委任为保安第三团的副团长，罗长天被委任为保团第五团的副团长，姚大猷看在同僚的份上也就跟罗长天不计前嫌。但让姚大猷万万没有料到的是，就在不久前，因为一件意想不到的事情竟然又被罗长天狠狠搞了一下。姚大猷一次在城里的一个场合偶然结识了一位叫宋濂的耆绅。这宋濂有一个侄女叫宋雪篁。宋雪篁生就风流性情，又正在妙龄，一副光艳照人亭亭玉立的样子，看上去真像是皑皑白雪中的一根绿竹。姚大猷虽已是四十多岁的男人，在宋濂这里一见到这样的女人还是立刻就追逐上去。宋雪篁自然也听说了姚大猷的身份，知道他是城里新贵，又正被上面器重，于是也就投怀送抱，两人很快打得火热。但就在这时，罗长天出现了。罗长天刚刚三十来岁，穿上保安团副团长的中校军服显得风流倜傥，宋雪篁立刻觉得眼前一亮，再看一看自己身边这个矮胖臃肿的姚大猷，立刻就觉得又老又丑像一个不堪入目的糟老头子。于是宋雪篁只跟罗长天一起出去吃了几次饭，便毫不犹豫地琵琶别抱，转而又投身到罗长天这边来。两人只交往了几天，很快便亲亲热热地住到了一起。姚大猷这里眼看着罗长天和宋雪篁整天双宿双飞，而且频频一起出现在各种场合，只能气得将一口气憋在心里却说不出任何话来。

但事情还并没有到此为止。

没过多久，宋濂过七十大寿，邀请姚大猷来家里吃酒。姚大猷料到罗长天作为宋濂的侄女婿肯定也会到场，有心想推辞。但考虑了一下又碍于面子，只好勉强去了。这一晚罗长天和宋雪篁果然都在，宋雪篁淡施脂粉，穿着光鲜，像只蝴蝶似地飞来飞去里外张罗，罗长天则做出一副宋家门前贵客的样子坐在上手悠然自得地抽烟喝茶。姚大猷一看到宋雪篁和罗长天的样子心里的气就不打一处来，但毕竟是在宋濂的喜寿事上，也就强把火气压下去。吃饭时，姚大猷作为主要客人自然又跟罗长天和宋雪篁安排在同一个餐桌。罗长天和宋雪篁在桌前像一对情人或新婚夫妇似地狎昵，而且旁若无人地卿卿我我嗲声嗲气，一桌的客人看了都很不自在，还不时地把眼睛瞟向姚大猷。姚大猷刚好坐在他们两人的对面，心里很清楚，大家都知道自己过去跟宋雪篁的关系，于是为给自己解除些尴尬，也为让罗长天和宋雪篁收敛一下，就借着喝了几杯酒端起酒杯走到宋雪篁的跟前，皮笑肉不笑地说，宋小姐今晚真漂亮啊，敬你一杯酒吧。宋雪篁没料到姚大猷竟然会来这一手，一下愣在那里，看着这杯酒喝不是不喝也不是，迟疑了一下才说，我……不大会吃酒的。姚大猷看到宋雪篁这惊惶失措的样子一下开心起来，言语便越发有些轻浪，歪起嘴笑笑说，宋小姐不会吃酒？不要忘了，你我二人过去可是经常在一起吃交杯酒呢！这时坐在一旁的罗长天终于忍不住了，噻地站起来，猛地将一杯酒泼在姚大猷的脸上。姚大猷没有防备，双料酒酿飞进眼里，一下被刺激得疼痛难忍，不由得啊地叫了一声。姚大猷的几个卫兵听到声音立刻冲进来，拔出手枪对着罗长天。罗长天这时正跟姚大猷面对面地站着，于是一伸手就从姚大猷的腰间拔出他挎在皮带上的短刀。这把短刀还是康泽亲手送给姚大猷的，金丝缠柄，牛皮刀鞘，一拔出来立刻闪着熠熠的寒光。罗长天从姚大猷腰间拔刀的速度极快，姚大猷发现自己的刀被罗长天拔去时，这把刀的冰冷锋刃就已经按在他的脖颈上。姚大猷斜眼从刀锋上看到了自己的脸，自己的脸由于紧张，映在刀锋上有些扭曲。罗长天的声音并不大，但一个字一个字地说，你们谁敢动一动，这把刀上立刻就见血，看是你们枪快还是这把刀快！几个卫兵端着枪站在那里，一下都不知所措了。也就在这时，罗长天的手下罗忠圭听到声音也冲进来。罗忠圭原是罗长天的一个远房堂侄，这几年一直在保安团里当兵。罗长天被任命为保安第五团的副团长之后，偶然发现了这个远房堂侄，才将他调到自己身边并很快提拔起来，成为保安团里最年轻的大队长。所以，罗忠圭也就对罗长天忠心耿耿。他这时冲进来一见姚大猷的几个卫兵都用枪指着罗长天，立刻也拔出枪对准那几个卫兵。双方就这样僵持了一阵，宋濂慢慢从桌前站起来。

宋濂不高兴地说，今天是我的七十大寿，各位总要给点面子吧。

罗长天看一看那几个卫兵，又看了看姚大猷，并没有放下短刀。

姚大猷瞟一眼宋濂，朝那几个卫兵挥一挥手说，你们出去吧。

几个卫兵就都收起枪，退到外面去了。

罗忠圭也收起枪，转身悻悻地走出去。

罗长天这才将短刀砰的一声插在桌子上，又坐下来。

姚大猷没说任何话，从桌前站起身就带上卫兵走了。

经过这一次事后，姚大猷和罗长天虽然没再说什么，心里却都一直记着这件事。现在，姚大猷没有想到，这个罗长天和自己一起投诚过来竟然是假的，而且还接到那边的命令，又要打到自己门上来。他想到这里哼的一声，用力喘出一口气。但姚大猷毕竟遇事很谨慎。他稍稍冷静了一下，又抬起头问杨三运，这消息是从哪里得来的。杨三运自然不愿说出钟子庠，吭哧了一下说，是……是从给罗长天送消息的人口中得知的。

姚大猷立刻问，这个送消息的人呢，现在哪里？

杨三运说，因为动了大刑，已经……死了。

死了？

是……死了。

姚大猷点点头，踩着地上的碎碗碴来回踱着在心里盘算，如果照杨三运这样说，看来这件事的确是真的了，而倘若果真如此，那这件事也就非同小可，不仅自己的处境很危险，接下来还说不定会发生什么更让人意想不到的事情，是不是应该……立刻将这件事报到上面去？这样既可以解除自己的危险，或许还能在康泽总队长的面前再立一功？他想到这里就站住了，转身看看杨三运，刚要张嘴说话，杨三运却似乎已经看出姚大猷的心里在想什么，连忙朝前凑近几步说，这件事……团长还要再仔细斟酌一下，这样做的后果……

姚大猷看着杨三运问，你说，会有什么后果？

杨三运知道姚大猷平素的脾气，向来很自信，自己想好的事是决不允许别人说话的。但他想了想，还是硬着头皮向姚大猷说出自己的看法。他说，如果团长抢先将这件事报到上面去，自然会占据主动，可是……此事毕竟非同小可，一旦上面追问起来，这个消息究竟是从哪里得来的，而我们的证人又已经死在大刑之下，无法说出消息的具体来源，那罗长天再趁机反咬一口恐怕就被动了，康泽总队长也总要……给省府保安处那边一点面子。杨三运说，罗长天跟廖士魁的关系团长应该是知道的，倘若廖再介入进来，这件事恐怕就不好收拾了。

姚大猷听了迟疑一下，抬起头问，那……你的意思呢，这件事应该怎样办？

杨三运没说话，只是在眼里倏地掠过一丝凶光。

姚大猷看懂了，点点头说，对，先下手为强。

杨三运说，如果团长也这样想，办法是有的。

姚大猷立刻问，什么办法？

杨三运就走到姚大猷的近前，压低声音说，罗长天的身边有一个贴身卫兵，叫王兴发，过去曾是我手下的弟兄，后来罗长天当了保安第五团的副团长，他见那边势力大才投奔过去，此人的身上有两个毛病，一是贪财，二是贪色，只要见到这两样什么都可以不管不顾，可是罗长天很信任他，平时无论走到哪里总让他跟在左右，这一次，我如果找他……

杨三运说到这里停住了，看看姚大猷，又讳莫如深地笑了笑。

姚大猷听了稍稍想一下，哼一声点点头说，这倒是一个好主意。

但立刻又说，不过……也有些冒险，如果他不肯干，事情就要泄露了。

杨三运说，即使真泄露了，还有泄露的办法，总不能让这件事传出去。

姚大猷皱着眉头，没再说话。

杨三运说，团长你下令吧，事情我去办。

姚大猷又想了一下，咬一咬牙说，好吧。

5

王兴发匆匆赶来牌楼街的灯笼巷时，杨三运已经等在巷子口。

天上仍然飘着烟絮一样的蒙蒙细雨，街上的一切都湿漉漉的。

王兴发身材高挑，身上的军装很合体。他过去曾在采茶剧的戏班里唱过小生，皮肤白皙五官清秀，再配上这身军装便越发显出几分英俊。他远远看到站在竹牌楼底下，身着便装撑着油纸伞的杨三运，便连忙朝这边走过来问，三哥这样急，找我什么事？

杨三运笑笑说，也没什么大事。

王兴发狐疑地看看他说，不……不会吧？

杨三运说，真的，三哥就是想你了。

王兴发的眼睛闪了闪说，三哥是忙人，如果没事不会想起我的。

杨三运没再答话，只是拍了一下王兴发的后背就带他走进巷子。来到小白桃这里，径直推门走进来。小白桃已将酒菜备下了，一见杨三运领着王兴发进来就笑着迎到近前，上下打量了一下王兴发，转头问杨三运，这就是，你说的那位兄弟?

杨三运说是啊，你看我这兄弟相貌如何?

小白桃两手一拍说，可真是漂亮呢，我俩若换了衣裳，说他是个女人都有人信！一边说着就过来不轻不重地在王兴发的腰间推了一下。王兴发虽是风月场上的老手，早已在女人面前谙练，但毕竟每月的军饷有限，平时很少来灯笼巷这种地方，这时一见小白桃这样一个鲜鲜嫩嫩又敞亮风骚的女人，精神立刻一振，接着两眼就乜斜起来。杨三运笑着拉王兴发过来坐到桌前，小白桃就已经筛好了酒，然后一屁股坐到王兴发的身边，将一根软耷耷的白胳膊放到王兴发的肩上说，这位兄弟第一次来，我今天可要跟你多喝几杯呢！

王兴发自然是来者不拒，立刻也端起酒杯，就跟小白桃对饮起来。

杨三运只喝了一杯酒，像是突然想起什么，从桌前站起身对王兴发说，兄弟，你先在这里慢慢吃酒，姚团长上午刚交代了一件事，要马上去办，我去去就回来。他这样说罢又回过头去冲小白桃一笑，然后故意虎起脸说，可要把我这兄弟伺候好，让他高兴，要不然我决不饶你！小白桃嘻地一笑说，你把这样可人儿的兄弟放在我这里，还有啥不放心么?

杨三运也笑了，又朝王兴发做了一个暧昧的手势就转身出去了……

6

杨三运再回到灯笼巷时就已是掌灯时分。

王兴发和小白桃正斜倚在桌前吃酒，小白桃的鬓发松散，二人身后的床榻上也有些凌乱。杨三运一走进来就闻到一股气息，这是男人和女人共同制造出的一种特有的气息。王兴发由于刚刚志得意满，又喝了酒，清秀的脸上有些红润。杨三运朝小白桃瞟一眼。小白桃微微点了一下头。杨三运就眯起一只眼冲王兴发笑笑问，怎么样，这酒吃得还快活么？小白桃故意嘁的一声，就拉他在桌旁坐下来，为他筛酒。王兴发没有说话，跟杨三运连着喝了几杯酒，然后就放下酒杯看着他说，三哥说吧，今天找我，到底有什么事?

杨三运放下酒杯点点头说，好，痛快。

王兴发没说话，只用两眼盯着杨三运。

杨三运说，先告诉你一件事，你可不要吃惊。

王兴发看看杨三运脸上的神情，问，什么事？

杨三运说，就是你们副团长，那个罗长天的事。

王兴发一听杨三运说到罗长天心里就有几分明白了。他当然知道罗长天跟姚大猷的关系，自然也清楚，杨三运是姚大猷的人。于是试探地问，罗团长……怎么了？

杨三运说，罗长天来这边投诚，是假的。

王兴发听了眉宇间微微跳动了一下，没说话。

杨三运看看他问，怎么……你不感到意外吗？

王兴发不动声色地说，我只是他的卫兵，别的事与我无关。

杨三运一听就笑了，说，可现在有件事，就跟你有关了。一边说着又端起酒杯举了一下，不慌不忙地说，作为你的兄弟，我都替你高兴呢，来，先喝了这杯酒为你庆贺一下！

杨三运说着一仰头，就把杯里的酒先干了。

王兴发仍然没动，只是定定地看着杨三运。

杨三运也看看他，然后把酒杯放到桌上了。

他沉一下问，姚副团长这个人，你可知道？

姚副团长？

对，就是保安第三团的姚大猷副团长。

王兴发点点头说，当然知道。

姚团长想着要提拔你呢。

姚团长……提拔我？

王兴发有些惊疑。

杨三运这才将头凑过来，说出今天把王兴发叫来的真正目的。王兴发听罢脸上立刻变了颜色，腾地站起来，愣了愣，嘴唇动了几下却没说出话来。杨三运先是看看他，接着也站起来，笑着用手拍拍他的肩膀，又将他按着坐下来。然后说，你毕竟曾是我手下的弟兄，这些年就是块石头也捂热了，你每月那点可怜的饷银我是知道的，所以……我觉得，这次也是一个难得的机会，姚副团长说了，事成之后绝不会亏待你。说着又瞟一眼坐在王兴发身边的小白桃，歪嘴一笑说，这灯笼巷可是个男人的快活之地，到那时你天天来这里都来得起呢！

王兴发又低头沉了一阵，慢慢抬起头说，这样大的事……你得先容我考虑几天。

杨三运立刻说，不行，你现在就得答复我。

现在？

现在！

杨三运看一看王兴发，又似笑非笑地说，咱们弟兄明说吧，我今天既然已经把这件事告诉你，你也就再没有别的选择了，行也得行，不行也得行。

接着又盯住王兴发，姚大猷的脾气，你应该是听说过的。

可是……

没有可是。

我……总得想个办法。

办法已经替你想好了。

杨三运端起酒杯，扬头一口喝尽，就将事先想好的计划对王兴发说出来。王兴发听了又想一想，说，办法……倒是个好办法，可罗长天鬼得很，我一个人……怕干不了。

杨三运说，那边的事我不管，只能由你自己去想办法。

王兴发低下头去沉默一阵，点点头说，我……再想想。

7

王兴发直到从灯笼巷里出来，才觉出后背已被冰凉的汗水湿透了。

尽管杨三运说的这件事有些突然，但王兴发在惊愕之余冷静下来，还是暗暗地感到高兴。杨三运有一句话说对了，这一次真是一个机会，而且是一个难得的绝好机会。王兴发一边想着伸手摸了摸自己军服的上衣兜。衣兜里正揣着一张两千银圆的钱票。这是罗长天的，罗长天有事要用钱，在这个上午刚刚将这张钱票交给王兴发，让他这两天抽时间去钱庄把钱取出来。这时王兴发想，倘若真将这件事做成了，姚大猷那里的奖赏自不用说，这张两千银圆的钱票也就神不知鬼不觉地落到自己手里。王兴发这些年还从没见过两千块银圆，他想象不出将白花花的两千银圆摞在一起会是怎样一个壮观的景象。

此外，让王兴发感到暗暗高兴的还有一个更深层的原因。

王兴发想到了罗长天的夫人宋雪篁。王兴发跟宋雪篁的关系没有任何人知道，其实他们是早在罗长天乃至姚大猷之前就已在暗中有了来往的。王兴发天生有一股戏瘾，所以那时一边当兵，没事的时候就经常跑去城里的采茶戏班里串一串角色。他天生一副好嗓子，扮相又俊朗清秀，唱小生很受欢迎。一次宋濂为夫人做寿，将采茶戏班请到家里来唱。宋雪篁一边看着戏忽然也犯了戏瘾，就跑到台上去跟王兴发合唱了一段《睄妹子》，自然是王兴发唱“米童”，宋雪篁唱“满妹子”，两人唱得珠联璧合相得益彰，台下的人看了都连声叫好。也就从那一次，宋雪篁就跟这个风流倜傥嗓音甜亮的小生勾在了一起。不过宋雪篁只跟王兴发在暗中来往，并没盘算过日后真要怎样，她只是想跟这个脆梨一样鲜嫩的后生玩一玩。而熟谙风月的王兴发自知与宋雪篁的身份相差悬殊，也就权当逢场作戏。后来在姚大猷跟宋雪篁走到一起之后，还是王兴发将罗长天引到宋雪篁跟前的。当然，王兴发这样做也有自己的目的，一方面是想讨好罗长天，另一方面也为自己日后与宋雪篁来往更方便一些。

这时，王兴发想到这里忍不住一阵高兴，竟随口又唱起了《睄妹子》。

但他只唱了两句心里又嘎噔一下，立刻站住了。

王兴发意识到，杨三运说的这件事也没有这样简单。罗长天为人狡诈，而且身手敏捷，所以要想将这件事做成也绝非轻而易举。他在心里思忖着，突然想到一个人。这个人叫黄赖芳，也是罗长天的贴身卫兵。就在不久前，他刚刚因为偷了罗长天的一块怀表，被罗长天命人捆起来用皮带狠狠抽了一顿。罗长天原本还要给他更严厉的惩处，后来黄赖芳跪在地上苦苦哀求，让罗长天看在自己鞍前马后的份上饶过这一次。罗长天才勉强让他继续留在自己身边。但是，也就从这一次，黄赖芳的心里就暗暗地对罗长天有了怨气。

王兴发想，这时要找黄赖芳倒是一个机会。

王兴发与黄赖芳同是罗长天的贴身卫兵，所以平时接触很多，两人又都是宁都人，关系也就更近一些，没事的时候经常一起去外面喝喝酒，说一说心里话。所以，王兴发在心里权衡了一下，觉得这件事要找黄赖芳应该可靠，就算他不答应，至少也不会将事情泄露出去。

王兴发果然没有想错。

在这个晚上，王兴发将黄赖芳叫出来，在罗长天宅院后面的竹林里将这件事对他一说，黄赖芳果然当即就动了心。王兴发当然没有提那两千元钱票的事，更没有告诉黄赖芳自己跟宋雪篁的关系，他只是信誓旦旦地对黄赖芳说，姚大猷已经让人捎过话来，只要将这件事做成，他那里肯定会有重赏。王兴发说罢拍拍黄赖芳的肩膀，哼一声说，十年河东十年河西，山不转水转，咱兄弟总不能当一辈子受气的大头兵，借这个机会也该走一次洪运了。

王兴发的话一下说到了黄赖芳的痛处。黄赖芳想起前不久刚刚发生的事，心里立刻又升起一股怨气。但想了想又有些担忧，对王兴发说，这件事，万一不成……

不成?

是啊，这可是要掉脑袋的……

王兴发立刻鼓动说，成与不成，也值得一试!

王兴发见黄赖芳还有些犹豫，就又说，你真甘心给罗长天当一辈子挨打的马弁?

黄赖芳想了想，一咬牙说，好吧……你说，咱怎么干?

王兴发点点头说，只要你答应，后面的事情就好办了。

他凑近黄赖芳，压低声音说，明天中午，去于家码头。

于家码头?黄赖芳看看王兴发，去于家码头干什么?

王兴发说，到那里你就知道了。

8

第二天中午，王兴发和黄赖芳一起来到于家码头，

他二人先朝街上的两边看了看，就走进一家小酒馆。杨三运已经等在这里，正坐在楼梯口的一张桌旁喝茶。他一看到跟在王兴发身边的黄赖芳，先是愣了一下。王兴发连忙过来给杨三运介绍，说这是自家兄弟，事情都已跟他交代过了，这次准备一起干的。

杨三运这才点点头，就引着他二人走上楼梯，来到吊楼上的一间雅座。

王兴发挑起门帘走进来，一下怔住了。只见姚大猷正坐在靠窗的桌边，一边抽烟悠闲地喝着茶。他见王兴发和黄赖芳进来，并没有起身，只是微笑着朝跟前的桌边指了一下说，坐吧，不用客气。跟在身后的杨三运也笑笑说，这位是姚副团长，不用给你们介绍了吧?

王兴发和黄赖芳都没想到会在这里见到姚大猷，一下有些紧张。

姚大猷声音不大的问，事情你们都知道了？

王兴发和黄赖芳点点头，表示都已知道了。

姚大猷嗯一声，就从自己的腰间解下那把牛皮鞘的短刀，砰地放在桌子上。他见王兴发和黄赖芳看着这把短刀的表情都有些惊愕，就又伸手拿起来，唰地从鞘里拔出刀，反正看了看。王兴发注意到，这把短刀的刀光在姚大猷的脸上倏地一闪而过。姚大猷将刀横握在手里，在自己眼前比画了一下，然后对王兴发和黄赖芳说，罗长天曾用这把刀架在我的脖子上，这一次，我要让你们把它插进罗长天的脖子里。一边说着又爱惜地抚摸了一下缠在刀柄上的金线，抬起头看看王兴发和黄赖芳说，这把刀再拿回来时，我要在刀刃上见血！

王兴发和黄赖芳对视了一下，都轻轻点了一下头。

姚大猷又朝杨三运做了一个手势。杨三运就走过来，将事先准备好的钱票在王兴发和黄赖芳面前的桌上每人各放了一张。姚大猷说，这每人的二百大洋是先给你们的定钱，待事成之后每人还有三百，至于今后的事，咱再慢慢商议，你们想跟着我可以，我这里的职位有的是，随你们挑，想远走高飞也可以，看你们自己的心思，不过还有一件事，要先跟你们讲清楚，这罗长天你们知道，也不是好对付的，这一次万一失手，你们知道应该怎样做吧？该说的说，不该说的不要乱说，我跟你们从没见过面，懂吗？他这样说罢微微一笑，又回头朝杨三运吩咐道，今天让弟兄们少喝酒，把事情仔细商量一下。

他这样说罢，就起身下楼去了……

9

王兴发和黄赖芳从小酒馆里出来时，才稍稍松了一口气。

他二人没有说话，沿着江边朝前走了一段路，忽然都觉得肚子有些饿。刚才在小酒馆里，由于过度紧张，他们两人都没有吃饭，王兴发只跟杨三运商量了几个动手时的具体细节，又约定好事成之后的碰面时间和地点，就和黄赖芳一起出来了。姚大猷的意思很清楚，事不宜迟，就在这个晚上动手，而且杨三运又强调了姚大猷的具体要求，绝不能让任何人看到罗长天的尸体，这也就是说，一定要在神不知鬼不觉的情况下除掉他，而且要做得干干净净，最好让人感觉罗长天是失踪了，不要留下任何痕迹。

这时，王兴发的心里已经有了一个计划。

王兴发很清楚，按罗长天平时的规律，如果晚上没有应酬一般是会留在家里和宋雪篁一起吃饭的，吃了饭晚上再出去。而吃饭的时候除去端菜的下人，只会有自己或黄赖芳站在门口守卫。这应该是一个机会。也就是说，可以考虑在罗长天吃饭的时候下手。但王兴发想到这里又觉得有一个不好办的问题，罗长天有些功夫，腿脚很灵活，仅凭自己和黄赖芳恐怕还对付不了他。当然，如果让罗长天喝一些酒，事情就应该好办多了。

于是，王兴发就又想到了宋雪篁。

宋雪篁跟罗长天到一起之后，仍在暗中与王兴发有来往。这一阵宋雪篁经常向王兴发抱怨，说罗长天竟是一个风流成性的男人，跟自己的热火劲过去之后，又经常跑到外面去搞一些不三不四的女人。宋雪篁甚至说，她已经看出来，自己跟罗长天不过是露水夫妻，说不定哪一天就会一拍两散，所以，她自己也要早做主张，至少要在暗中为自己留一手。王兴发只凭这一点，就判断宋雪篁在这一次的事情上应该是持配合态度。

他想，如果让宋雪篁想办法将罗长天灌醉，事情就好办了。

10

王兴发的估计果然没有错。

他向宋雪篁摊牌，将此事的原委全都说出来之后，宋雪篁并没有表现出惊讶。她甚至咬着牙幸灾乐祸地对王兴发说，像罗长天这样的人，有人想杀他是很自然的事情，就是姚大猷不杀他，别人也会来杀他的。但王兴发的心里当然掂得出自己的分量是几斤几两，所以并没有说杀掉罗长天之后想跟宋雪篁一起远走高飞之类的话。他只是告诉宋雪篁，这件事办成之后至少对他们两人都有好处，他的好处自然是升官发财，即使没有升官发财至少也会比现在的处境要好过一些。而对于宋雪篁的好处则是，一来她不用再整天守着这样一个奸诈风流的男人过这种虚伪的日子，二来也可以得到他留下的全部家产。宋雪篁虽是一个女流，却也有一股敢想敢干的豪气，她一听王兴发这样说当即就问，准备怎样干。王兴发见事已至此，也就爽性明确对她说，她在这个晚上的任务就是不管用什么办法，只要把罗长天灌醉。

王兴发对宋雪篁说，只要让罗长天喝醉酒，这件事就成了一半。

宋雪篁问为什么。

王兴发说，他的身手快，只能先用酒撂倒他。

宋雪篁听了想一想，点点头说，这件事好办。

这天晚上罗长天没有应酬。但宋雪篁知道，罗长天就是在家里吃过晚饭也还是要出去的。他最近又认识了一个女人，好像是城里一个有钱的寡妇，据外面风传罗长天正跟这个寡妇打得火热。可是宋雪篁并没有为罗长天点破。她觉得还没到将这件事挑明的时候。她原打算找一天，尾随罗长天去那个女人的家里，等将这对男女捉在床上时再说。但让她没有想到的是，还没等她这样做，彻底解决这件事的机会就来了。

宋雪篁在这个傍晚没动任何声色。她像往常一样，先是亲自将罗长天马靴上的白铜马刺擦得锃亮，又用刷子仔仔细细地刷过他的军服，然后就和颜悦色地对他说，晚上在家里吃饭吧，她刚刚让底下的人弄了一些冬笋来，被雪打过的冬笋和腊肉一起油焖过应该很好吃。罗长天在这个傍晚显得心情很好，立刻笑笑对宋雪篁说，当然要在家里吃饭，虽然晚上还有一些事，但无论外面的公务多忙，陪夫人吃顿饭的时间总还是有的。

宋雪篁听了笑一笑，就吩咐底下人将准备好的晚饭端上来。

宋雪篁和罗长天一起坐到餐桌前时，又像是不经意地说，喝一点酒吧。

罗长天一听就笑了，说，夫人今天晚上好兴致啊。

宋雪篁说，天气这样潮湿，喝点酒也可以暖一暖。

于是当即就让底下的人拿过一瓶酒来。

宋雪篁虽是一个女人，酒量却很好。在这个傍晚，她命人将酒打开，就和罗长天一杯接一杯地喝起来。这中间罗长天也曾感到过奇怪，问宋雪篁今晚为什么有这样的酒兴。

宋雪篁听了只是抿嘴一笑说，你是贵人多忘事啊。

接着又说，你想一想，今天该是什么日子？

罗长天仔细想一想，眨眨眼问，什么日子？

宋雪篁说，你再想一想？

罗长天又翻起眼皮想了一阵，还是想不出这一天究竟是什么日子。

宋雪篁这才说，今天是我的生日。

罗长天并不知道宋雪篁的生日是在哪一天，这时听了连忙端起酒杯不停地赔礼。宋雪篁笑着摇摇头说，你光赔礼不行，这么大的事，应该罚你喝酒。

罗长天说好吧，夫人说怎样喝?

宋雪篁说，你要连干三杯。

罗长天果然连着干了三杯。

宋雪篁又说，咱们两人还要再喝三杯。

罗长天点点头，就又跟宋雪篁连着喝了三杯。

罗长天这样喝过之后眼神就有些散乱起来，说话也含混不清了。他起身说要去小解，但站起来摇晃了一下，险些跌倒。宋雪篁一见时机到了，就朝门口那边抛过去一个眼色。这时王兴发一直是站在门口，厨房的下人端菜进来，他都挡在门外，自己接过来送到桌上。黄赖芳则是站在罗长天身后的左侧，只有几步距离。王兴发看到宋雪篁递过来的眼色，就朝黄赖芳那边微微挑了一下下巴。黄赖芳立刻明白了王兴发的意思，便连忙走到罗长天的身后，似乎要来扶住他，与此同时就从腰间拔出那把短刀。但罗长天毕竟很机警，即使在自己家里也随时存有戒心，他这时突然感到身后有些不对劲，回头用眼角一扫，就看到了站在身后的黄赖芳手里正拿着一把短刀。他认出这把刀是姚大猷的，心里立刻明白了是怎么回事。但他这时再想拔枪已经来不及，身边又没有应手的家伙，于是伸手就抄起面前桌上的一根筷子，与此同时突然抬脚猛地踹了一下桌子，身下的椅子跟着也就朝后撞去。黄赖芳没有防备，一下被撞得站立不稳。罗长天趁机一抬手，就将这根筷子插进黄赖芳的喉管。黄赖芳的脖子立刻像撒气一样发出哧的一声，接着一股血沫子就喷涌而出，然后晃了几晃，两腿一软就瘫倒下去。王兴发这时仍站在门口，一见这情形立刻猛扑过来，从黄赖芳的手里抓过那把短刀窜到罗长天的背后，左手用力抱住他的脑袋。罗长天由于喝了一些酒，身体不像往常那样灵活，他的两手拼命在空中乱抓了几下，刚要挣脱出来，王兴发拿在右手的短刀随之也到了。王兴发是将这把短刀横着握在手里的，刀尖冲里，他就这样在罗长天的脖子上猛割了一下。王兴发发现罗长天的脖子非常柔软，他甚至感觉到，短刀的刀锋在碰到罗长天的颈椎骨时发出的嘎吱一响。接着就有一股土红色的鲜血喷溅出来，竟一直喷到对面宋雪篁的脸上。宋雪篁到底是一个女人，看到这个情形已经吓得瘫软在椅子上不能动了。王兴发感觉到，罗长天的脖子已经断了，他的头颅就像一只掰断秧的茄子，正在自己的手里无力地一点一点歪下去。接着他才发现，刚才由于用力过猛，竟将自己军服的前胸也划开一道很长的口子。

也就在这时，院里的大门响了一下。

随着一阵朝里走的脚步声，就听到一个声音在喊："团长——团长！"

王兴发立刻听出这是罗忠圭的声音。他没有想到罗中圭竟会在这个时候突然来这里。王兴发平素是知道罗中圭的为人的，不仅对罗长天忠心耿耿，而且心狠手辣。因此他能想到，如果罗忠圭看到了这个场面会是一个什么后果。于是，他急中生智，突然跳到对面宋雪篁的跟前，在她的胳膊上用力扎了一刀。已经吓得半死的宋雪篁立刻疼得尖叫一声就歪身倒在血泊里。事后宋雪篁才明白，也就是王兴发的这一刀才活活救了她的一条性命。

11

罗忠圭直到很多年后仍然搞不清楚，他在这个傍晚突然接到的这个莫名其妙的口信究竟是谁送来的。当时他刚刚吃过晚饭，正站在院子里抽烟，一个手下人匆匆进来告诉他，说是外面有人送来口信，让他立刻到罗团长的家里去一下。罗长天一般是不在家里处理公务的，因此平时很少让底下的人去自己家里，只有罗忠圭除外。

罗忠圭一听扔下烟头，立刻就赶过来。

罗忠圭在这个傍晚一走进罗长天家的院子，立刻感觉有些不对头。他凭着军人的敏感似乎闻到一股血腥气息，接着就听到正房里传出宋雪篁的一声惨叫。罗忠圭马上意识到是出事了，连忙紧走几步上了台阶来到屋里。屋里的情形立刻让他愣住了，只见地上到处是黏稠的血迹，罗长天的尸体横躺在餐桌前的地上，头颅耷拉在一边，只还在脖颈处连着一点薄薄的肉皮，齐刷刷的刀口里仍在汩汩地向外淌着血。他的旁边躺着黄赖芳，黄赖芳的脖颈上深深地插着一根筷子，两条腿仍在一蹬一蹬地抽搐着。宋雪篁则正倒在餐桌另一边的血泊里呻吟，身上的衣服几乎被血染红了。而站在一旁的王兴发也浑身是血，手里正握着一把短刀，愣愣地立在那里。他并没有要跑的意思，只是睁大两眼，看着进来的罗忠圭。

王兴发很清楚，自己这时就是想跑也已经无处可跑了。他听到了，跟罗忠圭一起来的人就站在院子里。这时几个人冲进来，立刻按住王兴发夺过他手里的刀，又下了他身上的枪。王兴发没说任何话，也没有反抗，任由这几个人将他捆绑起来，推到罗忠圭的面前。

这时罗忠圭已经渐渐回过神来，他盯着王兴发问，这是……怎么回事?

王兴发低着头，闭紧嘴，做出一副等死的样子。

罗忠圭阴沉着脸，盯住王兴发看了一阵，眼里掠过一缕凶光。

他从随从的手里拿过那把短刀看了看，立刻认出这刀是姚大猷的，当初罗长天跟姚大猷发生冲突那一次，他就在罗长天的身边，所以见过这把刀。

他又抬起头，问王兴发，究竟怎么回事?

王兴发仍然将头垂在胸前，一声不吭。

罗忠圭嗯一声，微微点了下头。

他说，好吧，不怕你不说。

罗忠圭先让手下人在罗长天的宅子里仔细搜了一下，见没有别的人，就将连惊带吓而且已经疼得说不出话的宋雪篁安置到楼上的卧室去，又把已经断气的黄赖芳的尸体拖到外面的院子里，然后将罗长天的尸体搬到一张木板上，暂时停放到一边。待将屋里草草收拾了一下之后就在一张椅子上坐下来，命人将捆绑着的王兴发推到自己面前。

他盯住王兴发看了一阵，问，你还是不打算说吗?

王兴发仍然低着头不吭声。

罗忠圭说，我只问你一句话，这件事，是不是姚大猷让你干的?

王兴发的脸上没有任何反应。

罗忠圭皱了皱眉说，现在事情到了这一步，我还有很多事要去处理，没时间跟你在这里闲磨，你不说也行，我有办法，会让你开口的。他这样说着做了一个手势，让底下人将那把短刀递过来。他将这把刀子拿在手里看了看，又让人端过一盆凉水，就命手下人将王兴发的上衣剥下来。然后走到他的面前，盯着他说，我再问一句，是不是姚大猷让你干的?

王兴发仍然低着头不说话。

罗忠圭皱了一下眉，就把短刀在凉水里蘸了蘸，回身走过来，用刀尖在王兴发的胸前用力划了一下。刀尖在王兴发胸膛的肌肉上行进得很慢，随之发出一阵吱吱的声响。肌肉立刻被划开了，像嘴一样粉红地张开着，接着一股鲜血就像喷泉一样涌出来，很快将刀尖淹没了。王兴发清秀的面孔顿时扭歪起来，随之发出一声很难听的惨叫。

罗忠圭看着他说，告诉我，这件事究竟是不是姚大猷让你干的?

王兴发摇摇头，仍没有说话。

罗忠圭点点头，说好吧，我只在你身上划三刀，你只要挺得住，第四刀我就给你个痛快的。这样说罢又将刀子在凉水盆里醮了醮，走过来，在王兴发的肚子上划了一下。这一次刀尖行进得更慢，而且由于肚子上的肉厚，划开的伤口也就更深，涌出的血也更多。

王兴发又惨叫一声之后，终于挨不住了。

他说，我……都告诉你。

但王兴发并没有将所有的事情都告诉罗忠圭，比如宋雪篁，他就说成是姚大猷原本让他和黄赖芳将她和罗长天一起杀掉的，但就在他要给她第二刀时，罗忠圭带人赶到了，所以他才没有得手。罗忠圭面无表情地听完了事情的经过，微微点了一下头。这件事并没有让他感到意外。姚大猷与罗长天素来不和，这他是早就知道的，罗长天也曾亲口对他说过，他跟姚大猷誓不两立，而且迟早会决死地拼一回。但让罗忠圭没有想到的是，这一次姚大猷竟将事情做得这样快，而且这样狠。罗忠圭看一看已经疼得半死的王兴发，就命人将他拖出去了。然后又稍稍想了一下，便带着人走出罗长天的家，直奔牌楼街的灯笼巷来。

据王兴发说，此时杨三运正在灯笼巷的小白桃这里等消息。

罗忠圭早就听说过这个叫小白桃的女人，知道她是杨三运的人，平时不仅在灯笼巷里做皮肉生意，暗地里也挣别的钱。罗忠圭带着人走进灯笼巷时，天色已经黑下来。他径直来到小白桃家的门口。小白桃家的房子很浅，里面没有院子。罗忠圭来到这里，站住看了看，然后挥了一下手，手下人就叮叮哐哐地用木条和铁钉将小白桃家的两扇门牢牢地钉死了。屋里的小白桃和杨三运正在喝酒，听到外面的响声先还以为是王兴发来报信了，待扒着门缝朝外一看，竟是罗忠圭，才意识到事情不妙。但这时已经晚了。站在巷子里的罗忠圭又命人找来一些煤油泼在外面，接着就一把火点燃起来。大火先是烧着了木门，很快整个房子就都燃烧起来。杨三运和小白桃立刻在屋里发出一声声的惨叫。罗忠圭站在门外看了一阵，待房子烧得稀里哗啦地坍塌下来，就带着人转身走了。他走出灯笼巷，站在牌楼街上回头望了望，夜色里的灯笼巷窜起一股熊熊的火焰，远远看去真的像是一盏巨大的破灯笼。

罗忠圭带人来到大华兴街的通大旅社时，已是二更时分。

罗忠圭知道姚大猷一向很谨慎，所以没有贸然上去。他先向旅社问清楚姚大猷具体住在楼上的哪个房间，就让一个手下人先上去，到姚大猷住的房间外面听一听动静。

这时姚大猷还没睡，正坐在卧室外面的客厅里喝茶。

罗忠圭听了以后，想了想，就带人直接冲上楼来。姚大猷听到外面的楼梯响，先以为是旅社的茶房来送水，但再听一听又觉出不对，脚步很杂乱，刚要叫人去看一看，却见罗忠圭一身血迹地带着几个人闯进来。姚大猷立刻明白了是怎么回事，转身就要去拿枪。而与此同时罗忠圭也已经到了。他一个箭步窜到姚大猷的面前，就将那把短刀掏出来。他原打算也用这把短刀结果了姚大猷，但在这一瞬间却又改变了主意。他看到在姚大猷身后的条案上正放着一把大刀，于是抢上前去一把抓到手里。这把大刀的刀刃足有四寸多宽，刀背也很厚，因此掂在掌心非常应手。就在罗忠圭抓过这把大刀时，姚大猷也已经绕过罗忠圭奔到门口。罗忠圭追上去横着猛地一砍，这把大刀立刻呼地带起一阵风声。罗忠圭本想砍姚大猷的脖子，但姚大猷感觉到身后的一股寒风，连忙用力一缩身。这一来就砍偏了，刀刃刚好砍在姚大猷的太阳穴处。只听咔嚓一声，姚大猷的半个头颅就像是一顶帽子似地随之被砍飞起来，接着撞了一下旁边的墙壁才掉落到地上，又在地板上咕噜噜地滚了几滚。姚大猷失去了半个头颅仍然朝前跑着，但只跑了几步，似乎迟疑了一下，朝前趔趄着就扑倒下去……

12

又是一个黎明。

东边青白色的晨晖将牌楼街上的青条石映得坑凹斑驳。

钟子庠沿着街边不紧不慢地走过来。他的身上背着一个包袱，腋下挟着油纸伞，像是要出远门的样子。他来到一面墙壁的跟前站住，朝前后看了看，从怀里掏出一张布告贴到墙上。这是一张由中华苏维埃中央政府办事处主任陈毅亲自签发的布告，宣布处决两个叛徒，在“罗长天”和“姚大猷”的名字上，还有力地打了两个像血一样鲜红的“×”。

钟子庠贴完布告，就转身朝城外走去……

三 反水

1934 年秋至 1935 年夏，对于赣南百姓来说的确是一段极为艰难的时日。中央红军主力转移后，国民党军队攻入苏区，立刻进行了灭绝人性的屠杀。他们纠集地主豪绅组织起“还乡团”“铲共团”“暗杀团”“义勇队”“挨户团”“保安队”以及“搜山队”等反动组织，对苏区群众进行疯狂报复，手段极其残忍甚至骇人听闻。直到很多年后，曾参加“清剿”的国民党军人提及这段历史仍摇头叹息：“从 3 岁孩童到 80 岁老人，均无幸免……”他们起初杀人以人头计，用以报功请赏，后因杀人如麻以头计数不方便，遂改用耳朵。曾以在苏区屠杀闻名的刽子手国民党独立 33 旅旅长黄振中，仅在宁都、瑞金、于都、兴国、广昌和石城等县就屠杀手无寸铁的群众数万人。国民党江西保安 3 团团长欧阳江一个晚上屠杀 500 多名抗交粮食的瑞金武阳群众，制造了著名的“武阳围血案”。瑞金菱角山一夜活埋 300 多人，南门岗一次枪杀 500 余人。国民党瑞金县长邹光亚在云龙桥下，一次集体屠杀 120 余人。瑞金竹马岗被杀害的群众数以千计。据一份资料记载，在瑞金著名的谢家祠堂和陈家祠堂，被害群众的尸体堆积如山。

我的红色笔记本上有一组统计数字，但笔记本的主人在一旁用一行小字注明，这个统计还并不完全。根据这个统计，在国民党军队的一次“清剿”行动中，瑞金有 18000 人被杀；兴国有 2142 人被杀，被捕 6934 人（后多下落不明），逃亡 3410 人；于都被杀害 3000 余人，其中禾丰地区被“靖卫团”团长华品懋杀害的百姓达 500 余人，沙心地区全家被杀绝的有 37 户。赣县田村一地被杀 94 人其中有 14 户被杀绝；寻乌被杀害 4520 人，杀绝 900 户；会昌被杀害 972 人；石城被杀的干部和群众 576 人；广昌被害 1000 余人；宁都被害的干部和群众 3378 人；上犹县被害干部达 1466 人。在敌人的血腥屠杀下，很多村庄的村民被杀光，成了万户萧条的“无人村”。目及之处尸横遍野，血流成河……

也就在这组统计数字的后面，笔记本的主人又提到一件发生在“靖卫团”里的事。这件事在当时显然影响很大，而且流传甚广，三个被“靖卫团”抓壮丁来的士兵，在一个晚上合谋将营长用绳索勒死，随后这个营的士兵又群起杀了排级以上的所有军官，然后携枪械一哄而散。可以想见，这件事在当时那种特殊的形势下，在革命群众中一定是一个大快人心的消息。据笔记本的主人记载，这三个杀死营长的士兵在被抓壮丁之前都是普通农民，其中一个还有家人被国民党军队杀害。因此，他们做出如此举动也就并不奇怪。这三个人，就是“付大成”“刘长庚”和“田在兴”三个人物的原型……

1

队伍开进黑石口时天上响起滚滚的雷声。雷声很沉闷，似乎是从大山深处传出的。深灰色的云彩像一团团浓重的烟雾将山顶笼罩，看上去如同天要塌下来。付大成背着大枪跟在队伍后面，越往山口里走心情越沉重。付大成很清楚，再往前走会有一个丫字形的岔路口，往左面是一条上山的路，往右面则通向石坡村。但是，付大成断定，汤营长是不会让队伍走左面的路上山的，现在队伍正需要给养，汤营长一定会去石坡村。

付大成想到这里，心更加悬起来。

付大成对石坡村很熟悉，当年走村串街做杀猪营生时，经常游走到这边来。石坡村养猪的人家很多。这一带山上有一种叫稻谷草的野菜，叶片汁多饱满，猪吃了长膘很快，因此养猪并不需用太多的谷糠，每天只要去山上扯一筐稻谷草回来就能把猪喂得很肥。所以，石坡村的人家无论贫富，都会养一两口猪。当年付大成对石坡村里养的猪了如指掌，谁家的猪伢是几时买的，应该几时出圈，心里都有一本账，所以每次来石坡村就总要住上几天，杀几口猪再走。付大成杀猪并不收取太高费用。付大成认为收费高了没有道理。猪是人家一把菜一把菜辛辛苦苦喂起来的，自己不过是帮着杀一下，怎么可以向人家多要钱呢？不过猪下水总还是要一点的。付大成每杀一口猪都要向主家讨一些猪肠。一挂猪肠有很多，付大成并不都要，有一点就足够了。付大成喜欢一边吃着猪肠子喝一点酒酿。在石坡村，江月芳家的水酒最好，不仅甘甜爽口也很劲道。当初付大成就是因为买江月芳的水酒，才注意到这个女人的。那一次付大成算错了日子，来到石坡村没有几头猪可杀，但一连几天一直在下雨，就只好先住在祠堂里。一天下午，付大成闲着没事，忽然想起曾听人说，村里一个叫江月芳的女人酿的水酒最好，便想去买一些来喝。但摸一摸身上已经没有钱，想了想，便拎着一串猪肠子来到江月芳的家。付大成早听人说过，江月芳是一个很不幸的女人，虽然刚刚三十多岁，却已经守寡十几年。当初江月芳的男人去赣江上跑船，不小心跌进水里淹死了。那时她刚生下儿子春良，硬是一个人将孩子拉扯起来。江月芳一个女人家自然做不动太多的事情，但她会酿水酒，她酿的水酒不仅在石坡村，就是走出黑石口也是很有名的，因此远近的男人都喜欢来她这里买酒吃。在那个下着雨的下午，付大成来到江月芳的家时，江月芳正在刷装酒用的竹筒。江月芳酿的水酒要装在竹筒里，这样酒渗进竹子，竹子的气味再散到酒里，味道不仅纯正还会有一股说不出的清香。江月芳正坐在门前用打来的泉水清洗竹筒，付大成就走过来。江月芳当然也认识付大成，知道他经常来石坡村杀猪，于是抬起头看看他问，买酒？

付大成说，买酒。

江月芳问，买多少？

付大成嗯嗯了两声说，买……一竹筒。

江月芳笑一下，说，一竹筒有很多呢。

付大成说，那就……半竹筒吧。

江月芳应了声，就起身去装酒。

付大成又说，我，嗯……身上没钱。

江月芳站住了，慢慢转过身看看他。

付大成说，这两天杀猪，还……还没收上钱来。

江月芳没有说话，仍然看着付大成。

付大成低头看一看自己手里拎的猪肠，对江月芳说，这串猪肠子，就抵酒钱吧。

江月芳摇摇头说，我只收钱，不收猪肠子。

付大成张张嘴，一下没了主意。

江月芳没再说话，又沉默了一下，转身去打了水酒来，就从付大成的手里接过那串猪肠子走进灶屋。时间不大，灶屋里就飘出猪大肠的腥臊香气。江月芳将煮好的肠子端出来，放到一张小桌上，看看付大成说，你要喝酒，就在这里喝吧。付大成看看小桌上正在冒着热气的猪大肠，又抬起头看看江月芳，嘴唇动了动说，谢……谢了。江月芳的脸上没有任何表情，只是说，你一个人住在祠堂里，又没有锅灶，到哪里去煮肠子呢。

付大成没再说话，就坐下来一边吃着大肠喝起酒来。

2

直到几年后，付大成再想起那个下着雨的下午，仍然觉得那是他喝酒最舒服的一次。在那个下午，他一边喝着竹筒里的水酒，嚼着韧香可口的猪肠子，闻着从灶屋里飘出的柴火气味，听着江月芳刷洗竹筒的声音，忽然有一种温馨的感觉，这种感觉是他这样一个四十多岁还一直孤身的男人从未体验过的。这一次事后，付大成专门又找了一个下午来给江月芳送酒钱，而且特意又拎来一串猪肠子。但江月芳只接过酒钱，然后看了看这串猪肠子说，怎么，你拿我这里当酒馆了吗，我只卖酒。付大成连忙解释说，他拎来这串猪肠子是特意送给江月芳的，他是想感谢她，没有别的意思。江月芳又看一眼付大成，轻轻叹息一声，就接过猪肠子转身进灶屋去了。这一次，付大成就又一边喝着水酒，嚼着韧香的猪肠子，感受到了那种说不出的温馨，而且从这以后，他再来石坡村杀猪，就总要来江月芳这里喝酒。村里也曾有人打趣，问付大成说，你每次去江月芳那里只是喝酒吗，还做不做别的事情？付大成立刻很认真地说，当然只是喝酒，除去喝酒还能做什么呢？

付大成这样说的确是心里话。

付大成每次见到江月芳，心里就会感到一紧一紧地发跳。江月芳虽然已经快四十岁，但皮肤很好，模样也很清秀，付大成在这样一个女人的面前总是觉得自惭形秽。由于多年的杀猪生涯，付大成的身上总会散发出一股浓重的油腻腻的气味，这种气味连他自己也能闻到。付大成曾听村里人说，江月芳是一个很爱干净的女人，无论冬天还是夏天，几乎每天都要洗澡。所以，付大成每次来江月芳这里之前，就总要先到村外的小溪里去把自己洗一洗，尽管他知道，身上的气味就是再洗也无法洗掉，但他还是要认真地洗，仔细地洗。曾有人偷偷告诉付大成，江月芳在村里对人们说过，按说她一个寡妇家，每天在家里向男人们卖酒已经是迫不得已的事情，再让付大成这样一个孤身男人经常去自己那里喝酒，总担心会被人们议论。但是，江月芳又说，付大成的确是一个很老实的男人，她去自己那里喝酒只是喝酒，从没有过非分之想，更没有过什么不规矩的举动。付大成听了这些话很是感动。

其实，曾经有过一次，付大成险些没有把持住自己。

那是在一个夏天，付大成来到石坡村一口气杀掉五头猪，到傍晚时几乎累

得筋疲力尽。村里人见他辛苦，给了他一些猪肠子之后，就特意又给了他一叶猪肝。付大成杀猪挣到钱，又得了这样一挂猪肠和一叶猪肝，心里自然很高兴，于是就又来到江月芳这里。这时江月芳的儿子春良已经去参加了担架队，这一晚刚好回来取衣服，于是就和付大成一起多喝了几杯。到天黑时，春良赶着回担架队去，付大成这里就觉出自己喝得有些多了。这时月亮已经升起来，将江月芳家的门前照得雪亮。付大成坐在门外的小桌跟前喝着酒，看到江月芳正在灶屋里烧水，灶膛里柴火映得她脸上一闪一闪的很红，突然感到一阵心动。接着，他就觉得自己的身体似乎已经不是自己的，不知怎么就站起来，然后朝着灶屋这边一步一步走过来。江月芳听到声音抬起头，看看走进灶屋的付大成问，有什么事。

付大成没有说话，只是定定地看着江月芳。

江月芳一定是觉出了付大成的神情不对，突然愣了一下。

她说，你……先去喝酒吧，再过一会儿……水就烧开了。

付大成慢慢走到江月芳的跟前，睁大两眼看着她。

江月芳镇定了一下自己说，我给你泡些茵陈茶来。

她这样说着就站起来，想朝灶屋的外面走。

付大成突然说，咱们两人，一起过日子吧。

江月芳一下笑了，说，你喝酒……喝多了。

付大成摇摇头说，我没喝多，我说的是心里话。

江月芳没再说话，抬脚就朝灶屋外面走。付大成看着她，突然跟过去猛一下就从后面将她抱住了。付大成感觉到江月芳的身上很柔软，这种柔软让他浑身战栗了一下。江月芳并没有说话，她先是静静地站了一会儿，然后慢慢回过头。付大成借着月光看到，江月芳的脸上竟然已经满是泪水。付大成立刻愣住了，两只手也一点一点松软下来。

江月芳说，我知道……你是一个好人。

付大成这时已经酒醒了，不知所措地看着江月芳。

江月芳又说，可是，我没有办法跟你一起过日子。

付大成问，为什么？

江月芳沉了一下，说，还是……还是不要说了。

付大成立刻说，不不，你一定要说。

江月芳又沉了一下说，就是……你身上的气味。

付大成说，气味？

江月芳点点头说，我实在……不能忍受。

付大成连忙说，我以后，可以不再杀猪。

江月芳说，可是，你不杀猪又能干什么呢？

付大成想一想，一时竟也想不出自己除去杀猪还能干什么。

江月芳摇摇头说，你……还是走吧。

付大成愣愣地看着江月芳。

江月芳又说，实话告诉你，就是现在，你这样站在我面前，我闻到你身上的气味都想呕。江月芳一边这样说着，竟真的哦地呕了一声。

付大成没再说话，转身慢慢地走了……

3

一进黑石口，路就更加难走了。

队伍行进的速度也渐渐慢下来。

在队伍的中间还裹挟着一些男人和女人。这些人都用绳索拴在一起，男人一串，女人一串，跌跌撞撞地被端着大枪的士兵押解着。绳索拴在每个人的脖颈上，打的都是活结。这是汤营长发明的办法，将绳索拴在脖颈上，再捆住两手就无论如何都无法再逃脱，而在脖颈上打了活结，只要稍稍走慢一点立刻就会被勒得喘不过气来。汤营长很为自己的这个发明得意，他把这种拴人的方法称为“拴贼扣”。这些男人和女人都是搜山时抓到的，当然，男人有男人的用处，女人有女人的用处。汤营长在抓到这些人时已经先为他们定了性，男人都是红军或游击队，女人则都是女红属或女苏干。所谓女苏干，也就是当初苏维埃政府的女干部。大家的心里自然明白，这样一定性后面的事情也就名正言顺了，抓到的男人送上去，按人头每人可以奖励五块大洋。女人则另有更重要的用途，用汤营长的话说，靖卫团都是后娘养的，要军饷没军饷，要给养没给养，如果再不搞些女人慰劳一下自己就太亏了。因此汤营长带领队伍搜山，只要抓到女人一律认定为女红属或女苏干，这样也就可以随意处置了。

付大成跟在队伍后面走着，抬起头朝前面看了看。春良也被押在队伍里。他的一条腿受了伤，走路一瘸一拐的，但由于脖颈上被套了绳索就不得不踉踉

跄跄地拼命往前走。春良是在天亮前被抓到的。当时队伍在一面山坡上搜索，发现了一片樟树林。汤营长搜山已经很有经验，他知道在这样的树林里很可能藏有躲山的人，于是做了一个手势，让队伍哗地散开，就朝这片树林包抄过去。付大成从没打过仗，手里的大枪还是刚刚发下来的，于是心里一下就有些紧张。不过他听刘长庚说过，在这种时候只要尽量弯下腰就不会有危险。刘长庚到靖卫团的时间比付大成要长一些，所以经历的事情也多一些。刘长庚还告诉付大成，可不要小看那些躲山的老百姓，他们当年都是闹过红的，哪怕是一个小孩子，就不定什么时候就会突然冲出来扎你一梭镖。这时付大成猫着腰，端着大枪一点一点靠近树林。就在他躲到一棵树后时，突然感到自己的脖子被人从后面用胳膊勒住了。他想叫一声，但只是哏地一下没有叫出来，接着只觉喉咙的地方一凉。他意识到，是一把尖刀按在自己的脖子上了。

这时，一个低低的声音在他耳边说，不要动！

付大成立刻就不再动了。

付大成曾听刘长庚说过，如果遇到这种危险的时候千万不要挣扎，否则只会更危险。付大成感觉按在自己脖颈上的尖刀稍稍松了一些，他趁机一回头，立刻愣住了。他看到站在自己身后握着一把尖刀的人竟是春良。春良显然也很意外，他并不知道付大成参加了靖卫团，于是睁大两眼看着他，张张嘴似乎想说什么，却没有说出来。

这时付大成已经回过神来，连忙低声说，你……快走！

春良朝左右看了看，附近的脚步声已经越来越近。

付大成又推了春良一下说，往东面跑，那边没人。

春良又看了付大成一眼，就转身朝东面跑去。

这时付大成立刻端起大枪。付大成自从拿到这条大枪还从来没有放过，他原本不会放枪，但这时冲着西边闭起两眼一扣扳机，砰的一声，竟然真的放响了一枪。正在附近的刘长庚和另几个人立刻朝这边赶过来，问付大成发生了什么事。

付大成指着西边说，刚才有一个黑影，朝那边跑了。

刘长庚朝西边看一眼，只是哦了一声，却站着没动。

这时东面突然传来几声枪响，接着就是汤营长的叫骂声。刘长庚几个人迟疑了一下，相互看了看就朝那边赶过去。时间不大，就见汤营长带着几个人举着火把回来了。付大成借着火把的亮光看到，春良被推推搡搡地押回来。春良的腿上显然受了枪伤，走路一瘸一拐的，额头上还有一些血迹，看样子是经过了一番搏斗。汤营长走到一棵树下站住了，让人将春良带到自己面前，先是上下打量了他一下，然后问，你是干什么的？

春良面无表情地说，躲山的。

躲山的？

汤营长看着他歪嘴笑了。

既然是躲山的，跑什么？

春良说，怕被你们抓到。

汤营长摇摇头说，我看你不像躲山的。

春良说，我就是躲山的。

汤营长说，躲山的这样厉害？几个人都按不住你？

春良就不再说话了，只是看着汤营长。

汤营长说，刚才有人看见了，你往草丛里扔了什么东西？

春良仍然没有回答，索性做出不准备再说话的样子。

汤营长拔出手枪咔地掰开机头，指着春良说，快说！

春良慢慢把头别转过去，看着远处漆黑的山林。

汤营长点点头说，好吧，你现在不想说可以，会有地方让你说的。

他这样说罢示意了一下，就让人将春良押走了。

付大成知道，春良闹红的时候一直在担架队，后来红军的大部队撤走了，他就上山参加了游击队。但让付大成没有想到的是，春良竟然没有走远，就在这黑石口一带的山上。现在靖卫团将他抓到了，后果自然可想而知。所以，付大成想，一定要寻找机会帮他逃走。但是汤营长显然很重视春良，特意让人将他拴在队伍的最前面，这样再想逃走也就更加困难。此时，付大成跟在队伍后面又走了一阵，就紧走几步朝前面赶过来。他看一看身边的人没有注意，就将一个饭团塞到春良的手里。春良由于腿上有伤，走路很艰难，所以两手没有被捆绑。他显然是饿坏了，接过饭团立刻塞进嘴里，嚼也没嚼一伸脖子就咽下去。付大成朝左右看了看，又掏出一个饭团塞给春良。春良又塞进嘴里咽了。付大成低声对春良说，前面拐过一个隘口快到石坡村时，队伍会停下来休息，到时候我帮你逃走。

春良苦笑了一下说，算了，不用了。

付大成睁大两眼看看他问，为什么？

春良说，我的腿伤很重，跑不掉的。

付大成说，可以试一试。

春良说，不用试了，搞不好……会连累你。

春良说罢又看了付大成一眼，就朝前走去。

4

队伍开进石坡村时已是中午。

石坡村像一座坟墓，街上空荡荡的悄无声息，看不到一个人影。显然，人们都已躲到山上去了。汤营长一边咒骂着，让手下人去挨家挨户搜寻粮食或别的什么可吃的东西。但家家都是四壁空空，不要说粮食，连灶上的铁锅都已被搬走藏起来。几个士兵不知从哪里找到两头半大猪，半拖半拽地拉过来。这两头猪都已经饿得半死，肉皮像衣服一样松松垮垮地披在身上。汤营长一见立刻高兴起来。汤营长很爱吃肉，搜山的时候实在找不到肉，连山上的老鼠都要让人捉来剥掉皮煮着吃。这时，汤营长看一看这两头骨瘦如柴的半大猪，立刻让人去把付大成叫来。汤营长吩咐付大成，这个下午不要再做别的事，就将这两头猪杀掉收拾出来。付大成应一声，就将这两头猪麻利地捆住四蹄，弄到一边去了。

付大成一做起杀猪的事，心里立刻就踏实下来。

其实付大成当初被靖卫团的人抓来只是为了杀猪的。那时靖卫团的人在村里抓到猪，并不知道该怎样杀，有的时候在猪的身上连扎几刀也扎不死，反而让猪疼得一边流着血到处乱窜，最后不得不用乱枪打死。然后干脆将猪头割下来，带着猪毛把肉割成一块一块直接架到火上烤着吃。付大成也是偶然被汤营长的队伍抓到的。一次汤营长带着人从山上下来，在山路上迎面碰到付大成。当时付大成的装束并不起眼，只在身后背着一只箩筐，筐里装着杀猪用的家什。但就在他从汤营长的身边走过时，他的身上和箩筐里散发出的肉腥气味立刻引起汤营长的注意。汤营长将他叫住问，你是干什么的？付大成看看汤营长的样子，知道他是个当官的，心里顿时有些紧张，吭哧了一下说，我是……杀猪的。

你是杀猪的？

汤营长立刻上下看看付大成。

付大成低着头，说是。

汤营长连连点头，说好啊，好啊好啊。

付大成抬起头看一眼汤营长，摸不清他说的好是什么意思。

汤营长眯起眼微微一笑说，我现在正愁找不到会杀猪的人呢！接着突然又把脸一沉说，到前面的村里抓一头猪来，你杀给我看，如果不会杀猪我可就要杀了你！

付大成就这样被带到前面的一个村庄。汤营长命人去村里搜一搜，果然很快就抓来一头猪。汤营长看看这头猪，又看看付大成，然后点点头说，好吧，你现在就把这头猪给我杀了吧，晚上我要用猪下水下酒。汤营长这样说罢，就让手下人把猪给付大成拉过来。但让所有人都没有想到的是，汤营长的手下一松手，那头受了惊吓的猪竟立刻朝旁边窜去。汤营长没有防备，险些被它撞倒。付大成却不慌不忙地跟过去，伸脚朝这头猪的一条后腿一拨，这头猪立刻就被绊倒在地上。接着付大成走上前去，从箩筐里拿出一条绳索三下两下就将这头猪的四蹄捆住了。汤营长看了频频点头，嗯一声说，看你这样子倒真像个杀猪的。

付大成捆好猪，直起身问汤营长，我杀了这头猪……还有别的事么？

汤营长说，你杀了猪就没有事了。

付大成问，我就……可以走了？

汤营长说对，你就可以走了。

付大成点点头，立刻将这头猪拎到一边去，没一个时辰就收拾干净了。但是，当付大成收起自己的家什，准备走时，汤营长看一看他收拾得干干净净的猪头、猪肉和猪下水，又朝旁边的手下人看一眼。旁边的人立刻走上来，用大枪将付大成拦住了。

付大成一愣问，你们……这是干什么？

汤营长摇摇头说，我还不能让你走。

付大成的脸立刻涨红起来，说，你刚才答应过的，我杀了这头猪就可以走……

是啊，汤营长嗯一声说，我刚才是这样说过，可现在我又改主意了。汤营长很认真地看看付大成说，你现在给我杀了这头猪，可是以后再有猪怎么办呢？

付大成张张嘴，一下不知该怎样回答了。

所以，汤营长说，你以后就跟着我吧。

付大成说，我……不想当兵。

汤营长说，那就不让你当兵，只让你杀猪。

汤营长这样说罢就转身走了。

5

但是，汤营长这一次又食言了。

付大成刚刚来到靖卫团里，就有人给他拿来一条大枪。付大成一见这大枪立刻说，我只管杀猪，杀猪不用枪。但给他拿枪来的人却说，汤营长说了，你不杀猪的时候就要用枪了。付大成直到这时才明白，自己是被靖卫团抓壮丁了。

在这个中午，付大成将这两头饿得半死的瘦猪拉到村外的溪边，先把猪杀了，然后就开始一点一点地收拾。褪猪毛要用热水，但村里已经找不到烧热水的地方。不过付大成还另有办法，付大成不用热水也一样可以把猪毛褪得很干净。付大成一边收拾着这两头瘦猪，心里却在想着另外一件事。队伍一开进石坡村，汤营长就开始在祠堂里审问刚刚抓到的人，皮鞭、棍棒、刀割、火烤，哇哇的惨叫声响彻整个村庄。付大成知道，汤营长这样审问是另有目的的。现在队伍缺少给养，所以搜山抓到的人不可能都带在身边，要先确定身份，哪些是真的红军、游击队或苏区干部，哪些只是普通百姓。这样确定之后，只把红军、游击队和苏区干部带走，因为后面还有审问价值，而普通百姓则统统就地杀掉。如此一来，被杀掉的人也同样可以按红军、游击队或苏区干部充数报上去，也就同样可以领到每个人头五块大洋的赏金。所以，队伍开进石坡村后，付大成寻找了一个机会悄悄告诉春良，汤营长审问他时，千万不要说自己只是普通百姓。春良不明白，问为什么。付大成就对春良说了汤营长这样审问的真正目的。但春良听了想一想，却坚决地摇摇头说，不行，自己绝不能这样说。

付大成不解，问为什么。

春良说，如果自己不承认是普通百姓，也就等于向敌人承认了自己是游击队，而自己是在黑石口一带的山上被抓到的，这样一来也就暴露了游击队的行踪。可是，付大成对春良说，你如果说自己是普通百姓，立刻就会被杀掉，这个汤营长可是杀人不眨眼的。

春良听了笑笑说，杀掉就让他杀掉吧，我从闹红那天起就已经准备被杀掉。

这时，付大成想，自己无论如何也不能眼看着春良就这样被汤营长杀掉。他想到这里，就扔下手里的杀猪家什朝村里的祠堂走来。付大成走进祠堂时，汤营长正在审问春良。春良的腿伤看上去很重，一根裤管已被血水染红了。汤营长盯着春良说，你现在说实话还来得及。

春良说，我说的都是实话。

汤营长说好吧，那我就再问你一遍，你究竟是干什么的？

春良说，我已经说过了，上山采草药的。

汤营长说，你以为我会相信吗，有半夜上山采草药的吗？

春良说，我是白天上山的，天黑迷路了，才被困在山上。

汤营长笑了，说，你这样的当地人，会在山上迷路吗？

春良就不再说话了。

汤营长点点头说，好吧，你可以再想一想。

汤营长这样说罢，就让人将春良押走了。

汤营长似乎有些累了，点上一支烟吸了一口，一回头看到了正站在台阶下面的付大成，于是问他有什么事。付大成正在心里想着怎样救春良的事，突然被汤营长这样一问，一时不知该怎样回答。想了一下就随口说，猪……都收拾出来了。

汤营长听了哼一声，朝他挥挥手。

付大成就赶紧从祠堂里出来了。

6

付大成回到村外的小溪边，发现收拾好的两头瘦猪都已被汤营长的手下人弄走了。他先将杀猪用的家什在溪里清洗了一下，想了想，索性脱掉衣服跳进水里，痛痛快快地洗了一个澡。一连几天赶山路钻山林，身上已被汗水沤得发黏，这时在溪水里一洗顿时感到浑身清爽。付大成从水里上来穿上衣服，正要转身回村，忽听小溪对面的竹林里有人哎了一声。付大成立刻站住了，抬起头朝对面望了望，并没有看到人。他以为是自己听错了，转身刚要走，竹林里又有人哎了一声。这一次付大成听准了，是一个女人的声音。他想了想，就放下手里的家什跳到对岸，朝竹林这边走过来。竹林里传出一阵声响。付大成突然愣住了，他看到，竟是江月芳从竹林里走出来。付大成连忙朝四周看了看，上前一把又将江月芳推进竹林。他低声对江月芳说，这种时候，你怎么回村来了？

江月芳说，我已经在这里等你半天了。

付大成问，有事？

江月芳说，有事。

付大成问，什么事？

江月芳说回去说吧。

江月芳说着就要拉付大成去自己家。

付大成立刻说，现在去你家太危险。

江月芳说走吧，我自有办法。

付大成只好跟着江月芳朝她家走来。

付大成从江月芳脸上的表情看出来，她看到自己穿着靖卫团的军服并没有显出意外。他有心向江月芳解释一下，自己参加靖卫团只是被抓的壮丁。但想了想，还是没有说出来。

江月芳家靠近村边，这里稍稍僻静一些。付大成过去虽然经常来江月芳这里喝酒，但每次只是坐在门外，并没有进过屋里。让他没有想到的是，江月芳的这间土屋竟还暗藏着一个阁楼。这间土屋从表面看只是稍显高一些，并没有什么特殊，但在墙角一个不起眼的地方有一个假烟道，钻进这个烟道一直爬上来，就可以进入屋顶的夹层。这个夹层有半人多高，通风透气很好，而且从外面丝毫看不出任何痕迹。付大成跟随江月芳爬进这个夹层，看到地板上铺着一张竹席，席上有竹枕，旁边还有几件手使的东西。江月芳告诉付大成，这个夹层还是当初闹红时儿子春良帮她做的，为的就是有一天遇到什么不测，可以用来藏身。现在这夹层果然派上了用场，她每天白天出去躲山，晚上就悄悄回来住在这夹层上。

这时，付大成发现，江月芳脸上的表情有些异样。她看着自己，似乎有什么话要说，但只是张张嘴却没有说出来。这样沉了一下，她说，你……等一下。

她这样说罢就又下去了。

过了一会儿，江月芳又上来，将一支竹筒放到付大成的面前。付大成看看这支竹筒，又看看江月芳。江月芳没有说话，又转身去拿出一小盘腌笋。

江月芳说，我酿的水酒……只有这些了。

付大成看看江月芳说，我身上……没钱。

江月芳沉一下说，钱的事，就不要说了。

付大成说，你刚才说有事，究竟什么事？

江月芳说，你先喝酒吧，喝了酒再说。

付大成摇摇头说，你不说，我不喝。

江月芳看他一眼，说，那你就别喝。

付大成轻轻喘出一口气，只好打开竹筒，将水酒倒进碗里，端起来喝了。付大成已经很久没有喝到江月芳酿的水酒了，这时突然喝下去，立刻感到身上轰地一热，接着，似乎全身的筋骨都松展开了。江月芳又为他倒上一碗。付大成又端起来喝了。付大成就这样接连喝了几碗水酒，渐渐地就感觉有些轻飘飘起来。这时，他只觉江月芳的一只手像一片树叶落到了自己的身上。这只手很轻，很柔，如同一阵风在皮肤上拂过。然后，这只手只轻轻一扳，付大成就慢慢地仰身躺到竹席上了。付大成感觉自己的衣服被解开了，接着，另一个光滑冰凉的身体就朝自己压上来。他闭着眼，轻轻哦了一声，两只手就搂住这个身体，一下一下地抚摸着。他听到江月芳在自己的耳边呼吸着，喷出的气息吹得他耳郭痒痒的。

他说，我……刚又杀了猪，你不怕身上的气味么？

江月芳没说话，只是用身体一下一下地回答着。

付大成又说，现在……你可以说了，究竟……什么事？

江月芳突然在付大成的身上停下来。接着，付大成就感觉到，有几滴冰凉的东西落到自己的身上。付大成激灵一下，立刻从竹席上坐起来。

他明白了，江月芳已经什么都知道了。

他说，这件事……我原打算先不对你说的。

江月芳说，这样大的事，你怎么能不对我说呢？

付大成说，我想……等把事情办好，再告诉你。

江月芳立刻睁大眼说，你……已经想好要帮我？

付大成点点头说，在这种时候，我当然要帮你。

付大成这样说着，突然又愣了一下。他朝江月芳的身上看了看，问，你对我这样，就是为了……让我帮你？江月芳没有说话，又埋下头去抽泣起来。付大成不再说话了，只是静静地看着她。江月芳这样抽泣了一阵，才慢慢抬起头说，我只有……春良这一个儿子……

付大成又用力看一看江月芳，就起身下阁楼去了。

7

付大成想了一个下午，到傍晚时就又来到村里的祠堂。

汤营长将准备押去城里的人都关在祠堂里。付大成知道，这时在祠堂门口站岗的应该是田在兴。田在兴和刘长庚是同乡，而付大成与刘长庚的关系很好，因此，田在兴平时跟付大成的关系也就比别人更近一些。在这个傍晚，付大成来到祠堂门口，果然看到田在兴正抱着大枪坐在门前的石杵上，于是走过来压低声音对他说，我想……进去一下。田在兴看看周围没人，轻声对付大成说，这里关的都是要犯，你可不要给自己找麻烦。

付大成点点头说，这我知道。

田在兴问，你又要去看那个打伤腿的人？

付大成一愣说，你……怎么知道？

田在兴哼一声说，在路上，我看到你塞给他饭团了。

付大成连忙说，这话可不敢乱说的。

田在兴没再说话，只是朝付大成歪了一下头。

付大成又朝周围看了看，就赶紧进祠堂去了。

汤营长审问春良还是没有任何结果，所以，春良被单独关在享堂旁边的一间小屋里。付大成过来敲了一下门。春良的脸就在门上的小洞里出现了。付大成朝四周看了看，掏出一把红薯干塞进门洞，又递进一支装水的竹筒，然后轻声说，我刚才去你家了。

春良连忙问，我妈……怎样？

付大成说挺好，你放心吧。

春良又问，她……知道了？

付大成嗯一声，说知道了。然后想了一下，又说，你现在不要说自己是红军游击队，也不要说自己是普通百姓，不管汤营长怎样问，只是什么话都不要讲。

春良问，为什么？

付大成说，你如果承认自己是红军游击队，担心会暴露队伍的行踪，可要说自己是普通百姓，就立刻会被处决，你什么都不说，汤营长就拿你没办法。

春良问，今天下午，审问的那些老百姓呢？

付大成沉一下说，都已经押上山去处决了。

春良就慢慢低下头，不再说话了。

这时前面享堂的院子传来一阵脚步声。付大成连忙又向春良做了一个手势，意思是让他记住自己刚才说过的话，然后就匆匆朝前面走去。走过享堂的大门时，迎面碰到汤营长的卫兵。汤营长的卫兵看看付大成问，你来这里干什么？

付大成支吾了一下说，来找……汤营长。

汤营长的卫兵说，汤营长在旁边的跨院。

付大成应一声，就赶紧从享堂里出来了。

付大成来到街上，才长长地舒出一口气。他先让自己镇定了一下，然后就朝跨院这边走过来。他已在心里想好了，现在如果想保住春良的命，至少不要让他立刻被处决，就必须让汤营长知道，春良并不是一个普通百姓。但是，如果直接告诉汤营长春良是游击队也就等于出卖了他，那样他虽然不会立刻被处决，后面反而更加危险。付大成曾亲眼见过汤营长的手下人是如何处置红军和游击队的，他们杀人的方式想一想都让人不寒而栗。所以，付大成经过一番考虑，就决定对汤营长说得模棱两可一些。

他这样想好之后，就朝旁边的跨院走来。

汤营长正坐在跨院里的一棵樟树底下，面前的桌上摆着付大成下午刚刚收拾出来的猪下水，此时正散发出一股卤煮的香味。旁边还有一壶水酒。汤营长一边吃着一根猪肠子，一边喝着碗里的水酒，手上和嘴上都是油汪汪的。付大成走过来并没有立刻说话，只是在旁边站了一会儿。汤营长放下酒碗一回头，发现了付大成，看看他问有什么事。

付大成说，我来……是想向您报告一件很重要的事情。

汤营长听了立刻将手里的猪肠子扔到桌上，说，说吧。

付大成说，有件事，我还一直没有来得及向营长报告。

汤营长皱皱眉不耐烦地说，你快说吧，究竟什么事？

付大成似乎又迟疑了一下，然后才说，就是那个……打伤腿的年轻人。

哦——？汤营长立刻站起身，朝付大成走过来，这年轻人怎么回事？

付大成说，他……确实不是普通百姓。

汤营长问，是什么？红军……游击队？

付大成摇摇头说，都不是。

那是什么？

是……是……

付大成说了两个是，一时也想不出究竟应该说春良是什么。

他又想了一下，说，这样说吧，当初我来这一带杀猪，曾有一次碰到这个年轻人，他把我带进一个大院子，连着杀了两口猪，可后来一直没给钱。

汤营长立刻问，是给他自己家杀的猪？

付大成很肯定地说，不是，那是一个很大的院子，出出进进都是人。

汤营长顿时来了兴趣，问，这么说……他是个苏干？

付大成连忙说，也不是，他不像是那个院子里的人。

汤营长不耐烦了，皱起眉问，那他究竟是什么人？

付大成说，要我看，他是帮苏区政府做事的人。

汤营长想了想，摇摇头说不对，如果他帮苏区政府做事，就肯定是一个苏干。这样说着又哼一声，我早就看出他不像个普通百姓么！好，太好了！一个苏干能值六块大洋呢！

汤营长这样说着，端起酒碗一口气喝下去。

8

付大成从跨院里出来时，感到自己通身是汗。

付大成意识到，自己做错了一件事，一件大错特错的事，这件事错得几乎要将春良的性命送掉了。春良确实曾让付大成去给乡苏维埃政府杀过两头猪，而且也确实没有给钱。那一次是中秋节，乡苏政府准备杀两头猪给区苏政府送去，然后再由区苏政府统一送到部队去慰劳红军。但当时春良对付大成说，手头一时没钱，暂时先记在账上。付大成听了还有些不太高兴，说自己杀猪从不赊账。春良却说，苏维埃政府是不会赖账的，再说付大成经常来这一带杀猪，下次再给也是一样。现在付大成不知怎么竟将这件事想起来。付大成原以为自己很聪明，他不说春良是红军或游击队，也不说他是苏干，只含混地说他曾帮乡苏政府做过事。他认为这样说了春良的身份就会模糊起来，汤营长就会既不认为他是普通百姓，也不认为他是乡苏干部。但让他没有想到的是，汤营长一听他这样说，竟立刻就认定春良是一个苏干。付大成当然知道，如果春良被认定是苏干就会更加危险，因为苏干还不像红军和游击队，没有任何审问价值，所以只要抓到送上去立刻就会被杀掉。

付大成站在街上，感觉自己的手心已经攥出汗来。

付大成慢慢走出村外，来到溪边。付大成这些年已经养成一个习惯，每遇到一件不知该怎样办的事情，就会找一个没人的地方坐下来静静地想一想。他要先让自己的头脑清醒起来，只有这样才能准确地权衡利弊，也才能想清楚应该如何去做。但是，付大成在溪边坐了一阵，却怎么也想不出能有什么办法。春良被关在祠堂里，卫兵看管得很严，而且他的腿上还有伤，所以，要想帮他逃走几乎是不可能的。而如果他不逃走，就只能等死。

付大成想到这里，一时竟不知如何是好了。

这时，付大成忽听对面的竹林里有动静。他抬起头，看到江月芳从竹林里探出头，正在朝自己招手。他连忙起身朝竹林那边走过去。这是一片新长出的竹林，枝叶很茂密。付大成跟随江月芳来到竹林深处一块巨石的后面，江月芳急切地问，见到春良没有，他现在怎样。

付大成迟疑了一下才说，见是见到了，他……腿上受了伤。

江月芳一听连忙急切地问，伤得怎样，重不重。

付大成说，重倒不重，只是……走路有些困难。

江月芳就不再说话了，低下头不停地流起泪来。

付大成看着流泪的江月芳，心里像被两只手狠狠地拧来拧去。他很心疼面前的这个女人，他不想让她这样伤心。他想说一句安慰她的话，但想了想，却又不知该说什么。他原打算将刚才的事告诉江月芳，然后和她一起商量一下，看后面的事情该怎样办。但这时他却改变了主意，他的心里很清楚，如果江月芳知道了事情的严重性一定会更加不知所措，这样一个女人，在这种时候除去流泪是想不出任何办法的。

于是，他只是伸出手在江月芳的肩上抚了一下。

他说，你……只管放心吧，这件事……有我呢。

江月芳立刻了停止哭泣，抬起头，看着付大成。

付大成点点头，又说，我会想办法的。

江月芳问，你有……什么办法？

付大成慢慢蹲下来，很认真地想了一阵，然后对江月芳说，我现在说的话你听清楚，在溪边那块黑石头的底下藏着一串猪肠子，那是我中午杀猪时特意留下的，你现在把它拿回去煮一煮，另外在阁楼里还有半竹筒水酒，也把它准备好，我一会儿要用。

江月芳听了有些奇怪，问，你……要这些干什么？

付大成没再说话，就起身朝竹林外面走去……

9

付大成的心里已经想出一个办法。

当然，在这个时候，这也只能是唯一的办法。

付大成决定先去找刘长庚。付大成曾经听人说过，就在他来靖卫团的前不久，刘长庚刚刚出过一件事。因为这件事，刘长庚险些送掉性命。那一次是汤营长带着队伍开到梅河边的上竹村。刘长庚是上竹村人，但除去他的同乡田在兴，营里几乎没有任何人知道。当时上竹村一带游击队活动很频繁，田营长率领队伍搜山时，经常遭到游击队的伏击。所以，田营长一到上竹村就将没有来得及躲到山上去的老幼村民都集中到街心的祠堂里，在墙的四周架起干柴，然后放出话去，说是如果山上的游击队不下山投降，他就要每天杀两个村民，杀到第三天，放一把火将祠堂里的村民全都烧死。就这样，当汤营长杀到第六个村民时，游击队的人就下山了。当时下山的有四个人，为首的自称是游击队长，叫刘长年。汤营长一见抓到了这样多的游击队，而且竟然还有一个游击队长，自然大喜过望。于是当即就押上这几个人，准备去城里请赏。但是，就在这天晚上，当部队在梅河边扎营时，刘长年竟带着那几个游队员跳进梅河逃走了。当时负责看守的正是刘长庚。汤营长带人沿着河边追了一阵，没有找到踪影，气急败坏地回来之后就命人将刘长庚捆起来吊到树上。直到这时，汤营长也才知道了刘长庚竟然就是上竹村人，接着突然又意识到，那个游击队长叫刘长年，而刘长庚叫刘长庚，他们两人是不是兄弟？就这样一番严刑拷打之后，刘长庚终于承认了，刘长年的确是他的亲叔伯兄弟。但刘长庚却矢口否认自己有意放掉刘长年等人。刘长庚说，他跟刘长年虽是亲叔伯兄弟，但已经多年没有来往，况且他也深知刘长年是怎么回事，就是再给他一个胆子也不敢将他放走。汤营长见再也问不出什么结果，原想将刘长庚杀掉，但再想一想正是用人之际，而且这时抓壮丁已经越来越困难，才将刘长庚勉强留下了。可是死罪饶过，活罪不免，为了杀一儆百，就命手下人当着全营人的面将刘长庚的两只耳朵割下来。当然，大家的心里都很清楚，汤营长割掉刘长庚的两只耳朵其实还另有目的。按上级规定，每杀掉一个红军或游击队或苏干，可以奖励几块大洋，而去上面请赏的凭据就是耳朵，每两只耳朵算一个人。汤营长这样割掉刘长庚的两只耳朵，刚好可以去上级那里领到几块大洋。也正因如此，汤营长搜山以来对手下的惩罚就是割耳朵。在这个营里，已经有很多人被割去了耳朵。

刘长庚就这样，也被汤营长割去了两只耳朵。

付大成知道，刘长庚一直对汤营长心存怨气。

刘长庚曾在一次喝酒之后对付大成说，总有一天，他会找个机会将汤营长一枪崩掉。当时付大成听了立刻惊出一身冷汗，提醒刘长庚说话当心，对他说，这样的话如果被汤营长的心腹听去了可不得了。刘长庚却拿过大枪哗地一拉枪栓说，这年月谁怕谁，真到打仗的时候子弹可不长眼，砰的一枪打死一个，你知道是哪条枪管里射出的子弹?

所以，付大成这时想，这件事找刘长庚应该最合适。

付大成在这个傍晚找到刘长庚时，刘长庚刚刚下岗回来，正蹲在破庙里端着一只破盆喝粥。付大成走过来拉了他一把。刘长庚抬起头看看付大成。付大成没有说话，只是向他使了一个眼色。刘长庚就放下破盆跟着付大成出来。

走到破庙外面，刘长庚问付大成，有什么事。

付大成并没回答，领着他径直朝村边江月芳家走来。

10

这时天已渐渐黑下来，村边的竹林只还剩下一个轮廓。江月芳已经煮好了猪肠子，正在烧水。江月芳家的柴灶当初曾被春良改造过，烟道经过一间暗室，这样做饭时外面就看不到一丝炊烟。刘长庚跟着付大成一走进江月芳家，闻到一股很香的肉味立刻一愣。这时江月芳端着煮好的猪肠子从灶屋里出来，一见付大成又领来一个穿军服的男人也愣了一下。

付大成连忙对她说，没关系，是自己兄弟。

付大成说着，就拉刘长庚在小桌前坐下来。

江月芳将猪肠子和水酒都端到桌上来。

付大成使了个眼色，江月芳就出去了。

刘长庚看一看出去的江月芳，又看一看桌上。

他说，兄弟你有什么事，就直说吧。

付大成端起酒碗说，先喝酒。

刘长庚就端起碗和付大成一起把酒喝了。

付大成放下酒碗，看看刘长庚，就把心里想好的事对他说出来。刘长庚听了并没有表示出意外。刘长庚的两只耳朵被割掉之后，只还剩了两个肉赘儿。这时，他的这两个赘儿微微抖动了几下，然后说，既然这样，那就干吧。但想了一下又说，不过……只咱两个人，还是有些势单力薄。付大成点点头说，我也这样觉得，所以才想跟你商量。

刘长庚说，拉上田在兴吧。

付大成一听刘长庚提到田在兴，稍稍迟疑了一下。

付大成说，田在兴虽然也是兄弟，可这种事，他……

刘长庚说，他应该可靠。

刘长庚告诉付大成，田在兴是一个不善表达的人，平时有事总是喜欢装在心里，但他嘴上虽不说，心里却跟汤营长结过很深的仇怨。付大成听了有些意外，问是什么仇怨。刘长庚说，就在他的耳朵被汤营长割掉之前不久，田在兴也曾出过一件事。田在兴是下竹村人。下竹村也在梅河边，离上竹村很近。田在兴家祖辈都在梅河上撑船，为做木材生意的徽州木商向山外运原木。后来到田在兴的父亲这一辈，就专门以打鱼为生。所以，到田在兴二十岁时，他父亲就为他寻了一个同样是船家的女儿，叫佟水妹。但佟水妹的父亲是为人做长途贩运的，这样撑船去山外一次，至少就要半年才能回来，因此佟水妹一家也就跟随她父亲漂泊不定。再后来佟水妹家的这条船又被红军征用，要经常去运送各种物资，所以田在兴和佟水妹的婚事也就这样一直拖下来。红军的大部队撤走以后，局势一天比一天紧张。田在兴的父亲原本和佟水妹的父亲商量好，想尽快将他们两人的婚事办了，但就在这时田在兴突然被靖卫团抓了壮丁，于是婚事就又一次搁置下来。出事是在前一年的深秋。在那个深秋，田在兴跟着汤营长的队伍开到梅河边。这时汤营长已将搜山的范围逐步扩大，认为这一带不仅是山民，梅河里的船家也曾为红军和苏区政府做过事，因此也要清查。就在这时，就将佟水妹家的船找到了。佟水妹的父亲不仅为红军运送物资，还曾在乡苏政府里做过事，所以经下竹村民团的人指认，立刻就被抓起来。也就在这时，汤营长突然发现了佟水妹。汤营长在搜山和清剿过程中，所到之处对女人，尤其是年轻女人从不放过。但他这一次看到眉目清秀的佟水妹，心里却立刻另有了打算。汤营长一直盯着靖卫团副团长的位置，却又苦于找不到在上司面前立功表现的机会，所以，他这一次就想把佟水妹当成一件礼物送上去。这件事最先是刘长庚知道的。刘长庚当然很清楚田在兴和佟水妹的关系，于是就赶紧将此事告诉了田在兴。田在兴听了先是大吃一惊，但接下来也没了主意。汤营长的脾气是所有人都知道的，不仅生性暴戾，心狠手辣，而且他一旦决定了的事情是任何人都无法改变的。但尽管如此，田在兴也不能眼看着自己还没过门的女人被汤营长当成礼物给上司送去。于是，他一咬牙就来找汤营长。他对汤营长说，自己就是这下竹村人。汤营长这一次竟然没有发脾气，看看他问，那又怎样？田在兴说，所以，这村里的很多人，都是他的本家亲戚。

汤营长听了微微一笑说，那些苏干，也是你的本家亲戚吗？

田在兴被这样一问，立刻张口结舌了。但事情到了这一步已经没有了退路，他只好又硬着头皮说，他说的是佟水妹，这佟水妹是他的本家妹妹。不料汤营长一听田在兴这样说却立刻笑了，说好啊，好啊好啊，如果她是你的本家妹妹，以后真当了团长太太你可就要沾光啦，只要她在团长面前说句话，你弄个排长连长当当都不说定呢！田在兴原本就不太会说话，这时被汤营长这样一说更加不知该说什么了，但他想一想，还是说，您就……放过她吧。

汤营长笑一笑反问道，你说，让我放过她？

田在兴点点头，说是。

汤营长问，为什么？

田在兴说，因为……她是我妹。

汤营长说，就因为她是你妹，我就要放过她吗？

田在兴一下又不知该怎样回答了。

汤营长心平气和地说，你以为，你在我面前很有面子是吗？

田在兴张张嘴，看着汤营长。

汤营长从腰间拔出手枪，掰开机头，在田在兴的面前晃了晃说，从现在起，你如果再跟我提这件事，我就一枪崩了你，听懂了吗？

田在兴点点头说，听懂了。

汤营长说听懂了就滚吧。

就这样，第二天，佟水妹就被汤营长送到城里去了。

刘长庚对付大成说，那一次事后，田在兴曾经大病过一场，后来还开过两次小差，第一次开小差被抓回来，汤营长命人割去了他的两个耳朵，第二次开小差又被抓回来之后，汤营长命人将他装进一只竹笼，沉到水塘里足足有半袋烟的时间，等再将他从塘里弄上来时，他已经被灌得顺着鼻孔和嘴角流水。所以，刘长庚说，田在兴虽然嘴上不说，心里却跟汤营长结下了很深的仇怨，这一次如果拉上他一起干，他一定会答应的。

付大成听了点点头。两人就从江月芳的家里出来。

付大成和刘长庚来到村外的溪边。刘长庚想了一下对付大成说，你就等在这里，我去找田在兴，先跟他把这件事说一下，然后我们两个再来这里找你。刘长庚这样说着，看了付大成一眼，沉了一下又说，如果到下半夜，我还没回来……就说明是出事了，你赶紧另做打算。付大成听了没说话，只是点点头。

刘长庚就匆匆地走了。

11

刘长庚是将近半夜时回来的。付大成已在溪边等得有些着急。他看到跟在刘长庚身后的田在兴，心里才稍稍松了一口气。刘长庚显然已将所有的事情都对田在兴说了。付大成发现，他们两人都已经打了绑腿，扎上武装带，看上去浑身上下很利落。

付大成没有说话，转身带着他们两人一起朝对面的竹林里走去。

来到竹林，付大成看一看田在兴。

刘长庚对付大成说，我都已对他说过了。

田在兴点点头，问付大成，咱们怎样干？

付大成稍稍沉一下，说，咱们这一干，可就没有退路了。

田在兴嗯一声说，这个……我想过了。

付大成说所以，不管事情成与不成，后面只能往前闯了。

田在兴说，那就闯吧。

刘长庚对付大成说，为了不引起别人的注意，他们两人都没拿枪，再说干这件事，好像也不用枪。付大成点点头，说对。然后就从腰后拔出一把尖刀。这把尖刀是半月形，看上去像一张锋利的镰。这是专门用来杀猪的，只要将刀尖插进猪的喉咙，用力一挑，就可以直接将心脏挑破。这时，付大成用这把尖刀将自己右手的食指割破，把血滴在装酒的竹筒里，然后把刀递给刘长庚。刘长庚和田在兴也都照着付大成的样子做了。付大成就拿起竹筒喝了一口，又让刘长庚和田在兴每人喝了一口，然后说，咱们以前是弟兄，现在喝了血酒，以后就更是弟兄，这一次事成自然不用说，如果没成，就是死也要死在一起。刘长庚的两个耳赘儿微微抖动了几下，看看付大成，又看看田在兴，然后说，那就干吧，这样的日子……我早就过够了，赖死还不如拼死！田在兴显然想起了佟水妹，嘴唇动了动，没有说话，眼泪却流出来。付大成拍拍田在兴的肩膀，就将自己的计划对他们两人说出来。

付大成的计划很简单。他考虑到汤营长的身边有几个贴身卫兵，如果三个人就这样直接去找他恐怕很难接近，于是就决定先让一个人去找汤营长，将他引出来，这样即使他的那几个卫兵跟在身边，在外面将他干掉也会容易一些。但是，让付大成没有想到的是，他虽然谋划得很周全，这时却犯了一个致命的错误。他觉得田在兴毕竟胆小，有些懦弱，担心他杀人时会手软，于是就让他去引汤营长，后面的事情由自己和刘长庚来干。然而，也正因为田在兴胆小懦弱，其实让他去引汤营长是最不合适的，这也就为后面埋下了隐患。

付大成对刘长庚和田在兴说出自己的计划之后，又看了看他们两个人。

刘长庚点点头说，我看，应该没问题。

田在兴也点头说，那就……这样干吧。

付大成说好，那咱就开始干！

他这样说罢，三个人就走出竹林。来到溪边的岔路口，付大成又拍了一下田在兴的肩膀，然后就和刘长庚朝江月芳家的方向走去。田在兴看看他们两人的背影，转身朝村里走来。

12

靖卫团的队伍都驻扎在破庙。只有汤营长，是住在村里的温生财家。

温生财是石坡村最大的财主，全村的农田几乎有一半是他家的。在村里地势最高的地方还盖有一座三进的宽大院落。这一次汤营长的搜山队伍开过来，温生财自然远接高迎，于是就将自己最外面的一进院子腾出来，专门让汤营长居住。汤营长虽然生性暴戾，却是一个狐疑猜忌而且非常谨慎的人，他让几个贴身的卫兵和自己住在一起，自己住正房，几个卫兵都住在厢房，而且每晚都要有人站岗。在这个晚上，汤营长吃着猪下水多喝了几杯水酒，所以早早就睡下了。田在兴来到温生财家的院子外面时，发现大门口有人站岗。他立刻站住了，正在心里想着该怎样对站岗的卫兵说，卫兵却已经看到了他，立刻朝他喊一声，问有什么事。田在兴只好硬着头皮走过来，说，我有……紧急情况，要向营长报告。

卫兵说，营长已经睡下了。

田在兴听了哦一声，一时有些不知所措。

但卫兵这时却领会错了他的意思。卫兵以为田在兴一听说汤营长睡下了，就不想再报告，准备回去。卫兵想一想，恐怕自己耽误了军情会被汤营长怪罪，于是说，你，你……先等一等，我去跟营长报告一下。这样说罢就赶紧进去了。

时间不长，卫兵又出来说，营长让你进去。

田在兴就这样跟着卫兵走进温生财家的院子。正房里已经亮起灯。田在兴在门外喊了一声报告。汤营长说进来。田在兴就走进屋来。汤营长显然刚从床上起来，身上披着军服，脚上趿着鞋。他一边点燃一支烟问田在兴，有什么情况。田在兴瞄了汤营长一下，就将事先想好的一套话说出来，他说，他刚才去村外时，发现村边有一户人家亮着灯。汤营长一听立刻转过脸来盯住田在兴。汤营长带着队伍开进石坡村以后，除去温生财一家，还从没看到过一个人。他立刻问，你进去看了吗，这户人家有什么人？

田在兴说，只有……一个女人。

女人？

汤营长一听越发来了兴趣。

田在兴说，所以……我赶紧回来报告。

汤营长立刻将手里的香烟扔到地上，一边系着军服的衣扣扎着皮带说，走，带我去看看。这样说着又对闻声从厢房里出来，正站在门外的卫兵说，你们也跟我一起去！几个卫兵应一声，立刻去拿了枪，就跟随汤营长和田在兴一起朝村外走来。这时田营长一边走着，脚步就渐渐慢下来，他不时地朝走在身边的田在兴看一眼。田在兴已经感觉到了汤营长在用一种奇怪眼神看自己，虽然竭力不动声色，但脸上却越来越白。

就这样又走了一阵，汤营长突然问，你的枪呢？

田在兴愣一下说，枪……放在庙里了。

汤营长问，你这样去，就不带枪吗？

田在兴张张嘴，一下没有说出话来。

汤营长站住了，看着田在兴问，你刚才，去村外干什么？

田在兴没想到汤营长会这样问，支吾了一下，没有回答上来。

汤营长又问，你今天晚上，上岗了吗？

田在兴说，上……上岗了。

汤营长问，在哪上岗？

田在兴说，村里祠堂。

汤营长盯着田在兴问，你既然是在村里的祠堂上岗，去村外干什么？

这时田在兴的脸上已经变了颜色，跟着汗也流下来。汤营长朝跟在身边的卫兵看一眼。几个卫兵立刻过来按住田在兴，就用绳索将他捆绑起来。但是，就在卫兵捆绑田在兴的时候，田在兴突然从地上一挺身跳起来。他这时就像变了一个人，看上去勇猛无比，趁着几个卫兵一愣的时间，伸腿朝汤营长猛地一扫，紧跟着就掏出一把匕首扑过来。田在兴这一连串动作非常流畅，而且准确有力，以致那条腿在扫过来时都挂着呼呼的风响。但汤营长的身手毕竟也很敏捷，就在田在兴的那条腿猛地一扫又朝自己扑过来的一瞬，他一纵身跳起来，然后顺势朝田在兴的腰上一蹬，田在兴腾腾地向前跑了几步就扑倒在地上。一个卫兵跟过来，抡起枪托用力朝田在兴的头上砸下去。但是，这一下砸得力量太大了，只听叭的一声脆响，田在兴的脑袋就被砸开了，一股鲜血和脑浆立刻喷溅出来。汤营长走过来踢了踢，田在兴趴在地上已经不动了。汤营长抬起头朝那个卫兵骂了一声，就又朝村边走来。

13

村边江月芳的家里果然亮着灯。

在漆黑的夜里，灯光显得很亮。

汤营长带着几个卫兵走过来，看到屋里透出的灯光稍稍停了一下。他想了想，又朝身边的几个卫兵使了一下眼色。这时，跟随汤营长来的一共有三个卫兵。这三个卫兵立刻散开，在屋子的周围搜寻了一下，并没有发现什么可疑情况。于是汤营长又做了一个手势，让两个卫兵留在外面，然后就带着其中的一个卫兵朝屋门这边走来。屋门开着，灯光像水一样从屋里泄出来。汤营长发现屋里没有人，只有一只装水酒的竹筒放在桌上，旁边还有一盘猪下水。汤营长一脚迈进来，正朝屋里巡视，突然感觉自己的脖子被人从后面勒住了。

汤营长用力挣扎着一回头，发现竟是付大成站在自己的身后。

付大成的脸上像猪肝一样涨得通红，他由于长年杀猪，练就了一身的气力，汤营长立刻感到浑身动弹不得了。与此同时，跟随汤营长进来的那个卫兵也被刘长庚控制住了。这时汤营长已经感觉到，付大成这样做并不是胁迫自己，而是直接想要自己的性命，因为他此时看到，付大成的手里已经出现了一把寒光闪闪的尖刀。付大成的确没打算跟汤营长说任何话，直接就将这把尖刀架在了他的脖子。也就在这时，汤营长猛地使出浑身气力，回手也给了付大成一下。付大成正用胳膊用力勒住汤营长的脖子，这时突然感到前胸像被什么东西用力顶了一下，只觉一阵闷闷的疼痛。但他此时已经顾不得这些，因为外面的两个卫兵听到屋里的动静已经扑进来。付大成将手里的尖刀用力在汤营长的脖子上一抹，只听嚓的一声，一股鲜血就喷浅出去，几乎喷到迎面扑来的卫兵脸上。付大成扔下汤营长的尸体，就在那个卫兵扑到自己面前的一瞬，他突然抡起尖刀朝这个卫兵的喉咙扎去。这个卫兵已经看到了迎面扎来的尖刀，但由于巨大的惯性收不住脚，就这样迎过来，刀尖哧地就从脖颈扎进去。付大成的手腕又用力一拧，就将这个卫兵像杀猪一样地杀掉了。这时刘长庚也已将那两个卫兵解决掉。但他受了伤，肩膀上被划开一道半尺多长的血口子。付大成走过来，从卫兵的尸体上撕下一条军服，为刘长庚包扎了一下，两个人就抬起汤营长的尸体朝村里的破庙走来。

这时付大成突然感到很累。身上已经满是湿淋淋的血水，搞不清楚是自己的，还是从汤营长的尸体上流出来的。刘长庚拖着汤营长的两条腿走在后面，也已经步履踉跄跌跌撞撞。两个人就这样走到破庙跟前站住了，相互看了看，突然用足全身的气力轰地一下撞开庙门就冲进去，与此同时将汤营长的尸体扔在当院。刘长庚一个箭步窜过去抓起一条大枪，哗地拉开枪栓大喝一声：都别动——！躺在庙里地上的人正都熟睡，这时一听叫喊爬起来，发现刘长庚正浑身是血地端着一条大枪站在当院，接着就看到了同样浑身是血的付大成。付大成弯腰抓起汤营长的尸体，在众人面前举了举又砰地扔到地上，大声说，汤营长已经死了！

付大成的话音刚落，庙里顿时大乱起来……

付大成和刘长庚从破庙里出来时，天已经大亮了。两人走了几步，刘长庚的两眼突然盯在了付大成的身上，他定定地看了一阵，又用手指了指，却没有说出话来。付大成低头看一看，才发现，在自己的胸前正插着一把匕首。这把匕首是汤营长的，它插得很深，外面只还露出一个把柄，在这把柄上，正有一股黏稠的血汩汩地冒出来。

付大成慢慢抬起头，冲刘长庚笑了笑。

他说，兄弟，你去告诉江月芳吧，她的儿子春良……可以回家了……

他这样说罢，两条腿像突然折断一样，身体就瘫软下去……

第二章

——

骨肉情深

人物：

许茂林——男，23 岁，一个年轻的乡村郎中。后参加红军，在一次掩护红军主力转移的战役中壮烈牺牲。

秀清——女，20 岁，叶郎中的女儿，许茂林的妻子，一个年轻而又深明大义的农村妇女。

姚金玉——男，24 岁，塘湾村大地主姚福荫的小儿子。很早投身革命，先在村里以教师职业为掩护搞地下工作，后上山打游击。

于木匠——男，30 岁，红军干部。中央主力红军转移后，为照顾红军高级将领的后代留在赣南。

刘成——男，25 岁，曾是柏树坪村大地主宋德万家的长工，后为柏树坪村农会干部。红军主力转移后，仍在宋德万家做长工。

李聪妹——女，21 岁，一个普通农村妇女，刘成的妻子，曾遭地主宋德万污辱。

陈玉才——男，红军干部，主力红军撤出赣南后，几十年一直下落不明。

李山妹——女，陈玉才妻子，后嫁给地主徐宗富的侄子徐樟茂，但仍然一心期盼自己的丈夫陈玉才归来，就这样盼了将近一个世纪。

徐樟茂——男，李山妹没有名义的丈夫，虽然身为地主徐宗富的侄子却是一个老实厚道的农民，就这样厚道了一生。

一 注视

“围剿”与“反围剿”，是第二次国内革命战争时期敌我双方的主要斗争形式。当时蒋介石不甘心对中央苏区根据地第一次“围剿”的失败，又连续进行了三次大规模军事“围剿”，决心一举消灭红军，彻底摧毁红色的中央苏区根据地。但是，在红军与苏区群众的共同努力下，采取独有的游击战术，接连粉碎了敌人的几次企图，取得了反“围剿”的节节胜利。

在我的这个红色笔记本上有一段会议纪要。这应该是当时某一级苏维埃政府召开的一次关于为部队征集粮食和菜干的工作会议。其中有一段领导讲话的记录，由于年代久远，记录的文字已模糊不清，其中有些字句甚至难以辨认，大致的意思是对前一段工作进行概括性的总结。他在总结之前，先介绍了一下当时的形势：1933 年 9 月底，蒋介石集中一百万兵力，自任总司令，又对苏区根据地进行了第五次大规模军事“围剿”，其中仅用于进攻中央苏区根据地的兵力就达到五十万人。而且，敌人这一次“围剿”与前几次不同，采取了持久作战和堡垒主义的新方针，这就给红色根据地造成了很大威胁。

蒋介石的第五次军事“围剿”，对于当时的中央苏区根据地的确是一个重要关口。我在另一份资料中看到，就在这紧要关口，中共中央内部的“左倾”冒险主义使红军执行了错误的战略战术，从而在蒋介石重新策划并发动的新的进攻面前遭受到重大损失。1934 年 4 月中旬，国民党军队集中优势兵力进攻中央苏区的北大门广昌。中共中央内部的“左”倾错误领导不顾敌强我弱的实际情况，调集红军主力与敌人展开“决战”。经过十八天浴血奋战，红军部队遭受重大伤亡，广昌失守。7 月，在敌人新的进攻面前又兵分六路全线防御。10 月初，兴国、宁都、石城一线相继失陷，中央苏区根据地日益缩小。至此，红军在根据地内粉碎敌人“围剿”的可能性已经完全丧失，中央红军主力被迫做出战略转移的决定。10 月中旬，中共中央机关和中央红军八万多人撤离中央苏区根据地，踏上向西突围的征途，这便是举世闻名的二万五千里长征的开始。与此同时，留下的部分武装力量，其中包括红军和游击队仍在当地坚持斗争。

当时配合地方武装力量坚持斗争的还有当地群众。"秀清"就是其中的一个。"秀清"这个人物是我在赣南地区深入采访时无意中听到的。当然，在她的身上还有其他农村妇女的影子。因此，"秀清"的形象应该是代表了当时赣南一大批年轻的农村妇女。"许茂林"和"姚金玉"也具有代表性。我曾在一面山坡上看到一大片无名烈士的墓地，当地同志告诉我，在这里埋葬的，大都是当年牺牲的红军战士和游击队员，但是，这些年轻的生命都没有留下姓名。

我想，"许茂林"和"姚金玉"，应该就在他们当中……

1

我是在一天夜里被抬回塘湾村的。我的脸被炮弹炸去了一半，已经辨不出原来的样子。在胸口处还有一个碗大的洞，不知是被什么子弹打的，当时只听轰的一声，那颗子弹就从我的身体穿过去，连心脏也一起带走了。没有心脏的感觉真是很奇妙，我的身体先是从未有过地宁静下来，似乎胸膛里的一只钟表突然被人拿去了，接着就感到越来越轻松，直至轻飘飘的好像一点一点悬浮起来……这一次战斗打得很惨烈，也非常碍手。狡猾的敌人只是躲在后面不停地打炮，却让当地民团在前面冲锋。这些民团的人竟然都不怕死。他们脱光了上衣，赤裸着臂膀挥舞着大刀，而且还用轿子抬着泥做的菩萨，一边喊着"刀枪不入！刀枪不入！"一边往上冲。但我们知道，在这些人中有不少是不明真相的当地农民，所以，我们只能一边躲避着敌人的炮火一边与他们周旋，并不能直接向他们开枪。敌人也正是抓住了我们的这个心理，便越发在加强炮火的同时鼓动这些民团更加肆无忌惮地往上冲。当时我们的一个排打得只还剩了十几个人。但我们仍然固守着一个隘口。因为我们知道，就在我们的身后，大部队还没有撤远，这个时候是决不能让敌人通过这个隘口的。我只觉身边到处都在落着炮弹。这些炮弹在炸开时发出震耳欲聋的声响，山上的碎石和战友尸体的碎块被炸得飞上半空又像雨点一样地落下来，砸得我抬不起头。也就在这时，我突然有了一种预感。我知道自己这一次要交代在这里了。这种预感并不是笼罩在我心头的，它就像一片云彩飘然而至。因此，我不仅没有感到恐惧，反而一下超脱起来。我觉得那些呼啸而至的炮弹就像春节时小孩子们燃放的爆竹，而那些被炸得横飞的碎石就像是秋天的落叶。但是，就在我跃身起来，想将一个身负重伤的战友拖到一块岩石后面的时候，突然听到自己的身体发出"啾——

！”的一声怪响，与此同时，在我低头想看一看自己的一瞬，一颗炮弹也在我前面不远的地方炸响了。我只觉脸上一热，好像突然被人掴了一掌，接着身体就向后一点一点地仰过去。

这时，我发现，天上的云彩竟也被渐渐地染红了……

塘湾村的夜晚并不很黑，天上的星光撒落下来，将河水与河边的一切都映得泛起一片青色。秀清驾着小船来到对岸。送我回来的人将我的尸体轻轻抬上船。秀清将盖在我脸上的布掀开看了看。我借着星光看到，秀清的嘴唇微微抽动了一下。然后，她就将我的脸又盖上了。来送我的是几个区上的干部，他们对秀清说，走吧。

秀清点点头，就将小船朝对岸划去。

秀清划船还是那样轻。当初送我走时，也是在这个渡口，她也是这样划船。那天我背着一个蓝花布的小包袱，里边有几件换洗衣服，还有一双秀清亲手为我做的布鞋。秀清在那个晚上始终没有说话，只是一下一下地划着船，船桨将河水拨出哗哗的声响，在夜晚的河面上传出很远。船到对面的河边时，我跳上岸去，回头朝秀清看了看。她仍然坐在船上，微弱的星光落到她的脸上，一闪一闪的。我知道，那是她的泪光。我对她说，我走了。

她点一点头说，你……走吧。

我就转过身，朝河坡上走去。

但她立刻又在我身后说，你……等等。

我站住了，慢慢回过头看着她。

她在小船上站起来，对我说，你……可一定要回啊。

她一边说着，身子微微抖动了一下。

我立刻明白了她的意思。她是在说她的父亲。她的父亲也是从这个渡口走的，从此就再也没有音信。秀清的父亲是一个郎中。他的医术很好，不仅善治各种病症，对跌打损伤也很在行，因此在梅河两岸就很有一些名气。我从十几岁时就跟着秀清的父亲学中医。我是兴国人。当年秀清的父亲偶然去兴国为人治病，我的父母见他人好，医术也好，就将我托付给他。那时我有一个哥哥一个姐姐，还有一个弟弟和一个妹妹，家里实在养不起我了。就这样，我就跟着秀清的父亲来到塘湾村他的家里。我经常跟着秀清的父亲去为人看病。秀清的

父亲为人看病从不收礼金，药费有就给一点，没有也没关系。他经常对人说，草药都是从山上采来的，所以，你们要谢，将来有钱修一修山神庙就可以了。秀清的父亲这样说当然只是开玩笑，其实他从不信神。他总是对我和秀清说，人的神就是自己，所以要想靠神只能靠自己。他平时没事的时候，就带我去山上采药，并给我讲解各种草药的名称用途和功效。

那时秀清的父亲常说，我的脑筋很灵，将来很适合做郎中。

秀清的父亲是三年前走的。那是一个秋天，山坡上的竹林已经泛起暗绿的颜色。一天上午，乡苏维埃政府来了一个人，请秀清的父亲立刻跟他去乡上。秀清的父亲问什么事。来人说当然是看病的事，有人受了伤。于是秀清的父亲就连忙带上我跟着一起来到乡苏政府。原来是从部队上转来一个伤员，据说还是一个团长。这个团长伤势很重，一个肩膀被炸开了花，看上去血肉模糊，里面的筋骨都已露出来。乡苏政府的干部问秀清的父亲，是否有把握为他疗伤。秀清的父亲先是仔细地检查了一下，然后点点头说，他虽然伤得很重，但没有伤及筋骨，应该有把握。他这样说罢就让乡苏政府的人将这个团长抬回家来。秀清的父亲医治这种外伤是很有经验的。他每天一早就带着我上山去采草药，回来之后将这些草药捣烂，然后小心地敷到这个团长的肩膀上。就这样过了一段时间，这个团长肩上的伤竟然真的好起来，而且除去一些疤痕竟没留下任何残疾。这个团长非常感激，临回部队时一定要留下一些钱。秀清的父亲当然决不肯收。于是这个团长在谢过秀清的父亲之后，临上路时只说了一句话，他说，我还会回来找你的。当时秀清的父亲并没把这句话放在心上。但这个团长走后没过多久，竟然真的又回来了。他这一次是骑着一匹高大的红色战马回来的，身边还带着一个小战士。当时秀清的父亲刚刚吃过早饭，正准备带我去山上采药。这个团长对秀清的父亲说，我这一次是专门来请你的。秀清的父亲听了感到奇怪，问，请我……干什么？

这个团长说，当然是请你到部队上去。

秀清的父亲越发奇怪，说去部队干什么。

这个团长这才对秀清的父亲说，现在部队缺医少药，战士们生病无法医治，更严重的是打仗时受了伤，经常由于不能及时得到救治而白白牺牲，因此非常需要秀清父亲这样的郎中。这个团长对秀清的父亲说，你不仅医术好，而且对山上的各种草药都很熟悉，如果你到部队来，战士们再生病或受伤不仅有人医治，也就不愁没有药品了。

秀清的父亲听了沉一下说，你的意思，是让我去……参军？

这个团长点点头，说对，就是这个意思。

秀清的父亲低下头想了想说，这件事，我要考虑一下。

这个团长笑笑说，我来之前就想到你会这样说了，可以，你先考虑，我已经跟区苏政府的人打过招呼，你考虑好之后只要跟他们说一下，就会有人把你送去我那里。

这个团长这样说罢，就带着身边的小战士一起骑上马走了。秀清的父亲把自己关在屋子里想了两天，第三天早晨，他对我和秀清说，他已经考虑好了，决定到部队去。

就这样，秀清为他准备了一下，当天晚上就走了。

那天晚上我和秀清一起将他送过河去。秀清只说了一句话，她让父亲一到部队立刻就捎话回来。但是，秀清的父亲这一走就再也没有音信。曾经有人说，秀清的父亲是跟着那个团长的队伍去了湘西。但也有人说，他是在一次战斗中为了抢救一个伤员，被炮弹炸死了。可是秀清几次到区苏政府去打听父亲的情况，却都没有确切消息。区苏政府的人安慰秀清说，没有消息就是好消息，至少到目前，区里还没有接到他阵亡的通知。

2

我的尸体被停放在河边的渡口。

这个渡口叫梅渡。由于这里只连着一条小路，所以平时在这个渡口过河的人很少。我当然知道秀清为什么要将我停放在这里。现在区苏维埃政府和乡苏维埃政府的工作都已转入地下，塘湾村也不再像过去，已经控制在敌人手里，在这种时候，我这样一个红军战士的尸体被运回村来，自然是不宜让村里太多人知道的。其实区苏政府的人一开始也考虑到这一点，建议将我就地掩埋。但乡苏政府的干部还想到另一层，他们对区苏政府的领导说，这一次战斗的地点离塘湾村很近，而且塘湾村不仅有很多人去部队，还有一些人仍在当地的游击队坚持战斗，所以，如果将这件事处理好，对这些人的家属也是一个安慰。也正因如此，我的尸体才被连夜送回来。当然，秀清将我的尸体停放在渡口这里还有一个原因。当初我临走时，曾亲口对她说过，如果有一天我牺牲了，而且尸体被送回来，一定要将我埋在这梅渡跟前，我想从早到晚陪伴秀清，看着她在这里为过往的路人撑船。

我想，秀清一定还记得我说过的这些话。

秀清仍然沉默着，始终没有流泪。我借着微弱的星光看到，她的肚子已经隆起来。我算了一下，我去部队大约八个月，这也就是说，秀清怀孕应该已有八个月了。秀清怀孕的事，我已经从塘湾村担架队的人那里听说了。我只是没有想到，在我临走前的那个晚上，只那一夜她竟然就怀孕了。我和秀清的事在此之前从没有明确说过，秀清的父亲也没有说过，但这件事又似乎不必说，好像早已不言而喻地定下来。那天上午，区里的人又来塘湾村找我，问我考虑得怎样了。在此之前他们已跟我说过很多次，他们告诉我，虽然我的医术比不上秀清的父亲，但毕竟也熟悉各种草药，而且能医治外伤，所以部队上很需要我这样的人。他们让我考虑一下，是否也能像秀清的父亲一样，到部队上去。

在这个上午，我告诉区里来的人，我已经考虑好了，决定去部队。区里的人听了很高兴，当即告诉我，赶紧准备一下，后半夜去区里，会有人将我送去部队。我送走了区里的人，又认真想了想。我本来不打算把这件事告诉秀清。秀清的父亲已经走了，如果现在我再走，家里就只剩她一个人了，我怕她伤心。但我再想，如果我就这样偷偷地走了，她也许会更伤心。于是，我想了一个中午，就还是把这件事告诉了她。当时秀清听了没说任何话，只是沉默了一会儿，然后对我说，咱们……成亲吧。

我听了立刻愣一下。

我没有想到，她竟然会说出这样的话来。

我看看她问，你说……成亲？

她点点头，嗯一声。

我问，几时？

她说，今晚。

今晚？

今晚。

她又微微点了一下头。

于是，就在这一晚，我就和秀清成亲了。我们没有举行任何仪式，只是将村里的几个长辈请来，让他们喝了一碗水酒。村里的几个长辈一听说这件事都感到有些意外。他们意外的当然不是我和秀清成亲，他们知道这是迟早的事，他们只是不明白，我们怎么会将这件事办得如此突然而且仓促。一个长辈甚至婉转地询问，是不是我们做了什么不该做的事情，因为出了问题才这样急着成亲的。我当然不能对他们说出真正的原因。秀清也没做过多解释，她只是告诉这几个老人，我们觉得应该成亲了，所以，就这样成亲了。

她还对他们说，这也是她父亲当初临走时安排下的。

在这个晚上，秀清仍然说话很少。她只是紧紧地抓住我的身体，似乎怕我这一走就永远地走掉了。她的两只手微微颤抖着，身体也颤抖着。我在秀清的家里已经生活了十几年，应该说对秀清已再熟悉不过，但对她的身体还是陌生的。我听着她急促的呼吸，闻着从她身体散发出的气息，感觉在这冲动里似乎还包含着一种更复杂的东西。我们就这样一次又一次地重复做着同一件事情，直到后半夜，秀清才起身为我收拾东西。在她将那个蓝花布的包袱交给我时，脸也轻轻贴过来。她对我说，我想……有个孩子。

我没有想到，秀清这一晚竟然真的有了。

天亮之前，我的尸体被安葬在渡口旁边的山坡上了。棺木是用几块门板临时钉起来的，还算结实。我听到一锹一锹的土落到我的棺木上，发出哗哗的声响。我的坟堆很小，为了不引起人的注意，他们还特意在坟上栽了一些杂草。区里来送我的人做好这一切，又安慰了秀清几句就过河走了。秀清送走他们之后又回到我的坟上来。这时天已微微有些亮了，晨雾从河面飘过来，落到草叶上凝成透明的露珠。秀清在我的坟上站了一阵，然后就蹲下来。她叹息一声喃喃地说，你怎么就这样走了呢，我不是说过……你一定要回来吗。

我对她说，是啊，我现在不是回来了吗。

她似乎听到了我说话，头微微抬了一下。

我又说，你回去吧，早晨的湿气太重。

她轻轻摇了摇头说，我要在这里陪你。

她一边说着，就从身边的竹篮里拿出一沓草纸。这是砸好的纸钱。但她稍稍迟疑了一下，又将这些纸钱放回到竹篮里。我知道她是怎样想的。如果烧了纸钱就会有纸灰，留下这样的痕迹会引起人的注意。她只是拿出一只碗，从竹筒里倒出一些米饭，放到我的坟前，然后又将一双筷子插在碗上。我闻到了米饭的香气。秀清煮的饭总是很香。

这时，远远地传来一阵脚步声。

秀清连忙将我坟前的饭碗收进竹篮，又用一块麻布盖起来。

脚步声来到近前，是村里的姚金贵。姚金贵的父亲姚福荫是这塘湾村一带有名的大地主，家里有许多房地田产，还养着十几头牲畜。姚金贵还有一个兄弟，叫姚金玉。不过这姚家的兄弟二人似乎都不太关心家里的事。姚金贵的兄弟姚金玉一直在塘湾村的村塾里教书，所以村里人都以为他只是一个不务农事又有些迂腐的教书先生。但就在不久前刚刚发生了一件让人意想不到的事情。一天下午，山上的游击队突然来到塘湾村。这时姚金玉的父亲姚福荫为躲避村里的农会分田分粮，仍将家里所有的大米都藏到一个很隐蔽的地窖里。可是这些游击队的人来到塘湾村，径直就去了姚家地窖将这些大米搬出来。当时姚福荫看得目瞪口呆，他怎么也想不明白这些游击队的人怎么会知道自己这个藏粮食的地窖。但接下来的事很快就让他明白了，他发现自己的二儿子姚金玉竟然跟这些游击队是一起的，游击队的人搬出大米，姚金玉就跟着这些人一起上山去了，而且从此再也没有回来。

姚金贵则对中医很感兴趣。曾有一段时间，姚金贵跑来秀清的父亲这里，提出想跟他学医术。当时秀清的父亲并没有多想。秀清的父亲一向认为学医是一件好事，如果学会了可以为更多的人治病，所以平时无论谁，只要想学他都会尽心去教。但让秀清的父亲没有想到的是，姚金贵来他这里学医术却另有目的。那是一个夏天的中午，我跟着秀清的父亲去外面为人诊病回来。走到村口，离家里的房子不远时，突然听到砰的一声，接着就见一只竹桶从房门里扔出来。我和秀清的父亲不知发生了什么事，连忙紧走几步，这时就看见姚金贵仓皇地从屋里跑出来。他的浑身都是水，跑下土坡时险些撞到秀清的父亲，但只是抬头慌张地看一眼没说任何话就赶紧跑下坡去了。秀清的父亲朝他的背影看了看，就转身走进屋来。这时只见屋里的地上到处是水，一只木盆歪在一边。秀清满脸通红，气咻咻地站在那里，身上的衣服也是湿漉漉的，显然是匆忙穿上去的。秀清的父亲连忙问，发生了什么事。秀清起初还气得说不出话来，沉了一会儿才说，就在刚才，她正在屋里冲凉，突然听到姚金贵在外面说话。姚金贵说要找秀清的父亲。秀清立刻告诉他，说父亲不在家。姚金贵就说，他进来等一下。秀清连忙说不要进来。姚金贵问为什么。秀清说自己正在洗澡。秀清这样说着，姚金贵竟然迈腿就进来了。秀清一见连忙转身朝里面的屋里走，但脚下一滑险些摔倒。没想到这姚金贵竟然涎着脸凑过来，一把抓住秀清的胳膊说，来来……我扶你一下。秀清这时已经气得说不出话来，立刻用力推了姚金贵一把。姚金贵没有防备，向后倒退了几步被放在地上的木盆绊了一下，晃了几晃一下就坐到了盆里。秀清又拎起地上的竹桶用力朝他掼过来。姚金贵这才赶紧跳起身跌跌撞撞地跑出去了。秀清的父亲听了，半天没有说话。他坐在屋里的竹凳上想了想，然后对我说，你去把姚金贵叫来。

我听了看看他，问，现在吗?

秀清的父亲点点头说，现在。

我想对秀清的父亲说，刚刚发生了这样的事，如果现在去叫姚金贵，恐怕他未必肯来。但我看了看秀清父亲的脸色，没敢说什么就去村里了。姚金贵这时已经换了衣服，正在家里吃午饭。他一听说秀清的父亲叫他去说话，果然不肯去，迟疑了一下含混地说，他吃过饭还要去城里，大概要去几天，有什么事等回来再说吧。我听了只是点点头，看他一眼，说了一句好吧。就转身要走。姚金贵想了想立刻又把我叫住了，凑近我问，秀清的父亲找他究竟有什么事。我摇摇头说，不知道。但我接着又说，你如果不去，也许他会找来这里，那样事情就会闹得更大。我这样说当然不是吓唬姚金贵。秀清的父亲虽然没钱没势，但毕竟是一个郎中，而且医术高明为人耿直，因此在塘湾村很受人敬重，平时连姚金贵的父亲姚福荫也要给他一些面子。所以，姚金贵的心里很清楚，如果秀清的父亲真为这件事找来自己家里，自然是会有一些麻烦的。于是他又想了一下说，好……好吧，我跟你去。

姚金贵在这个中午跟着我来到秀清的家里，秀清的父亲并没有提刚才发生的事，只是很简单地跟他说了几句话。秀清的父亲说，我今天叫你来，是要对你说几件事，你现在听清楚，第一，从现在起，你不要再对外人讲，你是我的徒弟，事实上我也从没承认过有你这个徒弟。秀清的父亲这样说完看看他，问，我的话，你听明白了?

姚金贵沮丧地点点头，说明白了。

第二，秀清的父亲说，你既然不是我徒弟，也就没有任何理由再来我这里，我这里也跟你没有任何关系，所以，你从今往后不要再到我家来。

秀清的父亲又问，这句话，你可听明白了?

姚金贵迟疑了一下，又点点头，说明白了。

秀清的父亲沉了沉，接着又说，第三是给你一句忠告，你这人心术不正，不适合做郎中，况且你从一开始也并不是真为学医才来我这里，所以，以后还是去做别的事吧。

秀清的父亲这样说罢看他一眼，又说，我的话说完了。

姚金贵慢慢抬起头，睃一眼秀清的父亲。

秀清的父亲说，你可以走了。

姚金贵就赶紧转身走了……

3

在这个早晨，姚金贵来到我的坟前。姚金贵似乎比过去更胖了，脸上粗糙的肥肉臃起皱褶，看上去像橘子皮一样坑洼不平。他看看我的坟，又回过头去看看秀清，两眼用力眨了几下。秀清并不想跟他说话，拎起地上的竹篮转身要走。姚金贵立刻把她叫住了。

姚金贵说，你等一等。

秀清就站住了。

姚金贵朝我的坟指了指说，这里原来没有这座坟。

秀清的嘴唇微微抽动了一下，仍然没有说话。

姚金贵又微微笑了一下，说，这是一座新坟。

秀清看他一眼，就转身朝村里走去。

姚金贵追上去，伸手拦住她的去路。

秀清站住了，问，你还要说什么？

姚金贵说，我知道，许茂林死了。

姚金贵所说的许茂林，也就是我。

秀清听了立刻睁大眼，很认真地看看他。

姚金贵显出几分得意，摇晃了一下脑袋说，你不要这样看我，你以为这件事能瞒过村里人，就能瞒得过我吗？许茂林是两天前在后山被打死的，他的尸体是昨天夜里运回来的。姚金贵这样说罢，又伸过头来朝秀清的脸上看了看，问，我没有说错吧？

秀清仍然没有说话，只是直盯盯地看着他。

姚金贵知道了这座坟里埋的是我显然不是好事。保安团这时正在到处寻找闹红的人，活的死的都要找。如果姚金贵将这件事说出去，让保安团的人知道了，很可能会派人来将我的尸体挖出来，他们干得出这种事。所以，秀清这样盯住姚金贵看了一阵，两眼突然瞪大起来，她一个字一个字地说，如果你把这件事说出去，我就跟你……拼命！

姚金贵吓了一跳，刚要再说什么，秀清已经转身走了。

秀清对姚金贵这样说当然是有原因的。就在两天前，姚金贵刚刚做了一件不可饶恕的事情。那天半夜，一个乡苏政府的人突然来找秀清。他对秀清说，咱们的部队刚刚在后山跟敌人打了一仗，现在有两个伤员转移到地方来，乡苏政府考虑到你父亲是郎中，你应该对医术和各种草药也熟悉一些，所以想把这两个伤员交给你照顾。乡苏政府的人立刻又说，具体安排的事你放心，上级都已考虑好了，在山上采石场的树林里有一间废弃的石屋，很隐蔽，所以，已经将这两个伤员安排在那里，你只要每天去给他们送一送饭，再按时为他们清洗伤口换一换药就行了。乡苏政府的人这样说完就问秀清，有什么问题吗。

秀清听了当即表示，没有问题。

但让秀清没有想到的是，当天下午这件事就出了问题。在这个下午，秀清带上两竹筒米饭和配好的草药，准备去山上采石场的石屋。但她刚走出村子，迎面就碰到姚金贵。姚金贵看一看秀清手里的竹篮，诡谲地笑笑问，这是要去哪里啊？秀清并不想理睬他，所以没有说话，只是朝旁边绕了一下就想继续朝前走。姚金贵却跟上来拦住她，伸手将盖在竹篮上的麻布掀开看了看，然后咦的一声说，这么多米饭和草药，这是要给谁送去啊？

接着又嗯一声，点点头说，看来，这人还伤得不轻呢！

秀清立刻看看他说，你……不要乱讲，没有的事。

姚金贵说我怎么是乱讲，这些都是止血生肌的药么。

秀清又张张嘴，却没有说出话来。

姚金贵咧嘴一笑说，你不要忘了，我也是学过郎中的，虽然学得不出息，可是对这些草药还是认得的，看你带的这些药，好像受伤的还不止一个人呢！

秀清又看他一眼，就赶紧转身走了。

秀清在这个下午从山上回来时已是傍晚，她在村口又看到了姚金贵。姚金贵显然是有意等在这里的，他一见秀清就迎过来。秀清站住了，看看他问，你

又有什么事？姚金贵并没有立刻说话，只是在脸上浮起一层奇怪的笑容。

他盯住秀清看了一阵，然后点点头。

秀清问，你……究竟……想说什么？

姚金贵说没什么，我只想劝你一句。

秀清听出姚金贵的话里有话，就看着他试探地问，劝我……什么？

姚金贵朝秀清已经隆起的肚子瞥一眼，哼一声说，我想劝你，做事要想一想后果。

秀清不动声色地说，你的话我听不懂。

姚金贵立刻笑了，问，你是真不懂还是装不懂？

秀清说，我真的不懂。

姚金贵点点头说，好吧，你如果真不懂我就再说明白一点，你现在跟过去不一样了，已经是有身孕的人了，你知道吗，就是看在你有身孕的份上，我才没把你的事说出去。

秀清愣一下问，我的……什么事？

姚金贵说，你家里有两个人去闹红，这件事如果让保安团的人知道，该是什么后果呢？姚金贵一边这样说着嘴里就发出啧啧的声音，我也是看在过去跟你家的缘分上呢！

秀清就不再说话了，只是一下一下地看着姚金贵。

姚金贵又说，你现在做的事情，可是更危险哦。

他这样说罢，不等秀清再说什么就转身走了。

事后秀清对乡苏政府的人检讨说，其实在这个傍晚，姚金贵说的这番话已经流露出来，他是知道了山上石屋里的事的，但是，当时却并没有引起她的警觉，所以后来才发生了让人意想不到的事情。第二天早晨，就在秀清又带着米饭和草药来到山上采石场的石屋时，发现两个伤员竟然都已不见了。秀清只觉头上轰地一下，连忙跑出来，在石屋周围的树林里又找寻了一阵，却仍然没有找到那两个伤员的踪迹。接着，秀清回到村里就听说了，果然是姚金贵干的事。姚金贵找了几个人，去山上采石场的石屋将那两个伤员抬回来，直接送去了保安团。他为此还得到了十几块大洋的奖赏。而其中一个伤员由于伤势过重，又被这样一抬，还没到保安团就已经死在路上了。秀清听说了这件事，在家里整整哭了一天，她没有想到姚金贵竟然真会干出这样的事来。当天夜里，乡苏政府的人来找秀清。他们安慰秀清说，这件事不是她的责任。接着他们又告诉秀清，组织上正在研究对策，商量惩治姚金贵的办法。

然后又提醒秀清，要注意自己的安全。

4

下午的河边很静，只有山风吹得坡上的竹林沙沙作响。

秀清一连两天没来渡口了，这让我有些担心。我怕她出了什么意外的事情。昨天夜里，我的坟上来了几个人。我虽然不认识他们，但我知道，他们是自己人。这几个人都穿着紧身衣裤，脚下打着紧紧的绑腿，看上去像是要走远路的样子。他们只是在我的坟前默默地站立了一阵，然后就匆匆地走了。我从他们的对话中得知，我们的大部队已经顺利转移到湘西去了，还有一些地方武装也都已撤到安全地带。这让我的心里感到很欣慰。

我想，现在，我躺在这里也值得了。

快到傍晚时，秀清终于来了。她显然不是要去渡口撑船，而是径直来到我的坟前。我发现她走路的样子有些蹒跚，似乎很吃力，接着我就看到，她的肚子已经平了，显然里面已没有了内容。她是……生了？但我知道，她怀孕只有八个月，离生产应该还有一段时间。秀清就这样一步一步地走到我的坟前。这时我才看清，她的脸上满是泪水。

她在我的坟前站了一阵，然后啜泣着说，我……对不起你啊……

她啜泣了一阵，又说，我们的孩子……没了……

秀清喃喃地向我诉说着。她告诉我，这几天发生了太多的事情，先是我的尸体被送回来，接着刚刚将我安葬，又有两个伤员送来，可是只过了一天这两个伤员就又出了事，现在一个伤员已经死了，另一个伤员还被关在保安团的大牢里。秀清这样轻轻地说着就哽咽住了，她说，她已经实在承受不住了，她这几天吃不下饭，睡不着觉，几乎从早到晚都在流泪。就在昨天早晨，她刚刚从床上起来，突然眼前一阵晕眩，接着就感到肚子里剧烈地疼痛起来。

就这样……她说，她小产了。

她讷讷地说，孩子没活……是个男孩……

我也感到很伤心。我不是为孩子伤心，而是为了秀清。我本以为自己不在了，将来还会有我们的孩子陪伴着她，可是现在，孩子也没了。我真的不知该怎样安慰她。我对秀清说，孩子不在了，还有我，我会在这里永远陪着你。我说得很用力，希望她能听到。果然，秀清似乎愣了一下，然后喃喃地说，是啊……还有你，你会在这里陪我……

远处突然传来一阵杂沓的脚步声。又是姚金贵。

姚金贵显然刚刚喝过了酒，走路有些摇摇晃晃。

他来到我的坟前，对秀清说，我看到你来这里了。

秀清慢慢转过身，看着他，没有说话。

姚金贵又嘿嘿笑了一下说，我知道，你还在恨我。

秀清仍然没有说话。

姚金贵的舌头有些硬，他含混地说，不就是两个半死的伤员么，有什么大不了的，我就是不把他们交给保安团，他们也已经救不活了，交给保安团还能换回十几个大洋来，挺好的事么。他这样说着又朝秀清的跟前凑了凑。秀清立刻向后倒退了一步。这时我听到了，姚金贵的衣兜里发出叮当的声响。他从兜里掏出几个大洋，在手里掂了掂说，看见么，这是刚刚领回来的，人家保安团的人说话就是算话，一个伤员奖六块大洋，如果是当官的奖励十块，我刚知道，我弄去的那两个伤员，有一个还是营长呢，这不，人家又给了我四个大洋。

秀清看着姚金贵问，那个伤员，现在怎样了？

姚金贵眨眨眼问，你问哪个，死的还是活的？

接着他又笑了，说，不过现在一样，都死了。

秀清立刻吃惊地问，都……死了？

是啊，姚金贵点点头说，就在今天上午，保安团的人已经把那个营长活埋了。姚金贵这样说着又挥了一下手，不过也不算活埋，埋他的时候已经半死了，只还剩下一口气。

秀清的眼里突然没有了泪水，闪出两道金属一样的寒光。

姚金贵又将手里的几块大洋掂了一下，那几块大洋立刻发出哗地一响，他对秀清说，好啦好啦，不说那两个伤员的事啦，我来这里是想跟你说另外一件事的。

秀清面无表情地问，什么事？

姚金贵歪嘴一笑说，当然是很重要的事。

秀清就慢慢转过身来，看着他。

姚金贵先是嗯嗯了两声，接着，突然抓过秀清的一只手。秀清立刻向回抽着自己的手说，你……要干什么？！姚金贵仍然紧紧抓住秀清的这只手不放，然后就将那几个大洋塞到她的手里。秀清看看自己手里的几个大洋，又抬起头看看姚金贵。

姚金贵说，你先拿好这几个大洋，然后我再跟你说话。

秀清深深喘出一口气，点点头说，好吧……你说吧。

姚金贵这才松开秀清的手说，我对你的心思，你应该是早就知道的，过去有许茂林在，所以你看不上我，后来许茂林没了，你又有了身孕，我又没法儿要你，我总不能要一个大肚子女人，将来替别人养孩子吧？现在好了，许茂林和你的身孕都没了，这应该也是天意。

他这样说着又朝秀清的肚子看一眼，问，我的意思你明白吗？

秀清眼睛一眨一眨地看着他，说，不明白。

姚金贵嗤地一下笑了，说，你不会不明白。

秀清说，我就是不明白。

姚金贵摇摇头说，这么简单的事你怎么会不明白呢？接着又很大度地嗯一声，说好吧，如果你真的不明白，那我就再给你说明白一点吧，唔……虽然你已经是现在这个样子，但我还不嫌弃你，我家在村边有几间闲房，你可以跟我一起住到那里去。

秀清立刻将几个大洋塞还给姚金贵，然后看着他，忽然笑了。

姚金贵愣一下问，你……笑什么？

秀清说，你的胆子好大呢。

姚金贵想一想说，我的胆子……怎样大了？

秀清说，你在茂林的坟前，敢说这样的话。

姚金贵一听就又扑哧笑了，说，许茂林怎么了，他已经是个死鬼。

秀清说，你就真的神鬼不怕么？

姚金贵啪地一拍胸脯说，我这个人就是神鬼不怕，从来都是这样！

这时，秀清的脸上忽然现出一种奇怪的表情。她很认真地朝姚金贵看了看，又似乎想了一下，然后抬起头问，你刚才说……你家在村边有几间闲房？

姚金贵立刻说，是啊？

秀清摇摇头说，那几间闲房我是知道的，已经很久没人住了。

姚金贵稍稍一愣，观察了一下秀清的脸色说，你的意思是……？

秀清低头沉吟了一下，抬起头说，我的意思是说，要住，就住到我那里去吧。

姚金贵似乎有些不相信秀清的话，又试探地看看她问，你说的……可是真的？

秀清静静地说，当然是真的。

我简直不敢相信，秀清竟然会说出这样的话来！我怀疑她是疯了！我立刻大声地对她说，不！不！秀清，你不要这样！你怎么可以让姚金贵这种人来咱们的家跟你住在一起？！秀清似乎听到了我的声音，她回过头来，只是朝我的坟上看了一眼，又轻轻地摇摇头。这时姚金贵已经欢天喜地，他立刻将那几个大洋重又塞到秀清的手里，嘴里连声说行啊行啊，住你那里就住你那里，这几个大洋就当是……嘻，你买一点自己喜欢的东西……

秀清这一次没有推辞，将那几个大洋接到手里。

然后又说，不过……我还有个条件。

姚金贵连忙说，你说吧，什么条件？

秀清说，你住到我那里之前，要先来这坟上祭奠一下。

你说……让我祭奠许茂林？

对，来祭奠一下茂林。

姚金贵似乎有些犹豫了，低下头没有吱声。

秀清说，我并没强迫你，你不同意就算了。

不不，姚金贵赶紧抬起头说，好……好吧。

秀清点点头嗯一声，然后说，你，先回吧。

姚金贵想想又问，你说的这件事……几时？

秀清略想一下，然后坦然地说，三天以后。

姚金贵又叮问一句，你说……三天以后？

对，三天以后。

好……好吧。

姚金贵这样说罢，就转身志得意满地走了。

5

梅河的上游下雨了。一夜之间河水暴涨，渐渐漫过了渡口。天亮时，我看着河水一点一点地朝我逼近过来。幸好我的坟墓是在山坡上，这里的地势高一些。我一直还在想着秀清对姚金贵说过的话。秀清说三天以后，我想不出她在三天以后会做出什么事情。

将近中午时，有人朝山坡上走来。

我看到走在前面的是秀清，她好像带着一个什么人朝我的坟墓走过来。待走到近前，我才看清楚，跟在秀清身后的人竟然是茂竹！茂竹是我的兄弟，只比我小一岁。他从小就和我的样子长得很像，但性格却与我完全不同。当年秀清的父亲去兴国为人看病时，我的父母原打算是让茂竹跟着秀清的父亲走的。因为茂竹一向比我机灵，头脑也比我聪明，所以我的父母认为，如果让他跟秀清的父亲走应该更合适一些。但我的父母并不知道，他们在商议这件事时，说的话已经被茂竹听到了。当时茂竹没有露出任何声色，可是到了该跟秀清的父亲走时，茂竹却突然不见了，村里村外河边山上哪里都寻不到他。最后我的父母实在没办法了，才只好让我跟着秀清的父亲走了。不过秀清的父亲事后对我说，他幸好是将我带回来，其实他并不喜欢茂竹。秀清的父亲说，说不出为什么，他就是不喜欢茂竹。前几年，听说茂竹到部队上去闹红了。据一个从兴国来的老表说，茂竹去部队闹红也是因为一件很偶然的事情。一次茂竹去街里闲逛，正好遇到乡苏维埃政府的人在搞扩红宣传。一个头戴八角帽，身穿蓝上衣，腰间扎着皮带的女干部站在土台子上说，咱们穷人要想过好日子，就得去部队闹红！茂竹一听立刻问台子下边的人，去部队闹红，就能有好日子过么？站在土台子下面的人说是啊，如果去闹红就有好日子过。茂竹立刻问，有肉吃么？台下的人说，当然有。茂竹又问，有酒喝么？台下的人说好日子你懂不懂？好日子就是要什么有什么！茂竹一听当即就在台下报了名。于是几天以后，就被乡苏维埃的人送到部队上去了。但是，茂竹到了部队上才知道，那个乡苏女干部站在土台子上说的所谓好日子，并不是在部队上闹红就可以过的日子，而是将来的远大目标，是以后争取要过上的日子。眼下在部队不仅没有肉吃，没有酒喝，甚至还不如在家里舒坦。茂竹明白这一切之后，就找了一个机会，扯了一个理由又跑回家来。

我不知茂竹怎么会知道了我已经不在的消息。

茂竹和秀清一起来到我的墓前，就站住了。

他默默地站了一阵，回头问秀清，他走时，没有留下什么话么？

秀清摇摇头，说没有，他被送回来时，人已经……

茂竹哦一声，点点头。

我已经很久没有见到茂竹了，想一想，应该有十几年了。不过他的样子没有太大变化，只是比过去显得成熟了，人也更精神了，两个眼睛大大的，而且很亮，身体看上去也似乎更加强壮了。他又沉了一下，忽然回头问秀清，我哥这样死了，部队……没给什么抚恤么？

秀清一下没有听懂，愣了愣问，什么……抚恤？

茂竹嗯嗯两声说，我说的是……钱？

秀清更加不解了，问，什么钱？

茂竹想了一下，索性直截了当说，我哥这样死了，部队上，就没给什么钱么？

秀清终于明白了，但更加感到奇怪，她问，部队上……哪里有什么钱呢？

茂竹又飞快地看了秀清一眼，问，那你身上的……那几块大洋……

秀清终于明白了，对茂竹说，你知道了……我身上有几块大洋？

茂竹笑笑说，大洋的声音，我还是能听出来的。

秀清想一想说，我这几个大洋，是另有用途的。

茂竹立刻问，什么用途？

秀清说，要做一件事情。

茂竹看看她，什么事情？

秀清忽然笑了，说，这件事你做不来的。

茂竹摇摇头说，你怎么知道，我做不来？

秀清立刻盯住茂竹，很认真地说，你如果能做……这些大洋就是你的。

茂竹的两眼顿时倏地一下亮起来，说好吧，你说吧，究竟要做什么事？

秀清看看他，你……真的要做？

茂竹点点头，我当然可以做。

秀清朝四周看了看，然后对茂竹说，好吧，咱们回去说话吧。

我看着秀清和茂竹朝村里走去的背影，心里忽然越发地担忧起来。虽然秀清没有说出他究竟要让茂竹干什么，但我已经意识到，这一定不是一件寻常的事情。自从我被送回来，又被埋葬在这里，我已经感觉到了，秀清似乎变了，变得跟过去相比简直判若两人。我不知道她的心里究竟在想什么，但有一点可以肯定，她一定是在谋划着什么重要的事情。

6

我的猜测果然没有错。

第二天早晨，天还没有大亮，秀清和茂竹就又来到渡口。但茂竹这一次并没有到我的坟前来。他的神情似乎有些惊慌，脸色也不太好看。这时我看到了他身上背的那个包袱。那是一个蓝花布的布袱，看形状，里面显然是几件换洗衣服，应该还有一双布鞋。这个蓝花布的包袱使我又想起自己当初走的时候。秀清并没有跟茂竹说什么。她来到河边，将泊在渡口的小船撑过来，让茂竹上去，然后就朝河的对岸划去。河面上飘浮着一团一团的晨雾，小船刚刚驶向河心，就已经隐约不清了，只有划水的桨声一下一下地传过来。

过了一阵，秀清又将小船划回这边的河岸。

秀清上了岸，一步一步走上山坡，来到我的墓前。

她静静地站立了一阵，然后说，事情都已解决了。

这时我已经看见了，在她的衣襟上，似乎有一些血迹。那血迹显然是新鲜的，但由于已经干硬，显得有些肮脏，看上去像河底的污泥。秀清在我的墓前慢慢蹲下来，接着就瘫坐到地上。她显得很疲惫，似乎刚刚经历了什么紧张的事情。

她的嘴里喃喃地说，是啊……真的是很紧张呢……

秀清一边这样说着，一只手下意识地拔着地上的杂草。我看到，她的那只手仍在微微颤抖着，而且指尖上还沾着一些黑褐色的血迹。她就这样在我的坟前坐了一阵，才渐渐平静下来，接着就向我讲述了这两天发生的事情。据秀清说，她在决定做这件事之前并不知道茂竹会来。她原是打算自己干的。她那天在河边和姚金贵说完了话回到家里，当天晚上，就在她要睡觉的时候忽然听到有人在外面轻轻地敲窗户。她连忙从床上起来问，是谁？外面的人说，你开门吧，我们进去说话。秀清就连忙去把房门打开。这时就见两个人闪进来，又赶紧回身关上了屋门。秀清借着灯光看清了，来的人竟然是姚金贵的兄弟姚金玉，在他的身边还跟着一个年轻人。姚金玉外表的样子跟姚金贵完全不同。他黄白面皮，身材清瘦，脸上的表情有些阴郁。他来到屋里对秀清说，把灯熄了吧，点着灯会引起外面人的注意。

秀清就连忙将手里的油灯吹灭了。

秀清当然知道姚金玉是什么人。就在几天前，姚金玉刚刚带着人把梅河对岸的冯三岚和他的还乡团收拾掉了。冯三岚是这一带有名的豪绅，过去一向横行乡里，欺男霸女，可以说是坏事做尽恶贯满盈。后来这一带闹红，成立了农会，冯三岚就带着家小跑到赣州城里去了。现在保安团来了，他便也带着还乡团又回到梅河岸边，而且比过去变本加厉，从早到晚搜寻红军留下的伤员，还查找谁家有出去闹红的人。后来姚金贵找到那两个伤员，就是通过冯三岚交给保安团的，冯三岚为此还受到保安团重重的奖励。姚金玉在决定打掉冯三岚之后，曾经很仔细地谋划了一番。他发现冯三岚有一个嗜好，每到晚上总喜欢带着还乡团的人住到船上，自己一边饮酒作乐，一边让这条大船在河上漂来漂去。于是，姚金玉就在一天晚上带着人埋伏在梅河两岸，然后派几个人游到河心，将几桶煤油泼到船板上，再用火点燃起来。待冯三岚和手下人发现时，那条大船烧起的大火就已经无法再扑灭了。冯三岚和手下人一见都纷纷跳到河里逃命。这时姚金玉并不让队伍朝水里射击，只是在两边的河岸上也燃起几堆大火。冯三岚和手下人一见两岸的大火，知道游击队已经埋伏在两边的岸上，因此就不敢再朝河边游。就这样，姚金玉率领他的队伍不费一枪一弹，眼睁睁地看着冯三岚和他还乡团的人都在河里淹死了。姚金玉也因此在梅河两岸更加威名大震，保安团的人甚至悬重赏要他的脑袋。所以，在这个晚上，姚金玉的突然到来就让秀清感到有些意外。

她在黑暗中轻声说，你们……坐吧。

姚金玉说不坐了，我们马上还要走。

这时跟着姚金玉一起来的年轻人就走过来，将一个纸包交给秀清。姚金玉说，这点钱你留着用吧，我们这次来只是想看一看，你生活上有什么困难。

秀清笑一下说，我……挺好，没什么困难。

她稍稍停了停又说，只是……那两个伤员……

姚金玉立刻说，这个情况我们都已知道了。

秀清说，是……你大哥……

姚金玉点点头说，我们正在商量办法。

秀清问，商量……什么办法？

姚金玉说，当然是惩治姚金贵的办法。

秀清立刻在黑暗中睁大两眼，看看姚金玉。

姚金玉说，那两个伤员，不能就这样白白死了。

秀清问，你们想……

姚金玉沉一下，一个字一个字地说，我们要让他付出代价。

姚金玉这样说罢，就带着那个跟来的年轻人匆匆地走了。

7

河面上吹来潮湿的风。山坡上的竹林轻轻摇曳着，发出沙沙的声响。秀清深深地喘出一口气，然后又接着对我说，正是姚金玉在这天夜里说的这番话，才更加坚定了她要做这件事的决心。但让她没有想到的是，就在姚金玉来看她的第二天上午，茂竹竟突然出现了。秀清在此之前从没有见过茂竹。可是在这个上午，当茂竹在河对岸跳上她的渡船时，她立刻就断定他是我的兄弟。因为茂竹的样子跟我长得太像了，几乎像孪生兄弟。所以，秀清在将小船划到河心时，就像是不经意地问他，你是从兴国来?

茂竹立刻回过头，警惕地看一看秀清。

然后小心地问，你是……怎么知道的?

秀清并没有直接回答，又问，你姓许?

茂竹更加惊讶了，你怎么……认识我?

秀清笑一笑说，我还知道，你是来看许茂林的。

茂竹就不再说话了。显然，他已经猜到了，这个撑船的女人应该就是秀清。茂竹并没有告诉秀清他是怎么知道我已经不在的，他只是说，想来我的坟上看一看。但是，当他在我的坟前问秀清，我死以后部队上给没给抚恤时，秀清就还是明白了他这一次的来意。

在那个中午，秀清带着茂竹从我的坟上回到家里。

茂竹又问秀清，究竟想让他做什么事。秀清先为他做了午饭，然后在他吃饭时，就将自己的打算对他详细地讲出来。茂竹听了立刻将手里的筷子停下来。他显然没有想到秀清竟然是让他做这样的事情。他盯住秀清看着，半天没有说话。

秀清平静地说，你如果不想干也没关系，这件事就当我没说，现在茂林的坟上你也去过了，你如果担心会引起村里人的注意，吃完了这顿饭就可以走了。

茂竹又沉了一阵，然后抬起头说，这件事……我可以干。

秀清问，你，不会改变主意？

茂竹说当然，不会改变主意。

秀清点点头嗯一声，说好吧。

但是，茂竹又说，我……还有一个条件。

秀清问，什么条件？

茂竹说，如果是这样大的事，这几个大洋就太少了，你还要再加一些。

秀清很认真地看看他，说，你跟你哥……可真是不一样。茂竹的脸上立刻有些不自然，但他摇摇头，嗯一声又说，现在……就不要再提别的了，只说这件事，这可是弄不好要丢性命的事情，只这几个大洋怎么能行，至少也要再加五块，哦不……六块。

秀清说，我现在只有这些，再多一块大洋也没有了。

茂竹又迟疑了一下，最后才点点头说，好……好吧。

接着，秀清就将自己想好的具体计划对茂竹说出来。

茂竹听了略微思衬了一下，问秀清，如果这个姚金贵，今晚不肯来呢？

秀清说，他一定会来的。

茂竹问，为什么？

秀清说，因为我已跟他说好了，他今晚会来这里吃晚饭。

茂竹点点头说，只要他肯来，这件事就好办。

在这个傍晚，姚金贵果然来了。姚金贵走进秀清的家时，秀清已把晚饭做好了。秀清特意炒了几个菜，还买来一坛水酒。姚金贵走进屋来，耸起鼻子闻了闻，点点头高兴地说好呀好呀，这才像话，虽然咱们不算明媒正娶，但也总要有个样子。一边说着就走过来，伸手在秀清的身上摸了一下。秀清一扭身躲开他的手，朝桌边指一指说，你坐吧，我就来。

于是，姚金贵就大模大样地在桌边坐下来。

秀清收拾好灶上的事情就坐过来。她的脸上没有任何表情，只是为姚金贵满满地倒了一碗酒。姚金贵看看她说，你也喝一碗么。秀清想了想，便也为自己倒了一碗酒。

但她说，我刚刚才……身子还弱着，不敢多喝酒的。

姚金贵嘻地一笑说，不能喝酒倒没关系，只是不能耽误做别的事啊。

秀清淡然一笑，就端起酒碗对姚金贵说，你今晚，应该多喝一点啊。

姚金贵立刻端起碗喝了一口。他忽然皱起眉说，这酒……好像有股怪怪的味道？

秀清哦了一声说，我去买酒时，用的是盛过药的坛子，一定是……草药的味道。

姚金贵一听就笑了，说，不会是壮阳的草药吧，今晚这酒里可是该放些枸杞呢！

他一边说着，就又伸手在秀清的身上捏了一把。秀清这一次没有躲闪，又端起碗说，你把这一碗都喝干吧。一边说着，就将自己的碗在姚金贵的碗上碰了一下。姚金贵端起碗，一仰脖就将一碗酒都喝下去。秀清又为他倒了一碗酒，说刚才的那一碗是碰面酒，这一碗该是合欢酒，你也要喝了。姚金贵连连点着头说，好啊好啊，合欢酒！该喝！他乜斜着看了秀清一眼，就将酒碗端起来又一口气喝干了。姚金贵平时只是爱喝酒，却并没有太大的酒量。他这样一连喝干几碗酒，脸上就渐渐变了颜色，眼神也开始凝起来。这时秀清又为他倒了一碗酒，然后端起自己的碗说，这一碗该是交杯酒了，你我应该一起喝掉。姚金贵醉眼蒙眬地摆了一下手说，不能喝了不能喝了，再喝就要耽误好事啦！秀清听了就把碗慢慢放下了，静静地看着姚金贵。姚金贵愣了一下，嘻地笑了，说干什么，怎么这样看着我？

秀清说，你如果不喝这碗酒，今晚就没有好事。

姚金贵哼了一声，只好将酒碗端起来又一口气喝掉了。就在他将酒碗放到桌上时，突然听到身后发出一阵奇怪的声响。他意识到有什么事情要发生，立刻想从竹凳上站起来。但他这时却感到两条腿似乎已经不是自己的了，接着眼前的一切也像氤氲一样地虚无缥缈起来。他竭力控制住自己的身体，刚要回头看一看身后，就见一个黑乎乎的东西猛一下朝自己的头上砸过来。这东西来得很快，几乎挂着呼呼的风响，姚金贵还没有来得及看清楚，就听到自己的头上发出叭的一声爆响，接着就看到有许多红白豆腐一样的东西朝四周飞溅开来。他一时没有搞清究竟发生了什么事，只觉得自己的脑袋一下变得轻飘飘起来。然后那个黑乎乎的东西就又横着飞过来，这一次是砸在他的后背上。他用力朝前一趴，就歪在桌上了。

这时茂竹才深深地舒出一口气，将手里的半截木棒丢在地上。

姚金贵当然不知道，在他喝的水酒里，秀清已事先放进了一种叫荨尾草的麻药。这些麻药还是她父亲当年留下的，专门在为人治疗外伤时用的。却没有想到，这一次竟派上了用场。在这个晚上，茂竹和秀清将姚金贵的尸体拖到屋后。土坑是事先挖好的，他们将姚金贵的尸体扔进坑里，就把土重新埋上了。待将屋里的一切都收拾干净已经是后半夜。茂竹杀人之后有反应，一直在不停地呕吐，吐得已经有些虚脱。秀清又找出一些草药，用药吊子熬过之后让他喝下去，呕吐才渐渐止住了。秀清又问他，后面打算怎么办。秀清对他说，姚金贵突然不见了，如果他这个陌生人又出现在村里，一定会引起人的注意。

茂竹这时也已经没了主意，他问秀清，有什么好办法。

秀清想一想说，现在只有一条路，你去姚金玉那里吧。

茂竹听了眨一眨眼，他不知道姚金玉是谁。

秀清对他说，姚金玉，就是姚金贵的兄弟。

茂竹听了立刻吃惊地睁大眼，你让我……去自投罗网？

秀清摇摇头说，不是的，这姚家兄弟，不是一回事的。

接着秀清就告诉了茂竹，姚金玉是一个什么样的人。但茂竹听过之后仍然不想去姚金玉那里。他曾经闹过红，他知道在闹红的队伍里过的是什么日子。可是他再想一想，又实在想不出还有什么别的出路。于是也就只好答应秀清，过河去投姚金玉。

就这样，秀清就趁着天不亮将茂竹送过梅河去了。

当然，茂竹临走时也没忘记向秀清要那几块大洋。

8

我渐渐地已经习惯了这样的生活。

夜里的山坡上很静，只有河里的流水在哗哗地响。晴天时，如洗的月光撒下来，将坡上的一切都映得白亮亮的。阴雨天里，坡上漆黑一片，湿润的沙沙雨声从竹林里传出来，显得山梁上更加寂静。每天早晨，总是在同一个时候，秀清就会来到渡口，将泊在岸边的小船划过来，开始为过往的行人撑摆渡船。中午时，她就会来到我的坟前，坐下来吃她的午饭。她的午饭很简单，有时是红薯，有时是南瓜，米饭很少，菜里也没有一丝油星。这让我很担心。我是担心她的身体。所以每到这时候，我就总是大声地对她说，秀清，你应该多吃一点米饭，还应该吃一些梅河里的鱼，你总吃红薯和南瓜身体会出问题的。秀清似乎能听到我说的话，但她总是朝我这边看一看，又笑一笑。我知道，她的意思是让我放心。秀清一向很自信，她过去就经常对我说，她相信自己的身体不会出任何问题。有时秀清也会躺到我的坟堆上来，喃喃地跟我说话。这时我就会觉得她好像是躺在我的怀里。我能感觉到她温热柔软的身体在一下一下地呼吸。秀清向我述说她白天的孤单，夜晚的寂寞。她对我说，过去她经常在夜里做噩梦，而且梦到的总是同一个内容，或者是她的父亲，或者是我，浑身是血地被人抬回来，脸上也已经面目全非。后来我的尸体果然被这样送回来了，竟然跟她在梦里看到的一样。她告诉我，也就是从看到我尸体的那一刻，她就坚信有做梦这回事了。于是她也就更加担心起她的父亲。秀清每说到这里就会黯然神伤。她一边哽咽着对我说，我现在已经没有你了，我不能……再没有父亲，如果真这样我就什么亲人都没有了。

我当然不相信在这世界上做梦真会预示什么。

但不久以后，秀清的噩梦竟然又一次应验了。

是一个早晨，秀清没有像往常一样来到渡口。直到将近傍晚时，我正在担心，就见村里的七叔和秀清一起朝山坡上走来。秀清的手里好像还捧着几件衣服。七叔则拎着一个提匣。我一看到七叔，心里立刻就有了一种不好的预感。七叔是一个五十多岁的男人，稍高，微瘦，他在村里有一个很隐秘的身份，几乎没有几个人知道。当初乡苏维埃政府还在时，上级考虑到今后的工作，就没让七叔暴露身份，只让他在暗中为乡苏政府工作。现在环境变了，七叔的特殊身份也就发挥了作用，上级再有什么事，仍然是通过七叔传达下来，七叔的工作相当于地下交通。我想，七叔在这个傍晚和秀清在一起，一定是给她带来了什么消息，而且从秀清脸上的表情看，应该不是什么好消息。果然，秀清一来到我的坟前就蹲在地上抽泣起来。七叔没有说话，只是站在一旁，默默地看着她。这时我已经看清了，秀清手里捧的几件衣服都是她父亲走前留下的，有一件蓝粗布上衣，一件白粗布小褂，还有一条破旧的裤子。七叔看了秀清一阵，就过来拉了她一把说，别哭了，先做正事吧，让人看见会起疑心的。

秀清点点头，就慢慢站起来。

这时我才看到，七叔的手里还拎着一把短柄铁锹。

七叔走到我坟墓的旁边，指了一下问，就在这里？

秀清轻轻地哦了一声，说，就这里吧

她又说，以后，就让茂林……陪着我爸吧。

于是七叔就开始一锹一锹地挖起土来。山坡上的土是红色的石土，也就是石头风化之后的泥土，这种土很坚硬，一锹挖下去只有一个浅浅的土坑。七叔这样挖了一阵，才挖出一个两尺见方约两尺多深的土坑。他将铁锹扔到一边，然后蹲下来将那只提匣打开，从里边拿出一个黑汪汪的大漆木盒。我看出来，这只漆盒应该是出自闽西那边的，做工很精细，在漆盒的盖子上还有一些花鸟的图案。七叔抬起头，对秀清说，把东西放进去吧。秀清就走过来，将捧在手里的几件衣服放到漆盒里。七叔将这只漆盒轻轻盖上，然后就小心地放进土坑里。七叔已在土坑里垫了一块石板，他将这只漆盒放到石板上，然后就拿起铁锹，又将土埋进去。七叔做完这一切扔下铁锹，对秀清说，坟堆不要太大，跟茂林的一样就行，否则会引起人的注意。秀清点点头，没有说话。七叔又将提匣打开，拿出几样水果摆到那座新坟的跟前。

七叔说，就不要烧香了，你磕个头吧，让他知道，已经到家了。

秀清就跪到这座新坟的跟前，深深地磕了几个头。

我已经知道了，这个新坟显然是秀清父亲的。据说他已经跟着部队去了湘西，那样遥远的路，他的尸体自然无法运回来。所以，秀清在得知了这个消息之后才在我的坟旁为他立了一个衣冠冢。我从七叔和秀清的对话中得知，秀清的父亲是为了掩护一个伤员才被炸死的。当时他所在的那个部队正跟敌人打一场很大的战役，激烈的战斗几乎持续了一天一夜。第二天天亮时，秀清的父亲带着一个卫生员去前面的火线往下抬伤员。就在他们用担架将一个伤员抬下来时，突然飞来一发炮弹，秀清的父亲一听到吱吱的声音立刻放下担架，然后就趴到那个伤员的身上，接着那颗炮弹就落到他们的身边炸响了。就这样，那个担架上的伤员安然无恙，而秀清的父亲却再也不动了。据说秀清的父亲死得很惨，由于他是趴在那个伤员的身上，而爆炸的炮弹又离他太近，所以身体的后面被整个削去一层，人只剩了薄薄的一片。

新拢起的坟堆泛出泥土的香气。秀清和七叔将那几样水果在坟前摆了一阵，就收回到提匣里。秀清又用铁锹将坟堆整理了一下，然后对七叔说，有件事……想跟您商量一下。

七叔看看她说，说吧，什么事。

秀清说，我想……离开这里了。

七叔有些意外，立刻问，去哪？

秀清沉了一下说，还没想好。

七叔看看她，又问，你为什么要走？

秀清说，茂林死了，现在……我爸也死了，我在这里……已经没有什么亲人了，所以，在这里再住下去……还有什么用呢，我已经不用再等他们了……

七叔摇摇头说，不，你在这里有用，很有用。

秀清慢慢抬起头，问，有……什么用？

七叔说，你还可以撑船。

七叔咳一声，又说，你在这梅渡撑船，一样是有很大用处的，如果咱们的人从这里过河，又有什么要紧的事情，找到你也就可以找到我，我的意思，你明白吗？

秀清盯住七叔看了一阵，点点头说，明白了。

可是……她又说，我为什么一定要这样做呢？

七叔一下被她问住了，想一想，没说出话来。

秀清说，我不想再在这塘湾村里住下去了。

不，七叔说，你要在这里。

为什么？

因为……你爹，还有茂林。

秀清就不再说话了。她当然清楚，这应该是最好的理由。

七叔这样说罢，就头也不回地朝村里的方向走去……

9

秀清最终还是没有走。她听了七叔的话，每天仍在梅渡撑船。

七叔的话没有错。过了不久，秀清撑船就遇到了一件意想不到的事情。那是一个傍晚，梅河涨水了，水流很急。秀清撑着小船将最后一个行人送过河去，就准备收船回去了。但就在这时，她忽然看到河里有一个麻布口袋从上游的方向一浮一沉地漂下来。这口袋里显然装的是一个很大的东西，而且看上去应该是一个活物，它在水面上漂浮着，还不时地在口袋里挣扎着动一下。这时它已漂到渡口，被河里的木桩挡住了。秀清稍稍迟疑了一下，就将小船划过去，想将这只口袋弄上船来。但这只口袋实在太重了，她从水里拖了几下，却没有拖动。于是她又想了一下，就用一根绳索拴到口袋上，然后上岸去拽着绳索将这个口袋拉到河边，又拖到岸上。这时天已渐渐黑下来，渡口已经没有了行人。秀清将这只口袋拖到坡下的樟树林里，稍稍喘息了一下，才将口袋小心地打开。她朝口袋里一看，立刻大吃一惊。这口袋里装的竟然是一个人。她连忙把这人从口袋里弄出来，再看一看，更加大感意外，她认出这个人竟是姚金玉！姚金玉被绳索捆绑得紧紧的，身体团得像一个粽子。他已经昏迷过去，身体只是不时地抽动一下。秀清抬起头朝四周看了看，赶紧为姚金玉解开绳索。姚金玉显然被灌了太多的河水。秀清为他松绑时，他的嘴里一直在不停地吐。秀清为他解开绳索，将他头朝下放在山坡上。待他将肚子里的河水吐尽了，就将他背回家来。

秀清在这个晚上为姚金玉熬了一些姜汤，给他灌下去，姚金玉才渐渐苏醒过来。姚金玉看到秀清感到奇怪，他问，自己怎么会在这里。秀清就将傍晚的事对他说了。接着，姚金玉又回想了一下，才将先前发生的事都想起来。这时他脸上的表情就有些不自然了。

秀清看看他问，怎么了？

姚金玉又沉了一下，才说，有件事……我要告诉你。

秀清问，什么事？

姚金玉说，许茂竹……死了。

秀清听了一愣问，茂竹死了？

姚金玉点点头，喘出一口气。

秀清问，他是……怎么死的？

姚金玉说，我杀死的。

你……杀死了茂竹？

秀清立刻睁大两眼。

姚金玉这时已经完全缓过来，看上去也有了些精神。他从竹床上坐起来，稍稍沉了一下，才对秀清说出前面发生的事情。据姚金玉说，这件事从始至终都是他没有想到的。当初许茂竹找到他时，他一听说是秀清介绍来的，又是许茂林的兄弟，而且看上去也跟许茂林长得很相像，立刻就对他很信任。他先是让他跟在自己身边，后来渐渐发现，这个许茂竹不仅头脑灵活，反应机敏，而且还能写会算有一些文化，于是就对他更加信任。当时姚金玉的地方武装在赣南一带很活跃，一方面与敌人周旋坚持斗争，另一方面也经常打击还乡团，铲除豪绅恶霸，因此就经常会缴获一些财物。这些财物除一少部分留下作为地方武装的活动经费，绝大部分都上交给上级。但有时缴获的财物一时运送不出去，就在山里临时找一个安全的地方先隐藏起来。姚金玉就是让许茂竹负责这些财物的管理工作。

问题也就出在这里。

起初许茂竹的工作还算认真负责，对每一笔往来的财物都记得很清楚。但是渐渐地，姚金玉就发觉不对劲了。有人向他反映，说许茂竹经常偷偷独自下山去镇上的小酒馆喝酒，而且他抽烟也越来越高级，竟然还抽起了只有在镇上才可以买到的“老刀牌”香烟。当时人们抽烟大致分为两种，一种是水烟，另一种是旱烟。旱烟则大多是生烟叶，不要说“老刀牌”香烟，就是再普通的香烟一般人也抽不起。反映的人说，许茂竹的钱是从哪里来的呢？

姚金玉听到这些反映很认真地考虑了一下，就准备跟许茂竹谈一谈。但是，还没等他找许茂竹就出事了。出事是在一天晚上，当时姚金玉带着许茂竹下山，去梅河对岸一个村里的地主家取银圆。这些银圆是事先讲好的，这个地主迫于姚金玉的压力，表示愿意将原来准备给还乡团的一百二十个银圆交给姚金玉使用。在出发前，姚金玉考虑到此行的安全，而且又是取这样一些银圆，曾跟许茂竹商量是否多带几个人。但许茂竹却说，正是出于安全的考虑才不宜去太多的人，否则目标太大容易暴露，况且一百多个银圆也不是很沉，他们两人就可以背回来。姚金玉听了也觉得有道理，于是就只带了许茂竹一个人下山来。但是，当他们两人来到村里，走到那个地主家的门前时，许茂竹却突然站住了。他对姚金玉说，等一等，有件事要先跟你说一下。姚金玉看一看许茂竹，发现他脸上的神情突然变得有些陌生，就问，什么事。许茂竹先是支吾了一下，然后对姚金玉说，现在事情是这样的，在我记录的账上一共有一千多个银圆，我知道你把这些银圆都藏在山里了，你把藏银圆的地方告诉我，咱们一起去弄出来，然后一人一半平分掉就各自远走高飞，你看怎么样？

姚金玉听了没有动声色。

他问，如果我不同意呢？

许茂竹就笑了，摇摇头说，我这个人你应该是知道的，事先没有安排好的事情自然不敢随便乱讲，你如果不同意，我只要往这院子里扔一块石头，里面的人立刻就会敲起锣来。许茂竹一边这样说着就盯住姚金玉，我现在可以告诉你，在这村子的四周都已埋伏了保安团的人，他们只要听到这边的锣响立刻就会冲过来，你明白了吗？姚金玉听了想一想，又笑笑说，我还是不明白，既然保安团的人已经埋伏在这里了，你现在就往院子里扔一块石头，让他们来抓我就是了，干吗还费这样大的事呢？

许茂竹很认真地说，不对。

姚金玉看看他，怎么不对？

许茂竹说，你如果让保安团的人这样抓走了，我大不了只能得几个奖金，除此之外还会有什么好处呢？现在可是一千多个银圆呢，咱们就是一人一半我还可以分到五百多，我当然不会舍大求小的。许茂竹这样说着就朝地上瞥了一眼。姚金玉顺着他的目光看去，在他的脚下正有一块不大不小的石头。姚金玉想一想点头说，好吧，那咱们就把这些银圆分掉吧。

他一边这样说着就向许茂竹的跟前凑近一步。

但许茂竹立刻机警地朝旁边跳开了。

许茂竹笑笑说，你不要想别的，我知道你有身手，不过就算你把我按住，不等你弄死我院子里的铜锣就会响起来，你今晚不要想逃出这里了。

姚金玉点点头说，我知道。

许茂竹说好吧，那你就说吧，银圆究竟藏在哪里？

姚金玉说，我可以带你去。

许茂竹立刻摇头说，不行。

姚金玉问，为什么。

许茂竹说，你这个人我是知道的，只要一离开这里就不是你了，我虽然不比你聪明可也不比你笨，你只能现在告诉我，那些银圆究竟藏在哪里？

姚金玉又想了一下，说好吧，我告诉你，藏在黑石洞。

许茂竹听了眨眨眼问，黑石洞？黑石洞……在哪儿？

姚金玉说所以，我只能带你去。他一边这样说着瞅准一个机会，突然一脚将许茂竹脚下的那块石头踢开，接着就扑上去将他死死地按到地上。这时在姚金玉的腿脚藏着一把尖刀，他原打算将这把尖刀抽出来结果了许茂竹的性命，但就在这时，许茂竹却突然像杀猪一样地嚎叫起来。姚金玉赶紧去捂他的嘴。

可是已经晚了，院子里的人听到外面的叫声，立刻将铜锣敲响起来。哐哐的锣声在夜里显得格外刺耳，而且传出很远。

就这样，姚金玉被埋伏在村外的保安团抓到了。

保安团的人并没有立刻拷打姚金玉。他们竟然也知道那些银圆的事情。他们只是让姚金玉说出，那些银圆究竟藏在哪里。姚金玉当然不会告诉他们藏银圆的地方，但他为拖延一些时间，想了一下，就答应这些人，可以连夜带他们去找那些银圆。可是，也就在这时，许茂竹突然说了一句话。他对保安团的人说，他可以先带他们去找姚金玉的队伍，他说，他知道这些人藏在哪里。许茂竹这样说当然是有他的想法。他原以为可以说服姚金玉，找到那一千多块银圆，这样他也就可以分到五百多元。可是现在眼看着那些银圆已经不属于自己了，他能拿到的只是一点点奖金，所以，他还想让自己多得到一些。但是，他在说完这番话之后却并没有注意到姚金玉的表情。姚金玉立刻用一种发黑的目光盯住许茂竹，就这样一直用力地盯着他。接着，就在许茂竹带领保安团的人来到梅河上游的水边时，姚金玉突然一纵身朝许茂竹窜过去。姚金玉这一下窜得很迅猛，以至周围的人还没有反应过来，他就已将许茂竹扑倒在地上。保安团的人还是大意了，他们在抓住姚金玉之后只是下了他的枪，却并没有搜他的身，所以姚金玉在将许茂竹扑倒的同时，一只手就从腿脚处拔出那把尖刀，猛一下插进了许茂竹的前胸。这一下插得非常凶狠，因此也就很深，尖刀只还剩了一个手柄留在外面。待保安团的人围过来将姚金玉按住时，再看许茂竹就已经歪在一旁气绝身亡了。

这时姚金玉就平静地告诉保安团的人，不要再问了，他什么都不会说的。

保安团的人立刻恼羞成怒。就这样，他们将姚金玉捆起来装进一个口袋，就扔进了水流湍急的梅河。姚金玉对秀清说，他先是觉得自己灌了很多河水，后来就昏昏沉沉地不省人事了。他接着又笑一笑说，他还是命大，如果不是命大就不会被秀清捞上来了……

10

夜晚的山坡上仍然一片寂静。清朗的月光像是被河水冲洗过，将坡上的竹林和坡下的樟树林都映得清晰可见。忽然，我听到了一个低沉又有些沙哑的声音。

这声音说，他们……要走了……

我朝四周看了看，发现这声音是从旁边的坟墓里发出的。

我知道，这是秀清父亲的声音。

他的声音虽然低哑，但还是那样有力。

我问，您说的他们……是谁？

这声音说，秀清……和金玉。

我问，他们……要去哪儿？

这声音就沉默了。

远处果然传来一阵脚步响。有两个人影朝坡上走来。我看清了，果然是秀清和姚金玉。秀清的身上背着一个包袱，我立刻认出来，那是一个蓝花布的包袱。他们走到我旁边的墓前，秀清跪下来，磕了一头，然后又来到我的墓前，深深鞠了一躬。

我对秀清说，你走吧，跟着金玉走吧。

秀清的父亲也说，是啊……你们走吧。

他们似乎听到了，点点头，就转身朝着月光的深处走去……

二 秘密

在江西的赣南地区至今仍流传着这样一种说法，当年红军离开这片红色的土地，是一步一回头地走的。在他们身后留下的，可以用三个字概括，就是“骨、肉、情”。所谓“骨”，是尸骨。当时很多红军战士为保卫这片土地献出了自己年轻的生命，他们把尸骨留在了这里；“情”则是感情，这感情中既包含着对这片土地的深情，也有亲情和爱情；而所谓的“肉”即是骨肉。1934 年秋，在中央主力红军战略转移之前，由于形势严峻，环境残酷，中共中央为保护革命后代，也为使部队保持战斗力，不得不做出一个让很多人在感情上难以接受而又必须接受的决定——红军的孩子一律留在地方，交由当地百姓寄养。

对于很多人来说，这是一次真正意义的生死别离。

此后，也发生了许多难以想象又感人至深的故事。

国民党军队占领中央苏区后，立刻采取各种手段，想尽一切办法对苏区进行全面的残酷清理。清理的一项重要内容就是搜寻红军留下的后代。当时的苏区群众在险恶艰难的环境下，为保护这些红军后代付出了巨大代价，甚至不惜牺牲自己和亲人的生命。但是，他们很多人至今都没有留下姓名。

这些人，就是“刘成”和“李聪妹”的原型……

1

赖菊仙没有想到，回到柏树坪已是傍晚。

这是一个难得的傍晚，竟然没有下雨，阳春三月的夕阳使柏树坪一片葱翠。赖菊仙被一顶滑竿抬着来到柏树坪的村口时，于木匠也刚好领着石头从另一条山路上下来。当时于木匠虽然衣衫褴褛，但背在身后箩筐里的几件木匠家什还是引起赖菊仙的注意。赖菊仙让抬滑竿的士兵停下来，叫住于木匠问，你是木匠？于木匠稍稍愣了一下，看一看赖菊仙，又看了看跟在她身边前呼后拥的队伍，点点头说是。

赖菊仙又问，你可会做棺材？

棺……棺材？

于木匠似乎一下没有反应过来，想了想才摇摇头说，没……没做过这东西。

赖菊仙好看的嘴角朝旁边一歪，眯起两只凤眼笑笑说，你如果会做棺材可是能发一笔小财呢，眼下这一带，恐怕最需要的就是这东西哩。于木匠讷讷地说，做我们这一行的，老祖宗当年留下一句话，一年板凳五年柜，十年的棺材学不会，当初师父……没教过。赖菊仙听了点点头，很认真地看看于木匠，又把目光转向躲在他身后的石头。石头大约有七八岁，额头很高，眼睛大大的，虽然虎头虎脑却有几分秀气。赖菊仙又眯起眼朝石头看了看。于木匠就赶紧拉起石头绕开赖菊仙的队伍，朝村里走去。

等一等。

赖菊仙突然又叫住于木匠。

于木匠慢慢回过头，看着赖菊仙。

赖菊仙问，你是……柏树坪的？

于木匠点点头，说是。

我怎么没见过你？

我……刚来不久。

过去是哪的？

石城。

来这里干什么?

做木匠么，到处走。

嗯……

赖菊仙这才点一点头。

于木匠就转身拉起石头走了。

赖菊仙是被保安团的人护送回来的。宋德万的一个本家堂侄在保安团里当连长，而且是营长跟前的红人，因此宋德万就叮嘱这个堂侄，赖菊仙回柏树坪时要他派人护送一下。宋德万这样叮嘱堂侄自然是有自己一番考虑的，一来路上乱兵多，恐有不测，二来赖菊仙重回柏树坪，也要让她好好的风光一下。宋德万的心里很清楚，赖菊仙的风光自然也就是自己的风光，自己这几年背时倒运，在柏树坪受罪也受够了，现在该是扬眉吐气伸展一下腰腿的时候了。宋德万的这个本家堂侄自然心领神会，当即派了一个心腹班长，让他带了一个班的人来护送赖菊仙。宋德万的这个堂侄心里也有一本账，宋德万虽然只是一个本家堂叔，但他膝下无儿无女，如此大的一份家业将来百年之后无人继承，而赖菊仙又是堂叔心爱的女人，所以，只要自己将这女人哄高兴了，她在堂叔面前美言几句，堂叔自然会更加对自己另眼相看。

宋德万的这个堂侄对赖菊仙很了解。赖菊仙当年不过是赣州城里一个操持贱业的女人，只是不去灯笼巷，自己在家做“暗门子”。当初宋德万去赣州城里办事，也是经人引领才偶然去了赖菊仙那里冶游一次。但只那一次，赖菊仙不知怎么竟就有了身孕。事后宋德万得知也大感意外，他没有想到这样的女人竟然也能如此容易就怀上身孕。尽管这身孕最终也没有怀住，后来没过多久就不知怎么给弄掉了，但宋德万还是一下就对这女人动了心思。

宋德万曾经讨过两房女人，却都没有给他生下一男半女，而且这两个女人都很命短，嫁过来没几年就莫名其妙的病死了。宋德万曾经找一个算命先生给占过一卦，算命先生说他命相坚硬，不仅克妻，也注定无后。但这算命先生又掐算了一下说，不过找一个旁门左道的女人，不要明媒正娶，将来或许有望也说不定。所以，宋德万这一次想，莫不是当初那个算命先生所说的旁门左道的女人，就是这个赖菊仙?当然，宋德万对赖菊仙中意还不仅是因为她能怀孕，赖菊仙在床上的功夫也十分了得。操持这种职业的女人到了床上自然都有自己的一套独门绝技，宋德万虽然已是五十多岁的男人，性欲却仍很旺盛，因此只跟赖菊仙过了一夜就销魂得刻骨铭心难以忘怀了。就这样，宋德万经过一番考虑就跟赖菊仙摊了牌。不过宋德万还是牢牢记住了当年那个算命先生说过的话，他没有许诺赖菊仙明媒正娶，只是对她说，先包她一段时间，少则几月，多则半年一载，带回柏树坪去住一住再说。赖菊仙原本只把宋德万当成一个没啥见识的乡下土财主，但跟他来到柏树坪才发现，这宋德万竟有一份如此大的家业。于是一下就将女人的本事都施展出来，每夜让宋德万神魂颠倒。

就这样没过多久，赖菊仙在宋家便俨然是一个女主人的身份了。

但让宋德万没有想到的是，这个赖菊仙自从到了他身边，虽然每夜都不空闲，可是她的那个肚子却再也不见动静。这时宋德万已经明确向赖菊仙许诺，只要她能怀上身孕，无论生男生女，他都立刻将她明媒正娶尊为正室。于是这赖菊仙便也越发暗暗使劲，一心往自己的肚子里装内容。但就在这时，这一带突然闹起农会，先是梅家镇，继而白石圩，接着很快就传到柏树坪这边来。宋德万已经听说，农会一成立首先就要斗地主，打土豪分田地，于是情知自己这一次在劫难逃，便与赖菊仙商议，让她先回赣州城里去避一避。赖菊仙原本只想着自己肚里的事，眼看在宋家的地位已经越来越稳固，只等有一天真怀上身孕就能有了正式名分。但这时一见外面的世道，也就只好先回城里去了。

2

在这个下午，赖菊仙坐着滑竿来到宋家宅院的大门口时，一眼就看见了刘成。

当初赖菊仙住在宋家时，刘成就是宋家的长工。赖菊仙对这个三十多岁沉默寡言的壮实男人印象很深。那时刘成白天去田里忙碌一天，傍晚回来时就总要脱掉上衣在院子里擦洗身上，他那一身健壮坚硬的肌肉在夕阳的照耀下像抹了一层茶油，赖菊仙经常躲在一旁偷看。这时，刘成又赤裸着上身，正在用一团蓑草用力摩擦着宋家宅院门外的院墙。在那面院墙上还依稀能看出当初写在上面的大字标语，都是“打倒土豪劣绅！”或“中华苏维埃万岁！”之类。这些标语的字迹很牢固，几乎渗进青砖里，因此刘成就磨擦得很吃力，墙根底下已经满是磨烂的蓑草。宋家大院曾被作为柏树坪村农会的办公地点，后来乡苏维埃政府也曾搬来这里。宋德万只是在不久前才刚刚搬回来的。赖菊仙从滑竿

上下来，走到刘成的身后站住了。刘成仍在一心一意地用蓑草擦洗墙壁，嘶啦嘶啦的声音听起来很刺耳。

赖菊仙就这样看了一阵，忽然说，你做这件事不太情愿啊。

刘成停住手，慢慢转过身来，朝赖菊仙看了看。

赖菊仙冲他笑了一下，说，怎么，不认识了？

刘成的嘴唇动了动，没有说话。

赖菊仙又说，凭你的力气，如果想擦掉这些标语应该很容易的。

刘成看一眼赖菊仙，又转过头去看了看身后的墙壁。

赖菊仙点点头说，你胖了，看来这几年过得不错啊。

刘成就又转过身去，继续用蓑草嘶啦嘶啦地擦墙壁。

这时宋德万已经闻声走出来。宋德万的脸色仍然不太好，下巴光光的，虚胖得有了几分女人相。他一见赖菊仙立刻迎过来，嘘寒问暖地说着累不累饿不饿之类的话。赖菊仙则似乎一下软下来，一只手扶着腰，另一只手搭在宋德万的手臂上，嗲声嗲气地说累死了，这孽障山路，骨头都快颠散了。宋德万连忙心疼地搀住赖菊仙就往里走，与此同时又朝刘成这边横过一眼，厉声说，你下点气力，今天不把这面墙壁弄干净，就不要回去！

赖菊仙忽然说，你该给他吃点东西。

宋德万眨一眨眼，给他……吃东西？

赖菊仙说，已经这样晚了，皇帝还不发饥饿兵哩。

好……好吧，宋德万迟疑了一下点点头，对刘成说，后面灶屋里还有一碗剩粥和几个团子，你先去吃了再干。说着又用力哼一声，还不快谢赖小姐？这可是她的面子咧！

赖菊仙立刻摆摆手，就和宋德万一起进院去了……

3

刘成回家时天已大黑下来。

石头先吃了饭，已经在竹床上睡了。刘成的女人李聪妹正坐在灶屋里打瞌睡。只有于木匠，坐在门口的院子里借着月光在磨一把木匠斧子。这把斧子很沉，看上去非常应手，锋刃被磨得在月光下闪着熠熠的寒光。于木匠看见刘成回来了，就放下斧子站起来，对他说，我一直在等你。刘成擦洗了一天墙壁很疲惫，用力喘出一口气问，有事么？

于木匠说，到屋里说吧。

他说罢就头前进屋去了。

刘成看一眼于木匠，也随后跟进来。

刘成自己也懂一些木匠技艺，所以，他从第一次见到于木匠就有一种感觉，这个人虽然自称有一手很好的木工手艺，却并不像一个真正的木匠，尤其在他说话时，那种眼神和脸上的神色让人感觉很沉稳，似乎经过深思熟虑，因此也就总给人一种信赖感。

于木匠是几个月前带着那个叫石头的孩子来到柏树坪的。

那是一个傍晚，天正下着雨。刘成和女人李聪妹刚吃过晚饭，忽听外面有人敲门。刘成去打开屋门一看，只见一个四十来岁的中年男人背着一只箩筐，抱着一个孩子，浑身上下湿漉漉的站在门外。这男人对刘成说，天太晚了，又正下雨，能不能在这里借住一夜。刘成连忙让这男人进来了。刘成的女人李聪妹一见那孩子冻得面色苍白，浑身打战，赶紧去找来一件干衣服将他裹起来，又拢起一堆柴火，让这男人将身上的衣服脱下来烤一烤。这时这男人才说，自己是一个木匠，姓陈，这孩子是他的儿子，他们父子俩没家，一直是走到哪里就住到哪里，靠给人做些零星的木工过活。这时李聪妹已在烧水，准备给这父子做饭。刘成苦笑一下说，做饭也没啥好做的，不过是煮一点南瓜汤，暖暖身上，吃个水饱也就是了。于木匠听了立刻拉过身边的箩筐，从里边拿出一个油纸包说，这里有一点米，煮点南瓜粥吧，咱们一起吃。于木匠看一看刘成脸上意外的神色，又笑一下说，这年月，想必你们也是很少有米吃的。李聪妹回过头来看一看刘成。刘成点点头。李聪妹就拿了这个油纸包去煮饭了。

时间不大，屋里就弥散起好闻的米粥香气。

刘成这一晚并没有跟于木匠说太多的话，于木匠似乎也不想多说话，大家喝了粥就各自睡了。第二天早晨，刘成被一阵乒乒乓乓的声音惊醒了，起来一看，于木匠竟将自己家那扇破旧的屋门卸下来修过，又重新装上了。于木匠一见刘成，似乎有什么话要说，但迟疑了一下却没有说出来。刘成就走过来，对他说，你有什么话就说吧。于木匠又沉了沉，才说，他们父子俩这几年东奔西走原本已经习惯了，可是眼下世道不太平，又正在雨季，所以，能不能让他们暂时在这里安一安身，先借住一阵。不过，于木匠立刻又说，他知道如今大家的日子都很艰难，所以绝不给他们夫妇增加负担，他每天仍然出去做木工，如果挣到钱就带一点米回来，只是在这里搭个伙一起吃饭，晚上能有一个让他们父子睡觉的地方也就行了。刘成听了立刻点点头，说当然可以，只要你们父子不嫌弃这土屋破旧就行，吃饭么也好说，有干大家一起吃干，有稀大家一起喝稀，如今这年月也没啥好讲的，只要能帮就互相帮一帮吧。就这样，于木匠父子就在刘成这里住下来。每天白天，于木匠仍然出去四处打木工，有时带着儿子石头，也有时就将石头放在刘成这里，自己三四天才回来。刘成渐渐发现，这于木匠竟是一个心很细的人，他知道他们父子住在这里给刘成夫妇增添了麻烦，作为补偿，每次从外面回来总要带一些米，偶尔还会带一点盐。刘成曾几次对他说，在这里住一住不是什么大事，不要这样客气。于木匠却总是笑笑说，我们父子也要吃饭，搭个伙一起吃，大家都方便。

但是，李聪妹毕竟是女人，比男人刘成心细。一天早晨，刘成从山上打柴回来，李聪妹偷偷对他说，她发现这陈家父子有些不对。

刘成听了奇怪，问哪里不对。

李聪妹说，那个叫石头的孩子并不把于木匠叫爸，一次她听到，这孩子竟然叫他妈。叫……妈？刘成听了也有些意外。但就在这时，于木匠突然在他们身后说，是啊，这孩子一直叫我妈。刘成和女人李聪妹一回头，才发现于木匠不知什么时候正站在他们两人的身后。于木匠笑笑说，是这样，当年我女人一生下这孩子就死了，所以这孩子从没见过他妈，是我一手把他拉扯大的，他也就一直叫我妈。于木匠这样说罢，脸上的神色就暗下来。也就从这以后，刘成的女人李聪妹便更加疼爱石头。李聪妹对自己的男人说，她从小就没有母亲，所以，她知道，没有母亲的孩子最可怜……

4

在这个晚上，刘成跟在于木匠的身后来到屋里，不禁愣了一下。他借着月光看到，屋里的小竹桌上摆着两样小菜，旁边还有一壶水酒。刘成慢慢回过头，朝于木匠看了看。这时，他发现于木匠的脸上是一副有些陌生的表情，似乎换了一个人。于木匠向刘成做了一个手势，示意让他在小桌前坐下来。刘成又迟疑了一下，就坐到小桌前的竹凳上。于木匠也坐下来，拿过酒壶为刘成筛了一碗，自己也筛了一碗，然后端起来说，喝吧。

刘成并没有去端面前的酒碗，只是看着于木匠。

于木匠把酒喝了，说，喝吧，喝了酒我有话说。

刘成说，你有啥话，只管说吧。

于木匠点点头说，好吧。

他这样说着又为自己筛了一碗酒。

刘成仍然一下一下地看着于木匠。

于木匠说，今天，我要告诉你一件事。

刘成没说话。只是定定地看着于木匠。

于木匠说，实话告诉你，其实……我不是木匠。

刘成点点头哦了一声说，这个，我早已猜到了。

于木匠又说，这个叫石头的孩子，也不是我儿子。

刘成又点点头说，这个……我也已猜到了。

于木匠低头沉了一阵，然后才抬起头说，我是干什么的并不重要，你也不用细问，只是这个叫石头的孩子，他父母是……是……于木匠看一眼刘成，没再说下去。刘成立刻点点头，表示已经明白了。于木匠起身走到竹床跟前，将孩子身上的被单轻轻往上拉了一下，说，现在他父母已经和红军一起走了，不知什么时候才能回来，所以……一定要保护好这孩子。

刘成听了慢慢转过头，朝正在竹床上熟睡的孩子看了一眼。

于木匠又说，今天傍晚，我在村口碰到保安团的人了。

刘成听了立刻一愣。

于木匠说，他们好像是送一个女人来柏树坪。

刘成这才哦一下。他知道，护送的女人就是赖菊仙。

于木匠告诉刘成，现在看来柏树坪也已经不安全，所以，他不能再在这里待下去了，他来柏树坪之前一直带着孩子在山里转来转去，一边躲避着搜山的白军和保安团走了无数个村庄，就想为孩子寻找一个安全妥靠的落脚地方。这段时间，他经过仔细观察，感觉刘成夫妇都是很好的人，他们又没有儿女，所以……于木匠说到这里看了刘成一眼，又沉了一下，然后说，我想……把孩子留在这里，让你们夫妇给照看一下。

刘成听了并没有立刻说话，只是慢慢低下头去。

于木匠又沉吟了一下，然后说，无论你为难不为难，我都请求你留下这孩子，因为这时带着他实在太危险，一旦出了什么意外，我不仅无法向上级交代，也无法向他的父母交代，估计将来会有两种可能，如果我没出事，一定会亲自来接他，万一我……总有一天，他的父母也会派人来找他。于木匠说着又端起酒碗，举到刘成的面前，兄弟，我已经听说了，你当初也是咱苏维埃政府的农会干部，这件事就拜托你了，这孩子的父母留下一只小皮箱，里面有十几个银圆，一条毛毯，几件衣服，还有一些证明这孩子身份的资料，我在一天夜里将这只皮箱埋在你家屋后最粗的一棵拍树底下了，你需要时可以挖出来。

刘成听了抬起头，慢慢睁大眼。

于木匠说，怎么样刘成兄弟，你……不会不答应吧？

他这样说罢，就用充满期待的目光看着刘成。

刘成想了想，说，这样大的事……我要去跟聪妹商量一下。

于木匠点点头，说好吧，你去商量吧，我在这里听你回话。

刘成点点头，站起身，就朝灶屋这边走过来。

5

李聪妹正坐在灶前烧水。她将木柴一根一根地拿起来，放进灶膛里，灶火一闪一闪的将她清秀但有些苍白的脸映得微微红起来。刘成走进来，从她脸上的神色立刻看出，她显然已经听到了于木匠刚才说的话。刘成心里很清楚，这件事李聪明不会不同意的，其实早在几年前，他们夫妻就曾商议过抱养一个孩子的事，只是后来闹起农会这件事就放下了。

李聪明原本是可以生养的。但是当年，就在李聪妹刚嫁给刘成，第一次怀上身孕时，却突然遭遇了一件意想不到的事情。那时李聪妹皮肤白皙，模样俊秀，看上去不像是山里的妹子，所以柏树坪的男人女人都很羡慕刘成，说他上辈子积了阴德，竟然讨了这样一个像水一样鲜亮的女人。但在当时，刘成并不知道，与此同时还有一双眼睛也正盯在自己女人的身上。那时候刘成已在宋德万家做长工，李聪妹偶然有事来宋家找自己男人，曾被宋德万碰到过几次。这时宋德万刚刚死了女人，没事的时候无处发泄就经常去梅家镇或白石圩找一些不干不净的女人。一天傍晚，宋德万去白石圩的酒馆喝酒回来，摇摇晃晃地走到村外刚好看到正在溪边洗衣服的李聪妹，他看一看四周没人，就扑过去将李聪妹拉进溪边的竹林。当时李聪妹虽然拼命挣扎，但毕竟挣不过一个正当壮年又欲火中烧的男人，就这样，被宋德万扒掉衣服强奸了。那一阵由于正是农忙季节，刘成每天要起早贪黑忙碌，晚上就住在宋家。受了凌辱的李聪妹独自回到家里，无人诉说，每天就只有以泪洗面。但事情还并没有结束。几天以后，李聪妹先是感觉自己的下身像火烧一样地疼痛，接着就开始流出一种腥臭的像脓水一样的东西。李聪妹吓坏了，不知自己的身体出了什么问题。先是在家里忍了几天，渐渐实在忍受不住，就只好请了一个游方郎中给看了一下。不料这郎中看过之后竟说出了让李聪妹做梦也没有想到的话。这郎中说，李聪妹是染上了脏病。接着，这郎中就又说出了一句让李聪妹更加意想不到的话，他说，李聪明已经怀有身孕。但立刻又摇摇头说，不过这孩子是保不住了，而且，恐怕今后再也不能生养。李聪妹听了这郎中的话如同晴空霹雳，一下竟呆呆地不知如何是好。事后刘成知道了这件事，虽然怒不可遏却也没有办法。那时宋德万的本家堂侄已在城里穿起黄军服，据说还当上了班长，经常带着一伙士兵来柏树坪的宋家吃吃喝喝。因此宋德万在村里也就更加有恃无恐，即使干出欺男霸女的恶事人们也敢怒不敢言。接下来没过多久，那个游方郎中的话就果然应验了，李聪妹的下身腥臭了一段时间就流产了。后来，尽管李聪妹吃过几付那个郎中开的药，治好了脏病，却从此再也没有怀上身孕。

在这个晚上，刘成看看自己的女人，蹲下来说，刚才的话……你都听见了？

李聪妹点点头，说听见了。

刘成说，要不……咱就留下这孩子？

李聪妹慢慢抬起头说，你说呢？

刘成说，听你的。

李聪妹说，那就……依你吧。

刘成点头嗯了一声，就起身从灶屋里出来了。这时，他看到，于木匠已经背着箩筐，手里拎着一个包袱站在门外。于木匠看看刘成，走过来在他的肩上用力拍了一下。

刘成说，这孩子留在这里，你就……放心吧。

于木匠点点头说，把他交给你们，我放心。

他这样说罢，就转身朝黑暗的深处走去……

6

刘成又忙碌了两天，终于将宋家门外的墙壁擦洗干净了。擦过的青砖露出新鲜的颜色，看上去像刮掉一层墙皮。这天中午，刘成来到宋家的上房。宋德万正坐在迎门的太师椅上，眯着两眼一心一意地吸水烟，呼噜呼噜的水烟声像在打鼾。刘成站在门口等了一下，才对宋德万说，外面的院墙已经弄干净了。宋德万慢慢睁开眼，放下水烟袋，起身走出正房。他来到院门外面，朝两边的墙壁看了看，突然回头瞪起眼说，你……这叫弄干净了么？

刘成没有说话，看看宋德万，又转过头去朝墙壁看了看。

宋德万拧起脸说，这深一块浅一块的，还能看出标语呢！

刘成说，刚擦过的地方，颜色自然会浅一些。

宋德万哼一声说，我看你是存心弄成这样的，你不会甘心把过去的标语擦干净呢！宋德万这样说着，忽然又冷笑了一下，你们这些穷坯子，心里怎样想的我当然知道！

刘成用力喘出一口气，就不再说话了。

刘成的心里很清楚，宋德万是在故意作弄自己，他恨自己的程度并不亚于自己恨他，如果不是因为自己有一身力气，还能在宋家为他干活，他早就让那个在保安团当连长的本家堂侄将自己抓去了。事实上宋德万的那个本家堂侄也的确带人来抓过刘成。刘成曾经是柏树坪村的农会干部，这是这一带人都知道的。当初刚闹起农会时，刘成还曾干出过一件很出名的事情。当时各村的农会都在打土豪斗地主。穷苦的农民一旦被发动起来，仇恨的情绪自然可想而知，罪大恶极的土豪劣绅都被处以极刑，斗地主的方式也是多种多样，有的地主被打得头破血流，有的地主被吊在树上，甚至还有的地主被愤怒的农民用乱棍打死。宋德万过去一向横行乡里，欺男霸女无恶不作，因此也被柏树坪村农会的人从家里揪出来，用绳索捆上台去，扣上纸帽子开批斗大会。那一次批斗大会是在柏树坪村外的溪边举行的，村里的人们自然还记得，当初就是在这溪边的竹林里，宋德万曾强奸了刘成的女人李聪妹。因此批斗大会一开始，刘成就拎着一根扁担跳上台去。他当时没说任何话，只是面无表情地走到宋德万的面前，就这样瞪着两眼看了他一阵，突然将手里的扁担朝宋德万的裆处捅过去。

宋德万立刻惨叫一声倒在台上，裤裆里随之冒出一摊黑紫色的脏血。

刘成的这一下显然既省事又解决了根本问题。如果从表面看，宋德万的身上没有任何伤痕，而实际上，他裆里的那串命根子却已经烂得不成样子，这一来也就对恶霸地主起到了“斩草除根”的作用。刘成的这种既独特又干脆利落的做法很快就成为一种经验，在梅家镇和白石圩一带流传开来。于是各村的地主纷纷被“斩草除根”，看上去都成了下巴光光的女人样子。接着，刘成就又干出一件让所有人都意想不到的事情，他在一天早晨带着农会的人来到宋家大院，将所有的房门都拆卸下来。宋家的房门很讲究，都是用樟木制作的，据说这种樟木门不仅可以防蛀，还能避邪。刘成率人将这些房门卸下之后，就弄到村外的溪边一把火烧起来。这些房门都浸过桐油，因此一燃烧起来腾着熊熊的火焰噼剥作响，就这样整整烧了一天一夜。刘成这样做原本只是为了发泄对宋德万的仇恨，却没有想到竟也为后来农会和乡苏维埃政府的进驻做了准备工作。这以后没过多久，农会和乡苏政府的人搬进宋家大院时，由于每一进院子的所有房间都没有了房门，进进出出也就显得格外方便。

也正因如此，后来宋德万的本家堂侄带着保安团的人来到柏树坪，第一个就先将刘成抓起来。宋德万的堂侄抓到刘成原是想送到上面去领赏，刘成当初毕竟是这一带有名有姓的农会干部，如果送上去肯定能领到几个大洋的赏金。

但就在这时，却被宋德万拦住了。

宋德万告诉他的堂侄，他要留着这个刘成。

宋德万的堂侄不解，说这种人，还留他何用?

宋德万摇摇头，就让人将五花大绑的刘成带过来。

宋德万对刘成说，虽说咱们两人这几年有算不清的账，但毕竟都在一个坪上住着，我现在给你两条路，由你自己选，要么让宋连长把你捆走，这样一刀砍了倒也死个痛快，要么就在这柏树坪留下来，接着给我做长工，你不是要分我的房子分我的地么，现在我的房地田产又都收回来，你当初用扁担把我的命根子戳烂了也好，我现在没别的事做了，就拿你们这些红透骨头的穷坯子寻开心，我要让你亲眼看着，我是怎样收拾你们这些人的。

刘成听了把两眼一闭说，你让他们把我捆走吧，我要死个痛快。

宋德万一听却笑了，说，你想死个痛快？我偏不让你死，我要让你比死还难受。宋德万说着又点点头，沉了一下，眯起一只眼说，你的那个女人我可还没忘呢，你把我的命根子戳烂了，可是我还有别的，以后日子长得很，咱们就慢慢玩儿吧。

7

刘成从此就留下来，继续在宋家做长工。

宋德万的心里的确还想着刘成的女人李聪妹。他原想让她也来自己家里，做老妈子，但他只让她来过一次就改变了主意。宋德万是在一个上午让人去把李聪妹叫来自己家的。他特意等在自己的睡房里，见李聪妹进来，就让人把门关上出去了。李聪妹一见宋德万那张虚胖得像女人一样的脸，立刻恶心地转过头去。宋德万却穿着睡衣仰在床上哈哈笑了，然后说，你觉得我现在这样子不好看是不是？可这都是你那个男人给我弄的呢，我过去是怎样一个男人，我的家什有多硬，你应该是领教过的。

他一边这样说着就又淫邪地笑了。

李聪妹立刻转过头，盯住宋德万。

宋德万被这样盯了一阵有些不自在，咳一声说，你不要这样瞪着我，瞪我也没用，我今天叫你来不光是让你当老妈子，还想寻个乐子，虽然你男人把我的男人家什戳坏了，可我还有别的办法，照样也能玩儿，而且不光我痛快，也能让你痛快呢。

他这样说着脸就慢慢沉下来，看着李聪妹说，把衣服脱掉。

李聪妹仍然盯着宋德万，没动。

宋德万又说，我让你把衣服脱掉！

李聪妹仍然站着没动。

宋德万点点头说，好啊，好啊好啊，看来你是等着我把保安团的人叫来，让他们帮你脱衣服啊。宋德万这样说着冷笑一声，不过，那些人要是把你的衣服脱了，你可就活不了了。

李聪妹仍然盯着宋德万。

宋德万说，所以，我劝你还是自己乖乖地把衣服脱掉吧。

宋德万一边这样说着，就歪身去拿放在躺柜上的水烟袋。

也就在这时，李聪妹突然一个箭步朝旁边的桌子冲过去。李聪妹已经看准了，在那张桌子上放着一把短刀，是那种专门用来防身的短刀，刀柄很粗，刀尖细长，看上去非常应手。李聪妹冲过去伸手抓住这把短刀，与此同时又折身扑向宋德万。宋德万这里还没有反应过来，李聪妹的刀尖就已经抵在了他的脖子上。李聪妹声音不大，但一个字一个字地说，你男人的家什没了还能活，可这脖子要是没了就活不成了。这时宋德万把身子歪在那里，几乎不敢大口喘气，唯恐稍稍一用力刀尖就会扎进喉咙。李聪妹又说，你听清了，你要是敢让我来你家做老妈子，你睡觉都要睁着一只眼，否则我早晚会杀了你，有胆量你就试一试！

她这样说罢，就扔下刀子转身走了。

宋德万这一次无论如何都咽不下这口气。他没有想到，在这个时候竟然让李聪妹这样一个女人给治了一下。他原想将李聪妹交给保安团的人，他知道，保安团的那些人糟蹋起女人来都是不眨眼的。但是，宋德万转念再想却又改变了主意。宋德万深知刘成是怎样一个人。现在的刘成已经不是当年的刘成，那时候自己强奸了他的女人，他只是敢怒不敢言，可是现在不同了，现在的刘成已经闹过农会。闹过农会的刘成不仅长了见识，有了主见，更重要的是也有了胆量。如果自己将他的女人交给保安团，他肯定会来跟自己拼命的。当然，即使刘成真来拼命宋德万也不怕，现在他的堂侄每天将一个班的兵力放在这里看家护院，量他刘成也挡不住两颗子弹，但这样一来鱼死网破，也就失去了一个能干的壮劳力。

所以，宋德万这样一算经济账，也就把对李聪妹的这口气强忍下来。

宋德万的估计没有错。这件事过后没多久，刘成果然来找过宋德万一次。那是一天早晨，宋德万刚刚起来，正站在睡房的门口含着一口茶水咕噜咕噜地漱口。就在这时，他突然感觉耳边一阵寒风袭来，还没有弄明白是怎么回事，只见眼前明晃晃的一闪接着就是砰的一声。待回过神来，才看清竟是一把飞薄的木匠斧子砍在自己身边的房柱子上。这一下砍得非常凶狠，斧子的锋刃深深嵌进房柱里。接着，宋德万就看见了站在自己跟前的刘成。刘成走过来，抓住斧子的木柄摇动了几下，将斧子拿在手里，然后黑着脸说，你对我怎样都可以，不过你听清楚，你如果再敢找我女人的麻烦，我就用这把斧子劈了你。这时宋德万已经镇定下来，他看着刘成冷笑一声，说，我劝你赶快把斧子收起来，我这门口就有卫兵，只要喊一声就会进来，他们要是看见你拎着斧子在我这里，后果怎样你应该是知道的。刘成却并没有示弱，也冲宋德万冷笑一声说，你可以喊一声试试，看是他们的枪快，还是我的斧子快。

宋德万听了张张嘴，看了看刘成手里的斧子，没再说出话来。

刘成又看了宋德万一眼，就拎着斧子转身走了。

8

刘成曾不止一次想过，索性一斧子劈死宋德万就干净了，大不了大家一起同归于尽。但是，刘成每当想到这里就又想起自己的女人李聪妹，如果自己死了，她怎么办呢？眼下这样的世道，她一个女人是无论如何也活不下去的。而现在，家里又多了这样一个叫石头的孩子。刘成自从那个晚上答应了于木匠就在心里下定决心，今后无论遇到什么事，一定要保护好这个孩子。也正是因为想到这些，刘成才决定在宋德万这里忍着性子做长工。

在这个中午，刘成的心里很清楚，宋德万不仅仅是在用这面墙壁作弄自己，他对墙上这些横七竖八的红色标语也的确深恶痛绝。这些标语让他胆战心惊，也让他想起那段噩梦一样的日子，所以他才让自己擦洗干净，而且干净得一点痕迹都不要留。

这时，宋德万又说，你不要耍滑头，把这面墙壁再重新擦洗一遍！

刘成抬起头，看看宋德万，又转过头去看看这面墙壁。

宋德万哼一声说看什么，把整面墙壁，都给我擦一遍！

算啦算啦！这时赖菊仙从院子里走出来说，光弄这面破墙，还做不做别的事啦，要我说快把院子里的屋门都安上吧，这样敞着总不是办法，像个坟堂似的。

赖菊仙说着，又瞟了刘成一眼。

宋德万这才嗯一声说，你……去做门吧。

刘成没说话，转身就朝西边的跨院走去……

宋家西边的跨院没有住人，只是用来存放一些杂物。在院墙边还堆放着许多粗大的樟树原木。这些原木原本已经被农会分给村里的人们，不久前，宋德万刚刚又让堂侄派人去挨家挨户收回来的。刘成走进跨院的西厢房。他平时不回家，就住在这里，西厢房的陈设很简单，除去一张竹床只堆放了一些农具。刘成从屋角取了木锯来到院子里。原木虽然早已干透，但由于是在雨季，就还是有些潮湿，这样锯起来很涩，一下一下地非常吃力。刘成已经这样锯了十几天木头。刘成的心里很清楚，其实宋家存有很多可以用来做门的樟木板，这些木板当初都被乡苏政府拉去了，准备送到区里制作办公用的桌椅板凳，但还没有来得及做红军就撤走了，因此才又被宋德万拉回来。可是现在做门，宋德万故意不让刘成用这些木板，而是让他锯这些一抱多粗而且潮得发涩的原木，他这样做就是想在体力上折磨他。但刘成并不在意这样的折磨。刘成有的是力气，在这样一个没人的院子里独自拉锯，正好可以想一些事情。刘成的心里一直还在想着于木匠。尽管于木匠并没有隐瞒自己的身份，但刘成凭直觉猜测，他绝不是一个普通人。那么，刘成想，他这样用心又费了这样大的气力来为那个叫石头的孩子寻找一个妥靠人家，就说明这石头的父母也绝不会是一般人物。

刘成每想到这里，就感到心里沉甸甸的。

他很清楚，绝不能让这孩子有半点闪失。

旁边的院门哐当响了一下，接着传来说话的声音。刘成知道，是宋德万又去白石圩了。宋德万自从失去了命根子，就将兴趣都转到酒上来，每天睡过午觉就让几个保安团的士兵用滑竿抬着耀武扬威的去白石圩，在圩上的酒馆喝酒一直喝到半夜，再醉醺醺地抬回来。其实白石圩离柏树坪并不很远，宋德万这样让保安团的士兵用滑竿抬着只是为了摆一摆排场，他要让柏树坪村的人知道，他宋德万过去的日子又回来了。

他宋德万，还是宋德万。

9

太阳已经转到院子西侧，樟树的树荫渐渐拉长起来。

刘成感觉肚子在咕咕地叫。他这时才想起来，自己还没有吃午饭。刘成在宋家吃的永远是同一种食物，用南瓜粉和红薯粉掺在一起蒸的一种深棕色的团子。宋德万为了能让刘成保持更好的体力，吃饭还是管饱的。宋德万把账算得很清楚，只要多花几把南瓜粉和红薯粉，刘成就可以有气力干更多更重的体力活，这其实是很划算的。宋德万还知道，这种用南瓜粉和红薯粉蒸的团子如果吃多了屙屎会出问题，因此就在团子里掺一些野菜。刘成的心里很明白，自己这时在宋德万的眼里就是一架农具，一头牲口，他对自己所做的一切都只是为了让自己能更好地干活。刘成想起来，中午之所以没有吃饭是因为擦洗那面墙壁。用来擦洗墙壁的蓑草很硬，团成一团就像棕刷子，这样在砖墙上摩擦会有很多粉末掉下来。这种粉末的味道很难闻，吸进鼻子里会让人有一种想呕的感觉。刘成曾经试着咔出一口痰，竟然像一个泥球似的在地上滚出很远。所以，他午饭时只喝了两口野菜粥，拿起团子看了看就又放下了。

这时，跨院的门响了一下。

刘成抬起头，看见是赖菊仙懒洋洋地走进院子。赖菊仙显然也刚睡醒午觉，鬓发有些蓬松，身上的衣服也不太齐整，在领口处还露出一小块白白的胸脯。刘成只朝她瞥了一眼，就又埋下头去继续干活。赖菊仙走到刘成跟前并没有立刻说话，只是长长地打了一个呵欠，看着他一下一下地拉锯，过了一会儿才说，你应该感谢我呢。

刘成停下手，抬头看她一眼，就又低下头去继续拉锯。

赖菊仙说，要不是我说话，你还在外面刷那面破墙呢。

刘成拉着锯说，刷墙做门，都是一样的。

赖菊仙嘻地一笑说，你心里明白，当然不一样哦。

刘成就埋下头去不再说话了。

刘成并不想跟这个女人多搭讪。他知道她过去在赣州城里是做什么的。当初宋德万刚把赖菊仙带回柏树坪时，两个人每天晚上都干得大呼小叫，渐渐地柏树坪的人就都知道了。后来村里的女人们在背地里议论，说是做过那种营生的女人都有一种病，底下每天都要让男人给通一通，有一天不通就会痒得难受。刘成早就发现，那时自己每天傍晚从田里回来，在院子里擦洗身上时，赖菊仙就会躲在一旁偷偷地看。刘成毕竟是一个成年男人，知道赖菊仙在暗中投来的目光意味着什么。所以，他后来就总是有意躲避赖菊仙。

这时，赖菊仙又说，你还没有吃午饭呢。

刘成哼一声，算是回答。

赖菊仙一笑说，到底是这样一个壮男人，没吃午饭还这样有劲。她一边说着就走过来，伸手在刘成的身上捏了一把，呀的一声说，你这身上……可真硬啊！

刘成像被蜇了一下，立刻回身甩开了赖菊仙的手。

赖菊仙又嘻地一笑说，先去吃饭吧，吃完了再干。

刘成的确是饿了，感觉身上已经开始冒出虚汗来。

但他迟疑了一下说，一会儿……我自己去灶屋。

赖菊仙一下又笑了，说，那老东西去白石圩了。

刘成看她一眼说，我……我不是……这个意思。

赖菊仙推他一把说，什么意思不意思的，走吧。

刘成又犹豫了一下，就放下手里的工具。

赖菊仙又眯起眼一笑说，过来吧。

10

宋家一共有三个院子，两边的跨院都是闲房，只用来堆放杂物，正中是三进院落。当初村农会和乡苏维埃政府搬来这里办公时，将两边的跨院当作办公人员的宿舍，中间的正院则全部用来办公。因此，宋德万回来之后，费了很大气力才将这院落重新收拾起来。

在这个下午，刘成跟在赖菊仙的身后来到正院。赖菊仙引着径直朝后面小院的上房走来。刘成走了几步突然站住了。赖菊仙回头看看他问，怎么了？

刘成说，我吃饭……应该是在前面的灶屋。

赖菊仙一笑说，我已经让人拿到后面来了。

刘成说不用，我……还是去前面。

他这样说着就转身朝前院走去。

赖菊仙说，饭在这里，你去前面的灶屋也没用。

刘成站住了，想了想，只好跟着赖菊仙朝后面的小院走来。

后面的小院只有三间正房，但看上去很精致，院子里有一个鱼池，还种了一些花草。赖菊仙这一次回到柏树坪，宋德万原想让她跟自己住在前面的正房，可是赖菊仙不同意。这让宋德万有些恼火。宋德万对赖菊仙说，我兴师动众地派人把你从城里接回来，你却不跟我住在一起，如果是这样，我把你接来还有什么用呢？赖菊仙却笑笑说，你现在已经成了这样一个废物，你那串命根子不过是一个摆设，你就是让我跟你住在一起又有什么用呢。

赖菊仙这样一说，宋德万就哑口无言了。

刘成跟在赖菊仙的身后来到后面的小院，走进正房。正房的桌子上放着一只竹篮，显然是刚从前面灶屋里拿过来的，里边放着几个团子。在竹篮的旁边还有一小盘腌笋，一碟腊肉，一只锡酒壶。赖菊仙走到桌前，软着声音说，咱们也算老相识了，我这次回来，就算是自己给自己接个风吧。她一边这样说着就拿起酒壶，朝两个杯里斟了酒。

刘成垂着两眼说，我……不会喝酒。

赖菊仙嘁的一声说，喝酒还有会不会，只要倒进嘴里就行了。

刘成没有再说话，从竹篮里拿了一个团子就蹲到一边闷头吃起来。赖菊仙看看他，无奈地摇摇头叹息一声说，天生的穷命呢，放着肉不吃，偏要啃这种猪狗食。说着就将那一小碟腌笋端过来，举到刘成的面前说，酒不喝，腌笋总可以吃吧，我知道柏树坪这里缺盐，这鲜笋可是用城里的精盐腌的哩。刘成朝小碟里看一眼，细细的笋丝果然泛着淡淡的盐色。

但他摇摇头，就又低下头去继续吃团子。

赖菊仙哼一声，只好放下腌笋，又倒了一碗凉茶端过来说，酒不喝，笋不吃，凉茶总可以喝一碗吧，这种团子看着像锯末，不喝水怎么咽得下？

刘成抬起头，看看赖菊仙。接过碗把凉茶喝了。

赖菊仙眯起眼笑一笑说，再喝一碗吧。

她说着就又倒了一碗凉茶。刘成接过来又喝了。

刘成喝下这两碗凉茶之后，忽然感觉有些异样。凉茶原本是凉的，但喝到肚子里却像酒一样，有股热乎乎的感觉，接着心跳也似乎加快起来。刘成感到有些头晕，蹲在地上晃了一下就站起来。这时，他发现赖菊仙正用一种异样的目光看着自己。刘成忽然又看到了赖菊仙领口那一小块白白的胸脯。他发现那块胸脯似乎又露得大了一些，而且像鲜嫩的豆腐一样白得耀眼。接着，刘成就感觉自己的身体也有了变化，似乎正在充血，渐渐地坚硬起来。

赖菊仙没有说话，只是冲刘成一下一下地笑着。

这时，刘成觉得自己越来越坚硬，而且似乎浑身都燃烧起来。他不得不强忍着，用力控制住自己。他突然想到刚刚喝过的凉茶，是不是凉茶有什么问题？接着刘成就意识到，赖菊仙在赣州城里曾经做过那种营生，手里自然会有给男人或女人催情的东西，她是不是把这种东西偷偷放进了凉茶里？刘成想到这里，身上的感觉立刻印证了自己的判断，他晃了晃扶住跟前的桌子。这时赖菊仙眯眼笑着走过来，伸手在刘成的裆里抓了一把，接着就哟了一声说，好厉害啊，摸着都吓人呢！这样说着，另一只手便也伸过来在刘成的身上轻轻摸弄起来。刘成感觉赖菊仙的两只手在自己身上软软地游走着，所到之处，似乎很舒服。接着他就感觉到，赖菊仙正在解自己的裤带。刘成的裤带是一根布条，平时由于干活要用气力，就总是系得很紧。赖菊仙摸摸索索地解了一阵，才终于解开了。

刘成突然一把推开赖菊仙，又将裤带重新系起来。

赖菊仙趔趄了一下，笑着说，已经是结过婚的男人，还用这样么？

刘成没再说话，转身朝门外走去。

赖菊仙突然在他身后说，你该想一想那个孩子。

刘成立刻站住了，慢慢回过头，看着赖菊仙。

他问，你刚才……说什么？

赖菊仙仍然眯眼笑着，说，我说你应该想想那个孩子。

刘成问，哪个孩子？

赖菊仙说还有哪个孩子，你家里有几个孩子？

刘成稍稍沉了一下，说，那孩子……怎么了？

赖菊仙说，怎么了，你心里当然明白怎么了。

刘成说，我……不明白。

赖菊仙点点头说，好吧，如果你真不明白，我就来问你，这孩子是你的吗？

刘成怔一下说，当然……是我的。

赖菊仙扑哧一下笑了，摇摇头说，你当我是城里来的，就不知道这柏树坪的事了？赖菊仙走到刘成的面前说，实话告诉你，前些天我回来时，在村边的岈口碰到那个于木匠了，当时他的手里领着这个孩子，如果是你的孩子，怎么会让他领着到处去转呢？再说，你那个女人早已不能生养，这是柏树坪的人都知道的，你又是从哪里来的孩子呢？

刘成的浑身一紧，张张嘴，一下没有说出话来。

赖菊仙说，所以，这孩子根本就不是你的。

这时刘成由于紧张，身上已渐渐冷静下来。

他用力喘出一口气说，这孩子……确实不是我女人生养的，那于木匠是我妻弟，孩子……是他的，他每天四处奔走，带着孩子不方便，所以……才放在我这里，这件事村里人都知道，我也已经去连保所登过记，你不信……可以去村里问一问。

我不用问。赖菊仙又一笑说，看来你真是老实人，撒谎都不会，你的女人姓李，叫李聪妹，如果那个于木匠是她兄弟，怎么会姓陈于呢，你以为我真的什么都不知道吗？

刘成支吾了一下说，他，他是……我女人的表弟。

赖菊仙点点头说，好吧，就算他是你女人的表弟。

赖菊仙这样说着，脸上忽然现出一种怪异的表情，盯住刘成说，我再问你，这孩子叫什么来着，哦对了，石头，这个石头……是男孩还是女孩呢？

刘成说，当然是男孩。

赖菊仙又扑哧笑了，问，真是男孩吗？

刘成略微迟疑了一下，但立刻点点头说，当然，是男孩。

赖菊仙说，我再问你一遍，这孩子，真是男孩吗？

刘成说是，就是男孩。

赖菊仙眯起一只眼问，你见过男孩有蹲着尿尿的吗？

刘成张张嘴，立刻吃惊地睁大两眼……

11

赖菊仙显然不是在虚张声势。

赖菊仙回到柏树坪之后，平时并不大出门，但她却似乎知道村里的很多事情。这时，赖菊仙又笑吟吟地对刘成说，实话告诉你，我的眼里可是不揉沙子的，我这次回来，在村边的岈口一碰到那个于木匠就看出他不像个木匠，所以，我也就暗暗注意了他领着的那个叫石头的孩子，她虽然是个男孩打扮，可你恐怕还不知道吧，我不止一次看见过，她可是蹲着尿尿呢！赖菊仙说到这里又微微一笑，如果这孩子真是你妻弟留下的，你会不知道她是男是女？

刘成就不再说话了，只是定定地看着赖菊仙。

赖菊仙朝桌边的凳子指了指说，过来，坐吧。

刘成一步一步走回来，面无表情地站在桌前。

赖菊仙说，没想到吧，我可是什么都知道呢。

就在这时，刘成突然一步抢过来。赖菊仙还没有明白是怎么回事自己的脖颈就被刘成的两只大手用力掐住了。赖菊仙的脖颈很柔软，刘成感觉掐在手里就像是一个面团，这面团立刻被掐得扭曲了形状。赖菊仙先是啊地叫了一声，但这叫声随即被掐了回去，变成嘶嘶的声音。接着，赖菊仙一边手脚用力挣扎着，脸也憋得涨紫起来。刘成这样掐了一阵稍稍松开手，赖菊仙用力咳了几下才缓过一口气来。她的脸上先是惨白，渐渐地有了一些血色。她歪起一边的嘴角冲刘成笑笑说，你的手劲好大啊，就不怕掐死我吗?

刘成仍然黑着脸，凶狠地看着赖菊仙。

赖菊仙从刘成的手里挣脱出来，坐到桌前又喘了一阵，然后说，我已经大概猜到那孩子是怎么回事了，你要想保住这个秘密，最好现在就掐死我。

刘成又盯住赖菊仙那柔软的脖颈。

不过……赖菊仙说，如果我死了，我家那老东西也不会让你活的。

刘成说，大不了，大家一起死。

赖菊仙一笑说，有这样简单吗?

刘成说，当然，就是这样简单。

赖菊仙摇摇头说，如果大家都死了，自然是简单了。

刘成没有听懂，看着赖菊仙。

赖菊仙不紧不慢地说，只怕是有死的，有没死的，如果是你那个女人李聪妹和那个叫石头的孩子没死，他们两个人可怎么活？只怕是比死还难受呢。

刘成慢慢低下头，沉了一下抬起头问，你……究竟想怎样?

赖菊仙嘻地一笑说，不想怎样，我只想，让你还账。

还……账?

刘成不解地看着赖菊仙。

赖菊仙点点头说是啊，你还欠我一笔账呢，不知道吗?

刘成问，我，欠你什么账?

赖菊仙说，你把我家老东西的命根子戳烂了，让我还怎样使?

刘成张张嘴，似乎有些明白了。

赖菊仙又眯起一只眼，笑着点点头说，对，就是这个意思。她一边说着走过来，又伸手在刘成的裆里抓了抓。刘成的身上已经冷下来，被赖菊仙抓了几下并没有反应。赖菊仙抬起头看看他，又用力抓了抓，刘成的身上仍然没有反应。赖菊仙摇摇头，嘁的一声说，你现在这样也没有用，你们男人都是一个样子，到时候恐怕就由不得你了。

刘成用力拨开赖菊仙的手说，你说吧，想让我……怎样还账?

赖菊仙说，很简单，你戳烂一串命根子，再还我一串命根子。

刘成问，我要是……不还呢？

赖菊仙眯起眼看看刘成，不还？

她说着朝正在小院门外站岗的士兵那边看一眼，突然喊了一声，我不是让你们站得远一点吗，不要在这门口碍事！外面的士兵立刻应了一声，就朝远处走去。赖菊仙又回过头来看看刘成，然后说，如果让他们把那孩子抓来，交到上面去，至少能领到十几个大洋呢！

刘成就慢慢在桌前的凳子上坐下了。

赖菊仙又一步一步走过来，伸手抓住刘成的裆里，然后一下一下轻轻地捏弄起来。赖菊仙又眯起眼冲他一笑，就这样牵着他朝里面的睡房走去……

12

刘成从宋家出来时天已大黑下来。

他感觉很疲惫，比锯了一天木头还要疲惫。赖菊仙告诉他，现在回家去看一看可以，但前半夜必须回来。赖菊仙住的这个小院有一个后门，平时并不常开。赖菊仙告诉刘成，她已经给他把这个小门打开了，夜里回来时可以从这里进来。赖菊仙最后眯起眼说，我家那老东西当年把你的女人干了，现在你再来干他的女人，这样一还一报也就两清了。赖菊仙这样说着，又伸手抓住刘成用力握了握，问，你夜里……不会不回来吧？

刘成只是闷着头穿衣服，没有回答。

赖菊仙冷笑一下说，不怕你不回来，而且从今天起，你每天夜里都要来。赖菊仙说到这里又眯起眼，问，你只要有一天夜里不来，知道会发生什么事吗？

刘成停住手，看着赖菊仙。

赖菊仙的脸上渐渐没了表情，她说，第二天一早保安团的人就会到你家去。

刘成没有说话，低下头去系着裤带。

赖菊仙说，我说的话，你听清了吗？

刘成跳到地上就开门走了……

刘成意识到，这件事已经陷入了危险的境地。石头竟然是一个女孩？刘成怎么也没有想到石头竟会是一个女孩。他想不明白，这样大的一件事，于木匠当初为什么要向自己隐瞒？不过刘成再想一想也就明白了，于木匠一定认为用不了多久就会回来接石头，将她说成是一个男孩，总比女孩要安全一些。但这样一来就又有了新的麻烦，现在这个把柄被赖菊仙抓到手里了，她一定会不断地威胁自己。赖菊仙对石头究竟是什么人的孩子自然没有多大兴趣，她只是想把这件事作为一个要挟手段，以此让刘成每天夜里到她这里来。但刘成知道，自己每晚来后面的小院是不可能的，宋德万也狡猾得很，夜里又有保安团的人站岗，这样迟早会被宋德万发现的，而一旦被他发现了这件事的后果将会更严重。

所以，刘成想，这件事必须尽快想一个彻底解决的办法。

13

刘成来到自己家的门外时，看到窗子里黑着灯。刘成知道自己的女人并没有睡。晚上点灯是要用油的，现在吃饭都没有油，自然也就更没有油点灯了。刘成轻轻推开房门，忽然听到李聪妹轻轻啜泣的声音。刘成借着透进屋里的月光看见，自己的女人李聪妹正坐在屋角的床边。刘成走过去，朝床上看了看。石头已经睡熟了，两只清秀的眼睛由于闭上了，显得细长。刘成在自己女人的身边坐下来，看看她问，出了什么事？

李聪妹没有说话，又轻轻地抽泣起来。

刘成有些急了，问，究竟出了什么事？

李聪妹这才说，刚才，宋德万来过了。

刘成一听宋德万，两眼立刻又瞪起来。

宋德万是天快黑时来刘成家的。宋德万在这个傍晚由于心情很好多喝了几杯谷烧，感觉有些醉意，所以并没像以往再去圩里的茶馆喝茶，而是直接就让保安团的士兵用滑竿抬回来。但走在路上被山风一吹，酒渐渐醒了，他忽然又觉得有些意犹未尽，似乎还想做点什么事情，但再回白石圩又已经有些远，就在这时，他发现来到刘成家的门口，于是一时兴起就让士兵将滑竿抬过来。刘成的女人李聪妹听到外面的动静，已经从窗子看到是宋德万。宋德万下了滑竿就朝屋里这边走来。他刚刚迈脚进门，一抬头突然愣住了，只见李聪妹的手里拿着一把剪刀。这把剪刀并不锋利，但两个刀尖大大地张开着，仍然冒出寒气。

李聪妹声音不大，一个字一个字地说，你只要敢进来，我就扎死你。

宋德万立刻站住了，看看李聪妹皮笑肉不笑地说，吓，越来越厉害了？

李聪妹睁大两眼瞪着宋德万。

宋德万说，我来……是跟你说句话。

李聪妹说，你别进来，在门外说吧。

宋德万点点头，说好吧。

这时跟在宋德万身后的几个保安团士兵哗地一下拉开枪栓。宋德万回头摆摆手，示意让他们到一边去，然后回过头来又朝李聪妹看了看。他这时才发现正躲在李聪妹身后的石头。石头探出头，两个眼睛很亮，惊恐地睁大起来看着宋德万。

宋德万问，这就是刘成去连保所登记的那个孩子？

李聪妹回身搂住石头，没有说话。

宋德万又问，他真是你兄弟的孩子？

李聪妹仍然没有说话。

宋德万点点头说，好吧，这件事等我有时间再仔细调查。他这样说着回头看一眼，一个保安团的士兵立刻搬过一只木凳。宋德万坐下说，我今天来，是要跟你说另外一件事的。宋德万说着跷起二郎腿晃了晃，从身上摸出一支纸烟。旁边立刻有人为他点着火。

宋德万说，我那个当连长的堂侄，这两天要来我这里住一住，他这一阵搜山很辛苦，理应好好休息一下，也慰劳慰劳他，不过……要给他找一个做饭的人也不容易啊，我这个堂侄又很挑剔，他说了，这个做饭的人一定要年轻，还要有模有样，只有这样的女人做出饭来才吃着顺口，我想了想，在这柏树坪有模有样的年轻女人也就是你了，明天你就过去吧，我已经给这堂侄把东跨院收拾出来，就让他住在那边，到时候……就看你的啦！

李聪妹说，我不会做饭。

宋德万一听笑了，说，女人不会做饭？

李聪妹说，你说的那种饭，我不会做。

宋德万嗯一声说，做饭不会，干别的会不会？

李聪妹就把头转向一边，不再说话了。

宋德万站起来说，好吧，事情呢我已经跟你说过了，去不去在你，我不勉强，不过先说好，你可听清楚，明天一早来接人，如果你不去，这孩子就得去，你自己看着办吧。

宋德万这样说罢，就坐上滑竿走了……

刘成听了李聪妹的话，慢慢回过头去看了看睡在床上的石头。石头正发出均匀的鼾声。这时刘成再仔细看一看，才发现石头果然很清秀，竟真的像一个女孩。

李聪妹说，我也是刚刚知道的。

刘成点点头。

李聪妹说，石头说了，当初是于木匠教她这样说的。

刘成说是啊，女孩家，这样说了会安全些。

李聪妹又看了一眼自己的男人，问，明天……怎么办呢?

刘成这时已经想好了。他起身走出门外，绕过房山，来到那棵最粗的柏树跟前。月光透过茂密的枝叶，零零碎碎的撒在地上。刘成找来一把铁锹，就在树下挖起来。土有些松软，显然在不久前刚刚被人挖过。刘成这样挖了一阵，就挖出一个很大的油纸包。他伏下身将这油纸包打开，里面果然是一只棕色的小皮箱。皮箱有些破旧，但仍能看出很精致。刘成将皮箱慢慢打开，只见里面整整齐齐地叠着一块毛毯，几件衣服，旁边还有一堆银圆。刘成想了一下，将几件衣服和这些银圆拿出来，就把皮箱重新包好埋进土里了。

刘成回到屋里，将这几件衣服放到李聪妹的跟前。李聪妹看一看衣服和这些银圆，立刻吃惊地抬起头。刘成告诉李聪妹，这是当初于木匠留下的。他想了想又对李聪妹说，现在就带着石头上山，在山腰的岔路口有一个山洞，他们可以等在那里。刘成沉了一下，又说，如果等到天快亮时，我还没有来，你们就不要等了，翻过这座山去再绕过一个山梁就是梅江，到那里雇一条船往下游走，能走多远就走多远，以后永远也不要再回来。

李聪妹一听就流下泪来，抓住男人问，你……要去哪?

刘成说，回宋家去。

李聪妹说，你不要回去了，现在咱们就一起走。

刘成摇摇头说，我如果不回去，咱们都走不了。

李聪妹立刻睁大眼问，为什么?

刘成的嘴唇微微动了动，没有说话。他沉了一下，看一看睡在床上的石头，对李聪妹说，记住我的话，你们现在就上山去，只要天一亮就不要等我了。

刘成这样说罢，又用力看一看自己的女人，就转身走了……

14

刘成在这个晚上先到白石圩去了一趟。他在圩上买了一瓶红薯干烧酒。这种烧酒比谷烧劲道，而且更烈。当初刘成在农会时曾喝过一次，只一小杯就感到头重脚轻了。

刘成回到宋家时已经是半夜。他从小院的后门进来，轻轻来到赖菊仙的屋里。赖菊仙已经躺下了，还没有睡，一见刘成立刻光着身子爬起来，哼的一声说，我谅你也不敢不回来，你再晚来一会儿，我就去找那个老东西了，他只要一句话保安团的人就会去找你呢。

刘成没有说话，只是将那只装着烧酒的瓶子放到她的面前。

赖菊仙立刻闻到了酒味，高兴地说呵呀呵呀，这可是好东西呢！一边说着就笑了，伸出一根手指杵了一下刘成的额头说，看你这人像个老实疙瘩，其实还挺内行呢，男人喝了这东西可是要多厉害有多厉害，看来我今晚要辛苦了！一边说着嘻地一笑，就过来为刘成脱衣服。刘成任由赖菊仙为自己脱了衣服，拿过一个碗倒了酒，看看她说，喝吧。

赖菊仙吃吃笑着说，你先喝。

刘成说，你先喝。

赖菊仙看一眼刘成，就仰头把碗里的酒喝了。但她立刻皱起眉苦着脸，哈哈地张着嘴用手扇着说，这……这是什么酒啊，这样辣？

刘成又斟了一碗，然后看着赖菊仙。

赖菊仙哼的一声，又端起碗喝光了。

刘成就不再说话了，只是看着赖菊仙。

这时赖菊仙的两眼已经有些凝起来，喉咙里不时发出咕噜咕噜的声响。刘成又斟了一大碗酒，自己先喝了一口，然后把碗端到赖菊仙的面前说，该你了。

赖菊仙伸手在刘成的身上抓了一把，又端起碗把酒喝光了。

刘成转身把碗放下了，坐在赖菊仙的对面看着她。就这样看了一会儿，用手在她的身上轻轻一推，赖菊仙就朝后一仰倒下去了。刘成立刻穿起衣服。他轻手轻脚地来到屋外，把门带上，又在外面将门插上了。当初农会和乡苏政府搬来宋家大院以后，将没有拆掉的房门都做了改造，门栓安在了外面，这样没人时只要在外面就可以将房门锁起来。刘成又来到前院。他先到院子的大门附近看了看，在门外站岗的只有一个保安团士兵，这时正蹲在那里打瞌睡。刘成轻轻将院门关上，在里面插起来，这样就将这个士兵关在了门外。他走回来，又将宋德万和保安团的人睡觉的房门都锁起来。刘成做完这一切，就来到西跨院，拎出两桶桐油。这些桐油都是用来做门的，装在木桶里散发出一股刺鼻的气味。刘成先拎着桐油来到后面的小院，在门窗上泼撒了一些，然后又来到前院，将两桶桐油都浇在几个屋的门窗上。他倒退几步看了看，又到旁边的院子抱来一捆一捆的干柴架到前院和后院几个屋的门窗下面。刘成刚才喝了一口酒，这时再被桐油的气味一熏，感到有些头晕。他稍稍定了一下神，从身上掏出火镰和火绒，叭地打着点燃了一支松油火把，然后就用这支火把将干柴都点燃起来。干柴很快引燃了泼上桐油的门窗，迅速地噼噼剥剥着起大火。火光霎时间冲上夜空。宋德万和保安团的士兵立刻在屋里一边哐当哐当地拉着房门鬼哭狼嚎地叫起来。这时在门外站岗的士兵也惊醒了，但他只是拼命地在外面用枪托砸门，却无法进来。

刘成站在院子里，又看了看，就朝小院的后门走去。

山路被月光映得清晰可见。刘成一步一步地朝山腰上走着。他回过头，朝宋家大院的方向看了看。宋家大院已经腾起熊熊的火焰，烧得半边天都红起来……

三 当归引

我在赣南地区采访期间，偶然在一个地方的革命历史博馆里看到一份资料。据这份资料记载，1984 年 4 月，美国著名记者、作家哈里森·索尔兹伯里来到中国，沿着红军当年二万五千里长征的行进路线进行了一次深入细致的采访，并获准可以翻阅所有当年的相关档案和历史文献。

博物馆的这份资料上还说，哈里森·索尔兹伯里在这次重走长征路的过程中，对当年的许多重要人物和遗孀，以及许多曾亲历长征的幸存者进行了访问，同时也采访了相关的档案管理人员和历史学家，做了大量翔实的记录。1985 年 10 月，哈里森·索尔兹伯里出版了《长征——前所未闻的故事》一书。在这本书中，关于当年的具体情况有这样一段记述：“……1935 年 2 月间，中共中央苏区全部丧失，中央分局、中央政府办事处、中央军区机关和红 24 师等红军部队，全部被国民党军队四面包围在于都南部这一狭小的地区内。2 月下旬，红军分 9 路突围……一大批中共高级干部在突围中牺牲，有的下落不明……”

哈里森·索尔兹伯里的这段记述，在其他史料中也得到佐证。红军长征后，中央苏区的环境日益残酷，情况也越来越复杂。在当时，中共中央分局的 12 位委员中，的确有一位不知下落。而且，他的夫人和有关方面寻找多年，一直生死不明。这位失踪委员的夫人，就是“李山妹”的原型。

我曾在这个革命历史博物馆里亲眼看到“李山妹”原型的照片。她当时已经 90 多岁，虽然面带微笑，但满是皱褶的眼里，仍然透出穿越将近一个世纪的期盼与遗憾的目光。当然，“李山妹”这个人物的原型也不是一个人。正如前面所说，当年红军留下的“骨、肉、情”中，“情”是包含着巨大而丰富的内容的。我从心底热爱和尊敬“李山妹”这个人物。

所以，我决定把她写成我的“祖母”……

1

在我过去的人事档案履历表上，“社会关系”一栏总要填写我的外婆和外公，而每次填写又总会感到有些为难。那时填写履历表还要实事求是，绝不准有半点隐瞒，更不能弄虚作假欺骗组织，因此关于我的外婆，我一直填写的是“烈属”——也就是革命烈士遗属的意思，而我外公则填写的是“地主”。这似乎就有些奇怪，既然我外公是地主，那么我外婆的“烈士遗属”又是从何而来呢？其实很简单。我外婆曾经的丈夫是一个烈士，而这个烈士由于过早地成为烈士也就没有来得及成为我的外公。不过这里还要说明一点的是，后来成为我外公的这个男人又并非完全是我外婆的丈夫。于是这件事就有些复杂了。

关于我外公的事，我在后面还会讲到。

这里先说我的外婆。

我的外婆一共用过三个名字，李山妹、李红梅和李山梅。山妹是她小时的名字。据她自己说，她的父母，也就是我的太公和太婆死得很早，因此她从小就跟着一个远房叔叔生活。但是那个远房叔叔的家里也很艰难，自己还有几个孩子要抚养，所以在我外婆很小的时候，她的这个叔叔就将她送到邻村一个陈姓的木匠家里做童养媳。这个陈木匠的儿子，也就是我外婆将来的丈夫叫陈玉才，比我外婆大三岁。陈木匠为人和善本分，是一个很敦厚的人，手艺也很好。在我外婆的家乡木匠分两种，粗木匠和细木匠，粗木匠是盖房造屋制作门窗，细木匠则是制作各种屋内摆放的家具。陈木匠粗细都可以做，他打的门窗和木器不仅美观，也很耐用，因此在他们那一带的远近村庄就很有些名气。但那时造屋做门窗的人家并不是很多，也没有多少人打得起木器家具，所以陈木匠的生意也就并不是很好，家里只够勉强吃饭。

在我外婆十三岁那年，家里出了一件意外的事。一次陈木匠去山上砍木材，不小心被一棵放倒的樟树压断了一条腿，被村人抬回来时那条腿已经血肉模糊。后来请了一个专治骨外伤的郎中给看了，才总算把这条腿保住，可是从此就再也不能伐树拉锯，只能做一些桌椅板凳之类的简单木器。但陈木匠的儿子陈玉才却从不帮他父亲做事。倒是我的外婆，每当陈木匠做木器家具时总是蹲在一旁递一递工具或帮着扶一下，而且渐渐地还学会了简单使用刨子和凿子一类工具，因此深得陈木匠的喜爱。但陈木匠在感到欣慰的同时，看着自己的儿子也有些遗憾，他不明白儿子为什么不喜欢做木匠这一行。

这时陈玉才已经十六岁。

十六岁的陈玉才已出落得有了些男人的模样。他虽然生在一个山村的木匠家里，却长得皮肤白皙，身材高挑，看上去很有几分清秀。据说若干年后，他到部队上，一位部队首长看了他的样子怎么也不相信他是一个木匠的儿子，还以为他是从哪里来的学生。其实陈玉才并没读过几天书，尤其在他父亲陈木匠的腿被砸断以后，家里的生活日渐艰难，也就更没有钱再让他去读书。但陈玉才天资聪慧，只要是学过的东西就能牢牢记在心里，而且还可以触类旁通。据说有一次他拿着一本《水浒传》去村里问一个教书先生，天罡星的“罡”字念什么，那个教书先生看了立刻感到吃惊，他不相信这个只读了几天书的陈玉才竟然可以读懂《水浒传》。其实陈玉才还不仅是天资聪慧，与同龄的少年相比也很早熟。也许是从小就有一个将来注定要成为他女人的女孩在身边，而且我外婆又生得乖巧伶俐，两个眼睛大大的，身材也很匀称，所以陈玉才从很早就有了对女孩身体感兴趣的意识。

据我外婆说，曾经有一次，她和陈玉才去山上打柴。那是一个闷热的下午，刚刚下过雨，但似乎没有下透，整个山林里都蒸腾着一股溽热的湿气。当时我外婆一边砍柴大概实在热得难耐，就将上衣脱掉，身上只剩了一个红布兜肚。

在我的想象中，我外婆当年一定是一个很有女人味的女孩，而且应该发育很早，因为直到她的晚年仍还能依稀看出当年的痕迹。在那个溽热的下午，我外婆脱掉上衣之后，她的身体就从那片红色的兜肚里绽放出来。尽管她当时只有十三岁，但她的身体已经开始有了女人的特征。当时陈玉才是在她的前面砍柴，就在他无意中回头的一瞬，突然愣住了，两只眼睛定定地落在我外婆的胸前，接着脸上就现出一种从未有过的表情。但我外婆并没有注意到他脸上的变化。我外婆的身体虽然发育很早，可是在心理上却成熟较晚，她对自己"童养媳"身份的含义只是朦朦胧胧地知道一点，但对实际的意义和内容却并不完全明白。她当时仍然若无其事地砍柴，而且还不时地撩起那片红兜肚为自己扇凉。过了一阵，忽然下起雨来，陈玉才就和我外婆一起跑到旁边的一个山洞里去避雨。我外婆身上的兜肚被雨淋湿了，于是她就不停地用两手攥着拧水。她虽然在心理上成熟较晚，但这时毕竟已是十三岁的女孩，在男孩子面前也已经有了羞耻心，于是在拧兜肚时就还是下意识地背过身去。就在她一心一意地拧着自己的兜肚时，突然听到身后发出一阵异样的声响，接着就感到自己的身体被陈玉才在后面猛一下抱住了。陈玉才这时虽然只有十六岁，但两根胳膊已经非常有力，而且他在抱住我外婆的同时，两只手也像男人似地不安分起来。我外婆一下愣住了，她不明白陈玉才为什么要这样抱自己，而且两只手还在自己的身上如此乱摸，她被他的手摸得感到羞耻，于是就奋力挣扎着想从陈玉才的手里摆脱出来。但此时陈玉才已经像个成年男人似地喘息起来，他将我的外婆牢牢控制住，两只手也更加任性而且肆无忌惮地在她身上横冲直撞，接着就试图去解我外婆的裤带。我外婆似乎意识到他这样做的意图，于是连忙蹲下身去，用上身遮盖住自己裤带的位置。可是这一来反而给了陈玉才机会，他一用力就将我外婆按倒在地上。陈玉才毕竟是一个十六岁的少年，身上已经有了男人的气力，而我外婆还只是十三岁的女孩，从体力上就无法招架陈玉才。就这样，很快就被陈玉才占了上风，不仅那片兜肚被撕扯下来，裤带也被陈玉才扯掉了……

2

我外婆在晚年时，偶尔会对我说起一些她当年的事情。

我知道，她这样做的目的不仅是为了让后辈人了解自己的过去，同时也是排遣她对当年那些事的怀念。但我见她的机会并不是很多，她每一次对我的讲述也很不连贯，甚至有些随意，几乎是想到哪里就说到哪里，这样听起来就有些凌乱。我必须凭借自己的记忆和理解将她每一次讲述的这些支离破碎的事情重新整合并连缀起来，才大致可以有一个轮廓。不过我外婆的讲述也有一个特点，就是真实，也许是因为上了年纪的缘故，她非常坦率，甚至对一些难于启齿的细节也从不回避。这就使我对外婆有了更深入的认识。

我相信，我外婆的确是一个非凡的女人。

在那个溽热的下午，陈玉才自然没有在我外婆的身上做成任何事情。他虽然早熟，而且已经有了男人的冲动，但毕竟还只是一个十六岁的少年，对这种男人和女人之间的事情还很陌生，而当时我的外婆又像一条出水的鲢鱼似地在他的身下翻来滚去，这也就使原本手忙脚乱的他越发受到严重的干扰。当他发现自己的欲望从身体里倾泻而出，已经无力再做成任何事时，立刻感到又羞又恼，于是抽身起来，抱起自己的衣服就朝洞外跑去。

这大概是我外婆的第一次性启蒙。尽管这一次在山洞里没有被陈玉才做成任何事，但我外婆在挣扎和拒绝的过程中也已经隐约明白了男人和女人之间在这种时候是怎么一回事，因而也就进一步懂了自己作为童养媳的含义和内容。我外婆是一个很明事理的女人，她在当时虽然还只有十三岁，但明白了这一切之后就感到有些愧疚。她想，既然自己是陈玉才的童养媳，那么这样的事情就迟早总要做的，既然迟早要做，陈玉才想提早做一做也就没有什么不可以，至少自己在当时不该对他拒绝得那样坚决。我外婆想到这些以后，就总想找机会跟陈玉才说一说话，即使不解释那天的事，至少也缓和一下两人的关系。但陈玉才却似乎并不想给我外婆这样的机会。他自从那一次山洞里的事之后，就对我外婆日渐冷淡，甚至再也没有跟她正式说过一句话。他这样的态度使我外婆越发感到不知所措。

一天傍晚，我外婆从山上打柴回来，在回家的路上遇到陈玉才。陈玉才似乎在想什么事，低着头走得很快。我外婆叫了他一声，他似乎没有听见。

我外婆又叫了一声，陈玉才才站住了。

我外婆问他，你要去哪里？

陈玉才说，去前面的坡上。

我外婆问，去坡上干什么？

陈玉才看看我外婆说，我为什么要告诉你？

我外婆张张嘴，一下被噎得没有说出话来。

陈玉才又看了我外婆一眼，就径直朝前面的山坡上走去。

这时我外婆已经听到村里的一些风言风语，说陈玉才跟坡上的一个年轻寡妇搅到了一起。这个年轻寡妇叫于金凤，只有二十多岁，当初她的丈夫去山里采药，从崖上跌下来摔死了，连孩子也没有给她留下一个，于是这于寡妇就只靠种着屋后山坡上的一小块薄地，独自勉强过活。据我外婆说，陈玉才究竟是怎样跟这个于寡妇搅到一起的，始终是一个谜，事后陈玉才也再没有跟她提起过此事。不过我想，这大概与他跟我外婆在山洞里的那件事有关。陈玉才那一次虽然没有做成任何事，但心里的欲望却从此一下被点燃起来。这个只有十六岁又非常早熟的少年，身体里被这样的欲望燃烧着，那种感觉自然可想而知。也许正因如此，他才跟那个年轻的于寡妇走到了一起。可以想象，一个十几岁的少年和一个二十多岁的年轻寡妇在一起，无论对谁都会充满了新奇与刺激。在这个傍晚，我外婆看着陈玉才头也不回地去了前面的山坡上，突然意识到什么，于是就放下背在身上的柴捆，随后远远地跟着陈玉才朝坡上走去。陈玉才并没有注意到身后，匆匆上了山坡，果然就径直朝于寡妇的家去了。

我外婆跟过来，走到于寡妇家的近前。

于寡妇的家只是一座很小的石屋，里外两间，四周用碎石垒了一圈低矮的院墙。我外婆来到于寡妇家的窗前，屏住呼吸听了一阵。屋里先是没有动静，然后就听到陈玉才和于寡妇一边吃吃地笑着低声说话，接着又弄出一阵窸窸窣窣的声响。我外婆经历了那一次山洞里的事，自然已经明白这窸窸窣窣的声响意味着什么，于是就转身朝山坡的下面走去。

这天晚上，陈玉才直到很晚还没有回来。陈玉才的父亲陈木匠一直在做手里的事，起初并没有在意，后来看一看已经半夜了，就问我外婆，陈玉才去了哪里。我外婆起先没有说话，只是闷着头在一旁帮陈木匠清扫地上的碎刨花。后来被陈木匠一再追问，就说不知道。

陈木匠看一看我外婆脸上的表情，说，你真的不知道吗？

我外婆说，真的不知道。

陈木匠摇摇头说，不对。

陈木匠说，你不会撒谎。

这时我外婆慢慢停住手，接着眼泪就流出来。

陈木匠看看我外婆说，说吧，究竟怎么回事？

我外婆低头沉默了一阵，又抬起头看一眼陈木匠，就转身朝门外走去。陈木匠稍稍愣了一下，连忙也跟出来。在这个深夜，我外婆带着陈木匠沿着山路深一脚浅一脚地来到前面的山坡上。走到于寡妇家的门前时，陈木匠就已经有些明白了是怎么回事。陈木匠当然知道这里是于寡妇的家，于是朝那扇黑洞洞的窗子看了看，又回过头来看看我外婆。

我外婆没有说话，只是朝陈木匠点点头。

陈木匠的脸立刻涨红起来。

他走到窗前用力敲了几下，又喊了几声：玉才！玉才！

陈木匠由于用力过大，砸得那扇糟朽的窗棂发出嘎嘎的断裂声。

屋里立刻响起一阵稀里哗啦的动静，接着就又没有了声音。

陈木匠又说，玉才你听好，你再不出来，我就要进去了！

他这样说着就又在窗棂上重重地砸了一下。

这时门开了，陈玉才从屋里走出来。他身上的衣服显然是在慌乱中穿上的，衣扣系得歪歪扭扭，衣襟也显得皱皱巴巴。陈木匠朝他的身上看了看，顿时气得脸色铁青。他刚要张嘴说什么，陈玉才却看也没看陈木匠和我外婆，径直朝山坡下面走去。

3

经过这一晚之后，陈木匠才感觉到了事情的严重。陈木匠的妻子死得很早，平时只顾做木工，很少注意到儿子。他这时才意识到，儿子已经长大了，虽还没有成年，但已经有了成年人的要求。陈木匠虽然没有多少文化，也很清楚一个男人到了这种时候心里想的是什么。他知道，儿子再这样下去搞不好会闹出大事来。

于是，陈木匠就跟儿子陈玉才谈了一次。

陈木匠跟儿子谈的大致意思是，今后不要再跟坡上的那个于寡妇来往，于寡妇虽然并不是一个坏女人，但将来注定不可能成为他的女人，跟一个不可能成为自己女人的女人来往是不会有任何结果的，只能坏了自己的名声。陈木匠对儿子说，现在家里就有一个现成的女人，如果陈玉才确实已经长大了，有了这方面的要求，他可以立刻让他们圆房。

所谓圆房，也就是让两个人正式住到一起。

当时陈玉才听了他父亲的这番话并没有说什么，他只是问父亲，圆房的事跟山妹商量过没有，如果她不同意怎么办。陈木匠当然不知道当初在山洞里发生的那件事，所以听了陈玉才的话感到奇怪，他说，山妹是你媳妇，跟你圆房她怎么会不同意呢？

陈玉才吭哧一下说，你……嗯，还是先跟她商量一下吧。

陈木匠说，如果她同意圆房，你是不是就不再去坡上了？

陈玉才沉了一下点点头，表示如果我外婆同意，他可以不再去坡上。

陈木匠说好吧，既然这样，山妹那边我去说，我想她肯定会同意的。

陈木匠来向我外婆提出此事时，我外婆并没有感到意外。她这时已经有了足够的心理准备，加之那一次经历了在山洞里的事之后，一直觉得愧对陈玉才，因此这一次毫不犹豫地就答应了。于是就在那天晚上，我外婆就和陈玉才正式圆房了。他们圆房没有举行任何仪式，陈木匠只是去村里买了一点米酒回来，又让我外婆切了一些腌竹笋。他们父子俩喝了一杯，算是庆贺了一下，然后就让陈玉才和我外婆去房里睡了。

这是我外婆正式成为女人的第一夜，因此也是她生命中很重要的一夜。而我外婆在当时还并没有意识到，也正是这一夜，就决定了她后来的一生，因为从此之后她就与这个叫陈玉才的男人开始了一段纠结将近一个世纪的姻缘。很多年后，直到她走到自己生命的终点，关于这一夜的具体过程始终没有详细告诉我。但她却对我说了一个意味深长的细节。据她说，陈玉才竟然是一个心很细，而且很会疼爱自己女人的男人，在那个夜晚，因为我外婆是第一次，所以他每做一步都小心翼翼，唯恐弄疼了我外婆。当时陈玉才毕竟还是一个只有十几岁的少年，他能做到这一点，真的是很不容易。他显然已在于寡妇那里历练得熟谙此事，再也不像当初在山洞里的那一次那样青涩和手忙脚乱，不仅老道也一步一步地有条不紊，因此我外婆也就感觉很好。这使我外婆非常感动。她没有想到，陈玉才竟是一个这样的男人。

于是，她在这一夜也就暗暗下定决心，这个陈玉才，将是她一辈子的男人。

我外婆和陈玉才在一起大约不到两年。在这不到两年的时间里，发生了很多事情。先是陈玉才的父亲陈木匠死了。陈木匠是在部队上死的，因此应该说是牺牲。就在陈玉才和我外婆圆房不久，陈木匠认为已经为儿子完成了终身大事，家里再没有什么牵挂，而当时他们那一带已成为苏区，驻扎的部队正在“扩红”，也就是扩大队伍，让更多的当地百姓去参加红军，于是陈木匠就报名去当了红军。陈木匠由于一条腿受过伤，又有精湛的木工手艺，因此参军以后并没有被分去野战部队，而是安排到兵工厂里制造和修理枪械。陈木匠的手艺到兵工厂之后得到了充分的施展，加之他是一个心灵手巧的人，不仅制造和修理，还可以对一些枪械进行大胆的改造，因此很快就成为厂里的技术骨干。陈木匠为此经常受到上级领导的表扬，于是他便更加热爱这个工作，也更加的爱厂如家。但不幸的是，一次敌人的飞机来山里轰炸，他为了保护兵工厂的机器设备被一颗炸弹炸死了。

这件事对陈玉才的震动很大。

据我外婆说，她直到这一次才又看到了陈玉才的另一面。陈玉才竟然是一个很刚毅的男人。他接到父亲牺牲的通知是在一个上午。他当时只是从来人的手里接过那张用粗糙的毛边纸印的阵亡通知书看了看，没流一滴眼泪，然后就走进屋去，把门关起来。他就这样把自己在屋子里关了一天之后，那个晚上，他就告诉我外婆，他也要到部队去。

那时“扩红”的宣传已经深入人心，村里几乎每天都有母送子、妻送郎去当红军的事情，而我外婆又是一个深明大义的女人，因此听了陈玉才的话自然很高兴。但她在高兴之余又不免有些担心，毕竟陈玉才的父亲刚刚在部队牺牲，而当时的局势又日渐紧张，谁的心里都很清楚，打仗是一件很危险的事情，真到战场上子弹是没有眼睛的。陈玉才似乎看出我外婆的心思，就安慰她说，没关系，他在很小的时候有一次跟随父亲到长汀去，那里有一座城隍庙，他曾在那个庙里抽过一支上上签，签上说，他这人的命很大，运势也大，将来无论遇到什么危险的事情都可以逢凶化吉。接着他又对我外婆说，他是不会也不可能死的，因为他还有一件很重要的事情没有做，等他打完了仗回来，还要跟我的外婆生孩子。

我外婆听了就趴在陈玉才的身上哭起来，她说，她一定等着他回来。

陈玉才也很自信地说，他当然会回来的，他怎么可能不回来呢？

陈玉才这样说罢想了想，忽然又问，如果，我真的回不来了呢？

我外婆连忙用手去捂他的嘴，唯恐他再说出什么不吉利的话来。

陈玉才把我外婆的手拿开，说，你相信我会回不来吗？

我外婆立刻很坚定地摇摇头。

她说不相信，当然不相信。

陈玉才嗯一声，讷讷地说，是啊……我也不相信。

陈玉才这样说着，就一把将我的外婆搂在了怀里。

据我外婆说，这是她刻骨铭心的一夜。她在说这句话时，眼睛里一下变得深邃起来，那幽幽的目光似乎穿越了半个多世纪的时间隧道。我想，那的确应该是让我外婆也让陈玉才刻骨铭心的一夜。他们在那一夜，应该是反复地做着同一件事情，他们就这样不知做了多少次。

就这样，到第二天早晨，陈玉才就告别我外婆去部队了……

4

关于陈玉才到部队以后的事情，我外婆知道的很少。

我外婆告诉我，他只听村里回来的人说，陈玉才到部队以后，由于有一些文化，加之人又聪明，很快就被安排到部队机关去做了干事。那时苏区有很多部队机关，而部队机关的工作又相对稳定，因此我外婆打听到，其实陈玉才工作的地方并不很远，只在几十里外的一个村庄里。这时我外婆已是十六七岁的女人。一个十六七岁的年轻女人，又刚刚结婚不到两年就与丈夫分开，每天在家里独自守着一座空房子生活，尤其到了晚上，那种狐独和寂寞的感觉是可以想象的。而她越是孤寂，也就越思念自已的丈夫。

就在这时，村里又发生了一件事。

那是一个下着小雨的上午，山里的一切都湿漉漉的。我外婆正坐在堂屋里削一堆篾条，准备编一只竹筐，忽然看到门外的山路上匆匆走来两个人。从这两人的装束可以看出，应该是区上的干部。那时苏区的形势一天比一天紧张，部队已经拉到外面去跟敌人作战，敌机也经常飞进山里来轰炸，所以如果谁家有在部队上的亲人，最怕的就是有区上的干部来家里，这样送来的往往是不好的消息。也正因如此，在这个上午，我外婆看着这两个人远远地朝这边走来心里就立刻感到一沉。她慢慢放下手里的篾条和竹刀，站起身走到门外。

那两个人走过来，很认真地朝我外婆看了看。

我外婆小心翼翼地问，你们……要找谁？

其中的一个人问，这里是宋水清的家吗？

宋水清是村里的一个年轻人，不久前刚刚去部队参军。

我外婆立刻摇摇头，朝不远处的一座房子指了指说，宋水清的家是在那里。

这两个人顺着我外婆手指的方向看了看，哦一声，又冲我外婆点点头就朝那边走去。这时我外婆才觉出自己已经通身是汗。她突然感到从未有过的疲惫，一下就跌坐到门槛上，接着眼泪就流下来。她已经听到了，不远处的宋水清家里正传出悲痛的哭声。

也就从这一刻，我外婆决定去看自己的丈夫。

我外婆做出这样的决定之后，就开始每天去山上砍柴。当时一捆柴如果卖好了可以卖到5分钱，她上午砍回一捆，下午再去砍回一捆，有的时候就可以卖到一角钱。我外婆就这样咬着牙砍柴砍了将近两个月，积攒了一元多钱。于是，她就带上这些钱上路了。

我外婆的这一次寻夫之路还算顺利。她走了将近一天的山路来到那个村庄，很快就找到了陈玉才。这时的陈玉才已经是一个英姿勃发的年轻军人，修长的身材穿上灰粗布军装，再配上一张白净的脸庞，看上去越发显得英俊挺拔。当时陈玉才正在一个房间里开会，听到有人叫自己就走出来，一看到站在院子里的竟是我外婆，立刻有些惊讶。

他问，你……怎么找来这里？

我外婆看到自己的丈夫一下激动得说不出话来，只是站在那里不停地流泪。就这样愣愣地站了一会儿，才喃喃地说，我……我是来看看你……你在部队上……好吗？

陈玉才显出有些不高兴，说，这是部队机关，你怎么可以随便跑来？

我外婆一下有些不知所措，连忙说，我来看到你，也就……放心了。

她一边这样说着将臂弯里的竹篮塞给陈玉才，说这是给他带来的煮鸡蛋。然后就转身要走。陈玉才看一看天色已晚，就还是将她拦住了。

他叹口气说，既然已经来了，就先住下吧。

我外婆站住了，慢慢转过身看着陈玉才。

陈玉才又说，有什么事……明天再说吧。

5

这一晚，陈玉才领着我外婆来到村边，将她安顿在一个老乡的家里。但他并没有过来和我外婆一起住。他将我外婆安顿好之后，想了一下说，这里毕竟是机关，如果他过来和她住在一起怕影响不好，而且他很忙，晚上还要开会，开完了会还有很多事情。我外婆一听连忙朝外推着他说，你快去吧，去忙吧，我来了已经看到你，心里就踏实了。

她这样说着，就将陈玉才推走了。

我外婆当时还并不知道，就在她来这里看陈玉才的时候，陈玉才正跟部队机关里的一个年轻女干部打得火热，而且在机关里已经闹得尽人皆知。陈玉才到部队以后并没有说自己已在家里结过婚，但也没说没结过婚，加之他又很年轻，因此大家也就自然而然地认为他还没有结过婚。也正因如此，他跟那个年轻女干部的事虽然闹得满城风雨，机关领导也就并没有过多地批评他，只是提醒他注意影响，处理好个人感情与工作的关系。我外婆在那个老乡的家里住了一晚，第二天一早就又来到机关找陈玉才。她想跟他再打一个招呼就回去了。就在她走进陈玉才工作的那个院子时，迎面碰到了一个首长模样的中年妇女。这个女首长看上去很和蔼，她见到我外婆先是上下打量了一下，然后问，你来找谁？

我外婆的脸一下红起来，说，我是来找……陈玉才。

女首长又看看我外婆问，找陈玉才？你是他什么人？

我外婆的脸更红了，嗫嚅了一下才说，我是……他女人。

女首长一下睁大两眼，又看了我外婆一下说，你是……陈玉才的女人？

我外婆垂着眼点点头。

女首长稍稍想了一下，就对我外婆说，你跟我来。

于是我外婆就跟着这个女首长出了陈玉才工作的那个院子。走了一段路，又来到另一个小院，然后走进一间很简单的办公室。据我外婆说，她直到很多年后才知道，这位女首长竟是一个很有名的女人。在这个早晨，这个女首长带着我外婆走进这间办公室，她先让我外婆在一张凳子上坐下，又为她倒了一杯开水，然后才笑笑说，你跟陈玉才同志究竟是怎么回事，详细对我说说吧。

我外婆想一想说，也……没有什么事。

我外婆有些难为情地对这个女首长说，她跟陈玉才结婚还不到两年，陈玉才就来到部队上，她很想念他，又打听到他在这里，所以就过来看看他。但我外婆立刻又解释说，不过她知道陈玉才工作很忙，晚上不仅要开会还有很多事情，而陈玉才也并没有因为她的到来影响工作，她昨晚只是在一个老乡的家里住了一夜，今天早晨再来跟他打一下招呼就准备回去了。这个女首长听罢沉吟片刻，问，陈玉才昨晚……没跟你住在一起？

我外婆立刻点点头，说是，真的没有住在一起。

女首长就站起来，说，你今天先不要走了。

我外婆一下有些惶恐，不知所措地看着这个女首长。

这女首长没再说什么，就将我外婆带来旁边的一个小院，将她领进一个房间说，你先住在这里吧，别的事情我来安排。这是一间陈设很简单的房子，只有一张比单人床稍宽一点的床铺，一张桌子和两个木凳，门后还有一个简易盆架，上边放着一只洗脸盆。

这个女首长将我外婆安排在这里就走了。

过了一会儿，又有一个小战士送来一些被褥和枕头之类的日用品，并告诉我外婆，中午去哪里吃饭。我外婆一下有些摸不着头脑，不知那个女首长为什么要将自己留在这里。

快到中午时，陈玉才来了。

陈玉才的脸色有些难看，进来之后什么话也不说，只是坐在床边不停地抽烟，沉了一会儿才问我外婆，上午是不是见到了机关领导，都跟领导说了什么。我外婆直到这时才恍然明白，原来那个首长模样的中年女人竟是陈玉才的领导，于是连忙说，自己并没对她说什么，她问自己跟陈玉才是什么关系，所以她只是如实告诉她，自己是陈玉才的女人，这一次是来看看他。陈玉才听了张张嘴，似乎要说什么，但想了一下又将话咽回去。他看一眼我外婆，只是叹口气说，你在家里待得好好儿的，干吗要跑到部队上来呢？

我外婆一见陈玉才这样不高兴，连忙表示自己立刻就回去。

陈玉才摆摆手，说算了，既然领导这样安排了，就住下吧。

6

我外婆并不知道，就在这个早晨，那位女首长将我外婆安顿好之后，就让人去把陈玉才找来谈了一次话。谈话的内容自然可想而知。不过陈玉才也没有为自己做太多的辩解，事实上他也无法为自己辩解。他只是对那个女首长说，虽然我外婆的确是他的媳妇，但是他父亲当年为他找的童养媳，只不过在他来

部队之前与她圆过房就是了。所以，他说，这桩婚姻应该算是封建的产物，他完全可以不承认，也有权利追求自己新的幸福。

那位女首长听了点点头，表示同意陈玉才这样的说法。

但是，她又对陈玉才说，你想过吗，你可以不承认这桩封建婚姻，你也有权利去追求自己新的幸福，可是那个女人呢，你让她怎么办？你作为一个男人，既然已经跟人家圆过房就要为人家承担起责任，在家里明明放着一个女人，又到外面来搞别的女人，不管什么理由，这都不应该是一个革命军人做出的事情。这位女首长这样说着，口吻就渐渐严厉起来。陈玉才立刻哑口无言了。接着，这位女首长又对陈玉才提出了严肃的批评，并提醒他要提高政治觉悟，要注意思想改造，要以一个革命军人的标准严格要求自己。这位女首长最后又向陈玉才提出明确的要求，让他一定要善待我的外婆，并和我外婆住在一起。

我外婆从此就在这个部队机关的驻地住下来。她由于人很勤快，又心灵手巧，当年还跟着陈木匠学会一些木工手艺，所以经常帮着机关里的后勤部门做各种事情，有时还为大家洗衣做饭，因此深得机关里上上下下的人喜爱。她也就是在这时把李山妹的名字改为李红梅。这个名字还是那位女首长为她改的。其实女首长先为她改的名字叫李红妹，但想一想，又觉得叫红妹还不够气魄，于是索性就让她叫了李红梅。我外婆很喜欢这个名字。据她说，她当初在部队机关跟着那个女首长学写字时，最先学会写的就是“李红梅”这三个字。

那段时间，陈玉才由于挨了领导批评，又因为我外婆的出现使他在家里结过婚这件事暴露出来，跟那个年轻女干部断绝了来往，所以情绪一直很低落。每天无论在机关还是回到家里，总是沉默寡言。但他迫于那位女首长的压力，每晚就还是和我外婆住在一起，只是在一些方面就表现得有些冷淡。我外婆毕竟是一个很聪明的女人，而且心很细，陈玉才的情绪她自然很快就察觉到了。她这时也已经听到了一些风传，说是陈玉才在她来机关驻地之前曾声称自己没结过婚，而且跟机关里的一个年轻女干部关系如何如何，后来在她到这里之后，陈玉才还因为此事受到领导的严厉批评等等。但我外婆从没有向陈玉才问起过这件事。她只是对陈玉才更加关心，也更加体贴，就像是什么事情都没有发生过。陈玉才先是对我外婆的关心和体贴全不在意，似乎这一切都是应该的。但渐渐地就有了一些感动。一天晚上，他很真诚地对我外婆说，他越来越发现，我外婆是一个很好的女人，领导的话说得很对，他真的应该珍惜她。当时我外婆听了没说任何话，但第二天一早就去旁边的院子找到那位女首长。当时女首长正在看一份文件，我外婆对她说，她有一件很重要的事情，想跟领导谈一谈。

女首长一看我外婆脸上的神情就笑了，说什么事啊，有这样严重吗。

我外婆严肃地说，倒并不严重，只是陈玉才最近的情绪一直很不好。

女首长立刻问，他的情绪怎么不好了？是不是经常跟你发脾气了？

我外婆连忙说没有，只是看他闷闷不乐的样子，好像有什么心事。

女首长一听就笑了，点点头说，你这鬼丫头，还挺机灵呢，你不要再跟我揣着明白装糊涂了，你已经来这里住了这些日子，关于陈玉才的那点事不会一点都没有听到，你究竟想跟我说什么？干脆就照直说吧。

我外婆这才说，其实……他这样做……也不算是什么大事。

女首长一下睁大眼看着我外婆，问，是陈玉才让你来这样说的？

我外婆连忙说不是，陈玉才在她面前，从来没有提起过这件事。

女首长又问，你……真是这样想的？

我外婆点点头，说是，真是这样想的。

女首长问，为什么？

我外婆说，男人么，天生都喜欢女人。

接着脸一红，又说，如果不喜欢女人才不正常呢。

女首长说，可是，他们只能喜欢一个女人呀。

我外婆轻轻嗯一声，说也是。但稍稍想了一下又说，可是……如果他喜欢的这个女人不在身边，临时喜欢一下别的女人也没有什么大不了的啊？

女首长扑哧又笑了，说，你这样的说法儿倒挺新鲜呢。

我外婆看了女首长一眼，又说，这件事，就算过去了。

女首长立刻不笑了，问，你真的同意让这件事过去？

我外婆很认真地点点头，说是。

好吧，女首长也点一点头，说，既然你这样说了，那这件事就让它过去吧，我们当然允许同志犯错误，也允许同志改正错误，其实陈玉才这个同志还是很不错的，工作有热情，人也很聪明，这件事发生以前大家对他的评价还是蛮高的。

这天晚上，陈玉才从机关回来时情绪明显有了变化，看上去似乎心情好了一些，跟我外婆的话也多起来。夜里睡觉时，还跟我外婆有了一些亲昵的举动。

我外婆只是默默地承受着，却并不说一句话。陈玉才跟我外婆亲热之后问，她在白天是不是去找过机关领导。

我外婆只是闭着眼，没置可否。

陈玉才轻轻叹息一声，就将我外婆紧紧地搂在怀里。

就这样过了一阵，我外婆才问，领导跟你说什么了？

陈玉才沉一下说，领导说，你是一个了不起的女人。

陈玉才一边这样说着，就又将我外婆搂紧了……

7

直到很多年后，我外婆再说起她和陈玉才的这段经历，满是皱褶的眼里仍然闪烁出熠熠的光彩。我知道，这应该是她和陈玉才在一起最幸福的一段时光。

据我外婆回忆，她在那个部队机关的驻地住了将近一年。这时敌人对苏区的第五次军事围剿已经日渐猖狂，形势也更加严峻起来。主力部队已经战略转移，陈玉才所在的这个机关也要跟随部队最后撤离此地。我外婆在机关里的身份比较特殊，一直是半个工作人员半个机关家属，在这种残酷的环境下自然不适宜再跟随机关转移。这期间陈玉才曾跟我外婆商议过几次，让她先回家去，等将来形势有了转变再做打算。但我外婆舍不得离开机关，更舍不得离开陈玉才，所以就一直拖下来。一天晚上，陈玉才直到深夜才回来。我外婆还在为他等门，一看他脸上的神情就知道要有重大的事情发生了。果然，陈玉才对我外婆说，就在这个晚上，机关马上要跟随部队转移了。我外婆一听立刻紧张起来，问陈玉才要去哪里。

陈玉才说，目前还不清楚，估计要先撤到闽西去。

我外婆听了想一想，一时也没了主意。

这时已有消息传来，我外婆的老家那边也已经被敌人占领了。敌人正在到处搜捕红军家属和苏区干部，因此我外婆再回那边去已经不可能。陈玉才考虑了一下，让我外婆先去会昌。他对我外婆说，他在会昌那边有一个远房亲戚，可以先投奔那里避一避。陈玉才这样说罢又将我外婆揽在怀里，轻轻问她，还记不记得自己曾对她说过的话。

我外婆问什么话。

陈玉才说，他对我外婆说过，他在很小的时候曾跟随父亲去长汀，那里有一座城隍庙，他在庙里抽过一支上上签，签上说，他这个人的命很大，运势也大，将来无论遇到什么危险都会逢凶化吉，所以，他是不会也不可能死的，他打完了仗就回来。

陈玉才对我外婆说，你一定要等我回来。

陈玉才这样说着又拿出一张纸交给我外婆。

我外婆打开一看，竟是陈玉才的一幅铅笔画像。画像上的陈玉才显得更加英俊，看上去眉宇间透出一股英武的精神。陈玉才告诉我外婆，这是机关里一个从城市来的学生为他画的。他让我外婆收好，想他时就拿出来看一看。

我外婆点点头，将这张画像小心叠好，放到衣服里贴身的地方。

在这个深夜，陈玉才对我外婆说完了这番话就匆匆地走了。

8

我想，陈玉才在对我外婆说这番话时肯定没有意识到，这对于我外婆是一种什么样的特殊意味。也就是他的这几句话，竟然让我外婆整整等了八十年。

在那个晚上，我外婆看着陈玉才的身影消失在夜色里，稍稍愣了一阵，便也收拾起自己的东西连夜离开了那个机关驻地。她在那个夜晚的心情可以想象，离开了自己深爱的丈夫，又离开已经熟悉的机关驻地，离开驻地里的同志们，一个年轻女人独自走进敌占区，一边躲避着敌人的追捕去投奔一个从没有见过面的远房亲戚，她一定会倍感孤独。这时敌人的军队已经开过来，一路上所有的村庄都被占领，而且到处都在搜山。我外婆只好远远地绕开村庄，白天在偏僻的山间小路上艰难地行走，晚上就找一个山洞或在一块岩石的下面睡一夜。

但就是这样，她还是遇到了危险。

这时敌占区的形势已经越来越复杂。一些当地的地主和富农见红军部队撤走，就又卷土回来。这些人自然对当初的苏区恨之入骨。而敌人在占领苏区之后，为彻底清剿又悬赏捉拿红军家属和苏区干部，因此这些怀着疯狂报复心理的地主富农就组织起地方武装到处搜寻可疑的人，一旦发现立刻捉去请赏。一天傍晚，我外婆正筋疲力尽地走在山路上，突然被几个从树丛里跳出的黑衣人拦住了。这时我外婆仍然留着在机关驻地时剪的短发，这是典型的苏区女干部发式，在当地妇女中很少见到，所以我外婆就特意用一块头巾将头发包起来。但即使如此，一个孤身女人挟着包袱匆匆忙忙地走在山路上，这本身就很引人怀疑。于是那几个人不由分说就将我外婆捆起来，推推搡搡地押到附近的村庄来。

事后我外婆才知道，这个村庄叫下冲。

在这个傍晚，我外婆被带到下冲一座很大的宅院，又被推进一间堆放杂物的仓房。过了一会儿，就见一个干瘦的男人打开门走进来。当时我外婆还并不知道，这个干瘦男人叫徐宗富，是下冲一带有名的大地主。徐宗富在这个中午走进这间仓房，来到我外婆的跟前上上下下打量了一阵，突然伸手将她的头巾一把扯掉，于是我外婆的那一头短发也就一下露出来。徐宗富看了点点头，笑着说好啊好啊，就凭你这一头短发少说也值几个大洋呢。

接着又问，你从哪里来?

这时我外婆已经横下心来，看着徐宗富并不回答。

徐宗富嗯一声说，你不说话，也看得出是个女苏干。

我外婆知道，所谓女苏干也就是苏区女干部的意思。

我外婆说，你既然已经看出来，想把我送去哪里就送去哪里吧。

徐宗富说好啊，不过也没有这样简单，我还要问你一些事情呢。

我外婆冷笑一声说，这你不要想，我不会告诉你任何事的。

徐宗富又点一点头说，听你说话这腔调就是一个女苏干。

我外婆就把头转向一边，做出不准备再说任何话的样子。

徐宗富说，你不想说也没关系，有地方会让你说的。

他说到这里，好像忽然想起什么，又朝我外婆看了看就转身出去了。

我外婆在这个傍晚已经又饿又累，看一看桌边有一个木凳，就过去坐下来。过了一会儿，忽然门又打开了，走进一个身材高大方头方脑的年轻男人。这男人端来一碗米饭，又放下一碟腌笋，然后很用力地看了看我外婆就转身出去了。我外婆原本闭着两眼坐在凳子上，这时忽然闻到一股饭香，睁开眼一看面前的桌上竟然放着一碗米饭和一碟腌笋，于是连想也没想就大口地吃起来。这时门又开了，那个方头方脑的男人又走进来。

我外婆抬起头，警惕地看看他。

他冲我外婆憨憨地笑了笑，似乎想说什么，却没有说出来。

9

这个方头方脑的男人，后来就成了我的外公。

我外公姓徐，叫徐樟茂，是大地主徐宗富的远房堂侄。

但是，我外公的家里却并不富裕。据我母亲说，当年我外公的父亲只是一个医术不很高明的郎中，专治疟疾。但不幸的是，后来他自己也罹患了这种可怕的疾病，于是为自己配过几副汤药之后，就把自己吃死了。那时我外公的母亲还很年轻，便改嫁去了宁都，家里只剩了我外公一个人。这时我外公只有十几岁，于是就到他堂叔徐宗富的家里来放牛和做一些杂事。我外公是一个很能干的人，虽然还只是一个少年，做起事来却已能顶上一个成年男人。徐宗富对我外公很满意。他曾对我外公说，大家毕竟都是亲戚，所以我外公除去吃住在他这里，每年还可以得到六块银圆的报酬。但徐宗富这样说过之后就后悔了，因此我外公在他这里做了几年，却始终没有拿到过一块银圆。后来徐宗富为躲避苏区农会的人，就带着家人跑到城里去了，只让我外公留下来为他照看房子，并郑重向他许诺，等将来有一天他回来时，一定将这几年的工钱一并算给他。我外公就这样又为徐宗富照看了几年房子，而且为他把家里打理得井井有条。但徐宗富从城里回来之后，却又不提那笔钱的事了。我外公为此曾跟徐宗富说过几次，这几年算下来也应该有几十块银圆了，他要求徐宗富将这笔钱如数还给他。但徐宗富却总是以各种理由拖延，始终不想给他这笔钱。

在这个傍晚，徐宗富看到手下人捆来我外婆自然很高兴。他原本是想将我外婆送去领赏，但看一看我外婆的样子忽然又改变了主意。这时我外婆只有十八九岁，模样很清秀，加之在部队机关住了将近一年，学了一些文化，从气质看也就与当地妇女明显不同。于是徐宗富回到前面的房里就将我外公找来。他先是故意绕了一个弯子，问我外公，为什么一直急着向他要那笔工钱。我外公不知他这样问的用意，就说，他要这笔钱有急用。

徐宗富问，有什么急用？

我外公说，要讨个老婆。

徐宗富说好吧，既然这样，我现在就给你一个现成的老婆。

我外公听了立刻睁大两眼，看一看徐宗富，有些不太相信。

徐宗富说，现在这女人就在后院的仓房里，你可以先去看看满意不满意。

在这个傍晚，我外公将信将疑地来到后院仓房的窗外，透过窗缝就看到我外婆正坐在屋里。当时我外婆是背对着窗户，但仅从背影也能看出清秀的样子。

我外公立刻回到前面的上房。

徐宗富问，怎样？

我外公说，可以。

徐宗富说，如果可以，这女人就是你的了。

徐宗富当然把账算得很清楚，我外婆显然是一个女苏干，但如果捆了送去请赏，最多也就值几块银圆，而倘若将她嫁给我外公，不仅可以省去几十块银圆的工钱，今后家里也就又多了一个劳动力。这样里外一算，自然是将我外婆留下来更划算。

但我外公对娶这样一个女人做老婆，心里却没有把握。

他想一想问徐宗富，如果……这女人不答应呢？

徐宗富歪嘴一笑说，这就要看你自己的本事了。

10

据我母亲说，我外公是一个很认实的人，而且非常憨厚。我虽然从没有见过我的这个外公，但我相信，我母亲对他的评价应该是客观的。因为我的一个舅舅也曾对我说过这样的话，他说，也许是我外公上辈子欠我外婆的，否则他不会对她这样好。他说，我外公对待我的外婆，比这世界上任何一个男人对待自己的女人都要好。

在那个傍晚，我外公想了一下就先去厨房端了饭菜给我外婆送来后院的仓房。这时我外婆当然不知道徐宗富在前院跟我外公说过的话，她已经饿坏了，心想先吃饱肚子，有什么事再说。于是二话没说就埋头吃起来。这样吃完了，放下碗筷，朝我外公看了看。我外公一直站在旁边看着她吃饭，这时又问她，是否吃饱了，还要不要。

我外婆点头说，那就再来一碗。

我外公立刻又去盛了一碗饭来。

我外婆没说话，端起来又吃了。

我外公又问，还要不要？

我外婆一抹嘴说，不要了。

我外公指指桌上的那碗水说，喝点水吧。

我外婆就端起碗，把水也喝了。

我外公又看看她，说，你……跟我来。

我外婆这时已经豁出去了，就起身跟着我外公走出仓房。穿过后面的院子，来到侧院的一间厢房。我外婆跟着我外公走进屋里，一看到那张散发着男人气味的竹床，立刻就站住了。我外公在一旁说，你……不要害怕，我把你领来这里，是不想让他们把你送去村公所，你这样一个年轻女人，又是一副女苏干的样子，真被送去村公所是不会有好结果的。

我外婆听了慢慢转过身，朝我外公看了看。

我外公连忙对她说，你放心，我不是坏人。

这时我外婆才认真地朝这屋里看了看，这显然是一个下人住的地方，除去一张竹床，再没有什么像样的家具，只在屋角堆放着几件农具。

我外婆又转过脸来问我外公，你想怎样?

我外公先是嗫嚅了一下，然后就照实说，他们……把你给我了。

我外婆立刻睁大眼瞪着他说，把我，给你了?

我外公老老实实地点点头，嗯一声。

我外婆问，怎样给？我又不是牲口?

我外公说，他们让你，给我当老婆。

我外婆冷笑一声说，他们让我给你当老婆，我就给你当老婆吗?

我外公张张嘴，一下被问得说不出话来。但他想了一下，很认真地说，你现在只有两条路，要么给我当老婆，要么就让他们送去村公所，你自已看吧。

我外婆沉一下，说，也许……还有第三条路。

我外公问，第三条路？第三条路……是什么?

我外婆对我外公说，我看你确实是一个好人，我告诉你，我已经结过婚了，我的男人是一个商人，一直在闽南那边做茶业生意，我还要等他回来，我现在是想去会昌那边投奔一个亲戚，你把我放了，我会一辈子感谢你，等将来有机会也会回来报答你。

我外公听了却摇摇头，说你走不了的。

我外婆说，如果你放了我，我就能走。

我外公说，我就是放了你，你也走不了，从这里通往会昌的路上到处都是军队，就是没有军队的地方也有保安团，你从这里一出去，很快就会又被捉到，那样你就更危险了。

我外婆一听，一下也没了主意。

我外公又想一想说，这样吧，我也不勉强你，你就先在我这里住下，白天和我一起去做事，如果他们问，你就说咱们两人已经……在一起了，等哪一天，如果你真的改变了主意再说，或者就算不改变主意也没关系，你在这里，至少可以……

我外公说到这里瞟了我外婆一眼，就没再说下去。

我外婆想一想，事到如今已经没有别的办法，也就只好答应了。

这一晚，我外公见我外婆已经很疲惫，就让她去自己的竹床上睡了，而他则靠在墙角坐了一夜。第二天，我外婆让他去山上砍了一些竹子来，她自己动手削成竹篾，然后为自己编了一张竹床榻。就这样，从此我外公和我外婆虽然从表面看同居一室，其实却是一个睡竹床，一个睡床榻，两人井水不犯河水。可以想象，那段时间每到夜里，对我外公应该是一种无法言说的煎熬。据我外婆说，我外公虽然比不上君子，但真的是一个很老实的男人，他当时已经二十多岁，身体又非常强壮，晚上和一个年轻女人住在一起，却始终老老实实目不斜视，更没有哪怕是半点越轨的企图，这实在很不容易。但我外婆却能感觉到，我外公经常在床上辗转反侧，彻夜难眠。这一来也就出了问题。我外公每天夜里休息不好，到了白天自然也就打不起精神，不仅干活没气力，还经常精神恍惚丢东拉西，有一次去田里犁地，竟然险些将水牛的后腿划伤。他的堂叔徐宗富看了，还以为是跟我外婆夜里房事过度，就提醒他到了床上少做些男人的事情，否则会伤身体，也耽误白天做正经事。

我外公听了只是点点头，并不做任何解释。

就这样，这种局面一直持续了很长时间。

11

关于我外婆和我外公如何有的第一次，我外婆从没有对我详细说过。当然，她作为一个长辈，这种事也无法对我说。不过我想，这第一次的发生也许有诸多方面的原因，而且这些原因应该主要来自于我的外婆。首先，我外婆毕竟是一个心地善良的女人，她看到我外公如此尽心尽意地保护自己，照顾自己，而他却忍受着这种只有年轻男人才能体会到的煎熬，实在感到过意不去，因此有一种报恩的心理。其次，我外婆也逐渐意识到，保持这样的局面应该不是长久之计，总有一天会被徐宗富发现，而一旦徐宗富发现了她和我外公只是这样一种怪异的关系，那她立刻又会陷入危险的境地。因此，只有和我外公进入到一种实质性的关系才会更安全。此外还有更重要的一点，这时已有消息传来，红军的队伍已经越走越远，我外婆的心里很清楚，她要想等自己的丈夫回来就必须要做长远打算，而这时她也听说，外面的局势已经越来越紧张，环境也越来越残酷，只要她一出去立刻就会被敌人抓到，恰恰是留在我外公这里才是最安全的。因此，她想将这种安全的处境更加稳妥一些，也更加牢靠一些。我想，或许我外婆正是出于这几方面的考虑，才跟我外公终于有了他们的第一次。

他们的第一次应该没有多少激情。我外婆的心里还在想着自己的丈夫，自然反应淡漠，只是出于本能地承受。而我外公看到我外婆的这个样子情绪也会受到影响，这一来在做事的过程中就会只有冲动而没有兴奋。不过我外婆还是告诉了我一个细节。据她说，她和我外公的第一次之后，曾用力大哭了一场。她由于怕被外面的人听到，用牙齿紧紧地咬住自己的嘴唇，眼泪将被子打湿了一大片。也就在这一晚，她拿出陈玉才的那张画像给我外公看了。

她流着泪告诉我外公，这就是她的男人。

我外公竟然也是一个很细心的人。他一眼就看出，这个画像上的男人并不是商人，而是一个军人，而且应该是一个红军。我外婆听了立刻吃惊地看着他，问他是怎样知道的。我外公用手指一指画像上这个人的衣领，说他见过，这应该是红军的军服。

我外婆和我外公这第一次之后就又各自睡到自己床上去了。他们从此就这样，每一次只在做事时才到一起，做完了事就各自回到自己床上去。他们并不是经常做这种事。我外公很体谅我的外婆，知道她每一次做完之后都会很长时间伤心地流泪，因此轻易不会提出这样的要求，只有实在感到难耐了，才小心翼翼地到我外婆的竹榻上。

我外婆在第二年的夏天生下一个男婴。这就是我的大舅。关于我大舅始终是一个谜。据我外婆说，她一生下这个孩子就感到有些奇怪，我外公的肤色黝黑，他却很白，而且脸型也不像我外公那样方方正正，长着一个很好看的尖下巴。我外公在当时似乎并没有过多在意我大舅的这些可疑特征，只是对这孩子很淡。据我外婆说，他几乎从没有正眼看过我的大舅，更不要说抱一抱。倒是我外婆，一直对我大舅非常疼爱，甚至明显超过疼爱别的孩子。那时我外婆和我外公虽然还住在徐宗富的家里，但生活条件很不好。我大舅十二岁那年，一次我外公带他去山上砍竹子。快到中午时，我大舅饿了，就从身上掏出一个饭团吃起来。我外公在一旁看了，发现我大舅吃的竟然是大米饭的饭团，就问他这饭团是哪里来的。那时我大舅还是个孩子，并不懂人情事理，于是就如实说，是我外婆临出来时塞给他的。我外公听了没说任何话，但回来之后就问我外婆，为什么偷偷给我大舅吃饭团。我外公说，家里只有那么一点点米饭，都是一样的孩子，为什么只给他吃而不给别的孩子吃？我外婆听了自知理亏，但还是强辩说，我大舅的年龄大了，正是长身体的时候，而且每天还要跟我外公一起出去做事，不吃饱了怎么行。我外公听了虽然没再说什么，但很长时间，一直对这件事耿耿于怀。

12

这些年来，我外公和我外婆之间的关系纠结的焦点，一直是在我大舅的身上。或者说，是我大舅的存在本身具有的含义。但他们两人却从来没有正面说过这件事。我大舅就像是一个符号，一个象征，同时也像一堵无形的墙，横亘在我外婆和我外公之间。

正如我母亲所说，大家谁都明白，我大舅是意味着另一个人的存在。

多年以后，我大舅也成为一个英姿勃发的年轻军人。我外婆更加以他为自豪。据我母亲说，在我大舅结婚时，我外婆第一次与我外公发生了激烈的争吵。那时已是上世纪五十年代，我大舅被调去北京在一个部队机关里工作。他先是给我外婆寄来一封信，说是有了女朋友，和他在同一个部队机关里工作，他们准备在这一年的春天结婚。我外婆接到信后兴奋得几夜没有睡好觉，然后也没跟我外公商议，就将自己的一对玉石手镯拿去镇上卖了，然后把卖得的钱给我大舅寄去北京。据我母亲说，我外婆卖掉的这对玉石手镯当初是我外公送给她的，这对手镯还有一些来历。当年我外公的父亲行医时，曾给一个大户人家的老夫人治好了疟疾，这家的男主人为向我外公的父亲表示感谢，就送了他这对很珍贵的田黄玉手镯。这也是我外公的父亲唯一的一次为人家治好病，因此这对手镯也就更具有了另一番意义。我外公的父亲一直将这对玉石手镯珍藏在身边，直到临去世时才交给我的外公。后来我外公也就将这对手镯戴到了我外婆的手腕上。当我外公知道了我外婆因为我大舅要结婚竟然已将这对玉石手镯卖掉时，没说任何话，只是很长时间没有理睬我的外婆。就在那一年的春天，我大舅带着他新婚的妻子回到老家。但我外公却借故到瑞金去了。待他回来时，我大舅已经带着新婚妻子回北京去了。那一次我外婆真的生气了。我母亲说，她还是第一次看到我外婆发那样大的脾气。她竟然在我外公的面前将一只饭碗用力摔到地上，碎瓷片飞溅得屋里到处都是。但我外公仍然没有说话，只是蹲到一边默默地吸烟。我外婆问他，为什么要去瑞金。我外公先是闷着头，沉了一下才抬起头说，那边有一些事情，几个朋友让他过去帮忙料理一下。

我外婆听了哼一声说，你不要再说了，我知道你是故意躲出去的。

我外公问，我……为什么要躲出去呢？

我外婆说，这就要问你自己了。

我外公就又低下头去不再说话了。

我外婆说，你自己心里是怎样想的，难道你还不明白吗？我外婆一边这样说着就又有眼泪流出来，她点点头说，我知道，你这些年一直不喜欢幼才，从他一生下来你就不喜欢。

我外婆所说的幼才就是我大舅。我大舅叫徐幼才。这个名字当年还是我外婆给他取的，但她一直没有解释为什么要给我大舅取这样一个奇怪的名字。

我外婆和我外公的这一次争吵虽然很快就过去了，但从此以后，他们两人之间就更少说话了。我外公在家里时只是闷头抽烟，我外婆则总是用一只小砂锅不停地煎她的草药。据我母亲说，在她家乡那一带的山上盛产一种叫当归的草药，女人吃了对身体很好，不仅具有滋补功效，还可以预防很多种妇科疾病。因此我外婆就常去村里，从那些经常上山采药的人手里买回这种当归，仔细清洗干净，再放到砂锅里拿到灶上去煎煮。

她经常自言自语地嘟囔着说，我一定要多活些年呢……

13

我外婆生出我大舅之后，一共又给我外公生了四男一女，其中最小的一个女孩就是我母亲。据我母亲说，他们后面的这五个孩子无论男女，显然都是清一色的品种，皮肤黝黑，眼睛清亮，而且方头方脑看上去很周正的样子。我外婆在生出最后的一个孩子之后，对我外公说，好了，我已经对得起你了。我外公听懂了我外婆的意思。于是，他们两人从此也就结束了多年来一直维系的那一点点关系。其实这些年来，他们两个人似乎也只有这一点关系，除此之外就像是两个稍稍熟悉的路人。我外婆一直还保持着独自睡竹榻的习惯，我外公则始终睡他的竹床。他们偶尔在一起时，也只是那短暂的一会儿，完了事就又各自分开。自从我外婆正式向我外公宣布，他们之间的那一点点关系业已结束，我外公和我外婆就更少说话了。

他们除去在一起搭伙吃饭，好像再也没有什么共同的事情。

从 1948 年开始，我外婆和我外公的生活发生了一系列变化。先是我外公的堂叔徐宗富死了。徐宗富是喉咙里长了东西，吃不下饭活活饿死的，如果在今天看来很可能是食道癌一类绝症，死前只剩了一张皮包着骨头，如果吞下一盏油灯浑身都可以亮。徐宗富死前在床上躺了将近半年。他原本有一个老婆，但早在几年前就病死了，后来又讨了一个小老婆，比我外公还小几岁。这个小老婆见徐宗富病在床上已经奄奄一息，就扔下他卷了一些细软跑了。徐宗富还有两个儿子，但都在国民党的军队里做事，已经很多年没有回家，因此他在临死时，床前除去我外公就再也没有别的人。我外公看在他们是堂叔侄的份上，就还是端汤端药悉心照料。这让徐宗富很感动。他在最后的时候对我外公说，现在家里已经没有什么人，他的两个儿子，也就是我外公的那两个堂叔伯哥哥看样子也已经回不来了，因此他死后，这份家业就交给我外公了。他这样说罢，两腿用力一蹬就咽气了。但这徐宗富毕竟是一个很精明的财主，他还是为自己留了一手，他直到临死也没有对我外公说出这些房地田产的契约藏在哪里。因此我外公虽然守着这样大的一份家产，手里却没有任何房契和地契。

但尽管如此，这份家产还是给我外公带来了很大麻烦。

我外公继承这份家产的第二年，他们那一带就解放了。于是我外公也就自然被划定为地主成分。尽管村里人都很清楚，他的这个地主是怎样一个地主，但大家出于这些年对大地主徐宗富的仇恨，就还是将愤怒发泄到我外公身上，将他狠狠地冲击了一下。房地田产都被没收去，分给了村里的穷苦人，我外公和我外婆一家只住在一个小院的两间不大的房子里。但我外婆对这些倒并不在意。她这几年已经养成一个习惯，每天走十几里山路，到附近的镇子上去打听时局的消息。那时农村还没有报纸，更不可能有收音机，所以消息就很闭塞，山外的事情往往要发生了很久才会传进来。于是镇上的街头巷尾也就成了一些信息的集散地。我外婆在镇上听说了，当年的红军已经改叫解放军，而且解放军比当年的红军更加壮大，正在准备解放全中国。我外婆认定她的丈夫陈玉才应该是在解放军的哪支部队里。因此她虽然嘴上不说，却经常独自一个人掰着手指计算，陈玉才的部队应该打到了哪里，又打到了哪里。

但是，直到上世纪五十年代的中后期，我外婆却始终没有打听到陈玉才的消息。

直到几年以后，我大舅带着他的新婚妻子回老家来探亲。

14

我大舅带着新婚妻子回老家来探亲这一次，也带来了一个重要信息。有一次，他陪我外婆闲聊时，无意中说到他在北京工作的那个部队机关里，一次遇到一位女首长。这女首长大约有六十多岁，她一听说我大舅是赣南这边的人，立刻很兴奋，说她当年曾在苏区工作，而且在赣南待了很长时间。我外婆一听立刻睁大两眼，问我大舅这个女首长是什么样子。我大舅想了想说，她已经快七十岁，就是一个老太太的样子，满头白发，戴一副眼镜，不过看上去气色很好，红光满面的。我外婆听了沉吟片刻，又摇摇头。

她喃喃自语地说，不对啊……她那个时候不戴眼镜啊……

我大舅听了立刻问，怎么……您认识这位首长？

我外婆想想说，她当初，是在赣南的什么地方？

我大舅摇摇头说，这她没有具体说。

那时我外婆还从没有提起过自己的过去，她当年的那些事，一直是她和我外公共同保守的一个秘密，因此我大舅，以及包括我母亲在内的另几个孩子也就并不知道我外婆还有那样一段身世，更不知道曾经存在过陈玉才这样一个男人。我大舅带着他的新婚妻子回北京之后，我外婆变得更加沉默起来。一天，她突然向我外公宣布，她要去北京。

那是一个傍晚，我外公从山坡上砍竹子回来。我外公在年轻的时候曾去过闽南，在那边学会一些漆器手艺，所以这时就经常做一些提盒或梳妆盒一类小的漆器，然后拿到镇上去卖，以此来赚钱养家。在这个傍晚，我外公将砍来的竹子放到地上，发现我外婆竟然做了一顿很好的晚饭。那时虽然我二舅和三舅也已结婚，四舅五舅都去镇上做工，但家里的经济条件仍不太好，并不是每顿饭都可以吃到大米，更多的时候是吃红薯和南瓜。可是这一晚，我外婆却破天荒地煮了一锅大米饭，还去村里买来一些水酒，做了一碟腌笋，又炒了一些腊肉。我外公坐到饭桌前，看看桌上的饭菜，又看看我外婆，一下有些摸不着头脑。我外婆没有说话，只是为我外公斟了一杯水酒，也为自己斟满一杯，然后端起来跟他碰了一下就先喝下去。我外公却没有喝，只是端着酒杯愣愣地看着我外婆。他和我外婆一起生活了这些年，在他的记忆里，无论遇到什么事，我外婆还从没有跟他一起喝过酒。因此，他觉得我外婆有些反常。

我外婆喝过酒之后又为自己斟了一杯，然后才说，她要跟我外公说一件事。

我外公问，什么事。

我外婆说，她准备去北京。

去北京？你……去北京干什么？

我外公一听立刻感到有些意外。

我外婆却没有说话，只是看看他。

我外公立刻明白了，于是就将手里的酒杯慢慢放到桌上。

我外公沉了一下，问，你……找到他了？

我外婆没有说话。

我外公又问，他在北京？

我外婆仍然没有说话。

过了一会儿，我外婆才说，我去北京，是要找另一个人。

我外公忽然端起杯把酒喝下去，然后说，你不能去。

我外婆看一看他，然后声音不大的问，为什么？

这时我外婆已将去北京的路费准备好了。她上一次卖掉那对田黄玉石的手镯，只将其中的一部分钱寄给我大舅，自己的手头还留下了一些。但我外公说，不是钱的事。

我外婆问，那是，什么事？

我外公说，是你眼睛的事。

我外婆这些年由于经常流泪，两只眼睛已患上了严重的青光眼，其中一只眼的视力已经降到很低。我外公说，你的眼睛这样，又要跑那么远的路，这怎么能行。

我外婆却固执地说，她已经决定了，不管怎样说也一定要去。

这时我外公也第一次固执起来，他说，我说不能去就不能去！

我外婆看看他，问，你说不能去？

我外公说对，我说不能去！

我外婆问，我为什么一定要听你的呢？

我外公一下愣住了。

我外婆又问，你是我的什么人呢？

我外公张一张嘴，没有说出话来。

我外婆说，我去北京是要找自己的丈夫。

我外公的方脸一下涨红起来。

我外婆问，你凭什么不让我去呢？

我外公低下头沉了一阵，就起身出去了……

15

我外婆这一次说的话的确有些过分了，而且严重地刺伤了我的外公。但她这样说，又不能说完全没有道理。她和我外公除去一起生过几个孩子，的确什么都不是，他们彼此从没向对方做出过任何承诺，也没有答应过对方任何事情，他们两人这些年来仍然一直保持着收留与被收留的身份，除此之外甚至可以说没有一点关系。

那一夜，我外公一直没有回来。

但我外婆在第二天一早还是走了。通往镇上的山路虽然很崎岖，而且有十几里远，可是我外婆这些年已经走熟了，或许是心情急切的缘故，她只用了一个多时辰就来到镇上。那时镇上已经有通往县城的长途汽车。我外婆来到长途汽车站，在等车时，无意中一回头，看到了我的外公。我外公看上去很疲惫，眼里布满了血丝。他的手里拎着一兜吃的东西，显然是刚在镇上买的。他走到我外婆的跟前，将这兜食物交给她说，带着路上吃吧。我外婆没有想到我外公竟会赶来送她，愣愣地接过这兜食物，却没有说出话来……

我外婆这一次去北京很顺利。由于有我大舅，所以很快就找到了他说的那位女首长。这个已经六十多岁的老太太果然就是当年的那位女首长。这女首长见到我外婆，尽管已经过去几十年竟一眼就认出来。于是上前一把就将我外婆抱住了，一边流着泪喃喃地说着，你还好吧……还好吧……我外婆也流下泪来，说，你们这些年……去了哪里啊……

女首长听了立刻惊讶地问，怎么，你还没有找到陈玉才同志吗？

我外婆摇着头说，没找到……还一直……没找到他……

女首长说，这怎么可能？这怎么可能呢？！

我外婆喃喃地说，就是……没有找到啊……

那天晚上，女首长将我外婆接到她的家里，跟她整整说了一夜的话。我外婆将自己这几十年的经历都对这位女首长说出来。女首长听过之后流着泪说，李红梅同志，你受苦了，真的是为陈玉才同志受苦了……我外婆一听到这位女首长又叫出自己当年的名字，立刻激动得更加泣不成声。这位女首长告诉我外婆，当年他们的那个部队机关跟随部队转移之后，不久陈玉才就被调走了，据说是去了白区工作部，后来又被派往敌占区去了。不过没关系，这位女首长对我外婆说，你现在找到我就好办了，我一定想办法帮你找到陈玉才同志。

这位女首长看了我外婆一眼，又说，只要……他还活着，就肯定可以找到。

我外婆在这位女首长的家里住了将近一个月。这女首长通过各种途径多方寻找，却始终没有找到陈玉才的下落。她原本还想让我外婆在北京多住一段时间，但我外婆却执意要回去了。女首长见实在留她不住，只好说，也好，你先回去，关于你的事我会跟你们地方政府打招呼，至于陈玉才同志的下落，我也会继续帮你寻找，一有消息立刻就告诉你。

就这样，我外婆从北京回来了。

16

我外婆这一次去北京还是有些收获的，她总算从那位女首长那里打听到一点关于陈玉才的消息。陈玉才在随部队机关撤走之后曾被调去白区工作部工作，后来还被派去了敌占区，这应该是一条很重要的线索。我外婆据此推断，如果这样说，他就很有可能为执行任务深入到敌人内部去了。那么新中国成立以后国民党军队撤去台湾，陈玉才会不会为了继续执行任务也跟着去了台湾呢？而当时台湾与大陆虽然只隔着一个台湾海峡，却如同阴阳相隔，陈玉才是不可能往这边寄信来的。我外婆想到这里顿时精神为之一振。倘若果真如此，那么陈玉才直到新中国成立以后仍然迟迟未归，而且一直没有任何消息也就应该有了合理的解释。

我外婆自从有了这个念头，就一天天越发坚定自己的想法。据我母亲说，她就是从那时开始变得封闭起来，每天很少与人说话，只是沉浸在自己的想象里。

我外婆从北京回来不久，一天上午，山路上开来一辆吉普车。车开到我外婆家的门口停住，从车上下来几个干部模样的人。他们先是在门外指指点点好像说了一阵什么，然后就敲门进来，说是要找李红梅同志。我外婆看看这几个来人，说自己就是李红梅，不过这还是她当年的名字，她现在已经改叫李山梅。几个来人立刻过来跟我外婆热情握手，说这就对了，我外婆就是他们要找的人。他们告诉我外婆，他们是从县里来的，这几天刚刚接到上级指示，让安顿好我外婆的生活，因此他们要将我外婆接到县里去，这样照顾起来也方便一些。

他们这样说罢，让我外婆简单收拾了一下，就用吉普车接走了。

我外婆直到去了县里才明白是怎么一回事。显然，是那位女首长从北京打来电话，让地方政府照顾好她的生活。她被接到县里之后，先是安排在一个招待所住下。县里的领导说，他们正在想办法，要为我外婆做一个长久打算，所以只是暂时在这里住一住。

我外婆听了，第一次感觉到找到组织的温暖。

但是，这个招待所的条件虽然很好，我外婆却住不习惯。这里靠近县城中心，附近有很多商店，所以从早到晚人来车往很热闹。我外婆在下冲那边清静惯了，住在这里就总是休息不好。她曾几次向县里的领导提出来，还是让她回下冲去。但县里的领导却执意不肯，说北京的领导亲自打来电话，叮嘱他们一定要照顾好我外婆的生活，这是对他们的信任，如果他们不为我外婆安排好就无法向北京的领导交代。他们一再向我外婆表示，千万不要客气，如果她在生活上有什么困难只管向他们提出来，他们一定会尽力帮她解决。

我想，那应该是我外婆最心烦意乱的一段时间。她不仅突然置身在这样的闹市，每天被各种嘈杂的声音搞得不知所措，而且还要面对许多更加不堪其扰的麻烦。我外婆自从被接去了县里，她的身世和这些年的经历也就被传扬出去，所以每天都要接待各种莫名其妙的人，回答各种莫名其妙的提问。这些人向她提出的问题大同小异。他们都自称是来采访的，有的要写书，有的要编史，还有的说是要将这一带当年的人物搞一个档案。他们让我外婆一遍又一遍地讲述着自己过去的事和这些年来的经历。我外婆已经很久不愿去触碰这些让她伤心的往事，所以每说一遍，都要伤心地流泪，如此一来她的眼疾也就更加一天天加重。

我外婆终于病倒了。

她感觉自己从未有过的疲惫，浑身上下没有一点气力。于是她拒绝了一切来访者。她对这些人说，她想一个人独自安静一下，如果他们这些人真的为她好，就不要再来打扰她。

就这样，她将自己关在招待招待所的房间里，不再见任何人。

在一个下着小雨的上午，我外公赶着一辆驴车来到县里。他让我外婆躺到车上，又为她盖了一件蓑衣，就将她接回下冲去了……

17

我外婆这一次从县里回来，身体明显大不如前了。

她每天只是不停地为自己煎煮当归，搞得家里到处都是草药的气味。就在这时，突然又发生了一件事情。据我母亲说，那是一个下午，家里突然来了两个干部模样的人，说是要见我的外婆。他们将一个很薄的信封交给我外婆。但他们立刻又说，这件事目前还没有完全核实，只是先让我外婆看一下，后面还要继续去调查。我外婆一接到这个信封似乎就意识到了什么，她看看这两个来人，好像想问什么话，但嘴唇动了动却并没有说出来。她将这个信封慢慢打开，里面果然是一张通知书。我外婆当年和陈玉才一起在部队机关时，曾很多次见过这种通知书，她知道，这是哪个战士在战斗中牺牲了，专门用来通知家属的。这张通知书已经有些破旧，显然是在哪个角落里压了很长时间。我外婆注意到，从时间看，这张通知书竟然还是 1948 年的 8 月签发的。她将这张通知书拿在手里，一遍又一遍地用力看着。她这时的青光眼已经很严重，一只眼的视力已基本接近于零，所以不得不将这张通知书拿到眼前，仔仔细细地看着。就这样看了一阵，她突然抬起头来。

她对来人说，不，这不是陈玉才的通知书。

两个来人有些诧异，对视一下问，为什么？

我外婆指了指纸上的名字说，你们看这里。

两个来人看了看，又看看我外婆，还是不太明白。

我外婆说，这上面写的是陈玉中，可是他……叫陈玉才啊。

其中一个人哦一声说，也许是写错了，把才字写乱了一笔。

我外婆立刻摇摇头说，这样大的事，怎么可能写乱一笔呢？

她将这张纸交还给两个来人，坚定地说，你们拿回去吧，一定是搞错了。

两个来人一下都没了主意。他们又对视一下，只好接过这张纸告辞走了。

但是，我母亲说，在那个下午，那两个来人走后，我外婆就躺到她的竹榻上去了，而且就这样一连躺了几天。她从此变得更不爱说话，经常一个人独自出神。几个月以后，那两个人又来了，给我外婆送来一笔钱。他们婉转地说，这是民政部门发放给她的。我外婆一见到钱立刻兴奋起来，但是看了看，似乎又有些奇怪，她问，怎么会是……这样的钱呢？

当时我母亲就在我外婆的身边。她当然明白我外婆问这样的话是什么意思。我外婆一定认为这笔钱是陈玉才从台湾给她寄来的，所以才感到奇怪。尽管她从没有见过台湾那边使用的钞票是什么样子，但也知道，一定与人民币不同。

就这样，从此以后，县里每年都会派人给我外婆送一笔钱来，而且每一次都婉转地告诉她，这是民政部门发放的。而我外婆每一次也就总是很高兴。

她认定，这些钱是陈玉才从台湾给她寄来的。

18

我外公是1960年去世的。那时正是我们国家的困难时期。

据我母亲说，她那时已经出来工作了，听说家里已几乎断了粮食，就偶尔想办法送回去一点。我外公则总是将这仅有的一点粮食省给我外婆吃，他自己只吃竹笋。但竹笋只能吃嫩的，长大的竹笋就不能再吃了。我外公为了充饥已顾不得这些，就这样由于吃了太多的竹子，排不出大便，就把自己胀死了。我外婆将我外公葬在屋后的山坡上。她这时又将陈玉才的那张画像拿出来，而且自己动手做了一个精致的竹框。我曾经亲眼见过这幅画像，虽然纸是很粗糙的毛边纸，而且已经泛黄，但画像上的人仍然透过岁月的痕迹显得英姿勃勃。很多年后，我母亲虽然有些舍不得，但还是将这幅画像作为文物捐献给县里的革命历史博物馆。

我外婆就这样，守着摆在桌上的这幅画像，同时也守着屋后山坡上我外公

的那座坟冢，独自生活了很多年，她拒绝所有儿女的陪伴，也不到任何人的家里去。她说她每天喝当归，身体很好，所以在生活上完全可以自理。多年以后，我由于工作上的关系经常到江西去，每一次到江西总要绕道赣南，去下冲看望我的外婆。我很爱吃外婆做的腌笋。据她说，这种腌笋的方法她还是当年跟陈玉才的父亲陈木匠学的，先将盐水掺入锯末，然后再把竹笋埋入其中。这样腌出的竹笋不仅可口，还会有一种木质的清香。我每次去下冲，外婆都会一边让我吃她的腌竹笋一边和我一起喝水酒。这时她就会说起自己过去的事情，也说陈玉才在台湾那边的事情。她每次说起陈玉才在台湾那边的事时总是不太一样，有的时候说他已经是一个陆军军官，也有时又说他已从海军退役，还有时又说，他也许已是飞行员，不过现在老了，应该已经飞不动了。但她每说到这里就会神色黯然，低头沉默一阵，然后喃喃自语地说，已经这些年了……他也应该完成任务了，怎么……还不回来呢？

我听外婆说的多了，渐渐地竟也有些怀疑，或许这个让我外婆等了将近一个世纪，叫陈玉才的男人真的是去了台湾？进入二十一世纪以后，一次我到台湾去采风。在台湾的高雄市郊看到一片规模很大的“眷村”，据说是当年去台湾的国民党老兵聚居的地方，至今仍有许多遗迹。我在眷村文化馆里翻阅当年留下的一些资料时，心里还在想，或许……真的能在这里找到陈玉才的踪迹。当然，我很清楚，这种可能很小，实在太小了。

我外婆就这样一直吃着她的当归，直到 2009 年才去世。

享年，九十九岁。

第三章

红女人们

人物：

林秋叶——女，21 岁，先在赣州城里的采茶戏班唱戏，后回到家乡下坪村，成为一个有名的“扩红女”。

刘大姐——女，28 岁，苏区女干部。

如红——女，22 岁，一个一心帮助苏维埃政权工作的年轻农村妇女。最后为捍卫自己的尊严，将保安团的黄营长杀死在竹林里，自己也以勇敢的方式自尽。

温秋云——一个一生充满传奇色彩的女人，曾当过苏区干部，上山打过游击，相传还曾出家为尼，多年后一直生死不明。

一 红

我的红色笔记本上有这样一段记载，在反第五次大“围剿”的最危急时刻。中央红军由于接连不断的战役，各军团大量减员，出现兵力严重不足的状况。于是，自这一年 5 月开始，在中央苏区开展了一场声势更加浩大的“扩红”（即扩大红军队伍，动员更多的年轻人参军上前线）突击运动。当时的中共中央和中革军委决定，在 5、6、7 三月内扩大红军 50000 名。广大的苏区群众积极响应，立刻行动起来，在这样一场特殊的运动中做出了巨大贡献。

我到赣南采访时，特意让当地党史部门的同志找来一份当年中共中央和中华苏维埃中央政府出版的机关报——《红色中华》的影印件。这是一张第206期的报纸，6月11日出版。在这份报纸的第一版和第二版刊登的几乎都是有关“扩红”工作进展情况的报道，其中在显要位置有一篇题为《在创造一百万铁的红军的战斗任务面前》的文章。文章开头是这样写的：“创造一百万铁的红军，建立一支能有战斗力的立场坚定的一百万红军队伍，这在目前是我们最紧要的第一等战斗任务……”从这张报纸上可以看出，当时在中央苏区，这场“扩红”运动是多么的紧锣密鼓，又是多么的轰轰烈烈。正如这份报纸上的一篇文章中所说，“大批苏区优秀儿女，加入到红军的队伍中来……”

关于这场“扩红”运动，我的红色笔记本上还有一些详细记载。当时赣南地区的一个县，仅用一个月时间就扩充红军兵员5400人，超额31%完成规定任务，成为当时著名的“扩红突击模范县”，受到有关部门的表彰。9月1日，中共中央局、中革军委总动员武装部等五单位又联合发出通知，要求全苏区在9月间动员30000名新战士上前线，并要求在9月27日前完成任务。苏区群众再次动员起来，积极响应，有的县仅用9天就完成了任务。

显然，这个笔记本的主人在当时深入到苏区基层，做了大量的采访工作。根据这个笔记本上记载的线索，我到赣南深入生活时，也采访到一些有关当年“扩红女”的故事。这些“扩红女”大都是很普通的农村少女或基层的妇女干部。她们没有太多文化，但都有极高的工作热情，而且有各自的工作方法。

“林秋叶”，就是她们当中的一个……

1

秋叶是在一个夏天的下午回到下坪的。

下坪的夏天闷热而潮湿。这里四面环山，风吹过来只在山外打旋却无法进来，于是坳谷里就总蒸腾着黏稠的溽汽，似乎连樟树的叶子都汗津津的。但是，秋叶却从人们投来的目光里感到了寒意。秋叶知道，这寒意包含着鄙夷。这种包含着鄙夷的寒意使她感到身上一阵阵发紧。秋叶在这个下午走进下坪，就在人们的注视下朝坡上走去。

她抬起头，远远望去，就看到了自己家的那间石屋。

那间石屋仍然立在崖边，只是更加灰暗，屋顶也生出了杂草。

秋叶是在七年前离开这间石屋的。她还记得那时的情形。那时的这间石屋似乎比现在高大一些，在屋后的山坡上还长满一片葱翠的竹林。每到下雨时，竹林里便会发出一片沙沙的声响，而且散发出清幽的竹叶香气。秋叶的母亲曾对她说过，这片竹林还是父亲在世时亲手种下的。秋叶已经记不清父亲的模样，只听母亲说，他是一个篾匠，编织出的竹器不仅精美而且非常耐用，因此很受山里人们的喜爱。但秋叶的父亲却并没有因为他编的这些精美竹器就挣到足够的钱养家。他经常是背着几件竹器出去，几天后又如数地背回来。山里的人们日子过得很艰难，他们连饭都吃不饱，所以没有钱来买秋叶父亲的这些竹器。秋叶的父亲为此感到很郁闷。他认为自己的竹器都是上等货色，应该能卖到很好的价钱，可是即使自己要价再低却仍然无人问津。他想不明白这是为什么。于是渐渐地，他就对自己，也对自己的这些竹器失去了信心。终于一天傍晚，他在镇上用自己一件最心爱的竹器换了一壶水酒。秋叶的父亲从不喝酒，他没有想到这种叫酒的液体竟然如此厉害。在那个傍晚，他在镇子上将这壶水酒一口气喝下去，很快就感到头重脚轻，眼前似乎有许多五颜六色的云彩在上下翻飞。就这样在回来的路上过梅河时，一失足从船上跌进水里就淹死了。秋叶的母亲得到消息已是几天以后，她拉着刚会走路的秋叶沿梅河寻找了很久，最后只在下游几里远的地方找到了一件秋叶父亲的竹器。那是一张竹椅，它漂在水边，已被泡得泛起肮脏的颜色。

秋叶的母亲看了，抱起秋叶就回来了。

在七年前的那个傍晚，秋叶虽然并不知道自己即将要离开家，却已经有了异样的感觉。母亲将她的几件衣服洗净，细心地叠起来。这些衣服虽然都已很旧，却被母亲缝补得整整齐齐。晚饭时，母亲还特意为她炒了一个鸡蛋。母亲坐在桌边，看着她一口一口地吃着这只鸡蛋，始终没说一句话。秋叶停下来，问母亲为什么不吃，

母亲只是摇头笑一笑，说，你吃吧。

秋叶感觉到了，母亲笑得有些吃力。

母亲忽然又问秋叶，你知道……自己今年多大了？

秋叶很认真地点点头。她当然知道，自己十三岁。

母亲喃喃地说是啊，已经十三岁了……该是大姑娘了。

秋叶第二天一早就跟着一个穿长衫的男人走了。她直到走出很远，回过头去仍能看到母亲站在崖上朝这边望着。那时母亲还很年轻，只有三十几岁，远远看去清秀的身材还很苗条。事后秋叶才知道，就在她被那个穿长衫的男人领走的几天以后，母亲也走了。母亲是改嫁到会昌去了，男人是一个小货栈的老板，从此再也没有任何音信。秋叶那一次被那个穿长衫的男人领到贡江边的码头，乘船来到城里，就这样到了长三戏班。那个穿长衫的男人将秋叶交到戏班老板的手里，没说任何话，接过几个银圆在手里掂了掂就转身走了。

戏班老板叫王长三，是一个留着中分头，眉目清秀两只眼睛却滴溜乱转的男人。据说这长三老板当年曾唱过小生，却一直没有唱红。长三戏班是一个很小的采茶戏班，班子里只有一个像样的角色，叫丘艳秋。丘艳秋二十多岁，扮相很好，嗓音也很好，而且青衣花旦都拿得起，所以每到台上就很有一些观众为她叫好。丘艳秋第一次见到秋叶时就对她印象很好。她上前拉住秋叶的手，问她叫什么。秋叶告诉她自己叫林秋叶。丘艳秋一听就笑了，说好啊好啊，我叫丘艳秋，你叫林秋叶，名字里都有一个秋字，看来咱们有缘呢！丘艳秋这样说着又仔细打量了一下秋叶，伸手捏了捏她的肩膀，回头对长三老板说，这妹子行，是干这一行的材料，将来说不定能超过我呢。长三老板听了连忙说，那你就收她做徒弟吧。

于是丘艳秋就收了秋叶，为她取艺名叫小艳秋。

2

其实秋叶并不喜欢小艳秋这个名字。

秋叶觉得自己叫秋叶很好，为什么一定要排着师父丘艳秋叫小艳秋呢。丘艳秋似乎看出秋叶的心思，就对她说，无论男人还是女人，只要做了这一行都要有艺名的，只有取了艺名将来才有可能唱红。丘艳秋又对秋叶说，现在到了城里，不要还像在乡下那样土气。秋叶当然知道，师父丘艳秋指的是自己穿的衣服。秋叶来到戏班以后，丘艳秋曾找出几件自己不穿的衣服拿给秋叶，这些衣服虽然肥大一些，但勉强还可以穿。可是秋叶却一直还穿着从家里带来的衣服。她觉得只有穿着母亲缝补过的衣服才会感觉到母亲的存在。

秋叶刚到长三戏班时，并不懂这里的事。

她随着对师父丘艳秋的了解，却觉得这个女人越来越无法让人了解。长三戏班由于规模很小，去不起大园子，所以更多的时候是去大户人家或一些权贵的后院唱堂会。每到堂会时，自然主要是看丘艳秋。丘艳秋会的采茶戏很多，但最拿手的还是《相公娶媒婆》。她的扮相俊美，嗓音甜润，能把一个年轻俏丽的媒婆演得活灵活现。或许是因为丘艳秋喜欢秋叶的缘故，在戏上对她从不保守，一招一式乃至每一个唱腔一个吐字都实实在在地尽心传授给她。秋叶是一个心性很灵的女孩，自然一看就懂，一学就会，因此只学了一段时间很快就可以上手了。采茶小戏《相公娶媒婆》中有一段行当表演，不仅幽默诙谐载歌载舞，而且表演的形式也灵活多变，多一个演员少一个演员都可以。于是丘艳秋再表演《相公娶媒婆》中的这一段时，身边就又多了一个扮相同样俊美的小媒婆，而且表演起来举手投足行腔吐字都与丘艳秋一般无二，这一来也就很快有了一些名声。长三老板看了当然高兴，戏班里又多了一个压台角色，再有堂会价码自然也可以更高一些。但秋叶却渐渐观察到一件事。她发现戏班出去唱堂会时，师父丘艳秋经常是先被主家用车接走，演出完了也总是很晚才被送回来，有的时候甚至彻夜不归。秋叶毕竟已在戏班里待了一段时间，虽然对一些事还不甚熟稔，却也稍稍明白了一点。她自然知道师父彻夜不归意味着什么。秋叶对此感到不可思议。她认为在戏班里唱戏只是卖艺，跟那些灯笼巷里的女人总不是一回事，师父这样好好的一个女人，又是戏班里这样一个角色，怎么可以去做那种事呢？终于有一天，秋叶实在忍不住了，就把这些话当面向师父问出来。那是一个早晨，师父丘艳秋刚刚被一辆黑布篷的人力车送回来。丘艳秋听了秋叶的问话似乎有些意外。她睁大两眼看看她，说，你……说什么？

秋叶就又把刚说过的话说了一遍，她问师父，您为什么要这样做呢？

丘艳秋的脸一下涨红起来，她低头沉了一下，然后慢慢抬起头。

她说，这一次……我不怪你，不过这样的话，以后不要再问了。

丘艳秋这样说罢就迈腿进院去了。

但秋叶还是想不明白。其实在秋叶的心里，还是很佩服师父的。她觉得一个女人能把戏唱成这样，让许多人为她喝彩，而且只凭自己一个人就撑起一个长三班，真的是很不容易。秋叶想一想自己，觉得自己恐怕一辈子也唱不到师父这样的地步。但她又想，如果真有一天能唱得像师父这样，同时也要像她这样彻夜不归，那么自己宁愿不当这样的角色。

秋叶将自己的这个想法对田喜说出来。

田喜是长三班里的丑角，但只能在《相公娶媒婆》里演一演相公，并不会更多的戏码，所以平时在唱戏的同时就还要在戏班里做一些杂事。田喜也是于都人，因此从第一次见到秋叶，两人就都感到很亲切。田喜曾偷偷对秋叶说，他这几年在这长三班里只是混日子，过一天算一天，但现在不同了，有了秋叶，所以他一定要在这戏班里好好干，等手里攒下一些钱，就将秋叶从戏班里赎出去，带她一起回于都。秋叶虽然对田喜说的这些话并不敢抱太大希望，但她深信他是真心的。也正因如此，秋叶渐渐地就养成一个习惯，平时有什么心事，或有什么心里话总要对田喜说一说。秋叶在一天晚上对田喜把自己的想法说出来。田喜听了半天没有说话。田喜已在长三班里待了几年，对各种事情自然见得更多一些。他想了一下对秋叶说，其实在这种地方，也并不一定都要像丘艳秋那样做的。

秋叶一下没有听懂田喜的意思，眨着眼看一看他。

田喜说，遇到什么事……该怎样做，也要看自己。

这一次秋叶听懂了，她看着田喜，用力点一点头。

当然……田喜又说，我知道，你不会是这样的人。

秋叶问，为什么？

田喜看着秋叶，说，因为你是于都人。

于都人……又怎样？

于都人无论走到哪里，也还是于都人。

田喜很认真地说着，用力盯住秋叶。

3

田喜说于都人无论走到哪里，也还是于都人。这让秋叶有些不解。直到若干年后，秋叶又回到于都时，再想起田喜当初说过的这些话才不由得在心里钦佩他。

她真切地体会到，自己真的是一个于都人。

秋叶还牢牢记住田喜说过的另一句话。田喜说，秋叶不是丘艳秋那样的女人，所以不会做出她那样的事情。这让秋叶有些感动。她觉得在长三戏班里只有田喜最了解自己。但让秋叶没有想到的是，田喜的这句话却说错了。接下来没过多久，秋叶竟真的也做了像师父丘艳秋一样的事情。那是一个春天的下午，丘艳秋从外面回来，一见秋叶就说，晚上在灶儿巷有一个堂会，但主家事先说了，不用戏班都过去，所以她只带秋叶一个人去就行了。当时秋叶正在院子里练功。秋叶听了有些奇怪，问师父，她们两人去怎么唱。丘艳秋说，清唱就可以。丘艳秋看一眼秋叶又说，她已跟长三老板打过招呼，傍晚时主家会有车来接。

到掌灯时分，院子外面果然来了一辆红绸布篷子的人力车。秋叶将须用的行头包在一个包裹里，拎着走出来。丘艳秋见了立刻说，行头就不用带了。

秋叶不解地说，不带行头……怎么唱?

丘艳秋说，我已经说过了，清唱。

秋叶说，可清唱也总不能素身啊。

丘艳秋说，就素身唱吧。

她这样说罢就让秋叶将包裹放回去了。

在这个傍晚，秋叶和师父丘艳秋坐着人力车来到街上。人力车拐过几条街来到灶儿巷，却在一家旅社的门前停下来。秋叶朝这旅社的门口看一看，又回过头来看看师父，问怎么会来这里。师父丘艳秋点点头说，就是这里。然后就催促秋叶赶快下车。秋叶有些迟疑地下了车，跟在师父的身后走进旅社。这时两个穿军装像卫兵模样的人迎过来，将她们二人领到楼上的一个房间里。这显然是吃饭的地方，屋子中间有一张餐桌，已经摆好丰盛的菜肴。这时一个光头的胖大男人从里面的套间走出来，笑笑说不要客气，随便坐吧。秋叶看一看这里不像是要唱堂会的样子，就又回过头去看一看师父丘艳秋。丘艳秋似乎并没注意到秋叶的表情，先是笑着跟那光头男人打过招呼，然后就拉着秋叶过来在餐桌前坐下了。

秋叶听到了，师父丘艳秋把这个光头男人叫张团长。

这时秋叶已经认出来，就在几天前刚刚见过这个张团长。那天晚上是去城里一个叫陈杏斋的人家里唱堂会。据长三老板说，这陈杏斋是市府里的一个要员。那天他是给母亲做七十大寿，请去许多城里的头面人物，当时这个张团长也在座。秋叶那天之所以记住这个张团长是因为他的光头。他的光头上有一层很厚的赘肉，尤其脑后，竟然像核桃似地翻起许多皱褶。秋叶没想到会在这里又看到这个张团长，心里一下就有了不好的预感。

她回头看一看师父丘艳秋，轻声问，怎么在这里唱堂会?

张团长一听就笑了，说，今天不唱堂会，请你们过来，只是一起吃个饭。

他一边这样说着，两只红肿的眼睛又盯在秋叶的身上用力看了看。秋叶立刻感到浑身一紧，连忙把头低下去。张团长拿过一瓶烧酒，将秋叶和丘艳秋面前的酒杯斟满。秋叶连忙说自己不会喝酒，而且唱戏要用嗓子，也不敢喝。张团长听了却摇头笑着说，你师父也唱戏，而且唱得比你好，她可是很能喝酒呢。秋叶知道，师父丘艳秋的确很能喝酒，在一些场面上很大的一杯白酒一口气喝下去竟然面不改色。这天晚上，秋叶先是执意不肯喝酒，但后来在张团长和师父丘艳秋的一再劝说下只好也勉强喝了一些。她很快就意识到，自己真的是不胜酒力，只喝了两杯酒就感到天旋地转。但这时已经晚了，她只觉浑身一点一点地瘫软下去，师父丘艳秋和张团长说话的声音似乎越来越远。

再后来，她就什么都不知道了……

4

这就是秋叶的第一次。

这一次之后，秋叶哭了很久。她没有想到事情竟会来得如此突然。她面对这样的事情一下有些不知所措。但师父丘艳秋劝她说，进了这一行的女人迟早都要走这一步的，与其随随便便地走还不如一开始就找一个稳妥的靠山。丘艳秋对她说，你还算福气呢，眼下在长三戏班虽说能勉强挣一口饭吃，但终究不是牢靠的饭碗，这个张大头是城里保安团的上校副团长，不仅有权有势也很有钱，以后只要跟定他就吃穿不愁了。

丘艳秋说，你有了这个靠山，今后还怕什么呢？

但是，师父丘艳秋的话只说对了一半。这个叫张大头的保安副团长的确是一个很有势力的人物，却并不是一个稳妥的靠山，那天晚上以后，他又派人将秋叶接去过几次，每次都住一两晚，再后来就没有消息了。这一来秋叶反而松了一口气。她真的是不想再去那个张团长那里，她觉得这个胖大男人实在太可怕了，从相貌到身体都很可怕。这以后长三老板对秋叶的态度也变了，再有外面应酬的事就经常让秋叶跟着师父丘艳秋一起去。长三老板对秋叶说，这就对了，你跟着师父丘艳秋不光是学唱戏，也要学做事，女人唱戏不能只凭一条嗓子，心眼儿也要活泛一些，头脑灵光是不会有亏吃的。秋叶自然明白长三老板这样说是什么意思。不过她有了张团长那一次，对这种事也就渐渐看开了。她的酒量一天天大起来，在各种男人面前也知道了该如何周旋，遇到一些唱戏之外的事情，也知道该如何去做。她比师父年轻，扮相也比师父俊美，更重要的是她看上去比师父清纯，因此也就越来越受男人们的瞩目。

就在这时，长三戏班里接连发生了几件事。

先是田喜离开戏班走了。那是一天深夜，秋叶在外面唱了堂会被一辆挂着铜铃的人力车叮叮当当地送回来。她刚走进院子，就见田喜从黑暗中走出来。秋叶看到田喜稍稍愣了一下。她已经很久没有跟田喜说心里话了。当然，田喜似乎也知趣，除去偶尔在台上跟秋叶搭一搭戏，平时在戏班里见了总是点一点头就赶紧借故走开。在这个深夜，秋叶立刻感觉到了，田喜脸上的表情有些异样。她看看他问，你……有什么事吗？

田喜盯住浑身酒气的秋叶看了看，然后说，我要走了。

秋叶听了愣一下，问他，你……要去哪？

回于都。

回……于都？

秋叶这时听到于都两个字，已经感觉很遥远。她想起来，田喜曾对她说过，要带她一起回于都去。但她知道，现在的自己已经不再是过去的自己了。

田喜看看她，问，你还想跟我一起走吗？

秋叶苦笑着摇摇头说，你……自己走吧。

田喜似乎还不死心，又朝前走近一步说，于都那边……正在闹红，日子比过去好过了，如果……如果……田喜说到这里看一看秋叶脸上的表情，就没再说下去。秋叶当然知道田喜说的事情。她出去唱堂会时已经听说了，于都那边已不像自己当年出来的时候，如今闹红闹得很红火，而且还不仅是于都，整个赣南都已经闹起红来。可是……她慢慢抬起头看看田喜，又垂下眼说，我现在，已经……你……还是自己回去吧。

田喜听了没再说什么，只是点点头，就转身走了。

田喜走后，秋叶的心里难过了很久。秋叶在长三戏班这几年已将田喜当成自己心理上的一个依靠，虽然后来跟他说话少了，但有他在身边，心里就还是感到踏实。现在田喜走了，回于都去了，秋叶突然感到很孤独，心里也空落落的。田喜的离去使秋叶又想起了自己的家乡于都，想起了下坪。她回想一下这几年，恍然觉得就像是做了一场梦，现在这梦醒了，似乎一下有些茫然。一天夜里，秋叶又梦见了自己家在崖边的那间石屋，还有屋后山坡上的那片竹林……秋叶醒来时才发现，自己的眼泪已将枕头打湿了。秋叶想，也许自己真的该回去了。但秋叶知道，自己当年是被卖到长三戏班来的，跟长三老板曾有合约，从秋叶出徒之日算起，必须要在长三戏班里唱够五年才可另做打算。况且，秋叶的心里也很清楚，自己已是长三老板的摇钱树，倘若这时提出离开戏班，长三老板是绝不会答应的。

但就在这时，又发生了一件事情。

长三老板突然被人杀死了。长三老板是在一个旅社里被杀的，据说死得很惨。街上关于长三老板的死因有各种猜测。但比较一致的说法是，长三老板由于唱过小生，相貌俊朗，就经常在外面拈花惹草。他这样做一方面是风流成性，另一方面也想借着女人的关系寻找靠山。这一次，他不知怎么搭上了城里别动队一个副队长的姨太太，结果长三老板不仅没有找到靠山，反而找了一个冤家。这个别动队的副队长发现了自己姨太太跟长三老板的事，看准一个机会将这两个男女捉在旅社的床上，就一刀一个都给结果了。据说扎死长三老板的那把尖刀是从前胸插进去的，后背穿出来，就这样生生地把人钉在了床上。

长三老板死后，长三戏班也就散了。丘艳秋原想拉着秋叶一起去投奔别的戏班。但秋叶告诉师父，她这几年唱戏已经唱累了，想回于都去了。

就这样，在这一年夏天，秋叶就又回到了下坪……

5

秋叶在这个夏天的傍晚走上山坡，来到崖边的石屋近前。

她忽然站住了。她看到自己家的石屋里飘出袅袅炊烟。一个三十多岁的汉子正弯着腰蹲在灶前烧火，锅里弥散出一股好闻的米香。秋叶认出来，这烧火的汉子叫李瓜头。秋叶还记得，当年自己离开下坪时李瓜头只有二十多岁。李瓜头娶的是一个很漂亮的女人，也很能干，但嫁给他不到两年就病死了，还带走了肚子里的一个孩子。从那以后，李瓜头就再也娶不起女人。李瓜头的日子一直过得很艰难，他没有田，也没有手艺，有的只是一身力气，所以就只能去山上背石头。一次李瓜头背着一块巨大的石板沿着山路走下来，大概饿得实在没了气力，走到秋叶家附近的山坡上时，脚下一滑就滚下崖去。幸好被一蓬树丛挡住了，那块石板却掉到崖下摔得粉碎。那一次李瓜头的腿被摔断了，在床上躺了很久。

这时，秋叶闻着从屋里飘出的一阵阵饭香。

她想，李瓜头现在也有米下锅了。

秋叶转身朝坡下走去。她已经感觉到了，下坪和自己走时真的不一样了，村里到处飘起饮烟，人们身上的衣裳也干净多了。秋叶沿着一条小路朝村里走来。她想找一个人打一打招呼。但是，她从人们的眼神里看出，似乎没有人想跟自己说话。秋叶的心里很清楚，自己当年被卖到城里的戏班去，村里人应该是都知道的，这几年自己在城里的事情，自然也会传回一些。其实秋叶回来之前还是细心注意过的，她没有像在戏班时再抹脂粉，身上的衣服也很俭朴。但她知道，即使如此，自己还是会跟村里的女人不一样。这时天已渐渐黑下来，秋叶要先考虑住的问题。自己家的那间石屋已被李瓜头住了。当然，那间石屋一直空着，李瓜头去住也没有什么不可以，况且他也不会想到自己还会回来。

可是……自己又住到哪去呢？

秋叶忽然看见了村里的那座祠堂。那是一座很古老的祠堂，前面有一个宽敞的院子，院墙上的镂花已经有些斑驳，挂在檐下的牌匾也已模糊不清。秋叶从小就经常去这座祠堂里玩，她还记得，这祠堂是林姓家族的族产。但村里早已没有了林姓，不知从什么时候，林姓家族的人就在下坪无声无息地消失了。在这个傍晚，秋叶朝这座祠堂走过去。她来到门楼跟前，轻轻推开大门走进院子。她这时才发现，祠堂里竟然灯火通明，里面享堂两侧的几个偏房里有一些人在出出进进，看上去像是很忙碌的样子。秋叶一下迟疑地站住了，吃不准自己该不该进去。这时一个身穿蓝上衣，头上戴一顶灰帽子的年轻女人笑着迎过来。

她上下看一看秋叶，问，你要找谁？

秋叶朝这年轻女人戴的帽子看了看。

她立刻认出来，这应该就是八角帽。

秋叶在城里的长三戏班时，曾听田喜偷偷说过，这些部队上的人和闹红的人都戴这种八角帽。田喜告诉秋叶，正是因为来了这些头戴八角帽的人，于都人的日子才好过起来，而且不仅是于都，整个赣南都跟过去不一样了，所以也才有越来越多的人跟着去闹红。这时，秋叶看着眼前这个年轻女人头上的八角帽，觉是这种帽子真的很好看，也很周正。

年轻女人和善地笑了一下，又问，你有什么事吗？

秋叶的脸一下红起来，嘴动了动，却没说出话来。

年轻女人问，你是下坪人吗？

秋叶点点头。

怎么没见过你？

我……刚回来。

你姓什么？

姓……林。

年轻女人倒退一步，上下打量了一下秋叶。

哦……你家过去，是住在崖上的那间石屋？

是……

你叫……林秋叶？

秋叶立刻抬起头，惊讶地看着这个年轻女人。她不知道这女人怎么会知道自己的名字。年轻女人立刻上前拉住秋叶，笑着说好啊好啊，你真的回来了，我一来到下坪就听说你呢。秋叶越发不明白，她想不出这个年轻女人怎么会听说过自己。

年轻女人又问，你这次回来，是不是就不走了？

秋叶点点头说，不走了。

年轻女人一听更加高兴起来，连忙问秋叶，吃没吃过晚饭。

秋叶红着脸没说话。她被这样一问，越发感到肚子饿起来。

年轻女人立刻拉起秋叶一边朝里面走着说，来来，先吃饭，吃了饭咱们再说话！

6

秋叶就这样被这个年轻女人拉进祠堂，来到享堂侧面的一间屋子里。这间屋子很小，陈设也很简单，只有一张木板铺，一个桌子和一个木凳。年轻女人将秋叶拉进来，先让她在床上坐下，然后又出去了一下。时间不大，就有人送来一碗南瓜煮米饭。年轻女人将碗朝秋叶的面前推了推说，快吃吧，你一定饿了。秋叶的确是饿了，她也顾不得再客气，立刻拿起筷子就低头吃起来。秋叶已经很久不吃这种南瓜煮米饭了。当年在家里时，她最爱吃的就是母亲做的南瓜煮米饭。母亲种的南瓜很大，而且皮很薄，用来煮米饭不仅很香，还会有一股清甜的味道。但那时并不是经常可以这样吃的，所以，母亲每次做了南瓜煮米饭秋叶都会觉得像过节一样。秋叶这时又想起田喜说过的话。田喜说，于都人无论走到哪里也还是于都人。秋叶想是啊，自己离开下坪已经七年，可是最爱吃的，还是南瓜煮米饭。

秋叶当时还并不知道，这个头戴八角帽，身穿蓝上衣的年轻女人是从部队派下来的，她来下坪，是为了动员更多的青壮年去部队参军。在这个晚上，秋叶吃完了这碗南瓜煮米饭，年轻女人问她，吃饱了吗？秋叶放下碗，点点头说，吃饱了。

年轻女人又笑着说，咱们是自己人，可不要客气啊。

秋叶的脸又红起来，说，我……没客气。

年轻女人告诉秋叶，她知道秋叶家的那间石屋已被村里的李瓜头住了，所以在这祠堂里临时给她安排了一个住处。她对秋叶说，你先住下来，慢慢再想办法。秋叶听了看着这年轻女人，一时不知说什么是好。她有些搞不明白，这个年轻女人为什么对自己这样好。但她已经感觉到了，这年轻女人似乎对下坪的事很熟悉，而且，好像需要自己做什么。

于是，她试探地问，这位大姐，您是……？

年轻女人立刻说，我姓刘，你就叫我刘大姐吧。

秋叶笑笑，就叫了一声刘大姐。

果然，刘大姐对秋叶说，她见到秋叶真的很高兴，她来到下坪之后，听说了秋叶的事就一直在想，如果秋叶还在下坪就好了，可以在工作上帮他们很大忙呢。

秋叶听了不明白，问，我能……帮你们什么忙呢？

刘大姐说，你会唱采茶戏啊，又能唱山歌，这都是我们需要的。

唱采茶戏……山歌？

秋叶还是没有听懂。

刘大姐就在秋叶的面前坐下来。在这个晚上，刘大姐为秋叶讲了很多事情。秋叶渐渐地听得入了神。尽管有些事，秋叶当初在长三戏班时也曾听田喜讲过，比如刘大姐所说的队伍是一个什么样的队伍，再比如这队伍里的人都是什么样的人等等，但是，刘大姐讲的一些道理都是她从未听说过的。她觉得刘大姐就像是为她打开了一扇窗，使她突然看到许多过去不曾看到的事情。直到这时，她也才恍然明白了田喜过去曾对她说过的很多话。

刘大姐最后又问秋叶，你觉得，这样的队伍好不好呢？

秋叶立刻说，既然是为了穷人……当然好啊。

刘大姐又问，你觉得，你自己是不是穷人呢？

秋叶想起父亲，想起母亲，也想起自己这些年在城里长三戏班的事情。她想，自己怎么会不是穷人呢？是啊，刘大姐说，正因为你也是穷人，我们现在才需要你的帮助。

秋叶看看刘大姐问，我能，做什么？

刘大姐说，唱你的采茶戏和山歌啊。

刘大姐告诉秋叶，现在要动员更多的人去参加队伍，但首先要让大家知道去参加队伍的道理，所以，这就用到秋叶的采茶戏和山歌了。刘大姐对秋叶说，你可以把这些道理编成山歌，给大家唱出来，这比只对他们讲道理效果会更好。

秋叶听了立刻睁大眼问，这样……能行吗？

刘大姐笑一笑说，当然行，这次就看你了。

刘大姐告诉秋叶，就在明天晚上，要在这祠堂的院子里召开一个动员大会，村里的人都会来。刘大姐问秋叶，你能用今天一晚，明天一天，编出几段山歌来吗？

秋叶想一想，点点头说，我……试试吧。

刘大姐立刻高兴地说好啊好啊，这里的人们都爱听山歌，也爱唱山歌，你的嗓子这样好，明晚的动员大会有了你来唱山歌，效果一定会很好。

秋叶听了却低下头，没有说话。

她又想起下午在村里时，人们朝自己投来的目光……

7

秋叶用了一晚，果然编出几段山歌。

秋叶从小就爱唱山歌。她的山歌还是从母亲那里学来的。当年秋叶的母亲唱山歌很好听。那时候，母亲带着秋叶上山打柴时，经常在山里唱。母亲告诉秋叶，其实山歌和茶饭是一样的，人不吃茶饭不行，不唱山歌也不行，无论遇到高兴的事还是不高兴的事，只要用山歌唱一唱，高兴的事就会更高兴，不高兴的事也会高兴了。

第二天上午，刘大姐来看秋叶。一见秋叶的两眼熬得通红，就问，夜里是不是没有睡好。秋叶告诉刘大姐，自己在昨晚试着编了几段山歌。接着又有些不好意思地说，只是不知……行不行。刘大姐一听连忙说，都是什么词，先说给我听听。秋叶就把自己编的几段歌词给刘大姐说了一遍。刘大姐听了立刻高兴地说，太好了，你编的太好了，都是咱穷人心里要说的话。然后又让秋叶试着唱一唱。秋叶就给刘大姐唱了。刘大姐听完之后更加兴奋起来，连声说好啊好啊，这正是我们需要的山歌，有了这些山歌，这次动员大会一定会很成功。

这一晚的动员大会果然很成功。祠堂外面宽敞的院子里，被点燃的松明子照得通亮，村里的男人女人老人和孩子都来了，连院墙上也坐满了人。刘大姐站在前面的土台子上，先为大家讲了一下当前的形势，接着又说了一番动员的话。刘大姐竟然是一个很干练的女人，她说话的声音虽然不大，但很有力，吐字也很清楚，而且把道理讲得很透彻。她讲完之后看一看大家，又说，下面让秋叶为大家唱几段山歌吧。村里的人们显然都已听说了秋叶回来的事，但没有想到刘大姐会在这个时候让她唱山歌。秋叶这些年是被卖去了城里的采茶戏班，因此人们自然知道，她的嗓子一定会很好，唱出的山歌也会像她母亲当年唱的一样好听。但台下的反应并不热烈，虽然刘大姐带头用力鼓掌，人们的掌声却稀稀落落。

秋叶感觉到了，人们朝自己投来各种各样的目光。

她在人们的注视下登上前面的土台子，感觉有些紧张。她这些年在城里唱戏也登过各种台子，可是这时却不知为什么，心跳得喉咙一阵阵发紧。她不敢再朝台下看，只是盯着一根插在墙角上正熊熊燃烧的松明子，然后就开口唱起来：

哎呀嘞——
苦人辛苦苦伤人
财主不做一身新
餐餐吃得鱼和肉
三筒大米酒半斤

哎呀嘞——
苦人辛苦菜糊蔸
做生做死累杀人
苦人穷人快闹红
拿起扁担打豪绅

秋叶的嗓音不仅嘹亮也很甜润，这就使她的山歌里又有了一些采茶戏的味道。下坪的人们已经很久没有听到这样的歌声了，一下都睁大眼，张大嘴，直盯盯地看着站在前面土台子上的秋叶。秋叶的身体在松明子的火光下显得有些单薄，一缕头发从前额垂下来，散落在瘦削的脸颊上。一些上了年岁的人从她的样子想起她的母亲，也想起她母亲当年的歌声，不禁流下泪来。秋叶已从人们的目光中感觉到了，那种寒意似乎在一点一点融化，渐渐变得温暖起来。她的心里涌起一股热流，眼睛也有些湿润了。她直到这时才有了回家的感觉。她看着台下映在火光里的一张张既熟悉又已有些陌生的面孔，接着唱道：

劝郎哥莫念家
哥去参军妹当家
穿起军衣拿枪炮
放下锄头和犁耙

劝郎哥莫念家
家中一切莫愁它
一心一意去闹红
早得胜利早还家
……

秋叶就这样一遍一遍地唱下去。不知什么时候，开始下起了小雨。雨滴落到燃烧着的松明子上，不时爆起吡吡的火花，一闪一闪的使火把更加明亮起来。人们仍然站在土台子的下面，就那样一动不动地站在雨里静静地听着。沙沙的雨声使秋叶的歌声更加嘹亮，也有些湿润起来。突然，台下响起一个男人的声音，跟秋叶一对一句地唱起来。这声音很粗嘎，像是踩扁的竹子分出无数个岔来，与秋叶的声音形成鲜明的对比，但听上去却很有韵味，一腔一调都很地道。秋叶寻声朝台下望去，就在人群里看到了李瓜头。李瓜头就那样站在雨里大声地唱着，稀疏的头发已经淋湿，趴在头顶上，看上去脑袋越发像一个南瓜……

秋叶这一夜没有睡好。过去在长三戏班时，晚上唱了戏回来，总觉得很累，似乎连喘气的气力都没有了，一倒下立刻就会昏昏地睡去。但这一晚，她却觉得很兴奋。她已经很久没有这样兴奋了，心里似乎有一股气流在涌动。这气流一直冲上头顶，使她有些晕眩。她感觉自己的心里好像还在唱着山歌，她无法让自己停下来。

她就这样躺在床上，在心里唱了一夜……

8

秋叶从心里感激刘大姐。她觉得是刘大姐给了自己这样一个机会，让自己在村里的乡亲们面前唱山歌。也正因为这样唱山歌，才在不知不觉中拉近了自己和村人之间的距离。所以，她想，是刘大姐帮自己融化了人们目光中的那股寒意。秋叶一想起刘大姐就感觉很温暖。这种温暖像母亲，又像姐妹，她已经很多年没有感受到这种温暖了。秋叶觉得，刘大姐跟自己说话时的声音，脸上的笑容，都会让人觉出一种善解人意的熨帖，这种熨帖让她不由得想去亲近。秋叶想，自己一定要尽最大的努力为刘大姐做事，还要唱出更多更好的山歌。

第二天上午，刘大姐来看秋叶。

刘大姐一见到秋叶就兴奋地说，昨晚的动员大会效果太好了，你的山歌起了很大作用，大家的情绪一下高涨起来，村里几个一直在做动员工作的年轻人，今天一早就都同意去参军了，还有几个年轻人也都有了这样的想法。刘大姐对秋叶说，这可都是你的功劳呢！秋叶听了有些不相信，她问刘大姐，自己的山歌真会有这样大的作用吗。刘大姐点点头说，当然有，山歌就像茶，也能让人兴奋，而兴奋会使人产生热情，有了热情的情绪自然也就好做工作了。刘大姐告诉秋叶，她编的山歌就有这样的作用，已经让村里的人们兴奋起来，今天一大早，就有人在山坡上唱昨晚的山歌呢。刘大姐让秋叶再多编一些这样的山歌，她说，要借着人们的这股热情，把这些动员参军的山歌推广出去，让更多的人都来唱这样的山歌。

刘大姐的话让秋叶也兴奋起来。

秋叶没有想到，自己编的几句山歌竟然会有如此大的作用。中午吃过饭，秋叶准备上山去打柴。秋叶已经知道了，住在祠堂里的这些人也像刘大姐一样，是为了这一带的穷苦人才到这里来的。秋叶很想再为他们做一些事情。但想一想，却又不知该做什么。她发现祠堂里烧火的木柴不多了，就决定去山上砍一些柴回来。

于是，秋叶就在这个中午来到山上。

天已经放晴了，中午的阳光湿乎乎地倾泻下来，山里又滚动着黏稠的溽热。被雨水冲刷过的樟树叶子越发显得洁净，在阳光下闪着一层油色。秋叶已经很多年不砍柴了。但让她没有想到的是，自己的两只手竟然还有一些力气。砍下的樟树枝散发出一阵阵苦涩的香气。秋叶又想起当年跟随母亲上山砍柴时的情景。她想，母亲已经很多年没有消息了。

突然，她听到身后好像有什么动静。

她被吓了一跳，回头一看，竟是李瓜头。

李瓜头的手里也拎着一把柴刀。这把柴刀磨得很锋利，在阳光下熠熠发亮。他显然是看到秋叶上山，才随后跟来的。这时，他走到秋叶的跟前说，我来……帮你砍柴。秋叶没有说话，只是仔细打量了一下站在自己面前的李瓜头。李瓜头的身材并不高大，虽然刚刚三十多岁，头发却已脱落得露出了头顶，但腮边的胡须很茂盛，一看就是一个强壮的男人。

李瓜头似乎有些局促，看一眼秋叶，又说，我……帮你砍柴吧。

他这样说罢，不等秋叶说话就埋头干起来。秋叶发现他的力气很大，手指粗细的树枝在他的手下就像割草一样。时间不大，他就砍了一堆木柴。

他一边捆着这些木柴，又说，你昨晚……唱歌真好听。

秋叶冲他笑笑说，你唱的也很好听啊。

李瓜头听到秋叶夸奖，脸一下红起来。

他说，我……不会唱歌。

秋叶很认真地说，你真的唱得很好。

秋叶说的是心里话。她没有想到这个外表粗悍的李瓜头竟然唱歌这样好，虽然嗓音粗嘎，但粗嘎中却含着山歌一种独特的悠扬。秋叶甚至想，如果李瓜头唱采茶戏，说不定也会唱得更好。这时李瓜头已将砍下的木柴捆好。他弯腰将柴捆背到身上。秋叶连忙说不用了，自己可以背回去。但李瓜头只是回头冲她笑一笑，就背着柴捆朝山下走去。

在这个中午，秋叶跟在李瓜头的身后来到村口。

秋叶说，到这里就可以了，我自己背回去吧。

李瓜头停住脚，将身上的柴捆放下来。

他忽然看一眼秋叶，似乎还想说什么。

秋叶看出来了，问他，你还有事吗？

李瓜头的嘴动了动，却没说出话来。

秋叶说，你有什么事，就只管说吧。

李瓜头的脸一下又涨红起来，憋了片刻才说，我想……求你件事。

秋叶问，什么事？

李瓜头又吭哧了一下，说，我想……跟你……学唱山歌。

秋叶一听就笑了，说，学唱山歌？你的山歌唱得很好啊。

李瓜头又看一眼秋叶，就转身匆匆地走了……

9

秋叶一下午都在想着李瓜头说的话。

秋叶想不出李瓜头的话是什么意思。秋叶在那个晚上已经听出来，李瓜头显然是会唱山歌的。可是……秋叶想不明白，既然李瓜头会唱山歌，为什么还提出要跟自己学呢？

傍晚时，刘大姐让秋叶跟她一起去村里的三娃子家。三娃子是几个月前去部队上的，他女人快生孩子了，刘大姐装了一竹筒米，准备给三娃子的女人送过去。刘大姐在路上对秋叶说，要动员更多的人去参军，首先就要照顾好已经去参军的人家属，只有这样也才会让大家知道，如果自己走了家里是可以放心的。秋叶听了点点头。秋叶从心里佩服刘大姐。她觉得刘大姐懂的事情太多了，她这几天已经从刘大姐这里学会了很多道理。

三娃子的家是在村边。刘大姐和秋叶来到他家时，村里的几个女人也在这里。这几个女人是来看三娃子的女人的。刘大姐跟她们很熟，一进来就跟每个人打招呼。几个女人连忙招呼着让刘大姐坐，一看到刘大姐身后的秋叶，也都过来跟她说话。三娃子的女人皮肤很白，眉眼也很好看，她挺着大肚子一边笑着对秋叶说，你编的山歌真好听，现在村里的很多女人都学会了呢。另一个女人也说，是啊，哪天你再来教我们唱采茶戏吧。

秋叶笑着点点头，说好啊，哪天我唱给你们听。

旁边一个女人说，干吗还等哪天，现在就唱么。

几个女人也都跟着说，是啊是啊，现在就唱么。

秋叶看一看刘大姐。

刘大姐笑着说，既然大家都想听，你就唱一段吧。

于是，秋叶清了一下嗓子，就唱了一段采茶戏。其实这段采茶戏的戏词也是秋叶临时编的，用的是《相公娶媒婆》的腔调，讲的却是年轻男人应该去参军的道理。刘大姐没有想到秋叶竟会唱出这样一段采茶戏，立刻高兴地说，好啊好啊，这段戏词编的真好！

几个女人也都鼓起掌来。

从三娃子的家里出来时，天已黑下来。刘大姐一边走着说，你看出来了吗，现在大家由喜欢你的山歌，也开始喜欢你这个人了。秋叶听了点点头，有些不好意思。刘大姐很认真地说，这是好事啊，要想做好扩红工作，首先要让人家喜欢你，只有喜欢了才会有信任，也只有信任了，你说的话和讲的道理人家也才会相信。刘大姐说，这可都是你这些山歌的功劳呢，以后再把采茶戏也唱起来，效果肯定会更好。

秋叶很认真地听了，又用力点点头。

刘大姐和秋叶一边说着话朝村里走着，忽然看到李瓜头从黑暗中走出来。李瓜头走到刘大姐和秋叶的面前，好像要说什么，但迟疑了一下却没有说出来。刘大姐看看他问，你有事吗？李瓜头仍然没有说话，只是迅速地朝秋叶看了一眼。刘大姐似乎明白了，回头对秋叶说，你们说话吧，我还有事，先回去了。说罢又朝李瓜头笑了笑就头前走了。

秋叶看一看刘大姐的背影，回过头来问李瓜头，你有事？

李瓜头又闷着头沉了一下，才说，我……把腊狗子打了。

秋叶听了愣一下问，打腊狗子，为什么？

他在村里……说你的坏话。

说……我的坏话，说什么？

说你在……城里的戏班唱戏。

秋叶笑笑说，我回来之前，就是在城里的戏班唱戏么。

他……还说……

李瓜头抬起头看一眼秋叶，没再说下去。

秋叶立刻明白了，腊狗子显然没说什么好话。

10

秋叶当然知道村里的腊狗子。

当初秋叶离开下坪时，腊狗子虽然只有十几岁，却已是下坪一带远近闻名的人物。腊狗子论起来还是李瓜头的远房堂弟，本名叫李樟魁。村里的人们叫他腊狗子，是因为他爱吃狗肉。腊狗子的父母很早就死了，家里只有他一个人。那时他只靠去山坡上挖些竹笋或野菜度日。一次腊狗子从山里回来时，在路边看到一条死狗，于是就扛回家来剥皮煮着吃了。那一次腊狗子非常吃惊，他没有想到在这个世界上竟然还有这样好吃的东西。也就从那次以后，村里的狗就开始莫名其妙地一条一条不见了。据说腊狗子逮狗的方法很简单，他找来一根竹竿，将一端削尖，然后插上一点食物，这样在村里见到狗，只要把食物晃一晃，饥饿的狗立刻就会扑过来张开嘴咬住食物，腊狗子则趁机用力一捅，锋利的竹尖就会深深插进狗的喉咙。腊狗子用这种方法轻而易举地就将村里的狗一条一条地逮回来。渐渐地，下坪竟然再也听不到狗的叫声。那时腊狗子虽然只有十几岁，却已经无师自通地掌握了制作腊肉的方法。他将逮回的狗剥皮腊起来，就可以吃很长时间。秋叶这一次回来时，腊狗子早已不再吃狗肉，事实上在下坪这里也已经没有狗再让他吃。这时的腊狗子仍然不种田，也不做任何事，只是偶尔去山上下夹子打一些野物，弄回来之后一半腊起来，另一半拿去街上换酒，喝了酒就躺在家里睡觉，或是去村里跟人们云一阵雾一阵地说闲话。李瓜头告诉秋叶，就在这个傍晚，腊狗子又喝醉了，跑去村里的空场上跟几个人神三鬼四地闲扯。当时李瓜头正背着一箩筐石头从山上下来，走过空场时刚好听到腊狗子在说秋叶的事。

李瓜头就走过去，不动声然地问腊狗子，在说什么。

腊狗子嘻嘻地笑着说，你已经听到了么，在说秋叶。

李瓜头问，秋叶怎么了。

腊狗子说，秋叶在城里的戏班子唱戏时，叫小艳秋。

李瓜头又问，叫小艳秋怎么了？

腊狗子说，叫小艳秋可就……嘻嘻……

腊狗子一边歪起嘴笑着，不知含混地说了一句什么。

李瓜头看看他，就将背上的箩筐慢慢放下来。他对腊狗子说，你刚才说的什么，你再说一遍。腊狗子并没有注意到李瓜头脸上表情的变化，就嘻嘻笑着又把刚才的话说了一遍。但还是含混不清。李瓜头看着腊狗子，突然走上前去一把抓住他。腊狗子的身材很瘦小，被李瓜头这样抓住稍一用力就提起来。腊狗子的酒立刻被吓醒了，一边在李瓜头的手里挣扎着嚷道，你放手……放手……李瓜头就将腊狗子放下来，但在他松开手的一瞬，另一只手也跟着抡过去，只听啪的一声，腊狗子就像一个球似地被打出去，一直打出很远才跌到地上。腊狗子立刻一边在地上打着滚哭号着嚷道，打死啦……我被打死啦……

李瓜头却没再看他，背起箩筐就转身走了。

秋叶听了看一看李瓜头，说，你不该这样打他。

李瓜头哼一声说，我……不许他，说你的坏话。

李瓜头瞟一眼秋叶，又说，他以后再说，我还这样打他。

秋叶忽然笑了。她发现李瓜头很结实，两个肩膀上的肉都奓起来，胸脯也是圆鼓鼓的。李瓜头又偷偷看一眼秋叶，就转身走上旁边的山坡。山里的夜色很清朗，天上的星光落下来，将山岗上的一切都映得清晰可见。李瓜头走上山岗，忽然大声地唱起来：

妹妹你是黄雀鸟
哥是大树有树梢
妹妹你是黄竹船
哥是大桨有船帆

李瓜头的嗓音虽然粗嘎，却唱得很动情。他就这样唱了一遍又唱一遍，歌声在夜晚的山坡上越发显得悠扬，一直传出很远。秋叶也走上山坡。她没有说话，只是看着李瓜头。

李瓜头的歌声终于停下来。他回头对秋叶说，你明天……到石屋来吧。

秋叶问，干什么？

李瓜头说，有事。

秋叶问，什么事？

李瓜头说，给你……看一样东西。

秋叶问，看什么？

李瓜头的脸在黑暗中一下涨红起来。

他吭哧了一下说，你来，就知道了……

11

秋叶这一晚回到祠堂，耳边还一直在响着李瓜头粗嘎的歌声。

刘大姐听到秋叶回来了，就来到前面问，李瓜头都说了什么。刘大姐笑笑说，我听到他在坡上唱歌了，唱得怪好听呢。秋叶有些不好意思，迟疑了一下，就将李瓜头打腊狗子的事对刘大姐说了。但她并没有说出李瓜头明天让她去坡上石屋的事情，因为她还想不出来，李瓜头究竟会让她去看什么东西。刘大姐听了点点头说，这个腊狗子，我还正想找他呢。秋叶问刘大姐，找腊狗子什么事。刘大姐告诉秋叶，祠堂里的一个铜香炉不见了，有人说，是腊狗子拿去了。刘大姐说，现在虽说村里的林姓已经没有后人，但既然住在人家的祠堂里，就要为人家看好里面的东西。秋叶想想说，可是……腊狗子拿这香炉有什么用呢？刘大姐说还用问，一定是去换酒喝了。刘大姐笑一笑，又说，这个腊狗子，虽说身上有些毛病，其实人也并不坏。秋叶点点头说，是啊，他从小也是受苦长大的。

刘大姐又和秋叶说了几句话，就回后面去了。

秋叶这一晚一直在想着李瓜头的事。她想不出李瓜头会让自己看什么。第二天早晨，秋叶来到坡上。早晨的山坡显得清凉一些，一阵晨风吹过，空气中有一丝露水的气息。李瓜头正在屋后忙碌着什么，一见秋叶立刻迎过来。秋叶站住了，朝这间石屋看了看。石屋还是过去的石屋，屋后的竹林也还是过去的竹林，只是石屋显得破旧了，竹林里的竹子也都已长成碗口粗的茅竹。秋叶还记得，在石屋的旁边应该有一口水井。母亲曾告诉过她，这眼水井还是父亲在世时亲手打的，由于是在坡上，所以井打得很深。这时，秋叶朝那边看了看，那眼水井果然还在，不过从破败的井口可以看出，井里应该已经没有水了。

李瓜头点点头说，是啊，井里已经……没有多少水了。

秋叶慢慢回过头来，看着李瓜头问，你让我来看什么？

李瓜头的脸一下又涨红起来，看一眼秋叶，没有说话。

秋叶看看他的样子，有些奇怪地笑笑说，究竟看什么？

李瓜头又低着头吭哧了一下，才说，你，你……过来。

他说着就朝屋后走去。秋叶随后跟过来。李瓜头将一堆树枝搬开，里面竟露出很大一垛石头。这些石头都已凿得方方正正，看上去很齐整，显然都是李瓜头从山上背下来的。

秋叶看看这些石头，又回过头来很认真地看一看李瓜头。

李瓜头的脸更加红起来，说，这些石头，是修房子用的。

修房子？秋叶问，你说……修房子？

嗯……修房子。

修房子干什么？

你回来了，所以……想把这房子修一修。

秋叶又看一眼李瓜头，似乎有些明白了。

李瓜头又说，以后，也许这房子……

秋叶忽然拦住他的话，房子，先不要修了。

李瓜头问，为什么？

秋叶沉一下，抬起头说，你，先去部队吧。

李瓜头立刻睁大两眼，你让我……去部队？

秋叶点一点头，说是啊，我让你，去部队。

秋叶有意把“我让你”这三个字说得很重。

李瓜头的嘴唇抖动了一下，又把话咽回去。

秋叶又说，等你从部队回来，再修这房子。

等我……回来？

是啊，等你回来。

你……等我回来？

嗯，我等你回来。

秋叶冲李瓜头好看地笑一下，又说，我就在这里……等你回来。

12

李瓜头就这样到部队上去了。

李瓜头走的这天早晨，秋叶来送他。

秋叶告诉李瓜头，她已经决定搬回崖上的石屋来住，她就在这石屋里，等着李瓜头回来修房子。李瓜头盯住秋叶用力看了看，沉了一下问，你……真的会等我回来吗?

秋叶笑一笑说，我当然会等你回来。

李瓜头听了点点头，却仍然看着秋叶，似乎还有什么话要说。

秋叶忽然想起来，从怀里掏出一个荷包递给李瓜头。这荷包是用一小块红绸布绣的，图案很简单，只绣了一根樟树枝，枝上有几片叶子。这些叶子是红色的，看上去很精致，彩色的丝线在阳光下闪着耀眼的光泽。秋叶告诉李瓜头，这只荷包里装着她的一缕头发，只要他把它带在身上，就会像护身符一样保佑平安。李瓜头听了点点头，就郑重地将这只荷包揣在贴身的地方，然后又看了看秋叶，就转身朝山路上走去。

秋叶看着远去的李瓜头，又唱起那首山歌：

劝郎哥莫念家
家中一切莫愁它
一心一意去闹红
早得胜利早还家
……

李瓜头走到山腰上站住了，回头朝山下望了望，就转身大步地走去……

13

秋叶搬回崖上的石屋时，已经进入了雨季。

李瓜头临走时显然将石屋收拾过了，屋里的一切都井井有条，竹床和桌上擦抹得很干净，屋角的水缸里也挑满了水。秋叶站在屋里朝四处环顾了一下，又走到门外，来到井边。她伸头朝井里看了看。发现井里竟然还有一些水。水很清澈，映出圆圆的一片蓝天，可以清晰地看到井底还有一只很小的竹桶。秋叶还记得，这只竹桶还是当年自己打水时不小心掉下去的，现在这只竹桶由于在井里泡得年头太久了，看上去已有些发红。井口已经破败了，当年父亲垒的石头都已塌落下来。秋叶想一想，就找了一只箩筐去屋后的坡上背石头。她决定将井口重新垒起来。这时，她无意中朝山下看一眼，发现一个人正朝坡上走来。

秋叶迎过去，渐渐看清了，山下来的人竟是田喜。田喜显然也已经看见了秋叶，立刻加快脚步朝坡上走来。他来到秋叶面前，嘴唇动了几下，却没有说出话来。

秋叶看看田喜，冲他笑一下说，你，怎么知道……我在这里？

田喜说，我去村里的祠堂了，那里的人告诉我，说你在崖上。

秋叶问，你……好吗？

田喜点点头，嗯一声。

秋叶发现田喜黑了，也瘦了，似乎比过去高了一些。她想一想，自从田喜那一次离开城里的长三戏班，应该有一年多没见到他了。田喜冲秋叶笑一笑说，他早已听说下坪这边有一个年轻妹子唱山歌很好，他已经想到了，应该就是秋叶。

秋叶不好意思地笑了，问，你知道，我从城里回来了？

田喜对秋叶说，他那一次离开长三戏班回到于都，后来又曾去过城里，听说长三老板出事了，长三班也散了，所以已经想到，秋叶应该也回于都来了。田喜说罢沉一下，又告诉秋叶，他的家里已经没有什么人，所以回到于都之后，这一年一直是到处去打零工。

秋叶问，你以后，打算怎么办呢？

田喜看一看秋叶说，现在找到你了，就……不走了。

秋叶说，不走了？

田喜的嘴动了一下。

秋叶看着田喜，没有说话。

田喜沉了一下又说，他这一年多已经走累了，当初在城里的长三戏班时也攒了几个钱，这一年打零工又挣了一点，他想好了，以后就弄一条小船，在这梅河上打鱼。

田喜这样说罢，很认真地看一看秋叶，就从她身上接过箩筐，去屋后的坡上背石头。秋叶没有说话，只是朝田喜的背影看一眼，就转身进屋做饭去了。

李瓜头在屋角的坛子里留了米，屋外的墙下堆着木柴。

傍晚时分，田喜已将井口重新垒起来。这一次井口垒得很厚，看上去也很结实，。田喜还将石屋门口通向坡下的小路也铺上了碎石板，这样再下雨就不会有泥水了。

秋叶从屋里来到门口，朝刚刚忙碌完的田喜说，吃饭吧。

田喜回头冲秋叶笑一笑，在沟里洗了手，就来到屋里坐在桌前。屋里还飘散着一股烧大灶的炊烟气息，很好闻。秋叶焯了一碟竹笋，还拌了一些线菜。田喜接过秋叶盛的一碗饭，一边吃着说，他刚才看过了，水井旁边的那一小块地可以开出来种一些菜，屋后的一块坡地可以种茶，过一阵等雨水再大一些时，井里的水也会多起来，这样正好可以浇地。田喜一边说着似乎有些兴奋，想一想又说，屋后的茅竹也可以用了，过两天砍一些下来，在屋边的空地上搭一个廊棚，可以用来堆放木柴，坡下的沟边再搭一个竹桥，这样再走路就不用绕了。

秋叶抬起头，朝田喜看一眼，似乎想说什么，但迟疑了一下没有说出来。

田喜并没注意到秋叶的表情，仍在说，还有坡上的杂草，也该割一割了。

秋叶忽然说，你……到部队上去吧。

田喜愣了一下，问，你……说什么？

秋叶说，我说，你应该到部队上去。

你让我……去参军？

是啊。

秋叶低下头，夹了一箸线菜放到田喜的碗里，又说，道理你是都懂的，其实当初有很多事情，还都是你讲给我的，现在部队需要人，你……应该去。田喜的一只手端着碗，另一只手拿着筷子，还保持着往嘴里扒饭的姿势，却就那样定定地停在那里，两眼瞪着秋叶。

他这样朝秋叶看了一阵，问，我走了……你怎么办？

秋叶笑笑说，我还在这里啊。

你，在这里……等我回来？

嗯，我在这里，等你回来。

秋叶说着，抬起头朝门外看去。外面下起了小雨。雨滴落在田喜刚铺的石板上，发出清脆的沙沙声。秋叶冲田喜笑笑说，我还等你回来，一起去梅河上打鱼呢。

14

田喜就这样走了。

田喜是和下坪的几个年轻人一起走的。秋叶一直将田喜送出很远。来到一个山口时，田喜站住了。他回头问秋叶，你……真的会等我回来吗？

秋叶笑一笑说，我……当然会等你回来。

田喜看一看秋叶，似乎还有什么话要说。

秋叶忽然想起来，就从怀里掏出一只荷包，交到田喜的手里。这荷包是用一小块红绸布绣的，图案很简单，只有一根樟树枝，枝上有几片叶子。这些叶子是红色的，但看上去很精致，阳光透过乌云将彩色的丝线映出耀眼的光泽。

秋叶问田喜，你还认识这块红绸布么？

田喜很认真地看看这只荷包，摇摇头。

秋叶笑笑说，这是我当初唱戏的戏衣。

田喜听了，又看了看手里的这只荷包。

秋叶告诉田喜，这只荷包里装着她的一绺头发，只要把它带在身上，就会像护身符一样保佑平安。田喜听了点一点头，就郑重而又小心地将这只荷包揣到身上，然后转身朝山路上走去。秋叶看着远去的田喜，又唱起那首山歌：

劝郎哥莫念家
家中一切莫愁它
一心一意去闹红
早得胜利早还家
……

田喜走到山上时，回头朝山下望了望，就转身沿着山路大步走去……

15

秋叶送走田喜，一连几天把自己关在屋里。

她拿出那件当初在城里长三戏班唱戏时穿过的红绸戏衣，细心地裁成一块一块，然后用丝线缝起来做成一个一个的荷包。秋叶在每个荷包上都绣出一个樟树枝的图案，枝上有几片叶子。秋叶用红色的丝线将这些叶子细心地绣出来，于是这些荷包上也就有了秋天的颜色。外面的雨一直在紧一阵慢一阵地下着，沙沙的雨声使山坡上显得更加寂静，也让人感觉到一丝清凉。将近中午时，刘大姐来坡上找秋叶。刘大姐一见到秋叶就笑着说，真看不出来，你这妹子不简单呢，不光会唱山歌，还有这样的工作能力啊！

秋叶看看刘大姐，一下没有听懂她说的话。

刘大姐说，你接连动员了两个年轻人去参军，都快成扩红模范了呢！

秋叶听了，只是不好意思地笑笑。

刘大姐真诚地说，你回来的这段时间，真是帮我们做了很多工作呢。

秋叶对刘大姐说，也……没做什么，我可是跟您学会了很多事情呢。

秋叶又问刘大姐，来找自己是不是有事。

刘大姐点点头，嗯一声说，确实有事。

刘大姐告诉秋叶，自己马上要去区里开会，可是村里突然出了一点事情，腊狗子又惹事了，偷偷把细旺奶奶养的一头猪弄去卖了。细旺奶奶知道了自己的猪是被腊狗子偷去的，就去向他要猪。可是腊狗子却死活不承认。刘大姐对秋叶说，细旺是半年前去部队的，家里只留下他奶奶一个人，现在出了这样的事，村里必须要管一管。可是……刘大姐又说，她马上要去区里开会，所以这件事，想让秋叶去帮着处理一下。

秋叶听了想一想，又看看刘大姐。

她说，自己去是可以去，可这件事……该怎样处理呢？

刘大姐说，很好处理，细旺奶奶的这头猪肯定是腊狗子偷去的，村里有证人，如果他承认了，让他把卖猪的线还给细旺奶奶就是了。

秋叶问，可是……如果他不肯承认呢？

刘大姐想想说，那就，等我回来再说。

刘大姐这样说罢就匆匆地走了。

秋叶立刻放下手里的事情朝村里走来。离村里的空场还有一段距离，果然听到有吵嚷的声音。秋叶走过来，见空场上有一些人正围着细旺奶奶和腊狗子。细旺奶奶已经七十多岁，看上去身材很瘦小，她这时正扯住腊狗子的衣襟，让他把猪还给自己。腊狗子则满脸委屈的样子，说自己从没有见过细旺奶奶的猪，细旺奶奶凭什么就说她的猪一定是自己偷的。腊狗子正这样说着，回头看到了秋叶，立刻说秋叶你来得正好，你给评一评理。秋叶看一看腊狗子，然后走到细旺奶奶的跟前问，您怎么知道，是腊狗子偷了您的猪呢？

细旺奶奶说，有人看见了。

秋叶问，谁看见了？

细旺奶奶说，我不能说。

秋叶又问，看见什么了？

细旺奶奶说，看见腊狗子卖猪了。

秋叶又回过头去问腊狗子，你卖过猪没有？

腊狗子立刻很肯定地说，没有，当然没有！

秋叶又问了一句，真的没有吗？

腊狗子稍稍愣了一下，接着就拧起脸说，你这样问我是什么意思？不相信我吗？接着又哼一声，瞥一眼秋叶说，你不要以为自己会唱几句山歌就是公家人了，我不怕你的！

秋叶盯住腊狗子，又问，你，真的没卖过猪吗？

腊狗子歪起头说，我卖过怎样，没卖过又怎样？

秋叶说，我只问你，卖过还是没卖过？

腊狗子迟疑了一下说，没卖过！

真没卖过？

真没卖过！

好吧，秋叶点点头说，你走吧。

腊狗子显然没有想到秋叶会让自己走。他稍稍犹豫了一下，就转身走了。

这天下午，秋叶又来找腊狗子。腊狗子显然刚刚喝过酒，正躺在家里的竹床上睡觉。秋叶走过来，用力推了一下腊狗子。腊狗子睁开眼，从床上慢慢坐起来。

他一看是秋叶站在自己面前，立刻皱起眉问，你又有什么事？

秋叶说，今天上午，你确实去下冲卖过一头猪。

腊狗子愣一下，说，我已经说过了，我没卖。

秋叶说，我已去下冲问过了，你卖过。

腊狗子拧一拧脖子，我……卖给谁了？

秋叶说，你卖给了一个叫吴三田的人。

腊狗子哼叽了一下说，我……是卖了，可那是一头黑猪……

秋叶说，这我也问过了，你卖的是一头白猪，跟细旺奶奶家一样的白猪。秋叶又说，我可以告诉你，这件事你如果承认了，还好说，如果再不承认，就只能去乡苏政府说话了。

腊狗子垂头丧气地低下头，不再说话了。

秋叶看一眼腊狗子，又说，这头猪的钱，我已经替你还给细旺奶奶了，只是林家祠堂里的那只铜香炉，你还是早一些给人家拿回去。

秋叶说，我知道，这只香炉还在你手里。

秋叶这样说罢，就转身走了。

16

秋叶真的把那头猪的钱还给细旺奶奶了。

秋叶很清楚，就算确定了这头猪真的是被腊狗子偷去的，而且已经卖给了下冲的吴三田，卖猪的钱也已经无法再追回来了，腊狗子肯定已拿了这笔钱去街上喝酒了。但秋叶牢牢记住了刘大姐话，要想让更多的人去部队参军，首先就要照顾好已经去参军的人家属，只有这样也才能让大家知道，自己是可以放心走的。所以，秋叶就拿出自己的钱给细旺奶奶送去了。但秋叶并没有说这是自己的钱，她只告诉细旺奶奶，钱是腊狗子送来的，腊狗子已经知道自己错了，就把卖猪的钱送回来，而且为了弥补细旺奶奶的损失还多送回了一些钱。细旺奶奶信以为真，傍晚时在街上见到腊狗子，竟拉住他，一定要把多出的钱再还给他。腊狗子先是被细旺奶奶说得有些摸不着头脑，渐渐听懂了，没再说什么就赶紧走了。

让秋叶没有想到的是，就在这天晚上，腊狗子来到坡上的石屋。秋叶正坐在一盏油灯下绣荷包，听到外面有人敲门，走出来一看，竟是腊狗子。腊狗子不再像平日那种赖稀稀的样子，一见到秋叶有些局促，张张嘴想说什么，却没有说出来。

秋叶看一看他，问，你有事吗？

腊狗子迟疑了一下，仍没有说话。

秋叶说，你有事就进来说吧。

腊狗子又犹豫了一下，就跟着秋叶走进石屋。

秋叶又看看腊狗子说，你究竟……有什么事？

腊狗子坐在竹床上，沉了一阵，然后慢慢抬起头说，细旺奶奶的猪，是我偷的。

秋叶笑笑说，我已经知道了。

腊狗子看一眼秋叶，又说，还有……林家祠堂的那只香炉，也是我拿的。

秋叶点点头说，这个我也知道了。

秋叶看一看灯下的腊狗子，忽然发现，其实腊狗子长得眉清目秀，看上去很周正的样子。秋叶又说，我只想问你，你为什么要这样做呢？

腊狗子又低下头去，没有说话。

秋叶问，只是为了卖钱，买酒喝吗？

腊狗子摇摇头说，不是。

那是为什么呢？

腊狗子说，我……要攒钱。

攒钱？为什么？

为了，为了……讨女人。

秋叶立刻睁大眼，看着腊狗子。

腊狗子突然又抬起头，盯住秋叶看了一阵，问，你……肯嫁给我么？

秋叶仍然看着腊狗子，嘴动了动没有说话。

腊狗子很认真地说，你不要以为我只会喝酒，其实我也是有手艺的，我会酿米酒呢。腊狗子这样说着，忽然热切起来，我酿的米酒味道很好，如果你肯嫁给我，我以后……保证不再喝酒了，咱俩开一个小酒坊，专做米酒卖……

秋叶仍然一下一下地看着腊狗子。

腊狗子愣了一下，忽然停住口。

秋叶说，你……到部队上去吧。

腊狗子眨眨眼，你让我，去闹红？

秋叶点点头说，是啊……去闹红。

腊狗子又慢慢低下头。他显然没有想到秋叶竟会说出这样的话来。

秋叶仍然看着腊狗子，问，你愿意去吗？

腊狗子忽然抬起头，歪嘴一笑说，我去闹红回来……你肯嫁我吗？

秋叶看着腊狗子，就这样看了一阵说，我等你回来，一起酿米酒。

腊狗子问，就在……这石屋里？

秋叶点点头说，就在这石屋里。

17

腊狗子真的去部队了。

下坪的人们都无法相信，想不出秋叶究竟用的什么办法，竟然让腊狗子这样的一个人也去部队闹红了。腊狗子走的这天，秋叶一直把他送过梅河。腊狗子临走时站在梅河边，又盯住秋叶用力看了一下，然后一个字一个字地问，你，真会……等我回来吗？

秋叶笑一笑说，我当然会等你回来。

腊狗子点点头，却仍然看着秋叶，似乎还有什么话要说。

秋叶想一想，就从怀里掏出一个荷包递给腊狗子。腊狗子拿着这只荷包看了看，只见上面绣的图案很简单，只有一根樟树枝，枝上有几片叶子。这些叶子是红色的，看上去很精致，彩色的丝线在阳光下闪着耀眼的光泽。秋叶告诉腊狗子，这只荷包里装着她的一缕头发，只要把它带在身上，就会像护身符一样保佑平安。腊狗子听了点点头，就郑重而又小心地将这只荷包揣在身上，然后，转身沿着河边的小路走了。

秋叶看着远去的腊狗子，又唱起那首山歌：

劝郎哥莫念家
家中一切莫愁它
一心一意去闹红
早得胜利早还家
……

腊狗子走出很远又站住了，回头望了望，然后就沿着梅河边大步走去……

腊狗子走的几天以后，刘大姐从区里开会回来了。刘大姐在区上已经听说了秋叶竟然将腊狗子也动员去参军的事，所以一回来就问秋叶，究竟是怎样将腊狗子说服的。秋叶听了只是笑一笑，并没有说什么。刘大姐笑着说，如果你连腊狗子这样的人都能动员去参军，还有什么人不能动员呢？刘大姐这一次还给秋叶带回一个好消息，她兴奋地对秋叶说，你这一次可成了区里的大名人呢！秋叶听了不解，看一看刘大姐问，自己怎么会成了名人。刘大姐说，现在全区都知道了下坪村有一个林秋叶，不仅模样长得好，会唱一口扩红山歌，还一连动员了几个年轻人去参军。秋叶听了不好意思地说，这些事，还不都是您去区里说的。刘大姐拍了秋叶的肩膀一下说，下边有先进事迹，当然要汇报给上级么！然后又告诉秋叶，她已被评为全区的扩红模范，这一次给她带来通知，让她马上去参加扩红英模会。

刘大姐又说，区里的领导还在会上说，要号召大家都来向你学习呢！

秋叶听了越发不好意思，红着脸摆手说，我……没有什么好学的。

18

秋叶这一次没有去区里参加扩红英模会。

就在秋叶临走的前一天晚上，村里又出了一件事。半夜时，刘大姐突然匆匆地来坡上找秋叶。秋叶已经睡下了，听到刘大姐在外面一边敲着窗户叫自己，就连忙起来开了门。刘大姐走进来，神情严肃地说，下坪村出事了。

秋叶连忙问，出什么事了？

刘大姐说，刚刚接到区里通知，村里的三娃子私自离开部队，跟他一起走的还有一个人。秋叶听了连忙问，那另一个人……是谁？

刘大姐摇摇头说，目前还不太清楚。

秋叶又问，他们……会去哪儿呢？

刘大姐想一想说，他们不会去别的地方，很可能回下坪来了。

刘大姐说，如果他们真的回来了，这件事一定要处理好，否则对扩红工作的影响就太坏了。然后看一看秋叶，又说，我们刚才商量过了，你毕竟是下坪人，而且最近一段时间唱山歌，在村里也有一定威信，所以，这件事还是由你出面去处理一下比较合适。

秋叶听了点点头。但想了一下又问，应该怎样处理。

刘大姐说，从目前掌握的情况分析，三娃子一向在部队表现很好，他这一次突然私自离开部队，很可能与他的女人要生孩子有关，如果这个分析是对的，那他就一定是回家来了，你现在就去他家里，先做一做他女人的思想工作，给她讲明道理，让她劝三娃子尽快回部队去，当然，如果能见到三娃子，当面向他问清楚那另一个人的情况就更好了。

刘大姐这样说罢，又叮嘱了秋叶几句就先回去了。

秋叶连忙穿好衣服，也摸着黑朝崖下的村里走来。

秋叶在这个晚上径直来到三娃子的家。三娃子的家里似乎并没有什么异样，屋里黑黑的没一点动静，好像已经睡下了。秋叶稍稍想了一下，就走过去敲了敲窗棂。屋里沉默了一阵，然后才听到三娃子女人的声音，她问，谁啊？

秋叶叫了一声嫂子，然后说，是我，秋叶。

三娃子的女人哦了一声，问，有事啊？

秋叶说，嫂子你开一下门，有点事。

三娃子的女人似乎迟疑了一下，说，秋叶妹子，我……睡下了，有事明天再说吧？

秋叶说，嫂子你还是开门吧，我只跟你说句话，说完了就走。

三娃子的女人又迟疑了一下，然后说，好吧，你……等一下。

屋里响起一阵窸窸窣窣的声音。然后屋门响了一下，打开了。

三娃子的女人探出头问，秋叶妹子，什么事啊？

秋叶说，我进去说吧？

三娃子的女人又犹豫了一下，点点头说，进来吧。

秋叶来到屋里。三娃子的女人点上油灯。秋叶朝屋里看了看，三娃子的女人确实已经睡下的样子，屋里并没有什么异常。三娃子的女人又问，秋叶妹子，这样晚了究竟有什么事啊？秋叶朝三娃子的女人那隆起的肚子看了看，说，嫂子快生了吧？

三娃子的女人点点说是啊，还有一个月。

秋叶又问，三娃哥，最近有信捎回来么？

三娃子的女人立刻看一眼秋叶说，没有。

秋叶问，真的没有？

三娃子的女人忽然笑了，说，秋叶妹子，你今天这是怎么了？

秋叶在竹床上坐下来，抬起头看着三娃子的女人说，好吧嫂子，那就跟你明说吧，我三娃哥是不是回来了？三娃子的女人一听脸色立刻变了，愣一下说，他……在部队上，怎么会回来？秋叶耐心地说，这个消息是从区里传来的，应该不会有错，他没跟部队打招呼就走了，嫂子你现在已经快生了，他如果没回家，又会去哪儿呢？

三娃子的女人就慢慢低下头去，不再说话了。

秋叶又说，嫂子你告诉我，他究竟回来没有？

三娃子的女人说，没……没有。

真的没有？

真，没有。

好吧，秋叶点点头，从竹床上站起来朝门外走去。她走到门口突然又站住了，转过身来冲着里面的屋子大声说，三娃哥，你听清了，部队上还等着你，部队上说了，只要你回去，这件事就当没发生过，嫂子在家里你放心，有我们照顾，不会让她受委屈的。

秋叶说着看一眼三娃子的女人。

三娃子的女人低着头，眼里已经涌出泪水。

秋叶又说，三娃哥，咱于都人走到天边也还是于都人，既然出去闹红，就不该这样回来，你可不能给咱梅河边的人丢脸啊！

她这样说罢，就转身走了……

19

天上下起了淅淅沥沥的小雨。

秋叶回到崖上的石屋时，眼前仍然晃动着三娃子女人的那张脸。三娃子的女人很漂亮，皮肤白皙，两个眼睛大大的。秋叶已经感觉到了，就在刚才，三娃子女人的那双眼睛里似乎充满了不安。半夜时，雨停了，窗外飘进一阵淡淡的竹香。秋叶躺在竹床上，仍然没有困意。她朝窗外看去，天晴了，清朗的月光撒落下来，将远处的山峦也映出了轮廓。

这时，外面忽然有人敲门。

秋叶起身去打开门，是三娃子的女人。三娃子的女人看一眼秋叶，就慢慢低下头去，沉了一下，她说，他……回去了……她说着朝身后望了一眼。秋叶顺着她的目光朝远处看去，借着月色，就见山腰的小路上有一个人影，正大步地走去。

秋叶冲三娃子的女人笑一笑说，谢谢你……三娃嫂子。

三娃子的女人仍然低着头，说，那另一个人，是细旺。

秋叶立刻睁大眼，你说……是细旺？

三娃子的女人点点头，嗯了一声。

他在哪？

在……崖下的石洞里。

三娃子的女人看一眼秋叶，又说，细旺在部队是好样的，他是怕……他奶奶一个人孤单，想回来讨个女人，也好……给他奶奶留下一条根……

三娃子的女人说罢没再看秋叶，就转身走了。

秋叶看着三娃子的女人朝坡下走去，想了一下，就穿上衣服朝崖下的石洞走来。崖洞并不远，就在山坡的前面，顺着崖边的一条小路下去，在山崖的底下有一个天然形成的石洞。当年秋叶经常去这个石洞里玩。她还记得，在石洞里有一眼山泉，由于长年流水积成一个很深的水潭，潭里有很多透明的小鱼，每当太阳出来时，这些小鱼在阳光下连身上的鱼刺都清晰可见。秋叶顺着长满杂草和青藤的小路来到崖下，走到石洞的洞口。石洞并不深，但里面的地形很复杂。秋叶在洞口站住了，朝洞里看了看。月色很清亮，落到潮湿的崖壁上闪烁出坚硬的光泽。秋叶就这样在洞口站了一阵，忽然叫了一声：细旺——！

秋叶的声音在石洞里的崖壁上撞来撞去，发出一阵回响。

回响渐渐平息下去。洞里又恢复了安静，没有一点声音。

秋叶又说，细旺，我知道你在里面。

洞里仍然没有回应。

秋叶说，我是秋叶，你应该还记得我。

石洞里忽然有了一些声响。秋叶渐渐看清了，是细旺从石洞的深处走出来。在秋叶的记忆里，细旺还是一个十几岁的少年，身材瘦瘦的，眼睛很大，四肢很长。但这时秋叶再看，站在自己面前的已经是一个很成熟的男人，身材健壮，脸上也满是楞角。

细旺看着秋叶说，我在部队上，就听说你了。

秋叶问，听说什么了？

细旺说，你唱的山歌。

秋叶笑了一下，问，你回来，就是为了……讨女人吗？

细旺点点头，沉一下说，从我出去闹红那一天，就没打算活着回来，可是……我奶奶她……只一个人，我这次回来，也许……能为她留下一条根……

秋叶很认真地看看细旺，说，你……跟我来吧。

细旺似乎愣了一下，然后就跟着秋叶朝崖上的山坡走来。秋叶走到崖上时忽然被藤蔓绊了一下。细旺连忙在后面扶住她。秋叶回头看看细旺，轻轻拨开他的手，就朝前面的石屋走去。来到石屋门口，秋叶又站住了，回头对细旺说，你明天一早，就回部队去。

细旺看着秋叶，点点头。

秋叶就转身走进石屋。细旺迟疑了一下，也跟进去……

20

第二天早晨，当东面的山顶刚刚泛出青白色的天光时，细旺从石屋里走出来。他的身上背着两只竹筒，一只竹筒里装着水，另一只里装着秋叶为他煮的米饭。细旺回头看一眼站在门口的秋叶，迟疑了一下问，你……真的会等我回来吗？

秋叶说会的。

细旺又问，我如果……回不来了呢？

秋叶没有回答。

秋叶在心里想，无论你们哪一个，谁先回来了，我都会嫁给他。

细旺又看一看秋叶，没再说什么，就转身朝山坡上走去。

秋叶看着走上山梁的细旺，又唱起了山歌：

劝郎哥莫念家
家中一切莫愁它
一心一意去闹红
早得胜利早还家
……

山歌像水一样在坡上回荡着，将东边山顶的天际也激得泛起红色的涟漪……

二 如红的竹林

我在赣南采访时，无意中听到一首名为《红军阿哥你慢慢走》的赣南山歌。这首山歌不仅深情，而且一唱三叹，立刻打动了我们一行的所有人。我在当地多方询问，才听说这首山歌的词作者是一位红军烈士，早在当年就已牺牲。后来他的后代在整理他的遗物时发现了一本记满歌词的小本子，都是他当年在红军部队里写下的山歌。于是，他的后代将这些歌词配上当地的山歌调，就整理出其中这首名为《红军阿哥你慢慢走》的山歌。后来又被改为兴国山歌。但遗憾的是，我一连几次去赣南却始终没有见到这位烈士的后代。我想，这首山歌之所以如此打动人，就在于它以一个年轻女性的视角和感觉，充分而且生动地表达出当时赣南人民的心情。这种依依不舍又柔肠寸断的心情，像血一样溶在每一个乐句里。

我从这忧伤沉重的歌声中，也隐隐感觉到当时即将来临的血雨腥风。

当年，国民党几十万围剿部队进入苏区后立刻开始了疯狂的报复，对革命群众、红军家属、苏区干部和红军伤员进行了惨无人道的“清理”和屠杀。数年后，宋美龄在其《西安事变半月记》一文中，竟然以“江西地方迅速复兴”这样的词语来概括国民党部队的“清剿”成果。据国民党陈诚部第十八军十四师四十一旅八十四团团长杨伯涛后来在其《蒋军对中央苏区第五次围剿纪要》中记述：“蒋介石、陈诚为求早日肃清苏区，对留守在苏区指挥战斗的红军领导人物悬赏缉捕，如捕获项英者赏洋5万元，其他领导人物依次递减。十八军各师四出搜山，乘机掠夺，人民财物、粮食蔬菜一扫而光，耕牛猪鸡之类宰杀殆尽。苏区人民为避免蒋军的杀害及地主的报复，匿入深山丛林中者亦不能幸免，纷纷搜出驱迫下山，送至南昌行营设立的俘虏收容所拘禁。其中有少数青年妇女被蒋军中下级军官强娶以去。老弱残废者则挥之使去，任其倒毙沟壑，极为残酷……”

其实，杨伯涛的这段记述还显然过于轻描淡写。

当时的国民党围剿军队为彻底“清除匪患”，在苏区进行了灭绝人性的大屠杀，手段极其残忍而且骇人听闻，如挖心、剥皮、肢解、分尸、刀砍、碎割、悬梁、火烧、活埋、挖眼、割耳、割舌、穿铁丝、破肚取肠、割乳挖胸、沉潭落井、打地雷公、钉十字架等等。有的妇女被轮奸割胸凌辱而死。国民党围剿部队还纠集卷土重来的地主、流氓组织起“靖卫团”等反动组织。千千万万留下的女红军、女苏干以及她们中的孕妇和青年妇女就这样从此陷入无尽的痛苦深渊。她们因为参加了革命，这时遭受到更悲惨的境遇，忍受着屈辱、奸污、酷刑和各种令人难以想象的折磨。一位对赣南这段历史非常了解的朋友意味深长地对我说，或许将来有一天，等这些曾经亲历过当年那段历史的女人都不在世时，一些事情才可以真正披露出来。我想了很久，才明白了他这些话的含义。

所以，我在写“如红”这个人物时，还是有所顾忌的……

1

如红从山上下来时，身上的衣服已被雨水打透。

山路并不泥泞。雨水落到碎石上，将泥土顺着石缝涓涓地冲刷下去，反而使小路更加坚硬。如红每走一步都会感到一阵隐隐的疼痛。这疼痛是来自下身的深处，而且是一种从未有过的感觉，像针刺一样尖锐，又像火烧一样灼热。如红低头朝脚下看去，顺着裤管流淌的雨水仍有些淡淡的红色。她知道，这是被雨水冲淡的血水。如红的浑身上下虽然湿漉漉的，但由于没有反抗，也没有挣扎，身上的衣服并没有被撕扯过的痕迹。在那一瞬间，如红的心里很平静，也正因为这平静，才将事情想得很清楚。如红知道反抗是没有任何用处的，挣扎也没有用，事情到了这一步自己已经没有任何能力阻止。换句话说，就是有能力阻止也不能阻止，因为阻止了这件事，就会发生另一件更严重的事情。如红这样在心里权衡之后，就还是决定任由这件事发生了。当时如红虽然很平静，平静得像死一样，但眼前还是一片天昏地暗，似乎天空都要坍塌下来。在她被刺入的那一刻，听到自己的身体里发出尖厉的一响，似乎是什么东西破裂的声音，接着就有一股痛楚的温热像潮水一样涌出来……

走下这道山梁，已经可以看到对面山坡上的那片竹林。

那片竹林在雨中显得更加葱郁，茂盛的竹叶像一团一团青翠的云朵飘浮在山腰上。如红立刻感到脚下的步子更加艰难起来。背上的箩筐由于被雨水淋湿，越发显得沉重，虽然空空的却像是装了很多东西。箩筐是用竹篾编织的，做工很精细。这是如红和瞎婆共同的手艺。如红将竹子砍来，削成一根一根光滑均匀的篾条，瞎婆再将这些篾条编织成箩筐。井屋村一带的人都不相信，瞎婆这样一个双目失明的人竟然也能编织出如此精巧的箩筐来。因此，瞎婆的箩筐一向卖相很好，几乎是刚刚编出一只立刻就被人们争相买去。可那都已是过去的事了。现在，已经没有人再来买瞎婆的箩筐了。瞎婆的箩筐编织得再好也没有用，人们的生活可以没有箩筐，但不能没有食物，饿得走路都要打晃的人们连吃饭都已顾不上，要箩筐还有什么用呢？瞎婆也经常讷讷地说，是啊……人们就是有了箩筐……还能装什么呢……

如红的头脑中老是在闪着一个念头，如果自己这一次没有上山，是不是就不会遇到这样的事了？但是，她每当闪出这个念头，又总是对自己说，未必是这样，就算这一次没有出事，也不能保证今后就不会出事，现在保安团和靖卫团的人多得像秋天的老鼠，漫山遍野都是，无论怎样躲也是躲不开的。如红的眼前又浮现出那张蜡黄的脸，心里不禁猛地一下又抽紧了。那是一张阴郁的脸，阴郁得没有任何表情。如红听到了，他手下的人都叫他黄营长。如红一想到这个黄营长，想到他像树枝一样干硬的身体，立刻又隐隐地痛了一下……

2

如红是一早决定去山上送箩筐的。

太阳刚爬上村东面的樟树崖时，瘸三旺来找如红。当时如红正在屋后的竹林里削篾。如红总喜欢一个人坐在竹林里削篾，这样可以静静地想很多事情。当时如红一边削着篾条正在想长兴。她在心里计算着，长兴已经跟随部队走了几个月，如果一边打仗一边走路，几个月也该走出几千里了，他现在到了哪里呢？如红正这样想着，瘸三旺突然在身后咳了一声，把她吓了一跳。瘸三旺虽然已是五十多岁的人，又跛着一条腿，在山上走路却灵活得像一只猴子。据说他在陡峭的山崖上攀行，一天能走几十里路。当初区苏维埃政府正是看准他的这个行走能力，同时又考虑到他瘸着一条腿不容易引起人的注意，所以才让他做了交通员。但他这个交通是秘密的，从一开始就没有暴露身份，因此也就一直仍还做着地下工作。瘸三旺在这个早晨来找如红，是告诉她一件很重要的事情，现在国民党军队和保安团的人搜山越来越紧，所以山上的人要经常变换驻地，由于一些物资和用品要带在身上，急需一些结实耐用而且便于携带的箩筐盛放东西。如红一听就懂了，瘸三旺所说的山上的人，自然是指山上的游击队。她立刻说，现在生意不好做，家里正好有一些现成的箩筐。

瘸三旺点点头，然后又问如红，一次可以背几个箩筐上山。

如红想一想说，如果是空箩筐，背五六个应该不成问题。

瘸三旺说那就六个吧，你假扮成一个卖箩筐的。

如红一下没有听懂，问，卖……箩筐？

瘸三旺说，万一碰到搜山的保安团，也好说话。

如红又问，要不要……再带一些盐或米上山？

瘸三旺立刻说不要，上级特意指示，这一次给山上送箩筐只是送箩筐，现在搜山这样紧，送物资上山太危险，而且……瘸三旺说到这里看一眼如红，摇一摇头，深深地喘出一口气就没有再说下去。如红当然明白瘸三旺这“而且”的后面要说什么。这时盐和米都已是极紧缺的东西，倘若送上山去又遇到保安团，人出意外还是小事，盐和米的损失就难以估量了。如红想到这里，就起身收起竹刀和削好的篾条，准备去家里收拾箩筐。这时瘸三旺朝竹林外面的那间土屋看一眼，问如红，我要不要……去跟瞎婆说一下？

如红迟疑了一下，问，您说什么呢？

瘸三旺说，就说……帮你三旺婶去缝帐子，吃过晚饭回来？

如红想一下说，不用了，还是我自己去说吧。

如红虽然嘴上这样说，心里却还是没有想好该对瞎婆怎样说。如红很清楚，在这种时候，要想说服瞎婆，让她同意自己出去几乎是不可能的。瞎婆虽然眼瞎，但两只耳朵却非常机警，甚至可以听到如红每一个细微的表情变化。其实再早的时候如红是无法忍受瞎婆的。如红这些年从没有被谁管束过。她的父母在她很小的时候就去闽南了，而且从此再也没有回来，她是跟随外婆长大的。后来外婆在患了一场打摆子之后也去世了，所以她一直是一个人无拘无束。也正因为如此，她对瞎婆这样的约束才感到很不舒服。长兴曾耐心地对她说，她毕竟是他的母亲，而且，她这些年瞎着两眼守寡将他养大，很不容易。但如红听了却摇摇头。她对长兴说，正因为她是长兴的母亲她才不能容忍她对自己如此管束。如红说，她现在就对自己这样，将来有一天真的成了自己的家婆怎么办，还不把自己管成一个受气的媳妇？但如红虽然嘴上这样说，平时却并不跟瞎婆真的计较，还是把她当成一个没过门的家婆孝敬。

如红的心里很清楚，自从长兴走后，瞎婆跟自己的关系之所以越来越紧张，其实根源还是在长兴那里。当初长兴是井屋村一带有名的扩红能手，整天拿着一副竹板出去动员人家参加红军。长兴打的一手好竹板，噼噼啪啪的声音不仅清脆也很好听，而且还能一边打着竹板一边唱山歌，唱累了就说，说累了再唱，山前山后的很多年轻人都是被他这样动员去参军的。但如红却觉得长兴这样做不是长久之计。她在背地里提醒过长兴很多次，她对长兴说，你总是这样去动员人家参军，可你自己也是一个年轻人，如果人家问你，你李长兴动员这个动员那个，你自己为什么不去参军，你又怎样说呢？如红的话说得长兴一愣。他显然从没有考虑过这个问题。但他想了一下说，他不是不想去参军，而是有实际困难。

如红问他有什么困难。

长兴说，当然是母亲。

长兴说，家里只有他和母亲两个人，母亲又双目失明，如果他走了，扔下母亲自己在家里又怎样生活呢。如红一听脸就沉下来，说，你怎么可以这样说话呢？

长兴看一看如红的脸色立刻有些慌。长兴平时最怕如红不高兴。

他连忙问，自己哪句话说的不对了。

如红说，你这样说就没有考虑到我吗，现在你的家里已经不是只有你和你的母亲，还有我，如果你走了，我一样也可以照顾你的家里，这你没有想过吗？

长兴听了如红的话立刻有些感动。

他用力点点头，表示自己明白了。

3

但是，长兴过了一段时间却并没有要走的意思。

他每天仍然拿着一副竹板到处去敲，而且似乎敲得更加起劲。一天，如红实在忍不住了，就问长兴是怎么回事。长兴不解，问什么怎么回事。如红说，你既然已经对我说过要去参军，为什么直到现在还不走呢。长兴一听就笑了，他告诉如红，自己已经参军了，但部队首长考虑到目前扩红是首要工作，又知道他李长兴搞扩红很有办法，在这一带群众中也很有影响，所以就让他暂时留在村里，继续搞扩红工作。如红一听长兴这样说才高兴起来，然后想了想，灵机一动说，既然这样，你不如干脆就把军装穿起来，这样再去山前山后动员会更有号召力，也更有说服力。长兴一听觉得这是个好办法，立刻回部队去向首长汇报了此事。部队首长听了也认为这办法很好，于是当即让人去找来一套军装。当时部队的军需物资很紧，并不是每一个战士都能领到军装。但部队首长却特意为长兴找来一套崭新的灰粗布军装，穿在身上非常合体，再配上一顶硬挺的八角帽，看上去就更显得英俊精神。长兴穿着这身灰军装在井屋村的街上一出现，立刻引起很大轰动。人们将他团团围住，争着问一些部队上的事情。长兴则利用这个机会又掏出竹板，一边敲打着给大家唱起扩红的山歌。当时如红也在。如红站在人群的外面，看着被团团围住的长兴，不知不觉就有眼泪淌出来。

就在这时，她忽然听到身后有人在叫自己。

她慢慢回过头，发现竟是瞎婆。

瞎婆已经快七十岁，是一个很干瘪的小女人。她的两只眼睛里没有黑眼球，只翻起两个很大的眼白，看上去像是鱼的眼睛。如红始终觉得奇怪，瞎婆的眼睛虽然看不见，但无论自己走到哪里，她却总能准确地找过来。如红想不明白瞎婆究竟是怎样做到的。瞎婆将两只翻着很大眼白的眼睛准确地对着如红，似乎能看到她。

她说，你跟我来。

如红也看看她问，您……有事？

瞎婆说有事。

瞎婆这样说罢就转身头前走了。

如红迟疑了一下，只好随后跟过来。

瞎婆在街上走了一阵，来到村口一棵樟树的底下站住了。她转过身来用两个眼白盯住如红，就这样盯了一阵才说，我早已看出来了，你并不是真心跟我家长兴好。如红一听就愣住了，她不明白瞎婆怎么会突然说出这样的话来，她说，您这话……是怎样说起呢。瞎婆说，我虽然眼瞎心却不瞎，你这样水灵的一个妹子，井屋村上门求亲的人不知有多少，你怎么可能看上我家长兴呢。如红沉一下说，我和长兴究竟是怎样一回事，您回去问一问长兴就知道了。瞎婆说我不用问，就凭你做出这样的事还用再问么。

如红听了感到奇怪，问，我做什么事了？

瞎婆说你不要以为我什么都不知道，你跟长兴说的话我都已听到了，长兴现在扛枪吃粮，当初不是你鼓动的么，你如果真心跟他好会这样鼓动他么，就算你能讲出一万个道理，长兴走了我怎么办，我已听长兴说过了，他走以前你是不打算跟他成亲的，这样他在外面有个三长两短，你还可以嫁人，我一个瞎眼的孤老婆子可怎么办呢。如红听了慢慢走到瞎婆的跟前，对她说，我和长兴成不成亲是我们两人的事，可是我已对他说过了，现在就再对您说一遍，他走之后我就搬过来，今后无论长兴是死是活，我这辈子都不会再出这个门。

如红的话显然让瞎婆有些意外。她站在那里愣了一阵，就转身慢慢地走了。

如红确实对长兴说过这样的话。后来直到长兴临走时，如红仍然对长兴这样说。她说，你不要怨我，我不是不想在你走之前跟你成亲，可你要知道，我如果跟你成了亲，你就不会安心在外面打仗，等你将来回来，咱们再踏踏实实地过日子。但是，如红又说，我不跟你成亲并不是不管你家，你走后我就搬过来，我会像你一样照顾你母亲。如红这样说了自然很让长兴感动，但长兴越感动也就越是忍耐不住。长兴央求如红说，不成亲就不成亲，可是临走前先睡一睡总还可以吧。如红却抚摸着长兴平静地说，不行，睡一睡也不行，如果可以睡一睡也就可以成亲了，这是一回事啊。长兴说，可是……这是为什么呢？如红想了一下，虽然有些难为情，但还是对长兴说，如果我们这样睡了，我有了怎么办，你想一想，部队一撤走，这里今后会是什么样子，到那时，我要照顾你家里，如果再弄出一个孩子可怎么办呢？

长兴一听如红这样说，身上立刻就软下来……

在这个早晨，如红收拾起竹刀和篾条回到竹林外面的土屋。她转过房山时，发现瞎婆正站在门口。瞎婆走到如红的跟前，用两个眼白盯住她问，刚才……有人来了？

如红将篾条和竹刀放到地上说，没有啊？

瞎婆说不对，我听到了，是一个男人。

如红只好哦一声说，是三旺叔来过了。

瞎婆立刻问，瘸三旺，他来干什么？

如红说，他来找我……说点事。

瞎婆轻轻哼出一声，说，十个瘸子九个歪，这瘸三旺也是心术不正呢，当初就因为去赣州城里沾了不干不净的女人，染上脏病回来，险些把他女人气死，你也要当心他呢。

如红说，他来找我是说正经事的。

瞎婆问，什么正经事？

如红稍稍想了一下说，三旺叔告诉我，山前观音塘村有人想买箩筐，让我送几个过去，现在箩筐的生意不好做，多跑几步路就跑几步路吧，能卖出几个总是好事。

如红是经过考虑才这样说的。她很了解瞎婆，如果自己按瘸三旺所说，告诉她是去帮三旺婶缝帐子，瞎婆绝不会轻易相信，她到中午或下午一定会去瘸三旺家找自己。

瞎婆听了如红的话，转一转眼白说，去观音塘……要有十几里山路呢。

如红说是啊，我这就去，紧点脚，天黑以前赶回来。

如红这样说罢，就挑了几个结实的箩筐插好，背到身上出了家门……

4

如红上山很顺利，一路上没有遇到什么人。她一边走着还挖了一些鲜嫩的竹笋，她想，既然不能带盐和米上山，路上挖些笋也是好的。临近中午时，如红来到山上游击队的驻地。游击队的刘队长是一个身体有些孱弱的读书人，戴着一副眼镜。他一看到如红送来的这些箩筐很高兴，连声说这就好了这就好了，有了这些箩筐以后就好办了。又看到箩筐里的竹笋，更加兴奋起来，对如红说，现在这一带的竹林都已经挖光了，大家正愁吃不到笋呢。如红匆匆地向刘队长交代了一下就准备回去。刘队长想了想，让如红再背一个箩筐回去。如红不解，说好容易背上山来的，为什么还要再背回去一个。刘队长说，你路上采些草药装在筐里，如果遇到人盘问，就说是来山上采药的。如红觉得刘队长确实想得很细。但她认为也不必这样小心。她还知道一条小路，虽然难走却很僻静。她想，回去时走这条路应该会安全一些。

但让如红没有想到的是，刘队长还是估计对了。

出事是在下午。在这个下午，如红还是听了刘队长的话，回来时在身上背了一只箩筐。她一边走着还特意采了一些羊角草放在筐里。这种羊角草在山上很多，采回去和蛤蟆皮一起煮水可以治打摆子。这时天上下起了小雨。小路上由于草丛湿滑越发难走。不过如红的心里反而稍稍松了一口气，她想，这样的天气也许不会遇到搜山的人了。但就在这时，突然从树丛里跳出几个人，朝她叫了一声就用大枪拦住去路。如红先是愣了一下，朝这几个人的装束看了看，心里立刻明白是遇到保安团的人了。她让自己镇定了一下，然后做出害怕的样子，问有什么事。这几个人并不回答。其中的一个小个子把大枪挑了一下，示意如红跟他们走。如红就这样被押着走出树丛，来到前面的山路上。这时一个军官模样的男人走过来。这人身材瘦高，有一张阴郁的蜡黄脸。他盯住如红看了看，又上下打量了一下。小个子连忙过来叫了一声黄营长，然后报告说，是刚刚在树丛里搜到的，发现时行迹很可疑。小个子还要说什么，这个被叫作黄营长的人摆摆手，没有让他再说下去。

黄营长又朝如红看了看，问，你是哪村的？

如红低着头说，山前观音塘的。

黄营长又问，来这里干什么？

如红说，上山，挖一些草药。

黄营长朝如红身后背的箩筐看了看，然后两只眼睛就落到如红的胸前。如红的衣服由于被雨水打湿，身后还背着一只箩筐，胸脯就被胀鼓鼓地勒出了形状。如红感觉到黄营长的目光，下意识地朝自己的胸前看一眼，又向后退了一下。黄营长将目光慢慢移到如红的脸上，阴郁地看着她说，观音塘村分前塘和后塘，你是哪个塘的？

如红说，后塘，我家……在后塘。

黄营长点点头，轻轻嗯了一声，然后用下巴朝路边一块巨大的岩石挑了一下，示意让如红过去。如红朝那块岩石看一眼，迟疑了一下。黄营长回过头，又朝她看一眼。如红只好一步一步地跟过来。岩石后面竟是一个很浅的山洞，几棵很大的榕树歪在地上，浓密的枝叶将洞口遮掩起来。显然，这里是黄营长临时休息的地方。黄营长来到岩石后面就站住了，目光又落到了如红的身上。如红觉得黄营长那阴郁的目光像两只手，在自己的身上摸来摸去，接着，她就感觉这目光一点一点地黏稠起来。黄营长的喉咙里忽然发出咝地一响，他咳了一下，收回目光，转身朝洞里走了两步，突然站住回过头说，你家不在观音塘。

如红的心里立刻一紧，但还是不动声色地说，我……是观音塘的。

黄营长用阴郁的目光盯住如红，说，你是井屋村人。

如红的心里又是一紧。

你姓林，叫，林如红。

如红一下呆住了，她没有想到这个黄营长竟对自己知道得如此清楚。

黄营长微微干笑了一下，点点头说，你那个没过门的男人叫什么，哦，李长兴，他当初在井屋村一带可是很有名啊，又会打竹板又会唱山歌，鼓动山前山后的年轻人都去闹红，他现在跟着红军走了，你那个瞎眼的家婆可没走啊，要不要我去找她说一说话？

这时如红也终于认出来了。其实她从看到这个黄营长的第一眼就感觉好像在哪里见过。如红想起来，当初井屋村经常来一个穿灰布长衫的郎中。这个郎中很特别，从不打板，也不吆喝，如果有人找他看病就看，没有看病的则坐在村口的樟树底下歇脚。后来渐渐地来多了，跟村里的一些人也熟络起来，有的时候还到谁家去喝一喝水或聊一聊天。这时，如红从面前这张阴郁的蜡黄脸认出来，这个黄营长竟然就是当初的那个郎中。黄营长点点头，看着如红说，想起来了？对，我就是当初经常去你们井屋村的那个郎中。

如红就不再说话了。这时，如红的心里反而坦然下来。

黄营长阴郁的脸上掠过一丝浅笑，说，没想到吧，我这个郎中可是对你们井屋村的事了如指掌呢。接着，黄营长又朝如红的身上扫一眼，说，我这几天还一直在想着这件事，等这边搜山的任务一结束，就到井屋村去，我第一个要找的就是你那个瞎眼的家婆呢。

如红看着黄营长，没有说话。

如红当然明白黄营长这样说意味着什么。

是啊，黄营长点点头说，保安团和靖卫团是怎样处置红属的，你应该知道。

如红仍然看着黄营长，没有说话。

黄营长又说，你那个瞎眼的家婆不要说吃皮鞭，恐怕连一枪托也禁不住吧。

如红的嘴角动了一下，却没有发出声音。

黄营长的脸上又阴郁下来，不过，这件事如果我不追究，是没有人追究的。

如红的嘴角又微微抽动了一下。

黄营长就不再说话了。他盯住如红看了一阵，又看了一阵，就一步一步走过来。他走到如红的面前，将她背在身后的箩筐拿下来，扔到地上，又将如红推到旁边的巨石跟前。如红脚下一滑，仰身倒在巨石上。黄营长伏过身来，先是把两只手放到如红的胸前。这两只手一点一点地游走着，然后就慢慢游走下去，撩起如红的衣襟，稍一用力拉开裤带。如红闭着眼，心里像死一样地静。她感觉到那只干硬的手顺着自己的小腹爬进来，像螃蟹一样地向下爬着，然后裤子就滑落下去。她感到一阵湿凉，似乎有雨滴落到腿上，浑身不禁颤抖了一下。她听到了黄营长的呼吸声，这呼吸声来自喉咙深处，还伴随着轻微的咝咝声响。突然，如红感觉下身猛地一下刺痛，她忍不住痛楚地哦了一声……

5

如红始终想不明白，当初父母为什么给自己取这样一个名字。如红，听起来总觉得有些怪怪的。外婆活着时曾告诉她，她的这个名字是有些来历的。据外婆说，当年如红的父母很希望要一个男孩，所以在她母亲怀她时，就事先取好了名字，如果生下一个男孩叫如樟，林如樟，取樟树的茁壮茂盛，将来可以成材之意。而如果生下一个女孩就叫如土，林如土，也就是像土一样不值钱的意思。但让他们没有想到的是，结果竟然真的生下了一个女孩，可是女孩子叫“如土”又实在叫不出口，后来如红的父亲想到这山里的土都是红色的，于是就为她取名叫如红。但是，如红却并不相信外婆说的话。如红觉得外婆的这个说法有两点与事实不符。首先，如红隐约还记得，在她很小的时候曾听父亲说过，她出生是在一个深夜，当时正在下雨，父亲由于高兴，天一亮就冒雨去山上砍来几根茅竹，用了一天时间为她做了一张小竹床。如红想，既然父亲这样做，怎么能说不喜欢自己呢。再有，外婆又说，她当初叫如土，只因为山里的土是红色的，所以才为她取名叫如红。可是，如红听村里的人说，当年如红的母亲曾在村里说过，她和如红的父亲之所以为女儿取了这样一个名字是因为山里的杜鹃花，杜鹃花是红的，他们希望自己的女儿如同杜鹃花一样随风就能生长，而且也红得那样好看。所以，如红认定，外婆的话并不完全可信。但如红又想，如果父母真的喜欢自己，又为什么将自己扔下去了闽南呢？如红觉得，父母这些年不回来，一定已经不在人世了。如红每想到这里，就觉得自己真的像山上的杜鹃花，任由风吹日晒，就那样自己生长着……也正因如此，如红对瞎婆才总有一种特殊的感觉。当初长兴还在时，如红曾对他说过，不管瞎婆对她怎样，她却总能从她的身上闻到一种气息，那是母亲和外婆当年的气息……

雨下得大起来。天色早早地就暗了。

如红从山路上下来，抬起头朝坡上的竹林望去。竹林隐在云一样的雾气里，远远看去若隐若现。那间林边的土屋只还露出一个黑黑的屋顶。她又想了一下，就沿着石板小路朝坡上走去。早上如红临出门时，已经为瞎婆准备了午饭。但如红知道，瞎婆一定不会吃的，以往总是这样，如果如红有事出去，无论半天还是一天，瞎婆就会不吃不喝，要一直等到她回来。就在不久前，瘸三旺让如红去县城，到西街如意货栈找一个田老板，取一只南瓜回来。如红到县城找到田老板，刚好遇到城里大搜查。田老板就让如红在货栈里躲了一夜。第二中午如红回来时，才知道瞎婆竟然不吃不喝地等了自己一天一夜。那一次瞎婆一再追问如红，究竟去了哪里，为什么一夜没有回来。如红被追问得实在无法回答，就说去后山买南瓜了，回来时遇到搜山的人，只好在山上躲了一夜。如红为了让瞎婆相信，还将自己带回的南瓜让瞎婆摸一摸。但瞎婆摸着南瓜仍然将信将疑，她问，你这样出去一天一夜，就为了这样一只南瓜？如红说本来还有几只，为躲避搜山的人跑丢了。如红虽然对瞎婆这样说，心里也有些疑惑，她想，瘸三旺让自己冒着这样的风险去县城找那个田老板，真的只为这样一只南瓜么？但事后如红还是知道了，当然不只是这样一只南瓜，在南瓜里还藏着更珍贵的东西，是用油纸包着的一包食盐。这时食盐的价值已经与大洋相等，一枚重七钱三厘的大洋只能买到七钱三厘的食盐。也就从这一次，如红无论再去哪里都一定要尽快赶回来。她甚至担忧地想，如果哪一天自己在外面出了意外，瞎婆等在家里会怎样呢？

如红来到坡上，先去柴屋，将背上的箩筐放下来。箩筐里的羊角草还在。如红将羊角草拿出来，放到旁边的一个竹篮里。就在她转身的一瞬，发现瞎婆竟不知什么时候已经站在自己的身后。瞎婆用两个很大的眼白瞪着如红说，你回来了。

如红说，回……回来了。

如红突然看到瞎婆，还没有回过神来。

瞎婆问，怎么这样晚才回来？

如红说，下雨了……路难走。

瞎婆说，去观音塘是大路，不难走。

如红说，大路有搜山团，要攀山上的小路。

瞎婆哦一声，又问，带去的箩筐，卖掉了？

如红说卖掉了。

瞎婆问，钱呢？

如红稍稍愣了一下，说，钱……过几天再去取。

瞎婆说，哪有这样买东西的，几只箩筐，还不给现钱。

如红说是啊，人家说手头没有现钱，可是筐已经背去了，总不能再背回来。

如红这样说也是有意为后面留下理由，如果瘸三旺再让自己出去做什么，就可以对瞎婆谎说是去观音塘取钱了。如红已经预感到，瘸三旺很快还会找自己有事的。这一次去山上送箩筐，刘队长原本让她带一支竹筒回来交给瘸三旺。但如红想了一下对刘队长说，如果不是太紧急的事情就先不要让自己带了，现在到处都在搜山，带在身上很不安全。这时，如红想到这里稍稍感到一丝庆幸，如果自己真将刘队长的那支竹筒带在身上后果就不堪设想了。她又想到那个有着一张阴郁的蜡黄脸的黄营长，身上不禁微微抖了一下。

瞎婆没有再说话，突然耸起鼻子嗅了嗅，接着两个眼白跳动了一下。

如红看看瞎婆，试探地问，您……还有事吗？

瞎婆走过来，伸手在如红的身上捏了捏，又捏了捏。

如红本能地将身体躲开，朝后退了一步。

瞎婆却跟过来，又在如红的臀部捏了捏。

如红的心跳一下加快起来，看着瞎婆说，您要，干……什么？

瞎婆的眼白越发睁大起来，问，你这次出去，遇到了什么事？

如红说，没……没遇到什么事啊？

瞎婆摇摇头，说不对，你一定是出事了。

如红的眼泪一下涌出来，但还是硬挺着说，没，没出什么事……

瞎婆说，你被男人弄过了。

如红立刻愣住了，呆呆地看着瞎婆。

瞎婆又说，女人没有被男人弄过，身上是软的，被弄过之后沾了男人气，就变硬了，你跟我儿子长兴从来没有在一起，你现在的身上怎么这样硬了呢？

这时，如红已经有些哽咽。但她还是硬着声音说，真的没有。

瞎婆问，没有？

如红说，没有。

瞎婆没再说话，转身就走出柴屋去了……

6

半夜时，雨停了。清朗的月光透进窗棂，将屋里映出些微亮色。如红躺在竹床上，看着窗外的夜空，感觉一阵凉意吹进来。如红能听到瞎婆在另一间屋里翻身的声音。瞎婆也没有吃晚饭，天一黑就躺到竹床上睡了。如红当初搬来时原打算和瞎婆睡在一间屋里，这样夜里有事也好照顾她。但瞎婆没有同意。瞎婆说无论白天还是黑夜，对她都是一样的，她白天可以照顾自己，晚上当然也可以照顾自己。所以，她就让如红睡到了当初长兴的屋里。在这个晚上，如红感觉到了，瞎婆很久没有睡着，她的那张竹床一直在嘎嘎地响。

到后半夜，如红起身过来，走到瞎婆的床前轻声问，您……有事吗？

瞎婆只是一下一下地呼吸，并没有说话。

如红又站了一下，就回来重新躺到床上。

如红感觉自己身体的深处又在疼痛，这疼痛已经不再尖锐，而是一种隐隐的钝痛，似乎有一只手在撕扯着自己体内的什么地方，而且，这疼痛还在一点一点漫延，渐渐地连手和脚都疼痛起来。如红的眼前始终晃动着黄营长那张阴郁蜡黄的脸。她试图让自己将这张脸忘掉，但是做不到，她甚至还能闻到这张脸上散发出的气味，听到它粗重的呼吸。如红自从意识到自己是一个女人，一直觉得身体里有一汪洁净的清水，这汪清水装在一只透明的罐子里。她精心地呵护着它，想着将来有一天，将这罐清水捧给长兴。可是现在，这只洁净透明的罐子被打破了，如红甚至听到了这只罐子在自己身体里的破碎声和清水涌出的汩汩声。

在这汪清水涌出的一瞬，如红绝望地想，一切都完了……

但是，在这个晚上，如红听着瞎婆在那边屋里翻身的声音，心里又想，如果自己不这样做，又能怎样做呢，瞎婆是长兴的母亲，就算她不是长兴的母亲，她这样瞎着两只眼，又这样弱小，自己也不能眼看着那个黄营长带着保安团的人来折磨她。如红去县城时，曾在路上看到过搜山团的人是如何押解抓到的红属和苏区干部的，他们一边驱赶着这些人，一边用皮鞭、木棒和枪托殴打着他们，很多人被打得头破血流遍体鳞伤，有的人倒在地上就再也起不来了。所以，如红想，无论自己受怎样的苦也不能让瞎婆被那些人抓走。

她一定要保护她……

第二天早晨，瘸三旺带着女人一起过来了。自从长兴走后，瘸三旺和他的女人就经常不动声色地来看一看瞎婆，或给她送一些吃的东西过来。瘸三旺和女人过来时，如红刚刚起来，正在为瞎婆煮南瓜粥。瘸三旺的女人去看瞎婆，瘸三旺就来到柴屋。瘸三旺对如红说，昨晚一直下雨，再说考虑到如红去山上一天，回来一定累了，所以就没有过来。接着又问事情办得怎样，顺利不顺利。如红沉了一下，说还算顺利，箩筐都已交给游击队的刘队长了。然后，又将游击队的大致情况对瘸三旺说了一下。瘸三旺听了想一想说，现在形势越来越紧，保安团的人已经不仅是搜山，还要对每个村庄进行清洗，据说山前的观音塘已经开始了，所有红属和当初的苏区干部都要去登记，否则一旦查出来就要严办。

瘸三旺看一看如红说，所以，你和瞎婆……都要当心了。

如红说，能不能，先给瞎婆找一个地方，让她躲避一下？

瘸三旺想想说，这种时候，让她躲到哪去呢？

如红说，可是……当初长兴在这一带的名声太大，保安团的人不会不知道的。

瘸三旺点点头，说是啊，你还好说，长兴走时毕竟没有跟他成亲，所以不管怎样说还不算红属，可是瞎婆就危险了，如果保安团的人过来，一定会先来找她的。

这时，如红看一眼瘸三旺说，保安团的人，真的很快就要过来了。

瘸三旺立刻愣了一下，问如红，你是……从哪里知道的？

如红没有回答，支吾了一下说，我们……总要先做准备。

瘸三旺点头说，如果是这样，这件事就真要考虑一下了。

这时瘸三旺的女人过来了。瘸三旺的女人虽然身板很大，看上去像一块干柴，却是一个很细心的女人。她长着一张端正的扁平脸，眉眼也有几分清秀，只是皮肤粗糙一些，刚刚四十来岁脸上已经有了皱纹。她这时已将几只煮熟的山鸡蛋给瞎婆送过去。这些山鸡蛋是瘸三旺去山上砍柴时偶然捡到的，拿回来瘸三旺的女人没舍得吃，煮熟了就给瞎婆送过来。瘸三旺的女人来柴屋这里是准备叫瘸三旺一起回去，但她走进来，刚要叫瘸三旺，目光一下落到了如红的鞋上。如红穿的是一双自己做的粗布鞋，粗布原是灰白的，用山上的浆树叶染成棕黄色。这时，瘸三旺的女人很认真地看看这双布鞋，又朝如红的脸上看了看。

瘸三旺的女人像是随意地说，你的脸色，不太好。

如红抬起头看一眼瘸三旺的女人，没有说话。

瘸三旺的女人又说，你是不是，身上不舒服？

如红摇摇头说，没有，我……挺好。

瘸三旺的女人又用探询的目光看看如红说，现在长兴不在家，瞎婆就都靠你了，所以，你也要当心自己的身体啊，千万别累坏了，你真有点事瞎婆可怎么办呢？

如红说，我只是……昨天有些累，夜里又没睡好……

瘸三旺的女人问，你昨天上山，没遇到什么事吧？

如红说没有。

瘸三旺的女人问，真的没有？

如红说，真的……没有。

瘸三旺的女人这才点点头，说没有就好。

瘸三旺和女人又叮嘱了如红几句，就从土屋里出来了。

瘸三旺的女人一边朝山坡下面走着，回头看一眼，然后低声对瘸三旺说，如红昨天上山一定出事了。瘸三旺一听立刻愣了一下，连忙问，出什么事了？瘸三旺的女人摇摇头说，现在还说不好，总之……应该有事。瘸三旺有些不相信，看一眼自己的女人说，你是怎么知道的？瘸三旺的女人又朝身后看一眼，就站住了。

她对瘸三旺说，你没看到如红的那双鞋吗？

瘸三旺想一想问，她的鞋……怎么了？

瘸三旺的女人说，她的鞋上有血迹。

瘸三旺一听就笑了，说，鞋上沾点血迹，这有什么新鲜，山上到处是野草棵子，跌一跤或是挂破了哪里，血流出来滴到鞋上，这也不算什么大事。

瘸三旺的女人摇摇头说，怕是没有这样简单，虽然昨天下过雨，可是从那鞋上的血迹还是能看出，当时流出的血应该不少，而且，而且……

瘸三旺的女人看一眼男人，没再说下去。

瘸三旺问，啥？

瘸三旺的女人说，女人流出的血，不同的地方，颜色是不一样的。

瘸三旺扑哧一声又笑了，说，还有这样的说法？

瘸三旺的女人说，女人的事，你们男人不懂。

她这样说罢就头前朝山坡下面走去……

7

如红一连几天都在竹林里。早晨，她为瞎婆做好一天的饭，就独自来到竹林深处，坐在一块石头上一根一根的削篾条。这块石头像一个石凳，很光滑，坐在上面还能隐隐地感到一些温热。如红每天就这样从早到晚坐在这块石头上，不想吃饭，也不想喝水。有的时候感觉肚子里实在空了，就随手掰一根竹笋吃。竹笋很鲜嫩，咬到嘴里会有一股饱满的露水，清凉的竹香让如红感觉心里好受一些。瞎婆偶尔到竹林里来，但她并不走近如红，只是站得远远的，翻着两个很大的眼白听着这边的动静。就这样听一阵，便转身回去了。

就在瘸三旺带着女人来看如红的第二天早晨，瘸三旺又独自来了。瘸三旺告诉了如红两件事。第一件事是，他为如红和瞎婆的箩筐找到了买主。瘸三旺说，县城如意货栈的田老板正需要箩筐，他已经跟他讲好，今后如红这里有多少箩筐他都要。瘸三旺对如红说，这样你和瞎婆以后的日子就会好过一些了。如红当然知道那个如意货栈的田老板是什么人，所以心里也明白，瘸三旺和田老板这样做只是为了照顾自己和瞎婆的生活。接着，瘸三旺就又告诉了如红另一件事。瘸三旺说，这一次真的有事要去山前的观音塘，而且事情很急，要马上去。但瘸三旺立刻又说，昨天他的女人说了，如红的脸色很不好，所以，如果如红的身体真的不舒服就不要去了，他可以另想办法。而且……瘸三旺说，观音塘那边正在搞清洗，这一次去也有很大危险。但如红想了一下还是说，危险倒没什么，我可以去。

瘸三旺听了点点头，又问，你对瞎婆怎样说呢？

如红说，我会有办法的。

如红已经想好了，她可以告诉瞎婆，去观音塘收那几只箩筐的钱。这时家里的日子已经快要过不下去，那几只箩筐虽然没有几个钱，却也很重要。所以，如红想，如果自己这样说了瞎婆是不会不同意的。但让她没有想到的是，瞎婆一听如红这样说竟然真的不同意。

瞎婆对如红说，你不能去。

如红说，可是，那几只箩筐……

瞎婆说，那几只箩筐没几个钱，我们不要了。

如红兀住了，张一张嘴，一时不知再说什么。

如红想了一下，又说，眼下……我们已经要没饭吃了。

瞎婆坚定地翻着眼白问，是吃饭要紧，还是活命要紧?

如红说，如果没饭吃，还能有命么?

瞎婆说你不要再说了，就是不能去。

这一次，如红最终也没有去观音塘。但事后的结果证明，如红没去观音塘真的是对了。瘸三旺去观音塘是第二天下午才回来的，手上和脸上满是血迹，身上的衣服也已经破烂不堪。据他说，他这一次去观音塘没有办成任何事情。他到观音塘时是在上午，当时一进村就感觉气氛不对，街上冷冷清清的没有一个人，每家每户也都紧闭着门。瘸三旺毕竟是有些经验的老交通，一见这情形当即决定不再去找任何人。但就在他准备离开时，还是被几个保安团的人发现了。瘸三旺一见这几个人追上来，扭头就往村外走，一出村立刻朝山上跑去。瘸三旺上山并不用找山路，只要攀着石头和草丛就能行走如飞。但他跑得再快也没有大枪的子弹快，那几个保安团的人一见瘸三旺像只猴子似的窜上山，立刻就朝这边乒乒乓乓地放起枪来。瘸三旺一见子弹已经嗞溜嗞溜地打到自己身边，连忙钻进更密的树丛，就这样在棘刺棵子里挂得两手满脸都是血，衣服也跑得稀烂，才一直钻到山顶上从另一条小路绕回来。瘸三旺告诉如红，形势确实已经很紧，看观音塘那边的情形，保安团的人很快就要过来了。

如红听了瘸三旺的话并没有感到意外。她知道，在观音塘的保安团应该就是那个黄营长的队伍，他们一定是完成了搜山任务，又开始清洗村庄。

如红预感到，如果这样说，那个黄营长很快就要来了。

如红的预感没有错。两天以后的中午，如红正坐在竹林里削篾，突然听到竹林的外面有些声响。她抬头望去，见一个人影走进竹林。这个人先是向竹林里环顾了一下，然后就朝坡上一步一步走来。如红的心里立刻一紧，接着一股热血涌上头顶。她从这个人身上的黄军服立刻认出，是黄营长，于是慢慢站起来，将竹刀紧紧握在手里。黄营长看上去很悠闲，一边走着仍在东张西望，接着他就看到了如红。在他看到如红的一瞬，稍稍愣了一下。如红手里的竹刀很锋利，在竹林里倏地一闪。就在这时，竹林的外面又传来一阵声响。黄营长回头看去，是瞎婆。瞎婆正朝竹林这边摸摸索索地走过来。瞎婆显然是听到了什么声音。她走进竹林，睁大两个眼白警觉地朝四周巡视了一下，突然又耸起鼻子嗅了嗅，然后就一步一步地朝黄营长这边走过来。黄营长并没有动，只是站在那里看着她。瞎婆就这样走到黄营长的跟前，伸出两只手向前抓了一下，又抓了一下。如红看到，瞎婆有一下几乎抓到了黄营长军服的前襟。但黄营长仍然没有动，只是向前探过头，很认真地看了看瞎婆的眼睛。

瞎婆说，你是谁？

黄营长没有说话。

瞎婆又说，我已经闻到你了。

黄营长看着瞎婆，仍然没有说话。

瞎婆似乎有些怀疑自己了，转身走到旁边，在一块石头上坐下来。黄营长又朝瞎婆看了看，就向如红这边走过来。黄营长由于瘦高身材，腿很长，这样走起路来就很轻，几乎几步就来到如红的跟前。他向如红的脸上看了看，接着，目光就一点一点移下来。如红又感觉到了，黄营长的目光像两只手，在自己的身上一点一点游走着。她立刻将手里的那把竹刀慢慢拿到胸前。黄营长看看这把竹刀，又回过头去看看瞎婆，阴郁的蜡黄脸上又浮起一丝浅浅的皱纹。如红看着这皱纹，稍稍愣了一下，拿着竹刀的手就慢慢垂下来。黄营长走过来，从如红的手里拿过竹刀，放到地上，然后两只手就向如红的胸前伸过来。如红呆呆地站着，任由这两只手在自己的胸前到处爬着。接着，她就感觉这两只手慢慢向下爬去，撩起自己的衣襟，然后抓住裤带轻轻一拉。在这一瞬，如红听到轻微的突噜一声，然后裤子就向下滑落掉了。如红发现，瞎婆似乎听到了什么声音，立刻站起来，但竖起耳朵听了听，又慢慢坐下去。黄营长也回过头，朝瞎婆那边看一眼，然后两只手就在如红的腰上停下来。他稍稍一用力，就将如红放到那块石头上。这时如红感觉，这块石头在自己的身上变得冰冷起来，几乎冰冷刺骨。她仰起头，看到悬在半空的茂盛的竹叶，在那些竹叶的后面是蓝天，蓝天上飘着一缕淡淡的白云。这时，黄营长的脸出现了，他的脸上仍然散发着那种说不出的气味，嘴里又在一下一下地喘息。这一次，如红没有再感觉到疼痛，但她仍然觉得自己被狠狠地刺了一下，这一下让她感到一种说不出的难受，似乎身体里所有的脏器都被野蛮的搅动了。

如红闭着眼，任由黄营长在自己的身上一下一下地动着。

她从黄营长的腋窝间看到，不远处的瞎婆又慢慢站起来，竖起两只警觉的耳朵听着附近的动静。一阵风吹来，竹林里响起一片沙沙的声响。这声响虽然很轻，却将所有的声音都遮掩下去……黄营长终于站起来。他慢条斯理地整理好衣服，看着如红。如红就在黄营长目光的注视下从石头上慢慢起来，弄好自己的衣服，然后朝坡下走去。她走到瞎婆的跟前，伸手搀住她的胳膊。瞎婆立刻感觉到是如红，就用力站起来。她的嘴动了动，但没有说话，然后和如红一起朝竹林外的土屋走去……

8

瘸三旺出事了。

瘸三旺是在一个月以后出的事。

在这一个月里，黄营长的队伍竟然就驻扎在了山前的观音塘。他们偶尔也来井屋村，对这里挨家挨户清理登记，查找红属和苏区干部。但如红和瞎婆是住在村外的山坡上，而且屋前还有一片竹林，所以，保安团的人就似乎将这里忘记了，并没有人到山坡上来。黄营长又到竹林来过几次。黄营长已经对这里的路很熟悉，他不再从山坡下面的石板路上来，而是先从附近上山，然后沿着山梁绕到竹林的上面，再从小路下来，这样就可以不必再经过土屋，也不会再让瞎婆听到。黄营长每一次来的时间并不长。他从来不说任何话，总是走到如红跟前，从她的手里拿过竹刀，扔到地上，然后就开始不慌不忙地在如红的身上做事。做完了事，整理好衣服，就又从竹林的上面绕过山梁下山去了。黄营长的蜡黄脸仍然是那样阴郁。如红渐渐发现，这个黄营长一定有什么病，他每当冲动的时候身上就会微微发抖，而且牙齿也咬得咯咯地响。一次，黄营长还给如红留下了一些食盐。这些食盐是装在一只很小的铁盒里。黄营长做完了事，整理好衣服，就从军服的衣兜里掏出这只铁盒递给如红。如红只朝这铁盒瞥一眼，并没有伸手去接。黄营长又朝她面前举了一下，说收着吧，是盐。如红仍然没有去接。黄营长就将这铁盒放到旁边的石头上，转身朝山梁上走去。如红直到黄营长走远，才拿起这只铁盒打开看了看。铁盒里的确是盐。如红想了想，就将这只铁盒放到石头下面了。

瘸三旺出事也是为了盐。但他这一次出的事很大，几乎送掉了性命。

天气渐渐热起来以后，瘸三旺来到竹林里对如红说，山上游击队的伤员由于缺少药品，越来越需要食盐，所以要尽快想办法。如红知道，这时唯一能想办法的渠道只有县城如意货栈的田老板那里，可是通往县城的山路都已经有保安团的人把守，食盐又属于禁品，要想从县城带回这样的东西几乎是不可能的。瘸三旺自然也想到了这一点，于是对如红说，他可以想办法去县城。如红说是不是再等一等，路上清静一些了再去。瘸三旺说咱们能等，可山上的人不能等，路上再危险也要去。于是瘸三旺就在一天夜里，趁着天黑去了县城。瘸三旺对山上很熟悉，所以并没有走大路，而是绕着山里采药人的小道一路摸过去。这样来到县城的如意货栈见到田老板时就已是上午。事后瘸三旺对如红说，他经过总结，认为自己这一次去弄食盐一共犯了三个错误。第一个错误，田老板原本已将准备好的食盐装进一根扁担的竹节里，这样只要挑着一副箩筐就可以很自然地回来。但瘸三旺却认为这样不妥。他对田老板说，将所有的食盐都装在一根扁担里是很冒险的，路上一旦出了意外情况，只要这根扁担一丢也就将食盐全丢了。所以，瘸三旺对田老板说，最好是将这些食盐分散开来。田老板听了也觉得有些道理，就问他怎样分散。瘸三旺想一想说，上次如红来取食盐的办法就很好，不如将扁担里的食盐倒出一些，分装在两个南瓜里，这样即使丢了扁担还有两个南瓜，就是丢了一个南瓜也还有另一个南瓜。田老板觉得这个办法也可行，于是就将扁担里的食盐倒出一半，又分成两个油纸包分别装进两个南瓜里。其实这两个南瓜刚好可以放在两只箩筐里，这样用那根扁担一挑就可以走了。但瘸三旺仍然觉得不放心，一定要将这两个南瓜带在自己身上，为了便于携带，他索性让田老板用一根麻绳将这两个南瓜拴在一起，这样刚好挂在自己的脖子上，手里再拎了一根扁担，就感觉很利落。但瘸三旺并没有想到，他这样脖子上挂着两个南瓜，手里又拎着一根扁担走在街上，样子不仅怪异，也很容易引起人的注意。

果然，瘸三旺刚刚走出县城，就感觉自己的身后被几个人跟上了。

瘸三旺毕竟有一些经验。他先是故意紧走一阵，后面的人立刻跟着紧走一阵，接着他又放慢脚步，后面的人也跟着放慢脚步。瘸三旺断定这几个人是在跟踪自己之后心里快速想着应对的办法。也就在这时，他发现前面的路上又有几个保安团的人端着大枪走过来。他立刻站住了，想了想，突然一转身就朝路边的山上窜去。这时身后的枪声就响起来。一直跟在后面的那几个人也都掏出枪跟着追上来。瘸三旺直到这时才意识到自己犯了一个很大的错误，如果按田老板先前的办法，手里只拎着一根扁担还可以跑得快一些，但此时脖子上挂着两个大南瓜，跑起来在胸前荡来荡去，再加上手里的扁担就越发碍手碍脚。也就在这时，瘸三旺又犯了第二个错误，他原本应该将脖子上的南瓜摘下来扔掉，这样只拎着扁担就可以跑得轻快一些，可是他却将手里的扁担扔了，脖子上仍然挂着两个南瓜，这样不仅不能跑快，反而因为手里没有了东西失去平衡，一路跑着更加跌跌撞撞东倒西歪。瘸三旺一边跑着听到身后追赶的声音越来越近，知道再这样跑下去不是办法，于是狠了狠心就将脖子上的两个南瓜摘下来，但如果就这样都扔掉心里又实在舍不得，于是掂着想了一下就扔掉一个南瓜，只抱着另一个朝山上的树丛里钻去。其实瘸三旺并没有意识到，他在这时还犯了一个错误，他在扔掉那根扁担和后来的一个南瓜时，应该记住地点，至少记住周围大致有什么标志，这样事后再回来或许还可以找到。但他在当时由于只顾一路狂奔，已经想不到这些，等跑过两道山梁终于甩掉后面追赶的人时，手里就只剩了唯一的一只南瓜。瘸三旺想了想，直接就将这只南瓜给山上的游击队送去。但他在这时就又犯了一个错误。这时天色已是傍晚，瘸三旺原本应该在山上避一避，先听一听山下的风声再回去。可是他却急于回家，当晚就下山去了。瘸三旺这时还并不知道，保安团的人已经从他跑路那一瘸一拐的样子认出来，他是井屋村的人，所以这时已经在井屋村的村口等着他。就这样，瘸三旺一进村，还没有回家就被保安团的人抓到了。但保安团的人在追赶瘸三旺时，只知道他的脖子上挂着两个圆乎乎的东西，手里还拎了一根长长的木棒，却并没有看清楚具体是什么。于是就问瘸三旺，他身上带的究竟是什么东西。瘸三旺想了想就如实说，是两个南瓜，还有一根扁担。保安团的人又问，既然只是两个南瓜和一根扁担，为什么要跑。瘸三旺说弄到两个南瓜很不容易，怕被人抢了，所以才跑。保安团的人没有在山上找到南瓜和扁担，因此也就并不知道食盐的事情。瘸三旺因为这几年一直是做秘密交通，身份从没有暴露，因此保安团的人对他说的话也就将信将疑。

第二天上午，黄营长来到坡上的竹林找如红。黄营长这一次是从坡下的石板路直接走上来的，在走过土屋的门口时，还朝坐在门口正编箩筐的瞎婆看了看。瞎婆这时已经习惯了人来人往的声音，仍然在那里一下一下地编着箩筐。黄营长这一次来到竹林里，没有对如红做任何事，他只是站在如红面前朝她看了一阵，然后问，村里的瘸三旺，是怎么回事?

如红慢慢抬起头，看一眼黄营长，没有说话。

黄营长又说，我在问你，瘸三旺是怎么回事？

如红说，瘸三旺怎么了？

黄营长问，他是什么人？

如红说，是井屋村的人。

黄营长说，我知道他是井屋村人，我是问，他平时干什么？

如红说，他的腿有残疾，平时只是闲逛，在村里不干什么。

黄营长看着如红，用力喘了一口气，然后说，你知道我在问什么。

如红说，我不知道。

黄营长点点头，说好吧，那我就问你，他是红属？

如红摇摇头说，不知道。

黄营长又问，是，苏干？

如红又摇摇头，说不知道。

黄营长盯着如红问，你……真不知道？

如红说，真不知道。

如果我说，他是苏干呢？

那……也许就是吧。

黄营长又用力看了看如红，就转身朝竹林的外面走去。

事后瘸三旺对如红说，也正是因为她说了这样几句话，才活活救了他一条性命，那个黄营长是一个极为阴险狡诈的人，如果如红说他不是红属，黄营长立刻就会认定他是一个红属，同样，倘若如红说他不是苏干，黄营长也会认定他是一个苏干，哪怕如红替他说一说话这个黄营长都会立刻让人把他抓起来带走。但是，瘸三旺说，正因为如红这样不动声色地说了，黄营长反而信以为真，所以，他那天从竹林回来之后，立刻就让人将他放了。

但是，瘸三旺想一想又问如红，这个黄营长……为什么单单来问你呢？

接着，瘸三旺又用一种奇怪的眼神看了看如红。

如红立刻明白瘸三旺这眼神的含义了。这眼神的含义很明显，他的意思是说，现在井屋村到处都在搞清理，保安团的人挨家挨户登记，审查每一个人的身份和当初闹红时曾经做过什么，可是那些人却从来没有来过竹林这边，也没有找过如红和瞎婆的麻烦，这是为什么呢？这时，如红也突然意识到，这的确是一个自己无法解释，而且很容易让人感觉难以理解的问题。但她想了想，还是决定不向瘸三旺做任何解释。

她在心里想，就是解释，又该怎样解释呢？

9

瘸三旺的女人一早去坡上的竹林给瞎婆送了一碗腌竹笋。竹笋没有什么新鲜，竹林里到处都可以挖到，新鲜的是用盐腌过。这时盐已经越来越金贵，过去是一枚重七钱三厘的光洋可以买到七钱三厘的盐，渐渐地不要说一枚光洋，就是花几枚光洋也已经买不到盐了，所以，井屋村的人就只好去山里挖土盐。这种土盐虽然苦涩一些，但总还有咸的味道。瘸三旺的女人发现了一种很有效的方法，用这种土盐腌制竹笋，竹子特有的清香可以将土盐苦涩的味道去掉一些。瘸三旺的女人给瞎婆放下腌竹笋，又到后面的竹林里跟如红说了一阵闲话。

如红每天仍然坐在竹林里削篾条，说话越来越少。

瘸三旺的女人回来对男人说，如红好像不太对劲。

瘸三旺听了问，哪里不对劲。

瘸三旺的女人说，说不好，就是觉得……不太对。

瘸三旺说，也许是想长兴了。

瘸三旺叹了口气，又说，长兴已经走这样久了，没有一点消息，如红一个没过门的媳妇守着这样一个没眼的家婆，还整天将她看得这样紧，心再宽的人也会感到憋闷的。

瘸三旺的女人摇一摇头，说不对，女人的事你还是不太懂。

瘸三旺听了笑一声说，有你这样一个女人，还有啥不懂的。

瘸三旺的女人说，你不觉得……如红有些发胖了？

瘸三旺眨眨眼说，胖？吃红薯干南瓜条也能胖么？

瘸三旺的女人唉一声，就没有再说下去……

如红这一阵的确发觉自己有些胖了，而且也感觉到，似乎身体越来越不对劲。就在几天前，原本应该如期而至的月事却没有来。如红起初以为是自己记错了日子，但后来却发现并不是这样，即使按记错的日子身上也仍然没有动静。如红的心渐渐提起来。如红虽然还没有成过亲，却也听村里的年轻女人在背地里悄悄议论过，女人一旦被男人沾过之后不来月事意味着什么。如红又等了几天，身上仍很干净。如红就感觉一块巨大的石头在心头沉重地压下来。如果从时间看应该已经确定了，如红的月事一向很准，这些年来还从没有过这样长的时间。瞎婆好像也感觉到了什么。每当如红走近她时，她总是耸起鼻子用力嗅一嗅，似乎如红的身上有什么异常的味道。一天晚上，瞎婆不停地咳嗽，如红就烧了一碗水给她端过来。就在如红放下碗，转身要回自己的屋里去时，瞎婆突然伸手抓住她的一根胳膊，然后伸过鼻子嗅了嗅，又嗅了嗅。如红本能地朝后退了一步，问，您这是……干什么？

瞎婆说，你身上的味道不对。

如红问，哪里……不对？

瞎婆摇摇头，又喃喃地说，不对……

如红没有再说什么，就赶紧回自己的屋里来了。

如红当然明白瞎婆所说的味道不对是指什么。她渐渐感觉到，压在自己心头的这块石头越来越重，已经压得她快要透不过气来。她感到一种从未有过的恐惧，她不知道自己后面将会怎么办。就在两天前，黄营长又到竹林里来。黄营长又像往常一样将如红放倒在那块石头上。但就在这时，他稍稍愣了一下。他发现，如红身上的衣服不再像往常轻易就可以解开，而是用很细的针脚密密实实地缝起来。黄营长并没有发火，阴郁的脸上仍然没有任何表情。他看着仰在石头上的如红，沉了一下说，你昨天下午听到枪响了吗？

如红仰在石头上，看着黄营长，没有说话。

黄营长说，那些枪响是枪毙苏干和红属，有一个老太婆，七十多岁了，我为了节省一颗子弹让人将她跟一个年轻女人绑在一起，结果只一枪，就把两个人都穿透了，那个老太婆的肠子流出来时还没有死，她就那样躺在地上看着自己的肠子，直到天黑时才断气。

如红仍然仰在石头上，看着黄营长。

黄营长就不再说话了，从身上拔出短刀，用刀尖一下一下地将如红身上衣服的针脚挑开。针脚缝得很紧，黄营长每挑一下，针脚绷开时就会发出砰的一声。黄营长一边这样挑着似乎受到刺激，浑身又微微颤抖起来，接着牙齿也发出咯吱咯吱的声响。他索性用力将如红身上的衣服撕开，然后扔下刀子，就将自己的身体压上来……如红这时感觉到，自己的身体里似乎满是瓦砾和碎片，压在上面的黄营长每动一下，身体里就会发出一阵刺耳的嘎嘎声。她觉得自己的身体已经破烂不堪，那些瓦砾和碎片随时都会刺穿皮肤掉落出来……

黄营长这一次很兴奋，很长时间之后才抽身站起来。他整理好自己的衣服，看一看仍然仰在石头上保持着刚才姿势的如红，咳了一声说，我晚上……还来找你。

他这样说罢，就转身迈着轻快的步子朝山上走去。

让如红没有想到的是，在这天夜里，黄营长竟然真的来了。黄营长是后半夜来的。如红正在熟睡，突然感到喘不过气来，似乎自己的身体被压在了什么东西的下面。接着她就又闻到了那股气味，听到了呼呼的喘息声。如红感觉到，自己身上的衣服正在一点一点地被剥掉，最后完全被剥光了，接着，一个同样光光的干硬的身体就又重新压上来。如红突然感觉到一阵剧烈的恶心，几乎快要吐出来。她觉得自己已经无法忍受了，让她无法忍受的是自己每一寸肌肤都与这干硬的肌肤紧紧地接触着。她猛地一用力就将这干硬的身体掀到了一旁。黄营长没有防备，身体掉落到竹床上，发出轻微的叭嚓一声。但黄营长并没有发火。他慢慢坐起来，阴郁的脸在微弱的月色下越发显得蜡黄。这时，睡在另一个屋里的瞎婆似乎听到了什么动静，从床上起来摸摸索索地走过来。

她问，是谁？

如红说，没有谁。

真的……没有谁？

是，真的没有谁。

刚才，是什么响？

我，出去了一下。

如红这样说着，突然发现黄营长正在看着瞎婆。黄营长的目光在黑暗里仍很阴郁，而且闪动着幽幽的绿色。如红就从床上下去，搀住瞎婆。瞎婆的手碰到如红光着的身体，突然愣了一下。她又伸过手，在如红的身上摸了摸。如红没有说话，推开瞎婆的手，就将她扶到那边的屋里去，让她躺到了床上。瞎婆睡的房间距如红睡的房间不过有一丈远，如红在走回来时，心里就已经做出一个决定。这个决定立刻让她的心里坦然下来。她用力喘出一口气，走到竹床的跟前，慢慢地躺下来。黄营长立刻翻身上来，嘴里又喷出呼呼的喘息。如红为了不让竹床再发出声响，用力将身体弓起来……黄营长似乎比白天更加兴奋，身体一边不停地微微颤抖着，牙齿也磨出咯咯的声音。就这样过了很久，他才翻身下来。但他似乎还没有完全尽意。他起身穿好衣服，在临走时又说了一句，我明天下午……再来。

他这样说罢转身出去，就隐在浓重的夜色里了……

10

早晨的竹林是湿漉漉的，虽然已是初夏，露水仍然很重。

如红一早就来到屋后的竹林。她拿了一只竹篮，采了一些竹笋。她特意采的是鲜嫩的笋芽，这种笋芽很脆，没有牙齿的人也可以吃。然后，如红就走下山坡，来到瘸三旺的家里。瘸三旺和女人正在吃早饭，锅里煮了几片南瓜，还有一些看不出是什么的东西。瘸三旺的女人一见是如红来了连忙迎过来，问她有什么事。如红就将手里的竹篮交给瘸三旺的女人，对她说，您腌的竹笋瞎婆很爱吃，这些竹笋……就再腌一腌吧。瘸三旺的女人看一看竹篮里的笋就笑了，说想吃腌竹笋还不容易，我去山上挖一些就是了。

然后，如红又掏出几个钱来，转身交给瘸三旺。

瘸三旺看一看，问如红，这是……怎么回事?

如红说，这是这一阵卖箩筐，田老板给的钱。

瘸三旺问，你这是……干什么?

如红淡淡一笑说，您看到红薯干或南瓜干，就给买一些吧。

如红这样说罢，又在瘸三旺这里坐了一下就准备回去了。这时瘸三旺忽然想起来，凑到如红的跟前压低声音说，长兴有消息了。

如红立刻站住了，看着瘸三旺。

瘸三旺说，听区上的人说，长兴在部队上表现很好，已经当上连长了。

如红听了淡淡地笑一笑，没有说话。

瘸三旺看看如红说，你该高兴啊?

如红说是啊，我……高兴。

如红这样说罢就转身走了……

如红回到山坡上，又为瞎婆做了一天的饭，然后就来到屋后的竹林里。她先在那块石头上静静地坐了一阵，然后站起身，向四周环顾了一下，就拎着竹刀朝一根竹子走过去。她选定的这根竹子只有手腕粗细，但很结实。她先用手比量了一下，就用竹刀在离地三尺的地方一下一下地砍起来。削篾条的竹刀很锋利，砍在竹子上立刻就深深地嵌进去。如红沿着一个刀口一直斜着砍，待将竹子砍断时，就出现了一个斜着的茬口。如红用手试着轻轻摸了一下这个茬口，立刻感到一股锋利的寒气。她又将砍断下来的竹子削掉枝叶，再砍掉一截，然后试着将这截竹子重新接到茬口上。竹子的茬口很粗糙，这样轻轻一对，断掉的竹子竟然就又接在了一起，一眼望去竟然丝毫看不出痕迹。

如红做完这一切，就又坐到那块石头上。

她从地上随手掰下一根鲜嫩的竹笋，轻轻剥开，放到嘴里一下一下地嚼着。竹笋的清香立刻在嘴里漫延开来，接着就一点一点地遍及全身。这时，如红忽然有一种感觉，似乎自己身体里的污秽之气都被这清香驱散了，正从每一个毛孔里渗透出来。她就这样掰下一根竹笋，又掰下一根竹笋，一根一根地放到嘴里认真地咀嚼着……阳光从竹林枝叶的缝隙里透过来，将雾气映出一条一条的光线，看上去像一个巨大的柔软而又透明的帘幕。这时，如红又想起瘸三旺说的话，长兴在部队表现很好，已经当上了连长。如红想到这里感到一阵欣慰，接着就有眼泪流出来。她这时再想起长兴，忽然觉得他离自己很近，又已经很远……

下午时分，是瘸三旺的女人先说起这件事的。瘸三旺的女人说，你感觉到了么，如红今天早晨……好像有些不对啊。瘸三旺点点头说，我也一直在想这件事。瘸三旺在这个早晨仔细观察了一下如红。他发现如红的确有些胖了，气色也很不好。

瘸三旺对女人说，她好像……有什么事。

瘸三旺的女人忽然说，咱们，去看看吧？

瘸三旺想一下，点点头说，那就过去吧。

瘸三旺和女人一起上了村外的山坡。瞎婆仍坐在土屋的门槛上，一个人静静地编着箩筐。瘸三旺和女人没有惊动她，径直来到屋后的竹林。瘸三旺正要继续往上走，突然被女人拉了一下。瘸三旺立刻站住了，仔细朝前看去，才发现一个穿着黄军服的瘦高人影正在竹林里走着。瘸三旺的女人压低声音说，好像……是那个黄营长。

瘸三旺也已经认出来，点点头说，真的是那个黄营长。

瘸三旺和女人弯下身，又轻轻地朝坡上走了一阵，就看见了竹林深处坐在石头上的如红。如红仍然低着头一下一下地削篾，似乎并没注意到有人走进竹林。黄营长走到她的跟前，没有说话，他就那样看着她，站了一阵，就从她手里拿过那把竹刀扔到地上，然后将她放倒在石头上，在她的身上乱摸起来。如红只是静静地仰在那里，没有反抗，也没有挣扎。

瘸三旺和女人回头对视了一下，又都睁大两眼朝那边看着。

这时，黄营长就开始解如红的衣服。但如红的衣服显然又用针线缝上了，而且缝得很结实。黄营长解了两下没有解开，就显得有些急躁起来，他用力撕扯了一下，如红的身上立刻发出哧啦一声。也就在这时，如红的一只手从石头的下面摸起一个什么东西，这东西似乎是金属的，在竹林里的阳光下一闪。接着，如红将这东西朝黄营长的脸上一扬。黄营长立刻啊地叫了一下，站起身用两手捂住眼拼命地揉着。如红也慢慢地从石头上站起来，看着黄营长，突然，她又朝他的肩上推了一下。如红这一下似乎并没有太用力，就那样一推，黄营长晃了一下没有站稳，向后退了几步身体就向后仰去。黄营长身后的那根竹子突然折断了，露出锋利的茬口，接着，他的后背刚好落到这茬口上。只听扑哧一声，身体就重重地扎了进去。在这根竹子扎进黄营长后背的一瞬，他用力睁大两眼看了如红一下，接着身体又猛地一抖，然后就慢慢仰下去。竹子锋利的茬口很快就从黄营长的胸前冒出来，看上去就像一棵破土而出的竹笋。但这棵竹笋已经变成殷红的颜色，在竹林里的阳光下闪着湿润的光泽。

接着，如红从地上捡起那截掉落的竹子，猛一下朝自己的身体里插进去……

三 净云

“净云”这个人物是我无意中“撞”上的。我在赣南采访时，参观了许多县级的革命历史博物馆。这些博物馆有一个共同特点，都搜集了一些当年从自己这里出去“闹红”，而后来又成为我们国家重要机关部门的领导或高级军官的人物。这些人物也有一个共同特点，当年出来参加革命时，大都在这片土地上留下了自己的亲人或情感或骨肉。因此，他们在新中国成立以后，就不断地派人甚至亲自回来寻亲或寻找当年的往事。这中间发生了许多动人的故事。

“净云”这个人物是有真实原型的。当然，她当年的俗家名字并不叫“秋云”。我是在一份资料中偶然发现这个极具传奇色彩的女人。但是，也正因为她的身世过于传奇就很难处理。恰在这时，一位赣南的朋友给我讲了当地的"茶亭"的故事。我立刻被这种独特的"茶亭"所反映出的古朴民风深深感动了。

于是，我决定将"净云"和"茶亭"写在一起……

1

我这次采访原计划去青云山。1934年冬，在青云山一带曾发生过一场很激烈的战斗。当时中央主力红军已经战略转移，赣南只剩下部分红军力量和地方游击队继续坚持与敌人战斗。他们为拖住敌人，给主力红军转移争取时间，仍采用大规模集团作战的方式，给敌人造成我主力红军并未转移的假象。据史料记载，这一场战斗打得异常惨烈，参加战斗的红军战士和游击队员几乎大部分牺牲。我这一次采访，就是去青云山里见几位当年的幸存者。

汽车在山路上颠簸。这是一条年代久远的山路，坑凹的路面和丛生的杂草可以看出岁月的痕迹。由于前些年在附近修了一条宽阔的柏油公路，所以这条路已基本废弃了。这时我发现，车窗外不时有一个像亭子一样的建筑掠过，它们的样式大都相同，平顶，翘檐，结构简单，远远看去孤零零地立在路边。县革命历史博物馆的刘主任告诉我，这种建筑叫茶亭。这一带山民有一个淳朴的习俗，在山路上每隔一两里就会修一座这样的茶亭，当年还要备下一些免费茶水，为的是让赶路人避一避风雨或歇一歇脚。我立刻对这种茶亭产生了兴趣，于是让车停下来，走到一座茶亭的近前仔细察看。这种茶亭的确很简单，看得出当年应是用竹木搭建的，只是后来不断修葺和重建，才改成砖石结构。不过仍然四面有窗，远远看去真的像一座亭子。但是，它虽然结构简单，却的确可以避雨，里边有一些石凳，确实是赶脚人休息的好地方。我正在里外察看，忽然发现茶亭里坐着一个老人。他看上去已有八十多岁，脸上暗褐色的皮肤已经满是褶皱。在他的跟前摆放着几只茶碗，身边还有一只破旧的暖水瓶。他对我们的到来似乎并不在意，仍然眯着两眼静静地坐在那里。刘主任低声告诉我，他知道这个老人，他每天早晨都会拎着暖水瓶和几只茶碗来到这里，摆好茶水，一直到傍晚才回去。虽然这条路上早已没有行人，但他仍然风雨无阻，就这样在这里已经很多年。

我轻轻走到茶亭的另一侧，这样更便于观察这个老人。我发现他的确已经很老了，因为没有了牙齿，嘴角塌陷下去，这就使脸上的肌肉由于失去支撑完全松弛地垂下来。我试着轻轻咳了一声，想引起他的注意。但他没有任何反应，仍然静静地坐在那里。这时刘主任轻轻拉了我一下，又向我使一个眼色。我便随他走到一边。

刘主任轻声对我说，这老人不会跟你讲话的。

我听了感到奇怪，问为什么。

刘主任说，他这几年已经不跟任何人讲话。

刘主任告诉我，这老人叫温泉根。他原是这附近梅坑村人，但十多岁就跟着红军走了，一直到二十几年前才从城里回来。他回来是想寻找过去的姐姐。他姐姐叫温秋云。刘主任说，由于自己在县革命历史博物馆工作，经常接触一些历史资料，所以对这个温秋云还是多少知道一点的。她当年在这一带是很有名的人物，曾当过女苏干，也就是苏维埃政府的女干部，后来还打过游击，再后来嫁给一个红军，相传多年以后还曾出家为尼。不过保存在县革命历史博物馆的资料中，关于这个温秋云的记载并不很详细。而且多是一些似是而非的文字。但是，由于这个温秋云的传说很多，加之时间已经过去半个多世纪，因此温泉根老人这些年先是在梅坑村附近，后来几乎走遍青云山，却始终没有寻找到她确实的下落。所以，刘主任说，这个温泉根老人后来就再也没有回城里去。他曾对这里的人们说，他知道，他的姐姐温秋云一定还活着，而且就在这青云山里，所以他要留在这里陪着她。

这个叫温泉根的老人立刻引起我浓厚的兴趣。我很想知道他的姐姐，当年那个叫温秋云的女人究竟是怎样一个人。所以，这天虽然仍按原计划去青云山采访，我的心里却一直还在想着这件事。晚上回到县政府招待所，我就对刘主任说出自己的想法。我告诉他，我想调整一下采访计划。刘主任听了并没感到意外。他笑一笑说，我已经猜到了，你还在想着那个叫温泉根的老人。我点点头说是。我对刘主任说，我有一种感觉，这个温泉根老人和他的姐姐温秋云，一定会有很多故事。我说，我想把他们的故事挖掘出来。刘主任听了先是打了两个电话，然后说，好吧，那我们就把后面的计划改动一下，明天去找温泉根老人。但是，他想了一下又说，你跟这个老人接触时，还要注意一下谈话的方式。

我问，注意什么方式。

刘主任说，你不要告诉他，是为了写书。

我不解，问为什么。

刘主任说，过去有过这样的情况，县里在整理地方革命历史资料时，曾试着想向他了解一些有关温秋云的情况，但被他拒绝了。

我越发不解，问，他为什么拒绝？

刘主任说，他的理由很简单，这些年关于他姐姐温秋云的传说实在太多了，在他没有找到他姐姐，至少在没有彻底弄清楚他姐姐当年的确切情况之前，他不想说任何话。他认为历史，哪怕是一个人的历史也应该是严肃的，他不想让一些似是而非甚至以讹传讹的东西被记录成叫作"历史"的文字，这样会对不起他的姐姐。但是，他又说，他相信，在他的有生之年一定会将他姐姐当年的真实情况搞清楚的。我立刻明白了刘主任的意思。我点点头说，我这段时间在赣南采访，已经有了一些经验，我知道在采访时应该注意什么。

就这样，我和刘主任商定，第二天去见温泉根老人。

2

第二天早晨下起了小雨。赣南的雨是淅淅沥沥的，一旦下起来会很有耐心，可以不疾不缓没有表情地下很长时间。我们驱车再次来到通往青云山的那条山路上。青云山烟雾缭绕，从山上流下的溪水湍急起来，冲刷在石头上发出哗哗的声响。温泉根老人果然又在那座茶亭里。他仍是那样静静地坐着，面前摆着几只茶碗，身边放着那只已经破旧的暖水瓶。

让我没有想到的是，这一次与温泉根老人接触竟然很顺利。刘主任事先对我说，他虽然曾与老人打过交道，但既然已被拒绝过，就还是由我直接去跟老人接触比较好。所以，刘主任和司机仍留在车里，只有我自己撑着伞下了车，来到茶亭里。我先跟老人打了一个招呼。老人没有看我，只是应一声说，喝茶吧。我端起一碗茶喝了一口。茶有些苦涩，但感觉很清爽。我正在心里想着，该如何跟老人开始，老人却先说话了。

他说，你昨天刚刚来过。

我笑了笑，说是。

但我立刻又说，不过……

你不用说了，老人拦住我的话说，我知道你不是县里的人。

我连忙说，我也不是来采访的记者。

老人慢慢睁开眼，看看我，那你是……

我想了想，一时竟想不出该如何向老人说出自己的职业。

于是又斟酌了一下，只好说，我是……是……写故事的。

老人的脸上浮起一丝笑意，点点头说，写故事的，好啊，要写故事，这青云山里可是有很多故事呢。我连忙趁机说，我这次来，就是想听您讲一讲过去的故事。老人慢慢转过头，看我一眼说，你昨天和县里的同志来这里，我就知道了。

我很真诚地说，我今天，是特意来的。

老人点点头，然后轻轻地哦一声。

我在心里考虑了一下，还是没有拿出录音笔。我采访的习惯从不用笔记本，我觉得这样不仅很慢，会使采访受到干扰，也往往与采访对象在心理上产生一种距离感。所以，如果一定要记录，我宁愿使用录音笔。但这一次，我决定连录音笔也不用。我只想用心听一听，这个将近九十岁的温泉根老人究竟会讲出什么样的故事。这时，刘主任也来到茶亭，在我的身边坐下来。老人看一看我们，问，你们……想听我讲什么呢？

我说，您想讲什么就讲什么。

好吧，老人点点头说，那就还是讲一讲温秋云吧……

3

温秋云是我的姐姐……温泉根老人说。我的父母很早就过世了，我是姐姐一手拉扯大的。姐姐只比我大六岁，但在我眼里，她就像母亲，我小的时候可以在她面前撒娇，在她面前要赖。可是我从不叫她姐姐，秋云也不叫，只叫她温秋云。我一直觉得温秋云这个名字很好听，响亮，叫起来也顺口。听村里老人讲，温秋云这个名字还是当年我父亲请一个路过此地的游方郎中给取的，据这游方郎中说，这女孩眼角上翘，鼻长口短，将来一定是个漂亮妹子。但是，在我的记忆里，温秋云十岁以前却并不漂亮。她个子不高，人也瘦瘦的，头发像草一样有些干黄。那时家里经常没有吃的，我们两人实在饿坏了，就跑到山上去挖竹笋，采蘑菇，运气好的时候还能打到一两只鸟。我从很小的时候就会打弹弓。据温秋云说，这应该是从我父亲那里得到的遗传。当年我父亲打弹弓就很准，上山砍柴时经常会带回一只山鸡或一只野兔，所以我在继承了父亲这

把弹弓的同时，就将他打弹弓的本领也无师自通地继承过来。我和温秋云有时在山上遇到雨，就会躲到大树或岩石的下面避雨。温秋云看我冻得浑身发抖，总是将我搂在她的怀里。她的身体虽然干瘦，怀里却很温暖。每到这时，我的心里就会渐渐踏实下来。那时我觉得，姐姐温秋云的怀里是这个世界上最温暖的地方。

温秋云是从十几岁开始漂亮起来的。她的漂亮不是渐渐的，而是突然一下，就像是山坡上的杜鹃花在一夜之间就绽放开来。她最初引起村里人们的注意，是因为一件很偶然的事情。那是一个春天，连着下了几场大雨。一天傍晚，村里来了一辆牛车。车上下来几个男人和女人，身上都已经湿漉漉的。其中一个管事模样的人对村里人说，他们是县城里一个唱采茶戏的小戏班儿，因为连阴雨被困在山里，所以想在村里的祠堂借宿一下，决不给村人添麻烦，待天一放晴立刻就走。梅坑村的人向来都是古道热肠，当即表示没问题，连忙打开祠堂让他们住进去，有的人家还送来热汤热饭，也有的送来干柴，让他们在廊厦底下点起火来烤一烤衣服。小戏班儿的人很是感激。就这样住了几天，待雨停之后，他们却并不急着走，说是作为答谢要给村里演几天戏。梅坑村在大山深处，平时不要说戏班儿，就是普通的山外人也很少见到。因此村里的人们一听就都兴奋起来，立刻又在祠堂里埋锅做饭，款待这个小戏班儿。就这样，小戏班儿又在梅坑村唱了几天采茶戏。后来的事情有几种传说。其中有两种相近的说法，我觉得还比较可靠。一种说法是，一天上午，小戏班儿的班主去村外闲走，忽然听到有人在唱采茶戏。走过去一看，竟是一个十几岁的妹子正在溪边洗衣服，一边洗一边在唱前一晚刚刚看过的《睄妹子》，虽然板眼不太准，但一腔一调都很有韵味。采茶戏班儿的班主自然是内行，站在不远处听了一阵，立刻感觉这妹子有天赋，倘若调教一下将来说不定能成为一个压住台的角色。于是当即走过来，问她这《睄妹子》是从哪里学的。温秋云正在一边洗衣服一边唱得出神，突然身后有人这样一问，立刻吓了一跳。她回头看看这个人，待回过神来才说，就是昨晚刚刚看的，随便学着唱两句。采茶戏班的班主点点头，又问她，想不想学唱戏。温秋云不解，问想学唱戏怎样，不想学唱戏又怎样。采茶戏班儿的班主说，不想唱戏就不要说了，如果想唱戏，就跟着我的戏班儿走吧。班主说，我看你嗓子不错，人也灵透，如果找个师父教一教将来应该能唱出来。温秋云听了慢慢站起来，看一看这个班主。

她问，你说话……可当真？

班主笑笑说，当然当真，我是这个戏班儿的班主，说话是算数的。

温秋云又问，戏班儿里……可管饭？

班主说管饭是自然的，按戏班儿里的规矩，学艺三年除去管住，只管吃饭，学成出师再为戏班儿效力三年还是管吃管住，待六年之后就可以挣份子钱了。

温秋云立刻说，我愿意去。

班主点点头，说好吧，你回家准备一下，明天一早跟我走。

但温秋云迟疑了一下，又说，我……还有一件事。

班主问，什么事？

温秋云说，我还有个弟弟，能不能……也带上？

班主一听立刻摇摇头说，这可不行。

班主对温秋云说，我这采茶戏班儿只是一个小戏班儿，养不起闲人的。温秋云连忙说，我弟弟不是闲人，虽然只有十多岁但手脚麻利得很，能做一些打杂的事情。班主无奈地笑笑说，戏班儿里连打杂的人也养不起，大家都是上台演戏下台打杂，再多一张嘴也容不下。温秋云一听班主这样说，就摇摇头说，如果是这样……我就不去了。班主听了仍不死心，说，你再想一想。温秋云坚决地说，不用想了，当初爹妈在世时，我曾答应过他们，将来我姐弟二人就是死也要死在一起。就这样，这个采茶戏班儿第二天就离开梅坑村走了。

关于这件事的另一个说法就比较简单了。还是这个采茶戏班儿，还是这个班主，说是一天上午，这戏班儿的班主在村里闲走时无意中见到温秋云，立刻就被她的外貌吸引住了。他没有想到在这深山野岭竟还有生得如此灵秀的女孩，认定她如果穿上戏装，扮相一定很出众，于是当即就提出要带她走。温秋云从没想过自己竟会去戏班儿里唱戏，一下有些不知所措。但经不住戏班儿班主的一番劝说，也就同意了。但是，当她一提出要带着弟弟一起去时，却立刻被戏班儿的班主拒绝了。就这样，她才没跟这个戏班儿走。

尽管这两种说法在一些细节上不尽相同，但有一点是一致的，都是这个采茶戏班儿的班主决意要带温秋云走，也都是由于班主拒绝带上我，所以温秋云才没有跟他们走。因此，我从那时就知道了，温秋云为了我，是什么都可以舍弃的。

4

但是，正是因为这件事，也就引发了后来的一些事情。

先是村里一个叫梅祥林的年轻人被打伤了。梅祥林虽然姓梅，却并不是我们梅坑村人。他当年独自从山外流落到这里，先是在一个采石场背石头，后来就来到梅坑村，在赖生旺的家里做长工。赖生旺不仅在梅坑村，就是在青云山一带也是很有名的大地主，家里有房地田产，还养了许多看家护院的家丁。梅祥林刚到赖生旺的家里时，赖生旺见他身材魁梧，曾提出让他给自己做家丁。但梅祥林没有同意，说自己从没摆弄过刀枪，更不会做看家护院的事。赖生旺听了心里不悦，就问他不会看家护院，会做什么。梅祥林说自己认得几个字，可以做写写算算的事。赖生旺没有想到眼前这个貌不惊人的年轻人竟然会认字，就问他是在哪里学的认字。梅祥林说当年在家时曾读过几天村塾，后来家乡遭了灾才流落出来。但是，虽然梅祥林这样说，赖生旺当然不会让他去做写写算算的事，看一看他年轻力壮，觉得应该是一个干农活的好手，就让他留下来专门喂牲口。我的姐姐温秋云被采茶戏班儿的班主看中，而且提出要将她带走，这件事很快就在梅坑村传开了。村里的人们直到这时也才注意到，温秋云竟然真的已经出落成一个水亮亮的俊妹子。也就从这以后，梅祥林就总是有意无意地接触温秋云。我是从温秋云去山上砍柴这件事发现他们的关系的。那时我和温秋云的生活，只靠上山打柴再挑到圩上去卖掉，这样勉强挣几个钱。但后来温秋云就不让我去山上了，她说自己一个人就行，而且渐渐地，她从山上砍回的木柴竟越来越多，去圩上卖的钱也一天比一天多起来。这让我感到很奇怪。我也曾问过温秋云，但她只是支吾地说，是在山上发现了一个林子，那里没有人去过，所以打柴很容易。但是一天傍晚，我终于还是明白了是怎么一回事。在那个傍晚，我正在村口的溪边用弹弓打水里的鱼，无意中一抬头，就看到温秋云正和梅祥林一起说说笑笑地从山路上走下来。梅祥林担着两个很大的柴捆，温秋云则给他拎着镰刀，身后还背着一箩筐青草。他们一路说笑着朝溪边走来，突然发现了我，一下都愣住了。就这样愣了一阵，梅祥林才尴尬地冲我笑笑，又回头对温秋云说，我给你……把柴送回家去吧？温秋云说不用了。然后把手里的镰刀和身后背的箩筐交给他，就担起那两捆柴跟我一起回家来。这天晚上，我和温秋云都没有再提这件事。但我能感觉出来，温秋云似乎有话想对我说，却始终没有说出来。直到第二天早晨，温秋云和我一起吃早饭时，才像是无意地说，今天中午，咱家要来一个客人。我的心里立刻明白了，但还是问，谁要来？

温秋云说，梅祥林。

我问，他来干什么？

温秋云说，来求亲。

温秋云看看我，轻轻放下手里的碗，然后告诉我，梅祥林请不起村里的媒婆，所以他要自己来求亲。我听了没有说话。我知道，按村里的规矩，如果请媒婆去谁家上门求亲是要送两升米的，梅祥林在赖生旺的家里做长工，自然拿不出两升米。温秋云又对我说，梅祥林……是一个好人，咱家已经没有别的人，你虽然只有十多岁可毕竟是家里唯一的男人，所以……他今天来求亲，你要在场。我仍然没说话，站起身就出去了。

我出门时，听到温秋云在身后轻轻叹息了一声。

我在这个中午没有回家，而是爬到门前的一棵樟树上。这棵樟树应该已有上百年，茂密的树枝撑起巨大的树冠，在上面睡觉都不会掉下来。我事先还准备了几颗坚果。这是一种像榛子一样大小的坚果，但比榛子更硬，而且像石子一样沉。那时我经常用这种坚果打鸟。若干年后，我到部队上，还曾经用这种坚果创造过一个奇迹。当时我们在行军途中，敌人的侦察飞机总是在头顶飞来飞去，它知道我们没有重武器，所以就肆无忌惮地越飞越低。一次一架敌机擦着我的头顶来回飞，我实在气急了，就在它迎头飞过来的一瞬，突然掏出这种坚果用弹弓朝它射过去。当时只听叭的一声，一定是射到这架飞机驾驶舱前面的玻璃上，接着我就被一股强大的气流冲倒在地上。待我清醒过来，大家才告诉我，那架飞机已经栽到不远的地方爆炸起火了。我听了几乎不敢相信。不过事后听人说，就在我向那架飞机射去一弹弓的同时，还有几个战友也正用步枪向它射击。这就有几种可能，也许是由于我用弹弓打碎了飞机驾驶舱前面的玻璃使它坠落，也许是我战友的步枪射中机身使它坠落，还有可能是在我击碎飞机驾驶舱前面玻璃的同时，我战友的步枪也射中了机身，这样才使它坠落。当然，还有一种可能，就是尽管我用弹弓射中飞机驾驶舱前面的玻璃，但并没有起多大作用，飞机只是我的战友用步枪打下来的。但不管怎样说，我用一支弹弓打下一架敌机，这件事一下就成为一个佳话，迅速在当时的部队里流传开了，我因此还成为一个传奇式的英雄人物。不过直到很多年后，我一直不知道这种长在阔叶树上的坚果究竟是一种什么果实。在那个中午，我躲在门前的樟树上等了一会儿，果然就见梅祥林朝我家走来。他在这个中午穿了一身很干净的衣裳，还整理了头发，看上去一脸的喜气洋洋，又有些惴惴不安的紧张。就在他走到我家门前时，我掏出一颗坚果，搭在弹弓上嗖地朝他射过去。我在射击的一瞬心里还是想了一下，其实我完全有把握打他的手，但我考虑到，他毕竟还要用手干农活，如果将手射伤了就无法再在赖生旺家做长工，因此就将弹弓稍稍向上抬了一下。于是，这颗坚果准准地打在他的后脖颈上。梅祥林立刻啊地叫了一声，朝前趔趄了一下险些栽倒。这时温秋云正满脸羞红地迎出来，一见梅祥林的样子也吓了一跳，连忙问他是怎么回事。梅祥林好一阵才回过神来，用手捂着后脖颈说不知是怎么回事，脖子好像突然被蜇了一下，又像是被什么东西打了一下。这时温秋云已经看到仍在地上滴溜乱转的坚果，心里立刻明白了是怎么回事。此时村里的人们也围过来，都不知发生了什么事。于是温秋云没再说任何话，红着脸转身回屋里去了。

梅祥林又愣了一阵，也只好转身走了。

5

我在这个中午没敢回家，跑到村外去一直转悠到傍晚，才小心翼翼地回来。温秋云并没有说什么，给我做好晚饭，就去村外的溪边洗衣服了。我的心里明白，温秋云当然知道我是怎样想的，这些年我们姐弟一直相依为命，我不愿意让她出嫁，我怕这样会失去她。

但是，我在这时还并不知道，梅祥林回到赖生旺家又出了事。

梅祥林在这个中午莫名其妙地挨了一下，又没有向温秋云求成亲，就垂头丧气地捂着脖子回到赖生旺的家里。但是，他一走进赖家的院子立刻感到有些不对，两扇沉重的院门在他身后哐当一声关上了，跟着就有几个家丁走过来。这几个家丁的手里都拿着四尺多长三寸多宽的竹片，就这样走到梅祥林的跟前，突然抡起来就是噼噼啪啪地一阵抽打。梅祥林一下被打蒙了，立刻用两手抱着头滚在地上。就这样抽打了一阵，赖生旺才端着水烟袋从正房里走出来。赖生旺看一看倒在地上的梅祥林问，知道为什么打你吗？

梅祥林喘息了一下，说，不知道。

赖生旺点点头说，好吧，如果你不知道，我就告诉你。

赖生旺这样说着走到梅祥林的跟前问，你刚才去哪了？

梅祥林老老实实地说，去温秋云家了。

赖生旺又问，去温家干什么？

梅祥林说，求亲。

赖生旺问，向谁求亲？

梅祥林说，温秋云。

赖生旺冷笑一声说，向温秋云求亲？就凭你？你以为自己认得几个字，就可以去向温秋云求亲了？赖生旺这样说着，噗地吹掉手里的纸媒子，鼻孔里又哼出一声。

这时梅祥林还并不知道，赖生旺的心里也已经在打温秋云的主意。赖生旺有三个儿子，其中两个长年在外面做生意，只有小儿子在家里，赖生旺正打算将温秋云说给自己的小儿子做媳妇。所以这时，赖生旺又看一看倒在地上的梅祥林说，我现在说话你听清楚，以后不要再去找温秋云，更不要再提求亲的事，否则让我知道了，就不会像今天这样客气了。赖生旺这样说罢又问梅祥林，你刚才去温家，温秋云都说了什么？这时梅祥林已经有些明白了赖生旺的心思，于是并没有说出在我家门口莫名其妙地挨了一下这件事，只是说，没说什么。

赖生旺听了点点头，哼一声就转身回正房去了。

几天以后的一个傍晚，赖生旺就让村里的刘媒婆来我家为他的小儿子提亲。当时我正在门口附近的竹林里砍竹子，准备为温秋云做一根扁担，远远看到刘媒婆朝我家走来，立刻就明白了她的来意。于是，我走到竹林边，躲在一棵树后掏出弹弓和一枚坚果。我原打算打刘媒婆的嘴，因为媒婆都是用嘴说媒。但我知道，如果用弹弓打她的嘴，很可能会将牙齿一起打掉，我还不想将事情闹得这样大，于是就将弹弓稍稍偏了一下，就这样，啪的一声打在她的脸颊上。其实这一下我并没用太大的气力，但刘媒婆立刻哇地大叫一声就捂着自己的脸哭嚎起来，说这大白天可是撞到鬼了！哪里来的这一下？！一边嚎着没敢再进我家的门就屁滚尿流地逃走了。这时我看到，她的半边脸已经像猪脸一样地肿胀起来。这天晚上，温秋云仍然没有对我说任何话。但在做晚饭时，却为我炒了一小盘野山椒，里边还放了一星星腊肉。

我一边吃着野山椒在心里想，温秋云这样做是不是在奖励我呢？

刘媒婆回去之后，立刻将这件事告诉了赖生旺，而且无论赖生旺再许诺她多少好处，她都拒绝再管这桩亲事，她说她为村里的人们说亲保媒只是为了成人好事，不想只为几升米再把自己的命搭上。于是赖生旺没办法，也就只好先将这件事搁置下来。直到这一年的秋后，他才准备亲自出面，为自己的小儿子来向温秋云求亲。但赖生旺毕竟是赖生旺，他很可能已经猜到刘媒婆的那一下是我用弹弓打的，而且他已听说，当初梅祥林来我家向温秋云求亲时，也曾经莫名其妙地挨过一下，所以他就并没敢贸然来我家，而是在一天下午，让一个家人等在村口，待温秋云砍柴回来走下山路，这个家人就过去对她说，他的东家想请她过去一下。温秋云听了看一看这个赖家的家人，问赖生旺请自己去他家有什么事。这时村里已经闹起农会，温秋云和梅祥林都是积极参与者，每天晚上都去村里的祠堂和人们一起听上边来的人讲课。所以，温秋云就对这个赖家的家人说，她没有时间去赖家，回家吃过饭还要赶紧去农会上课，如果赖生旺有什么事就让他亲自来说。这个家人回去对赖生旺说了，赖生旺就只好亲自到我家来。赖生旺为了表示诚意还让一起跟来的家人用箩筐背来一些米，还有一块腊肉。当时我正坐在桌边吃饭，旁边放着那支弹弓。赖生旺走进来朝我的这支弹弓瞄一眼，就赶紧热情地让家人将装米的箩筐放下来，然后对正在烧水的温秋云说，这是给你姐弟的一点意思。温秋云朝这只箩筐瞥一眼，问赖生旺，找自己究竟有什么事。赖生旺笑笑说，春天的时候曾让村里的刘媒婆来过，既然让她来，自然也就是求亲的事，不过那一次……赖生旺说到这里又朝我眼前的这支弹弓瞟一眼，就没再说下去，嗯嗯了两声才又对温秋云说，所以，所以么……这一次来，是想跟你商量一下，你看……温秋云立刻拦住赖生旺的话，说明白了。温秋云眯起一只眼看着赖生旺，问，你是想，让我给你儿子做媳妇？

赖生旺连忙点点头，说是啊是啊。

温秋云问，你觉得，我会答应吗？

赖生旺听了突然愣一下。我立刻明白了温秋云的意思。温秋云曾经对我说过，据母亲在世时说，当年父亲病重时，家里实在没有钱买药，母亲就去赖家向赖生旺借钱，当时赖生旺听了笑一笑说，想借钱，可以啊。但他接着又说，不过要让母亲留下来，在他家里过一夜。当时母亲听了又羞又气，没再说任何话就转身回来了。也就在那一夜，父亲咽气了。这时，温秋云盯着赖生旺又问了一遍，你觉得，我会答应吗？赖生旺看看温秋云，张张嘴，一时竟不知该怎样回答。温秋云冷笑一声，然后一个字一个字地说，我现在可以明明白白地告诉你，你听好了，就是这个世界上的男人死光了，我也不会嫁到你们赖家的。赖生旺一听睁大两眼，脸上立刻变成蜡黄色。他看一看温秋云，鼻孔里哼一声，就转身朝外走去。

温秋云立刻又对他说，等一等。

赖生旺站住了，慢慢回过头。

温秋云说，把你的箩筐带上。

然后，又说，现在村里已经成立农会，今天的穷苦人不是过去的穷苦人了，不会再听任你们这些有钱人的摆布，不过，这才只是开始，我们后面还要成立起穷苦人自己的苏维埃政权，还要清查土地，像你们这样的地主豪绅，今后不会再有舒服日子过了。

温秋云这样平静地说罢，又点点头说，你可以走了。

6

温秋云的话没有说错。梅坑村的农会很快就红红火火地闹起来，接着乡里和区里都成立起苏维埃政权。温秋云先是当上了梅坑村的农会干部。她直到这时也才真正显露出与众不同的地方。她那时虽然只有十七八岁，但组织能力很强，干起工作风风火火，而且脑筋好使，条理清楚，记忆力也很强，所以大家都愿意接受她的领导。后来由于她出色的工作能力和组织能力很快就被调到乡苏维埃政府工作，接着又被调去区苏政府，而且很快就当上了妇女部长。而这时，当初在赖家做长工的梅祥林也已经是区苏政府的干部。

事后我才听说，梅祥林当初离开赖家也曾经历过一番周折。梅坑村闹起农会之后，赖生旺就住到县城去了。赖生旺在县城有一个山货栈，他表面去照看生意，其实是想避一避农会的风头。但让他没有想到的是，农会这阵风不仅没有过去，反而越刮越大，眼看着已经成立起苏维埃政权，而且还要打土豪分田地，让穷人自己当家做主。赖生旺一看是这样的形势也就不敢再回去了。但就在这时，又发生了一件事。一天下午，赖生旺不知从哪里得到一个消息，说是梅坑村农会正准备去他的家里清算财产，还要将房地田产的契约全部抄走。这

时梅祥林还一直跟在赖生旺的身边，一边给他喂牲口一边听他差遣。其实梅祥林早已不想在赖家做事，但赖生旺总是找出各种托词，迟迟不给他结账，因此梅祥林也就一直无法离开赖家。赖生旺在这个下午得到这个消息立刻慌了手脚，连忙给留在家里的儿子写了一封信，先是告诉他家里的房契地契和一些细软都藏在哪里，然后又吩咐他，赶紧将这些东西藏到后面院子的地窖里去。赖生旺写完了这封信就让梅祥林连夜送回梅坑村去。但是，赖生旺在这时由于心慌意乱却忽略了一件致命的事，梅祥林是认识字的。梅祥林在这个下午拿了赖生旺的这封信就往梅坑村赶，路上却把这封信拆开仔仔细细地看了一遍。于是，他一回到梅坑村并没有去赖家，而是径直去了村里的农会。农会干部得知这件事后，当即就带人来到赖家，没费任何气力就将全部细软都起获出来。当时赖生旺的儿子惊得目瞪口呆，他怎么也想不明白，这些农会干部对自己家里细软的底细怎么会比自己还要清楚？事后赖生旺在县城得知这个消息，立刻收拾起东西逃到赣州城里去了。梅祥林则因为此事受到苏维埃政府的表彰。当区苏政府的领导得知他竟然还有文化，当即就将他调去区里工作。

就这样，梅祥林经过培训，很快就成长为一名苏区干部。

这时我也已经来到区苏政府。但我在区苏政府只是一个义务的小通讯员。自从温秋云出来工作，家里就只剩了我一个人。起初温秋云由于整天忙工作并没顾上想我的事。后来她发现，把我一个人扔在家里不仅没有饭吃，也不是长久之计，于是就让我也来到区苏政府，每天只做些送信或勤务的事，这样也就可以在区苏政府的食堂吃饭。这应该是我最快乐的一段时光。区苏政府是在樟云岭村一个很大的祠堂里办公，有上下两层，每一层都用木板隔出许多小房间，门口挂着小木牌，上面写明是什么部门的办公室。在我的记忆里，这些办公室里的人们都很忙碌，似乎每天都有做不完的事情。我总是喜欢在这些办公室里串来串去，如果谁有什么送信或打水之类的事，就会叫住我，我也很高兴为他们去做这些事。但在这时，也有一件让我不太高兴的事情。我发现梅祥林又经常和温秋云在一起。他们在一起有时谈工作，有时说闲话，还有的时候是梅祥林教温秋云认字。梅祥林教温秋云认字时，总是跟她挨得很近，有的时候还用自己的手抓住她握笔的手，就那样一笔一画地在纸上写，温秋云却一点都不脸红，一边写着还吃吃地笑。每到这时，我就远远地站在门外，拎着弹弓朝他们看着。我想，只要梅祥林的那只手稍有一点不老实的动作我就不客气。

7

终于有一天，被我看到了。

那是一个下午，区苏政府的许多人都到下面乡里去了，祠堂里很清静。妇女部的办公室是在楼上，旁边就是梅祥林的办公室。当时我正拎着一只水壶从楼梯上来，隔着二楼的天井，刚好看到对面的梅祥林披着衣服出来，走进温秋云的办公室。温秋云正趴在桌子上写什么东西，梅祥林走过去，伸手从桌上拿起来。温秋云好像不愿让他看，立刻扑过来想抢回去。但梅祥林一边笑着一边来回躲闪。我立刻放下手里的水壶，从兜里掏出弹弓和一枚坚果。我在心里想，只要梅祥林的那只手稍有不老实我就不客气。就在这时，温秋云的脚下似乎绊了一下，晃了晃险些栽倒。梅祥林连忙扶住她，两人似乎都愣了一下，然后，梅祥林就伸出一只手去捋温秋云鬓上的头发。我看到这里，立刻举起弹弓啪地打过去。我这一下打得很准，但也非常大胆，当时梅祥林的那只手离温秋云的脸颊只有一寸远，稍稍打偏一点后果就会不堪设想。当时我听到梅祥林哎哟了一声，那只手嗖地就缩回去。我知道自己这一次闯了大祸，那时我虽然还不清楚梅祥林在区苏政府究竟是什么职务，但也知道他已是级别不低的干部。于是我没敢再朝那边看，连忙扔下水壶转身跑下楼梯，又出了祠堂就一直跑到村外的山上去了。我在山坡上的一块岩石底下一直躲到天黑，仍然不敢回去，就这样又躲了一夜。直到第二天上午，区苏政府的一个通讯员才来到山上找到我。我跟着这个通讯员走下山，看到梅祥林正等在那里。他的一只手吊在胸前，被粗布做的绷带严严实实地缠裹起来，看样子一定伤得很重。他看见我只是淡淡地说了一句，回去吧。就转身头前走了。

我回到区苏政府先去食堂吃了饭，然后才来到楼上温秋云的办公室。温秋云正坐在桌前忙着处理什么事情。她并没有抬头看我，铁青着脸色将嘴唇也绷得很紧。我小心地在旁边坐下了。我还是第一次看到温秋云生这样大的气，她生气的样子让我感到有些陌生。她处理完手里的事情，抬头看我一眼，用力喘出一口气。我想对她说一句什么，但想了想，却又不知该怎样说。温秋云走过去，把房门关上，然后背对着我问，你还记得吗，自己今年多大了？

我嗫嚅地说，记得，今年……十二岁。

她又问，你知道，这里是什么地方吗？

我嗯一声说，知道，是……区苏政府。

她就又不说话了，坐到桌子跟前低头写着什么。

我偷偷看她一眼，摸不清她究竟要对我说什么。

她就这样在桌前写了一阵，然后把写好的纸叠了叠对我说，你还是走吧。

我一下没有听懂，看看她小心地问，走？去……去哪儿？

到部队去。她说，你现在年龄也不小了，应该去部队了。

我一听立刻松了一口气。其实我早就想去部队，也跟温秋云说过很多次。但她一直说我还小，让我再过几年。这时，我立刻点点头，表示愿意去部队。她又将刚写好的那张纸递给我说，你去楼下找陈部长，他会为你准备好走时应该带的东西。

我听了如释重负，连忙接过那张纸就转身跑下楼去了。

让我没有想到的是，这竟是我和温秋云见的最后一面。第二天，她就到瑞金学习去了，好像是参加一个苏区女干部的培训班。我去部队的事很快就定下来。温秋云无法赶回来，所以没有送我。她只让别人给我带来一句话，说让我在部队好好干，她等着我立功的消息。我临上路时，看到了梅祥林。梅祥林显然是特意来送我的，但他什么都没有说。他的那只手仍然吊在胸前，身旁跟着一个通讯员。在我转身要走的一瞬，他才对我说了一句话。他说，你的那只弹弓带好，将来到部队，说不定能派上正道的用场。

我听了没有说话，只是朝他看一眼就走了……

8

温泉根老人说到这里，眼睛朝不远的一座山峰望去。我知道，那座山峰就是樟云岭。雨不知什么时候已经停了。太阳落到樟云岭的后面，吐出最后一抹红色。这是一种金红色，将整个蓝天都映红了，又似乎镀了一层耀眼的金色，漫山遍野湿漉漉的，草木和枝叶也亮闪闪的。直到这时，我才猛然意识到，不知不觉中，温泉根老人竟这样为我们讲述了一天。

我连忙抱歉地笑笑说，您这一天……还没有吃饭。

老人笑了，摇摇头说，在青云山里是不用吃饭的。

我听了不解，问为什么。

老人沉吟了一下，看一看我身边的县革命历史博物馆的刘主任说，听口音你是当地人，你应该知道为什么吧？刘主任困惑地笑着摇摇头，表示自己也不知道。老人轻轻叹息一声说，这青云山的空气跟别处不同呢，用你们写书人的话说……就是包含了太多的内容，所以，只要闻一闻这空气就可以饱了。老人这样说着，又淡淡地笑一笑。我仍然没有完全听懂，刚要再问，老人接着又说，你仔细闻一闻，这青云山里的空气真的是不一样呢。他这样说罢就站起身，闭起两眼用力吸了一口气，似乎真的在品味空气中的味道。然后，就将几只茶碗收进竹篮，拎上暖水壶走了。他走出几步忽然又站住，回头对我说，明天，我还会在这里。

我刚要再对老人说什么，刘主任立刻示意，将我拦住了。

在回县城的路上，刘主任对我说，我知道你要对老人说什么，但是，你如果提出请他吃饭，他是不会去的。我听了不解，问为什么。刘主任笑一笑，想了一下说，说不出为什么，但我知道，他一定不会去。这时，我忽然想起老人临走时说的话。刘主任也点点头说，是啊，他临走时这样说，意思就是告诉你，如果你明天想来还可以来。我立刻对刘主任说，我们明天当然还要来，我很想知道，关于这个温秋云后来的故事。刘主任点点头说，是啊，温秋云后来的故事肯定还有很多，而且越来越有传奇色彩呢。我又想一想说，这样吧，我发现老人有吸烟嗜好，明天，我给他带一条好烟来吧。刘主任又摇摇头说，你没注意吗，老人至今还保持着吸生烟的习惯，在这里吸生烟的人，是不喜欢吸外面的卷烟的。

刘主任说的我的确注意到了，这一天，温泉根老人一直在吸生烟。

第二天早晨，我们很早就从县里出发了。在我的坚持下，特意为温泉根老人准备了一点吃的东西。我经过认真考虑，决定给老人带一些包子。我想，即使老人在茶亭不吃，也可以带回去。汽车开到昨天的茶亭时，老人果然已经又在这里。他看到我们似乎并不意外。

只是淡淡地说，喝茶吧。

在青云山里，夏季的早晨不仅闷热，也有些潮湿，这两种感觉融在一起就使人身上汗津津的。我渴了一碗凉茶，顿时觉得清爽了一些。这时，我试着掏出一包香烟。我戒烟已有十几年，这包香烟是特意为老人带来的。果然，老人只朝这包烟瞥一眼就摇摇头，从身边拿过自己的生烟荷包。他一边卷着烟，脸上皱出一丝笑纹，低头看一看，对我说，还是这生烟的味道好啊。我稍稍沉了一下，说，您昨天说……你后来就参加了红军？

老人点点头说，是啊，我十二岁那年，就去参加红军了。

9

老人深深吸了一口烟，又继续说，当时因为我年纪小，还扛不动枪，就留在部队机关工作，还是当通讯员。1934 年 10 月，反第五次“围剿”失利，我们的中央主力红军战略转移，开始了后来的二万五千里长征。我由于年龄太小就被留下来。其实留下也同样很危险。当时留下的地方红军游击队大约有 3 万人，其中一万多是红军伤员，这样一支部队要阻击国民党的 50 万军队，配合和策应我们的主力红军转移，难度自然可想而知。这一年的 10 月下旬，形势急剧恶化。我还清楚记得，当时进攻的国民党军队兵分两路，薛岳纵队和周浑元纵队尾随红军主力，樊松甫纵队和李延年纵队从北、东两路向中央苏区紧缩。至此，中央苏区全部陷落。国民党军队攻入苏区后，迅速占领交通要道，加紧修筑碉堡炮楼，同时还纠集土豪劣绅组建民团，恢复过去的区乡政权，实行保甲制，对苏区人民进行彻底的清剿、清算和大屠杀。到这一年的 11 月初，粤军余汉谋纵队在南雄、大余、横江和铅厂地区追击主力红军，信丰、安远和南康等地一时空虚，我当时所在的赣南军区独立十四团就乘机深入到这一带开展游击活动，袭扰敌人。与此同时，红二十四师也在汀州以南的河田地区迟滞国民党军李延年纵队的前进。而就在这时，留守苏区的各独立团和县区独立营，也在大敌当前的形势下继续坚持游击斗争。这期间，我也曾听到过一些有关温秋云的消息。据说在樟云岭村办公的区苏政府撤销以后，温秋云和梅祥林就带领区苏政府的干部上山参加了游击队。但后来他们的那支游击队在一次战斗中被敌人打散了，大部分游击队员都已牺牲，只剩下温秋云和梅祥林几个人躲到青云山里，从此就再也没有了他们的消息。

温泉根老人说到这里，就停下来。

我沉一下问，您就这样……跟温秋云彻底失掉了联系？

温泉根老人点点头，说是啊。这以后，我跟随部队离开赣南，由于参加了抗日战争和解放战争，这些年一直南征北战，也就与温秋云彻底失去了联系。新中国成立以后，我又去朝鲜参加抗美援朝，回国后虽然转到地方，但仍然忙于工作，几十年就这样不知不觉地过来了。

我问，您后来……又是怎样想起要寻找温秋云呢？

老人笑一下说，后来离休了，人一闲下来，也就把过去的事都想起来了。我是大约三十年前离休的，当时两个儿子和一个女儿都已长大成人独立生活，老伴也已经过世，就这样，我就打起背包又回赣南来了。这些年我一直有一个感觉，温秋云应该还在世，她就生活在这青云山里，所以……我下定决心，在我的有生之年一定要寻找到她的下落。

温泉根老人说到这里，默默地吸了几口烟，然后才又继续说，我当初回赣南时，首先想到的就是梅祥林。当年梅祥林和温秋云是在同一个游击队，后来他们的那支游击队被敌人打散之后，他们又一起躲进青云山，而从这以后也就再也没有了关于温秋云的消息。所以，我据此分析，梅祥林应该是最后一个见过温秋云的人。但是，我回来之后，却在县里听到一个让我万万没有想到的传闻。据说梅祥林真的还健在，新中国成立以后他又出现在梅坑村。但他这时已经改名换姓，叫赖书祥，而且竟然已是大地主赖生旺的上门女婿。据传说，他当年与赖生旺的独生女儿成亲之后并没有住在赖家，而是搬去县城经营那个山货栈了，而且从此再也没有回过梅坑村。但即使如此，新中国成立以后他还是被梅坑村这边定为地主成分。这时赖生旺已被我们的人民政府镇压，于是梅祥林就被押回到梅坑村接受劳动改造。

这件事让我有些困惑不解。梅祥林当初既然是区苏维埃政府的干部，后来又参加了游击队，他怎么会又成了大地主赖生旺家的上门女婿呢？

10

温泉根老人说，我决定去梅坑村寻找梅祥林。

这时的梅坑村已经是梅坑村人民公社，梅坑村生产大队。我在一天上午来到梅坑村公社。我那时只有六十多岁，腿脚还很利落，所以在县里找了一辆自行车就蹬过来。公社里一个姓江的年轻干部接待了我。据江干部说，梅坑村生产大队确实有一个叫赖书祥的人，当初的原名好像也的确叫梅祥林。他过去被村里定为地主分子，一直在贫下中农的监督下接受劳动改造，这两年刚刚平反，而且由于已经七十多岁还被村里划为“五保户”。不过他被平反之后，反而不肯罢休，声称自己在三十年代曾经是区苏维埃政府的干部，后来还打过游击，要

求上级给他按老红军待遇。但是，他所说的这些事已经过去几十年，当时的当事人都已不在世，而他又找不出可以证明的人，所以这件事就一直搁置在这里。

江干部说到这里看看我问，您是从县里来的？

我说是，我从县里来。

他又问，你找赖书祥，有什么事？

我并没有具体说出有什么事，就到村里来。

这时我已经知道，梅祥林是孤身一人。当年赖生旺的独生女娇生惯养，惧怕养孩子会痛，因此一直没有生育。后来她到五十多岁时，底下不知长了一个什么东西就病死了。所以，梅祥林到晚年一直是一个人生活，也正因如此他才被村里定为“五保户”。我在村边找到梅祥林的家。这是一间很破旧的土屋，黑黑的瓦顶看上去很脏。梅祥林正坐在门口用一把没有刃的斧子劈木柴。木柴只有手指粗细，但他却劈得很吃力。我来到他面前站住了。如果不是他的那两只耳朵，我几乎已经认不出他。他的耳朵很大，而且很圆，直愣愣地立在两侧。当年他曾经得意地对温秋云说过，他的这两只耳朵叫扇风耳，猴子就是这样的耳朵，因此有这种耳朵的人都很聪明，遇到危险时总能想出逃脱的办法。这时，他的这两只扇风耳朵虽然还直愣愣地立着，却已经有些发皱，看上去像两片凋零的树叶。我就这样在他跟前站了一会儿，他终于发现了我，慢慢抬起头。他的两眼红红的，看上去很浑浊。

我问，你是赖书祥？

他稍稍愣了一下，点点头说是。

我并没有说出我是谁，沉了一下又问，你过去叫梅祥林？

他显然有些吃惊，慢慢放下手里的斧子，眨着昏花的眼睛看着我。这时我已经感觉到，他并没有认出我是谁。毕竟已经过去几十年，当年我还是一个十多岁的孩子，而现在却已是六十多岁的老人。于是，我又对他说，我想向你打听一个人。

他问，谁？

我说，温秋云。

温秋……云？

他昏花的眼里一闪，立刻警觉起来。

我说，你应该知道这个人吧？

他的眼里又闪了闪，然后摇摇头说，不知道。

我立刻盯着他问，你……真的不知道温秋云？

他又迟疑了一下，并没有直接回答，翻起眼看看我问，你是，从县里来的？

我明白了，从我的装束可以看出，我显然不是当地人。我说是，我从县里来。然后我又问，你真的不知道温秋云吗？他的眼里又飘忽了一下，想了想说，要说知道……应该也知道，我们当年曾在一起工作。他说到这里眼睛突然睁大起来，看着我说，我当年可是区苏维埃政府的干部，还当过区苏政府的副主席呢，现在跟他们说了，他们都不相信，还非要让我找出证人，可那时的人都已经死了，让我去哪里找证人？他说到这里又忿忿地哼一声。

我说，你那时和温秋云在一起工作？

他迟疑了一下，点点头说是啊。

我立刻又问，后来呢？

梅祥林突然不说话了，很认真地看着我。

我又问，温秋云后来的情况呢？

梅祥林摇摇头说，她后来的情况我就不清楚了。

我说，你那时不是和她一起在樟云岭村吗，她后来的情况你怎么会不清楚呢？梅祥林迅速地看我一眼说，后来区苏政府撤销了，大家也就各奔东西了。这时，我用两眼盯住他问，区苏政府撤销后，你曾经上山打过游击？梅祥林立刻点头说对，当时我还是那支游击队的支队长呢。我又问，你后来还曾带着几个受伤的游击员躲到青云山的三石寨？梅祥林眨眨眼，犹豫了一下点点头，说对啊。我问，这时温秋云在哪儿？他立刻说，不知道。他似乎又想了一下，然后说，她当时不在我的那支游击队，具体去了哪里就不清楚了。

我心里立刻断定，梅祥林在撒谎。因为我知道，当初他所在的那支游击队叫樟云岭游击支队，而温秋云确实和他在一起。我在他面前慢慢蹲下来，看着他问，我对你的过去这样了解，你不觉得奇怪吗？梅祥林突然一愣，也睁大两眼很认真地看着我。他这时一定感觉到了，我似乎有些面熟，却又一时想不起在哪里见过。我慢慢站起来，笑笑对他说，当年温秋云有一个弟弟，叫温泉根，他的手里还有一支弹弓，你应该还记得吧？

我点点头说，我就是温泉根。

我这样说罢，又朝他那满脸惊愕的神情看一眼，就转身走了。

11

我在这个中午并没有急于回县城，而是又回到公社。梅坑村公社的办公所在地就在梅坑村里，江干部已在公社食堂里为我买好午饭。我在吃午饭时心里就有一种预感，我的眼前一直晃动着梅祥林那张惊愕的面孔。果然，我吃过午饭走出食堂，就看到梅祥林正等在门外的一棵樟树底下。他一见我就过来说，我找你……还有话说。我故意朝自行车走过去，一边做出准备走的样子说，我要跟你谈的都已经谈过了，关于温秋云的情况你知道的也不多，还有什么要说的呢。梅祥林连忙说，我……还了解一点关于温秋云的情况。

我立刻站住了，回头看着他问，你说什么？

他说，我还了解一点温秋云的情况。

我把自行车放下，对他说，你说吧。

他连忙冲我讨好地点点头说，真没想到……这些年后还能再见到你，现在好了，你对我过去的情况都很了解，我当年曾在区苏维埃政府工作过，还当过区苏政府的副主席，后来主力红军撤走以后，我又上山打游击，我的这些事你都是清楚的，你如果去向上边的人证明一下，他们一定会相信。我听了点点头，说好吧，关于这一点我可以为你证明，但你要告诉我，你还了解关于温秋云的什么情况？梅祥林支吾了一下，又看看我问，你……真的肯为我证明？我说可以。他这才说，区苏政府撤销以后，温秋云确实和我都在樟云岭游击支队，当时我是支队长，她是副支队长，有一段时间我们一直在一起。

我问，后来呢？

梅祥林说，后来在一次战斗中，队伍被敌人打散了，我确实带着几个游击队的伤员去了青云山里的三石寨，不过……他看我一眼说，没有……没有温秋云，我跟她在那次战斗中失散了，后来就再也没有联系上，不知她是牺牲了，还是流落到别处去了。

我看着梅祥林，又问，你后来又是怎么成了赖生旺的上门女婿？

梅祥林慢慢低下头，沉默了一阵才说，当时环境太残酷了，我在青云山的三石寨躲了一阵，那几个伤员由于伤势过重，又没有药，就都相继牺牲了。我一个人又在山里住了一段时间，一次出来找吃的，就被赖生旺的家丁捉住了。

这时赖生旺已经又回到梅坑村，还成立起还乡团。他的家丁将我绑回去，他立刻把我关起来。就这样关了几天，他才对我说，现在摆在我面前的有两条路，一条是将我送去城里的保安团处置，由于我曾是区苏政府的干部，他还可以得到一大笔赏金。另一条路则是，只要我同意，今后断绝与红军的一切来往，他就让我继续留在他的家里，而且将他的独生女儿嫁给我。他对我说，如果我担心被红军那边的人知道，他可以让我和他的女儿住到县城去，帮他打理那边的货栈生意。

就这样……他说，我就按赖生旺说的做了。

梅祥林说到这里看我一眼，又说，我当时考虑是……保存革命的有生力量，唯一的宗旨就是活下来，只有活下来一切才有意义，所以……所以……

他这样说着，又迅速地睃我一眼。

12

温泉根老人对我说，我对梅祥林的话将信将疑。

他沉了一下，又继续说，当年主力红军撤走之后，那种残酷的环境我是知道的。当时的国民党清剿部队为了达到彻底铲除红色政权的目的，对红军、红军伤员、红军家属以及苏区干部都有很高的赏格，在这样的情况下，赖生旺捉到梅祥林不仅没有将他送去请赏，反而留在自己家里，还将自己的独生女儿许配给他，会有这样的事吗？但我又想，如果换一个角度分析，这件事也不是没有可能。梅祥林当初毕竟在赖生旺的家里做过长工，所以赖生旺对梅祥林还是有一些了解的，而赖生旺的那个独生女儿我也是知道的，不仅很胖，皮肤上还有许多树皮一样的褶皱，走起路来从头到脚的每一块肉都在动，所以直到二十多岁还没有嫁出去。那个时候在当地，二十多岁还没有出嫁的女孩就已经算是老姑娘，因此在当时，如果赖生旺借这个机会将自己这样一个女儿嫁给梅祥林也就不是没有可能。但不管怎样说，我认为，在这样一个革命危急的时刻，梅祥林作为一个曾经的苏区干部，又是游击队的支队长，他不仅没有坚持对敌斗争反而娶了反动地主武装头目赖生旺的女儿，这总让人感觉有变节之嫌。

温老泉老人说，这次与梅祥林见面之后，我还是为他做了证明。

但是，温泉根老人又说，我为他证明也是有保留的。我在写给梅坑村公社的证明材料中，只说了我曾经亲眼看到的事情，第一，现在的赖书祥原名的确叫梅祥林。第二，梅祥林的确在大地主赖生旺的家里做过长工。第三，梅祥林的确曾在当时的区苏维埃政府工作过，而且是领导干部。第四，在中央主力红军撤出赣南以后，梅祥林也的确曾经上山打过游击，并担任樟云岭游击支队的支队长。不过在这第四条的后面，我又加了一个说明，他担任樟云岭游击支队的支队长时，我正在赣南军区独立第十四团，因此他任樟云岭支队长这件事我只是听别人说的，并没有亲眼看见，这期间也没与他有过任何联系。应该说，我的这份证明材料对梅祥林还是有着决定性作用的，至少我为他证明了一个事实，他在三十年代确实曾在我们的苏维埃政府工作过，也就是说，在他的个人履历上的确有过这样一段担任苏干的经历。但是，倘若再仔细分析，我的这份证明材料又并不能说明什么具体问题。因为我所证明的只是中央主力红军撤出赣南之前那段时间的事，此后虽然也证明了他曾担任过樟云岭游击支队的支队长，但只是听别人所说，我并没有亲眼看见，而这以后的所有情况我都没有再为他证明。然而对于梅祥林来说，也恰恰是中央主力红军撤出赣南以后的这段历史他无法说清楚。因此，我虽然为他写了这份证明材料，他的老红军待遇最终就还是没有办下来。

温泉根老人说，我最后一次见到梅祥林是在几年以后。

那是一个秋天，当时全国正在开展革命传统教育，于是我所在的单位就把我又请回去，每天都在忙着写回忆录，还要去学校为学生做革命传统教育报告。一天下午，这边县里的民政局突然给我打来一个长途电话。那时电话还不像今天这样方便，长途电话就更少，因此我立刻意识到，应该有什么紧急的事情。果然，县民政局的同志说，让我立刻赶过去。他们在电话里告诉我，说梅杭村那边刚刚给县民政局打来电话。这时的梅坑村人民公社已经是梅坑村乡，县民政局的同志说，梅坑村乡政府的人在电话里说，梅坑村有一个叫赖书祥的老人快不行了，他提出想见一个人，叫温泉根，说有很重要的话要对他说，而且他说，让乡政府给县里的民政局打电话就可以找到这个人。梅坑村乡政府的人还说，这个叫赖书祥的老人虽然只是村里的一个“五保户”，但他的身份比较特殊，这些年一直声称自己是老红军，而且经常跑到上级的各个部门去反映情况，但他的老红军待遇却一直没有办下来，所以，他现在既然这样提出来，乡政府就还是很重视。县民政局给我打电话的是一个姓曾的同志，当初我去县里寻找温秋云时，这个曾同志经常陪着我，因此他对我的情况很熟悉，对我寻找温秋云的心情也很了解。曾同志在电话里，如果您有时间，尽量还是赶过来，这个赖书祥很可能有什么很重要的事情要告诉您。我听了当即答应马上过去。

于是，当天晚上，我就乘上开往赣南的列车。

我赶到县里已是第二天上午。县民政局的曾同志为节省时间特意找了一辆吉普车，我们在中午之前就赶到梅坑村。这时梅坑村乡政府的江干部已经在等我们，他立刻和我们一起来到梅祥林的家。梅祥林的家里已经有几个村干部在忙碌。显然，他们是在为梅祥林准备后事。江干部带我来到屋里。屋里的光线很暗，我适应了一下，才看到梅祥林躺在屋角的一张竹床上。他闭着两眼，呼吸有些急促。江干部走到床前，轻轻叫了一声。梅祥林似乎没有反应。江干部又说，您要见的温同志来了。梅祥林立刻睁开眼，仰起头用力搜寻了一下。我连忙走到他的床前。他看到我，两眼顿时亮了一下。江干部在一旁说，您有什么话，就对他说吧。梅祥林看着我，似乎要说什么，但嘴唇动了动又停住了，朝我身边的人看了看。县民政局的曾同志立刻明白了，对公社的江干部和站在旁边的几个人说，我们……出去吧。

他这样说罢，就和几个人到外面去了。

屋里只剩了我和梅祥林。这时梅祥林挣扎了一下，似乎想坐起来。我连忙过去扶住他说，你不要起来，有什么话就躺着说吧。梅祥林就不再动了。

他看着我，用力喘息了一阵才说，我……不行了。

我安慰他说，你安心养病，以后还会好起来的。

他摇了一下头说，我知道……是该走的时候了。

他说着朝我做了一个手势，意思是让我坐下。我就在他的床前坐下来。他又闭上眼，养了一下精神，然后对我说，我临走时，有些事……想告诉你。

我点点头说，所以，我一接到电话就连夜赶过来了。

他突然盯着我说，我如果告诉你……你能原谅我吗？

我笑一笑说，可以。

他问，无论什么事？

我说，无论什么事。

他似乎放心了，又沉了一下，才说，我对你撒谎了。

我说，什么事？

他说，我当年带着几个伤员躲进青云山的三石寨时，温秋云是和我在一起的。

我点点头，并没有感到意外。我想告诉他，其实他当初对我说这件事时，我就已经知道他在撒谎了。但我想了想，还是没把这句话说出来。

我只是轻轻地嗯了一声。

13

梅祥林告诉我，当初在樟云岭游击支队时，的确是他担任支队长，温秋云担任副支队长。那一次出事是在春天的一个傍晚。当时他和温秋云带着游击队来到樟云岭的一个山坳，准备在这里休整一下，不料遭遇到搜山的保安团。保安团显然事先已做了充分的准备。他们将几个山口都堵住，因此战斗一打响，游击队立刻就被死死地困在一片竹林里。

当时保安团的武器明显优于游击队，因此火力很猛，甚至将竹林里的竹子都一片一片地打断，接着就从四面的山坡上冲下来。游击队的队伍立刻被冲散了。梅祥林原想将队伍重新集中起来，朝一个方向突围，但再看一看，很多游击队员已经中弹倒在地上，冲到竹林外面的也被敌人抓住了，于是只好和温秋云一起带着几个负伤的游击队员沿着竹林里的一条小溪朝下游且战且退，就这样到天黑时，才趁着夜色来到樟云岭下的一座破庙里。这时梅祥林看一看，只还剩了自己和温秋云，另外还有三个伤员，而且这三个伤员的伤势都很重，其中两个由于失血过多已经不能走路。于是他就和大家商议，后面怎么办。当时一共有三种意见，几个伤员表示，不要再管他们，让梅祥林和温秋云赶快走，待他们走远之后，他们几个人再打枪把敌人引过来，准备好几颗手榴弹就在这破庙里与敌人同归于尽。梅祥林则表示还没有到最后牺牲的时候，他主张先将几个伤员就地分散到附近的老乡家里，他和温秋云跳出包围圈去青云山，将来等几个伤员的伤养好了，再回来与他们汇合。但温秋云却不同意梅祥林的意见。温秋云认为，现在敌人清剿这样紧，将几个伤员放到当地老乡的家里太危险，而且搞不好还会连累别人。所以，她主张大家一起去青云山，隐蔽到山上的三石寨去。

三石寨是在青云山的山顶，由于有三块十几丈高的巨石，中间围出一小块空地而得名。寨子里还有十几间石屋，不知是什么年代留下的。这里由于山高路险人迹罕至，因此非常隐蔽。当年苏维埃政府曾将这里作为一个秘密仓库，储存一些粮食和军需物资，直到红军主力撤出赣南以后才废弃了。温秋云的意见在这时显然是唯一可行的办法，于是大家就连夜来到青云山上的三石寨。几个伤员来到寨子里以后，眼看伤势越来越重，其中的两个伤员渐渐已陷入昏迷。梅祥林和温秋云在寨子里反复寻找，并没有找到一点可吃的东西。就这样隐蔽了几天，看一看外面没有什么动静，他们两人就分头出去，一个去挖竹笋和野蘑菇，另一个去采止血生肌的草药。温秋云从小生长在梅坑村，对山上的草药多少了解一些。但是，几个伤员的伤势毕竟太重，草药已经不起作用。就这样，又过了几天，那两个重伤员就相继死了。这时另一个伤员也已经奄奄一息。他是伤在右胸，子弹打到身上，弹头就留在了肉里，加之寨子里潮湿，又无法消毒，所以很快就感染了。当时梅祥林的身上还有一点盐，这已是游击队的全部家当。温秋云让他将这点盐拿出来，冲成盐水为伤员清洗伤口。但梅祥林不同意。梅祥林说现在只还有这一点盐，这个伤员肯定已经救不活了，如果把这点盐都给他用了，他和温秋云后面怎么办，要知道在这山上如果没有盐是无论如何都活不下去的。可是，温秋云说，我们总不能眼看着这个伤员死，只要还有一点办法就要救他，后面的事情后面再想办法。梅祥林听了却坚持不同意。也就从这时开始，他们两人开始出现了分歧。

这个伤员最终还是死了。一天早晨，他们发现这伤员一动不动，推一推也没有反应，再仔细看一看才发现，他已经停止了呼吸。他们两人将这个伤员掩埋了，就开始商议后面的打算。当时梅祥林提出，现在红军主力已经撤走，各县区的游击支队也已被打散，他们两人再在这三石寨里待下去已经没有任何意义。梅祥林说，当初区苏维埃政府还留下一百多块大洋，他知道埋在哪里，不如他和温秋云去把这些大洋挖出来，然后一起投奔他乡，如果将来有一天红军主力真的打回来，他们还可以再重新回来。但是，温秋云却坚决不同意。温秋云说，她只要还有一口气，就要在这青云山上坚持下去，她坚信总有一天会找到组织。梅祥林说，可是现在已经没有吃的，你的身体又这样，就是坚持又能坚持多久呢。这时温秋云的身体状况的确已经很差。她和梅祥林虽然没有正式结婚，当时的环境也不允许有什么仪式，但他们已经住在一起。可是由于长期在山上打游击，风餐露宿，卫生条件又很差，因此温秋云就已经患上了严重的妇女病，体质也越来越弱。但温秋云表示，办法还是可以想的，只要肯坚持就一定能够坚持下去。这时他们已在三石寨附近发现了一些茶树林。这些茶树林原本都是地主家的财产，大革命时期分给了农民。后来大部分当地农民都去参加了红军，因此这些茶树林由于没人管理就荒废下来。于是，梅祥林就将茶树林的茶籽挑到附近的山村里，用最古老的方式榨出茶油，再挑到圩上去卖掉，然后买回粮食和一些日用品。

14

梅祥林说到这里似乎累了，停下来，喘息了一下。

我看一看他，问，你喝水吗?

他摇摇头。

我问，你和温秋云在青云山，这样住了多久?

梅祥林又喘息了一阵说，大约……几个月吧。

我问，后来呢?

梅祥林看我一眼，迟疑了一下说，后来……我们就分开了。

梅祥林告诉我，他们就这样又在青云山顶的三石寨坚持了一段时间。后来温秋云由于体质越来越差，就染上了打摆子。梅祥林先是去圩上为她买药，再后来看一看她的病情越来越重，渐渐已经昏迷不醒，吃药也丝毫不见效果，想请郎中上山为她看一看又怕暴露目标，就不知如何是好了。于是，终于有一天，他借着下山去圩上买药的机会就再也没有回三石寨。

我听了立刻睁大两眼，看着他问，你就这样……把她一个人扔在山上了?

梅祥林把脸转向一边，点点头。

他沉了一下又说，其实在当时，他也很担心温秋云。但他知道，温秋云已经没有任何希望了，他觉得既然她已没有希望，总不能临死再搭上一个。于是他狠一狠心就离开青云山，又回到樟云岭的梅坑村来。但他还是把事情想简单了，他以为梅坑村在樟云岭的大山深处，应该比较偏僻，却没有想到赖生旺这时已经又从赣州城里回来，而且还成立起还乡团。就这样，他还没有走到梅坑村，就在山路上被赖生旺的还乡团抓住了。当时赖生旺一见到梅祥林立刻气得两眼发黑。他又想起当年梅祥林偷看他给儿子写的信，然后带领村农会的人来起获他家财产的事，当即就命人将他吊到门口的樟树上，用竹片狠狠地抽打。梅祥林挨不住打，就将自己曾经当过苏区干部，后来又担任游击队长的事情全都说出来。但是，他最终也没有说出温秋云藏在三石寨的事。赖生旺一听说梅祥林当过苏区干部，还是游击队长，立刻高兴起来，当即决定将他送去县城的保安团请赏。梅祥林这时知道自己已经没有活路，也就只好闭起两眼等死。但是当天下午，赖生旺忽然命人将他从樟树上放下来，先给松了绑，然后又让人带他去洗澡换了干净衣服。梅祥林心里纳罕，不知是怎么回事，于是便任由他们怎样做，让洗澡就洗澡，让换衣服就换衣服。当天晚上，他又被带到赖生旺家的上房。这时上房里已经摆好酒菜，赖生旺正等在这里。赖生旺见梅祥林进来，先让他坐下喝了两杯酒，然后才向他摊牌说，现在有两条路让他自己挑选，一条是捆了送去县里的保安团。赖生旺说，你当过苏区干部，还是樟云岭游击支队的支队长，到了县里的保安团是怎样一个下场你心里自然应该明白。另外还有一条路，就是改名换姓给赖家做上门女婿。当然，赖生旺说，你在这梅坑村这样久，村里的人们都认识你，你如果怕颜面上不好看也好办，以后你们就住到县城去，替我照看那边的货栈生意，这样一来这边也就没有人知道了。梅祥林听了先是有些犹豫。他在赖家当过长工，当然知道赖生旺的那个独生女儿是一个什么样的女人。但是，他又很清楚，他如果不肯娶这女人就只有被送去县里的保安团。也就是说，他这时已经没有了别的选择。

于是，他只好点头答应了。

就这样，梅祥林说，他就改名换姓，成了赖家的上门女婿。

我沉了一下问，当初区苏维埃政府留下的那一百块大洋呢？

梅祥林说，我挖出来……给赖生旺的女儿作见面礼了。

我又问，温秋云呢，她后来怎样了？

梅祥林张张嘴，刚要再说什么，突然大口地喘起气来，两只眼也一下一下地翻上去。我立刻起身出去，将外面的人叫进来。几个村干部看了说，是时候了。然后就从旁边拿出一身干净衣裳。我知道，这是让梅祥林上路时穿的。几个村干部显然很有经验，七手八脚地就将这身衣裳给梅祥林换上了。梅祥林穿了这身衣裳，反而显出几分精神，过了一会儿，呼吸竟渐渐又平稳了。他慢慢睁开眼，看一看站在床前的人说，我的话……还没有说完。

几个村干部点点头，就又知趣地出去了。

梅祥林看着我，一口一口地喘息着。过了一会儿，他才说，我直到现在……也不知道温秋云究竟是死了，还是仍然活着。梅祥林告诉我，他和赖生旺的女儿住到县城去以后，曾经听人说起过，青云山上的三石寨住着一个女红

军，不仅长得漂亮，而且能穿岩走壁，在山崖上行走如飞。但后来又有人说，这个能穿岩走壁的漂亮女人并不是什么女红军，而是一只修炼多年的野狐精，她专门诱惑在山路上过往的男人，然后就强掳到山上去。

梅祥林说，他一直怀疑，这个传说中的野狐精是不是就是温秋云。

梅祥林说到这里，就停住了口。他稍稍沉了一下，才又说，我……告诉你一个人，据说他曾被掳到青云山上的三石寨去，而且……还跟这野狐精过了一段日子。

我连忙问，这人是谁？

梅祥林说，他叫许成。

我立刻重复问，许成？

梅祥林说，他是一个木匠，就住在青云山的石坡村……

梅祥林说到这里，眼里的目光就像一汪水似地渐渐散开了。

他对我说，我要告诉你的，都说完了，临死前这样说了，我心里……也踏实了。然后，他又说，你……去叫他们进来吧。我就起身走出来，看一看站在门外的一个村干部。这个村干部立刻明白了，连忙进屋去。过了一会儿又出来，对另几个村干部点点头。

几个村干部就都进去了……

15

温泉根老人说到这里就停下了。他卷起一支生烟默默地吸着。这时我才发现，县革命历史博物馆的刘主任一直坐在旁边用笔记录。刘主任的职业意识很强，他无论走到哪里，都注意搜集资料。这时，他抬起头问温泉根老人，后来呢，您去石坡村找过那个叫许成的木匠吗？温泉根老人又吸了几口烟，点点头说，去找过了。

找到……他了？

找到了。

温泉根老人说，梅祥林临死前说的这番话，至少说明了一件很重要的事情，尽管当年温秋云在青云山顶的三石寨病得奄奄一息的时候，他将她独自一人扔在了那里，但温秋云很可能并没有死，所以后来才有了这样或那样的传说。如果从这个角度说，那个住在石坡村叫许成的木匠就应该是一个很重要的线索了，因为他在当时曾经去过青云山的三石寨，而且见过温秋云，甚至与她有过直接接触。因此，那一次离开梅坑村，温泉根老人就跟县民政局的曾同志商量，是否让汽车直接开去石坡村，寻找这个叫许成的木匠。但是，当时曾同志表示为难。他说石坡村这个地方他是知道的，不仅很偏僻路也不好走，如果去恐怕很长时间。可是他们县民政局只有这一部车，很多部门都要用，所以不能出来太长时间。不过……曾同志立刻又说，民政局平时的协作单位很多，他们可以先回县里，第二天从别的单位找一辆车，然后再去石坡村也来得及。就这样，他们就先回县里来。温泉根老人说，这天晚上，他就住在县民政局的招待所里。晚上吃过饭，曾同志又来招待所找他。曾同志兴奋地说，他们县民政局刚好有一个同志就是石坡村人，据这个同志说，石坡村确实有一个叫许成的木匠，而且仍然健在，虽然已经不再做木匠但身体还很结实。曾同志说，他已经又从别的单位联系好一部吉普车，第二天早晨就可以和温泉根老人一起去石坡村找这个许成。

就这样，温泉根老人说，第二天一早，我们就开车去了石坡村。石坡村确实很远，而且是在青云山的山腰上。因此一进山车子就更加难走，直到将近中午时才来到村里。汽车在村口停下来，民政局的曾同志下车向一个抱孩子的妇女询问，许成的家住在哪里。这妇女看一看曾同志的装束，又看了看他身后的汽车，然后问，你们是从县里来的？曾同志点点头说是。他告诉这个妇女，我们是县民政局的。这妇女朝不远处指了指说，他在那里。我们顺着这妇女手指的方向看去，只见村边有一个酿水酒的小酒坊，门口摆着一张竹桌，几只竹凳，有几个人正坐在那里一边喝着水酒说闲话。其中有一个七十多岁的秃头男人似乎喝得有些多了，说话的声音很高。显然，他应该就是许成了。于是我们就朝他走过去。曾同志走到这秃头男人跟前说，请问，您是许成？这秃头男人抬起头，看看曾同志说，是啊，我是许成。

曾同志很客气地跟他握握手说，我是从县民政局来的。

许成看看曾同志，又转过头朝我们看了看。

曾同志立刻给他介绍说，这是从城里来的温同志，他想跟您了解一点情况。许成一听就笑了，用粗糙的大手摸了一下自己的光头说，找我了解情况，我当了一辈子木匠，除了干活这点事还能知道什么情况？曾同志朝坐在旁边的几个村人看了看，那几个人立刻都知趣地起身走开了。这时，我一直在旁边观察这个许成。他虽然已经七十多岁，大概是因为刚刚喝了酒，看上去面色红润，两只眼睛也很亮，一转一转的很灵活。但他的样子非常瘦，那颗光头很圆，细细的脖颈上滚动着一颗很大的喉结。我走过来，在竹桌跟前坐下了。桌上放着一只酒壶，显然已经空了。于是，我又让小酒坊的人打来一壶酒，然后为许成筛了一碗。许成始终不说话，只是眼睛一眨一眨地看着我。待我筛完了酒，他又看一看酒碗，然后才抬起头说，你想问什么……只管问吧，只要是我知道的，都可以告诉你。

我说，我想问的，是很早以前的事了。

他一听就笑了，说很早以前，有多早？

我说，一九三几年的事，你还记得吗？

他很认真地想想说，年头太久……怕记不清了。

这时曾同志也坐过来。我和曾同志都端起酒碗朝他举了举。我说，你尽量回想一下。

他点点头，嗯一声说好吧，你到底想问哪方面的事情？

我说，当年有一个叫温秋云的女人，你还记得吗？

温秋云？他皱起眉想一想，摇摇头说，不记得了。

我说，你再想一想？

他又想了一下，然后很肯定地说，不，不记得。

我又问，你当年，曾经去过青云山上的三石寨？

许成立刻愣一下，接着迅速地看我一眼，试探地问，你们……是从哪里听说这件事的？我说，你还曾对别人说，那三石寨的女人是一个野狐精，专门往山上掳男人，当年，你就是被她掳到山上去的？许成喝了一口酒，又沉吟了一下才说，我……是这样说过。

我问，那个三石寨里的女人，真的是一只野狐精吗？

许成又低头沉了一下，然后才说，那是我……胡乱编排的。

我立刻问，你为什么要编排这些呢？

许成朝周围看了看，忽然站起身说，走吧，到我家去说吧。

我和民政局的曾同志对视了一下，就站起身，跟着许成朝旁边的山坡走来。许成的家在一块石坪上，是一座木石结构的房子，看上去很坚固，门窗的做工也很细致。我们来到堂屋里坐了，许成要去灶屋烧水。曾同志立刻拦住他说，路太远，我们谈完了事情还要赶回县里去，就不用烧水了。许成听了这才在我们面前坐下来。他看看曾同志，又看看我说，这已经是几十年前的事了，现在再说……已经记不太清了。

曾同志说，你就想到哪里说到哪里吧。

许成点点头说，好吧。

16

许成想了一下，说，他那时刚刚二十来岁，正是天不怕地不怕的时候。那一年夏天，青云山里忽然有了一个传闻，说是山顶的三石寨里住了一个女红军，这女红军身轻如燕，能在悬崖峭壁上行走如飞，而且枪法很准，说打人的左眼就不打右眼。那时红军的大部队刚撤走不久，山里的人们都知道红军是怎么回事，所以尽管把这女红军说得很神，大家也就并没有当一回事。但后来搜山的保安团和靖卫团来到山里，说这女红军不是一般的女人，而是一只修炼多年的妖狐，她一旦捉到男人会吸干精血，捉到女人则剥皮吃肉，所以警告山里的人们，一旦发现这女红军的踪迹要立刻报告。这一下山里的人们才紧张起来，有的人信以为真，也有的人怕连累自己，一时都不敢再走通往三石寨的那条山路了。但许成却不相信这些。通往三石寨的这条路是翻过山去的一条最近的小路，所以他还继续走。一天傍晚，他去山那边给一个大户人家做了木工回来，正在山路上走着，忽然听到草丛里有动静。他先是吓了一跳，接着以为是一只野物儿，于是就乍着胆子走过去。待走到近前才看清楚，竟然是一个女人。这女人的身上衣衫褴褛，而且面色蜡黄，但仍然看得出眉目很清秀。她正倚在一棵树上，手里端着一只短枪，两眼瞪着许成。许成立刻站住了，连连摆手说，自己不是坏人，只是一个木匠，偶然经过这里的。这女人听了又看一看许成，才慢慢将枪收起来，转身朝树丛深处走去。但是，许成发现，在她转身的一瞬晃了晃险些摔倒，于是赶紧过去扶住她。

他问，你就是……住在三石寨的那个女红军？

这女人点点头，然后用力地说，我……病了。

这时许成已经感觉到了，这女人的身上很烫。

他说，我送你回山上去吧。

这女人看看他，点点头。

于是，在这个傍晚，许成就将这女人送到山上的三石寨来。这时许成已经判断出，这女人是患了打摆子。许成背的箩筐里放着一小袋为人家做木工刚刚挣到的米，于是就拢起一堆火，为这女人煮了一点米粥。但是，这女人虽然已经饿坏了，却连喝粥的气力也没有了，身上还一直在不停地发抖。许成想了想，就站起身说，我出去一下。这女人立刻又掏出枪指着许成问，你要去哪儿？许成连忙说，我出去……为你采一点草药。许成看看她，又说，我把箩筐放在你这里，这里边有我的木匠工具，这些都是我吃饭的家什，我离了这些家什就要饿死了。这女人看看箩筐，又看看许成，想了一下才点点头。

许成在这个傍晚去山上采了一些草药，回来之后又从箩筐里拿出一只口袋，从里边倒出一些碎木屑。他对这女人说，这些木屑，是他刚刚在山那边为人家打了一口躺柜，特意带一些回来的，原打算回去烧火用，不想在这里却派上了用场。许成一边说着，就将这些木屑和采来的草药一起熬了熬，让这女人喝下去。时间不大，这女人就出了一身大汗。这一夜，许成不停地用这些木屑熬药，过一阵就让这女人喝下一些，到第二天早晨，这女人竟果然就有了一些精神。于是许成又去山上采了一些新的草药，仍然与木屑一起煮，又让这女人喝了几天，这女人的打摆子就彻底好了。这时许成才告诉这女人，他家虽然是祖传的木匠，却也有一宗独门绝技，就是用不同的木屑配上不同的草药可以医治不同的疾病。许成说，他这一次用的这些木屑是沉香木，沉香木和山上的草药配了正好可以治打摆子。然后，许成又为这女人煮了一些米饭，这女人饱饱地吃了一顿之后，就告诉许成，她确实是一个女红军，已经在这三石寨住了很长时间，现在病好了，要找队伍去了。她说，将来有一天革命胜利了，她一定会回来感谢他。许成见自己治好了这样一个漂亮的年轻女人，又是一个女红军，心里一高兴就又拿出刚刚挣到的两块银圆给这女人，说拿着吧，路上用。这女人将这两块银圆接到手里掂了掂，点点头说，我将来一定会还你。她这样说罢，就朝山下去了。

我听了想一想问，这女人……没告诉你她叫什么名字吗？

许成摇摇头说，没有，这女人始终没有说出过她的名字。

我又问，既然这样，你从三石寨回来之后，为什么又说这女人是妖狐呢？许成看我一眼，低头沉了一阵，然后才说，那一次我回来之后才知道，我在三石寨上住了几天这件事已经在村里传遍了，我回来的当天晚上就被靖卫团的人抓去了，他们问我究竟是怎么回事，为什么跟这女人在一起不回来报告，我一害怕就胡乱告诉他们，说这女人真的是一只妖狐，它把我强掳到山上的三石寨去吸了几天精血，我趁她不注意才逃下山来的。

这时，我看着许成，眼里突然涌出泪来。我站起身，向他深深躹了一躬。许成一见慌了，连忙过来扶住我，一边说着使不得使不得，一边问，这……这是怎么回事？我这时才告诉他，他当年在三石寨救的那个女人，应该就是温秋云，她是我这些年一直在寻找的姐姐。许成听了大感意外，睁大两眼看着我说，这女人……是你姐姐？

我点点头，说是啊。

我又问，你后来……又听到过关于她的消息吗？

许成想了一下，对我说，听到是听到过一些，但不知是不是靠得住。许成告诉我，那一次的事后又过了几年，曾听人说，青云山上的青云庵里来了一个年轻女尼，不仅相貌漂亮还会为人治病，而且专治疑难杂症。于是这青云庵的香火一下旺起来，山里远近的人们都赶来青云庵进香，有的是想让这女尼给治病，也有的只是想看一看她的模样。后来就有了一种传说，说是这女尼并不是人，而是当初在三石寨里修炼的那只妖狐，她终于得了道，幻化成人形，所以才到青云庵来，一边为人治病一边继续修行。但是，许成说，当初他曾去过三石寨，而且亲手为那个女红军治好了打摆子，所以他的心里最清楚，那年轻女人并不是什么妖狐。后来他也曾去过青云庵，但是听庵里的人说，这女尼已经离开青云庵下山去了。

许成说到这里，抬起头朝我看一眼，忽然笑了一下。

他说，如果她还活着，直到现在还欠我两块银圆呢。

17

从石坡村出来时已经是下午。

在回县城的路上，我有些兴奋。这一次来石坡村真的是不虚此行，终于寻找到了一些有关温秋云的下落。从许成的讲述中可以分析出，那一次梅祥林将她一个人扔在青云山上的三石寨，她并没有死。她一定是坚持着挺过来，每天去山上寻找草药和可以吃的东西，直到后来遇见了偶然从这里经过的木匠许成。我真的从心底感激这个许成。我已经不知该怎样表达对他的感激。所以，我在与他临分手时，掏出衣兜里所有的钱都塞给他。许成立刻愣住了，问我这是干什么。我想了想，对他说，这是替温秋云还他当年的那两块银圆。许成一听就笑起来，说要还银圆也不能这样的还法儿，他一定要见到温秋云，由她本人亲手将那两块银圆交到他的手里。许成说到这里，看看我，又很真诚地说，你去找她吧，我知道，她一定还活着，而且……还像当年那样漂亮。我听了点点头，对他说，我一定要找到她。

县民政局的曾同志也很兴奋，汽车开出石坡村后，他坐在前面司机的旁边回头对我说，如果与青云山上的青云庵有关，事情就好办了。我不解，问为什么。曾同志说，他们县民政局经常与青云庵打交道，他与青云庵里的青云法师也很熟。而且，曾同志想一想说，这个青云法师懂医道，能为人治病，听说她当年也曾与红军打过交道。

我听了精神一振，连忙问，这个青云法师多大年纪？

曾同志想了一下说，大概……有八十多岁了吧。

我又问，她一直在青云庵？

曾同志说，一直在青云庵，所以她的法号才叫青云。

我立刻在心里算了一下，如果这个青云法师八十多岁，又确实一直在青云庵，那么她当年就应该见到过温秋云，而且很可能与她打过交道。这时曾同志就跟开车的司机商量，能不能晚回去一会儿。司机是一个很年轻的小伙子，人很随和，他听了立刻笑笑说，晚一点没关系，反正他是住在单位的宿舍里，回去早了也没有什么事情可做。曾同志连忙说，那咱们索性现在就去青云庵吧，在前面的路口上山，虽然远一点但路很好走。

开车的小伙子点点头，汽车开到路口就径直上山去了。

曾同志仍然很兴奋，但想一想又对我说，咱们这一次去青云庵也要看运气，青云法师虽然已经八十多岁，但经常出去云游，平时很少在庵里。我听曾同志这样一说，心里也有些紧张起来。我此时的心情不言而喻，真恨不得马上就见到这个青云法师。汽车开到山顶时，又拐上一条僻静的岔路。这边的风景明显与山下不同，到处古树参天，奇石峭立，路边的石间还淌着一条小溪，果然有了一些世外仙境的气象。汽车开到一个古刹的山门前停下了。我和曾同志一起下了车。曾同志向我做了一个手势。我立刻明白了他的意思，冲他点点头。曾同志就走上前去叩了叩庙门上沉重的门环。过了一会儿，庙门打开了，从里边走出一个中年女尼。曾同志向她行了一个礼，说，我们是从县民政局来的，想见一见青云法师。女尼连忙还礼，然后说，青云法师不在庵里，到樟云岭为人治病去了。曾同志问，几时能回来？女尼想了一下说，她临走时说，离开樟云岭好像还要去办别的事，几时回来就说不好了。曾同志听了点点头，说好吧，那我们过几天再来吧。女尼又施了一礼，就转身回庵里去了。

曾同志走回来对我说，果然不巧，青云法师不在。

我想一想对曾同志说，先回县里，然后再商量吧。

这一晚回到县里，我对曾同志说，这次出来的很仓促，单位那边还有很多事情，我想先回去，等这边青云法师回来了，跟她约好时间我再过来。曾同志考虑了一下说，这样也好，青云法师这一出去恐怕三五天不会回来，总不能一直这样等下去，我已经跟青云庵里打过招呼，青云法师回来后会立刻跟我联系，到时候您再过来也不迟。

就这样，我第二天一早就回去了。

但让我没有想到的是，我刚刚回去几天，曾同志的电话就追过来。曾同志在电话里说，青云法师已经回青云庵了，但据她说，过几天还要走，好像要去广东参加一个宗教方面的会议。所以，曾同志说，您最好马上赶过来，我已经跟她约好时间，她正等在庵里。我一听立刻放下手里的工作，连夜就赶过来。我到了县里又是第二天上午。曾同志已经在等我。他一见我就说，我知道您路上很辛苦，但为了节省时间，车已准备好了，咱们吃过午饭就上山。我听了说，索性现在就出发吧，路上随便吃一点午饭就可以。曾同志点点头，说也好。

于是，我们立刻上路，将近中午时就赶到山上来。

青云法师果然已经等在青云庵的禅房里。她是一个很安静的人，虽然已八十多岁，却面色红润，眉清目秀，看上去似乎只有五十多岁的年纪。曾同志事先已对她说了我们这一次的来意。所以，我们落座之后，青云法师向端上茶来的女尼示意了一下。那女尼就出去把门轻轻关上了。然后，青云法师对我说，我还不敢肯定，您寻找的那个人和我曾经认识的是不是同一个人。我立刻问，您当年……确实曾认识一个叫温秋云的女人？

青云法师说，是有一个女人，但我一直不知道她的俗家名字。

青云法师想一想说，那好像是 1935 年的事了，是春天还是秋天……已经记不太清了，不过山上的竹林都被国民党的搜山部队砍光了，说是不让红军和游击队有藏身之处，一时漫山遍野到处是横躺着的竹子，这一点还记得很清楚。青云法师说着端起茶，朝我示意了一下，然后自己呷了一口，将茶盏轻轻放到茶几上。她告诉我，那时她虽然刚刚三十多岁，却已经从师父那里学到很深的医术，不仅可以医治各种疑难杂症，而且几乎能辨出山上生长的所有草药。好像是一天夜里，突然有人来敲青云庵的庙门。那时青云庵还掩在山顶深处，门前并没有路，所以平时也就人迹罕至。青云法师去打开庙门，就见几个衣衫褴褛的人抬进一个担架。这担架是用竹子做的，上面躺着一个浑身是血的人。其中一个络腮胡须的黑脸男人对青云法师说，他们要见清水法师。清水法师就是青云法师的师父。当时青云法师说，师父在寺院后面的竹林里修行，一般不见客的。络腮胡须一听焦急地说，一般不见客，可现在情况紧急啊，我们知道清水法师医道高深，所以才将这伤员抬来这里，现在也只有清水法师能救这伤员的命了。青云法师听了走近担架看一看，点点头说抬进来吧。在这天夜里，青云法师先为这伤员擦去脸上和身上的血迹，这时才看清楚，这伤员竟是一个比她还要年轻的女人。她是伤在左颈，子弹从脖子的一侧穿过去，留下一个血肉模糊的弹洞，随着呼吸这弹洞里还在不停地向外淌血。络腮胡须看一看青云法师问，她伤的严重不严重，还有没有救？青云法师说，伤的确实很严重，不过好在子弹穿过去，没有留在肉里，所以，应该还有救。

接着，她又对络腮胡须和旁边的几个人说，就把她留在这里吧。

络腮胡须和几个来人相互对视了一下，似乎还有些不放心。

青云法师看出来，对他们说，这青云庵里很安全。

络腮胡须问，平时……不会有人来？

青云法师点点头说，不会有人来的。

络腮胡须这才点点头，带着人走了。

18

青云法师说，她在那个深夜留下了这个伤员，起初心里还有一些担忧。她当然知道这伤员是干什么的，师父清水法师平时一向叮嘱她要紧闭山门，潜心修行，现在她将这样一个血肉模糊的伤员留在庵里，她想，师父一定会责备她的。但让她没有想到的是，清水法师知道了这件事以后并没有说什么，甚至还问了她一句，要不要庵里为她熬一些莲子粥。这一来青云法师就放心了。她将自己这些年从师父那里学到的医术全施展出来，每天去山上采来各种止血生肌和滋补益气的草药，在庵里精心熬制，为这伤员内服外敷。

就这样，又过了一段时间，这伤员的身体竟就一天天康复了。

青云法师直到这时也才发现，这伤员竟是一个很漂亮的年轻女人。青云法师也曾问过这女人叫什么名字。但这女人笑一笑说，是您救了我的命，就随您叫我什么吧。

青云法师说，你长的，就像山上的荆花一样好看。

这女人想一想说，那您就叫我荆云吧。

于是，青云法师从此就叫这女人荆云。

荆云又在青云庵里住了一段时间，当初送她来的那个长满络腮胡须的男人就又带着几个人来了。他们一见荆云恢复得这样好，都很高兴。这时荆云由于住在庵里无事可干，已经在跟着青云法师学医术。荆云不仅相貌漂亮，人也极聪明，山上各种草药的功能只要对她讲一遍就能牢牢记在心里，而且过目不忘。青云法师对荆云很满意，于是就将从师父那里学来的本领毫无保留地都传授给她。络腮胡须听了更加高兴。这时，他考虑了一下就与荆云商量，他说，他原本是来接她回部队的，但现在突然又有了一个新的想法，能不能暂时让她留在这青云庵里，一边继续跟着青云法师学医术，一边就将这里作为一个秘密医院，部队上再有伤员和生病的战士就送来这里，这样也就解决了部队缺医少药的问题。荆云听了先是有些犹豫，她当然还是想回部队去。但既然领导这样说了，也就只好服从。

不过，她又说，这件事还要征求一下青云法师的意见。

于是，络腮胡须就又去庵里跟青云法师商议。青云法师听了没说可以，也没有说不可以。她沉了一下，只是说，如果荆云能留在青云庵里，她当然很高兴。

于是就这样，荆云就继续留在了青云庵里。络腮胡须临走时对荆云说，留在庵里的工作也很重要，待将来形势允许了，他一定亲自来接她归队。从这以后，就经常有部队的伤员和生病的战士送来青云庵。荆云在青云法师的悉心指导下医术也日渐精进。

就这样又过了一年，渐渐地就没有伤员再送上山来了。

荆云先是每天到青云庵的山门外面去，登上一块岩石朝山下的路上张望，等着部队上来接她的人。就这样等了一段时间，又等了一段时间，却一直没有人来。后来才听来庵里进香的香客议论，说是荆云所在的那支部队已被调往北方，到更大的战场去了。荆云听到这个消息大病了一场。她病好之后坚持要下山去追赶队伍。但是，青云法师还是将她劝住了。青云法师问她，你去追赶队伍，为什么？荆云说，要去打仗。青云法师又问，打仗又是为了什么？荆云说，当然是为了穷人。青云法师说，是啊，你现在已经学会了医术，在这青云庵里治病也是为穷人，这不是一样吗？青云法师又耐心地说，这青云山一带四季潮湿，瘴气很重，附近山民多有患病，你如果能在这青云庵里为人治病，也是一件善事啊。

荆云一听青云法师这样说，就低下头不再说话了。

青云法师又说，关于这件事，我还一直想与你商议，你如果在这青云庵里住下去总要有一个名分，我知道你是拿枪的人，与修行是两回事，不过既然要在这佛家地界安身，就还是有一个法号为好，这样不仅名正言顺，也可掩人耳目。荆云问，叫什么法号呢？青云法师笑一笑说，我已经为你想好了，你既然叫荆云，法号索性就叫净云吧，清净的净，浮云的云，至于这个中的禅意，你自己慢慢悟去就是了。

从此，青云庵里就又有了一个净云法师。

青云法师说到这里就停住了，端起茶几上的茶盏一口一口地呷着。这时，我的心里已经明白，青云法师说到这里就已和石坡村的木匠许成所讲述的吻合了。但是，我又想起来，据许成说，他后来曾到青云庵来看过净云，可是她已经离开了这里。那么，净云又是什么时候，因为什么离开青云庵的呢？我这样问了青云法师，青云法师并没有立刻回答。

她稍稍沉了一下，才说，那已是几年以后的事了。

青云法师说，净云就这样又在青云庵里住了几年，这时她的名气已经一天天大起来，青云山远近的人们都来让她治病，青云庵的香火也因此更加旺起来。但是，后来却发生了一件事。一天傍晚，净云去山下为人治病回来，脸色很不好，晚上也没有到斋房吃饭。青云法师反复问她，究竟发生了什么事。净云才说，她这一次下山听说，她当初曾给治过病的一个老人刚刚死了。净云对青云法师说，这老人患的是打摆子，她原本已经为他治好了病，可他还是死了，他是活活饿死的，听说死时嘴里塞满了竹叶。净云说到这里就流下泪来。她对青云法师说，我就是为他治好了病又有什么用呢，他没有饭吃，还是要饿死的。

于是，青云法师说，没过多久，净云就下山去了。

我问，她从此……就再也没有消息了？

青云法师说，再也没有消息了，不过……

青云法师这样说着，忽然看了我一眼。

我立刻问，怎么？

青云法师又想了一想，才说，就在前几年，我曾在山路上的茶亭看到过一个人，虽然很像……但我不敢确定是她，而且只有那一次，后来……就再也没有见过……

19

温泉根老人说到这里，目光就又朝山路的远处伸去。蜿蜒的山路通向青云山的深处，云雾缭绕中，隐约可以看到，路旁每隔不远就有一座茶亭。温泉根老人说，也就从那次以后，他就决定不再走了。他说，他每天都来这茶亭里，他相信，总有一天会等到温秋云的。他这样说着，手里不知什么时候在摆弄着一支弹弓。这支弹弓已经很旧，橡筋也早已老化，但仍能看出当年的力道。这时，县革命历史博物馆的刘主任说，跟您商量一件事……可以吗？

温泉根老人笑一笑说，当然可以，说吧。

刘主任看看他手里的这支弹弓。

老人点点头，就将弹弓递给他。

这时，我突然悟到了一件事，荆花，红荆……当年温秋云说她喜欢山上的红荆花应该不是随意的，“红荆”与“红军”谐音，她的心里，一定还在想着红军……

第四章

杜鹃花开

人物：

树生——男，21 岁，小冲村青年农民，一心想参加红军，也曾为红军做过很多工作。

母亲——女，58 岁，树生的母亲，一个对红军无限热爱，已经献出自己丈夫的农村妇女。最后，终于也献出了自己的生命。

春花——女，19 岁，小冲村一个普通的农村少女，树生的未婚妻。

许叶芳——女，31 岁，春花的继母，小冲村妇女干部，“扩红能手”。

张四十三——男，43 岁，何屋村一个普通农民，后在暗中为红军工作，最终被地主分子宋财旺杀害。

周云——女，一个一生中充满谜团的女人。当过红军，打过游击，新中国成立后因被指控曾有“叛变行为”而判刑入狱。多年后，终于平反昭雪。

一 最后一夜

我在另一份相关资料中看到，美国作家哈里森·索尔兹伯里在他出版的《长征——前所未闻的故事》一书中所记述的 1935 年初苏区的形势，在当时应该已到了生死攸关的时候。嗣后为迷惑敌人，掩护中央红军主力转移，留在当地的中央分局、中央政府办事处、中央军区机关等几个重要部门以及红24师等红军部队迁至井塘村（即今天的于都县黄麟乡井塘村）继续坚持斗争。这个月下旬，形势更加恶化。于是，面对严峻的形势红军决定分兵突围。

这就是史料上记载的“9路突围”。

在此之际，在这个苏区最后的红色村庄举行了中央苏区最后一次大型文艺会演。会演在大雨中持续很长时间，并以“打擂”形式分设一、二、三等奖。最后由瞿秋白同志亲自在雨中登台为获胜者颁奖。

这就是著名的“井塘会演”。

苏维埃有火星剧团、星火剧团和战号剧团三支文艺团队参加了演出。据史料记载，演出盛况空前，现场充满悲壮气氛。当时的财政部门在中共中央转移后资金和物质极端匮乏的情况下，为保障中央分局和中华苏维埃中央政府办事处以及留下继续坚持战斗的项英、陈毅、瞿秋白、何叔衡等中央领导同志的正常工作发挥了极大作用。中央财政部门还为“井塘会演”提供了资金上的保障，在苏区文艺史和财政史上写下了重重的一笔。

我在于都采访时，特意来到黄麟乡的井塘村。这天也在下着淅淅沥沥的小雨，四面的山峦被云雾缭绕，只有沙沙的雨声在静静地响。我发现井塘村这里的地势的确很独特，周围被群山环绕，形成了一片坳谷。这时正是暮春时节，坳谷里长满萋萋的青草。我站在这片山坳的草坡上，听着雨声，突然就有了一种穿越七十五年岁月的感觉，似乎又看到了漫山遍野的百姓在雨中争相引颈观看演出，看到雨中招展的红旗，听到舞台上激昂的锣鼓和嘹亮的歌声……

我穿过村边的一条小路，来到当年中央分局和中央政府办事处办公所在地的遗址。这是一处很普通的民居，保存尚好。据说西侧房是项英一家当年的居室，但已倒掉，隐约还能看出房基。就在这时，我看到一位八十多岁的老人一直站在门外，静静地看着我。他的身体还很结实，满是皱褶的眼里露出探寻的目光。在他的身旁还有一个二十来岁的年轻人，看上去很干练的样子。于是，我就朝这老人走过去。让我没有想到的是，我和这老人一聊才知道，他竟然是这房屋的主人，也就是陈毅和项英当年房东的后代，旁边那个干练的年轻人，是他的孙子。老人告诉我，当年陈毅和项英住在这里时他只有八岁，所以，对他们还有一些印象。

老人说，那时项英和陈毅都穿着军装，样子很威武呢。

他一边这样说着就笑了，旁边的年轻人也笑了。

我就是从这年轻人的笑里，看到了“树生”的影子……

1

树生担着两捆柴从山梁上走下来时，薄云中的太阳已经坠落到西边的山顶。

太阳落山的速度很慢，而且很庄重，看上去似乎正在发生着一件重大的事情。它就那样庄严地不动声色地一点一点落下来，然后就在山顶上不动了，渐渐浸出鲜红的颜色，像一坨黏稠的汁液一点一点融化。接着，那融化了的黏稠汁液从山顶流淌下来，就将山坡上的竹林和樟树林染红了。山坡上除了归林的鸟叫声，一片沉寂。树生吃力地担着木柴从一条崎岖的小路绕过来，就朝着不远的红石崖一步一步走上去。

那红石崖孤零零地悬在山腰上，像飘浮在云中。

树生担的这两捆柴已经大得不能再大，长长短短的树枝参差着有一人多高。树生担在中间，几乎隐在柴里，远远看去逶迤的山路上像是只有两捆柴在移动。一阵山风吹来，竹林里发出一阵簌簌的声响。暮色中的山风夹带着初春的寒意。

树生虽然通身是汗，却也微微抖了一下。

一连下了几天细雨，迷迷蒙蒙的像是飘着一层浓重的雾霭。山里的一切似乎都被水汽浸透了，到处湿漉漉的。下午好容易出了一下太阳，刚刚亮了一阵，很快就被隐在薄云里，天又不晴不阴地变得灰乎乎了。树生担着柴捆走上红石崖时，东面的山坳里又传来一阵锣鼓声和嘹亮的歌声。树生站住了，一边擦着额上的汗朝山坳那边张望过去。山坳被一片茂密的树林遮挡住了，只有锣鼓声、乐器声和歌声从枝叶的缝隙里传过来。树生知道，山坳里已经接连演了几天戏，附近的村民们从未见过这样的场面，男女老幼都赶来观看，山坳里几乎被黑压压的人群填满了。但树生没有去看戏。他没有时间，也没心思。他这时的心思都在砍柴上。他在心里盘算着，必须要在几天内砍出尽量多的木柴，然后挑回来，再截成一段一段码放到屋里。这是母亲今后将要烧用的木柴，树生恨不能一口气为母亲砍下能烧用几十年的木柴。但他的心里很清楚，这是不可能的，他就是将一座山的木柴都为母亲砍回来，母亲也总有烧完的时候。那么，母亲烧完这些木柴之后……又该怎么办呢？

树生不敢再往下想。

树生挑着两捆木柴走上红石崖时，腿上和腰上的扭伤又重重地痛了一下。这是几天前去县城时从山路上摔下来扭伤的，但树生怕母亲担心，回来并没有讲。这时树生来到自已家的门前，将两捆柴放下，才长长地舒出一口气。这是两间土屋，盖在石崖上的一小块平地上，一棵巨大的樟树从后面的石壁伸展过来，浓密的树枝将这一小片平地和两间土屋都遮掩起来，如同一把擎天的大伞。树生将两捆柴靠在门前的墙壁上，走进屋来，想看一看母亲。

母亲一直躺在床上，已经十几天了，吃饭很少，每天只喝一点点水。十几天前的一个上午，村里送来了父亲牺牲的阵亡通知。当时母亲没说任何话，只是木然地看看来人，又看了看那张有些发黄的粗糙的纸片。过了一会儿，突然一口鲜血喷出来，身体晃了一下就栽倒了。母亲一直到下午始终躺在床上闭着眼，没有说一句话。树生希望母亲哭一哭。他想，如果母亲哭出来或许心里会好过一些。但他很清楚，母亲现在连流泪的气力都没有了。傍晚时分，树生将村里的谢郎中请过来。谢郎中是这一带远近闻名的郎中，刚刚四十多岁就留着两缕细长的墨黑胡须，看上去像是采茶戏里的角色。谢郎中先为树生的母亲把了一下脉搏，又翻起眼皮看了看，这样检查一阵之后便轻轻摇一摇头，嘘出一口长气，然后和树生一起来到屋外。树生看着谢郎中担忧地问，病情……究竟怎样?

谢郎中没有说话，只是又轻轻地摇一摇头。

到底……怎样呢？会不会……树生问。

会的。

谢郎中说。

谢郎中告诉树生，母亲的身体原本已经很虚弱，甚至可以说是病入膏肓。谢郎中略微沉吟一下说，打个比方吧，她就像是一盏油灯，碗里的油已经没有多少了，只好这样耗着，什么时候将油耗尽，这盏灯也就……谢郎中说到这里咳了一下，继续又说，可是今天，她突然又受到如此打击，这对她来说就如同是雪上加霜，灯碗里的油，恐怕……

谢郎中没再说下去，但后面的意思已经很明白了。

树生听了并没有感到意外。母亲的病情一直很重，这他心里是早已有数的。但是，他没有想到会突然发生这样的事情，父亲牺牲了，不在了，没有了……

树生又想起父亲临走前对自己说过的话。那是一个上午，父亲牵着一匹马和村里的几个年轻人一起到区上去，那里会有人将他们送去部队。树生一直将父亲送到村外，又送过小河，就这样送出很远。父亲走了一阵就站住了，转身对他说，我走了，以后母亲和家里的事……就都交给你了。父亲的嗓音有些沙哑，但很坚硬，如同锤子砸在砂石上的声音。此时，树生的耳边似乎仍能清晰地听到父亲的声音。可是，父亲已经……树生的心里像被狠狠地拧了一下。也就在这一刻，树生对自己的打算有些犹豫了。他不知道，自己还该不该按着原来的计划去做。

但树生还是有一点侥幸心理。

树生想，也许母亲的病情并不像谢郎中说的那样严重。这个谢郎中虽然很有些名气，也确实有相当深的医道，但以往也有看错的时候。一次他为村里常土长生的七叔看病，那老人上山砍柴时一条腿被蛇咬伤了，肿得像腰一样粗，谢郎中断言他不会活过两天。但常土长生爬上山去采了一些草药回来，为他的七叔敷在伤口上，两天后竟奇迹般地好起来。所以，树生希望这样的奇迹也能发生在母亲身上，母亲并不像谢郎中说的什么灯油耗尽，她只是因为听到父亲牺牲的消息过于悲伤才这样吐血的，母亲只要吃一些草药，调养一下就会好起来。于是，树生又去将部队的小刘叫来，让他给母亲看一看。树生平时最相信小刘。小刘是湖南人，曾经在城里读过医科学校，而且跟随部队走过很多地方。树生觉得这个头戴八角帽却斯斯文文的小战士很了不起，不仅会治病，而且懂得很多事情，树生从他嘴里听到的事都是长这样大从未听到过的。但是，小刘来为母亲仔细检查之后，也只是轻轻地摇一摇头。

树生一看小刘的表情就明白了，所以没敢再问。

小刘临走时，只对树生说了一句话。

他说，你要好好照顾母亲。

2

树生在这个傍晚走进屋里时，突然愣住了。

他看到一直病在床上的母亲竟然起来了，正坐在桌前为自己缝补衣裳。桌上摆放着还在冒着热气的晚饭，显然是母亲刚刚做的。母亲换上了一身干净衣裳，头发也梳起来，苍白的脸上虽然仍没有血色，却显出一些光泽，而且看上去也似乎有了一些精神。

母亲见树生进来愣愣地看着自己，就微微笑了一下说，吃饭吧。

树生站着没动，仍然有些诧异地看着母亲。

他说，您……起来了？

母亲说是啊，起来了。

您的心口，不疼了？

嗯，今天好些了。

可是……

怎么？

您……怎么可以做饭？

既然可以起来，当然可以做饭啊。

母亲这样说着，又冲他笑了一下。

不要愣着了，快吃饭吧，你吃了饭不是还有事么？

母亲看他一眼，又这样催促。

树生又愣了一下，张张嘴，却没再说出话来。

树生晚上确实有事。他要先去找春花，然后还要去坳里的部队找小刘。但他并不记得将这些事告诉过母亲。事实上，这件事也无法而且不可能告诉母亲。

可是……母亲又是怎么知道……自己晚上有事的呢？

树生没敢再去看母亲，走过来坐到桌边就埋头吃饭。他这时才发现，屋子里竟然也被母亲收拾过了，显得干净清爽，而且连摆放在迎门桌上的祖宗牌位也擦拭过了。母亲并没有吃饭，只是静静地坐在桌前，一边缝补着衣裳看着树生吃。树生感觉到了母亲的目光，他觉得母亲的目光像一股温热的泉水从自己的身上流淌过去。

你……不要再去砍柴了。

母亲看着他，忽然又说。

你砍的柴，已经够多了。

树生点点头，嗯了一声。

你，也不用担心我。

母亲又淡淡地说。

树生蓦地抬起头，两手端着碗，愣了一下。

母亲说，你已经看到了，我现在……真的好了。

树生定定地愣着，不知母亲为什么要说这样的话。就在几天前，母亲还在一口一口地吐血，看上去似乎连喘息的气力都没有了。那天晚上，母亲终于开口说话了，母亲的声音像山里吹来的风，有些飘忽不定。母亲对树生说，你不用再去请郎中了。当时树生看着母亲，脸上的泪就流下来。母亲又说，我刚刚做了一个梦，梦见了你爸，他站在一个很高的石崖上说……让我去呢……树生连忙用力摇头，对母亲说，父亲不会说这样的话。母亲淡淡地笑一下说，当然会的，你爸还说，我应该去找他，我去找他了，你……也就解脱了……

母亲这样说罢就闭上眼，不再说话了。

可现在……这又是怎么回事呢？

树生坐在饭桌前，看着有了些精神的母亲。他觉得现在的母亲跟几天前相比简直判若两人。他突然想起，谢郎中曾经偷偷告诉他，久病在床的人如果突然一下有了精神，应该不是好的征兆。树生想到这里心头兀地一沉，不禁又抬起眼偷偷看了一下母亲。

母亲似乎并没注意到树生的目光，仍在一针一线地缝补着手里的衣裳。

母亲忽然抬起头，又说，我是说，你如果想做什么事只管去做就是了。

树生的嘴张了一下，又张了一下，就慢慢低下头去。

母亲说，这件衣裳已经缝过了……你可以拿去穿了。

树生没敢抬头，做出用力吃饭的样子……

3

母亲并没有问过这件衣裳究竟是怎么回事。

三天前的那个晚上，树生从外面一瘸一拐地回来时浑身上下都是泥水，衣服也被山上的荆棘挂得破烂不堪。但他并没告诉母亲自己去了哪里。母亲也没有问，似乎树生出去的事她早已知道，只是心照不宣。其实树生是在前一天晚上才接到任务的。在那个晚上，部队上的小刘突然来找树生。小刘先将树生拉到崖下，然后告诉他，现在有一件很重要也相当危险的事情让他去做。小刘这样说过之后就问树生，你敢不敢去？

树生当时连想也没想，立刻点头说当然敢，怎么不敢。

树生经常去为部队做各种事情，因此小刘很信任他。十几天前，小刘曾让树生去瑞金给一个人送一封信。当时小刘叮嘱树生，现在瑞金已被敌人占领了，环境非常危险，这封信的内容很重要，因此即使送不到，也绝不能落到敌人手里。小刘并没有详细交代那个接信人的具体情况，只说他是个开药行的。但树生的心里很清楚，这一定是我们队伍留在瑞金的人。中央红军的主力撤离瑞金时，确实在那里留下了一些眼线，一来为监视敌人行动，二来也为接应一下尚未处理完毕的一些事宜。但树生并没有问小刘。他知道，不该自己问的事情是不能随便问的。他在那个下午来到瑞金，按着小刘交代给他的地址很顺利地就找到了那个药行，然后又找到了药行老板。药行老板是一个五十多岁的当地人，略微有些驼背，干黄的脸上两只眼睛一转一转的显得很亮。事后树生对小刘说，他当时没有任何依据，只看了这药行老板一眼立刻就断定他已经出事了，于是绝口没提来给他送信的事，只是问他这里最近有什么情况。这药行老板先是支吾了几句，然后就对树生说，快把东西拿出来吧。

树生眨一眨眼问他，什么东西。

药行老板说你来是给我送什么东西？

树生说没有什么东西，他只是来打听一下这边的情况。

药行老板一听就笑了，说不可能，现在城里这样紧，咱们的人让你冒这样大的风险跑来这里只是为了打听一下情况，谁能相信会有这样简单的事？树生到这时就越发肯定了自己的判断，于是当即决定，再跟他应付几句就赶紧想办法脱身。恰在这时有人来药行买药，树生便趁机大声说，好啦老板，你这里先忙，我有时间再来看你。说罢转身出门，一上街就一溜烟地跑走了。他刚刚跑出一段路，就听到身后乱起来。他很清楚，这时再想出城反而更加危险，于是便折身钻进一条只有一人多宽的窄巷，朝前走了一段，看准一家堆满杂物的阁楼就爬上去，蜷在一个角落里睡了一夜。直到第二天早晨，才出城回来了。树生这一趟虽然没有把信送到，但回来之后对小刘讲述了事情的经过，小刘还是夸奖他任务完成的很出色。小刘拍着树生的肩膀说，你现在已经可以称得上是很有经验的老交通了！

但这一次的情况不一样。小刘在这个晚上很严肃地对树生说。

树生问，怎么不一样？

小刘说，这次是一个很特殊的任务。

树生点点头说，你说吧，什么任务。

小刘说，而且，绝不能出任何差错。

树生说明白，保证不出差错就是了。

小刘这才告诉树生，现在于都县城也已经被敌人占领了，可是部队在那里买的十几斤盐还没有取回来。小刘对树生说，眼下部队的物资极为短缺，这十几斤盐不仅是食用，对伤员也很重要，所以虽然不多，也一定要想办法弄回来……

小刘说到这里就停住了，看一看树生。

树生立刻点点头说，明白了。

小刘又沉了一下，对树生说，你这一次去于都县城，恐怕比上次去瑞金还要危险，所以要有足够的心理准备，无论遇到什么情况都不要慌，先沉住气，不过……好在你是本地人，对城里和来回的路都很熟悉，一旦遇到意外处理起来也会方便一些。

树生说，你放心吧。

4

树生虽然很少去于都县城，但是对去县城的各条道路的确很熟悉。树生在那个早晨按照小刘的叮嘱，化装成一个年轻补锅匠的样子，就挑着担子去了县城。树生之所以化妆成补锅匠是准备了两手计划，第一个计划是，拿到食盐之后就放到补锅桃子的工具箱里，这样就可以神不知鬼不觉地挑回来。而如果情况不允许，就只有采取第二个计划，树生事先特意穿了两层裤子，而且已将这两层裤子的裤脚缝起来，如此一来这两层裤子实际上也就成了一个两条腿的口袋，只要将食盐装进去，再穿起来，从外面看就会不露一点痕迹。

于都县城果然戒备森严。街上很冷清，到处可以看到国民党的军队。树生很顺利地就在一个小货栈里找到要找的人。货栈老板是一个哑巴。树生跟哑巴老板接上头之后，哑巴老板立刻将那十几斤食盐取出来。但树生想一想，还是决定不将这些食盐放到补锅担子上，因为一旦遇到意外情况是不可能挑着担子跑的，所以只有将食盐放在自己的身上才最保险。于是他就采取了第二个计划，将这些食盐装进裤子的夹层里。但这样一来就又出现了一个新的问题，两条裤腿里不能放太多的盐，否则就像在腿上绑了两个沙袋，感觉很重，一旦遇到意外情况跑起来也不方便。于是树生就让小货栈的哑巴老板找出一块布，缝成一个细长的口袋，将一部分食盐装进去缠在腰上。这样外面再穿了衣裳便遮掩起来，也感觉很利落。

树生做好了这一切就挑着补锅担子从小货栈里出来。

他这时的心里虽然有些紧张，但表面还是做出坦然的样子。他很清楚，必须尽快离开县城，只要出了城门一走上进山的小路就安全了。但是，就在树生挑着担子走过一条街的拐角时，突然看到迎面过来几个头戴礼帽身穿黑布衫的人。树生的心里立刻一沉。他认出了其中的一个人。这个人姓黄，过去在县城也是做药材生意的，曾去小冲村为部队送过几次草药，所以树生见过他。但后来部队发现他送的草药质量很差，而且经常掺假，就不再跟他做生意了。树生没有想到会在这里碰到这个黄老板，再看一看他身边的那几个人，就已经明白了这个黄老板现在的身份。但此时再想躲避已经来不及，黄老板也已认出了树生，立刻朝这边紧走几步讪笑着说，这不是小冲村的……叫什么来着，树生是不是？

树生只好站住了，定定地看着黄老板。

黄老板走过来，眯起两眼上下打量了一下树生，然后嘻地一笑说，你这是演的哪一出啊？不是一直在村里种田么，几时又跑出来当起补锅匠啦？

树生仍然没说话，将补锅的担子倒到另一边的肩上。

这时黄老板旁边的几个人立刻都警觉地走过来，将树生围在当中。其中一个面皮白皙的瘦长脸围着树生转了一遭，又转了一遭，不停地上下打量着他。

就这样看了一阵，回过头去问黄老板，这是怎么回事？

黄老板笑着说，这可是小冲村整天跟着红军跑的人呢！

一边这样说着，又伸手很亲热地拍了一下树生的肩膀。

你应该还是红属吧？你爸不是也去当了红军么？

几个黑衫人立刻都从腰里拔出手枪，指着树生。

瘦长脸哦的一声，微微点了一下头说，是这样。

树生脸上没有表情，心里却在迅速地想着主意。

瘦长脸又歪了一下头，对树生说，跟我们走吧。

树生看看面前的这个人，又回过头去问黄老板，去哪？

黄老板仍然是一脸的讪笑，他说，去哪你还不知道吗？

树生说，我……不过是来县城补锅的。

黄老板立刻阴阳怪气地说，是啊是啊，你是来补锅的。

树生问，我补锅……也犯法么？

黄老板说补锅当然不犯法，可是你补锅就犯法啦。

为什么？

为什么，你这是在明知故问么？

这时，瘦长脸又将手里的枪挑了一下说，别啰唆了。

旁边的几个人也催促道，快走吧！

树生没办法，只好挑起担子跟着这几个人朝前走去。

这时树生的心里已经打定主意，无论如何也不能这样跟着他们走，倘若到了他们要去的地方，又被搜出装在裤腿里和缠在腰上的食盐，那后果就不堪设想了。

他咬一咬牙，把心一横想，绝不能就这样被他们捉住。

他这时是被夹在中间，黄老板在左，那个面皮白皙的瘦长脸在右，前面和后面也各有一个人。树生偷眼朝四周看一看，前面已经来到一个不起眼的巷子口。树生知道这个巷子叫铜锣巷，他过去来县城办事，曾经常走这条巷子。这是一条“四”字形的巷子，两边还各有一条小巷，跟这条巷子形成了一个复杂的“川”字，因此里面纵横交错，不熟悉的人一旦进去就很难再转出来。于是，树生看准一个机会，似乎要将补锅担子换一下肩。但就在他把担子横过来的一瞬，突然将扁担猛地一甩。挑在前面的工具箱一下子飞起来重重地打在前面那个人的腿上。那个人的两条腿很细，也很长，看上去像一只仙鹤，工具箱这样打到腿上立刻发出叭嚓一声。他没有防备，登时被打得趔趄了一下险些栽到地上。而此时挑在后面的火炉则刚好撞到后面那个人的腰上。火炉哗啦一下掉到了地上，炉膛里的火炭撒落出来溅到那个人的腿上和脚上。那个人立刻被烫得嗷儿地叫了一声就蹦起来。也就在这时，树生又将肩上的担子用力转了几遭，那几个人立刻被打得晕头转向，而树生则趁这个机会扔下扁担拔脚朝前面的铜锣巷里跑去。待黄老板和那个面皮白皙的瘦长脸回过神，再从后面追上来，树生就已经跑进了巷子。但树生的腿上和腰上毕竟带着十几斤食盐，跑起来很不方便，而那个面皮白皙的瘦长脸腿脚也很快，所以紧跑了几步就跟上来。树生听到身后的声音刚要再加快脚步，这瘦长脸突然从后面伸手一把抓住了他的后衣襟。

树生用力挣了一下，没有挣脱。

这时树生真的急了。他的心里很清楚，不管怎样也不能让这几个人捉住，自己丢了性命事小，如果丢了缠在身上的食盐损失就大了。他想到这里一咬牙，用力朝前猛地一扑，只听嘶啦一声，他的后衣襟就被那个面皮白皙的瘦长脸扯下去一块。树生随之朝前腾腾地抢了几步，借着这个机会跑到前面的巷子口折身拐进去，接着又窜进另一个巷子，跑了一段再拐一下又折回来，重新从另一条窄巷绕进铜锣巷。

就这样，很快将身后的几个人甩开了。

树生再从巷子里出来时就听到了枪响。街上已经大乱起来。树生知道必须尽快离开县城，否则再迟就出不去了。于是折身拐上一条僻静的小街，然后就径直朝城外跑去……

树生直到出了县城，跑上一条进山的小路心里才稍稍舒出一口气。

他这时才顾上看一看自己身上的食盐。食盐安然无恙，两条裤腿好好的，布袋也很结实地牢牢缠在腰上。但他忽然觉得后背有些发冷，伸手摸一摸，再回头看一看，才发现后衣襟已经被扯去了大半截，只还剩下两个前襟一甩一甩地耷拉着。树生的心里一阵庆幸。这件衣服还是父亲当初留下的，已经穿了很多年，虽然有些破烂，但也正因为这破烂自己才得以逃脱。树生正这样想着，突然又听到身后响起一阵砰砰的乱枪。

他立刻意识到，是那些人从后面追出城来。

树生迅速想了一下，这条山路虽然很窄，但比较平坦，倘若继续沿着这条路往前跑用不了多远就会被后面的人追上。于是他朝路旁的山坡看了看，便连忙折身朝下面的山谷跑去。他知道，在这条山谷底下还有一条更窄的小路，沿着这条小路绕过几道山梁，再穿过一片樟树林同样也可以回小冲村。但是山坡很陡，又接连下了几天雨，坡上的青草和石头都已经湿漉漉的。突然，他脚下一滑，身体晃了晃就顺着山坡滚下去……

5

树生在这个黄昏吃过晚饭，突然感到心神不定。

山坳里远远地传来演戏的锣鼓声。这锣鼓声紧一阵慢一阵，敲得他有些坐立不安。他偷眼看一看母亲。母亲一直坐在桌前静静地看着他，目光虽然像清澈的潭水，却似乎能看透他的心思。于是，他鼓起勇气已经到嘴边的话又咽了回去。

他在心里想，还是……不要对母亲说吧。

树生知道，如果在这个时候对母亲说出自己的想法，母亲一定会更伤心的。母亲的心里一定还在为父亲的牺牲难过，虽然嘴上没说一个字，但树生和道，这是母亲多年的习惯。在树生的记忆中，母亲似乎从来没有因为什么开心的事情放声大笑过，也没有因为什么特别难过的事情失声痛哭过。她无论遇到什么事，从表面看去永远是那样的平静。

这时，母亲忽然站起来，似乎想对他说什么，但只站了一下，身体晃了晃就又坐下去。树生发现母亲的脸色更加苍白，嘴唇微微颤抖着，额上也浸出一些细汗。

他连忙过来扶住母亲问，您……是不是又感觉不舒服？

母亲看看树生，脸上用力拧出一些笑意。

她说，我没事的，你……该去部队上了。

去……部队？

是啊，你不是想去找小刘么？

我……找小刘？

母亲没再说话，只是一下一下地看着他。

树生又仔细想了一下，还是没有想起自己什么时候告诉过母亲，要去部队找小刘。其实小刘平时无论有什么事，每一次来崖上找树生都是将他叫到外面去说话的。树生从这一点就看出，小刘虽然和自己一样年轻，但毕竟在部队锻炼了几年，所以非常成熟也善解人意。尤其树生的父亲牺牲以后，小刘似乎更少来找树生。树生为此曾几次跟小刘说，如果部队上有什么要他办的事情只管来找他，他相信，就是父亲在天有灵，也会希望他这样做的。

这时，母亲又用手轻轻推了树生一下，说，你……快去吧。

树生看了母亲一眼，又看了一眼，就转身从家里走出来。

忽然，母亲又在屋里叫了一声。

树生站住了，回过头。

母亲慢慢从桌旁站起来，看着树生。

树生感觉到了，母亲似乎想说什么。

他问，你……还有什么事吗？

母亲眯起眼，慈爱地看着儿子。

她这样看了一阵，挥挥手说，去吧……你去吧。

树生又看了一下母亲，就转身朝石崖下面走去。

树生感觉到了，母亲今天有些异样。神色好像也怪怪的。他怎么也想不明白，母亲已经病得在床上躺了这样久，甚至连说话也已经很费力，这一晚怎么会突然起来了呢？而且看上去也似乎有了一些精神，甚至还为自己做了晚饭？

树生的心里忽然有些不踏实起来。

树生没有立刻去坳里找小刘。他想了一下，还是决定先去找春花，因为他很清楚，自己想好的计划必须先跟春花商量，只有得到春花的应允才可以去实施。

春花的家是在对面的山坡上。

春花的父亲是一个石匠，所以春花家里造的房子几乎是一座石屋，三间连在一起，虽然有些低矮但看上去非常坚固。春花其实叫王桂春花。在赣南一带的风俗，孩子落生以后，如果父母觉得这孩子体弱难养，就为他认一座庙，或一棵树，如此一来孩子的一生也就有了稳妥的依靠。比如树生，就叫李樟树生，住在坳里的长生，叫常土长生，而常土长生的女人叫田观音妹等等。春花当年是难产，她母亲生她时整整生了两天，所以春花一生下来她母亲就死了。春花的父亲看着这个猫一样小的孩子，就为她认了门前的桂花树。那是一棵非常茂盛的桂花树，每到桂花开放的季节，会香满整个山谷。

于是，春花的父亲就为她取名叫王桂春花。

树生和春花是从小在一起长大的，两个人一起上山采药，一起下塘捉鱼，彼此之间从没有说过什么，似乎也不用说什么，好像到了一定的年龄自然就会到一起。春花没有母亲，所以从小就长在树生的家里，有的时候晚了索性就住在这边，无论有了什么事也都偷偷地跟树生的母亲说一说。树生的母亲也把春花当成自己的女儿看，各样事都对她很细心地照顾。春花毕竟是女孩家，渐渐大起来就不再像小的时候整天跟树生缠在一起，但是对树生的关心和体贴又多了几分女人的细致。这让树生的心里感觉温暖，也更踏实。

6

树生走上对面的山坡时，看到春花家的窗子是黑黑的。

树生这时才意识到，春花应该去坳里看戏了。春花跟部队上一个姓兰的小女战士很要好。这个姓兰的小女战士是报务员，长着两只很大的眼睛，而且很亮。据春花说，她的十根手指细长细长的，看上去非常灵巧。小兰战士是兴国人，兴国人的口音很好听，小兰战士的嗓音又很好，所以她说起话来给人的感觉就很悦耳。她曾对春花说过，她的家里已经什么人都没有了，父亲母亲叔叔伯伯和婶婶都出来当了红军，而且她的父亲和伯伯是在中央红军。小兰战士每说起这些时就显得很自豪。春花经常和小兰战士凑在一起叽叽咕咕，或是跑到山坡上去采草药。春花的父亲虽然是一个石匠，但对生长在山上的各种草药很在行，平时他们父女偶尔生病，或打石头时不小心碰些皮外伤，从来不请郎中，自己上山采一些草药就可以医治。春花从小跟着父亲学会了识别草药的本领，也能用草药为人治一治病。所以，她没事的时候就经常带着小兰战士上山去，为部队的卫生队采一些止痛或止血的草药回来。树生已经看到了，春花这几天一直和小兰在一起，两人嘀嘀咕咕不知在商量什么事情。因此他想，春花这个时候一定又跑去山坳里找小兰战士了。

树生这样想着就转身朝山下走去。

他想到山坳里演戏的地方去找春花。但就在这时，他看到许叶芳正朝山坡上走来。许叶芳是小冲村的妇女主任，也是春花的继母。许叶芳的皮肤有些黑，但长得很好看，下巴尖尖的，嘴角翘翘的，两个眼睛也很大，一看就是一个精明强干的女人。她虽然已经快四十岁，但看上去仍很年轻，走路的样子像一阵风，一副妇女干部的样子。

许叶芳过去是结过婚的。她男人是一个赤红脸的杀猪汉子，生得粗粗壮壮一副硬实身板，姓石，村里人都叫他石大头。一年多以前部队上要扩充新生力量，叫“扩红”，小冲村的许多年轻人都去参军了，许叶芳回到家里就对自己的男人石大头说，我这个村里的妇女主任，每天出去做的就是扩红工作，可我在外面搞扩红，自己的男人却窝在家里不去参军，这让村里人看了实在说不过去。所以……许叶芳对男人说，你也去部队参军吧。石大头听了起初不太愿意。他向许叶芳表白说，自己并不是不想去参军，而是舍不得许叶芳。他涎着脸对许叶芳说，他这几年已经养成了一个习惯，晚上睡觉如果不搂着许叶芳就睡不着，这许叶芳应该是知道的，可是……如果到部队上去就只能一个人睡了，他沮丧地说，这让他怎么受得了。许叶芳听了就耐心地对男人说，睡觉又不是一天两天的事，要想睡可以睡一辈子呢，你先去参军，等革命胜利了回来，我白天晚上什么事都不干，只让你搂着睡觉。

于是，石大头搂着许叶芳狠狠地睡了一天一夜，然后就去部队参军了。

许叶芳送走男人的几个月之后，就有消息传回来，说是石大头已在前方牺牲了。但并未接到阵亡通知，所以许叶芳怎么也不肯相信。这时许叶芳正在家里照顾一个伤员。这个伤员是在一次很残酷的战役中负伤的，当时前胸已被炸烂了，人也奄奄一息。许叶芳将这个伤员抬回家来，放到自己的床上，白天仍去村里忙工作，晚上回来就用草药熬成的汤水一点一点为他清洗伤口，还去山里想办法弄一些野物回来为他补养身体。就这样，这个伤员渐渐地竟缓过来，不仅伤口一点一点痊愈，人也开始有了一些精神。许叶芳直到这时才发现，这竟然是一个很英俊的男人，生得浓眉大眼，身板也方方正正，一说话似乎还有几分羞涩。他虽然伤已痊愈，但胸前已经少了几根肋骨，显然不能再回部队去了。于是，他就一直住在许叶芳的家里，每天去村里收草药，或是帮着许叶芳做各种工作，晚上就和许叶芳一起为部队的战士打草鞋。许叶芳从这个男人的口中得知，他是湖北人，老家也是住在深山里，因此对山村的生活很熟悉。他告诉许叶芳，他在家时曾是一个泥瓦匠，因此对盖房造屋一类的事很在行。许叶芳很快发现，这男人果然很能干，没多久就帮她将屋里屋外收拾得清清爽爽。

一天夜里，外面下着雨。这男人从床上爬起来，一步一步走到许叶芳的跟前。许叶芳还一直是让这男人睡在自己的床上，自己则在外面的屋里搭了一个小铺，她说男人的伤还没有完全好，不能受凉，更不能受潮。这男人在这个夜里来到许叶芳睡觉的小铺跟前，似乎有些迟疑，他先是站了一阵，然后才轻声对她说，你……睡着吗？

这时许叶芳听到男人起来的动静，已经醒了。

但她躺着没动，只是问，什么事？

男人说，你……去屋里的床上睡吧。

许叶芳沉了一下，问，为什么？

男人说，以后，我们就这样睡吧。

许叶芳躺在小铺上，没有说话。

男人又说，我家里……已经没有人了。

这男人曾对许叶芳说过，他的父母都已经不在了，又从没有成过亲，所以家里只是他一个人。许叶芳躺在床上又沉默了一阵，仍然没有说话。

这男人又说，我……没有别的意思，我是说……

许叶芳说，我知道……你是一个好人，可是……

男人立刻问，可是……什么?

许叶芳说，我……有男人。

你……有男人?

他正在前方打仗。

男人哦一声说，我听说了，可是他，已经牺牲了。

不，许叶芳立刻说，他没有牺牲，他还活着。

男人就不再争辩了。

许叶芳又说，他还在前方打仗，我怎么能不等他呢?

男人张张嘴，轻轻叹息一声。

许叶芳在小铺上微微动了一下，说，你现在身体已经这样，再回部队恐怕是不行了，你……还是回湖北老家去吧，在家里……也一样可以干革命工作的。

男人没再说什么，只是摇摇头就回到床上去继续睡了。

第二天一早，他就告别许叶芳回湖北老家去了……

7

许叶芳的男人石大头真的牺牲了。

那个湖北籍的伤员走后没多久，许叶芳就接到了男人石大头牺牲的阵亡通知。据说石大头在一次战斗中表现得很英勇，将子弹打光了，就从腰里拔出牛耳尖刀冲向敌人。这把牛耳尖刀有一尺多长，两寸多宽，是他在村里时专门用来杀猪的，已经用了十几年，因此非常的锋利，也非常的应手。当时石大头挥舞着这把牛耳尖刀冲进敌群里，如同砍削竹子一样，每挥一下就砍倒一片敌人。他看上去非常的着急，似乎想尽快杀光敌人好回家去搂着自已的女人许叶芳睡觉。敌人就这样在他的面前一个接一个地倒下去。但就在这时，突然一颗子弹飞过来，准准地打进他的眉心。他先是愣了一下，好像想起什么事情，然后慢慢转过身，朝着自己的家乡小冲村的方向看了一眼，又看了一眼，就像一块石碑一样沉重地倒下去……

许叶芳听了自己男人石大头牺牲的经过已经泪流满面。但是，她只是喃喃地说了一句谁都没有听懂的话，擦一擦眼泪，就又转身忙着扩红去了。

那个时候许叶芳正在试图动员春花的父亲王石匠去参加红军。当时王石匠很忙，一直在山后的一个岈口凿一个岩洞。这个岩洞原本是天然形成的，洞口很小，而且掩在一片灌木丛的后面，所以非常隐蔽。部队原打算利用这个岩洞让一些伤员住进去，但是洞里很浅，空间也很小，于是就让王石匠开凿一下，将里面的空间再扩大一些。许叶芳已经来找王石匠谈过几次，但王石匠始终不说同意，也不说不同意，只是埋头不停地凿石头。后来实在被许叶芳问急了，就只说一句话，我在这里凿岩洞，也一样是为部队做事情。

许叶芳说，可是，去部队参军打敌人是更大的事情。

王石匠一听就又不说话了。

许叶芳说，你在村里的表现一向是很积极的。

王石匠问，如果我去参军了，谁还在这里凿石头？

许叶芳就耐心地对王石匠说，你在这里凿岩洞固然意义重大，可是扩红工作意义更重大，现在部队上正需要补充新生力量，你这样的积极分子道理是应该都懂的，我就不用再细讲了，你如果有什么困难可以提出来，只要是村里能办到的，一定会尽力帮你解决。

王石匠看一眼许叶芳，就又埋下头去凿石头。

许叶芳忽然说，我知道你心里是怎样想的。

王石匠停下手，问，我是……怎样想的？

许叶芳说，你是不放心春花，对不对？

王石匠没有说话。

许叶芳说，你只管放心走，春花有我照顾。

王石头慢慢抬起头，你……照顾？

怎么，我照顾不行吗？

王石匠沉了一下，就扔下手里的工具站起来，走到岩洞口背对着许叶芳说，你说对了，道理我都懂，我……不是不想去参军，只是……只是……

许叶芳问，只是什么？

王石匠慢慢转过身来，把两眼垂下去说，春花她妈……死得早，我已经十几年……没有女人了，参军打仗我是不怕死的，只是……这样死了……不甘心……

许叶芳慢慢睁大眼，看着王石匠。

她就这样看了一阵，然后问，如果，我跟你结婚呢？

王石匠显然没有想到许叶芳竟然会这样说，一下愣住了，回头看看许叶芳有些不知所措。许叶芳又平静地说，我在问你，如果我跟你结婚，你会不会去参军呢？

王石匠喃喃地说，石大头……已经死了。

许叶芳点点头说，是啊……他已经死了。

王石匠问，你不怕……我也会死在外面？

许叶芳浅浅地笑了一下，说，我已经送走过一个男人，不怕再送走一个。

就在这天晚上，许叶芳真的跟王石匠成亲了。没有举行任何仪式，许叶芳只是将自己的铺盖搬过来，然后两人一起喝了一碗谷烧水酒，就上床睡觉了。两天以后，王石匠就到部队上去了。王石匠临走对许叶芳说，我走以后，这个家和春花就都交给你了。

许叶芳看着王石匠，忽然哭了。

她说，我等你回来，你可一定要回来啊，不要……不要再让我等到一张纸。王石匠朝许叶芳的身上看了看说，放心吧，我一定回来，我回来还要……

王石匠没有再说下去，一转身就大步地走了。

但是，几个月之后，许叶芳还是等来了王石匠的一张纸。在这个晚上，许叶芳捏着王石匠的这张纸和春花一起呆呆地坐在黑暗里，两个人只是默默地流泪。

她们就这样坐了一夜……

8

许叶芳沿着石阶朝山坡上走来时，也看到了树生。

许叶芳显然是刚从村里回来，怀里还抱着一堆刚刚收来的草鞋。这一阵部队突然需要大量物资，所以许叶芳一直在村里奔忙，去各家各户收草鞋，收粮食和菜干。她看到树生正站在坡上的石屋门前踟蹰，就笑了一下问，你怎么在这里？找春花么？

树生点点头，说是。

许叶芳说，她去坳里了。

树生哦一声，就朝山坡下面走去。

这时，许叶芳忽然又在后面叫了一声。

树生站住了，回头看看许叶芳问，什么事？

许叶芳似乎想对树生说什么，但想了想，又摇摇头。

树生很认真地看看许叶芳。

许叶芳迟疑了一下，冲树生笑笑说，没……没事了。

树生又看一眼许叶芳，就转身朝坡下的山坳里走去。

树生知道，许叶芳中午刚刚去过常土长生的家里。常土长生的那张纸也送回来了。同样是一张粗糙发黄的草纸，上面也写了同样的内容。常土长生是在一次渡江战役中牺牲的。那场战役打得异常惨烈。其实当时常土长生已经渡过江去了，但他是班长，他为了抢救在水里负伤的战友又朝江里游回来。然而就在他将战友拉上岸时，自己的胸口却中了一枪，就这样顺着江水漂走了，尸体也没有留下。常土长生的女人田观音妹正在奶孩子，听了这个消息没说任何话，两眼朝上一翻就向后挺过去，正在吃奶的孩子也从她的手里滑落下来，幸好许叶芳手疾眼快，连忙扑过去一手扶住她，另一只手接住那个孩子。待许叶芳和一起来的人将田观音妹抬到床上去，田观音妹醒过来只“啊——”地叫了一声，就又昏过去了。许叶芳见田观音妹有这样小的孩子，怕出意外，一个下午一直守在她的家里。后来田观音妹就清醒过来。她醒来之后只是不停地揉着自己的两只乳房，几乎将白皙的皮肤揉得吱吱作响。

许叶芳问她这是做什么。

田观音妹面无表情地说，她一定不能让奶水回去，她要让孩子吃饱，好快快长大。

田观音妹咬着牙说，等孩子长大了，还让他去当红军。

许叶芳听了田观音妹的话，突然一下泪流满面。

她说，好妹子，你……说的好啊……

田观音妹就这样为孩子取了名字，她说叫常红阿壮。许叶芳听到这名字里有一个红字，就明白了其中的含义。但田观音妹还是为她解释说，她要让这孩子将来不仅跟着红军走，还要身体强壮。她说，他的爸爸常土长生在这山里种了一辈子田，身体却很弱，所以一直希望自己能养出一个身体强壮的儿子，只有强壮了身体，才好去打仗。

许叶芳听了一边流泪，连连点头……

这时又飘起了细雨。树生感觉到，湿冷的雨雾打到脸上，似乎渗进皮肤，从身体里觉出一丝凉意。山坳那边却已是灯火通明。锣鼓声歌声和悠扬的乐器声一阵阵传来，在山间的夜空里回荡着。树生忽然觉得这鼓乐声像一把火，烧得心里轰地一下热起来。这一场大戏已经连续演了三天两夜，这时听上去仍然是那样的亢奋。但是，树生知道，在这场演出的背后还有一件更重大的事情，小冲村里恐怕没有几个人清楚。三天前，当树生浑身泥水地从于都县城取回那十几斤食盐，来到部队交给小刘时，小刘看到他的样子先是吃了一惊，连忙问他发生了什么事。树生只是简单地将在县城遇到的情况对小刘说了一下。小刘听了很感动，用手拍了拍树生的肩膀说，你辛苦了，可以想象得出来，你这一路不仅危险，也很艰难。

树生若无其事地笑一笑说，这倒没什么。

小刘又很真诚地说，我真的没有看错人！

小刘这样说罢，忽然又用异样的目光看看树生。

树生立刻感觉到了，小刘一定是还有什么更重要的事情要对自己说。果然，小刘朝身边看了看，就将树生拉到屋外，两人一起来到后面的一片竹林里。

树生问，还有什么事吗？

小刘的表情一下严肃起来，对树生说，我要跟你说一件很重要的事。

树生问，什么事？

小刘沉一下，说，你听清了，我跟你说的话，不能再告诉别人。

树生看着小刘，郑重地点头说，你放心吧，我不会告诉任何人。

小刘嗯一声，这才说，你不是早对我说过，想到部队上来吗？

树生听了立刻点点头，说是。

小刘说，好吧，我现在就告诉你，你这一次取回的这些食盐不仅是用于伤员，其实还有更大的用途，部队马上就要转移了，大约三天以后，现在正做物资上的准备。

树生问，什么准备？

小刘说，筹集该带的物资，处理留下的物资，有的就地掩埋，还有的要沉到水塘，另外，现在敌人已经占领了几十里外的于都县城，形势非常危急，为了不暴露我们部队的行动意图，这几天还要在这里连续演几天戏，一来为了迷惑敌人，二来也向当地群众做一次最后的告别，这里的群众……对我们真是太好了，我们……真舍不得离开这里。

小刘这样说着就有些动情，眼圈湿润了，斯文的脸上也微微红起来。

他看一眼树生，又说，你如果想跟我们走，就赶紧做准备吧。

树生听了没有说话，只是点点头。

9

此时，树生的心里忽然又有些犹豫起来。

如果自己这一次真的走了，母亲怎么办？

其实树生一直想去参军的。当初父亲走时，他就下定决心要跟父亲一起走。那一次他已经做好了一切准备，也跟春花道过别。那是在临出发的前一天晚上，树生来到山坡上的石屋门前，将春花叫出来。这是树生第一次看到春花流泪。春花将自己做好的一双布鞋塞到树生的手里。树生感觉到，这双布鞋的鞋底硬硬的，鞋帮也非常厚实，而且鞋里还垫了一层柔软的棉花。树生拿着这双鞋就似乎看到了春花在做这双鞋时的样子。

春花脸上挂的泪在夜晚的黑暗里一闪一闪的。

她伏在树生的耳边说，你可一定要回来啊，不要像……我爸……

树生的心里一阵难过，但还是硬硬地点了一下头。

他说会的，我一定会回来。

春花又说，你们走了，家里的事只管放心，有我呢。

树生感觉到，春花在自己耳边说话时，嘴里吹出的热气痒痒的。他忍不住伸手在春花的身上抚摸了一下。他第一次知道，春花的身上竟是这样柔软……

但让树生没有想到的是，第二天早晨，就在临出发前，父亲竟还是让他留下了。当时父亲正在和村里的常土长生抬着一只很大的木箱准备放到一匹枣红马的马背上去。常土长生也是这一次准备和父亲一起走，所以脸上洋溢着兴奋的喜气。常土长生的女人田观音妹则挺着大肚子两眼红红的站在一边，一声不响地看着自己的男人。这时父亲回头看到了树生，就过来将他拉到一边。父亲说，他认真考虑过了，还是让树生留下来照顾生病的母亲。父亲对他说，如果我们都走了，母亲一个人在家里怎么办呢？这样我们在外面打仗能安心吗？

父亲拍着树生的肩膀安慰他说，你只管留下来吧，好好照顾母亲。

可是……

树长涨红着脸想争辩。

父亲又在他的后背拍了一下说，你要打的仗，父亲一起为你打出来就是了！

父亲这样说罢，不容树生再说什么就转身和常土长生一起拉着马走了。树生跟在父亲的身后，就这样送了一程又一程。他希望父亲能改变主意。但是，父亲最后还是对他说，不要再送了，你回吧，以后母亲和家里的事就全交给你了……

也就是在这一次，树生才真正知道了春花的性格。

在那一天的中午，当春花看到在最后一刻留下来的树生时，只是鄙夷地哼了一声。她当时正背着一捆柴从山上下来，她只瞥了树生一眼就从他的身边绕过去。树生连忙朝她追过来，跟在后面解释说不是的，不是像她想象的那样的，他并不是贪生怕死，也不是临阵逃脱，是父亲，父亲一定要让他留下来照顾母亲。树生追在春花的身后说，他的母亲病得很重，这春花应该是知道的，如果他和父亲都走了，留下母亲就只有等死。

树生说到这里，春花突然站住了。

春花慢慢转过身说，可是我呢，我不会帮你照顾吗？

树生一下被春花问得愣住了。

春花又说，村里的常土长生怎么能去呢？他的女人还有几天就要生了，她那样大的肚子还去送他，难道常土长生就不怕自己的女人生了孩子没人照顾吗？

树生张张嘴，越发说不出话来。

春花的脾气一向倔强得像男人。她将身上背的木柴慢慢放到地上，从中抽出一根，两手用力一撅，嘎巴一声，就将这根拇指粗细的树枝撅成了两截。她又看了树生一眼，将两截树枝用力扔到地上。树生刚要再说什么，她却已经背上木柴沿着山路朝前走去……

10

小刘的话让树生感到既兴奋，又有些忐忑。

树生又想起父亲当初临走前对自己说过的话。父亲叮嘱他要照顾好母亲。树生想，现在父亲已经牺牲了，如果自己也走了，再在外面有个三长两短，留下母亲一个人可怎样活下去呢？倘若母亲真的出了什么意外，自己又怎么对得起死去的父亲呢？

他想，将来自己就是真在那边见到了父亲，又怎样向他交代呢？

但是，树生这一次已经下定决心要跟部队走了。他知道，既然部队很快就要离开这里，这也就是最后的机会了。所以，树生想到了春花。树生想起春花曾对自己说过的话，她说，如果自己走了，她可以帮着照看母亲。虽然这一段时间里，春花还一直对树生不理不睬，但树生是了解春花的，他知道，如果自己向春花提出来，她一定会答应的。

树生忽然想，或者……自己临走前索性先跟春花成了亲？

如果这样……春花今后再照顾母亲也就更加名正言顺了？

树生觉得，这件事还是要跟春花商量一下。

树生这样想着就加快脚步朝山坳里走来。忽然，他看到山路上远远地有一个人影。这人影看上去似乎并不是年轻人，但腿脚很轻快，三步两步就朝山坡上面走来。待走到近前树生又仔细看了看，才认出竟是村里的谢郎中。这时的谢郎中跟几天前相比简直就像换了一个人，两绺墨黑的胡须刮掉了，头发也剪短了，好像一下年轻起来，人也精神起来。树生立刻想起，就在前一天，小刘刚刚对他说过，他正在试图动员谢郎中也跟部队走。谢郎中毕竟有很高的医术，而且熟谙山上的各种草药，这对部队来说很重要，如果能让他到部队来，也就等于带了一个中草药的宝库。但谢郎中却始终有些犹豫。他对小刘说，他的家里世世代代都是行医的，从没有人当过兵，如果从自己这一辈改换了门风，就不知祖宗的在天之灵会不会答应。小刘立刻耐心地为他讲解，说他现在要当的兵并不是一般意义的兵，而是穷人自己的兵。小刘说，咱们这一带成为苏区之后，所有的事情你都是亲眼见到的，这个军队是不是咱们老百姓自己的军队？所以，你如果真到这样的军队里当兵，你的祖宗先人不仅不会反对，还一定会为你高兴呢。谢郎中正是听了小刘这样的话，才开始动心了。这时，树生一看谢郎中兴奋的样子心里就明白了。谢郎中只是跟树生匆匆打了一个招呼就走过去了。

树生看着他的背影，心里真有几分羡慕。

树生在朝山坳这边走着的路上，经过一片水塘时，看到一些部队上的战士正在黑暗中忙碌着。树生知道，他们是在掩埋不能带走的物资，一些无线电发报机和发电机都已被拆成零件用油纸包起来，再装进木箱埋到坑里，没有炮弹的迫击炮也被沉进水塘。树生曾听小刘说过，这一次部队转移要轻装，所以必须处理掉一切不好带的辎重。

雨又不知不觉地下起来，而且似乎越来越大。

演出的锣鼓声，乐器声和歌声越来越清晰了。

树生拐过一个山脚，来到了这一片山坳。尽管树生知道，小冲村和附近村庄的人们都赶来这里看戏了，但这里的情形还是让他大感意外。这是一个不大的山坳，坳里和三面山坡上站满了黑压压的村民。大家站在雨中，都伸着头兴致盎然地看着前面台上的演出。那个台子是临时搭起来的，很多人将自己家的门板卸下送来，还有人送来原木，所以台子搭得很结实。舞台的上面有一个简单的棚子，可以勉强为表演的演员遮雨。台上很亮，几盏很大的汽灯挂在台两边的柱子上，还插了许多的松明子。那些松明子都像火把一样熊熊燃烧着，雨水落上去，不时发出咝咝的声响，火焰也随之跳动着似乎更旺地燃烧起来。

这时舞台上正在表演舞剧《突火阵》，几个身穿灰色军装的男女演员在台上随着音乐跳着，舞着……他们表演得很认真，也很投入，眉宇间闪烁着悲壮，看上去充满激情。他们有力的双脚踏在舞台上，将台子踏得像战鼓一样咚咚作响……

接着，一个很斯文的小战士拎着一把形状有些奇怪的乐器走上台去，他先向台下的观众敬了一个端正的军礼，然后就开始演奏起来。树生立刻认出来，这个小战士就是小刘。小刘的脸被舞台上的灯火映得有些红润，两只湿润的眼睛也显得很亮，眸子随着摇曳的松明子在雨中一闪一闪。树生想起来了，小刘曾经告诉过他，他手里拿的那个乐器叫小提琴，这是一种从遥远的国度传来的乐器，树生曾经听小刘在山里拉过，声音非常悦耳。小刘在台上先是拉了一支激昂的《马赛曲》，接着又拉了几首当时在赣南很流行的红军歌曲，然后就放下小提琴，又从军装的衣兜里掏出一只亮闪闪的口琴吹起来。树生还是第一次听到小刘吹口琴。他没有想到小刘竟然吹得这样好，似乎他手里的那只口琴里灌满了水，有一种涓涓流淌的声音。树生在台下看着想，将来等自己到了部队上，一定要跟小刘学会吹口琴。

小刘终于表演完了，又举手敬了一个军礼就跳下台去。

台下的观众立刻爆起一阵热烈的掌声和欢呼声。

树生在人群里挤了一阵，终于挤到舞台的一侧。这时刚好看到小刘满脸通红地从台子那边走过来。树生连忙迎上去，很真诚地对小刘说，你表演的真好！

小刘有些不好意思地说，不不，他们大家……表演得更好。

树生说，你那只口琴，吹得太好听了！

小刘说，以后有了机会，我一定教你。

小刘忽然想起来，将树生拉到一边低声问，你都准备好了？

树生吭哧了一下说，嗯……我……

小刘看看他问，怎么，有什么事吗？

树生说，没什么事，只是……我的家里……

小刘立刻明白了，点点头说，是啊，你走了，你母亲怎么办呢？

树生慢慢低下头，没有说话。

小刘想一想说，不行你就不要走了，留下来也一样可以工作，等部队和机关撤走了，这里的形势会更加严峻，所以，地方武装也很需要人手。

树生立刻说，不，我一定要走……

他这样说着，忽然停住了，两只眼睛朝远处看去。

小刘说，我劝你还是考虑清楚，部队天亮之前就要出发了。

树生点点头，说好吧。

他说着就朝前面挤去……

11

树生已经看到了春花。

春花正在舞台一侧的一个角落里帮着小兰战士化妆。小兰战士显然是要上台去演话剧，脸上涂了胭脂和口红，还涂抹了一些油彩。春花一边用手掌帮着小兰战士将脸颊上的胭脂抚匀，一边不知说着什么，然后两人就一起咯咯地笑起来。

树生先是在黑暗处站了一阵，然后就朝春花走过来。

他声音不大的朝春花叫了一声。

春花似乎没有听见，仍然用手掌在小兰战士的脸颊上一下一下地抚着。树生稍稍提高了一点声音，又叫了一声。小兰战士嘻地笑了，冲着春花朝她身后挑挑下巴，又使了个眼色。春花这才停下手，慢慢回过头。她显然已经听到了树生在叫自己，

她淡淡地问，有事吗？

树生一下有些局促起来，吭哧了一下说，我想……跟你说件事。

春花问，现在？

树生说，现在。

春花说，你说吧。

树生朝身边看了看，又看一眼小兰战士说，在……这里说？

春花眨眨眼问，怎么，在这里不能说吗？

树生说，还是……还是到那边去说吧。

春花又朝树生看一眼，说，好吧，我也正想找你。

春花这样说罢，又跟小兰战士低声说了几句什么，就朝树生这边走过来。树生伸手指一指前面不远的地方，春花就和他一起朝这边的僻静角落走来。

春花的脸色仍然有些冷，她问，你要跟我说什么？

树生说，你不是说……也正要找我吗？你先说。

春花说不，还是你先说。

树生点点头说，好……好吧。

树生看着春花，沉了一下说，我……这次真的要走了。

春花立刻睁大眼问，去哪儿？

树生说，跟部队走，去参军。

春花的嘴动了一下，似乎要说什么，但没有说出来。

树生又说，所以……我来找你，是想跟你商量件事。

春花瞥一眼树生，低下头说，我知道你要说什么事。

树生立刻问，你……同意了？

春花慢慢垂下眼，沉了一下才抬起头说，这也正是……我要跟你说的。

树生问，什么？

春花说，我……也要走了。

你……也走？去哪儿？

和你一样，跟部队走。

跟部队走？

今夜就走。

树生就不再说话了。他已经明白，春花显然也已经知道了今晚将要发生的事情。

春花又说，所以……我不能帮你了……

春花这样说着，眼里又闪出了泪光……

12

树生感觉自己的头脑中一片空白。

舞台上的演员还在表演着，台下的人们还在鼓掌着，欢呼着，但这一切似乎都没有了声音，树生只是看见他们的脸上在笑，嘴唇在动，还有灯光和松明子的火光在一闪一闪。他不知怎么挤出的人群，一步一步走出山坳，朝着前面的山路走去……

雨越下越大，他身上的衣裳已经湿透了。

他没有想到春花也会走。

但春花这样决定，树生并不感到意外。他这时又想起刚才许叶芳叫自己时那奇怪的表情。他终于明白了，原来许叶芳也已经知道了这件事。许叶芳当然应该知道，春花这样重要的事怎么会不告诉她呢？春花自从父亲牺牲以后，跟许叶芳的关系就更加亲近，两人几乎形影不离，看上去就像是一对相依为命的亲生母女。前不久许叶芳因为给部队征集物资的事累得病倒了，一连发了几天高烧，春花冒着大雨上山去为她采药，回来时脚下一滑险些从崖上跌下去。春花和许叶芳的关系这样好，她要走的事，许叶芳当然会知道的。

树生从坳里一步一步地爬上山坡，然后沿着山路朝红石崖上走来。

他这样走了一阵，忽然又站住了。

他想，自己回去又有什么用呢？就是跟母亲商量，又能商量出一个什么结果呢？母亲一定会让自己跟部队走的，其实早在父亲走时，母亲就坚持让树生跟着一起走。母亲说，我已经病成这样，你们不要再管我了……可是，树生想，自己又怎么可能扔下母亲不管呢？部队这一次撤走，县城那边的敌人很快就会过来。小刘说得对，以后这里的形势会更严峻，环境也会更残酷，如果将母亲一个人留下，还不仅仅是身体的问题，母亲将怎样面对这一切呢？如果敌人知道了母亲是红属，而且还是烈属，一定不会放过她的。

可是……如果自己这一次再留下来，以后就真的没有机会了。

所以……树生想，自己这一次是无论如何也要跟部队走的。

树生想到这里就在雨中站住了，他真的不知该怎么办了。

他感觉脸上有一些湿冷的东西流下来，不知是雨水，还是泪水……

雨似乎更大了，山里一片寂静。除去远处传来坳里的锣鼓声，乐器声，只有树林和竹林在雨中发出的一片沙沙的声响。树生抬起沉重的双腿，又朝红石崖上走去。他慢慢抬起头，朝自己家望去。突然，他看到红石崖上耀眼地亮起来。

那是一闪一闪的火光！

接着树生就看清楚了，是自己的家，自己家的房子已经燃起了熊熊大火。那火焰是红色的，抖动着一直冲向漆黑的夜空，将整个红石崖也映得更加鲜红起来。

树生的心里一紧，立刻拼命朝崖上奔去。

树生来到自己家的门前时，两间土屋已经烧穿了房顶，火焰蹿出来，发出巨大的轰轰声响。树生看清了，这是他这几天打来的木柴。他为了让母亲烧用时方便，特意将木柴整整齐齐地码放到屋里。此时，这些木柴已经全都燃烧起来，一边噼噼剥剥地响着不时爆起耀眼的火星。树生立刻想到了母亲。母亲是不是还在屋里？他立刻朝火里冲去！

妈——！妈——！

他拼尽全身的气力叫喊着。

但就在这时，他听到身后响起母亲的声音。

树生停住脚，慢慢回过头，才发现母亲正站在自己的身后。

母亲静静地说，我在这里。

树生这时才发现，母亲的手里正拿着一根燃烧着的松明子。

母亲又说，你去吧，只管放心地去吧……

树生立刻睁大两眼，您——？！

母亲微微笑了，苍白的脸上被火光映得红润起来。

她说，我……要去找你父亲了……

母亲这样说罢，猛一转身，就朝红石崖下扑去……

树生立刻冲到崖边，冲着黑漆漆的崖下大喊：

妈呀——！妈……

雨更大了。山坳里传来的锣鼓声和歌声也更大了。

它盖过了雨声，渐渐响彻整个山谷……

二　背影

我在赣南采访时，曾遇到一位同样来自外地的朋友。这个朋友问我，当年红军长征的起点究竟在哪里。我想了一下回答，关于这个问题有不同的说法，但目前大家比较一致的公认说法是，1934 年 10 月，决定战略转移的中央红军主力在赣南的于都县渡过于都河，这应该就是长征的开始。这个朋友又问，那么，“长征”一词最早又是怎样提出，由谁提出的呢？

这显然也是一个很多人想知道的问题。

我想了一下，对这个朋友说，据史学家考证，最早将中央红军战略大转移称为“长征”的，是 1935 年 5 月红军进入四川大凉山彝族聚居区后，朱德总司令发布的一个《中国工农红军布告》。在这个布告中有这样一段话：“……红军万里长征，所向势如破竹……”继而在 1935 年 10 月，中共中央在陕北的吴起镇召开政治局会议，宣告“中央红军的长征任务已经完成”，这里再一次提到“长征”一词。1935 年 12 月，毛泽东同志在《论反对日本帝国主义的策略》一文中，精辟论述了中国的中央红军这一次长征的深远历史意义和伟大的现实意义。从此，“长征”一词便广为流传，成了一个有特定内涵的历史词汇。

向我提出这个问题的朋友点点头，深有感触地说，“长征”还不仅是一个具有特定内涵的历史词汇，它改变了一个国家的命运，也改变了很多普通人的命运。

接着，他就向我讲述了一个从当地听来的故事。

我立刻被这个奇特的故事吸引住了。当然，吸引我的不仅是故事本身，还有这个故事中的人物以及这人物充满传奇色彩的命运。我想起在那个红色的笔记本上也曾看到过类似的人物，而且也有着相似的经历和命运。我发现，这一类人物都有一个共同的特点，就是形象清晰，而面孔却有些模糊。

于是，我决定将人物转过去，只写他们的"背影"……

张四十三一生中做了几件精明事，也做了几件糊涂事。

精明事自然是很聪明的事。所以直到很多年后，张四十三每当想起这些事就总还是感到有几分得意。但让张四十三没有想到的是自己做出的糊涂事。糊涂事不仅是愚蠢的事，而且往往要付出代价。他自己最后就为此丢了性命……

1

张四十三做的第一件精明事是让自己的儿子去闹红。

所谓"闹红"，也就是参加红军。

这件事在何屋村影响很大。何屋村的人都知道，张四十三的儿子已经跟青竹村宋樟发的女儿定了亲。张四十三的儿子叫张天寿，生得高高大大，不仅壮实也很周正，因此在讨女人的问题上就一直很挑剔。首先长相要好，皮肤要白眼睛要大，其次身材也要好，要不高不矮细腰苗条。但山里的女孩长年风吹日晒，而且上山砍柴下山背石，要想找到符合这样标准的女孩实在不容易。所以，张四十三的儿子就一直拖到二十多岁还没有讨到女人。张四十三自然很为儿子的婚事着急。张四十三急的不仅是儿子，还有女儿。

张四十三有自己的计划。

张四十三的女人已经死了十几年。在这十几年里，他独自含辛茹苦地把这一儿一女拉扯大。他的计划是，先为儿子娶了媳妇，再为女儿嫁了女婿，做完这两件事之后就要为自己再寻一个女人。张四十三觉得自己这些年实在不容易，一个鳏身男人，白天田里夜里床上各种说不出口的难处只有自己知道。所以，他不想太委屈自己。也就在这时，村里的刘媒婆来为张四十三的儿子提亲，说的是山后青竹村宋樟发的女儿。据刘媒婆说，这宋樟发的女儿长相很好，家境也很好，还有很大一笔彩礼作陪嫁。张四十三听了起初不太相信，自己的儿子寻了这几年一直寻不到可心女人，现在突然就有了一个合适的，而且还要陪送一笔厚厚的彩礼，天上怎么会突然掉下这等好事？于是将信将疑之下，就带了儿子跟随刘媒婆去山后青竹村的宋樟发家里相看。青竹村离何屋村并不很远，只有三十几里山路，但由于中间隔着一座山，两村人也就并没有太多来往。张四十三带着儿子来到青竹村宋樟发的家里才发现，刘媒婆竟然真的没有说谎。这个宋樟发的家境果然很好，他女儿的相貌也很令张四十三的儿子满意。而更让张四十三没有想到的是，宋樟发竟还慷慨地提出，如果婚事定下来，定亲时要在何屋村的男方这边摆几桌酒席，酒席的费用自然也全由女方这边承担。同时还提出，在定亲酒席上要将乡苏维埃政府和村农会的干部全都请来，把事情办得体体面面，风风光光。

张四十三听了自然满心高兴。于是亲事就这样定下来。

事情往往就是这样，一旦顺起来就会一顺百顺。就在张四十三为儿子将青竹村的这桩亲事定下来没多久，女儿的亲事也有了着落。男方就在何屋村，叫李水生。这李水生原本不是何屋村人，十几岁时，是一个人讨饭来到这里的。那时的李水生衣衫褴褛，面黄肌瘦，来到何屋村连栖身的地方都没有，只好住在祠堂里。但这李水生却是一个很能干的年轻人，而且心灵手巧。他只用了几年时间竟就学会了木匠和石匠两门手艺，不仅在村外的山坡上为自己造起两间石屋，日子也渐渐地过得有了颜色。李水生的事也是村里刘媒婆给撮合的。张四十三一听当即就答应下来。其实张四十三早已暗暗相中李水生。张四十三相中李水生自然有自己的道理。首先，这李水生虽然日子过得不是太好，但有手艺，有手艺将来就不愁没有饭吃。其次，他为人敦厚，过日子也踏实，女儿跟了这样的男人想必不会受委屈。而更重要的一点是，这李水生是光身一人，女儿跟他成了亲自然也就成了自己的养老女婿，

张四十三认为，这可是再合适不过的事情。

所以，张四十三当即就对来提亲的刘媒婆表示，只要男方同意，这门亲事可以定下来。不过张四十三又向刘媒婆提出一个要求，他要将儿子和女儿定亲的酒席放到一起操办，他说这样可以更热闹一些，至于酒席的费用么，自然也由青竹村宋樟发那边一起出就是了。刘媒婆一听立刻表示有些为难。张四十三的这个要求显然过于精明了，也有些过分，人家青竹村女方那边表示愿意承担定亲酒席的全部费用已经够慷慨了，现在连男方这边妹妹的定亲酒席也要由人家一起出，这显然有些说不过去。但刘媒婆深知张四十三的脾性，又不好直说，

于是想了一下就含混地表示，她只能去青竹村那边说一下试试，至于成与不成她也说不准。但让刘媒婆没有想到的是，她去山后青竹村跟宋樟发一说，宋樟发竟立刻很痛快地答应下来，而且还提出，既然是他两兄妹一起定亲，就再多办几桌酒席，多请一些人，爽性将事情搞得更隆重一些。刘媒婆回来将宋樟发的意思对张四十三说了。张四十三听了也大感意外。

张四十三没有想到，宋樟发竟是一个如此爽快的人。

接下来的事情就按双方商定的进行。定亲之前，青竹村的宋樟发那边先将彩礼送过来，果然相当丰厚，丰厚得几乎让张四十三意想不到。摆定亲酒席这天也很热闹，乡苏维埃政府和村里农会的人都被请过来。女方那边虽然承担全部费用，却并没有来几个人，宋樟发只是带了几个至亲过来，几乎将面子全都做给了张四十三。张四十三这天喝了很多酒。他为这热闹体面的定亲场面感到高兴，也为儿子和女儿的亲事定下来长长舒了一口气。

当然，他更为自已这精明的计划安排很是得意。

但定亲之后，张四十三很快就觉出不对劲了。先是宋樟发。张四十三发现，吃过定亲酒的当天晚上宋樟发并没有回青竹村去，而是住在了村西宋财旺的家里。宋财旺是何屋村最大的财主，家里不仅有房有地，而且一向在村里很霸气。何屋村闹起农会之后，宋财旺先是跑去城里避了一段时间，后来偷偷回到村里，也是整天躲在家里不敢出来。张四十三搞不明白，自己的这个亲家宋樟发跟宋财旺是什么关系，他怎么会住到他的家里去？接着刘媒婆就又来对张四十三说，女方那边说了，既然现在定了亲，两边也就是自家人了，所以，他们还要对张四十三的女儿也表示一下，再送一份厚礼。张四十三听了心里立刻忽悠一下。女方要送厚礼，自然是一件让人高兴的好事，但他觉得这份厚礼送得有些奇怪，摆定亲酒时明明已经占了那边的便宜，现在他们又要这样来送礼，这事情是不是做得有些过了？

张四十三也就从这时开始，心里有些狐疑起来。

刘媒婆是在摆定亲酒席的第二天中午来找张四十三说这番话的。张四十三立刻沉下脸，盯着刘媒婆问，你说实话，这究竟是怎么回事？刘媒婆听了愣一下，说什么怎么回事。张四十三说，你先告诉我一件事，现在宋樟发回青竹村没有，他人在哪里？

刘媒婆的脸上闪烁着支吾了一下，没有说出话来。

张四十三又问，他是不是还住在宋财旺的家里？

刘媒婆又朝张四十三看了一眼，只好点点头。

张四十三问，他跟宋财旺，究竟是什么关系？

刘媒婆又吭哧了一下，才如实告诉张四十三，宋樟发跟村里的宋财旺其实是亲叔伯兄弟，当初为宋樟发的女儿提亲，就是宋财旺托她办的事，后来女方那边送来的彩礼以及置办定亲酒，也都是宋财旺在暗中出的钱，但宋樟发曾反复叮嘱她，千万不要把这件事说出来。

张四十三听了刘媒婆的话，半天没有说出话来。

2

张四十三立刻意识到了这件事的严重性。

他直到这时才明白过来，显然，自己是在不知不觉中被宋财旺和宋樟发装进口袋里了。宋财旺是何屋村的豪绅，这些年在村里仗势欺人无恶不作，乡苏维埃政府和村里的农会早就准备收拾他。现在他绕了这样大一个弯子来跟自己套关系显然是有用意而且很费了一番心思的。张四十三是贫苦出身，虽然没在何屋村的农会里担任职务，但很受乡苏维埃政府和村里农会的信任，平时也经常去村里为农会做一些事情。如果宋财旺通过宋樟发利用这样的方法跟张四十三套上关系，张四十三吃人家嘴软，拿人家手软，今后再遇到什么事自然也就会在农会里帮他说话。而如果他再向张四十三提出，让他为自己通风报信怎么办？张四十三想到这里浑身立刻惊出了一身冷汗。张四十三毕竟是一个明事理的人，他很清楚，自己是无论如何都不能跟地主老财站在一边的，甚至不能跟这些人扯上任何瓜葛。

但是，张四十三再想一想，又觉得这件事已经骑虎难下。

首先，那定亲的几桌酒席已经在村里摆过了，花出去的钱就如同泼出去的水，已经无法再收回来。其次，女方那边送来的彩礼，张四十三为准备女儿的婚事也已经花掉了一些，如果再想把这笔彩礼如数退还女方已经不可能。而更重要的一点是，倘若真把剩下的彩礼给女方那边退回去，张四十三从心里也有点舍不得。可是如果不退彩礼，婚事就要按商定的日期办。宋樟发那天已在定亲酒席上明确表示，定亲之后，就在这一年的秋后将喜事办了，而且结婚的喜酒他女方这边也可以承担一些。现在张四十三才终于明白，所谓女方承担自然还是由村里的宋财旺在暗中承担。张四十三意识到，要赶紧想一个妥善的办法从这套儿里褪出来，否则只会越陷越深。张四十三闷在家里苦苦想了几天，终于想出一个无可奈何的办法。

一天傍晚吃过饭，张四十三就将儿子天寿叫到自己跟前。

他对儿子说，现在这件事……有些难办了。

儿子天寿一下没有听懂，问什么事难办了。

张四十三说，自然……是你的婚事。

儿子天寿越发奇怪，问自己的婚事怎么了。

张四十三就将这件事的前前后后都对儿子说出来。张四十三最后又向儿子强调，现在这件事已经没有了别的退路，可是再往前走又一步都不能走，你说怎么办呢？

儿子天寿听了，一下也没了主意。

张四十三的儿子天寿这几天原本心情很好，自己找了这几年，终于在山后青竹村找到这样一个称心如意的女人，而且女方又出手大方，送了一份如此体面的彩礼作陪嫁，现在定亲酒也吃过了，只等着秋后就可以将媳妇迎娶过门，却没有想到，这里面竟还藏着这样的事情。但张四十三的儿子天寿毕竟深明大义，他想一想就对父亲说，您说吧，这件事该怎样办？

张四十三嗯了一声，说好吧，那你先告诉我，你还想不想要这女人？

儿子天寿立刻点点头，老老实实地说，要说想要，当然还想要。

张四十三又嗯一声，说，你如果还想要，你就得走。

儿子天寿听了一愣，抬起头看看父亲，走……去哪？

张四十三说，到部队上去，闹红。

儿子天寿立刻明白了，父亲所说的闹红，也就是去参军。

张四十三说对，你如果去参军，这个女人也就还是你的。

儿子天寿想一想，问父亲，可是……我如果不去呢？

张四十三十分肯定地说，你如果不去，这女人你就肯定要不成了。

张四十三的儿子天寿虽然是一个二十多岁的年轻人，这些年却已经养成一个习惯，对父亲说的话言听计从。他一向坚定地认为，他的父亲是这个世界上最精明的父亲，所以父亲的每一个决策也应该是这世界上最精明的决策。于是，张四十三简单地为儿子准备了一下行装，两天之后就将他送到部队上去了。

张四十三未来的女婿李水生也跟着一起走了。李水生是主动提出要走的。张四十三原本不想让他走。张四十三想，李水生毕竟是自己女儿一辈子的依靠，况且他也没必要走。再说儿子走了，如果女婿再走家里就没人了。但李水生的态度却很坚决，一定要去闹红，说是要去保护胜利果实，否则就是有了好日子也不会好过。张四十三转念再想，李水生跟着一起走也好，这样儿子的走也会显得自然一些。

于是，张四十三也就点头同意，让李水生和儿子天寿一起走了。

3

张四十三将自己的儿子天寿和未来的女婿李水生一起送去部队闹红，这件事立刻在何屋村引起很大震动。村里的刘媒婆当天下午就跑来找张四十三。刘媒婆当然一眼就看穿了张四十三的心思。张四十三舍不得青竹村那边的丰厚彩礼，他儿子天寿又舍不得宋樟发的女儿，而宋樟发提出要在秋后完婚，张四十三也已经当着全村人满口答应，可是现在又有一个宋财旺横在这里，张四十三改口无法改，为儿子办婚事又不能办，所以才不得已采取了这样一个暂时避开的办法。刘媒婆不得不承认，张四十三的这一步走得实在太精明了，让儿子去闹红，这是谁都无法说出任何话来的理由，这样既可以先不结婚，又能保持与青竹村那边的婚约不解除，等什么时候时机成熟了，再让儿子回来完婚，这样张四十三也就始终可以占据主动。但刘媒婆气急败坏地问张四十三，你这样做……不是让我为难么？

张四十三不急不慌地看看刘媒婆，问，什么事让你为难了？

刘媒婆质问说，你把儿子送去闹红，为啥不跟我商量一下？

张四十三反问道，我送自己儿子去闹红，干吗要跟你商量？

刘媒婆被问得一下噎住了

张四十三说，这是我自己家的事，我没必要跟任何人商量。

可，可是……刘媒婆说，你让我怎么向女方那边交代？

张四十三走到刘媒婆的跟前，盯住她的脸一个字一个字地说，你现在没法儿向女方交代了？可你当初想过怎样向我交代吗？那个青竹村的宋樟发拴套儿让我往里钻，你应该是早就知道的，你怎么看着我往里钻就不告诉我呢？要不是你弄出这些事来，我能让儿子走吗，现在好了，连我的女婿也跟着一起走了，我还没埋怨你，你反倒来埋怨我了？

刘媒婆涨红着脸张张嘴，一下被问得说不出话了。

张四十三说，我不跟你计较，已经是给你面子了。

4

张四十三做的第二件精明事就是关于刘媒婆的事。

刘媒婆在何屋村算得上是一个俊俏女人。虽然已经将近四十岁，但看上去仍然丰腴白皙，眉眼之间也风韵犹存。只是在村里名声不太好，人们背地里的议论也很多。据说当初刘媒婆曾跟村里的宋财旺有过一段来往。宋财旺虽已是六十多岁的男人，但身体健壮，平时保养也很好，所以虽然家里有一个五十多岁的大老婆和一个四十多岁的二老婆，就还是满足不了需要。刘媒婆住在村外的水塘边，房子还是她男人在世时留下的，由于年久失修，看上去已经有些破烂。但后来刘媒婆似乎突然一下有了钱，将房子翻修得体体面面，屋顶还挂起了青瓦。接着何屋村的人就发现，每到傍晚，宋财旺就会像闲走一样溜溜达达地去村外水塘边的那间青瓦屋。不久村里就有闲话传出来，说是刘媒婆修瓦屋的钱果然是宋财旺给出的。可是后来不知为什么，刘媒婆又给宋财旺说了一个外村的小寡妇做小老婆。这小寡妇醋劲很大，进门以后每天都将宋财旺盯得很紧，有几次甚至还追到刘媒婆的青瓦屋来大吵大闹。于是从此以后，宋财旺也就再不敢明着跟刘媒婆来往了。何屋村的人都搞不懂，既然刘媒婆一直跟宋财旺来往，为什么又要给他找一个小寡妇做小老婆呢？

这件事在村里，就成为一个谜。

张四十三将儿子天寿送去参军以后，刘媒婆又到山后的青竹村去过一次，将这件事对宋樟发说了。宋樟发听了当然明白，是张四十三知道了这件事的底细，才故意使出这样一个金蝉脱壳的计策，所以虽然在心里窝一口气，却也说不出任何话来。但就在这时，刘媒婆又告诉了宋樟发一件事。刘媒婆说，张四十三将儿子和女婿送走之后，自已害了一场大病，这场病害得很重，一连十几天不能下床，而且一口东西都吃不下，吃了就吐，最后吐得连肠子里的黄水都倒出来。刘媒婆对宋樟发说，你要想跟张四十三缓和一下关系，这时正是机会，张四十三的儿子天寿毕竟对这门亲事很满意，张四十三也曾亲口说过，他虽然将儿子送去闹红也并没有要毁约的意思，所以大家将来还是亲戚，现在借这机会软一软面子，日后大家才好再见面。宋樟发听了想一想，觉得刘媒婆说的也有些道理。宋樟发的家里还有一些滋补药材，于是在这个中午，就带了一些药材和刘媒婆一起来何屋村看望张四十三。

张四十三在这个下午躺在自己家的竹床上，看到和刘媒婆一起进来的宋樟发，没说任何话。宋樟发也有些讪讪，就将带来的药材放到床头说，你的气色不太好啊。

张四十三虚弱地嗯一声，说是啊，摊上这样的事好不了。

宋樟发越发感到尴尬，说，你该吃些补药，养一养身子。

张四十三听了摇摇头，说心病，吃啥补药也没用啊。

宋樟发沉了一下说，这一次的事……你看……

张四十三立刻摆摆手，让他不要再说下去。

宋樟发想了一下，还是说，其实，我也是好意……

张四十三又摇摇头说，这件事，以后就不要再提了。

宋樟发只好收住口，又稍稍坐了一下就告辞出来了。

5

在宋樟发跟随刘媒婆来看张四十三的这个中午，刘媒婆始终没说一句话。

她将宋樟发送走，又回到张四十三这里，见张四十三躺在竹床上，脸色焦黄，两片嘴唇也已经爆起干皮，就问他秋莲去了哪里。秋莲是张四十三的女儿。张四十三告诉刘媒婆，秋莲去山上挖笋了，他这两天刚刚止住吐，只想吃一点鲜嫩的竹笋。

刘媒婆沉了一下，对张四十三说，我想……跟你商量件事。

张四十三问，什么事。

刘媒婆说，你这几天……还是住到我那里去吧。

张四十三听了看看她问，住你那里……干什么？

刘媒婆说，你住到我那里，我也可以照顾你，再说……宋樟发拿来一些滋补药材，秋莲一个女孩家也不懂煎，我男人……当年是郎中，我跟他学过煎药的。

张四十三听了没再说话，只是又朝刘媒婆看了一眼。张四十三这时已经看出刘媒婆的心思。刘媒婆是觉得自己这件事没有办好，有些愧对张四十三，所以才想这样弥补一下。张四十三想到这里，不由得在心里点点头，觉得这刘媒婆还算有些良心。

刘媒婆又说，别再犹豫了，跟我走吧。

她这样说着就走到张四十三的近前，将他从竹床上扶起来，搀着慢慢走出屋，朝村外水塘边的青瓦屋走来。张四十三虽然仍很虚弱，但感觉到刘媒婆搀扶自己的两只手软软的，自己一边走着偶尔碰到她的身体，她的身体也是软软的，这种软软的感觉使他的脚下渐渐有了一些气力。张四十三还隐隐闻到，从刘媒婆的身上飘散出一股气息。这气息让他很舒服。

就这样，张四十三就在村外水塘边的青瓦屋住下来……

刘媒婆果然对煎药很在行。她的家里还有她男人当年留下的专门煎药用的砂锅吊子。张四十三发现，刘媒婆竟是一个很细心的女人，她在为他煎药的同时，还去村里买来一只老母鸡，杀掉之后熬了一锅鸡汤。刘媒婆为张四十三讲解，其实很多草药并不是煎一煎就可以用的，还要有其他东西相配，也就是药引，比如具有滋补功效的草药，就要用鸡汤作药引，而且最好是三年以上的老母鸡，只有这样滋补的药效才会充分发挥出来。但张四十三毕竟是一个很精明的人，精明的人在每遇到一件事时都会在心里问一个为什么。他想，虽然刘媒婆将自己接来她这里，是想弥补一下自己的过失，但她做得是不是有些过了？她这样为自己熬汤煎药地伺候，总让人感觉过于殷勤，似乎这背后还有什么企图。于是，一天下午，张四十三看着给自己端过一碗药汤来的刘媒婆，就问她，你为什么要对我这样呢？

刘媒婆也看一看张四十三，反问道，你说……为什么呢？

张四十三说，我正因为想不明白，所以才这样问你。

刘媒婆把药碗放到张四十三的跟前，没有说话。

张四十三又问，就因为……我儿子这件事吗？

刘媒婆又看一眼张四十三，轻轻叹息一声。

张四十三就不再说话了，只是很认真地看着刘媒婆。就这样看了一阵，刘媒婆被他看得有些不自在了，才又说，你放心，我这回……没再拴套儿给你钻。张四十三的嘴唇动了一下，他想对刘媒婆说，刘媒婆毕竟是一个寡妇女人，而自己又是这样一个鳏身男人，她让自己这样住到她的青瓦屋来，虽然是他住一间屋，刘媒婆住另一间屋，她就不怕别人在背地说闲话么？但他话到嘴边，又咽回去。刘媒婆却似乎看懂了，冲他笑笑说，我不怕的，我什么都不怕的，我已经是这样一个女人了，还有什么好怕呢？

刘媒婆说，你只要把身体养好就行了。

刘媒婆的鸡汤草药果然有了功效。在她的悉心照料下，张四十三的身体渐渐恢复起来。张四十三曾几次提出，想回家去，却都被刘媒婆拦住了。刘媒婆对他说，你的病刚好，再吃几天草药养一养，家里有秋莲在，你还有什么不放心呢。刘媒婆这样一说张四十三也就不再说什么了。其实张四十三的心里也不想回去。他觉得在这青瓦屋住着挺好。

但就在这时，突然出了一件事。

6

出事是在一天晚上。

在这个晚上，张四十三原本回家去了。他是下午回去的，他的女儿秋莲上山挖笋扭伤了脚，他听到消息就回去看一看。但回到家时才发现，女儿秋莲的脚伤并不重。女儿秋莲只是想让他回家来。女儿秋莲觉得刘媒婆绝不是一个简单女人，虽然她说，是由于这一次的事没有办好，心里愧疚，想弥补一下自己的过失才将张四十三接去家里照料，但秋莲却觉得并不是这样，秋莲还想不好刘媒婆的真实用意，但她知道，这件事绝没有这样简单，况且父亲住到这样一个女人的家里也毕竟不妥，会在村里招来闲话。

女儿秋莲在这个下午见到父亲还是感到有些意外。她不得不承认，父亲在刘媒婆那里养了这段时间身体的确明显好起来，不仅面色红润，人也显得精神了许多。但她想了想，还是将心里的这番忧虑对父亲说出来。她警告父亲，最好还是不要沾惹刘媒婆这种女人，否则将来说不定会吃大亏的，而且，现在村里已经有了难听的闲话，就算父亲不在乎，她也很在乎。所以，她对父亲说，还是不要再去刘媒婆那里了。张四十三听了女儿秋莲的话没有说什么。他当然清楚，女儿说的是有道理的。但他的心里却还是想回刘媒婆的那间青瓦屋去。张四十三已经十几年没有闻到女人的气味了，他觉得刘媒婆那间青瓦屋里的独特气味真的对他充满了诱惑。于是，他对女儿秋莲说，刘媒婆那里还有一些滋补的草药，待他把那些草药吃完了就会回来。女儿秋莲已经看透父亲的心思，就耐心地对他说，你现在病已经好了，干吗还要再去吃那些滋补的草药呢？男人补药吃多了是没有好处的。女儿秋莲的话让张四十三有些烦躁起来，他摆摆手说好了好了，不要再说了，我的病好没好只有我自己知道，我去刘媒婆那里，等把病彻底养好自然会回来，你一个人在家里，只要把事情做好就行了。

他这样说罢就从家里出来了。

这时天已黑下来。张四十三由于在家里一直和女儿秋莲说着回不回刘媒婆这里的事，就并没有顾上吃晚饭，于是一边走着就觉得肚子咕咕地叫起来。就在他走到水塘边的青瓦屋门口时，突然闻到一阵菜香，接着就听到屋里有男人说话的声音。张四十三立刻站住了，竖起耳朵听了听。他听出这说话的男人是宋财旺，但又听了一阵，却并没有听清宋财旺在说什么。不过大致的意思还是听出来，好像是宋财旺想让刘媒婆做什么，刘媒婆不肯。这中间刘媒婆好像还说到了张四十三，她说张四十三一会儿就会回来什么什么的。宋财旺说话的声音却越来越含混，好像是说已经这样晚了，张四十三不会再回来了如何如何。张四十三听到这里一下有些犹豫，不知自己该不该进去。但就在他决定要走，转过身去的一瞬，脚下发出突噜一响。屋里立刻没了动静。就这样静了一阵，屋门咔达一响，刘媒婆从门里探出身说，你回来了？快进来吧。张四十三只好站住了，慢慢转过身朝刘媒婆看了看。与此同时，就见宋财旺从刘媒婆的身后闪出来。宋财旺的一只脚跨过门槛时，目光与张四十三碰了一下。但他的目光立刻避开了，接着就低下头去，迈出门槛沿着水塘边匆匆地走了。

张四十三仍然站在门口，一直看着宋财旺走远才转过身来走进屋里。

屋里的桌上摆着几盘菜，还有一壶烧酒。张四十三朝桌上看了看，又回过头去看看站在身后的刘媒婆。刘媒婆连忙走过来说，这些……都是给你准备的。

张四十三听了笑一笑，说，是给我准备的吗？

刘媒婆睁大眼看看他问，怎么，你不相信吗？

张四十三点点头说，我相信，当然相信。

他一边说着就在桌前坐下了。

刘媒婆走过来，沉了一下说，我是看你身子恢复了，所以……今天才弄了几个菜，还买了一壶烧酒，想等你回来……可没想到，宋财旺来了，他来是……是……

张四十三又笑了一下。他笑的意思很显然，刘媒婆没必要再解释。

刘媒婆又用力看一看张四十三。

张四十三说，你真的没必要跟我解释，你跟宋财旺怎么样，那是你的事。张四十三心平气和地说，我是你什么人？你有什么必要一定跟我说呢？

他一边说着就为自己斟了一杯酒，扬头喝下去。

刘媒婆也就不再说话了，开始和张四十三相对着喝起酒来。张四十三平时从不喝酒，第一，他认为喝酒会影响一个人的判断力，很可能会将一件原本很精明的事情办成一件糊涂事。第二，他想不明白，一个人为什么要把自己好好的清醒头脑喝糊涂了呢？但张四十三不喝酒并不等于不会喝酒，他的酒量很大。在这个晚上，他就这样和刘媒婆相对着一杯一杯地喝起来，直到将一壶酒全都喝光。这时刘媒婆也已经喝得面若桃花。张四十三朝坐在对面的刘媒婆看了一阵，就慢慢放下酒杯站起来。刘媒婆也站起来，看一看张四十三，然后走到他的跟前，拉起他朝自己的屋里走去……

7

这是张四十三对自己的表现最满意的一次。

他在这个晚上虽然喝了很多酒，但头脑仍还保持着清醒。其实在这个傍晚，当张四十三站在刘媒婆青瓦屋的门外，听到她在屋里跟宋财旺说话的那一刻心里就已经明白了，女儿秋莲说的是对的，他不能跟这个女人搅到一起。但是，不能跟她搅到一起并不是说就不能跟她在一起，他认为这是完全不同的两回事。他在心里将这两回事分得很清楚。张四十三认为，这也正是自己精明的地方，他已经十几年没有女人了，而刘媒婆又是这样一个俊俏的很有女人味儿的女人，他很清楚这个女人自己该不该要，如果要又应该怎样要。

张四十三已经想明白，刘媒婆为什么突然对自己这样好。她这一次没有将自己儿子的亲事办好，并不是她对自己这样好的真正原因，至少不完全是。其实刘媒婆这几年还一直在暗中与宋财旺保持着来往，这件事别人不知道，张四十三却很清楚。张四十三曾不止一次在半夜看到宋财旺从刘媒婆的青瓦屋里偷偷摸摸地出来。但最近一段时间，他们确实没有来往了。所以，张四十三也相信，刘媒婆在这个晚上拒绝宋财旺是发自内心的。刘媒婆现在之所以拒绝宋财旺当然是由于村里的形势。张四十三深知，刘媒婆是一个很会观方向的女人，她在这种时候怎么可能再跟宋财旺这样一个随时都会被农会打倒的豪绅来往呢？而刘媒婆之所以在这时候又转而投向自己，自然也是出于这方面的原因。

首先，张四十三在将自己的儿子和女婿送去部队闹红之后，不仅在何屋村，几乎在全乡都成了名人，据说乡苏维埃政府的领导曾几次在全乡干部大会上表扬何屋村的张四十三，并号召大家都来向他学习。其次，也正是由于这个原因，现在张四十三家里的经济状况也有了明显改善，每到逢年过节，乡苏维埃政府和村农会的干部都会来家里慰问，平时也经常在各方面给予照顾。所以，张四十三很清楚，刘媒婆正是基于这几方面的原因才从宋财旺那边转而投向自己。

张四十三想明白这一切，心里也就清楚了应该怎样做。其实很多事情往往就是这样，当你吃不准该怎样做时，爽性就先不要去做。张四十三想，如果能跟刘媒婆这样一个名声不太好又很俊俏的女人既保持着一定距离又可以偶尔睡一睡，自然也是一件两全其美的事情。

张四十三很为自己这精明的如意算盘感到得意。

8

张四十三自己也承认，他做的第三件精明事就不太精明了，如果不是及时被纠正，还险些闹出乱子。但这是一件很隐秘的事情，何屋村几乎没有几个人知道。

其实这件事在一开始并不是张四十三自己想做的，他只是在不知不觉中被推到这件事上来。那是张四十三送走儿子和女婿的第二年秋天。一天晚上，何屋村农会的人突然来找他，说有事要跟他商量。当时张四十三刚刚吃过晚饭，于是就跟着来到农会。这时已经有两个人等在这里。张四十三立刻认出来，其中一个是乡苏维埃政府的干部，姓林，张四十三去乡苏政府开会时曾见过这个林干部。林干部一见张四十三立刻过来跟他握手，然后为他介绍说，这一位是从区里来的李主任，他这次来是有一件很重要的事情。李主任是一个四十多岁的中年男人，身材不高，脸色蜡黄，两只眼睛却炯炯有神。张四十三在跟他握手时，感觉这个人的手劲很大。李主任说话很干脆，也直截了当，他先问张四十三，是不是在县城的小西门有一处门面房。张四十三听了有些奇怪，他在县城的小西门确实有一处门面房，不过这门面房还是山后青竹村的宋樟发当初作为女儿的彩礼陪送过来的，说是今后如果张四十三的儿子天寿手里有了本钱，也可以去县城用这处门面房做点小生意。不过事后张四十三才搞清楚，这间门面房同样也是村里宋财旺的，青竹村的宋樟发只是拿他的房子来做自己女儿的陪嫁。

张四十三搞不清楚，这个李主任怎么会知道自己在小西门的这处门面房？

李主任笑笑说，这你就不要多问了，我们不仅知道你在县城小西门的这处门面房，还知道你把自己的儿子和女婿送去参军以后，他们在部队表现都很好，你的女婿李水生同志还已经被提升为排长。张四十三听了越发感到惊讶，立刻睁大两眼看着李主任。

这时林干部在一旁笑笑说，李主任在来之前，已经详细了解了你的情况。

李主任点点头，说是啊，正因为我们了解了你的情况，认为你值得信任，所以这一次才想跟你谈一件很重要的事情。李主任这样说罢沉了一下，然后问张四十三，过去做没做过生意，对生意上的事懂多少。张四十三听了想一想说，要说做生意，过去倒没正式做过，不过生意上的事也就是那些事，知道还是知道一点的。李主任听了嗯一声，然后就告诉张四十三，现在苏区的形势开始紧张起来，部队上急需各种药材，所以，上级经过认真考虑，想让张四十三利用县城小西门的这处门面房开一爿药材行，表面是个小药栈的样子，暗地里却是为部队收集各种药材。李主任说罢看一看张四十三问，这件事，你是否能干？

张四十三听了想想说，能干是能干，可做生意……要用本钱。

李主任立刻说，本钱的事自然不用你操心，我们会为你解决。

张四十三这才点点头说，只要有本钱，别的事都好说。

9

张四十三第一次发现，自己在做生意这方面竟然也很精明。

县城小西门的药材行很快就开业了，虽然不太起眼，一看就是小本经营，却也像是一个很地道的药栈，每天各种药材出出进进，很是忙碌的样子。但张四十三却并不抛头露面。他为了避人耳目，只是雇了一个伙计在药材行里照看生意，自己平时则仍然不动声色地待在何屋村。张四十三在挑选伙计时很费了一番脑筋，年纪太大的自然不行，没有体力，但年纪太小的也不行，不仅没经验也靠不住，而最重要的还是人要稳妥，要稳妥就得嘴严，药材行里的事情绝不能轻易透露出去。张四十三一连找了几个伙计，却都不太满意。就在这时，一天上午，药材行里突然来了一个五十多岁的干瘦男人。这男人是个哑巴，一进门就用手比画着问，这药材行里是不是要用伙计。张四十三看懂了他比画的意思，就试探着问他会做什么。这哑巴男人竟然听得见，立刻比画着告诉张四十三，他什么都会做，而且会写字，还会算账。张四十三一看立刻高兴起来，他简直不敢相信会有这样好的事情，正在自己发愁找不到伙计时，就来了一个这样的人，不仅年纪合适，还能写会算。而更重要的是他还是一个哑巴，虽然听得见却说不出，这样一来也就不必担心他的嘴严不严了。

于是，张四十三当即就将这哑巴男人留下来。

张四十三很快发现，这哑巴男人不仅能干，而且对各种药材竟然也很在行，平时生意上的事几乎不用自己操心。也就在这时，张四十三又做出了一个自以为很精明的决定。随着药材行的开业，收购药材的生意也就渐渐做起来，但部队上对药材的需求量越来越大，尤其是生肌止血一类草药，总供不应求。于是张四十三就想到了何屋村的刘媒婆。刘媒婆的男人在世时曾当过郎中，所以她对各种草药也很熟悉。张四十三就在一天晚上来到村里水塘边的青瓦屋。张四十三这时已和刘媒婆形成了一种不动声色又相对稳定的关系，他经常在晚上来水塘边的青瓦屋，但并不过夜，只是和刘媒婆做了想做的事情就起身回去。刘媒婆似乎也已经认可了这样的关系，张四十三毕竟是一个正当年的精壮男人，身体很结实，她觉得跟这样的男人保持这样的关系也没有什么不可以，虽然被村人知道了可能会影响名声，但她觉得，像自己这样的女人名声不名声已经无所谓。张四十三在这个晚上和刘媒婆在竹床上做完了想做的事情，歪在旁边休息了一阵，然后就对她说，给你一个赚钱的机会吧。

刘媒婆听了眨眨眼问，什么赚钱机会。

张四十三说，去收草药。

何屋村一带经常有人上山采草药。张四十三对刘媒婆说，她可以去向这些人收草药，然后再把收来的草药卖给自己，这样一转手就可以赚到钱，尤其是止血生肌一类的草药，有多少就要多少。刘媒婆听了感到奇怪，问张四十三，你要这些草药干什么？

张四十三笑笑说，这你就不要多问了。

刘媒婆想一想，说不对，你最近经常往县城跑，是不是在那边偷偷做着什么事？张四十三先是含糊地说没做什么，接着又说是一个远房亲戚，一个远房亲戚在做药材生意。后来经不住刘媒婆一再追问，才告诉她，自己确实在帮人做药材生意。

但他立刻又叮嘱刘媒婆，这件事千万不要对任何人讲。

刘媒婆听了眨眨眼问，你帮人收这些药材，干什么用?

张四十三支吾了一下说，收药材么，自然是为赚钱。

张四十三觉得自己这件事做得很精明，也很谨慎。李主任曾经很认真地叮嘱过他，在小西门开这爿药材行是为部队筹集药材，所以不能让何屋村这边的任何人知道，因此尽管部队对药材的需求量越来越大，他也不能亲自大张旗鼓地去收草药。但是，张四十三想，如果让刘媒婆去收就很正常了，这一带经常有人来收各种草药，没有人怀疑刘媒婆收了药材会去干什么，只要自己咬紧牙，不告诉刘媒婆收这些草药的真正用途也就行了。

但刘媒婆一开始对这件事却并不热心。

刘媒婆不相信张四十三能有多少本钱，而如果没有太多的本钱自然也就要不了太多的药材，而且，刘媒婆也不相信，这种收药材的事真能赚到什么钱。但她渐渐发现，张四十三的胃口竟然真的很大，她收来的药材他果然有多少要多少，而且出的价钱也很合理，这样只要将收来的药材一转手立刻就可以赚到钱。这一下刘媒婆的兴致立刻上来了，每天都跑去村里四处收草药。渐渐地，村里很多人知道了刘媒婆在收草药，再有晾晒好的药材也就主动送来她这里。张四十三将刘媒婆收来的各种药材清理干净，然后分门别类装进口袋。每过一段时间，就让哑巴伙计趁黑夜来何屋村，用驴车将这些口袋拉去县城小西门的药材行。

但就在这时，突然发生了一件让张四十三意想不到的事情。

一天夜里，哑巴伙计赶着驴车来到何屋村，刚好看到刘媒婆来张四十三这里。张四十三在何屋村为避人耳目，每一次都是让刘媒婆在夜里来给自己送收来的草药。哑巴伙计看到刘媒婆，先是躲在门外的黑暗处，等刘媒婆走了就进来比划着问张四十三，这女人是怎么回事，为什么她来这里送草药。张四十三很得意，就告诉哑巴伙计，其实这些草药都是这女人去四处收出来的。哑巴伙计听了立刻一愣，接着就用一种很奇怪的眼神盯住张四十三。

张四十三也看看他问，你干吗……这样看着我?

哑巴伙计仍然盯着他，一下一下地看着。

张四十三被他看毛了，又问，你……究竟想说什么?

哑巴伙计没有说话，装上草药口袋就赶着驴车走了。

10

第二天下午，村里农会的人就来找张四十三，说是乡苏维埃政府的林干部让他立刻到乡里去一下。张四十三赶到乡苏政府时已是傍晚。他发现上一次的李主任竟然也在这里。李主任的神情很严肃，一见到张四十三就问，小西门药材行的草药都是怎样收上来的。张四十三摸不清李主任这样问是什么用意，想了一下就如实说，一部分是在药材行收的，另一部分则是从何屋村一带收上来的。李主任又问，在何屋村一带是怎样收的。张四十三就告诉李主任，他为了谨慎起见并没有亲自去收，而是通过村里的一个女人，这样虽然转一道手，多花一点钱，但不会有人知道这些收来的药材有什么用途，又究竟去了哪里。

李主任听了皱一皱眉问，你觉得，这样做就保险了吗？

张四十三立刻愣一下问，怎么，这样……还不保险么？

李主任先是低下头去沉吟了一下，然后才抬起头，对张四十三说，县城小西门的这个药材行开业以后的确起了很大作用，你也确实为咱们部队做了很大贡献。但是，我从一开始就对你讲过，这个药材行从表面看只是一个小药栈的样子，也就是说，它真正做的事情并不是公开的，你现在为了不让何屋村一带的人知道自己在干什么，却让这样一个女人去四处收药材，这其实比你自己去收更危险。李主任这样说着，很认真地看一看张四十三，接着又问，你想过没有，尽管你反复叮嘱过这个女人，叫她不要对任何人讲，可是她有一天如果由于什么原因或是出于什么目的真的对别人讲了怎么办？这不仅对药材行，对你自己也很危险。张四十三听了张一张嘴，他想对李主任说，这不太可能，他还是了解刘媒婆这个女人的，如果他不让她讲出去，她就应该不会讲出去。但李主任似乎看出他要说什么，立刻截住他的话头说，你凭什么相信这个女人？你怎么就能打包票说她肯定不会讲出去？她在一万次里九千九百九十九次都没有讲出去，但只要讲出去一次就有可能造成无法挽回的后果你知道吗？

李主任说到这里，神情就有些严厉起来。

他稍稍缓和了一下，又说，我早就对你说过，做这种事除了自己，是不能相信任何人的。张四十三听了呆呆地看着李主任，半天没有说出话来。

李主任的这番话让张四十三大感意外。

张四十三原本很为自己这个精明的安排得意，而且正打算跟刘媒婆商议，让她在何屋村里再找几个人，这样收上来的药材就会更多一些，却没有想到，李主任竟然把这件事说得如此严重。在这个傍晚，李主任对张四十三说完这番话之后，就又做出了一个更让人意想不到的决定。李主任说，从现在开始，这个药材行的生意先停下来，任何药材都不要收了。然后，又对张四十三一字一句地说，今后无论什么事，你都不要再擅自做主。

11

但是，张四十三并没把李主任的这些话真正听进去。这一次事后没过多久，张四十三就又一次在小西门的药材行擅自做主，做了一件自以为很精明的事。

这也就是张四十三做的第一件糊涂事。

其实张四十三在受到李主任的批评之后还是多了一些小心的。他比过去来小西门药材行的次数更少了，而且每一次都是晚上来。哑巴伙计很能干，将药材行里的事打理得井井有条，并不用张四十三过多操心。因此张四十三每次来也只是看一看，然后就在天亮之前回何屋村去。出事是在一天傍晚。在这个傍晚，张四十三稍稍早一点来到小西门的药材行。他发现大门上了锁，才想起哑巴伙计在不久前曾告诉过他，有事要到瑞金去一下，大约几天后才能回来。于是张四十三就自己开门走进来。也就在这时，一个陌生男人也随后跟进来。

张四十三回头看一看这个人，问他有什么事。

陌生男人立刻说，他曾来这药材行送过药材。

接着又说，他跟这里的哑巴伙计很熟。

张四十三听了点点头，说这几天盘货，先不收药材了。

陌生男人说，他这次不是来送药材的，而是有一样比药材更好的东西。

张四十三听了好奇，就问，是什么好东西。

陌生男人似乎很小心，他先走到药材行的门外，朝街上看了看，然后才回来压低声音说，现在有一件带响儿的家伙，问张四十三要不要。

张四十三一下没有听懂，问什么带响儿的家伙。

陌生男人说，快枪。

张四十三听了立刻吓一跳，问哪里来的快枪。

陌生男人告诉张四十三，说有一个兵牯佬儿，带着一条快枪开小差跑出来，他现在想尽快将这条快枪出手，作路上的盘缠好回老家去。张四十三一听就明白了，所谓兵牯佬儿，是指国民党军队里的老兵油子。张四十三这时迅速地在脑子里转了一下，他觉得这是一个难得的机会，他曾经听人说过，现在我们的部队最缺两样东西，第一是药材，第二就是武器。他想，如果从这兵牯佬儿的手里买下这条快枪，再送到部队去，一定会有很大用处。他想到这里立刻兴奋起来，连忙问这陌生男人，这条快枪……那个兵牯佬儿要多少钱？陌生男人说，关于价钱的事还没有说，现在这兵牯佬儿只是找买主，先找到买主才好谈价钱。

张四十三立刻点点头说，好吧，只要价钱合适，这条快枪我要了。

陌生男人看看他问，你……真的要了？

张四十三点点头说，我真的要了。

于是当即商定，这陌生男人先去向兵牯佬儿问价钱。

张四十三送走这陌生男人之后，长长地舒出一口气。他觉得自己又办了一件很精明的事，如果将这条快枪买下来，再送去部队，肯定会比药材更重要。也就在这时，他一回头，突然发现哑巴伙计不知什么时候回来了，正站在自己的身后。接着，这哑巴伙计竟然开口说话了，他说，你怎么可以又擅自做主，答应买这条快枪？

张四十三立刻吓一跳，看看他说，你……你会说话？

哑巴伙计并没有接他的话，又说，你这样做很危险。

张四十三很认真地看看他，你说……危险？

哑巴伙计点点头，严肃地说，当然很危险。

张四十三说，你不过是一个伙计，你也懂危险？

哑巴伙计盯着张四十三，又说，你不该这样做。

张四十三问，你……究竟是什么人？

哑巴伙计说，这件事，我要立刻向上级汇报。

向上级……汇报？

张四十三一下睁大眼。

哑巴伙计没再说话，就转身出去了。但他刚走出门去又折回来，对张四十三说，现在这个地方已经不安全，你不要再待在这里了。

张四十三问，我……去哪儿？

连夜回何屋村去。

连夜，回何屋村？

会有人去找你的。

哑巴伙计这样说罢就匆匆地走了。

12

事后张四十三才知道，原来这小西门的药材行收药材只是表面的事，其实还是上级设在这里的一个秘密交通站。这时形势已经越来越紧张，情况也越来越复杂，所以经常有南来北往的同志要在这里落脚。那个哑巴伙计，就是上级派来这里的交通员。张四十三得知这一切之后心里就有些悻悻，他觉得那个从区上来的李主任还是对自己不信任，既然让自己在小西门开这爿药材行，这样大的事情却又不告诉自己，这算怎么回事呢？

不久以后，张四十三又一次见到了这个李主任。李主任是在一天夜里来何屋村找张四十三的，和他一起来的还有哑巴伙计。这时的哑巴伙计已经穿一身很利落的紧身衣裤，脚下打着紧紧的绑腿，看上去很干练的样子。李主任对张四十三说，他是要到闽西去处理一件很重要的事情，路过这里，所以顺便来看一看张四十三。李主任拍拍张四十三的肩膀说，你是一个很值得信赖的人，而且头脑灵活，也很有办事能力，只是今后再遇到什么事还须更加谨慎，尽量考虑周全一些。这时哑巴伙计就告诉张四十三,千万不要再去小西门的药材行，上一次兵牯佬儿卖枪那件事虽然到最后也没有核实究竟是真是假，但有一点可以肯定，那个地方已经很不安全，无论是做药材行还是交通站，都已经不能再使用了。

张四十三听了沉默一阵，对李主任说，我想……问句话。

李主任说什么话，你问吧。

张四十三想了想又说，算了，还是……不问了。

李主任看看他就笑了，说，我知道你想问什么，我可以告诉你，小西门的药材行停止使用确实跟你有一定关系，不过也不完全是你的原因，那里由于进出的药材量太大，已经引起外人注意，所以就是不发生卖枪这件事，也已经不适宜再做交通站。李主任这样说罢，想了一下又说，另外还有一件事，这何屋村里那个姓刘的女人，你以后也要注意。

张四十三想一想，问，哪个……姓刘的女人？

李主任说，就是前一阵帮你收药的那个女人。

张四十三哦一声说，你是说……刘媒婆？

李主任点点头，说对，就是这个刘媒婆。

张四十三看看李主任问，刘媒婆怎么了？

李主任问，你跟这个女人，是什么关系？

张四十三支吾了一下说，没什么关系。

真的没什么关系？

真的……没什么关系。

李主任点点头，说好吧，但愿你们真的没有什么关系。然后沉一下说，如果你们有什么关系最好赶紧结束掉，小西门药材行的事，她很可能已经知道了，今后如果有什么情况……

张四十三一听就笑了，摇摇头说，刘媒婆？她不会的。

李主任说，你最好还是当心一点。

13

李主任提醒张四十三当心刘媒婆，自然是有一定根据的。但张四十三却并不以为然。不过后来的事实证明，李主任说的话的确是对的，张四十三最后坏事果然就坏在了这个刘媒婆的手里。当然，他这时再后悔已经晚了。

在县城小西门的药材行出事不久，张四十三的家里也突然发生了一件事。一天下午，张四十三从水塘边的青瓦屋回来。那一阵张四十三渐渐改变了习惯，总喜欢在中午去找刘媒婆，他觉得中午是一个很奇妙的时候。张四十三在这个中午刚刚跟刘媒婆做完了事，所以感到浑身很松快。就在他走到自己家的跟前时，忽然看见山路上有两个人匆匆地朝这边走来。他认出其中的一个是乡苏维埃政府的林干部，心里突然有了一种不祥的预感。这一阵由于形势越来越紧，乡苏政府的工作已经转入半地下，林干部已有很长时间没到何屋村这边来。张四十三意识到，他这次来一定是有什么特别的事情。果然，林干部看到张四十三立刻朝他招呼一声，然后又向他身边的那个人低声说了几句什么。走在林干部身边的是一个三十多岁的年轻人，身材瘦瘦的，看上去很精明。他和林干部一起走过来，上下打量了一下张四十三说，你就是，张四十三？

张四十三也看看他，点点头说是，我是张四十三。

这个人就伸出手，跟张四十三握了一下。张四十三立刻感觉到这只握自己的手不太对劲，似乎有些安慰的意思。他慢慢抽回手，看看这个人，又扭过头去看看林干部。林干部这才给张四十三介绍说，这位是区里的赵同志，他这一次是……嗯……是特意来找你的。

张四十三又看看这个赵同志。

这时赵同志就问，李水生，是你什么人?

张四十三说，是女婿……没过门的女婿。

赵同志点点头，就从怀里掏出一张纸。张四十三一看到赵同志手里的这张纸就明白了。他不止一次见过这种纸，村里有去部队参军的人家里也曾接到过这样的纸，张四十三很清楚这张纸意味着什么。他将这张纸接过来，并没有打开看，只是用手轻轻摸了一下就小心地揣在身上了。赵同志沉了一下，对张四十三说，李水生同志是好样的，他很英勇，他率领的那一个排的战士都很英勇，他们为了完成上级交给的任务，坚持到最后……

张四十三点点头，说是啊，水生……是好样的……

这时，张四十三感觉到林干部脸上的表情突然有了变化。他慢慢回过头，才发现自己的女儿秋莲正站在身后。秋莲的脸上很平静。她的臂弯里挎着一只竹篮，里边有一小块腊肉，还有两只装米饭的竹筒，那竹筒还湿润润的，看样子刚刚装上米饭。她显然什么都听见了，但没有说话，只是站了一会儿，就转身沿着小路朝山里走去。

林干部当然知道张四十三的女儿秋莲去山里干什么。就在一个多月前，从部队转下来一批伤员，要在这一带养伤。当时是林干部亲自将几个伤员送来何屋村的。何屋村虽然是在群山深处，地势险峻山高林密，但这里人员复杂，又是通向山外的必经之路，所以林干部就向村里提出要求，如果没有把握的村民就不要接收伤员，但只要是接收了伤员，就一定要保证伤员的生命安全，同时还要保证能为伤员提供必要的养伤条件。让林干部没有想到的是，张四十三的女儿秋莲竟然提出，她的家里可以照顾两个伤员。张四十三的女儿秋莲对林干部说，她这样提出当然是有原因的，因为她的家里有两个人去部队了，如果这两个人负了伤，也会这样转到地方，也会让地方的老百姓照料，所以，她理应为部队上照料两个伤员。再有，她说，她家在山里有一座石屋，这石屋其实是一个石洞，而且这石洞极为隐秘，这些年来连何屋村里都没人知道，她可以让两个伤员住到山里的这座石屋去，她每天为他们送饭，也可以在那里照料他们，待他们养好伤，恢复了身体，再神不知鬼不觉地回部队去。

就这样，林干部就将两个伤员交给了张四十三的女儿秋莲。

在这个下午，林干部看着渐渐走远的秋莲，忽然感觉喉咙里像堵了什么东西。他没再说什么，只是又和张四十三握了握手，就和赵同志一起走了。

14

接下来没过多久，张四十三就又做了第二件糊涂事。

事后张四十三总结，其实糊涂事也分两种，一种是可以原谅的糊涂事，另一种是不可以原谅的糊涂事。他自己也承认，自己这一次做出的糊涂事就是不可原谅的。

事情的起因还是张四十三的女儿秋莲照料的两个伤员。

张四十三一向很相信命中注定的事情。他这个张四十三的名字就是后来特意为自己改的。在他三十四岁那年，一次偶然去山里的一座寺庙抽签，当时抽到的结果把他吓了一跳，签上说，他在四十三岁这一年会有一场难以逃过的血光劫难，而且很有可能会在这场劫难中丧命。当时张四十三拿着这支竹签一下被吓得不知所措。后来还是为他解签的和尚给他出了一个破解的办法，说你既然是在四十三岁这一年有劫，不如就在名字里叫四十三，这样一来泄露了天机，这场劫难自然也就化解掉了。张四十三听了这个和尚的话，回来之后果然就将自己的名字改叫张四十三。改过之后虽还不知效果如何，但至少在心里踏实了一些。

张四十三认为，自己的女儿秋莲照料这两个伤员应该也是命中注定。

从张四十三和女儿秋莲将这两个伤员接回来安置在山后的石屋里，他就有一种奇怪的感觉。他发现，这两个伤员的相貌竟然都很眼熟，一个酷似自己的儿子张天寿，另一个则酷似女婿李水生。尤其是像女婿李水生的这个伤员，不要说身材长相，几乎连说话的声音都很相像。张四十三起初并没有对女儿秋莲说出自己的这个感觉，但一天女儿秋莲却说出来，她的感觉竟然也跟张四十三一样。张四十三由此很是感慨。他对女儿秋莲说，既然他们两人一个像天寿，另一个像水生，就把他们当成天寿和水生照料吧。

女儿秋莲对这两个伤员的照料也的确很细心。

乡里的林干部和赵同志送来李水生阵亡的消息以后，女儿秋莲并没有在两个伤员面前显露出来，反而对他们的照料更加尽心尽意。她每天都是一早就将一天的饭菜给他们送到石屋，然后就去山溪里为他们洗衣服，还架起木柴烧水让他们洗澡。这间石屋其实只是半个岩洞，岩壁很潮，秋莲就总是用柴火将石屋里烤得干干的。张四十三当初在县城小西门药材行里剩下的药材这时也派上了用场，止血生肌的，滋补身体的，秋莲每天就在石屋门前架起药吊为他们煎药。在张四十三和女儿秋莲的悉心照料下，两个伤员的伤势很快就好起来。其中像张四十三的儿子天寿的伤员原本伤势就轻一些，这时眼看着身体已经彻底恢复。一天早晨，张四十三和女儿秋莲又来到山里的石屋送饭时，这个伤员就对他父女说，他要回部队去了。张四十三像看自己的儿子一样地看看这个年轻人，从竹篮里拿出两个鸡蛋，塞到他的衣兜里说，已经想到你今天要走了，带上这两个鸡蛋，把它当药吃了，一定要养好身体。

这个战士没说任何话，只是看一看张四十三父女，就转身沿着山路走了……

15

也就在这时，张四十三做了一件糊涂事。

张四十三做这件糊涂事并不是一时糊涂，他也是经过一番考虑的。他知道这个留下来的像女婿李水生的伤员身体已经很难恢复。他的一条腿被炮弹炸断了，虽然勉强接起来，但已经明显比另一条腿短一截，这样一来走路也就有些跛，于是，张四十三想了几天，就在一个下午来到山里的石屋。这时女儿秋莲刚刚回去，这个伤员正在石屋门前的空地上练走路。这个伤员是湖南人，姓唐，叫唐石柱，他一见张四十三立刻招呼着迎过来，两人一起坐到一块石头上。张四十三先是看了一下唐石柱的这条伤腿，然后问他，恢复得怎样了。

唐石柱立刻说，恢复得很好，已经基本差不多了。

张四十三看看他问，你觉得……恢复得差不多了？

唐石柱说是啊，估计再有几天，就可以回部队了。

张四十三却轻轻摇了摇头。

唐石柱奇怪地看看他问，怎么……

张四十三沉了一下，说，你现在这样子，还能回部队吗？

唐石柱问，为什么不能回部队？

张四十三说，你现在连走路都费劲，更不要说行军打仗了。

唐石柱立刻涨红脸说，我的腿已经完全好了，当然可以行军打仗。

张四十三又摇摇头，对唐石柱说，你得承认，你的这条伤腿已经有了残疾。

唐石柱不服气地哼一声说，就算有了残疾又怎样，我也照样可以跟上部队，我们的首长还有一个独臂将军呢，人家一样指挥千军万马，一样打胜仗！

张四十三说，可你不是将军。

唐石柱说，我不是将军，可我是士兵！

张四十三说，将军和士兵毕竟不一样。

这时唐石柱就不再说话了，很认真地看看张四十三。他感觉到了，张四十三好像要对自己说什么。果然，张四十三稍稍沉了一下，就对唐石柱说，我想……问你一件事。

唐石柱问，什么事？

张四十三说，你觉得，我女儿秋莲怎么样？

唐石柱立刻说好啊，她人很好，对我照顾也很好。

张四十三说，你不觉得，她还有别的好吗？

唐石柱眨一眨眼问，你指的……是什么？

张四十三说，我是说，她还是一个女人。

唐石柱立刻明白了，低下头去，不再说话了。

张四十三又说，你的腿既然已经这样，就不要再回部队了，回去也只会给部队添累赘，你可以留下来，以后……就在这里和秋莲踏踏实实地过日子，我们不嫌弃你的腿疾，我已经想好了，只对村里人说，你是我家的远房亲戚，特意来投奔我和秋莲的，这样就不会有人怀疑你了，我这几年还存了一些木料和石头，可以为你和秋莲把房子修一修……

不行……

唐石柱突然抬起头说。

不行？

张四十三看看他。

唐石柱说，我不能留下来。

张四十三问，为什么？

唐石柱说，我……还是要回部队去。

张四十三的脸色就一点一点难看下来，他看着唐石柱问，你就这么不愿留下来吗？

唐石柱声音不大，但很坚定地说，我，真的不能留下来。

张四十三问，是我的女儿秋莲……不好？

唐石柱立刻摇摇头说，不，她很好，她真的很好。

那……为什么？

我说过了，我要回去打仗。

张四十三就不再说话了。

过了一会儿，他说，你，再想想吧。

唐石柱说，不用想。

张四十三问，一点都不用想？

唐石柱说是，一点都不用想。

张四十三点点头，说好吧，既然这样，那咱们现在就算一算吧。

唐石柱有些奇怪，问，算什么？

张四十三说，当然是算我们这些日子照顾你的花销。张四十三站起身朝前走了两步，回过头盯着唐石柱说，我知道，你是为咱穷苦人打仗才受的伤，可我儿子和女婿也去为穷苦人打仗了，我女婿还把命搭上了，我们现在为了给你养伤，自己吃红薯南瓜，把米省下来给你煮饭，你一天至少要吃一斤米，在这里总共住了七十八天，你自己算一算，吃了我多少米？

唐石柱听了惊讶地看着张四十三，问，你让我这样算……是什么意思？

张四十三说，没有别的意思，我们照顾你就算了，只当白照顾了，可你如果不肯留下，就得把这些米还给我。张四十三说着向唐石柱伸出手，拿来吧，一共是七十八斤米。

唐石柱没说话，只是睁大两眼瞪着张四十三。

张四十三的手又向前伸了一下，说，拿来吧。

唐石柱点点头说，好吧，这七十八斤米我一定还你。

张四十三没再说话，又看了唐石柱一眼就转身走了。

16

张四十三自己的心里也很清楚，他对唐石柱这样说不过是气话，他当然不可能让他还自己那七十八斤米。但让他没有想到的是，这个唐石柱竟然真的认真了。

第二天早晨，张四十三的女儿秋莲再来山里的石屋送饭时，就发现这里已经没人了。女儿秋莲不知发生了什么事，连忙跑回来告诉张四十三。张四十三一听就明白了。他知道，唐石柱是一个很倔强的年轻人，所以估计他不会回部队，他一定是为那七十八斤米想办法去了。张四十三想到这里，心里立刻紧张起来。他想到唐石柱说话是外乡口音，而且那条伤腿虽已基本恢复，但还是能看出受过伤的样子，所以无论到哪里很容易被人认出来。张四十三并没有告诉女儿秋莲自己曾对唐石柱说过的话，他只说去找一找他，就赶紧从家里出来了。

张四十三经过分析，觉得唐石柱很可能是去山里背石头了。因为他要想买米就得用钱，而要想挣钱就只有去打零工，山里最容易打的零工也只有背石头。果然，张四十三很快就在山里的一个采石场找到了唐石柱。唐石柱正背着一块很大的石板，他的伤腿虽然已经恢复，但毕竟还有些跛，所以看上去背石头的样子就很吃力。张四十三看了立刻感到很心疼，但是当着采石场的人却又不能说什么，只是默默地跟在他的身后，等唐石柱将石头放下了，才趁人不注意将他拉到一个僻静的地方。唐石柱一看是张四十三，擦了擦脸上的汗说，他已经算过了，要想挣到七十八斤米的钱还真不是一件容易的事，他要在这里干一段时间才能还上。

张四十三看一眼唐石柱说，不容易……就算了吧。

唐石柱擦着汗的手立刻停下来，你说……算了？

张四十三点点头说，算了。

唐石柱问，那米……不用还了？

张四十三哼一声说，不用还了。

唐石柱眨着眼，看看张四十三。

张四十三又问，你的腿，真好了？

唐石柱点点头说，差不多，好了。

张四十三就从兜里掏出一个银圆，塞到唐石柱的手里说，腿好了……就回部队去吧。唐石柱刚要把这银圆再塞还给张四十三，张四十三用力推了他一下说，你走吧，走吧……

唐石柱还要说什么，但看看张四十三，又把话咽回去。

张四十三又朝他挥挥手，说，你……快走吧。

唐石柱倒退了两步，就转身走了……

17

张四十三做的第三件糊涂事不仅糊涂，甚至是愚蠢。

他直到最后才意识到，自己做的这件愚蠢的糊涂事是命中注定的。

这件事与刘媒婆有关。张四十三的女儿秋莲曾告诫过他，说刘媒婆绝不是一个简单的女人。区上的李主任也曾提醒过他，让他当心这个女人，并警告他，不要再跟这女人有任何瓜葛。但张四十三却并没把这些话当一回事。他反而越来越认为刘媒婆对于自己是一个很理想的女人。他觉得自己已经习惯了她的身体，习惯了她的气味。他甚至在考虑，是不是干脆就把这女人娶回家来。但让张四十三没有想到的是，当他把这个想法对刘媒婆说出来时，却被刘媒婆一口回绝了。

刘媒婆告诉张四十三，她是不会嫁给他的。

刘媒婆是在自己的竹床上这样告诉张四十三的。张四十三听了大感意外。其实在他跟刘媒婆来往的这段时间里，一直是刘媒婆想嫁给他的，刘媒婆曾明确表示，只要张四十三肯娶她，她甚至可以把水塘边的这间青瓦屋卖了作为自己的陪嫁。但张四十三还是考虑到刘媒婆的名声，他觉得娶一个这样的女人回家不仅对自己，对女儿秋莲也很不好，况且他想，娶与不娶刘媒婆也并非是一件多么要紧的事情，他一样可以跟她做那种事，既然一样可以做又何必一定要娶她呢？但让张四十三搞不懂的是，现在自己真的要娶她了，她却反而不同意了，这是为什么？张四十三突然想到了村里的宋财旺。这时的宋财旺已经又恢复了往日的威风，经常跟城里的保安团来往，而且在何屋村又趾高气扬起来。张四十三问刘媒婆，是不是跟宋财旺又有了来往。刘媒婆听了嘻地一笑说，你早就说过，你又不是我的男人，我跟谁来往是我的事，为什么一定要告诉你呢？接着又说，你让我嫁给你也行，你只要告诉我一件事。

张四十三说，你说吧，什么事。

刘媒婆问，你当初在这一带收药材……究竟为什么？

张四十三说，我告诉过你，我是在帮人做药材生意。

刘媒婆问，帮谁做药材生意？

张四十三含糊地说，一个远房亲戚，说了你也不认识。

刘媒婆又问，做哪样药材生意？

张四十三听了嘁的一声，说药材生意还有哪样，你不是都知道吗。

刘媒婆突然问，你做生意的地方，是不是在……县城里的小西门？

张四十三听了立刻一愣，你……怎么知道县城的小西门？

刘媒婆又嘻地一笑说，我只要告诉我，是还是不是？

张四十三没有说话。这时刘媒婆的手就又伸过来。张四十三觉得刘媒婆的这只手比她的身体还厉害，它只要一摸到自己，立刻就会被它牵着走了。这时张四十三感觉自己的身体又像腾云驾雾似地飘起来。他含混地嗯了一声，说是……是啊，是在小西门。

刘媒婆的手一下一下地握着又问，可是后来，你为什么又不干了呢？

张四十三顾不得再说话，一翻身就又骑到刘媒婆的身上……

18

张四十三是在这天夜里出的事。

这天夜里，他正躺在自己家的床上睡觉，突然感觉被人推醒了。但他还没有来得及睁眼，就觉得有一条口袋套在了自己头上，接着就被人揪起来，连拖带拽地弄到屋外。他就这样趺趺撞撞地被拖着走了一阵，忽然闻到了水草的腥气。他知道是来到了村外的水塘边。这时，他听到一个声音，这声音说，给他拴一块大点的石头，这样可以死得痛快些。

张四十三听出来，这声音是宋财旺。

宋财旺又说，捆得牢一点。

张四十三立刻感觉到，自己被一根很粗的绳索捆绑起来，接着又在胸前坠了一块沉甸甸的大石头。就在他被几个人抓着抬起来的一瞬，他突然意识到，这一天刚好是自己四十三岁的生日。然后他就觉得自己忽悠一下飞起来，似乎飞得很高，耳边有呼呼的风响。

接着，就听到叭嚓一声水响……

三 叛徒

在赣南一个县级革命历史博物馆里有一面高大的烈士墙，青灰色，很厚重，矗立在显要的位置。墙上镌刻着密密麻麻的烈士姓名。据博物馆的同志说，这面墙上记录的有几万人。我注意了一下，其中仅一个乡就有上千人。有的烈士没有留下姓名，墙上只有几个空荡荡的方块。当地同志告诉我，在当年，这个县曾有17800多人参加红军，但是，经过长征到达延安后，仅还有53人。我用手抚摸了一下这面用石头筑起的烈士墙，感觉到，它虽然冰冷却包含着几万个年轻而又火热的生命，这面墙真正是用热血和生命筑起来的……

还是在这个县，一天中午，我和几个当地朋友去山里寻访一处当年红军机关留下的遗址回来，走进路边的一家小饭馆吃饭。当时，其中的一位朋友正在为我讲述一件事。这是一件关于错案的事，时间跨度很大，虽然发生在上世纪三十年代，却一直延伸到这个世纪初，几乎是一个人大半生的经历。我被这件事牢牢吸引住了，几乎忘记了喝酒。也就在这时，另一个当地的朋友忽然笑了，他指着一个为我们端菜上来的中年男人说，他是这个小饭馆的老板，有机会也可以让他讲一讲他家的事。这时我才注意到这个男人。这男人约莫四十多岁，虽然表情木讷，两个眼睛却很亮，一闪一闪的透出精明。他一直在默默地为我们倒茶端菜，似乎并不在意我们说话的内容。那个当地的朋友指着他对我说，他祖父当年也是红军，还打过游击，前几年刚刚去世，活着时经常坐在这路边，一边抽烟喝茶和人们聊天。我听了有些意外，看看这个朋友，又抬起头看了看这个小饭馆的老板。这个朋友似乎看出我在想什么，又说，当年在我们这里，这样的老人有很多呢。

这一次从江西回来，我的心里还一直还在想着在赣南路边小饭馆里听到的那个关于错案的事情。事情的本身已经很曲折，也很有传奇色彩。但是，我还需要细节。我知道，只有有了足够的细节这个故事才会有生命。于是，我又拿出那个红色的笔记本，按时间顺序翻到1935年。

这应该是这件事发生的那一年。

根据笔记本上记载的内容可以看出，这个笔记本的主人在这一年显然仍还在赣南，而且一直坚持采访，因此记载了大量的人和事。为此，我不由得对这个前辈充满敬意。可以想象，他在当时的采访环境绝不像我今天这样坐着汽车喝着矿泉水，他甚至要冒生命危险。我决定在他采访的这些人和事中打捞一些细节。同时，那个路边小饭馆的老板，他的祖父也一直让我难以忘记。就这样过了一段时间，我发现，我面对的竟是一个错综复杂的事件和一堆零散的细节。一天深夜，我突然想到，我可以用数学中柘扑的概念建构起若干个叙事空间……

站在我面前的是一个五十多岁的中年男人。他身材适中，肤色黝黑，眼睛里像蒙了一层令人难以察觉的阴霾。但这阴霾的后面又似乎还有内容，因此，显得有些深邃。我和他握了一下手，请他坐下。他就在我的对面坐下来。我叫李祥生。他说。他的声音带着沉重的胸腔共鸣。我点点头，表示已经知道了。我注意到他没穿警服，只穿了一件有些随意的米色夹克衫，里面是深色的圆领T恤，给人一种很干练的感觉。

是的，他又说，周云的案子当年是经我手办的。

我问，是你自己……私下办的？

他说是啊，我没告诉单位领导。

我又点点头，就取出一只录音笔打开，放到他面前的桌上。我这样做是在告诉他，他可以开始了。他显然懂了，于是稍稍沉了一下，就开始讲述起来……

1

这应该是将近三十年前的事了。我1982年毕业于这个城市的师范大学数学系，也就是恢复高考后的第一届大学毕业生。在那个时代，大学生毕业还要由国家统一分配。按当时的分配政策，师范院校的本科毕业生如果没有特殊原因是一律要去中学当教师的。但那时候，中教界的待遇还很低，因此一般没有人愿意去。当时我们班有一个叫李大庆的同学，他父亲是这个城市公安局的副局长，于是公安局就专门为他给了我们系一个指标，是去公安局下属的劳改局，到监狱工作。但是，这个李大庆一听说是去监狱，干部子弟的脾气就上来了，死活不肯去。可指标既然下达我们系，再想要回去已经不可能，于是也就由我们系自己支配了。当时我是系里学生会的干部，不仅表现积极政治条件也很好，系里就找我谈话，问我愿不愿意去劳改局。那时警察还不叫警察，叫民警，说实在话，我对当时的民警印象并不好，可是转念再想，去劳改局当民警总比去中学当老师强，于是也就答应了。

就这样，我来到劳改局，被分到西郊监狱。

我也就是从这时开始接触到周云。我刚到监狱时，一穿上这身警服感觉立刻就变了，竟有了一种很庄严的责任感。我每当看到自己帽徽上鲜红的国徽，就觉得是代表国家，代表政府，更代表我们强大的国家机器。因此，我对工作中的每一个环节都很认真，对每一个细节也从不掉以轻心。我下定决心，要对得起国家给予的这份信任。

我渐渐发现，关在 001 号监室的犯人有些不太正常。

这个犯人就是周云。她当时六十多岁，据同事对我讲，已在这里关了十几年。我曾经看过关于她的材料，她是因为历史问题被判刑的。据案情记载，她的原籍是江西赣南，祖辈务农。她在三十年代初投身革命，后来还曾经参加过游击队。1934 年秋红军主力战略转移，她继续留在苏区坚持对敌斗争，但后来被捕就叛变了革命。据说当时被她出卖的人很多，其中还有我们党一位很重要的领导同志。因此，她的刑期也就很大，被判的是无期徒刑。

我听同事讲，这个周云的认罪态度很不好，这些年来一直拒不接受改造，坚持说自己有冤情，在监室里不停地写申诉材料。但她的申诉材料只到监狱这一级就被扣下了。那时各种类似的申诉材料很多，监狱不可能都送上去，上级有关领导也没时间看这些东西。因此，尽管这个周云一直在从早到晚不停地写，但她并不知道，这些材料交到监狱之后就都被扔在角落里了。那时一些冤假错案都已陆续被平反，但这个周云的案子却始终没有翻过来。有关领导也曾问过此事，却都没有任何结果。后来监狱方面也就明白了，看来这个周云的案子确实不属于错案。如此说来，监狱方面一直将她的申诉材料扣下也就做对了，否则真转上去不仅毫无意义，也只会给上级领导增添不必要的麻烦。于是，从此之后，监狱索性就给周云准备了大量的废旧纸张，只要她想写就为她无条件提供，待她写完之后，只要将这些废纸从一个角落放到另一个角落也就是了。周云渐渐地似乎也明白了这个道理，于是再写完材料之后就不交给监狱方面了，而是一页一页地撕碎，然后一边喃喃自语地嘟囔着，将这些碎纸一把一把地从铁门上的窗洞里扔出来。那些扔出的碎纸像一团一团白色的蝴蝶，在监房的楼道里上下翻飞。监狱方面认为周云这样做严重地破坏了监房的环境卫生，因此三番五次向她提出警告，如果她再这样肆意乱扔纸屑就要根据有关的监规对她采取严厉的惩罚措施。但周云却置若罔闻，不仅我行我素，而且向外抛撒的纸屑也越来越多。渐渐地，那些纸屑甚至将她监室门口的地面都白花花地覆盖起来。

看上去，像一堆蝴蝶的尸体。

也是一个偶然的机会。一天傍晚临近下班时，我从 001 号监室的门前走过，看到一地的烂纸，就找来一把扫帚想清扫一下。我将这些烂纸扫到一起正准备倒进垃圾箱，不知怎么突发奇想，就蹲到地上将几块碎纸拼在一起，想看一看这个周云究竟都写了些什么。然而这一看，竟让我大感意外。周云写的虽然密密麻麻，内容却很简单，翻来覆去只是几个歪歪扭扭的字在来回重复。但这些字我仔细看了一阵，却都无法辨认。

我立刻感到很奇怪。

难道……她一直写的就是这样一些东西？

我当即决定，将周云最近一段时间写的材料都找来看一看。我立刻来到监狱的资料室。那时资料室还形同虚设，平时几乎没有人去查阅资料。在资料室的里面还有一个套间，是一个只有十几平方米的房间，实际上也就是一个库房，用来存放监狱里一些没用或废弃的文件资料。我知道，周云这些年来写的申诉材料，应该都被搁置在这里。我在一个满是灰尘的角落里果然找到了这些材料。这些材料竟然整整地装满一箩筐。我大致翻弄了一下，显然，放在最上面的应该是最新写的，越往下时间就越早。我拿起最上面的几页纸看了看，都是同样的字迹，也是那样的密密麻麻歪歪扭扭，但如果仔细看却无法辨认出究竟写的是什么。再往下翻，我忽然发现几页纸。这几页纸是夹在一摞散乱的纸中，用一个曲别针勉强别在一起，虽然字迹同样的潦草怪异，但如果仔细看，竟然能看出所写的内容。

我立刻将这几页纸拿出来，带回到宿舍。

在这个晚上，我将这几页纸很认真地看了一下。这显然是周云某一份申诉材料中的一部分，写的是她当年在游击队里如何与丈夫结合，后来又是如何离开游击队的一段过程。这几页材料虽然字迹还能勉强辨认出来，却断断续续，词语不仅不连贯也有些凌乱，我几乎看了大半夜，才通过自己的理解和想象将她所要表达的意思重新梳理再拼接起来。据她在这份材料中说，她当年的丈夫叫罗永才，她和他是在 1935 年初春走到一起的。那时中央主力红军已经战略转移，也就是开始了后来的二万五千里长征，留下的中央分局、中央政府办事处等机关以及红军 24 师也已经分九路突围，苏区完全被国民党军队战领，笼罩在一片白色恐怖之中。因此留下坚持斗争的地方武装，生存环境也就越来越残酷。当时为了便于隐蔽和相互照顾，游击队员一般都是男女相配，也就是说，大都是夫妻。周云所在的这支游击队一共有十七个人，其中八对是夫妻，只有周云一个单身。她那时还只有十八岁，每天钻山林住岩洞，别的女游击队员都有丈夫在身边照顾，她一个女孩独自面对这一切艰难的程度自然可想而知。后来罗永才就从别的游击队调过来。那时罗永才二十一岁，也是单身，生得魁梧壮实也很热心帮助战友。于是游击队的领导帮他们撮合，就这样，两人走到了一起。

关于罗永才后来牺牲的过程，周云在这份材料中是这样记述的。

那一年开春，由于国民党的几十万军队占领苏区之后不断“清剿”，斗争环境也就一天比一天艰难。就在这时，游击队突然接到上级一个特殊任务，说是要护送中央机关的一位重要领导同志去粤北，只要进入粤北境内，那边的游击武装自会有人接应。但是，周云这时已经怀有身孕，而且妊娠反应很严重，总是不停地呕吐，身体也非常虚弱。游击队领导考虑到这一次任务的特殊性，就和周云商议，让她下山去休养一段时间，待生了孩子再想办法归队。但周云的家虽然就在山下，可是她离家已经很久，估计家里已没有什么人。于是罗永才考虑了一下，就让周云先去他的家里。周云就这样，在一个傍晚离开游击队，独自下山去了罗永才的家。所以，周云的这份材料写到这里特别强调，她那一次离开部队并不是临阵脱逃，而是奉了游击队领导的指示，暂时下山去罗永才的家里生孩子。

罗永才的家是在山下的下屋坪村，与周云的家只隔着一座山。所以，周云对去他家的路还比较熟悉。在那个晚上，周云摸着山路好容易来到下屋坪村罗永才的家里。罗永才的父母还都健在，他们一见这样一个眉目清秀的儿媳突然带着身孕来到家里，就如同是从天上掉下来的，自然都喜出望外。一番问这问那之后，见她由于长期钻山林风餐露宿，蓬头垢面身上肮脏不堪，就赶紧忙着烧水让她洗一洗身上再换了干净衣服，然后又找出家里的粮食为她做饭。就这样，周云就在罗永才的家里住下来。那时国民党的保安团正在到处搜捕红军家属，所以罗永才的家里一直说罗永才是去赣江下游为人家运木材了。因此这一次，他父母就对村里人说，周云是罗永才在外面娶的媳妇，现在怀了身孕才送回家来。村里知情的人立刻心领神会，于是也就都帮着罗永才的父母遮掩。因此，周云到下屋坪村并没引起人的怀疑。

出事是在几天以后。

关于这一段记述，周云材料上的字迹更加潦草，因此辨认起来也就更加困难。但语句却突然一下流畅起来，也明显的有了一些条理。据材料上说，出事是在一个上午。当时周云正躺在家里的竹床上。她这时妊娠反应越来越重，已经虚弱得无法起来。就在这时，一个叫赖顺昌的人带着几个国民党军队的士兵闯进家来。这赖顺昌原本是附近前樟坑村一个游手好闲的懒汉，只靠偷鸡摸狗混日子。红军主力转移以后，地主劣绅卷土重来成立了“义勇队”，赖顺昌就去投靠了“义勇队”，整天带着保安团的人到处搜寻苏区干部和红军家属。在这个上午，赖顺昌带人闯进来，看到躺在床上的周云，就转身对一个又矮又瘦军官模样的人说，就是这个女人。那个矮瘦军官走过来，朝周云看了看问，你就是周云？当时周云听了立刻感到奇怪，她来到罗永才家之后，已经改名换姓叫温秀英，她摸不清楚这些人怎么会知道自己的真实姓名。但她没动声色，只是对这个矮瘦军官说，我不知道周云是谁，我叫温秀英，是罗永才的女人。罗永才？那个矮瘦军官微微一笑说，我们来找你就是因为罗永才。他这样说罢又朝身边的人做了一个手势，就转身出去了。几个士兵立刻过来，从竹床上拉起周云架着就往外走。罗永才的父母一见连忙扑过来挡在门口。这时赖顺昌就走过来说，你们不要找麻烦，田营长是让她去认尸的，只要认完了尸首立刻就会放回来。罗永才的父母一听说是让周云去认尸，立刻都惊得呆住了。那几个士兵趁机就将周云架出去了。

周云在这份材料上说，她后来才知道，她所在的那支游击队在完成护送领导同志去粤北的任务时，不幸中了敌人的埋伏，连同那个领导同志以及她的丈夫罗永才在内，已经全部牺牲了。在那个上午，赖顺昌领着那个叫田营长的国民党军官率人将周云架到山上去，就是想让她辨认一下，哪些尸体是游击队员，最后剩下的那具她不认识的尸体，自然也就是他们要护送的人。周云在这份材料上也承认，她至今仍然搞不明白，敌人在当时怎么会对这件事的底细知道得如此清楚？而且，如果他们让她去认尸，也就说明她的身份已经暴露，而敌人又是怎样知道，她也曾是游击队员的呢？

周云在那个上午被几个国民党士兵架上山，就看到在山坡的一片空地上横躺竖卧地摆放着一堆尸体。这些尸体显然都是刚从什么地方抬来的，身上满是黑紫的血污，有的中弹是在脸上，看上去惨不忍睹。这时，那个叫田营长的矮瘦军官走过来，对架在两边的士兵挥了一下手。那两个士兵立刻朝后退去。周云的身体失去了支撑，摇晃了一下勉强站住了。田营长的样子还算温和，他让周云仔细看一看，在这些尸体中有没有她不认识的人。田营长又冲周云微微一笑，心平气和地说，我知道，你过去跟他们是一起的。

周云当然明白这个田营长的用意。

在国民党军队的“清剿”过程中，如果捉到或打死红军的重要领导人是有很高奖赏的，所以，这个田营长显然是想找到他要找的尸体，查明身份，然后去上级那里邀功请赏。这时周云的腹痛突然开始加剧起来。她艰难地走到这些尸体的近前，立刻闻到一股刺鼻的血腥气味。这些游击队员由于长期在山林里风餐露宿，无论男人还是女人，身上都已衣衫褴褛，再溅上黑紫的血污看上去就都成了一个样子。但是，周云在心里暗暗数了一下，突然将两个眼睛睁大起来，她注意到，这些尸体一共是十七具。周云知道，当初游击队包括自己在内一共是十八个人，现在自己离队，如果再加上那个被护送的领导应该还是十八个人，可是眼前的这些尸体却是十七具，这也就是说，应该还有一个人在这次战斗中幸免于难。这个人是谁呢？会不会是罗永才？这时，那个田营长也注意到周云脸上的变化，立刻走过来问，你看到了什么？周云摇摇头说，没看到什么。赖顺昌从旁边走过来，别有用心地说，咱们开始认尸吧，你一具一具认，看哪一个是你男人罗永才。周云慢慢回过头说，既然你是前樟坑村“义勇队”的人，你会不认识罗永才吗？赖顺昌立刻被问得支吾一下，说，这些尸体都打得稀烂，谁还能认出来。说罢就捂着鼻子躲到一边去了。这时，周云虽然这样说，却把目光转向那些尸体。她小心地在那些尸体中搜寻着，唯恐看到自己最怕看到的人。但就在这时，她的目光突然定住了。她看到了一张熟悉的面孔。那个面孔显然是在一个极端愤怒而又痛苦的瞬间凝固住了，因此有些扭歪，两只仍然没有闭上的眼睛里还透出冰冷的怒火。周云突然感到天旋地转，肚子里也猛地抽动一下，接着就剧烈地疼痛起来。

她眼前一黑，就栽到地上失去了知觉……

周云的这份材料就到这里。后面还有半页纸，但上面的字迹已经模糊不清。我注意到，这些字迹不是因为潦草，而像是被水洇过。我想，这也许是周云的泪水。我又努力辨认了一下，这半页纸上的文字大致是说，那一次在山坡上认尸，她昏倒之后就流产了。敌人认为她死定了，就将她扔在山坡上走了。直到傍晚，她才被找上山来的罗永才父母背回家去……

2

我立刻对001号监室这个叫周云的女犯产生了浓厚的兴趣。但是，我又在她写的这份材料中发现一个问题。如果从她的讲述看，她所说的事情是发生在1935年春，而她当时是18岁，那么这样计算她现在就应该是66岁。但我清楚记得，在她的犯人登记表上填写的出生年月是1915年8月，也就是说，这样算她的实际年龄应该是68岁。不过我想，这也并不奇怪，在那个年代，尤其是在赣南地区那样的农村，很少有人用公元去记自己的出生年月，一般都是后来经过换算才确定的，这也就有可能出现一些误差。

也就从这以后，我开始注意这个周云。

我再走过001号监室的门前时，就总是有意放慢脚步。我想观察一下这个周云平时在监室里都干些什么。我发现，正如别的同事告诉我的，她在监室里似乎只做两件事情，要么趴在墙角的小桌上埋头写材料，要么一边喃喃自语着不停地走来走去。一天，我终于忍不住了，就在001号监室的门前停下来，隔着铁门上的窗洞朝里面看着。周云仍像平时一样一边喃喃自语着在监房的中间来来回回不停地走。她走路的样子并不显衰老，两腿很有力，步子也迈得很坚实，因此看上去还给人一种矫健的感觉。只是来回走得有些茫然，似乎在思考着什么令人焦虑的问题。突然，她也发现了我，于是立刻停住脚，愣了片刻，就朝这边一步一步地走过来。她来到铁门跟前站住了，微微侧过脸，隔着那个小小的窗洞与我对视着。我发现她的脸上虽然已经满是沧桑的皱褶，眼睛却仍然很亮，而且像婴儿一般清澈。

她就这样与我对视了一阵，忽然说，你是新来的。

我稍稍愣了一下，问，你怎么知道，我是新来的？

她说，我过去从没见过你。

她说话带着浓重的江西赣南口音，但吐字很清楚，给人的感觉也很清醒，似乎不像是疯疯癫癫的人说出来的。我刻意不让自己的脸上有任何表情。我对她说，你应该正常吃饭。我已经听同事说了，这个周云的食欲很不好，经常一整天不吃一点东西。周云显然将我的话听进去了，她又很认真地看看我，然后问，你……真的关心我吗？

我说，我在这里的工作，就是关心每一个接受改造的犯人。

她摇摇头说，你如果真的关心我，就不应该只是吃饭问题。

她这样说罢，仍然盯住我用力地看着。

我沉一下问，你说，还有什么问题？

赖春常，说的都是假话。

她一个字一个字地说。

赖春常？

对。

赖春常是谁？

她忽然笑了，说，你会不知道赖春常是谁吗？

我又努力想了一下，还是想不出她说的这个赖春常究竟是谁。

好吧，她说，如果你真的不知道，我可以告诉你，赖春常曾经是咱们中华苏维埃政权的敌人，当年不知害死过多少我们的同志，这样的人，他说的话怎么可以轻易相信呢？她这样说罢，又摇摇头自言自语地说，哼，虽然他改了名字……我也知道他是谁……

她这样说着就转过身，又朝监室的深处走去。

周云的这番话更加引起了我的兴趣。

在这里我要说一句，我得承认，如果是在今天，我不会在意这个周云说了什么，更不会想尽一切办法去探究她的案情，因为这些年我已经见过太多的事了，在我感知器官的表面已磨出一层厚厚的老茧，我已经对任何事情都提不起兴趣。但在那时候，我毕竟只有二十几岁，还是一个刚刚走出校门的大学生，又是一个刚穿上警服的年轻狱警，因此怀有一种强烈的责任感。所以，我当即决定，要想办法将这个周云的案卷调出来看一看。进入上世纪八十年代以后，我们国家的司法制度已经开始重新建立起来，那时在监狱羁押的犯人，一般情况下案卷都是存放在法院，但公安机关也会有一个副本。我工作的劳改局是公安局的下属机关，所以跟他们联系应该方便一些。于是，我在一天上午就给市局那边负责案卷的部门挂了一个电话。那边一听说是自己系统的人，果然很客气，但还是公事公办的告诉我，要想查阅犯人案卷，必须持有单位的介绍信。这对我显然是一个难题。我去查阅周云案卷这件事并不想让单位领导知道。我想了一下，觉得只能求助在大学时的那个叫李大庆的同学了。李大庆的父亲是公安局的副局长，这点事打一个招呼，应该不成问题。

于是，我立刻给李大庆挂了一个电话。

这时李大庆还是分来市公安局，被安排在八处工作。我知道，八处是一个要害部门，几乎掌握着这个城市公安系统所有人员的情况。但让我没有想到的是，李大庆一听说要求他父亲办事，竟立刻一口回绝了。他在电话里告诉我，他父亲当领导之后一直跟家里人有一个约定，无论谁，无论什么事，都不准向他开口。所以，李大庆说，要想找他父亲是不可能的。不过……李大庆想了一下又说，这件事他可以试一试。我听了立刻眼前一亮，对啊，李大庆是李副局长的儿子，这在局里是尽人皆知的，他打电话和他父亲打电话还不是一样，况且他现在又在八处这样的要害部门工作，负责案卷那边的人也总要给一些面子。

我连忙说好好，那你现在就给那边挂个电话吧。

果然，时间不大，李大庆的电话就又打过来。

他说，你现在过去吧。

我问，你……说好了？

他说，说好了。

没问题了？

你去吧。

李大庆说罢就将电话挂断了。

我立刻来到市局。负责案卷的人一听说是我果然没再提介绍信的事，立刻就将已经准备好的周云案卷拿出来。但他们又对我说，案卷是不可以拿走的，只能在这里查阅。我看了看这个满是灰尘的卷宗夹，虽然不算太厚，但要想把里面的内容看一遍也需要一定时间。负责案卷的人立刻明白了我的意思，就朝旁边的一个房间指了指告诉我，那里有一个阅卷室，是专供查案卷的人使用的，但一般不会有人来。

我听了点点头，就来到阅卷室。

周云的案卷并不复杂，除去一些相关法律程序的文书，还有一张判决书。这张判决书显然是上世纪六十年代末写的，所以给人的感觉不很规范，案情记述也很简要，只说是在1935年春，中央主力红军战略转移后，由于斗争环境残酷，周云意志动摇，先是私自脱离革命队伍，继而被敌人逮捕又贪生怕死，变节投敌，而且由于她的出卖使我党遭受重大损失，直接导致一位当时很重要的领导同志和十六位游击队员全部罹难。判决书上最后说，周云以上的犯罪事实清楚，而且有充分的人证和物证，据此判处她无期徒刑。

我在这张判决书的下面，又看到一份证明材料。

这份证明材料是一个调查笔录，被调查者是一个叫赖春常的人。我忽然觉得这个名字有些熟悉，好像在哪里听到过。接着就想起来，是周云。周云曾对我说，赖春常说的话都是假的。我想，她指的是不是这份证明材料？接着，我又想起来，周云还曾说，这个叫赖春常的人曾经是苏维埃政权的敌人，当年不知害死过多少革命同志。那么，这样一个人，他又怎么会为周云的事作证呢？我立刻将这份材料拿出来。材料的开头先是介绍赖春常的基本情况：赖春常，男，汉族，1912年出生，职业农民，家住东坳人民公社下屋坪生产大队。然后是记载事情的经过，1968年，赖春常突然揭发出周云有叛节投敌的历史问题，这件事立刻引起有关部门的高度重视，于是当即派人前往下屋坪村向赖春常核实情况。

接下来就是调查者在下屋坪村，向赖春常核实情况的笔录。

调查者问得开门见山：你根据什么说周云曾经叛变投敌？

赖春常的回答也很干脆：这件事，是我亲眼看见的。

问：你亲眼看见周云向敌人叛变？

答：是的，我亲眼看见她叛变的。

问：这件事还有谁可以证明？

答：再有……就是田营长了。

问：田营长是谁？

答：是一个……国民党军官。

问：国民党军官？

答：不过，你们恐怕已经找不到他了。

问：你能详细说一下这件事的经过吗？

答：当然可以，这件事的经过很简单。

接下来就是赖春常陈述事情的经过。那是 1935 年夏天，具体是五月还是六月，已经记不清了。一天夜里，周云突然从山上跑下来，藏到下屋坪村她丈夫罗永才的家里。当时在下屋坪村附近的前樟坑村，刚好驻扎着一支国民党的清剿部队，是田营长的队伍。田营长听说了此事，又知道这个周云曾是红军游击队的人，第二天下午就带人来到下屋坪村，直扑罗永才的家把周云堵在了屋里。周云一被逮捕立刻就吓得说不出话了，接着田营长又威胁她，说是如果她不肯招供，就把她送去靖卫团，让靖卫团的那些人把她糟塌够了，再拉去山里活埋。周云一听田营长这样说就吓得哭起来，接着也就全招了，她告诉田营长，山上的游击队刚刚接到上级一个特殊任务，说是要护送一个重要领导去粤北。然后，周云又告诉了田营长游击队准备走的详细路线。就这样，田营长立刻派了一支队伍连夜上山，在游击队要经过的路上设下埋伏。到后半夜时，果然就将游击队等到了。当时游击队的人由于连夜赶路已经走得很疲惫，看到路边有一个纸寮，就进去准备休息一下，等天亮再走。（这中间调查者插话，问：纸寮是什么？赖春常答：纸寮是当地一种特殊建筑，一般是用竹子搭建的简单棚舍。那时赣南当地的人还习惯用竹子造一种土纸，这种纸寮就是专门用来造纸的）但是，就在游击队的人进到那个纸寮里，田营长的队伍也迅速在外面将这个纸寮包围起来。他们包围了纸寮却并没有急于行动，只是耐心地等待天亮。就这样，天亮以后，田营长的队伍突然向那间纸寮发起攻击。当时在纸寮的四面都架起机枪，所以游击队的人一冲出来立刻就被猛烈的火力压回去。其实田营长事先已有命令，要尽量捉活的。但那些游击队的人都不怕死，硬是顶着子弹拼命往外冲，就这样，十几个人全被打死了。这时田营长的队伍才冲上去，将那些还在冒着烟的尸体拖出来清点了一下，整整是十七个人。于是就将这些尸体都抬回来。

赖春常说到这里，就又被调查者打断了。

调查者问，当时为什么要将这些尸体抬回来？

赖春常说，田营长想查找，究竟哪一个是游击队要护送的人。

调查者说，好吧，你继续说。

赖春常说，在那个下午，周云向田营长提供了游击队的情况之后，就被放回家去了。这时，田营长又派人把她抓回来，让她去山上辨认尸体。就这样，周云被带到山上，将那些尸体一具一具辨认之后，就找出了那个游击队要护送的人，他在前胸中了两枪，脖子上还中了一枪，于是田营长就命人将这具尸体抬出来，弄到上级那里请赏去了。

这时，调查者突然又将赖春常打断了。

调查者说，等一等，这里有一个问题。

赖春常问，什么……问题？

调查者说，你说的这个过程这样详细，你是怎样知道的？

沉默。赖春常没有回答。

调查者又问，你刚才说，你是亲眼看到周云叛变的？

赖春常答，是……我是……亲眼看到……她叛变的。

调查者问，你是怎样看到的呢？

……

调查者又问，当时，你在场吗？

……

调查者说，这应该是一个很关键的问题，如果你无法回答，那么你说的这些情况也就都不能成立，不仅不能成立，你还要解释清楚，你为什么要这样说。

赖春常说，好吧……我说，我当时，确实……就在现场。

调查者问，你为什么在现场？你是以什么身份在现场呢？

赖春常说，我……我在当时……是前樟坑村的甲长。

调查者问，国民党政权的甲长吗？

赖春常说，是，可这是……他们逼我干的。

调查者说，好吧，你再把其他细节想一想，我们还会找你的。

赖春常说，是……我如果再想起什么，也会立刻告诉你们。

这份调查笔录就到此为止。

3

我从市局回来，心里还一直在想着这个叫赖春常的人出具的证明材料。如果从周云的案卷看，这份证明材料显然对她起到了致命的作用。周云的公婆，也就是罗永才的父母后来相继去世，于是新中国成立后，周云就来到这个城市投奔罗永才的一个远房叔叔，后来又进了一家服装厂做工。如果没有这个叫赖春常的人揭发，周云已经生活得很平静，在这个城市也没有任何人知道她的过去。但是，这个赖春常却突然说出这样一件事。从这份证明材料的时间看，应该是在 1968 年春天。1968 年，在那样一个时候突然揭发出这样一件事，后果是可以想象的。而如果按这个赖春常所说，他当时是前樟坑村的伪甲长，发生这件事时又在现场，那么他的揭发和证明也就应该最直接了。但是，这里又有一个问题，如果赖春常是前樟坑村的伪甲长，那么去下屋坪村抓周云时他怎么会也在场呢？此外还有两个细节。这两个细节在周云那份残缺不全的申诉材料中曾经出现过，这次在赖春常的证明材料中又再次出现。

首先，周云的申诉材料中曾提到一个叫赖顺昌的人，而且据周云讲，在她被架去山上认尸时，这个赖顺昌也一直在场。但她的材料中却并未提到有赖春常这样一个人。而在赖春常的证明材料中，又始终坚持说自己当时就在现场。接着我又想起来，周云还曾对我说过这样一句话，她说，赖春常说的话都是假的。这也就是说，周云是知道有赖春常这样一个人存在的，那么，这个赖春常又究竟是什么人呢？“赖顺昌”和“赖春常”，这两个名字在谐音上很相近，从这一点看，这两个人会不会是同一个人呢？此外还有一个更重要的细节，周云曾在她的申诉材料中提到，在她被押上山去认尸时，曾经注意到，一共是十七具尸体，而她清楚记得，当时游击队一共是十八个人，她离队之后，如果再加上那个被护送的领导同志应该仍是十八个人，这时怎么会只有十七具尸体呢？而这个细节在赖春常的证明材料中也再次出现。据赖春常说，当敌人冲进那个已经被打得稀烂的纸寮，清点那些身上还在冒烟的尸体时，整整是十七个人。这个说法与周云所说刚好吻合。如此看来，当时这支游击队的队员并没有全部牺牲，应该还有一个人幸免于难。那么，这个人又到哪里去了呢？

我想到这里，就决定再向周云询问一下。

这天晚上刚好是我值班。傍晚六点钟，别的同事都下班以后，我就来到监房。我先是不动声色地在监房的楼道里走了一趟。经过 001 号监室的门前时，我迅速地朝铁门上的那个窗洞里看了一眼。我发现，周云竟然也正在朝外看着。她一定是听到了我的脚步声。在我朝窗洞里看去的一瞬，与她的目光碰到了一起。我感觉到她的目光里有一种渴望和期待。于是，在我折身回来，又走到这扇铁门的窗洞跟前时，就站住了。这时我发现，周云竟然已经等在窗洞的近前。但她只是隔着窗洞静静地看着我，并没有说话。

我沉了一下，问她，赖春常……是什么人？

赖春常？

对，赖春常。

你是……从哪里知道这个人的？

我立刻被她问得愣了一下。我不想让她知道，我已经去市局查阅过她的案卷，于是想了想就说，是你告诉我的，你说，赖春常说的话都是假的。

哦……

她皱起眉想了想，点点头。

我又问，你还曾说，他是苏维埃政权的敌人？

是的，她说，他确实曾是苏维埃政权的敌人。

我问，就因为他当过国民党政权的伪甲长吗？

周云立刻问，你怎么知道……他当过伪甲长？

她又摇摇头，说，我没对你说过这样的话。

我突然意识到，我说漏嘴了。赖春常曾经当过国民党政权的伪甲长，这件事，我是在周云的案卷里看到的，周云确实从没有对我说过。看来周云的头脑的确很清醒，她对我说过什么没说过什么，心里都是很清楚的。因此，我想，我跟她说话要小心了。

赖春常和赖顺昌，是同一个人。

周云突然对我说。

他们真是……同一个人？

是，周云看着我，一个字一个字地说，赖春常这个名字，应该是他新中国成立以后改的，虽然我没有任何证据，但我也知道，就是这么回事，因为他说自己是下屋坪村人，可是下屋坪村根本就没有赖春常这样一个人，而且他揭发我的一些事情，当时除去那个田营长，也应该只有赖顺昌一个人在场，虽然赖春常揭发我叛变不是事实，可他说的一些细节跟当时还是对得上的，如果赖春常不是赖顺昌，就只有一种可能，这些细节都是那个田营长告诉他的，但我知道，虽然那个田营长新中国成立以后还在，可是赖春常不可能有机会见到他，就是见到了田营长也不会对他说起当初的那些事情，所以，也就只有这一种可能了。

我得承认，周云说的这番话条理很清晰，逻辑性也很强，应该说，如果仅从他的分析看没有任何问题。但接下来也就出现了一个无法回避的问题，倘若这个赖春常和赖顺昌的确是同一个人，那么这个人也就并不是只在上世纪三十年代当过伪甲长这样简单了，按周云的说法，他是投身到当时的地主武装“义勇队”，而且还曾经带领国民党军队到处搜捕苏区干部和红军家属，还“害死过很多我们的同志”。这也就是说，他将自己过去的历史都隐瞒起来。

那么，这样一个人提供的证词，还能采信吗？

有一个想法始终缠绕着我。新中国成立以后，周云来到这个城市，进了一家服装厂，她的生活原本很平静，似乎已经与生活以外的任何事情都没有关系了。但是，就因为这个赖春常的揭发，突然将过去的那些事情又都重新翻出来，不仅打乱了她平静的生活也使她从此陷入这样一种没有尽头的牢狱生活。且不论当年周云叛变这件事是否属实，这个赖春常，为什么要这样做呢？而倘若真像周云所说，他揭发的那些事都是诬陷，那么他这样诬陷周云的动机又是什么呢？也就从这时开始，我的心里有了一个想法。我很想见一见这个曾经叫赖顺昌，新中国成立以后改名叫赖春常的人。我有一种预感，如果能见到这个人，当面问一问他，一定能从他口中知道一些更直接的事情。从那份证明材料上可以看出，这个赖春常新中国成立后一直在下屋坪村务农，如果是这样，我只要去一趟江西，到下屋坪村就可以找到他。这时，我突然产生了一种强烈的好奇心，很想去探究一下这件事的真相。同时，我也被一股强大的热情鼓舞起来。我是一个人民的公安民警，如果周云的这件案子确有冤情，那么，我就有责任为她澄清。

上世纪八十年代的交通还不像今天这样便利，而且，我那时每月的收入也很有限。但我还是拿出平时的一些积蓄，向单位请了几天假，就买了一张车票登上南下的火车。我按着事先在地图上查阅的路线先到赣州，然后又换乘长途汽车。那时赣南地区的公路体系还很不发达，而当地的地貌又多是丘陵，长途汽车在崎岖不平的山路上颠簸了将近半天时间，我又步行几十公里，才在一个很深的山坳里找到这个下屋坪村。当时下屋坪村还叫下屋坪生产大队。我直接来到村里的大队办公室，找到村干部。接待我的是一个四十多岁的乡村汉子，操一口浓重的赣南口音。他自我介绍说，姓温，是下屋坪村的大队革委会主任。但让我没有想到的是，这个温主任一听说我的来意，就告诉我，赖春常已经死了。

我一听连忙问，他是什么时候死的，怎么死的？

温主任想一想说，这个人已经死很多年了，好像……是自杀死的。

据温主任证实，赖春常的确跟赖顺昌是同一个人。赖顺昌是解放那年从前樟坑村迁来下屋坪村的，同时改名叫赖春常。他原本在村里默默无闻，平时也很少说话。但在1968年春天，突然有一伙前樟坑村的人闯来下屋坪村，说是赖顺昌有严重的历史问题，要将他揪回去批斗。直到这时下屋坪村的人也才知道，原来这个赖春常过去叫赖顺昌。前樟坑村的人将赖春常捆回去，连续召开了几天批斗大会。那时的批斗大会实际也就是打人会，每次都是将赖春常五花大绑，让他跪到土台子的中央，然后周围站着几个人抡番用茅竹在他的身上用力抽打，一边抽打台下的人一边高喊口号，并且让他交代问题。就这样，几天以后，赖春常实在挨不住这样的拷打，就胡乱交代出周云曾在1935年春天叛变的事。这件事一说出来自然非同小可，立刻引起前樟坑村的高度重视，连夜就将此事汇报到公社，公社又报到县里。县领导也意识到这件事案情重大，于是又逐级汇报到省里。就这样，当时的江西省革命委员会迅速派出专人调查，当得知这个周云已经移居到外省的城市，便立即向这边的相关部门发出通报。但是，让赖春常没有想到的是，他说出周云这件事不仅没能拯救自己，反而将自己拖入一个更可怕的深渊。赖春常在交代这件事时存在一个明显的漏洞。如果按他所说，周云叛变的时候他也在场，那么他是以什么样的身份在场？前樟坑村的伪甲长？这样的说法无疑站不住脚，既然是前樟坑村的伪甲长又怎么会跟随那个国民党军官田营长去下屋坪村抓人呢？

省里立刻组成专案组，又对赖春常展开更深入的调查。

这时赖春常已经又被下屋坪村的人押解回来。因为下屋坪村认为赖春常是他们的人，所以这样重大的历史问题，理应由他们审问。专案组来到下屋坪村，和村里的干部群众一起对赖春常进行审问，这一审果然就审出了更大的问题。原来赖春常，也就是当年的赖顺昌在前樟坑村并不是什么伪甲长，而是反动地主武装“义勇队”的副大队长，在1935年的“大清剿”中曾带领国民党军队和

"靖卫团"的人到处搜捕苏区干部和红军家属，不仅罪行累累两手也沾满了人民的鲜血。赖春常在交代出这些问题之后，知道自己罪孽深重，于是一天夜里就将身上的衣服撕成一条一条搓成绳索，把自己吊在窗棂上了。

但是，温主任又向我提供了一个很重要的细节。

据温主任说，当初在省里的专案组下来调查时，一度曾怀疑赖春常只交代了一部分情况，而将另一些与自己有关的情况隐瞒起来，比如，他是不是与周云相互勾结，二人共同将游击队的情报出卖给敌人的？赖春常当然很清楚，出卖游击队比当"义勇队"副大队长的罪过更大，所以当专案组的人这样问他时，立刻矢口否认。他否认的理由是，他当时既然在"义勇队"，如果真知道游击队的情况只要直接告诉那个田营长就是了，这样还能得到一大笔赏金，还有什么必要再去抓周云，费那样大的气力从她的口中掏出情况呢？赖春常为了证明这件事，又向专案组说出一个叫韩福茂的人，他说这个韩福茂就住在东坳镇上，他对自己当年没有出卖游击队这件事应该很了解，如果专案组的人不相信可以去问一问他。专案组的人立刻问，这个韩福茂又是什么人。赖春常支支吾吾，只说是田营长在哪一次打伏击时抓到的什么人。但在那时候，专案组急于想搞出一个结果，所以只想尽一切办法反复审问赖春常。就这样，还没等他们去东坳镇找那个叫韩福茂的人，赖春常这里就已经自缢死了。

温主任说的这个情况立刻引起我的极大兴趣。我没有想到，竟然在这里又发现了一条新线索。如果真能找到这个叫韩福茂的人，自然也就多了一个了解当时情况的途径。

我连忙问，这个韩福茂，现在还在东坳镇吗？

温主任告诉我，后来下屋坪村曾派人去东坳镇了解过，这个韩福茂果然还在。他当时已经五十多岁，在镇里的小西街上做裁缝。不过那时赖春常已经自杀，所以去了解情况的人只是简单地向他询问了一下当年的情况。但这个韩裁缝却说，他从不认识赖春常，更没有被什么国民党军队的田营长抓到过。他对去调查的人说，你们一定是找错人了。

就这样，温主任说，去调查的人也就只好回来了。

我又问，你们去东坳镇找这个韩福茂，是哪一年？

温主任想一想说，大概是在……1970年前后。

我立刻在脑子里算了一下，如果按温主任这样说，这件事就刚刚过去十几年，这个韩福茂当时五十多岁，现在也就应该只有六十多岁。我当即决定，去东坳镇找这个韩福茂。这时温主任看看我，似乎有什么话要说，但只是张张嘴又把要说的话咽回去。我立刻明白他要说什么了。我这一次来江西特意穿了便衣，我想这样可以方便一些。这个温主任看我这样一个身份不明的年轻人，又操着一口地道的北方话，突然跑到山里来询问赖春常当年的事情，一定摸不清我究竟是干什么的。于是，我笑一笑对温主任说，你先不要问我是干什么的，以后我会告诉你，我现在想请村里帮一个忙。温主任一听立刻说，没问题，你说吧，什么事。我说，我的时间很紧，还要立刻赶回去，可是现在想去东坳镇见一见这个叫韩福茂的人，你们能不能找人给我带一下路，这样也可以节省时间。温主任立刻说这没问题，当年去东坳镇调查韩福茂的人还在，就让他陪你去，村里有拖拉机，可以送你们过去。

4

就这样，在这个傍晚，我来到东坳镇。

由于有人带路，我很顺利地就来到小西街，在一个街角找到了那家门面不大的裁缝店。在我走进这裁缝店时，一眼就看到一个脖子上挂着皮尺，正用手在一个妇女的身上比比画画的老年男人。我立刻断定，这个人应该就是韩福茂。他约莫六十多岁，脸上的皮肉已经松弛地垂下来，看上去有了些老态，但手脚仍很麻利，给人一种很干练的感觉。在他抬起头看到我的一瞬，突然稍稍愣了一下。我知道，虽然我穿的是便衣，但身上的装束显然与当地人不同，所以一眼就能看出来。他这样愣了一下之后，试探地问，您要……做衣服？

我做出很随意的样子，冲他笑一笑说，不，不做衣服。

他越发警觉起来，又问，那您是……

我问，您贵姓？

他说，姓韩。

叫，韩福茂？

是，您是……

我冲他做了一个手势，说，您先忙，我们一会儿说话。

他也冲我笑了一下，点点头。我注意到了，在他的目光与我的目光碰到一起时，似乎停滞了半秒钟，在这半秒钟里他的目光迅速坦然下来，然后就又低下头去继续忙碌了。我坐在墙边的木凳上，掏出香烟慢慢抽着。韩福茂很快就为那个妇女量好尺寸，写了一个单子将她送出去。这时才走过来，又看一看我，然后问，您找我……有什么事？

我说，也没什么大事，只是想了解一下当年的情况。

韩福茂的眼睛迅速眨了一下问，当年的，什么情况？

我想一想，突然问，您是哪年离开部队的？

我是有意这样问的，不给对方任何反应的时间。我在来的路上已经想过这个问题，在上世纪六十年代末，下屋坪村的人曾来镇上向这个韩福茂核实过当年的情况，但韩福茂却矢口否认，他甚至不承认自己曾被国民党军队的田营长抓到过。如果真如赖春常所说，这个韩福茂当年是那个田营长在什么地方打伏击时抓到的，那么他当时的身份就只有两种可能，或者是红军，或者是游击队。而无论哪一种，在今天都应该是很光荣的历史，

可是……他为什么不肯承认呢？

我想，这其中一定有什么原因。

我这样做果然起了作用，韩福茂被我这突如其来的问话绕住了。他慢慢仰起头，翻一翻眼皮，似乎一边回忆着，真在心里计算着当年的具体时间。但他立刻就醒悟过来，慢慢把头转向我，睁大两眼朝我看着，然后问，离开部队？离开……什么部队？

我说，1935 年，您在什么部队？

韩福茂摇摇头笑了，说，不要说 1935 年，我长这样大就没有吃过当兵的粮食，我从 12 岁学裁缝手艺，不到 25 岁就在这小西街上做裁缝，在东坳镇，恐怕没有不认识我韩裁缝的，也没有几个没穿过我韩裁缝做的衣服的。他一边说着，又摇摇头，您一定是找错人了。

这时，我盯住他问，您是哪一年出生？

他稍稍愣了一下，说，1……1911 年？

我点点头，嗯了一声说，这么说，如果您是 25 岁来这小西街上做裁缝的，应该是在 1936 年，那么 1936 年以前，比如……1935 年，您在干什么呢？我这样说完在心里暗暗笑了一下。我没有想到，自己学数学的脑子在这时竟派上了用场。

韩福茂果然被我这精确的计算问住了，他先是支吾了一下，但立刻又平静

下来，冲我微微一笑说，我还没有来得及问，您这位同志贵姓是？

我也冲他笑一笑，说，我姓洪。

哦，洪同志，他说，不管怎样说，我已经说过了，我从没在部队干过。

事情到这里显然就僵住了。我很清楚，无论这个韩福茂出于什么目的，只要他坚持不承认当年曾与此事有关，我是一点办法都没有的。但我毕竟已在公安系统干过一段时间。我知道，在这种时候有必要上一些手段了。于是，我稍稍沉了一下就笑了，然后对韩福茂说，您不要误会，我是从省里的民政厅来的，现在社会各界都在落实政策，民政厅也按上级要求对当年的老红军和老苏干进行一次普查，只要核实了当年的情况，就可以给予老红军待遇，所以，我这次来没有别的意思，只是想调查一下东坳镇上的情况。我说的所谓“老红军待遇”也是来江西之后才听说的。按当时规定，倘若真能享受这种待遇，不仅每月能有几十甚至上百元的生活补贴，还可以领到一些紧俏物品的购买证，这在上世纪八十年代初简直是难以想象的。我这样说罢就站起来，跟韩福茂握了握手，然后向他告辞说，我还要拜访几个老同志，所以今晚就住在镇上的招待所，你如果想起什么情况可以去找我。

我这样说罢，就从这个小裁缝店里出来了。

我留在东坳镇上住一晚，也是临时决定的。我在这种时候当然不能走。既然已经找到一条如此重要的线索，就一定要查出一个结果。我在临出来时，对这个韩福茂说了这样一番话也就如同投下一枚鱼饵，接下来就看他上不上钩了。

这天晚上，我就住在镇上的招待所里。

这是东坳镇革委会的一个招待所，条件不算太好，可是就在小西街那家裁缝店的斜对面。我想，如果韩福茂想来找我，只要一过街就行了。但是，在这个晚上，我等了很久韩福茂却始终没有露面。我从招待所里出来，朝斜对面望去，发现那个裁缝店很早就打烊了。这让我有些郁闷。我想，是我的哪句话说错了，还是……从一开始就把这件事分析错了？也许……下屋坪村的人真的找错了人，这个韩福茂确实与这件事没有一点关系，或者是赖春常当年被打糊涂了，不过是又胡乱扯出这样一个人来？

我就这样想了一夜。

让我没有想到的是，第二天一早，就在我起床收拾东西，准备离开东坳镇时，韩福茂竟突然来找我了。韩福茂的两眼通红，显然也是一夜没有睡好。他一见我正在收拾东西，立刻问，您……要走？我故意不动声色地说是啊，事情都已办完了，今天就回省城。

他看看我，似乎有什么话要说。但只是张张嘴，又把话咽了回去。

我故意装作没看见，仍然低着头收拾东西。

他又吭哧了一下，忽然问，您这次来，就是为……老红军的事？

我说是啊，就是为这件事。

他突然说，我过去……确实在游击队干过。

我立刻停住手，慢慢抬起头看着他。

他又说，我只是，不想再提……过去的那些事了。

我盯住他问，你当年，是否被那个田营长抓到过？

他的眼里忽闪了一下，摇头说，没……没有，我不知道田营长是什么人。

这时我已经感觉到了，这个韩福茂仍然没把实话全说出来。

我想一想，又问，赖春常你知道吗，这个人又是怎么回事？

赖春常？

对，他当年叫赖顺昌。

赖顺昌？不知道……

可是他知道你，你应该听说过，当初你的名字，就是他说出来的。

韩福茂看我一眼说，赖春常这个名字……我倒是听说过，十几年前下屋坪村的人也曾来向我调查过，据他们说，这人已经自杀了，我也就知道这么多，其他的就不知道了。

我看着他，又叮问一句，你在当年，真的没跟这个赖春常打过交道？

这时韩福茂突然抬起头，瞪着我问，你……真是从省里民政厅来的？

我点点头说是啊，怎么，你还有什么怀疑吗？

他又问，你，真是……来落实老红军政策的？

我又点点头，说是。

韩福茂就慢慢低下头去。

我又朝他看了一阵，然后耐心地说，你如果当年确实参加过游击队，就应该符合老红军的标准，可是你要对我说实话才行，而且要把所有的事情都说出来，如果这样说一半留一半，我就没办法帮你了，确定老红军待遇毕竟不是一件简单的事，要经过严格的审查。

韩福茂似乎又犹豫了一下，然后抬起头说，我确实……被那个田营长抓到过。

我的心里立刻轻轻舒出一口气。我想，他终于要说实话了。

可是……他立刻又说，我……真没告诉过他们任何事情。

我点点头不动声色地说，好吧，你把具体情况说一说吧。

我一边说着就拿出一个记录本，在他面前坐下来。

韩福茂又想了想，对我说，这件事……的确是发生在 1935 年的春天……

据韩福茂说，他在 1935 年之前一直是区苏维埃政府的干事，后来红军主力撤离苏区，他就上山参加了游击队。那一年春天，游击队突然接到一个特殊任务，要护送一个很重要的领导同志去粤北。由于当时形势紧张，国民党军队正在到处搜山清剿，所以上级就严格规定了这一次行动的路线，并指示如果没有极特殊的原因不得擅自改变计划，同时为了保密，这一次行动的路线也只有游击队长一个人知道。当时韩福茂的任务是负责在前面探路。第一天还比较顺利，路上没有遇到什么情况。于是游击队的领导就决定连夜赶路，这样也可以争取一些时间。到第二天上午，游击队突然发现有国民党军队在附近搜山，于是当即决定先原地停下来，让韩福茂去前面打探情况，并跟他约好，如果到中午的正午时刻他还没有回来，就说明是出事了，游击队立刻动身改走另一条路线。就这样，韩福茂先头前走了。但是，韩福茂对这一带的山路并不熟悉，为躲避敌人又要不停地东绕西绕，就这样走了一阵，突然发现自己迷路了。将近中午时，他意识到自己无论如何也无法按时赶回去与游击队会合了，索性就找了一个隐蔽的山洞钻进去，想等国民党的搜山部队离开这里时再去寻找队伍。但让他没有想到的是，这支搜山部队竟然就在附近的山腰上宿营了，而且埋锅造饭不像是马上要走的意思。于是韩福茂也就只好躲在山洞里耐心地等待。就这样一直等到第二天早晨，天刚刚放亮时前面的山坡上突然传来激烈的枪声。韩福茂从声音的方向判断出，很可能是游击队在改走另一条路线时遭遇到敌人。于是立刻朝那个响枪的方向赶过去。快到中午时，他赶到了出事地点。这里显然刚发生过激烈的战斗，到处还在冒着青烟。丛林深处有一间纸寮，四面的竹墙和木板门都已被打得稀烂，而且还能看到溅在上面的血迹。韩福茂知道游击队已经出事了，正准备离开这里，就被埋伏在四周的国民党士兵抓到了。

韩福茂说到这里重重喘出一口气，就把头慢慢低下去。

我沉了一下，问，那个赖顺昌……又是怎么回事？

韩福茂说，我……真的不认识赖顺昌。

我一下一下地看着韩福茂，没有说话。

韩福茂又想想说，也许……是那个人。

我问，哪个人？

韩福茂说，他被那个田营长手下的士兵抓到时，曾看到有一个当地人一直跟在田营长的身边，他穿一件黑纺绸上衣，挎着一只盒子枪，不停地在田营长的耳边嘀嘀咕咕说着什么。当时韩福茂觉得这人有些眼熟，好像是前樟坑村的，却不知叫什么。后来才知道，这个人果然是前樟坑村的，好像还是那边“义勇队”的副大队长。

现在想，韩福茂说，也许……这个人就是赖顺昌。

我问，游击队遭伏击，是不是跟这个赖顺昌有关系？

他问，什么关系？

我说，比如，向敌人提供情报？

韩福茂先是迟疑了一下，点点头说，也许……有这个可能。

可是，我立刻又问，游击队要走的另一条路线，赖顺昌怎么会知道？

韩福茂翻一翻眼皮说，那就……不是他说的。

这时，我就问到了一个最关键的问题，这个问题也是我此行的真正目的。

我盯住韩福茂，一个字一个字地问，你，认识周云吗？

韩福茂立刻睁大眼，周云？

对，她后来改名叫温秀英。

韩福茂不再说话了，只是用两眼死死地看着我。

他就这样看了我一阵，突然说，你……不是来落实政策的，我从第一眼看到你，就觉得……你应该是为别的事来的。我也直盯盯地看着他，没置可否。就这样看了一阵，我说，我究竟是来干什么的现在已经不重要，对于你来说，最重要的是说实话，只有说实话才会对你有利。接着，我又说，你还没有告诉我，你究竟认不认识周云？

韩福茂又愣了一阵，点点头说，认识。

我问，你跟她是怎么认识的？

韩福茂这时已从紧张和惊愕的状态中又慢慢坦然下来，他忽然淡淡一笑说，既然你已经问到这一步，就说明你什么都知道了。我也笑一笑，摇摇头说，也不完全是，有的事我还不知道，比如，周云是什么时候离开游击队下山的？她又是怎样下山的？

韩福茂想一下说，她下山，好像是在……那一年的冬天。

我说，也就是说，她下山时游击队还没有接到护送任务？

韩福茂想了想，很肯定地说，还没有。

我又问，周云当时是私自下山的，还是奉了游击队领导的指示？

韩福茂立刻说，是队长让她下山的，这一点我记得很清楚，她当时已经怀孕，肚子大得像一口锅扣在身上，这样重的身子会拖累整个游击队，所以队长才让她走的。

我点点头，又问，敌人是在什么时候抓到周云的？

韩福茂迅速地看我一眼，说，这个……记不清了。

是在伏击游击队以前，还是以后？

伏击游击队以前。

你能肯定？

当然能肯定，伏击游击队之后，敌人还让她去山上认过尸。

我掏出香烟，朝韩福茂举了一下。他摇摇头，表示不会吸烟。我点燃一支，深深地吸了几口，突然又抬起头问，你觉得，有可能是周云向敌人提供的游击队行动路线吗？

韩福茂立刻说，当然有可能，那时敌人抓到女人是什么事都干得出来的。

可是，我又说，如果按你所说，游击队的另一条路线是在你临去前面打探情况时才最后确定的，周云就是想向敌人提供，她又是怎么知道的呢？

韩福茂张张嘴哦了一声，没有说出话来。

我拍拍韩福茂的肩膀，示意让他在我的对面坐下来，然后说，我最后还有一个问题，你在被那个田营长的队伍抓到之后，后来是怎样脱身的？

韩福茂又谨慎地想了一下，说，我当时穿的是当地人的衣服，手里拎着柴刀，还背着一捆柴火，所以身份就没有暴露，我只对他们说，就住在山下，是来山上砍柴从这里路过的，那些人盘问了我一阵，见没问出什么，也就信以为真把我放了。

我点点头，说好吧。

我告别韩福茂，从招待所里出来。

韩福茂将我送出来时忽然又问，你这一次……情况都了解清楚了？

我跟他握握手，发自内心地说是啊，该了解的，都已了解清楚了。

那你们……

他说到这里，忽然又看看我。

我问，什么？

他吭哧了一下说，就是……老红军待遇的事。

我哦一声，点点头说，当然没问题。

他立刻问，那你看……什么时候……

我笑笑说，别着急，后面会有人来找你的。

我这样说罢，就朝镇上的长途汽车站走去。

5

应该说，我这次江西之行收获很大。

我在回来的火车上将这一次了解到的情况在头脑中梳理了一下。显然，周云在申诉材料上所说的一部分情况在韩福茂这里都已得到证实。首先，周云当初下山确实不是私自离队，而是因为怀有身孕，奉了游击队领导的指示才下山去生孩子的。其次，赖春常在他的证明材料中也确实隐瞒了自己当年的历史，他那时并不是前樟坑村的什么伪甲长，而是反动地主武装“义勇队”的副大队长，这一点不仅是下屋坪村的温主任给予证实，据温主任说，赖春常自己最后也不得不承认。如果从这一点看，赖春常揭发周云有叛变行为，他证明的可信度也就更值得怀疑了。此外，我也同意当时专案组的最后结论，赖春常是不可能与周云共同勾结出卖游击队的。正如赖春常自己所说，他当时是“义勇队”那样一个身份，如果真知道游击队的情报没必要再扯上一个周云，自己去告诉田营长就是了，这样还可以得到一大笔赏金。

但是，有一点，赖春常与韩福茂的说法是一致的，而这一点又恰恰与周云在申诉材料上所说的相矛盾。我清楚记得，周云在申诉材料上说，她是到罗永才家的几天以后才被田营长的人抓到的，而且当时还是赖顺昌带人去抓她的，当时抓她的目的，就是让她去山上认尸。而据赖春常所说，周云是一到罗永才的家里就立刻被田营长的人抓到的。韩福茂也十分肯定地说，周云是在游击队遭到伏击之前被捕的。如果仔细想一想，这两种说法似乎并没有太大出入，唯一的不同之处就是时间的顺序问题，一个是在游击队出事之前，另一个是在游击队出事之后。但再仔细想，正是这样一个时间顺序也就具有很重大的意义。倘若周云是在游击队出事之后被捕，那么她叛变投敌出卖游击队的可能性也就很小，甚至可以说几乎不存在。而如果她是在游击队出事之前被捕，这件事就复杂了，换句话说，周云出卖游击队的可能性也就不是不存在了。或许，赖春常和韩福茂都是看准这一点，所以才不谋而合都这样说的。现在看来，赖春常这样说的动机显而易见，那么，那个韩福茂呢，他这样说的动机又是什么？这是一个始终让我没有想明白的问题。此外还有更重要的一点，我甚至认为，这一点是具有决定意义的，也是我此次来江西的最大收获。从韩福茂向我的讲述可以知道，当年在游击队执行这次护送任务时，行动路线都是由上级事先定好的，而且为保密起见，这个路线只有游击队长一个人知道。后来在出事前，游击队改走的另一条路线也是临时决定的，而这条新的路线也只有游击队长和韩福茂两个人知道。这也就不妨做一个假设，即使周云是在游击队出事之前被捕，即使她已经叛变投敌，也不可能向敌人供出游击队这条新的行动路线，因为她不可能知道。仅从这一点分析，也就完全可以排除周云出卖游击队的可能了。

我想到这里，立刻感到振奋起来，一连几天的疲惫也顿时全消了。

我意识到，周云的这个案子，已经基本可以确定是个错案了。

但接下来，我就又想到一个问题，不管怎样说游击队那一次遭到敌人伏击，这一点总是事实。既然是伏击，也就说明敌人事先确实已掌握了游击队的行动路线。那么，敌人又是怎样知道的呢？从目前掌握的情况看，赖春常在当时虽然是反动地主武装“义勇队”的副大队长，但他也不可能向敌人提供这个情况，因为游击队的具体路线他也无从知道。

那么……会不会另有其人？

这时，我突然想到了韩福茂。我这一次来江西，这个韩福茂的出现至少解开了一个始终无法解释的疑点。在周云的申诉材料和赖春常的证明材料中都曾提到一个细节，就是当时尸体的人数问题。按周云所说，她所在的这支游击队一共是十八个人，后来她下山后变为十七人，但是，在游击队执行这次护送任务时，如果再加上那个被护送的领导同志应该仍是十八个人，而在山坡上怎么会是十七具尸体呢？当然，这里还有一种可能，就是敌人在清理现场时，有一具尸体没有被发现。但这个可能立刻被我排除掉了。据资料记载，当时国民党的清剿部队和靖卫团是有着明确赏格的，捉到或打死一个红军战士多少钱，都有具体规定，在这种情况下，敌人在清理现场时是不可能漏掉一具尸体的。那么，也就是说，在这场战斗中应该确实有一个幸存者。现在，这个幸存者终于找到了，就是韩福茂。倘若按韩福茂所说，他是被派往前面打探情况，由于迷路与部队失掉联系，所以才躲过这样一场劫难。然而他所说的这个过程却只是他一个人说，当时所有的知情者已经全部罹难，就连田营长这边的赖春常也已在十几年前自杀，这件事已经没有任何人可以证实。谁又能保证，这个韩福茂所说的都是真实的呢？但无论怎样，有一点可以肯定，游击队临时改变的路线除去游击队长只有韩福茂一个人知道。仅凭这一点，我认为，他就应该有一定的嫌疑。

也就在这时，我突然又想起周云曾对我说过的一段话。

周云在向我分析赖春常和赖顺昌是否同一个人时曾这样说过，赖春常揭发她的一些事情，当时除去那个田营长，应该只有赖顺昌一个人在场，虽然赖春常揭发她叛变不是事实，但有一些细节跟当时还是对得上的，如果赖春常不是赖顺昌，就只有一种可能，这些细节都是那个田营长告诉他的，但她知道，尽管那个田营长新中国成立以后还在，可是赖春常不可能有机会见到他，就是见到了田营长也不会对他说起当初的那些事，所以，赖春常和赖顺昌肯定是同一个人……现在看来，赖春常和赖顺昌是同一个人已经不成问题，而更让我感兴趣的是周云在这段话中透露出的一个信息，她说：“虽然那个田营长新中国成立以后还在……”这句话的意思显然是，周云至少听到过一些关于这个田营长的消息，或者知道他新中国成立以后在哪里。

我想到这里，心里猛然一动。

我意识到，其实在周云是否叛变出卖游击队这整个事件中，田营长才是最关键的人物，因为只有他才最清楚内幕，所以，如果能找到这个田营长，一切问题也就都可以清楚了。

我回到监狱上班第一天，发现领导的脸色很不好看。同事告诉我，领导这几天一直在询问我的情况，问我请了几天事假，什么时候回来上班等等。同事好心提醒我，最好还是当心一点，说不定领导会找我的麻烦。果然，临近中午时，领导把我叫去办公室。领导先是向我申明，从严格的意义讲公安民警虽然不是军人，但也是纪律部队，尤其在监狱这种特殊部门工作，更要严格要求自己，绝不能随随便便就请事假。

领导说到这里就问我，这几天到哪去了。

我想了一下，就坦然地如实说，去江西了。

去江西？领导听了感到奇怪，问我，你去江西干什么？

我当然不能说出具体去干什么，就说，去看一个同学。

这时，领导突然看着我问，你前几天，去局里查卷了？

我听了一愣，这才明白，领导一定是在局里听到了什么消息。

我又坦然地点点头，说是，我去局里查过案卷。

去查谁的卷？

周云。

周云的卷？你查周云的卷干什么？

没什么，只是，有些……感兴趣。

我这样说是故意做出一种姿态，我干这些事并没打算向领导隐瞒。

领导看着我，沉了一下才说，你刚走出校门，年轻人有热情，精力过盛，这些都是可以理解的，不过最好还是把精力用在正事上，你的工作是监管犯人，让他们认真接受改造，而不是像个包青天一样去替他们翻案，而且，我可以告诉你，在这种地方这样干会累死的。

我的心里很清楚，我没必要去跟领导争论，我想做什么只管沿着自己的想法继续去做就是了。我耐心地等了几天，终于又轮到我值夜班。这天傍晚，我接班以后，等别的同事都下班走了，就又来到监房。我像往常一样，先是不紧不慢地在监房的楼道里巡视了一遭，在走到001号监室的门口时，又有意放慢了脚步。我虽然没有转过脸去，但已经感觉到了，在那个铁门的窗洞里有一双渴望的眼睛。我在绕回来时，走到这扇铁门的跟前站住了。我发现周云的眼睛似乎比过去更亮了，连眼眶周围的皱褶似乎都已经松展开。

她只是用力睁大两眼，探寻地朝我看着，却没有说话。

我稍稍沉了一下，然后对她说，我想，问你一个人。

她的眼睛立刻睁得更大了，问，谁？

我说，田营长。

田……田营长？

对，我点点头说，你曾经对我说过，这个人新中国成立以后还在。

你……问他干什么？

我很认真地看看周云，没有回答。

我很清楚，现在还不能把调查的结果告诉她，因为所有这一切还都要有新的证据支撑，同时还要有新的证人，所以要做的工作还有很多。我甚至不想让她知道，我最近一直在做什么。目前，我所掌握的一切还都没有任何把握，我只是凭着一种直觉沿着自己认为的方向一步一步去调查。我能想象到，由于这种调查不是官方的，也就很艰难，只能走一步说一步，不知到哪里也许就会被卡住。所以，至少在目前我还不想给周云任何希望。我知道，给一个被判无期徒刑的犯人以这样的希望，然后再让她失望甚至绝望，没有什么比这更残酷了。不知为什么，从江西回来以后，我似乎对这个周云又多了一种感觉，这感觉究竟是什么还说不清楚，总之，我想尽自己最大的努力，为她做一点事情。于是，我不动声色地对她说，你只要告诉我，你是怎样知道这个田营长新中国成立以后还在的？

我……在报纸上看到的。

她说。

报纸？什么时候的报纸？

她又稍稍沉了一下，然后才抬起头说，还是……在我进来以前，大概是1958年秋天，有一次，我无意中从报上看到一篇报道，说是解放军某部官兵去农村和社员一起垒小高炉，大炼钢铁。这篇报道还配了一幅很大的照片，照片上是一个军官模样的人正和一个社员在抬铁水。当时先是这个军官的名字引起我注意的，他叫田十八。这个名字很奇怪，所以我立刻想起来，当年在下屋坪村带人抓我的那个田营长，他的名字就叫田十八。他那时经常说的一句话就是，我田十八就不相信什么什么的，而这篇报道的题目又是，我田十八就不相信，几天炼不出几吨钢来什么什么的，再仔细看一看那幅照片，就认出果然是那个当年的田营长，不过他已经穿了解放军的军装，好像……还是一个什么首长。

我听了立刻问，你还记得是什么报纸吗？

周云想了一下，摇摇头说，不记得了。

我又问，当时报道的是什么地方？

周云又努力想了一下，说，好像是……河北一个马集的地方。

6

我立刻兴奋起来。这显然又是一条很重要的线索。我没有想到，这个当年国民党军队的田营长新中国成立以后竟然成了我们解放军的一名军官。但我也意识到，仅凭周云提供的这一点线索要想找到这个田营长又谈何容易。周云说，她是1958年的某一天在什么报纸上看到这篇报道的。1958年正是我国的大跃进时期，那时举国上下一片喧嚣沸腾，各种“放卫星”“大炼钢铁”的报道铺天盖地，现在已经二十几年过去，如果再想去寻找当年某一天的某一种报纸上的某一篇文章，简直就像是大海里捞针。但是，周云还是提供了几个重要细节。首先，这篇报道写的事是发生在河北省，那么也就是说，这个田营长所在部队当时很可能是在河北省的某地驻扎。其次是在马集。马集这个地名显然不像是县，而且在我的印象中，河北省也没有马集这样一个县，那就应该是一个公社，也就是说，我只要找到这个马集公社，再向当年的老人询问一下，大跃进时期曾有哪里的部队来和他们一起炼过钢铁，也就有可能寻找到这个田营长所在部队的线索。当然，这样说一说简单，真要做起来也并非容易。上世纪八十年代初的通信工具还很落后，信息也不像今天这样通畅，要想在河北省查找一个叫“马集”的公社其难度是今天难以想象的。但我毕竟是在公安系统工作，有一定的便利条件。我这时就又想到了那个叫李大庆的大学同学。他所在的公安八处神通广大，经常与外地的公安系统有联系，如果让他通过河北省公安厅的同行查找一下这个马集，应该不是一件难事。

于是，我立即给李大庆挂了一个电话。

李大庆在电话里一听说是我，立刻没好气地问，你最近神秘兮兮的究竟在搞什么名堂？上一次跑来局里查卷，后来让我们处长知道了把我狠狠凶了一顿，现在又要查什么马集，你是不是要改行去搞刑侦啊？我连忙笑着告诉他，这一次跟上次的事没有关系，是一个朋友托我问的，他好像要寻找当年失散的一个亲戚，这个亲戚有可能在马集。

李大庆显然似信非信，哼一声说好吧，你听消息吧。

我连忙说，哎……这件事要快，我那个朋友很急。

李大庆没再说话就把电话挂掉了。

第二天早晨，李大庆就打来电话，说是地方查到了，这个马集不仅是公社，还是一个村庄，叫马集人民公社马集生产大队。李大庆还告诉了我这个马集具体坐落在哪个县，甚至详细说了如果去那里怎样乘车。我一听兴奋得都没顾上道谢，连忙把他说的都详细记下来就放了电话。我在心里想了一下，这个马集并不太远，如果乘长途汽车只要两个多小时，当天就可以赶回来，这样也就没必要再向单位请假，利用一个星期天就可以了。

恰好两天以后就是星期天。于是，我在这天就去了马集。

事情很顺利。我到了这个叫马集的村庄之后，果然很快就找到了几个当年曾和那个田营长一起炼过钢铁的村民，他们还记得田营长，不过他们把他叫作田师长。据这几个村民说，这个田师长身体不太好，但干起活来很下力气，人也挺随和，没有官架子。我让他们回忆一下，这个田师长当时带来的是什么部队。其中一个很精明的中年人想一想说，他还记得。接着就说出了这个部队的番号。我当时没有带笔，但在心里将这个番号牢牢记住了。

这次从马集回来，我的情绪有些低落。虽然这件事又向前推进了一大步，已经查明这个当年的田营长后来已是师长，而且还知道了他当时所在部队的番号，但我意识到，事情到了这一步也就无法再往下查了。因为军队的事情不同于地方，不是随便谁都可以去查的，所以，要想在军界找到一个人，如果没有特殊关系几乎是不可能的。

但就在这时，我的眼前突然一亮。

我想起来，就在我每天来监狱上班的路上，总要经过一个部队医院。这好像是一个军区医院，大门虽然不太起眼，但从外面朝里看去，是一个很深的大院，每到夏天草木葱茏，在树荫里掩映着一排一排的小楼，据说是干休所，专供退休的军队干部住的。我想，这个城市离河北省这样近，田营长当年所在的部队会不会与这里有什么关联呢？如果有，去这个医院，会不会打听到有关田营长的消息？我计算了一下，这个田营长这时如果还健在，应该是七十多岁，而他的身体又不太好，所以，倘若他所在的那个部队与这个医院有关系，就有可能在这里寻找到一些有关他的信息。当然，我知道，这种可能性实在太小了，天底下哪会有这样巧的事情？但我这时已经没有别的办法，也只能去试一试了。

这一次我改变了策略，我想得到监狱领导的支持。

于是，我在一天下午就找到监狱的领导，主动将最近一段时间所做的所有事情做了一次很详细的汇报。最后，我又向领导说了目前对这个案子调查的进展情况。我告诉领导，现在已经到了最关键的时刻，只要能找到这个“田师长”，也就是这个叫田十八的人，这个案子基本就可以真相大白了。所以，我又对领导说，我现在需要领导的帮助，我准备去那家部队医院碰一碰运气，看是否能找到关于这个“田师长”的线索，可是我不能就这样去，要由监狱方面出具一个正式的介绍信。监狱领导听了我的汇报大感意外。他们绝没有想到，我竟然不动声色地已把周云的案子调查到这个程度。我从领导的脸上看到了一丝赞许的表情。但是，领导告诉我，监狱不能为我出具这样的证明，因为我们虽是公安系统，可作为劳改局下属的一个监狱单位是没有理由去人家那里了解一个师级首长的情况的。不过，领导看看我，又说，如果利用非正式渠道，这件事倒有可能。我听了不解，问什么是非正式渠道。领导告诉我，其实这家部队医院与地方联系很多，监狱方面曾多次与他们一起搞过“拥军爱民活动”，这样就和他们那里的一些领导很熟，而且据了解，在医院的干休所里也的确常年住着一些身体不好的部队干部，如果跟医院领导非正式地打一个招呼，这件事也许可以办成。

我听了立刻兴奋起来，连忙让领导给医院那边挂电话。

7

这一次到这家部队医院调查，果然没有遇到任何阻碍。由于监狱领导事先打过招呼，所以医院方面还算热情。接待我的是一位姓何的副院长，一个很漂亮的中年女人。但是，当我说明来意，又将“田师长”当年所在部队的番号说出之后，何院长却摇摇头，说不记得有这样一个人。然后又让一个小护士去查了一下医档。果然，小护士很快就回来说，目前住在医院干休所的老干部里，没有田十八这样一个人。不过……何院长想了一下，又说，来我们医院干休所的老干部都只是临时住一住，最多也不会超过一两年，也许这个田十八田师长确实来住过，后来又走了也说不定。何院长一边说着，在办公桌上压在玻璃板底下的一张电话号码表上查了一下，说，在南郊的陆军指挥学院里还有一个干休所，那里有一些部队老干部，都是常年居住的，这样吧……她一边说着就拿起电话，我帮你问一问，让他们那边给查一下，看有没有田十八这个人。我听了连忙感激地向她道谢。时间不大，陆军指挥学院干休所那边的电话就回过来。我从何院长脸上的表情和说话的语气就知道了，事情有希望。果然，何院长向听筒里一连说了几声谢谢之后，就将电话放下了，然后对我说，找到了，这个田十八现在已是军级干部，他就住在他们那里。我一听立刻站起来，问现在是否可以过去。

何院长笑笑说，你去吧，他们在等你。

我向何院长道过谢，就从医院里出来。

陆军指挥学院是在南郊一个很远的地方。

我乘车赶过来时已是中午一点。我走进学院，绕过几座教学楼，在操场后面看到一片仿古的园林式建筑。我想，这里应该就是干休所了。我很顺利地找到干休所的管理部门。一个瘦高卷发，自称徐助理的年轻人接待了我。但是，徐助理对我说，我现在来得很不是时候，他刚给田军长家里打过电话，说是军长正在午休，要下午三点以后才能见客。我连忙说没关系，我可以等。这时我才意识到，刚才由于忙着往这里赶还没顾上吃午饭。精明的徐助理立刻看出来，笑笑对我说，前面的学员食堂还有饭，可以去那里吃一点。

我听了向他道过谢，就朝操场前面的学员食堂走来。

我吃过午饭，又故意在校园里走了一阵，才回到徐助理这里。徐助理一见我立刻说，他刚刚又打过电话，田军长已经起床，现在可以过去了。然后，他就将一张纸条递给我。我看了看，纸条上写的是田军长家的具体门牌地址。

我按这个地址很顺利的就找到田军长的家。

田军长的家是一个两层小楼，楼下是书房兼客厅。田军长已经在等我。田军长竟是一个干瘦的老人，喉咙里微微有些喘。这跟我想象中的不太一样。他和我握了一下手，示意让我坐到沙发上，然后客气地告诉我，他只有一个小时的时间，一会儿学院那边还要来人，跟他商议去给学员搞讲座的事情。我觉得一个小时的时间已经足够了，就向他点点头。

这时，田军长问，你来找我，要了解什么事？

我说，想了解一件很多年前的事情。

田军长笑笑问，很多年前？哪一年？

我说，1935 年，确切地说是 1935 年春天。

田军长一听，脸色立刻变了，但只是一瞬间，他就又笑了，随手在旁边的茶几上摸起一支烟，一边点燃说，好吧，你问吧，只要是我还记得的事情，都可以告诉你。

我沉了一下，说，请问，您是……怎么……

田军长点点头，吐出一口烟雾说，我知道你要问什么，既然你是来了解 1935 年的事情，就说明你对当年的那些事情已经有了一些了解，所以，也就一定会对我的现在感兴趣。他一边说着又冲我微微一笑，没关系，我可以告诉你，这些事没有什么可保密的。

田军长说，其实事情很简单，1935 年以后，我升任团长，很快就调到别的部队去了。后来在新中国成立前夕，大约是……1949 年 8 月，在湖南发生了一件震动全国的大事，原国民党湖南省政府主席兼长沙“绥署”主任程潜和国民党第 1 兵团司令官陈明仁，率领 10 万国民党军队在长沙宣布起义。当时我也在其中，我这时已是国民党第某军副师长兼某旅旅长，于是，也就跟随程潜和陈明仁一起起义，投诚到中国人民解放军这边来。

田军长告诉我，他后来又赴朝鲜，参加过抗美援朝战争。

田军长很坦然，像是在说别人的事情。

这时，我问，您认识周云吗?

周云?

对，也叫温秀英。

田军长皱起眉想了一下，说，这个名字很熟，好像……在哪里听到过。

我说，1935 年春天，您的部队曾伏击过一个游击队，这件事还记得吗?

田军长立刻点头说，记起来了，是有这回事，后来我还让这个周云去认过尸体。

我立刻问，您还记得，当时是在伏击游击队之前，还是之后逮捕这个周云的吗?

田军长又回忆了一下，然后很肯定地说，是在之后。

在……伏击游击队之后?

对，是之后。

田军长点点头说，这一点我记得很清楚，那一次伏击这支游击队，是我手下的第三连去的，尸体都抬回来之后，放到对面的山坡上，当时一个“义勇队”的人告诉我，他听说在下屋坪村有一个可疑女人，如果她是游击队，抓来可以将这些尸体的身份辨认一下。就这样，他就带着我的人去把这个女人抓来了。这个“义勇队”的人，名字好像叫赖……赖什么昌？

我说，是赖顺昌吗？

田军长立刻点头，说对，就叫赖顺昌。

我又问，这个抓来的女人，当时说什么了？

田军长摇摇头说，没说任何话，她表现得很勇敢，也很镇定，无论怎样审问始终坚持说自己叫温秀英，后来把她带到山坡上，她看着那些尸体仍然一句话都没说，当时她怀孕了，而且很虚弱，是被士兵架到山上去的，后来她就昏死过去。

这时，我的心里已经有数了，看来周云在申诉材料中写到的事情全部属实，从田军长这里可以得到充分的证明，她并没有叛变投敌的行为，更没有出卖过游击队，而且，赖春常的事也在这里得到了直接的证实。但接下来的问题是，如果不是周云出卖的游击队，那游击队的消息又是谁告诉田营长的呢？我想到这里，又朝田军长看了一眼。这时，田军长欠起身，很客气地对我说，你问到的这些情况我很理解，这些年，也不断有人来向我调查当年的事情，关于这个周云的情况如果需要我出具证明材料，我可以为你们写出来。

然后，他又问，你……还有什么事吗？

我连忙说，确实……还有一件事。

田劳长点点头说，说吧，什么事。

我说，您可以告诉我吗，当时，您是怎么知道的游击队要从那里经过？

哦……田军长点点头，稍稍回忆了一下说，这件事，我还有一些印象……

据田军长回忆，当时的情况是这样的，一天傍晚，他正坐在前樟坑村的村公所里喝茶，突然一个士兵满头大汗地跑来向他报告，说是上午在山里捉到一个可疑的人，当时还没有打他，只用枪吓唬了一下他就全招了，原来他是红军游击队的人，来前面是探路的，后边还有一支十几个人的队伍，说是要护送一个很重要的人物经过这里去粤北。这个人还交代说，他临来之前已经跟游击队的人商定，如果他中午之前没有回去，游击队就会改走另一条路线。来的士兵又向田营长说，他们三连的连长来不及回来报告，已经带着人赶过去，准备在那条路上打一个伏击。当时田营长看一看天色已晚，路也不太熟悉，估计再去增援已经来不及，同时也明白，这个三连长不过是想抢一个头功，于是也就由他们去了。第二天上午果然有消息传来，说是已经把这支游击队伏击了，接着就有尸体抬回来。当时田营长命人将那个捉到的游击队员带过来。这人一见田营长就哭着哀求说，他把该说的都已经说了，现在游击队也消灭了，他不想领赏，只求放他回家。这时那个赖顺昌朝他走过来问，下屋坪村最近来了一个可疑的大肚子女人，跟山上的游击队有没有关系。这个人想了想立刻说，有关系，她叫周云，也是游击队的人，她来下屋坪村是生孩子的。这时，田营长见这个人已经吓得失魂落魄，就对他说，只让他再做一件事，去对面山坡上把那些尸体认一认，然后就可以把他放了。这人一听连忙说，他原本就是这一带的人，山前山后的村里有很多人认识他，他不想让熟人看见自已现在这样，不过……他又说，只要将那个周云抓来，让她去山上认尸就可以了。

田军长说到这里，就将手里的烟在烟缸里捻灭了。

我问，您还记得……这个人叫什么吗？

我这样问过之后，自已也觉得不太可能，已经这些年过去了，像田军长这样一个走南闯北的军人，对这样一个人的名字是不可能记得的。但是，田军长微微一笑说，对叛徒这种人，我还是有一些记忆的，虽然已经忘了他叫什么，但还记得，他姓韩。

田军长告诉我，他之所以记得这个人姓韩，是因为这人在临走时曾说过，他是韩坑村人，韩坑村是一个只有几户人家的小村，村里人都姓韩。

从田军长的家里出来，我突然感到有些茫然。其实这件事的结果我事先已经想到了，来田军长这里，不过是为了印证一下。现在终于得到了印证，我却又感到不知所措。

我想不出，接下来还应该做什么……

8

李祥生说到这里，终于停住了口。

我拿起桌上的录音笔，轻轻关掉了。

这时，他从衣兜里拿出一朵白色的纸花。这朵纸花很小，却很干净，而且白得耀眼。他轻轻地把这朵小花放到我面前的桌上，然后冲我笑了一下说，这是周云的。

我先是不解，看看他，但立刻就明白了。

他点点头说，是，我刚刚去参加了她的送别仪式。

我哦一声，说，这样说，你是从殡仪馆那边过来？

是啊，他说，人太少了，我不想让她走得太冷清。

我想了一下问，她应该是……95岁？

他说，对，她终年95岁。

2010年12月26日定稿于天津木华榭